L'ESPACE D'UNE VIE

En mai 1933, naît à Leeds, dans le Yorkshire (Angleterre), une enfant appelée Barbara Taylor. Elle a seize ans quand elle commence dans sa ville natale une carrière de journaliste qu'elle poursuit à Londres quatre ans plus tard. En 1963, elle épouse Robert Bradford et s'installe aux Etats-Unis (1964). Spécialiste de la mode et de la décoration d'intérieur, elle publie en 1968 The Complete Encyclopedia of Homemaking Ideas *(somme de conseils pour décorer le foyer), puis assume une rubrique* Designing Woman *(La décoratrice), très suivie dans l'ensemble des Etats-Unis. On doit à cette journaliste bien connue quatre autres ouvrages sur le même thème, une série en quatre volumes sur* How To Be the Perfect Wife *(Comment être l'épouse parfaite), plus un certain nombre de livres pour enfants.*

Le premier roman de Barbara Taylor Bradford : L'Espace d'une vie *(titre original :* A Woman of Substance*) paraît en 1979 et connaît aussitôt un immense succès.*

Emma Harte est révoltée que son jeune frère Frank ait dû quitter l'école à douze ans pour entrer dans la filature du village, alors qu'il adore l'étude. Consciente, néanmoins, que son maigre salaire est aussi indispensable à la famille que celui gagné par son père et son frère aîné Winston à la briqueterie, elle ne se résigne pas à la pauvreté. Elle se jure de devenir riche.

Emma, quand elle prononce ce serment, a quatorze ans, et elle est fille de cuisine au manoir d'Adam Fairley, maître des usines et des terres alentour. Elle déteste Adam Fairley d'instinct mais n'en travaille qu'avec plus d'ardeur pour édifier sa richesse future et engranger tout le savoir qui pourra lui servir. Si à seize ans elle a acquis une compétence bien au-dessus de son âge, elle a aussi la distinction d'une vraie « lady » – avec la beauté en plus. Edwin, le fils cadet d'Adam Fairley qui s'est lié d'amitié avec elle, s'en aperçoit, et c'est le coup de foudre réciproque. Un fils de gentilho[mme ...] [Ang]leterre de 1904 ? Cet[te ...]ma Harte. La réaction[...]nte l'a frappée au cœu[r ...]art pour Leeds où ha[...]a à obtenir un emploi[...] Pendant le temps p[...]elle s'est instruite, po[...] la

so.)

chance met sur sa route Abraham Kallinski, l'entrepreneur de confection. Une place dans son atelier, c'est peut-être le commencement de sa fortune et de son ascension sociale. Emma n'en est pas à une invention près pour expliquer sa situation – 1905 n'est pas une époque tendre aux mères célibataires.

Toutes les feintes sont bonnes pour atteindre son objectif premier : protéger sa réputation et accroître ses ressourvces, ce qui lui permettra d'atteindre son second objectif : se venger des Fairley.

Ainsi se poursuit dans le monde rude des hommes d'affaires la carrière d'Emma Harte, l'enfant qui a voulu faire fortune.

Paru dans Le Livre de Poche :

Les Voix du cœur.
Accroche-toi à ton rêve.
Quand le destin bascule.

BARBARA TAYLOR BRADFORD

L'Espace d'une vie

TRADUIT DE L'AMÉRICAIN
PAR MICHEL GANSTEL

BELFOND

Ce livre a été publié sous le titre original :

A WOMAN OF SUBSTANCE

par Doubleday, New York.

Pour Bob et mes parents.
Ils savent pourquoi...

La valeur d'une vie ne repose point dans le nombre de ses jours mais dans l'usage que l'on en fait. Un homme peut vivre longtemps sans retirer grand-chose de sa vie. Pour tirer de la vie des satisfactions, il ne faut point compter sur le nombre des années mais sur sa volonté.

MONTAIGNE, *Essais.*

J'ai le cœur d'un homme et non d'une femme, et je ne redoute rien...

ELIZABETH, Ire, reine d'Angleterre.

PROLOGUE
1968

Il marche dans la plaine et se réjouit de sa puissance. Car ses ennemis s'avancent à sa rencontre.

JOB

1

Le Lear-Jet venait de crever le plafond de nuages et Emma Harte recula, éblouie par le soudain éclat du soleil. Le bleu du ciel lui tira un léger cri de surprise : c'était précisément le ton d'un ciel de Turner, celui du grand paysage accroché au-dessus de la cheminée dans le petit salon de Pennistone. Un ciel du Yorkshire au printemps, quand le vent du matin a débarbouillé la lande de ses brumes.

Son expression sévère s'adoucit d'un sourire. Car Emma Harte avait toujours plaisir à évoquer Pennistone, cette grande bâtisse à allure de château, sa maison. Dressée sur l'austérité de la lande comme un monument indestructible, œuvre de quelque architecte surnaturel, c'était pour elle le symbole de la pérennité, un refuge au milieu des dangers. C'était *son* foyer, *son* refuge. Il y avait trop longtemps, six semaines déjà, qu'elle s'en était éloignée. Dans moins d'une semaine, elle serait de retour à Londres. A la fin du mois, au plus tard, elle retrouverait son cher Pennistone, se laisserait envelopper de son atmosphère apaisante et immuable, du charme de ses jardins. Elle pourrait surtout s'y entourer de l'amour de ses petits-enfants.

Rassérénée, elle se détendit tout à fait. La tension nerveuse qui, ces derniers jours, ne lui avait laissé aucun répit se dissipait peu à peu. La bataille qui avait fait rage pendant l'assemblée extraordinaire de *Sitex*

Oil Corporation of America, dont elle était la principale actionnaire, l'avait à ce point épuisée qu'elle se réjouissait presque de retrouver le calme, pourtant tout relatif, de ses bureaux de New York. Ce voyage à Houston avait été un calvaire. Elle devenait trop vieille pour courir le monde en avion et se battre comme un jeune homme... A peine formulée, elle chassa cette pensée : même pour un instant, Emma Harte ne pouvait accepter la faiblesse, encore moins la défaite. C'était indigne d'elle. Trop vieille ? Allons donc ! Il lui arrivait parfois de ressentir la fatigue, une certaine lassitude. Mais surtout quand elle avait des imbéciles en face d'elle ! Et Harry Marriott, président de la *Sitex*, en était un, dangereux comme tous les imbéciles. Le problème était maintenant réglé, à quoi bon s'y attarder ? Mieux valait préserver ses forces pour les consacrer à l'avenir. Lui seul comptait.

Elle se redressa sur son siège, déjà impatiente de se tourner vers une occupation utile. Quand il s'agissait de ses affaires, sujet qui l'occupait tout entière, Emma Harte ignorait la fatigue, méprisait le sommeil et trouvait toujours en elle d'inépuisables ressources d'énergie. Assise très droite, presque raide, les chevilles croisées, la tête dressée, il émanait d'elle une dignité impérieuse et une puissance de caractère impossible à méconnaître, qui semblait s'exprimer dans l'éclat métallique de ses yeux verts. D'un geste machinal, elle lissa son impeccable chevelure argentée, tira sur un imaginaire faux pli de son élégante robe de laine gris foncé, dont la sévérité n'était adoucie que d'un rang de perles et d'une discrète broche d'or rehaussée d'émeraudes. Redevenue pleinement elle-même, prête à affronter le monde, Emma Harte eut un mince sourire de contentement.

En face d'elle, dans la confortable cabine du Lear-Jet mis à leur disposition par la *Sitex*, sa petite-fille Paula était plongée dans des dossiers et prenait des notes en prévision de la semaine que les deux femmes allaient passer à New York. Emma la regarda avec attendrissement. Ce matin, pensa-t-elle, Paula a l'air fatigué, les traits tirés. Je la mène peut-être trop dur... Mais non, se dit-elle, Paula est jeune. Elle peut bien supporter un peu de surmenage de temps en temps.

Elle attira son attention et lui sourit :

« Paula, ma chérie, veux-tu demander au steward qu'il nous prépare du café ? J'en ai grand besoin, ce matin. »

La jeune fille releva la tête. Sans être jolie au sens classique, elle avait une beauté tout en contrastes : une chevelure lisse, très noire; un visage un peu allongé, aux pommettes saillantes et au front large; des traits irréguliers mais vifs et expressifs, avec un menton volontaire qui rappelait celui de sa grand-mère; un teint clair et lumineux. Et surtout des yeux immenses, d'un bleu si profond qu'ils en prenaient des reflets violets.

« Bien sûr, grand-mère! répondit-elle en souriant. J'en prendrai volontiers moi aussi. »

Elle se leva pour se diriger vers l'avant de l'appareil et Emma la suivit des yeux. Une longue silhouette souple, aux mouvements pleins d'aisance. L'allure d'un pur-sang, se dit-elle avec fierté. Paula était la préférée de ses petits-enfants, la fille de Daisy, qu'Emma avait toujours mieux aimée que ses autres enfants.

Paula incarnait ses rêves et ses espoirs. Très tôt, des liens particuliers s'étaient noués entre l'enfant et sa grand-mère. Toute jeune encore, Paula avait manifesté une attirance peu commune chez un enfant de cet âge pour les affaires de sa famille. Sa distraction favorite était d'accompagner Emma à son bureau et de la regarder travailler. Dès l'âge de quatorze ans, Paula provoquait l'étonnement de sa grand-mère par sa compréhension des questions les plus complexes. Secrètement ravie de telles dispositions, dont aucun de ses enfants n'avait fait preuve, Emma s'était efforcée de refréner son enthousiasme de crainte qu'il ne s'agît que d'un feu de paille juvénile. Il n'en avait rien été et la précocité de Paula ne fit que se renforcer avec le temps. A dix-huit ans, elle refusa d'aller « perdre son temps » dans un de ces pensionnats chics où la Suisse transforme les jeunes filles fortunées en ladies de la « jet-society » : elle préférait se mettre immédiatement au travail avec sa grand-mère.

Au cours des années qui suivirent, Emma prit Paula en main avec une exigence qu'elle n'imposait à aucun de ses subordonnés. Cet apprentissage porta ses fruits. A vingt-trois ans, Paula était si bien familiarisée avec les moindres rouages de *Harte Enterprises*, elle possédait une maturité et une sûreté de jugement tellement au-dessus de son âge qu'Emma lui avait confié un poste clef à la vive indignation de Kit, l'aîné de ses fils. Devenue l'adjointe de sa grand-mère, Paula était au courant de toutes ses affaires et recevait ses confidences sur les problèmes familiaux les plus épineux, situation que son oncle jugeait intolérable.

Paula revint à sa place, reprit ses dossiers. Les deux femmes échangèrent quelques commentaires sur les résultats du magasin de New York, récemment réorganisé par Emma. Cela lui permit de constater à nouveau les qualités de jugement de sa petite-fille. Avec Paula, se dit-elle, l'avenir est assuré.

Emma chaussa ses lunettes et parcourut une dernière fois l'épais dossier *Sitex*, dont la lecture lui tira des sourires désabusés. Il lui avait fallu trois ans de luttes, de ruses et de louvoiements pour arracher enfin la direction générale à Harry Marriott et le remiser sur la voie de garage d'une présidence honoraire où il serait inoffensif. Avec l'appui du conseil d'administration et malgré les supplications de Harry, elle avait réussi à le chasser de son fauteuil pour y asseoir son candidat. *Sitex Oil* était sauvée, mais Emma ne tirait aucun plaisir de sa victoire. La bataille avait été trop dégradante.

Elle referma son dossier, but quelques gorgées de son café et regarda pensivement Paula.

« Paula, ma chérie ? » lui dit-elle.

La jeune fille releva les yeux.

« Maintenant que tu as assisté à plusieurs assemblées et conseils de la *Sitex*, crois-tu pouvoir t'en occuper seule ? »

Paula ouvrit des yeux étonnés :

« Moi, seule là-bas ? C'est m'envoyer à l'abattoir ! Vous ne parlez pas sérieusement, grand-mère !

— Je ne plaisante jamais sur ces sujets-là », répondit Emma avec une moue agacée.

La jeune fille ne répondit pas et, pendant le long silence qui suivit, Emma l'observa attentivement. Aurait-elle peur ? se demanda-t-elle. Me serais-je trompée sur son compte, va-t-elle se révéler aussi faible, aussi indécise que les autres ?

« Naturellement, reprit-elle, je ne compte pas t'y envoyer seule avant que tu ne sois toi-même convaincue, comme je le suis déjà, d'en être parfaitement capable. »

Paula posa ses dossiers, se carra dans son siège et dévisagea sa grand-mère avec fermeté :

« La question n'est pas là, grand-mère. Croyez-vous qu'ils m'écouteront avec le respect que vous leur imposez ? Non, tous ces hommes me feront des sourires condescendants et me traiteront comme une gamine sans importance. Je ne suis pas vous et ils le savent. »

Emma eut un sourire amusé. Ce qu'elle avait pris pour de la pusillanimité n'était, en fin de compte, qu'une poussée de vanité toute féminine... Cela ne ressemblait pourtant pas au caractère de Paula.

« Je n'ignore pas ce qu'ils pensent de toi, répondit-elle en reprenant son sérieux. Mais tu sais comme moi qu'ils se trompent. Je comprendrais que leur attitude te vexe. A ton âge, ma croix la plus lourde à porter était précisément de me trouver en butte aux exaspérantes manifestations de la prétendue supériorité masculine. Pourtant, d'être toujours sous-estimée, traitée comme une petite femme sans conséquence a constitué mon avantage le plus décisif et j'ai vite appris à m'en servir, crois-moi ! Vois-tu, ma chère enfant, devant nous autres faibles femmes, ces messieurs baissent leur garde, commettent des erreurs et des négligences dont nous n'avons plus qu'à profiter. Combien de fois m'ont-ils ainsi offert des victoires inespérées...

— Peut-être, grand-mère, mais...

— Pas de mais, Paula ! Je sais ce dont tu es capable et je te connais sans doute mieux que toi-même, ma chérie, dit-elle en souriant. N'oublie jamais que ce qui compte, dans la vie, ce n'est pas ce que les autres pensent de toi. L'important, c'est de savoir ce qu'on est et ce qu'on vaut. L'aurais-tu déjà oublié ? »

Paula secoua la tête sans répondre.

« Après ma mort, reprit Emma, tu auras pour toi autre chose que tes seules qualités. Partout où tu iras, tu inspireras aux autres le respect qu'ils m'accordent aujourd'hui. Car tu détiendras alors une arme que nul au monde ne peut mépriser : le pouvoir. Je ne te parle pas simplement d'argent ni de fortune, il s'agit de bien autre chose. Le droit de décision sans appel que confère la majorité des actions. Cela, ma petite, personne n'ose le discuter, pas même les mufles de la *Sitex* ! Cette puissance-là compte bien plus que la fortune seule. De l'argent, il en faut, bien entendu, pour se loger, se nourrir, se vêtir, mais une fois l'essentiel assuré, l'argent ne compte plus. Il devient un outil, un moyen d'acquérir le pouvoir. Et il est faux de prétendre que le pouvoir corrompt. Il n'avilit que ceux qui en font mauvais usage et sont prêts à ramper pour le conserver. Bien exercé, le pouvoir peut au contraire ennoblir celui qui le détient. »

Paula écoutait sa grand-mère avec fascination. Emma Harte avait soixante-dix-huit ans. Une vieille dame... Elle ne portait pourtant aucun des stigmates de l'âge et n'avait rien perdu de son extraordinaire vitalité. Serait-elle capable, elle, sa petite-fille, de l'égaler un jour ?

« Vous avez raison, grand-mère, répondit-elle enfin. Le spectacle de ces gens et de leur bassesse m'avait sans doute déprimée. Non, avec ou sans le pouvoir dont vous venez de parler, je n'ai pas peur d'eux. Ce que je craignais, ce que je crains encore, c'est de n'être pas digne de vous, d'échouer...

— Il ne faut jamais avoir peur de l'échec, Paula! Sa crainte suffit presque toujours à le provoquer. A ton âge, je n'avais pas le temps d'avoir peur de ne pas réussir, crois-moi! Il fallait survivre, manger. Douter de soi est un luxe que je n'ai jamais pu m'offrir, que ton grand-père lui-même s'est toujours refusé... »

A cette évocation, le regard d'Emma fut assombri d'un regret. Paula, à qui il n'avait pas échappé, se pencha vers elle, mi-curieuse, mi-attendrie :

« Est-ce vrai que je lui ressemble, grand-mère? »

Emma scruta le visage de sa petite-fille. Le soleil qui passait par le hublot nimbait Paula d'un halo doré. Sa chevelure semblait plus sombre, la pâleur de son teint perdait sa dureté pour prendre la douceur du velours. Ses yeux s'y détachaient avec une profondeur et un éclat inégalables. Oui, pensa Emma, ce sont bien là *ses* cheveux, *ses* yeux...

Elle se détourna, soupira :

« Oui, beaucoup, répondit-elle. Allons, remettons-nous au travail. Je voudrais bien revoir les rapports mensuels du magasin de Paris. Il va sans doute falloir réorganiser la gestion, là-bas aussi. »

Au bout d'un moment de silence, elle releva les yeux :

« Que dirais-tu d'aller à Paris quand nous quitterons New York? Si nous voulons éviter des déboires sérieux, il faut reprendre fermement le magasin en main. »

Paula hésita brièvement :

« Si vous voulez, grand-mère, mais... Je pensais plutôt faire une tournée d'inspection dans les magasins du nord de l'Angleterre. Il y a eu des problèmes d'inventaire, ces derniers temps... »

La jeune fille s'était efforcée de prendre un ton naturel. Mais son trouble, non plus que le côté surprenant de sa déclaration, n'échappèrent pas à Emma. Elle ôta ses lunettes et dévisagea sa petite-fille avec un regard perçant qui la fit rougir. Mal à l'aise, Paula s'agita dans son fauteuil :

« Mais j'irai à Paris si vous voulez, grand-mère. Vous

êtes mieux placée que moi pour décider ce qu'il y a de plus urgent. »

Emma sourit ironiquement. Elle pouvait lire dans les pensées de Paula comme dans un livre ouvert.

« Je serais curieuse de savoir d'où te vient ce subit intérêt pour le nord de l'Angleterre! Quant aux inventaires, laisse-moi rire. Dis-moi plutôt qu'il s'agit de Jim Fairley. Tu le vois toujours, n'est-ce pas?

— Mais non! Cela fait des mois que... »

Paula se mordit les lèvres. Elle venait par étourderie de tomber dans le piège en admettant ce qu'elle s'était pourtant juré de ne jamais révéler à sa grand-mère.

Emma eut un bref éclat de rire sans gaieté :

« Allons, ma petite, je ne t'en veux pas. Je m'étonne simplement que tu ne m'en aies pas parlé, toi qui d'habitude me dis tout.

— Au début, justement, je ne voulais rien vous dire. Je connaissais trop vos sentiments envers les Fairley... Plus tard, quand j'ai cessé de voir Jim, ce n'était plus la peine de vous mettre au courant. Il était inutile de remuer tout cela, vous causer des soucis...

— Les Fairley sont le cadet de mes soucis! répliqua Emma sèchement. Tu sais très bien, d'autre part, que c'est moi qui ai engagé Jim. Je ne lui aurais pas donné à diriger mon groupe de presse si je n'avais pas eu confiance en lui. Pourquoi ne le vois-tu plus? ajouta-t-elle après une pause.

— Eh bien... »

Ainsi sa grand-mère était au courant depuis le début! Elle aurait dû se méfier. Allait-elle maintenant tout lui dire au risque de la blesser? Paula n'avait plus le choix et elle se jeta à l'eau :

« J'ai cessé de voir Jim quand j'ai senti que nous nous attachions l'un à l'autre. Mieux valait couper court avant que nous en souffrions et que nous nous fassions du mal. Je savais que vous ne voudriez jamais d'un Fairley dans la famille... »

Elle prononça ces derniers mots à voix presque basse et détourna la tête pour cacher son émotion.

Emma se sentit soudain très lasse. Pourquoi avoir provoqué cette conversation qui ne menait à rien, ces aveux qui ravivaient tant de blessures ? Elle aurait voulu sourire à Paula, fermer les yeux pour s'isoler. Elle se trouva incapable du moindre geste. Son cœur se gonflait d'une tristesse dont elle avait cru s'affranchir depuis très longtemps. Et voilà Edwin Fairley qui réapparaissait... Dans son ombre, Jim, son petit-fils, son portrait trop vivant. Celui qu'elle avait cru chasser à jamais de sa vie et de sa mémoire revenait la hanter, lui infliger une douleur si intolérable qu'elle eut du mal à réprimer un cri.

Paula n'avait pas quitté sa grand-mère des yeux et prit peur à l'expression de souffrance qui venait de lui crisper le visage. Au diable tous les Fairley de la création, pensa-t-elle avec colère. D'un geste impulsif, elle se pencha et lui prit la main :

« C'est fini, grand-mère, n'y pensons plus ! Tout cela n'a aucune importance, je vous assure. Jim m'est tout à fait indifférent, je n'y pense déjà plus. J'irai à Paris comme vous me l'avez demandé... Grand-mère, je vous en supplie, arrêtez de vous faire du mauvais sang pour rien ! »

Paula s'efforçait de sourire, de convaincre. Elle était surtout furieuse contre elle-même de n'avoir pas su mieux résister, d'avoir dévoilé sans réfléchir ce qu'elle avait si bien dissimulé pendant des mois. Autant qu'à elle-même, elle en voulait à Jim Fairley de la peine qu'elle infligeait à sa grand-mère.

« Jim Fairley n'est pas comme les autres. Il a de grandes qualités... » dit Emma.

Elle s'interrompit, incapable de poursuivre. Elle aurait pourtant voulu dire à Paula qu'elle pouvait recommencer à voir Jim, à l'aimer. Mais les mots se bloquaient dans sa gorge. Le passé avait resurgi trop brutalement. Elle ne pouvait pas l'effacer d'un geste ni d'un mot.

« N'en parlons plus, grand-mère. Vous aviez raison, j'irai à Paris dès que nous serons rentrées à Londres.

— C'est bien, ma petite. »

La brusquerie de sa réponse cachait mal son soulagement de voir clore une conversation insoutenable.

« Nous devrions bientôt atterrir, dit-elle en consultant sa montre. Pour gagner du temps, allons directement au bureau. Charles déposera les bagages à l'appartement. Au fait, as-tu remarqué toi aussi que Gayle n'a pas l'air dans son assiette ? »

Paula fit mine de chercher dans sa mémoire, intensément soulagée de voir le sujet épineux de Jim Fairley si promptement écarté.

« Euh... Non, je n'ai pas trouvé. Mais je lui ai à peine dit quelques mots au téléphone, l'autre jour, quand elle a appelé en arrivant d'Angleterre. Croyez-vous qu'il y aurait eu des problèmes à Londres ? »

Emma Harte fronça les sourcils. Elle était désormais uniquement préoccupée de l'étrange comportement de Gayle Sloane, sa secrétaire particulière, dont elle avait senti l'anxiété et la gêne malgré la distance et la distorsion des voix. Il avait dû, en effet, se produire quelque chose de grave pour provoquer l'émoi de sa collaboratrice, toujours si pondérée. Mais quoi ?

« Il ne manquerait plus que cela, après le cirque que nous venons de voir à *Sitex*, grommela-t-elle. Enfin, nous le saurons toujours assez tôt. »

Le Lear-Jet amorçait son approche. Emma Harte avait renoncé à imaginer des situations dont elle ignorait les données. Son esprit pragmatique se refusait à de telles pertes de temps : elle avait surmonté trop de problèmes réputés insolubles pour gaspiller ses forces à jouer aux devinettes.

Comme dans un livre ouvert, Paula avait suivi la transformation de sa grand-mère. C'en était bien fini des doutes et des attendrissements. Emma Harte était redevenue elle-même.

Au moment où les roues de l'appareil touchèrent le tarmac de la piste, les deux femmes échangèrent un sourire complice. Elles étaient bien de la même trempe.

20

2

Le siège américain de *Harte Enterprises* occupait quatre étages d'un immeuble de bureaux de Park Avenue. Si la chaîne de grands magasins, fondée par Emma Harte des lustres auparavant et qui portait toujours son nom, constituait le symbole le plus ostentatoire de sa puissance, *Harte Enterprises* en était le cœur et le système nerveux. C'était un holding aux ramifications s'étendant sur le monde entier : filatures, usines de prêt-à-porter, sociétés immobilières, réseaux de distribution, un groupe de presse en Grande-Bretagne, sans compter l'infinité des participations, souvent majoritaires, que la société détenait dans d'importants groupes industriels, tant en Europe qu'en Amérique.

Fondatrice de *Harte Enterprises*, Emma en était restée la seule actionnaire et la toute-puissante dirigeante. Elle avait aussi conservé la haute main sur ses magasins : leurs titres étaient cotés au Stock Exchange de Londres mais Emma avait gardé une majorité de contrôle et la présidence du conseil d'administration. Sous son impulsion, la chaîne qui couvrait le Royaume-Uni avait essaimé à New York et à Paris.

Cet impressionnant ensemble financier ne constituait cependant qu'une fraction de l'immense fortune d'Emma Harte. Elle possédait ainsi plus de la moitié du capital de *Sitex Oil*, compagnie pétrolière basée au Texas et dont le rôle international ne cessait de s'étendre. Elle contrôlait également un vaste empire en Australie, qui comprenait des propriétés foncières et immobilières, des exploitations minières et métallurgiques ainsi que le premier élevage de moutons de la Nouvelle-Galles du Sud. Enfin, basée à Londres et discrètement baptisée *E. H. Limited*, une petite société d'investissement s'occupait efficacement de gérer et faire fructifier ses propriétés personnelles et son portefeuille boursier.

Depuis longtemps déjà, Emma Harte avait pris l'habitude de se rendre à New York plusieurs fois par an. Les intérêts de *Harte Enterprises* aux Etats-Unis s'étaient accrus et diversifiés au cours des dernières décennies au point de requérir la présence active de sa présidente. Emma Harte avait pour règle de conduite de déléguer largement ses pouvoirs à ceux qu'elle chargeait de la gestion de ses entreprises. Mais elle n'avait jamais perdu son bon sens terrien de fille du Yorkshire et, sans pour autant retirer sa confiance à ses subordonnés, elle savait que rien ne valait de temps en temps le coup d'œil du maître pour redonner confiance et soutenir la vigilance. Elle prenait d'ailleurs toujours autant de plaisir à tout voir, tout savoir et tout diriger.

Charles, son chauffeur, arrêta la limousine devant le gratte-ciel de verre et d'acier et vint respectueusement ouvrir la portière. En descendant de voiture, Emma frissonna. Il faisait un froid glacial, comme New York en a le secret en hiver. En dépit du ciel pur et du soleil, un vent pénétrant balayait les rues, portant avec lui l'humidité de l'Atlantique. Toute sa vie, Emma Harte avait été sensible au froid. A certains moments, elle avait l'impression d'avoir les os transformés en blocs de glace et le sang en cristaux sous l'effet du gel. Cet engourdissement l'avait envahie dès l'enfance pour ne plus la quitter, même sous le soleil des tropiques ou dans l'atmosphère suffocante des buildings new-yorkais, toujours surchauffés. Tandis qu'elle se hâtait avec Paula pour traverser le large trottoir, elle fut saisie d'une quinte de toux. Elle avait pris froid au Texas et son rhume était tombé sur les bronches, provoquant au moindre courant d'air cette toux qui l'épuisait et lui mettait les poumons en feu.

Au regard inquiet de sa petite-fille, elle répondit d'un geste de la main. Une fois dans la fournaise du hall d'entrée, elle prit une profonde inspiration et sa toux se calma.

« Tu vois, ce n'est rien », dit-elle en pénétrant dans l'ascenseur.

La cabine les déposa au trentième étage, où elles avaient installé leurs bureaux respectifs. Elles se séparèrent sur le palier : Paula avait prévu une réunion avec les cadres financiers pour un examen des résultats du trimestre. Emma avait hâte de se retrouver seule avec Gayle Sloane, dont la nervosité l'inquiétait autant qu'elle l'intriguait. Elle traversa d'un pas vif son antichambre, salua la réceptionniste au passage, et referma derrière elle la porte de son bureau.

Elle aimait autant le cadre qu'elle s'était créé à New York, d'un modernisme de bon ton mais sans concessions, que l'atmosphère feutrée de son bureau de Londres, meublé de pièces du XVIIIᵉ siècle dignes d'un musée mais qui auraient juré dans ce building futuriste, face au panorama de Manhattan. Elle passa derrière son bureau, immense plaque de verre soutenue par un simple piètement d'acier satiné, et ne put retenir un sourire. Quel qu'ait été le trouble de sa secrétaire, elle n'avait rien perdu de ses bonnes habitudes : l'étincelante surface était vierge de tout désordre. On n'y voyait que les deux téléphones, un cylindre d'argent massif contenant l'assortiment habituel de stylos et de crayons, un bloc-notes posé sous un sous-main de cuir et la lampe extensible dont Emma ne pouvait pas se passer. Sur une tablette en retour, classés dans des chemises indexées, les documents requérant son attention : correspondance, notes de service, télex et messages téléphoniques. En quelques minutes, Emma en prit connaissance, y porta quelques annotations au crayon et pressa enfin le bouton d'un interphone pour convoquer Gayle Sloane.

Dès qu'elle la vit entrer, Emma comprit que ses craintes étaient justifiées. Habituellement calme, posée, d'allure impénétrable, sa secrétaire ne parvenait pas à dissimuler sa nervosité. Au service d'Emma Harte depuis une douzaine d'années, Gayle Sloane était depuis six ou sept ans sa secrétaire particulière. A trente-huit ans, restée célibataire à la suite d'une déception sentimentale, cette grande femme à la beauté paisible et effacée était totalement dévouée à Emma Harte et manifestait, par une efficacité incomparable, l'affection et l'admiration qu'elle lui vouait.

Les deux femmes échangèrent les banalités d'usage et s'assirent face à face. Emma affectait une attitude détendue pour mieux mettre Gayle en confiance. Au bout d'un instant, elle lui dit avec un sourire :

« Dites-moi, Gayle, qu'est-ce qui ne va pas ?

— Rien, madame, rien du tout ! répondit-elle trop vite. Je suis sans doute fatiguée. Le décalage horaire...

— Ttt, ttt ! objecta Emma. Vous êtes à New York depuis plusieurs jours, vous avez eu le temps de vous reposer. Dès notre première conversation téléphonique, j'ai senti que vous n'étiez pas dans votre assiette. Dites-moi franchement ce dont il s'agit. Est-ce un problème personnel ? S'est-il passé quelque chose à Londres ?

— Mais non, bien sûr que non... »

Gayle détourna les yeux pour éviter le regard scrutateur de sa patronne. Ce geste n'échappa pas à Emma qui sentit redoubler ses craintes et sa curiosité.

« Soyez franche, Gayle ! Etes-vous malade ?

— Non, madame, je vous l'assure. Je vais très bien, je n'ai aucun ennui.

— Alors, parlez ! Je vous connais trop bien pour croire à vos dénégations. Pourquoi n'osez-vous rien me dire ? Vous êtes mieux placée que quiconque pour savoir que je ne suis pas un ogre ! S'il est question de vous, je suis inquiète. Mais s'il ne s'agit que des affaires, rien ne peut être assez grave pour justifier que vous vous mettiez dans des états pareils ! »

Gayle releva les yeux. La vieille dame assise en face d'elle irradiait, comme toujours, la force et la sûreté de soi. Gayle était en effet mieux placée que beaucoup pour savoir qu'Emma Harte n'était pas une de ces « faibles femmes » prêtes à plier ou gémir sous les coups de l'adversité. C'était un roc que rien ne paraissait pouvoir ébranler. Et pourtant, pensa sa secrétaire avec un mouvement de panique, je vais lui porter un coup si rude qu'elle n'y résistera pas.

Emma avait suivi sur son visage les pensées de sa collaboratrice. D'abord curieuse, puis déconcertée, elle devenait franchement inquiète. Pour que la calme, la paisible Gayle se conduise ainsi, il devait y avoir une cause d'une exceptionnelle gravité. Elle se leva pour traverser la pièce et, arrivée au bar, versa dans un verre une généreuse rasade de cognac.

« Buvez, dit-elle en tendant le verre. Cela vous remontera, vous paraissez en avoir grand besoin. »

Docilement, Gayle avala d'un trait la moitié du liquide qui lui brûla la gorge et la fit pleurer. Un instant plus tard, légèrement calmée, elle termina son verre et le reposa d'une main mal assurée sur le rebord du bureau.

« Assez d'hésitations, Gayle ! Ce que vous avez à me dire ne peut pas être aussi terrible que vous l'imaginez. Si vous ne savez pas comment faire, commencez par la fin, par le milieu, n'importe où. Mais dites quelque chose ! Plus vite vous vous serez déchargée de ce poids, mieux vous vous sentirez et plus vite je saurai ce qu'il faut faire. Je vous écoute. »

Aiguillonnée par cette injonction et par l'alcool qui la réchauffait, Gayle se mit alors à parler trop vite, en bafouillant. Emma l'interrompit d'un geste :

« Pas si vite, Gayle. Du calme ! Je ne comprends rien à ce que vous dites. Vous parlez d'une porte. Quelle porte ? »

Gayle reprit son souffle, se mordit les lèvres :

« Excusez-moi, madame. Je parlais en effet d'une porte. Celle du petit bureau de classement entre mon bureau et la salle de conférences, à Londres. Samedi, avant de prendre l'avion, je m'étais demandé si le magnétophone avait bien été éteint vendredi soir et si la porte avait bien été fermée à clef. Je suis donc retournée au bureau, j'y suis entrée par mon côté et j'ai traversé le classement pour voir si la porte de communication avec la salle de conférences était fermée. »

Emma hocha la tête. Il s'agissait d'une sorte de couloir dont on avait garni les murs de rangées de classeurs et où elle avait fait ouvrir une communication avec la salle de conférences, ce qui économisait des pas et un temps précieux quand il fallait consulter des documents au cours des séances du conseil. On s'en servait aussi de passage entre les deux ailes mais, pour éviter les indiscrétions, seules quelques personnes de confiance en possédaient la clef et les portes étaient verrouillées en dehors des heures de travail. Gayle avait donc dû surprendre une conversation tenue un samedi, jour de fermeture, dans la salle de conférences.

« En arrivant près de la porte, reprit la secrétaire, j'ai été surprise de la trouver entrebâillée. J'allais la refermer quand j'ai entendu des voix. Je ne savais plus que faire. Si je manœuvrais la serrure, ils m'entendraient et croiraient que je les écoutais. J'ai hésité. Vous savez que ce n'est pas dans mes habitudes d'écouter aux portes... Oh! madame, combien je regrette d'être arrivée à ce moment-là! »

Gayle s'interrompit pour avaler sa salive avec effort.

« Continuez! lui dit Emma avec impatience.

— Ils disaient... Il y en avait un des deux qui disait que... que vous n'étiez plus d'âge à mener les affaires, que vous perdiez la tête...

— Plus fort, Gayle, je n'entends rien! »

Gayle jeta à Emma un regard suppliant et baissa la tête devant l'attitude inflexible de sa patronne.

« Ils se sont disputés. Ils disaient que ce serait sans doute difficile de prouver légalement votre incapacité mais qu'ils arriveraient probablement à obtenir votre démission pour éviter un scandale public et la chute des actions Harte à la Bourse. Après avoir longuement discuté, l'un a dit qu'il fallait vendre les magasins à un groupe international puis céder les filiales de *Harte Enterprises* une par une, pour en tirer le maximum... »

Gayle releva timidement les yeux vers Emma et la trouva plus impénétrable que jamais. Ses traits n'exprimaient aucun sentiment. Elle avait les lèvres serrées en une ligne presque imperceptible dans un visage figé.

Un rayon de soleil jaillit soudain de derrière un

26

nuage et inonda la pièce d'une lumière aveuglante, réfléchie sur le verre, l'acier et le marbre des meubles. Emma Harte eut un geste de recul instinctif devant cette subite agression et leva une main pour se protéger les yeux.

« Gayle, fermez les rideaux je vous prie », dit-elle d'une voix à peine audible.

La secrétaire bondit de son siège. Elle pressa un interrupteur et les immenses draperies se mirent en mouvement avec un ronronnement doux pour occulter le mur de verre. Un instant plus tard, la pièce était baignée d'une lumière diffuse et douce. Gayle dévisagea anxieusement sa patronne :

« Madame... Vous sentez-vous bien ? » demanda-t-elle avec timidité.

Emma baissa la main et releva les yeux. Elle avait retrouvé son impassibilité.

« Quelle question ! Bien sûr, voyons... Continuez. J'ai hâte de connaître le fin mot de cette histoire. »

Gayle hésita avant de reprendre son récit :

« Eh bien... Ils se sont disputés à nouveau. L'un disait qu'il était inutile d'engager une bataille avec vous car, à votre âge, vous n'en aviez plus pour longtemps à vivre. L'autre affirmait que vous les enterreriez tous et qu'il fallait se débarrasser de vous à tout prix... Non, madame, ne me demandez pas de continuer, je vous en supplie ! »

Gayle fondit en larmes et se cacha la figure dans les mains. Elle ne vit donc pas l'expression de rage froide et résolue qui étincelait maintenant dans les yeux d'Emma Harte.

Celle-ci marqua une longue pause pour laisser à Gayle le temps de se ressaisir.

« Allez-vous me dire enfin qui sont ces deux... messieurs, dit-elle enfin d'une voix glaciale. Si je puis employer un terme de politesse à l'égard de tels individus. »

Elle savait pourtant quels noms allaient se former sur les lèvres de sa secrétaire. Dès les premières phra-

ses, un instinct l'avait avertie. Mais un fol espoir l'empêchait d'y croire tout à fait. Il fallait qu'elle entende
Gayle le lui confirmer pour y croire vraiment, transformer ses soupçons en certitudes plus cruelles que le
doute.

Gayle releva la tête, les yeux encore pleins de larmes.
Elle fouilla dans une poche de sa jupe, se tamponna le
visage avec un mouchoir, renifla à plusieurs reprises,
les mains tremblantes, le dos courbé.

« Non, madame, non, je ne peux pas me résoudre
à... »

Un regard terrible lui coupa littéralement la respiration. Gayle détourna les yeux et parla dans un souffle :

« C'étaient... M. Ainsley et M. Lowther. »

Le visage d'Emma Harte était impassible. Les yeux
toujours baissés, Gayle reprit son récit avec précipitation, comme pour mieux se débarrasser d'un fardeau
insupportable.

« Alors, ils ont recommencé à se disputer. M. Lowther
disait qu'il fallait mettre leurs sœurs dans la confidence
car ils auraient besoin de leur soutien. M. Ainsley a
répondu qu'elles étaient déjà acquises à leur cause et
qu'il leur en avait parlé, sauf à Mme Amory à qui il ne
fallait rien dire car elle courrait tout vous répéter.
M. Lowther l'a interrompu en redisant qu'il valait
mieux ne rien faire de votre vivant et que ce serait de la
folie de se lancer dans un tel projet car, à eux tous, ils
n'auraient jamais les moyens de voter contre vous aux
assemblées générales. Ensuite, il a dit à M. Ainsley que
c'était lui, de toute façon, qui prendrait le contrôle de la
chaîne des grands magasins Harte car vous lui laisse-
riez certainement vos parts et qu'il se refuserait absolument à revendre quoi que ce soit. M. Ainsley a alors
piqué une colère terrible et il ne s'est calmé que quand
M. Lowther lui a promis qu'il donnerait son accord
pour la vente des filiales de *Harte Enterprises*, ce qui
permettrait à M. Ainsley de toucher la part qui lui
reviendrait. Ils ont ensuite parlé de votre testament et
M. Ainsley s'est mis de nouveau en colère quand il a été

28

question de Mlle Paula, qu'il soupçonne de vous avoir circonvenue pour vous soutirer de l'argent. Il a tapé du poing sur la table en disant qu'il était plus que jamais urgent de prendre des mesures pour sauvegarder leurs intérêts et qu'il irait jusqu'à attaquer votre testament après votre mort si vous ne les favorisiez pas comme ils en avaient le droit... »

Hors d'haleine, Gayle s'arrêta aussi soudainement qu'elle avait commencé. Elle ne pleurait plus, ne tremblait plus. Mais elle avait la gorge serrée, l'estomac noué par la nausée et elle se sentait vidée de ses forces.

Emma Harte était pétrifiée et la douleur la rendit longtemps incapable de réagir ou de penser de façon cohérente. Le soleil qui, un instant plus tôt, baignait la pièce de sa lumière tamisée par les rideaux avait disparu derrière un nuage. Il faisait soudain sombre, hostile et, malgré le chauffage, Emma frissonna. Le froid, son vieil ennemi, revenait l'assaillir. Les paroles de Gayle Sloane résonnaient dans sa tête comme des coups de tonnerre : ses fils, ses deux fils, complotaient contre leur mère pour lui arracher sa fortune ! Kit et Robin, les deux demi-frères qui ne s'étaient jamais vraiment aimés, s'unissaient maintenant pour échafauder leur sordide combinaison et la trahir ! Ainsi, ses pires soupçons, ceux qu'elle n'avait jamais osé formuler, se vérifiaient maintenant. *Son* Kit, *son* Robin...

Les protestations de son instinct maternel ne pouvaient résister à l'évidence. Emma eut beau soulever des objections, s'efforcer de croire à une méprise, une voix venue du tréfonds d'elle-même lui affirmait qu'elle ne se trompait pas. Depuis des années, elle se préparait inconsciemment à ce coup de poignard dans le dos. Ce qu'elle venait d'entendre était malheureusement vrai. Elle n'en était même pas surprise.

Alors, d'un seul coup, la détresse qui embrumait son esprit fut balayée par une irrésistible vague de rage, une rage froide, féroce, qui lui redonna toute sa lucidité et la fit se lever d'un bond. La voix de Gayle lui parvint assourdie, lointaine. Elle dut faire un effort pour redescendre sur terre et prêter l'oreille :

« Madame ! Madame ! Vous n'êtes pas malade ? »

Elle s'appuya sur son bureau et se pencha vers sa secrétaire, chassant d'un coup d'œil fulgurant ses questions inutiles et sa pitié déplacée.

« Etes-vous parfaitement sûre de ce que vous avez entendu, Gayle ? demanda-t-elle d'une voix coupante. M'avez-vous tout dit ?

— Oui, madame, je suis sûre, hélas ! de l'exactitude de ce que je vous ai dit. Mais ce n'est pas tout... »

Gayle se pencha, ouvrit son sac et en sortit une bobine de magnétophone qu'elle posa sur le bureau :

« Voici l'enregistrement complet de leur conversation. »

Une expression de stupeur parut sur le visage d'Emma.

« Tout à l'heure, vous vous en souvenez peut-être, je vous ai dit être précisément retournée au bureau samedi pour vérifier si la machine était bien éteinte. Il y avait eu réunion du comité de direction vendredi et...

— Peu importe ! dit Emma. Au fait, je vous en prie !

— Ils avaient effectivement oublié d'éteindre le magnétophone, reprit Gayle. Pendant que j'écoutais dans l'ombre, derrière la porte, j'ai remarqué le voyant rouge sur l'étagère. Alors, je me suis dit qu'il valait peut-être mieux... »

Emma Harte n'écoutait déjà plus. Elle devait se retenir de toutes ses forces pour ne pas éclater de rire, mais d'un rire sans joie, plein de l'amertume et du mépris que donne une victoire trop facile sur des adversaires trop médiocres. Les imbéciles ! Les pauvres imbéciles assez bornés, assez bouffis de vanité pour aller tramer leur misérable complot dans sa propre salle de conférences ! Si c'était là leur première erreur, ce serait la dernière car elle leur serait fatale ! Kit et Robin étaient administrateurs de *Harte Enterprises* mais ne remplissaient aucune fonction à la direction de la chaîne de magasins. Ils ne pouvaient donc pas savoir que leur mère avait récemment fait installer un système ultra-moderne d'enregistrement pour épargner à Gayle la fastidieuse sténographie des délibérations des séances. Comme celles-ci étaient parfois longues, l'appareil se mettait en marche à la voix. Et si les micros étaient dissimulés sous la grande table, ce n'était pas par ruse ni pour espionner les collaborateurs, tous au courant, mais uniquement dans un souci esthétique, pour ne pas déparer d'objets barbares le superbe décor du XVIIIe siècle.

La lassitude qui l'avait écrasée tout à l'heure lui pesa de nouveau sur les épaules. Elle jeta un regard presque apeuré sur la bobine qui reposait devant elle, comme un serpent venimeux qui se rassemble pour mordre. Ses victimes ne pourraient pas se défendre, elles s'étaient condamnées d'elles-mêmes. Par leur bêtise, leur sécheresse de cœur, leur rapacité. Et c'étaient ses enfants...

Elle se leva, traversa la pièce, repoussa d'une main le rideau et s'appuya le front sur la vitre froide. Très loin au-dessous d'elle, le remue-ménage de la circulation restait silencieux, irréel, comme un film muet. La pièce où elle se trouvait avait disparu. Elle était comme suspendue dans un monde sans substance où plus rien n'avait de valeur. Kit et Robin. Robin et Kit...

Robin. Elle l'avait adoré jusqu'au jour, relativement récent, où un groupe américain avait fait une offre d'achat pour la chaîne de magasins. Emma l'avait repoussée sans même la considérer. C'est alors que Robin s'était emporté et lui avait fait une scène telle qu'elle avait cru voir devant elle un étranger. De quel droit, avait-elle pensé, ose-t-il se mêler de mes affaires, lui qui ne s'y était jusqu'alors intéressé que pour en recueillir les confortables revenus ? Ensuite, Emma avait réfléchi. Ce ne pouvait être, en effet, que son très cher Robin pour animer l'ignoble complot contre sa mère. Robin, toujours beau, élégant, séduisant, depuis longtemps le brillant parlementaire aux discours provocants. Robin, avec sa triste épouse délaissée, son cortège de maîtresses tapageuses et d'« amis » aux mœurs équivoques. Robin, avec ses continuels besoins d'argent pour financer une campagne électorale, étouffer un scandale ou jeter de la poudre aux yeux...

Kit, son aîné, n'aurait jamais eu l'imagination ni surtout l'audace de se lancer seul dans une pareille aventure. Mais il savait se montrer persévérant jusqu'à l'entêtement, patient jusqu'à l'inertie. Il était homme ·à attendre des années ce qu'il convoitait. Il n'avait jamais fait mystère de son désir d'avoir les magasins à lui seul. Mais il n'avait pas le sens des affaires, pas même du commerce. Sagement, sa mère l'avait aiguillé vers l'une des filiales de *Harte Enterprises* en lui confiant la direction des filatures du Yorkshire. Son pesant bon sens suffisait à assurer la gestion quotidienne sans compromettre l'avenir. Car Kit n'avait jamais été qu'un suiveur, un second prêt à obéir, à se laisser manœuvrer. Et il se laisse embarquer par son jeune frère dans cette ignoble équipée, se dit Emma avec une moue de mépris.

Son amertume s'accentua à la pensée de ses filles. Elles étaient donc complices de leurs frères! Edwina, sa première née, Edwina pour qui Emma avait travaillé comme une esclave alors qu'elle était à peine sortie elle-même de l'enfance. Edwina, qu'elle avait aimée avec passion, que les circonstances avaient trop longtemps éloignée d'elle et que, pour cette raison, elle avait aimée plus que les autres. Edwina n'avait jamais répondu à cet amour. Elle avait toujours été froide, distante, s'éloignant à mesure qu'elle grandissait jusqu'à ce que cette indifférence se mue en hostilité et mène à une série de ruptures et de réconciliations précaires. Oui, Edwina avait dû devenir l'âme damnée de Robin, car elle croyait toujours avoir une revanche à prendre sur sa mère.

Mais Elizabeth? Sœur jumelle de Robin, elle était pourtant d'une autre trempe. Que faisait-elle avec les autres, la belle, l'irrésistible Elizabeth aux caprices irraisonnés? Elle avait toujours vécu dans un tourbillon de maris décoratifs, de vêtements luxueux, de bijoux de prix, de voyages coûteux. Elle n'avait jamais assez d'argent pour rassasier son appétit de faste.

Comme son frère Robin, il lui en fallait toujours davantage. Ne s'était-elle donc avilie que pour cela ?

Restait Daisy, la seule dont la fidélité ne faisait aucun doute. Daisy aimait sa mère qui le lui rendait au centuple. Daisy n'avait jamais douté du jugement d'Emma, jamais remis en cause ses décisions qu'elle savait fondées sur la raison et l'équité. Différente des autres, tant par son physique que dans son caractère, Daisy avait manifesté dès son plus jeune âge les plus heureuses dispositions. Devant son honnêteté et sa douceur, sans défense évidente face à un monde hostile, Emma avait souvent été inquiète. Mais Daisy dissimulait une grande force de caractère sous son apparente vulnérabilité. Comme sa mère, elle était farouchement indépendante et capable de se montrer inflexible. Ses qualités lui servaient d'armure à l'abri de laquelle elle avait rempli toutes ses promesses, comblé tous les espoirs que sa mère avait mis en elle. Emma en était fière.

« Daisy ? Une colombe dans un nid de vipères... » Cette image qui refaisait brutalement surface fit grimacer Emma. Henry Rossiter, son banquier et ami de longue date, s'était un jour permis de porter ce jugement sur la famille d'Emma. Aujourd'hui, plus que jamais, l'image se vérifiait. Daisy n'était plus l'innocente colombe de l'époque mais les autres n'avaient pas changé. Elles grouillaient, ces vipères. Avait-il fallu à Emma Harte aussi longtemps pour s'en rendre compte ? S'apercevait-elle seulement aujourd'hui qu'elle avait donné le jour à des serpents ?

Elle se détourna de la fenêtre et retourna s'asseoir à son bureau. Le ruban magnétique, cet autre serpent, semblait la regarder ironiquement, lové dans sa bobine. Elle eut une hésitation imperceptible, tendit la main et le saisit pour le glisser dans son porte-documents dont le fermoir fit entendre un claquement sec.

Gayle Sloane avait respecté ce long silence sans oser intervenir. Elle observait maintenant, bouleversée, la physionomie de sa patronne. Les traits tirés, les yeux vides de toute expression, Emma était d'une blancheur cadavérique sous son léger maquillage. Elle parut tout à coup si vieille et si fragile que Gayle eut envie de la prendre dans ses bras et de la consoler. Elle sut s'en abstenir : Emma était trop fière pour admettre sa faiblesse, même passagère. Cette nouvelle épreuve, elle la surmonterait seule. Comme toujours.

« Puis-je faire quelque chose pour vous, madame ? » demanda Gayle timidement.

Emma leva les yeux et grimaça un sourire :

« Volontiers, Gayle. Soyez assez gentille pour me préparer du thé, bien fort. En attendant, laissez-moi seule quelques instants. Rassurez-vous, ajouta-t-elle devant l'expression de sa secrétaire, j'irai tout à fait bien dans une minute. »

Quand Gayle eut refermé la porte derrière elle, Emma s'affaissa dans son fauteuil et se détendit pour la première fois. Toute cette succession d'événements était plus qu'elle n'en pouvait supporter à son âge. D'abord, les pugilats de *Sitex*, où Emma avait dû peser de tout son poids pour arbitrer les conflits. Et maintenant, cette abomination... Sans oublier Paula et son attachement pour Jim Fairley. Le passé, toujours, revenait la hanter. N'y a-t-il pas moyen d'échapper à son passé ? se demanda-t-elle avec lassitude.

Peu à peu, la fermeté reparut dans son regard, et les couleurs sur ses joues. Une idée se formait dans sa tête et prenait corps. Elle savait, désormais, ce qui lui restait à faire.

Gayle revint à ce moment-là, un plateau à la main. Elle vit d'un coup d'œil la métamorphose d'Emma.

« Vous le constatez, Gayle, je me sens beaucoup mieux, dit-elle avec un sourire. Nous repartons pour Londres ce soir même. Faites le nécessaire pour réserver trois places dans le premier vol disponible dans la soirée.

— Oui, madame... »

La secrétaire allait partir quand Emma la retint :

« Au fait, Gayle, inutile de donner à Paula la véritable raison de notre retour précipité. Je lui dirai simplement que je dois m'occuper d'urgence d'un problème imprévu. Mais pas un mot sur cette affaire. Je puis compter sur vous, n'est-ce pas ?

— Vous pouvez compter sur moi, madame.

— C'est bien. Et puis... Merci, Gayle. Vous avez fait exactement ce qu'il fallait. Je vous en suis profondément reconnaissante. »

Gayle rougit, voulut s'expliquer. Emma lui coupa la parole d'un sourire :

« Allons, ne perdons pas notre temps. Occupez-vous tout de suite de nous trouver des places d'avion et n'oubliez pas de prévenir Charles. Il n'aura qu'à remettre les bagages dans le coffre. »

De nouveau seule, Emma but à petites gorgées son thé brûlant. La détermination qu'elle venait de retrouver s'affermissait, dirigeait ses pensées vers d'autres sujets. Le temps des regrets superflus ou des remords débilitants était passé. Elle ne devait pas non plus se laisser aller à des rancunes destructrices, des haines paralysantes. Il fallait avant tout penser à sa famille, à ses affaires. A ses petits-enfants et à cet empire qu'elle avait créé seule, de ses mains. Il fallait le préserver, sauvegarder l'avenir.

Y parviendrait-elle seule ? Son hésitation ne dura guère. Comme toujours, elle avait trouvé en elle la force de faire face, force dont elle n'aurait pas besoin d'abuser : ses fils s'étaient révélés plus bêtes qu'elle n'aurait cru. Ils avaient surtout commis une erreur impardonnable en la sous-estimant. Ils n'étaient pas de taille à lutter avec elle, pas plus qu'ils n'avaient l'envergure de prendre les commandes de ses entreprises. En les en écartant, elle avait eu raison et cette nouvelle preuve de leur aveuglement justifiait l'urgence de les mettre définitivement hors d'état de nuire. Elle avait le devoir de sauver l'héritage de ses petits-enfants — leurs propres enfants ! — qu'ils s'apprêtaient à spolier sans le moindre scrupule.

Emma avait toujours été joueuse dans l'âme et la chance lui avait toujours été fidèle. Elle comptait cependant bien davantage sur la sûreté de son instinct. Or, cette fois encore, la chance la favorisait, son intuition prenait le relais. La victoire lui était acquise.

Elle eut un dernier doute, un imperceptible mouvement d'inquiétude : la chance tiendrait-elle, son instinct était-il aussi infaillible ?

Emergeant de derrière un nuage, le soleil parut revenir pour lui donner la réponse.

3

Il fallut plus de huit jours après son retour à Londres pour qu'Emma Harte admette qu'elle était malade. La bronchite dont elle avait senti les premières atteintes à New York s'était aggravée de jour en jour. Les quintes de toux se multipliaient, chaque fois plus douloureuses. Elle avait la poitrine constamment serrée dans un étau. Pourtant, tout au long de cette semaine, elle avait obstinément refusé de s'incliner devant ces symptômes, en dépit des objurgations de sa fille Daisy et de Gayle Sloane. Paula était à Paris et ne pouvait donc joindre sa voix, la seule à laquelle sa grand-mère se serait rendue, aux protestations et aux conseils de prudence. Tous les matins, Emma quittait à sept heures trente son hôtel particulier de Belgrave Square pour n'y rentrer qu'à huit heures du soir ce qui, compte tenu de ses horaires habituels, constituait, estimait-elle, une concession suffisante à l'inquiétude de ses proches. Elle était trop fière de sa robuste santé pour s'avouer vaincue par la maladie. Pour compenser, d'ailleurs, ce qu'elle appelait sa « paresse », elle ne revenait chez elle que chargée de dossiers sur lesquels elle se penchait parfois jusque tard dans la nuit.

Mais Emma ne se mortifiait pas ainsi par vanité gratuite. Mieux que personne, elle ressentait le caractère alarmant de la toux persistante qui, de plus en plus souvent, la laissait haletante, les poumons en feu, la gorge à vif et dans un état de faiblesse croissant. Elle ne tenait que par un effort constant de sa volonté. Car ses longues veilles étaient moins consacrées à ses affaires, dont elle s'occupait pendant la journée avec l'aisance précise devenue chez elle un réflexe, qu'à une pile imposante de documents juridiques. Dès son retour, elle en avait fait préparer les projets par ses hommes de loi et elle ne voulait pas se permettre la moindre faiblesse avant d'en avoir entièrement terminé l'étude et la révision. Par moments, cependant, le découragement la submergeait : aurait-elle le temps ? Mais ces accès de panique ne duraient pas et elle se remettait au travail avec acharnement. Mot par mot, ligne par ligne, elle relisait tout, couvrait les marges de notes et d'observations, réfléchissait aux moindres conséquences d'un paragraphe d'allure insignifiante. Car ces documents, elle les voulait irrévocables, inattaquables, capables de créer une situation irréversible.

Ainsi, toute la semaine, elle avait conféré avec ses juristes, mené ses affaires comme à l'accoutumée. La veille, elle avait reçu Henry Rossiter, son banquier et conseiller financier, pour lui donner des instructions précises afin de liquider une grande partie de ses avoirs privés. Il lui fallait, avait-elle répondu aux questions stupéfaites de son vieil ami, disposer rapidement d'une somme considérable, près de huit millions de livres sterling.

« Mais enfin, Emma, avait-il finalement demandé, que voulez-vous faire d'une somme pareille ? Vos affaires ne... »

Emma l'avait interrompu d'un sourire qui ne souffrait pas la discussion :

« Disons qu'il s'agit d'un projet qui me tient particulièrement au cœur, mon cher Henry. Vous en serez informé en temps voulu. Ai-je jamais gaspillé mon argent ? »

Déconcerté par ce mystère, le banquier s'était incliné. Pour qu'une Emma Harte se débarrassât ainsi d'une bonne partie de ses propriétés foncières, de ses bijoux et même de ses œuvres d'art, il devait en effet y avoir d'excellentes raisons. Comment comptait-elle réinvestir cet énorme capital ? Il se promit d'être vigilant pour, le cas échéant, en tirer un enseignement profitable. L'amitié n'exclut pas le goût de la spéculation...

Le lundi suivant, Emma Harte fut incapable de quitter son lit. Ses douleurs pulmonaires étaient devenues si intolérables et sa respiration si irrégulière qu'il fallut de toute urgence convoquer son médecin. La veille et l'avant-veille, elle avait fait procéder à la rédaction définitive des documents par ses hommes de loi et y avait apposé sa signature. Il ne restait plus qu'à les enregistrer, ce qui devait être exécuté le jour même. Emma pouvait donc enfin se permettre d'être malade. Revenue de Paris le samedi soir, Paula veillait avec autorité sur la santé de sa grand-mère.

Dans une semi-conscience qui n'était pas déplaisante, Emma vit Paula conférer avec le médecin à l'autre bout de sa chambre. Elle n'eut pas besoin de saisir des bribes de leur conversation pour comprendre le diagnostic : elle avait une pneumonie. Moins d'une heure plus tard, une ambulance la transporta dans une clinique, non sans qu'Emma eût arraché à Paula, malgré ses protestations, la promesse de faire venir l'après-midi même Henry Rossiter et l'un des associés du cabinet d'avocats chargé de ses affaires. Quand les deux hommes furent introduits dans sa chambre, ils ne purent dissimuler leur désarroi à la vue d'Emma, livide, sous une tente à oxygène et environnée d'appareils à l'allure barbare. Elle se retint de rire de leur mine déconfite. Est-ce mon sort qui les inquiète, se dit-elle, ou la crainte de perdre leur meilleure cliente ?

Elle leur rendit avec effort leur salut, les fit venir près d'elle l'un après l'autre et s'assura que ses instructions avaient été suivies à la lettre. Ils la quittèrent après lui avoir fait subir un déluge de paroles rassurantes et de vœux de rétablissement qui la mirent en colère. Me croient-ils déjà retombée en enfance ? se dit-elle en leur jetant des regards courroucés. Une violente quinte de toux l'empêcha de parler et l'infirmière en chef dut user de toute son autorité pour apaiser son irascible patiente.

Sous l'effet conjugué des calmants et de la fièvre, Emma tomba très vite dans une lourde torpeur. Elle se sentit d'abord flotter dans un état d'euphorie où elle fut tentée de s'abandonner. Sa lucidité l'en arracha. Elle se voyait à nouveau seule, face à la mort, comme elle avait été seule devant la vie et ses décisions importantes. Mais elle n'allait pas se résigner à la mort. Elle ne devait pas plier devant cette ridicule maladie qui croyait triompher de son vieux corps fatigué. Elle ne pouvait pas se permettre d'abandonner, de mourir maintenant. Sa volonté : elle en connaissait le pouvoir, elle la sauverait cette fois encore. Il fallait vivre. Il fallait survivre. Survivre ! Nul au monde mieux qu'Emma Harte ne connaissait la signification de ce mot.

La lassitude la reprit pourtant. Très loin, très bas, elle entendit des voix inquiètes ou grondeuses lui reprocher son excitation. Elle distingua vaguement des silhouettes s'agitant devant elle. Elle sentit qu'on lui injectait une drogue. La tente à oxygène interposait toujours son écran flou entre la lumière et ses yeux las. Emma tenta de rouvrir ses paupières lourdes, de repousser le sommeil. En vain...

Elle s'enfonça dans un tunnel où elle se sentait rajeunir. Gommées par quelque magie, les années disparaissaient. Emma était de nouveau une toute jeune fille. Seize ans, à peine. Heureuse, légère, elle courait dans la lande de son cher Yorkshire, au-dessus du village de Fairley. Les bruyères et les ajoncs lui griffaient les mollets. Le vent gonflait sa longue jupe. Comme des rubans, ses cheveux flottaient derrière elle. Le ciel était d'un bleu profond, strié çà et là par le vol des oiseaux qui jouaient dans le soleil. Sur l'amas des rochers escarpés de Ramsden Crags, une silhouette se détachait. Edwin. Edwin Fairley...

En la voyant, il lui fit un grand signe du bras et reprit son escalade vers la corniche, là-haut, où ils s'asseyaient toujours à l'abri du vent pour dominer le monde étalé à leurs pieds. Elle le voyait qui grimpait, elle devinait l'effort de ses muscles qui le hissaient, accroché aux aspérités. Mais Edwin ne se retournait pas, ne l'attendait pas. Un instant, la panique la saisit à l'idée de le voir disparaître :

« Edwin ! Edwin, attends-moi ! »

Le vent emporta au loin son appel et Edwin ne l'entendit pas. Hors d'haleine, elle atteignit enfin Ramsden Crags, épuisée par l'effort qui lui rosissait les joues.

« J'ai couru si vite, j'ai cru mourir ! » lui cria-t-elle.

Edwin lui tendit la main en souriant pour l'aider à grimper et le rejoindre sur la corniche.

« Non, Emma, tu ne mourras jamais. Toi et moi, nous vivrons éternellement, ici, au Sommet du Monde !... »

Edwin Fairley. *Son* Edwin. Maintenant, il était mort. Les Fairley étaient morts, eux aussi. Tous, sauf un : James Arthur Fairley, le dernier de la lignée. « Pourquoi faut-il que Jim et Paula souffrent à notre place et expient les péchés des générations disparues ? » s'entendit-elle murmurer.

Elle vit alors un cortège de visages se dessiner sur le bleu du ciel. Visages amis, ennemis. Mais tous morts. Tous des fantômes. Inoffensifs, sans pouvoir sur les vivants. Sur l'avenir.

La vie d'Emma avait commencé à l'ombre des Fairley. Elle s'était déroulée en quelque sorte à cause d'eux. Contre eux. Et maintenant qu'elle touchait à sa fin, un Fairley était présent. Le destin en avait voulu ainsi.

L'ocre et le gris des rochers se détachaient sur le bleu du ciel. Les visages avaient disparu, s'étaient fondus en de légers nuages qui montaient à l'horizon. Emma se sentit plonger dans le sommeil comme dans un gouffre, sans rien à quoi se raccrocher. Elle eut une dernière vision de son rêve : il se morcelait en une infinité de menus fragments, comme les pièces d'un gigantesque puzzle attendant d'être reconstitué. Par qui ? Pour représenter quoi ?

Bientôt, elle ne vit plus rien.

1904

4

« MAMAN... Maman... Dormez-vous ? »

Du pas de la porte, Emma appela à mi-voix mais son chuchotement resta sans réponse. Elle avança la tête, hésitante, l'oreille tendue. La chambre était trop calme et la fillette, inquiète, ramena sur ses épaules le léger châle qui ne la protégeait guère contre le froid de l'aube. Elle frissonna sous sa mince chemise de nuit. Dans la pénombre, la pâleur de son visage dessinait une tache irréelle.

« Maman... Maman... »

Elle fit quelques pas en tâtonnant, la main en avant pour éviter les meubles dont elle ne distinguait pas les contours dans l'obscurité. L'atmosphère lourde qui régnait dans la pièce lui monta à la gorge et elle retint malgré elle sa respiration. Cela sentait le renfermé, le moisi, les draps souillés et la sueur fébrile. L'odeur de la misère et de la maladie. Emma ne la connaissait que trop bien...

Pas à pas, elle se rapprocha du lit de fer et se pencha au chevet. Son cœur battait la chamade tandis qu'elle s'efforçait de voir la forme étendue sous ses yeux. Une voix se mit à crier à ses oreilles : sa mère se mourait. Peut-être était-elle déjà morte ? Son petit corps malingre fut saisi d'un irrépressible tremblement. Elle se pencha plus avant, enfouit son visage dans la poitrine de sa mère comme pour transfuser l'énergie et la vie à ce corps inerte. Les yeux clos, les traits crispés en une grimace douloureuse, elle balbutia une fervente prière où elle mit toutes ses forces. Je Vous en supplie, mon Dieu, ne laissez pas maman mourir! Je ferai tout ce que Vous voudrez, toute ma vie. Mais faites que maman ne meure pas, mon Dieu!

Emma croyait, du plus profond d'elle-même, que Dieu était bon et juste. Combien de fois sa mère le lui avait-elle dit : Dieu est toute bonté, toute justice. Il comprend, il pardonne. Emma ne croyait pas en ce Dieu terrible et redoutable dont le pasteur méthodiste brandissait la foudre dans ses sermons du dimanche. Le Dieu d'Emma n'était pas le Dieu de la vengeance et du châtiment qu'il fallait craindre sans l'aimer. Sa mère lui avait tant de fois répété qu'il fallait avoir une confiance aveugle en l'infinie bonté de Dieu... Elle savait tout, sa mère. Son Dieu ne pouvait pas ne pas exaucer sa prière... Mon Dieu, faites qu'elle ne meure pas!

Emma rouvrit les yeux, caressa avec douceur le front moite et brûlant de fièvre.

« Maman! Vous m'entendez? Vous allez bien? »

Il n'y eut toujours pas de réponse au chuchotement apeuré d'Emma. Elle se releva à demi, alluma la chandelle.

Dans la lumière tremblotante, elle put enfin voir clairement le visage de la femme assoupie. Sa pâleur maladive, comme cendrée, luisait sous une pellicule de sueur. L'opulente chevelure châtain, qui avait si longtemps fait sa fierté, tombait en mèches éparses et poisseuses sur l'oreiller froissé. La souffrance n'avait pas encore totalement oblitéré les derniers vestiges de sa beauté. Mais Elizabeth Harte avait la physionomie ravagée par des années de misère, de lutte pour la vie, de labeur inhumain et, pour finir, par la terrible maladie. Le mal qui la rongeait en avait fait une vieille femme promise au tombeau. Elle n'avait pas même trente-quatre ans.

Désespérée, Emma se redressa et regarda machinalement autour d'elle. La chambre de la malade ne possé-

44

dait rien du confort, pour ne pas parler du luxe, qui peut rendre la vie supportable. Sous la pente du toit, le lit occupait la plus grande partie de l'espace. Une table boiteuse en imitation de bambou était poussée contre la lucarne. On y avait posé une grosse Bible noire à la reliure fatiguée, une cruche de grès et les médicaments prescrits par le docteur Malcolm. Près de la porte, une commode en bois mal équarri. De l'autre côté, une table de toilette au marbre fissuré. La chaumière était bâtie à flanc de coteau, à la lisière de la lande, et cette situation la rendait terriblement humide et malsaine en toutes saisons, surtout pendant les rudes hivers nordiques où les tempêtes de pluie et de neige balayaient la lande et restaient prises au piège des marécages argileux. Pourtant, en dépit de l'humidité qui pourrissait tout, du dénuement et de la pauvreté trop visibles, la pièce était d'une propreté rigoureuse. Des rideaux de coton fraîchement amidonnés pendaient à la fenêtre. Les meubles luisaient de cire. Il n'y avait pas un grain de poussière sur le plancher, dont les grossiers madriers étaient recouverts d'un tapis de patchwork aux couleurs vives et gaies. Seul, le lit mal tenu témoignait du désarroi de la maisonnée. Car Emma ne pouvait en changer les draps qu'une fois par semaine, quand elle venait du château, où elle était domestique, passer son jour de congé dans sa famille.

Elizabeth remua faiblement :

« C'est toi, Emma ? » dit-elle d'une voix à peine audible.

La jeune fille tomba à genoux et saisit la main de sa mère qu'elle serra dans les siennes. Elizabeth esquissa un sourire.

« Quelle heure est-il, ma chérie ? reprit-elle.

— Tout juste quatre heures, maman. Je ne voulais pas vous réveiller, mais il fallait que je sache si tout allait bien avant de repartir pour le château.

— Tout va bien, ma petite, répondit Elizabeth avec un soupir de lassitude. Ne t'inquiète donc pas tant. Je me lèverai tout à l'heure et... »

Elle fut interrompue par une violente quinte de toux. De ses mains frêles, elle serra sa poitrine comme pour contenir les tremblements convulsifs qui la secouaient. Emma fut sur pied d'un bond. Elle versa une cuillerée de potion dans un verre, ajouta un peu d'eau de la cruche et revint vers sa mère, qu'elle aida à se soulever.

« Tenez, maman, buvez, dit-elle d'un ton faussement enjoué. Vous savez que les remèdes du docteur vous font du bien. »

Elizabeth parvint à absorber quelques gorgées. Sa toux se calma peu à peu et elle put avaler le reste d'un trait. Epuisée par l'effort, hors d'haleine, elle se laissa retomber sur l'oreiller et parla d'une voix hachée :

« Tu ferais mieux de descendre voir ce que font ton père et les garçons, mon enfant. Je vais me reposer, maintenant. Avant de partir, tu me monteras du thé, veux-tu ? »

La potion faisait son effet. Les yeux d'Elizabeth perdaient leur éclat fébrile et elle semblait plus calme, plus consciente qu'à son réveil. Emma se pencha pour déposer un baiser sur la joue parcheminée de sa mère, remonta les couvertures et rajusta le châle d'un geste protecteur.

« Bien sûr, maman. A tout à l'heure. »

Elle referma silencieusement la porte derrière elle et se mit à dévaler l'escalier de pierre. Elle n'était pas rendue au milieu qu'elle s'arrêta net : des éclats de voix coléreux montaient vers elle. Emma s'assit sur une marche, tremblante à l'idée de la scène qu'il allait falloir affronter, inquiète surtout parce que cette nouvelle querelle entre son père et son frère Winston risquait de déranger le repos de sa mère.

Découragée, elle appuya son visage dans ses mains rugueuses. Comment pourrait-elle les empêcher de se battre ? Si sa mère les entendait, elle se lèverait, se traînerait pour venir s'interposer et leur faire faire la paix, même s'il fallait qu'elle y consume ses dernières forces. Elizabeth Harte avait toujours tenu son rôle apaisant entre son fils aîné et son mari. Ces dernières semaines, trop épuisée pour quitter son lit, elle avait quand même tenté d'intervenir en criant de sa voix trop faible, ce qui avait provoqué de violents accès de toux et sûrement contribué à l'aggravation de son état. Allaient-ils encore recommencer, ces deux-là ?

« Brutes ! » s'écria Emma.

Deux hommes, grands et forts, s'injuriaient comme des crocheteurs, trop bêtes et trop égoïstes pour penser au mal qu'ils faisaient à cette pauvre maman ! Cette pensée galvanisa Emma. Elle se releva d'un bond, son désarroi balayé par une vague de colère, et finit de descendre l'escalier quatre à quatre. Elle ouvrit la porte de la salle commune, la repoussa brutalement et se tint dans l'embrasure, raide comme la justice, ses yeux verts lançant des éclairs.

Contrairement à la triste chambre sous le toit, la pièce était chaleureuse et accueillante. Un grand feu brûlait joyeusement dans la cheminée en faisant ronronner une marmite pendue à la crémaillère. Aux murs, un papier à grandes fleurs passées égayait le décor. Des casseroles et des ustensiles de cuivre luisaient çà et là. Deux grandes chaises galloises de chêne ciré semblaient inviter à s'asseoir près de l'âtre tandis qu'un grand buffet rustique, contre le mur opposé, déployait dans son vaisselier un assortiment de plats et d'assiettes en faïence. Au milieu, une longue table de chêne entourée de chaises paillées. Les deux petites fenêtres étaient ornées de rideaux blancs et la lampe à pétrole, posée sur la cheminée, se reflétait sur le sol de brique verni.

Emma aimait cette pièce, où elle se sentait à l'abri du monde extérieur et des dangers, et son souvenir la réconfortait dans sa solitude de Fairley Hall. Mais ce havre de bonheur paisible était bouleversé, son atmosphère assombrie, enlaidie par les paroles de colère que se jetaient les deux hommes : son père et son frère s'affrontaient comme deux taureaux furieux aveuglés par leur hostilité, inconscients de ce qui les entourait.

John Harte, qui méritait bien son sobriquet de « Grand Jack », était un colosse de six pieds deux pouces sans ses bottes. En 1900, il avait fait la guerre des Boers avec le grade de sergent dans le régiment des *Seaforth Highlanders* d'où il était revenu avec la flatteuse réputation de pouvoir assommer un homme d'un seul coup de poing. Il avait le teint brique, hâlé, un visage d'une beauté rude surmonté d'une superbe crinière ondulée d'un noir de charbon. C'était un homme splendide, un athlète taillé en force.

Il dominait de plus d'une tête son fils Winston qu'il menaçait de son formidable poing levé. Il était pâle de rage et sa voix faisait trembler les vitres :

« Plus question de la marine, tu m'entends ? Tu n'as pas l'âge de t'engager et tu n'auras jamais ma permission ! Un mot de plus, et je te tanne le dos à coups de ceinture ! Il n'y a pas de limite d'âge pour recevoir une bonne correction, vaurien ! »

Les dents serrées, Winston soutenait le regard courroucé de son père.

« Je m'engagerai si je veux, et vous ne pourrez pas m'en empêcher ! Je m'échapperai quand je voudrai de ce trou de misère et de l'esclavage où vous me faites vivre !

— Tu oses répondre à ton père ? Tu vas voir... »

Emporté par la rage, Winston fit un pas en avant, le bras levé comme pour frapper, mais recula promptement. Sans être aussi puissamment bâti que son père, car il avait hérité la délicatesse de sa mère, Winston était fort et musclé pour ses quinze ans. Il avait cependant conscience de ne pas faire le poids devant cet hercule et mit prudemment la grande table entre eux en guise d'écran protecteur.

John Harte tremblait de rage :

« Tu crois peut-être que je n'ai rien vu ! s'écria-t-il. Lever la main sur ton père... Voyou ! Il est grand temps que tu reçoives une bonne leçon ! »

Tout en parlant, John Harte avait défait sa ceinture, dont il assujettissait solidement la boucle dans son poing serré. Winston ne le quittait pas des yeux et se ramassait, prêt à bondir.

« Vous n'oserez pas ! cria-t-il d'un ton de défi. Si vous me battez, maman ne vous le pardonnera jamais ! »

Le Grand Jack ne l'entendit pas. Il contourna la table avec agilité et fit siffler sa lanière de cuir en se ruant sur Winston. Il était sur le point de le cingler au visage quand Emma intervint. Elle avait traversé la pièce en trois bonds silencieux pour se jeter devant son père, dont elle agrippa les poignets. Les traits durcis, les yeux brillants de colère, elle se suspendit au bras levé pour le forcer à s'abaisser.

Emma était la seule à oser défier son père et à pouvoir calmer ses trop fréquents accès de rage. Elle usait volontiers dé ce pouvoir.

« Vous n'avez pas honte de crier à cette heure-ci, avec maman malade là-haut ! dit-elle d'une voix à la véhémence contenue. Allez vous asseoir, tous les deux, et buvez tranquillement votre thé. Sinon, c'est moi qui m'en irai d'ici ! »

Elle fit une brève pause et regarda son père dans les yeux, l'air presque cajoleur :

« Allons, papa, ne soyez pas si têtu. Winston ne va pas s'enfuir pour s'engager dans la marine, vous le savez bien. Il parle comme ça pour se rendre intéressant...

— Non mais... De quoi te mêles-tu ? cria Winston, sans quitter l'encoignure où il avait cherché refuge. Tu crois toujours tout savoir mieux que personne ! Pour une fois, tu te trompes. Je tiendrai parole, tu verras ! »

Il n'avait pas fini de parler qu'Emma bondissait pour se planter en face de lui, les poings serrés :

« Ça suffit, Winston ! Tu veux faire descendre notre mère, malade comme elle est ? Arrête de dire n'importe quoi. Papa a raison, tu es trop jeune pour t'engager dans la marine. Oserais-tu t'enfuir comme un voleur, pour faire mourir maman de chagrin ? Tais-toi, qu'on ne t'entende plus !

— Pour qui te prends-tu ici, mademoiselle J'ordonne ? Petite peste, va ! Un bout de fille de rien du tout qui vient fourrer son nez dans... »

Sa réplique s'étrangla dans sa gorge et Winston recula malgré lui sous le regard de sa sœur. Quand elle le vit maté, elle le toisa dédaigneusement et tourna le dos en haussant les épaules.

Winston resta planté au même endroit, médusé, se refusant à admettre qu'il avait eu peur de sa jeune sœur. Il ne s'agissait pas de la crainte physique qu'il éprouvait devant la force brutale de son père. C'était un sentiment plus subtil, que le jeune garçon, au caractère tout d'une pièce, était incapable de comprendre et de définir. Mortifié de s'être ainsi laissé subjuguer par « un bout de fille de rien du tout », il lança une dernière provocation qu'Emma ne daigna même pas relever.

Pendant ce temps, John Harte avait à peine remarqué la dispute de ses enfants. Il mettait à profit l'armistice imposé par Emma pour apaiser sa rage et reprendre ses esprits. Quand les derniers mots de Winston parvinrent à son oreille, il tourna lentement vers lui son mufle léonin et l'écrasa d'un regard chargé d'autorité tranquille :

« En voilà assez, Winston ! dit-il d'une voix posée. Ne cherche pas noise à ta sœur ou tu auras affaire à moi. Tu en as déjà assez fait pour aujourd'hui et je ne l'oublierai pas de sitôt, mon garçon, tu peux me croire ! »

Winston ouvrit la bouche pour répondre, comprit à la mine de son père qu'il valait mieux ne pas insister et se coula souplement vers l'autre bout de la salle pour consoler Frank, son petit frère, qui avait assisté en tremblant à la querelle. Emma le suivit des yeux, toujours froide d'apparence mais bouillant intérieurement devant le manque de jugement dont son frère aîné venait, une fois de plus, de faire preuve. Apprendrait-il jamais à se dominer, à juger l'humeur de leur père, à savoir ne pas aller trop loin ? Un bref instant, elle souhaita qu'il tienne parole, comme il l'en avait menacée, et disparaisse une bonne fois pour toutes. Il y aurait peut-être enfin la paix dans la famille ! Mais cette pensée sacrilège lui causa immédiatement un vif remords. Emma ne pouvait pas se passer de la compagnie de son frère. Malgré leurs fréquentes disputes, Winston et elle étaient inséparables. Qu'elle ait pu souhaiter, même fugitivement, le départ de son seul ami la stupéfiait et lui laissait une impression de malaise.

Elle se tourna vers son père et le prit par le bras en s'efforçant de dissimuler son trouble :

« Venez, papa, mettons-nous à table. »

John Harte se laissa docilement emmener jusqu'à sa chaise. Tout en s'installant, il posa les yeux sur le visage grave de sa fille et se sentit ému. Nul au monde ne le touchait comme Emma. Elle était la seule qui osât lui tenir tête et devant qui il pliait de bonne grâce, tant il était conscient de la disproportion de leurs forces. Pourtant, se dit-il en l'observant avec une lucidité nouvelle, elle a une volonté que je n'ai pas et qu'elle est seule à posséder. Une volonté presque effrayante chez un si jeune être.

Illuminé par une soudaine intuition, John Harte observa Emma avec attention et, pour la première fois, comprit sa propre fille. Ce qu'il y vit le remplit de sentiments contradictoires, où la crainte se mêlait à la fierté. S'il était fier de trouver en Emma une force de caractère aussi inflexible, il en redoutait les conséquences pour elle-même. Un jour, se dit-il, son tempérament l'entraînera dans de graves ennuis. Elle était douée d'une farouche indépendance d'esprit et le monde où ils étaient nés, elle et lui, n'était pas tendre pour les esprits libres. Leur classe, celle des travailleurs, était irrémédiablement destinée à rester soumise à celle des patrons et des possédants. Volontaire, indépendante, Emma ne serait nulle part à sa place. Tôt ou tard, on la briserait et elle serait forcée de se soumettre.

Pour la première fois depuis des années, il la voyait comme s'il la découvrait. Malingre, sous-alimentée, le cou trop frêle, les épaules décharnées qui pointaient sous le mauvais châle. Mais aussi la peau d'une finesse presque transparente, dont la pureté évoquait la neige. L'éclat d'émeraude de ses yeux pleins de feu. La masse opulente de la chevelure châtain aux reflets roux qui couronnait un front élevé dénotant l'intelligence. Dans ce corps encore enfantin et mal développé, on devinait la promesse d'une grande beauté. Pourrait-elle jamais s'épanouir ? John Harte sentit son cœur se serrer et la colère le reprendre à la pensée de la vie de servitude qui attendait Emma, à celle qu'elle menait déjà.

« Papa ! Papa ! Vous avez l'air tout ·drôle. Vous ne vous sentez pas bien ? »

La voix d'Emma l'arracha à ses réflexions.

« Ça va, bougonna-t-il. As-tu été voir ta mère ? Comment va-t-elle, ce matin ?

— En se réveillant, elle n'était guère vaillante. Mais elle reposait quand je suis descendue. J'irai lui porter du thé avant de partir. »

Le ton froid qu'elle avait pris, comme pour lui reprocher la scène de tout à l'heure, n'échappa pas à John Harte. Il se pencha vers l'âtre pour enfiler ses bottes qu'il y avait mises à chauffer. L'heure tournait vite, il faudrait bientôt partir pour la briqueterie Fairley où Winston et lui travaillaient. L'usine était sur la route de Pudsey, à une bonne heure de marche, et on embauchait à six heures.

Emma s'affairait pour dissiper le malaise et recréer l'activité laborieuse d'un matin normal. Prompte à la colère, elle n'était pas rancunière et son irritation envers son père et son frère était déjà presque oubliée. Elle jeta un coup d'œil vers Frank et constata avec plaisir que, pour se rendre utile, il tartinait avec application les sandwiches que les deux garçons et leur père allaient emporter dans leurs musettes. Emma alla le rejoindre pour l'aider et poussa un cri offusqué :

« Frank ! Tu mets assez de saindoux pour une armée ! Nous ne sommes pas millionnaires, voyons ! Donne-moi ça. »

Elle arracha le couteau des mains du garçonnet ahuri et se mit à racler les tartines en remettant scrupuleusement le surplus de saindoux dans la jarre. Ensuite, d'un geste définitif, elle empila les tartines et les coupa en deux.

Le jeune Frank s'était écarté et regardait sa sœur avec effroi. A douze ans, frêle et délicat, il avait l'air encore plus jeune. Ses fins cheveux blonds, sa peau douce et ses traits enfantins lui valaient de se faire traiter de fillette et de poule mouillée par ses compagnons de travail, à la filature Fairley où il était grouillot chargé de la récupération des bobines. Grâce aux leçons de son grand frère, il avait appris à se servir de ses poings quand on le provoquait. Mais sa nature le poussait à éviter les bagarres et mépriser les railleries. Sensible et délicat, il préférait ne pas s'abaisser au niveau de brutes pour qui il n'éprouvait que du dédain.

Devant l'assaut imprévu de sa grande sœur, il se tourna vers Winston, son défenseur habituel, qui finissait sa toilette à l'évier :

« Winston ! Je ne voulais pas mal faire, dit-il en reniflant. Qu'est-ce qui lui prend ? »

Winston avait observé la scène du coin de l'œil, surpris puis amusé en comprenant qu'Emma ne cherchait, par ce biais, qu'à réaffirmer son autorité sur les hommes de la famille. Frank n'aurait pas dû la prendre au sérieux. Il posa sa serviette et vint près de son jeune frère qu'il serra contre lui :

« On aura tout vu ! s'écria-t-il d'un ton moqueur. Je n'aurais jamais cru qu'Emma deviendrait radine. Le *Squire* Fairley déteint sur toi, ma parole ! »

Emma se tourna vers lui, rouge de colère et de confusion.

« Ce n'est pas vrai ! répliqua-t-elle en brandissant le couteau. Je ne suis pas grippe-sou comme les Fairley... »

La raillerie de Winston avait touché juste : Emma ne détestait rien tant que la mesquinerie et l'avarice. Mais elle avait, croyait-elle, un juste sens de l'économie.

« D'ailleurs, reprit-elle pour se justifier, Frank en avait vraiment mis trop épais. Vous auriez été malades avec tout ce saindoux. Et puis, au lieu de dire des bêtises, vous feriez mieux de vous dépêcher, il est déjà cinq heures moins le quart... »

Elle vit son père et ses deux frères qui la regardaient en souriant, prêts à rire de son embarras, et cela la calma.

« Il faut que je m'habille. Frank, tu vas monter le thé à maman. Winston, lave la vaisselle du petit déjeuner. Mon Dieu, il y a encore tant de choses à faire... »

En distribuant ainsi les tâches avec un regain d'autorité, Emma riait sous cape. La paix était revenue, c'était l'essentiel.

John Harte s'était assis près du feu où il empilait les bûches, glissait dans les interstices de précieux morceaux de charbon et, pour finir, allait couvrir le tout d'une couche de poussier pour que le feu couve jusqu'à l'arrivée de sa sœur Lily, qui venait tous les matins prendre soin d'Elizabeth. En se retournant pour poser le garde-feu, il regarda un instant Winston, qui finissait de laver la vaisselle, et regretta son accès de colère du matin. Il n'y avait pas de haine entre le père et le fils, mais une irritabilité qui se manifestait de plus en plus fréquemment. John n'en voulait d'ailleurs pas à Winston d'essayer d'échapper à Fairley, à la misère et à la vie d'esclavage qu'il y menait et supportait de plus en plus mal. Mais il ne pouvait pas encore le lui permettre. Le Grand Jack n'avait pas eu besoin du diagnostic du docteur Malcolm pour comprendre qu'Elizabeth était condamnée. Le départ de Winston en ce moment l'achèverait car son aîné était aussi son préféré. Pouvait-il annoncer brutalement au jeune homme que sa mère allait mourir ? John Harte n'avait pas ce courage et se contentait donc d'imposer son autorité, tout en sachant que cela ne faisait qu'exacerber la soif d'indépendance de son fils.

« Pourquoi aussi faut-il qu'il choisisse toujours le plus mauvais moment pour en parler ? » grommela-t-il en tisonnant le foyer.

Appuyé au garde-feu, le visage brûlé par les braises, John Harte se laissa un moment aller au désespoir. Il pensait à Elizabeth, sa femme, la douce Elizabeth malmenée par la vie sans qu'il puisse rien faire pour adoucir ses épreuves. Ses enfants, si jeunes encore, qui allaient se retrouver sans mère...

Une légère pression sur son bras lui fit lever la tête. Emma le regardait avec une surprise inquiète. John avala avec peine sa salive et se redressa de toute sa taille en affectant de se gratter la gorge.

« Il est tard, papa. Vous devriez monter voir maman avant de partir...

— Mais oui, mais oui, j'y vais... Laisse-moi au moins le temps de me laver les mains. »

Il s'approcha de l'évier, où Winston finissait d'essuyer les casseroles en sifflotant nerveusement entre ses dents. Son père lui fit un sourire contraint :

« Monte donc voir ta mère, mon garçon. Tu sais qu'elle se fait du mauvais sang si on n'y va pas tous les matins... »

Winston hocha la tête sans répondre et rangea les ustensiles avant de se diriger vers l'escalier. Quand il se fut débarrassé de la poussière de charbon qui lui noircissait les mains, John vit qu'Emma était toujours en chemise de nuit et finissait de préparer les musettes.

« Emma ! lui cria-t-il. Tu vas attraper la mort dans cette tenue ! Va t'habiller, ma fille, tout est rangé.

— Mais oui, papa ! »

Elle tourna vers son père un sourire qui éclairait son visage habituellement si sérieux. John fut bouleversé en voyant l'affection qui irradiait ses yeux verts, plus brillants que jamais. Un instant plus tard, Emma referma la dernière musette et traversa la salle en courant pour venir se pendre au cou de son père.

« Je vais me préparer maintenant, papa. A samedi prochain. D'ici là, vous serez tous bien sages, c'est promis ? »

Il la serra très fort contre lui, d'un geste protecteur.

« C'est promis, ma chérie. Et toi, sois bien prudente en allant au château. »

Emma se dégagea souplement et courut vers sa chambre. Son père la suivit des yeux, tout ému. Ils se lancèrent un dernier baiser du bout des doigts.

Resté seul, John Harte alla pensivement fouiller dans les poches de son gros manteau, pendu à une patère derrière la porte, et en sortit deux petites lanières de cuir avec lesquelles il serrait les jambes de son pantalon de velours pour empêcher la poussière des briques de remonter à l'intérieur. Le pied sur une chaise, il se mit distraitement à installer la première. Allait-il prévenir Elizabeth de son changement d'emploi ? L'avant-veille, il avait donné son préavis à la briqueterie. Cela n'avait pas été sans hésitation, car l'embauche était rare et les chômeurs nombreux au village. Le travail était dur, épuisant pour tout autre que le Grand Jack. Mais il aimait être au grand air, et pelleter de la glaise humide dix heures par jour ne lui faisait pas peur. Ce qui lui devenait insupportable, c'était la paie, si scandaleusement maigre qu'il avait été le dire au contremaître le vendredi soir, après le travail :

« Dix-huit shillings et dix pence, ce n'est pas lourd pour une semaine de travail, Stan ! J'ai une femme malade et trois gosses à faire vivre. Tu avoueras que Fairley paie des salaires de misère ! »

Gêné, le contremaître avait détourné les yeux :

« Il y a du vrai dans ce que tu dis, John. Mais que veux-tu que j'y fasse ? Il y a des contremaîtres qui ne se font pas plus de vingt shillings et ils travaillent autant que les ouvriers. Moi-même, avec mon ancienneté, je ne gagne pas tellement plus... C'est comme ça, tu le sais bien. Si tu veux chercher mieux ailleurs, personne ne t'en empêche. »

Excédé, John Harte avait donné ses huits jours et le samedi matin, malgré sa répugnance, s'était présenté à la filature. Heureusement, il était tombé sur Eddie, le chef d'atelier, un ami d'enfance. Eddie l'avait engagé à vingt shillings la semaine, ce qui n'était pas beaucoup mieux mais constituait néanmoins un léger progrès. John Harte faisait donc sa dernière semaine de travail à la briqueterie. Fallait-il mettre Elizabeth au courant ?

Non, se dit-il en bouclant la deuxième lanière. Elle savait que John n'aimait pas les conditions de travail à la filature et s'en inquiéterait sans doute. Il ne le lui dirait que quand son changement d'emploi serait un fait accompli, à la fin de la semaine prochaine par exemple. La filature avait au moins un avantage décisif sur la briqueterie : elle était située dans la vallée de l'Aire, au bas du village, à dix minutes de la chaumière. Si Elizabeth avait besoin de lui, John Harte pourrait tout de suite venir et cette pensée lui remonta le moral.

Cinq heures sonnèrent au clocher du village. John Harte se redressa en hâte. Avec une aisance qui surprend toujours chez des hommes de sa taille, il traversa la salle en quelques enjambées et gravit le raide escalier de pierre par deux marches à la fois en faisant sonner les semelles cloutées de ses bottes.

Emma était habillée et avait déjà rejoint Winston et Frank au chevet de la malade. D'un coup d'œil, leur père enveloppa leur petit groupe. Tout différents qu'ils étaient les uns des autres, ils avaient en commun une dignité, un raffinement plus frappant encore dans leurs pauvres vêtements auxquels ils parvenaient à donner un air d'élégance. En voyant entrer leur père, ils s'écartèrent légèrement pour lui faire place. John les rejoignit d'un pas énergique, un sourire chaleureux aux lèvres. Dans la semi-obscurité, il lui était facile de faire illusion à Elizabeth...

Elle était à demi assise, appuyée aux oreillers. Son visage décharné s'éclaira en voyant approcher son mari. L'éclat fébrile, qui avait tant fait peur à Emma au réveil, avait disparu de son regard. Elizabeth paraissait calme et reposée. Emma lui avait fait une toilette sommaire et brossé les cheveux, qui retombaient en cascades soyeuses sur un châle bleu dont la couleur avivait celle de ses yeux. Dans la faible lumière dansante de la chandelle, la blancheur maladive de son teint rappela à John les statuettes en ivoire qu'il avait vues en Afrique.

Elizabeth lui tendit les bras avec élan et John la serra contre lui, comme s'il pouvait lui donner un peu de la chaleur et de la vie dont il débordait.

« Ma foi, tu as l'air toute gaillarde ce matin, mon Elizabeth! » dit-il en l'embrassant.

La voix du Grand Jack était si douce qu'il aurait eu lui-même du mal à la reconnaître. Le sourire s'élargit sur les lèvres de la malade, dont l'expression de joyeuse bravoure serrait le cœur.

« Oh! mais je me sens presque guérie. Tu me verras debout quand tu rentreras à la maison ce soir. Je te préparerai un bon ragoût de mouton, avec des croquettes et du pain tout frais, tu verras. »

Sans répondre, John reposa tendrement Elizabeth contre ses oreillers et la contempla en hochant la tête. Ce n'était plus la mourante exsangue et pitoyable qu'il voyait mais le ravissant visage de la jeune fille pleine de vie et de rires qu'il avait toujours connue. Elle lui rendait son regard avec tant de confiance et d'adoration que le Grand Jack sentit sa gorge se nouer et les larmes lui monter au yeux. Elle était perdue, son Elizabeth. Et lui, sa grosse bête de mari, ne pouvait rien faire pour la sauver. Rien...

Une envie irraisonnée le saisit soudain, qui lui venait de plus en plus souvent ces derniers temps. Celle de prendre Elizabeth dans ses bras, de l'arracher à cette sinistre soupente, à cette humidité mortelle, et de courir là-haut, tout là-haut, au sommet des collines de la lande. Elle aimait tant ce lieu, Elizabeth. L'air y était pur, vivifiant. Le ciel se reflétait dans le bleu de ses yeux. Le vent du large chasserait la maladie, la guérirait par miracle. Elle redeviendrait la belle, la joyeuse Elizabeth...

Mais les chatoiements de la bruyère et les brumes vaporeuses des longues journées d'été avaient été balayées par les tempêtes de l'hiver. A la belle saison, il n'aurait sûrement pas hésité à l'emmener faire ce pèlerinage au Sommet du Monde, comme elle appelait l'endroit, à l'étendre sur un moelleux lit de mousse au milieu des fougères et des buissons de myrtilles nouvelles. Ensemble, ils resteraient ainsi, côte à côte, la main dans la main, à contempler les rocs de Ramsden Crags surchauffés de soleil. Ils seraient seuls là-haut, seuls avec les linottes et les alouettes qui jouaient en chantant dans la lumière dorée. Elizabeth aussi chanterait, rirait. Et lui, John, aurait le cœur en fête.

Mais pas ce matin. Ce rêve était impossible. Le gel de février noircissait la terre. La lande n'était qu'un vaste désert désolé, hostile sous le ciel gris et lourd, chargé de pluie et de froid.

« John chéri, tu as entendu ce que je t'ai dit ? reprit Elizabeth. Ce soir, je vais me lever et nous allons recommencer à dîner tous ensemble devant le feu, comme nous faisions avant que je tombe malade. »

Sa voix vibrait d'une exaltation provoquée par la présence de John. Celui-ci dut s'éclaircir la gorge avant de pouvoir répondre :

« Non, mon Elizabeth, il n'est pas question de te lever. Le docteur a dit que tu dois te reposer et il faut obéir au docteur si tu veux guérir. Lily va arriver tout à l'heure pour s'occuper de toi et c'est elle qui préparera le souper. Allons, promets-moi de ne pas faire d'imprudence. Promets !

— Mon Dieu, John, que de tracas tu te fais ! Je te promets, si vraiment cela peut te rendre heureux. Je resterai au lit. Tu es content ? »

John lui fit un sourire et se pencha pour murmurer quelques mots :

« Je t'aime, mon Elizabeth. Je t'aime, tu sais. »

Elle plongea son regard dans le sien, y vit l'expression de cet amour inchangé depuis le premier jour et qui lui réchauffait le cœur.

« Je t'aime aussi. Je t'aimerai jusqu'à mon dernier souffle et même longtemps après... »

Il lui donna un baiser et se redressa avec brusquerie, pour ne pas céder au désespoir. Sans plus oser la regarder, il traversa la chambre en trois grandes enjambées presque titubantes et s'arrêta sur le seuil pour jeter, sans se retourner :

« Allons, Winston, dépêchons ! Embrasse ta maman et viens, nous allons être en retard. »

Winston et Frank embrassèrent leur mère et s'éloignèrent silencieusement. Sur la première marche de l'escalier, Winston se retourna pour faire à Emma un sourire et un signe de la main :

« A samedi, Emma !

— A samedi, Winston ! répondit-elle affectueusement. Et toi, Frank, dépêche-toi de te préparer. Je descends tout de suite et nous pourrons partir ensemble. »

Quand le pas des deux garçons se fut éteint dans l'escalier, Emma s'assit un instant au pied du lit.

« Vous ne voulez plus rien avant que je parte, maman ? Bien vrai ? »

Elizabeth secoua la tête, la mine soudain lasse.

« Non, ma chérie. Le thé m'a fait du bien et je n'ai pas faim pour le moment. J'attendrai tante Lily. »

Elle n'a pas faim pour le moment... Elle n'a plus jamais faim ! se dit Emma avec un mouvement d'impatience. Comment guérira-t-elle si elle ne mange rien ? Elle prit un air faussement joyeux en se relevant.

« Alors, dormez et reposez-vous en attendant tante Lily. Et vous mangerez bien tout ce qu'elle vous donnera, n'est-ce pas ? Il faut reprendre des forces, maintenant.

— C'est promis, répondit Elizabeth avec un pauvre sourire. Tu es une bonne fille, Emma. Je ne sais pas ce que je ferais sans toi... Allons, va maintenant. Il ne faut pas arriver en retard au château, surtout quand on te permet de revenir au milieu de la semaine pour me voir. Eteins la chandelle en partant, je vais dormir un peu.

— Oui, maman. »

Emma ne put en dire plus tant elle avait la gorge serrée. Elle se pencha pour donner un baiser à sa mère, tira les draps et retapa les oreillers avec son soin coutumier. Au dernier moment, elle fut retenue par une ultime hésitation.

« Samedi, quand je reviendrai... J'essaierai de trouver un brin de bruyère pour vous l'apporter. Je suis sûre que la gelée en a épargné, sous les rochers... »

Et elle souffla la chandelle avant que sa mère puisse voir les larmes qui lui jaillissaient des yeux.

5

Après le départ de John et de Winston pour la briqueterie, Frank se retrouva seul dans la salle commune. Le père avait éteint la lampe à pétrole, comme il le faisait tous les matins en partant, et la pièce n'était plus éclairée que par une chandelle qui fumait sur la table et les reflets du feu qui couvait dans la cheminée. A l'exception du craquement d'une bûche, de loin en loin, la pièce était silencieuse.

Le jeune garçon était assis sur l'une des deux grandes chaises à haut dossier disposées de chaque côté de l'âtre. Trop grand pour lui, le siège l'écrasait de sa masse et le faisait paraître encore plus menu. Il se dégageait pourtant de lui une impression surprenante de force et de détermination.

D'aspect, on aurait pu le croire malheureux. Son corps frêle flottait dans sa blouse grise et le pantalon trop large hérité de son grand frère. Serrées dans des chaussettes de laine grise soigneusement reprisées, ses petites jambes avaient l'air trop fluettes pour supporter les gros brodequins cloutés dont il était chaussé. Mais ce n'était qu'une apparence, car si Frank Harte avait l'air perdu ou déplacé dans ce monde, où il était étranger, c'est parce qu'il se réfugiait dans un autre monde. Un monde intérieur rempli d'images magiques, de rêves exaltants, d'espoirs et de projets qui lui permettaient de traverser victorieusement les vicissitudes de la vie quotidienne. Ce monde parfait, il se l'était bâti peu à peu et il le protégeait des réalités de la pauvreté et du travail.

Car Frank Harte était heureux de son sort tant qu'il pouvait chercher refuge dans son univers imaginaire. Il n'avait été triste qu'une seule fois, l'été précédent, quand il avait été forcé de quitter l'école. Il avait alors dû faire appel à tout son courage pour se résigner à faire comme les autres garçons de son âge et aller travailler à la filature, où il charriait à longueur de journée des brouettées de bobines vides. Son père lui avait dit que la famille avait besoin des quelques shillings qu'il allait gagner toutes les semaines. C'est pourquoi Frank, comme tous les autres, avait cessé ses études à douze ans.

Il y avait pourtant été excellent élève et le maître s'émerveillait de la sûreté de sa mémoire et de l'acuité de son intelligence. C'était un crime, avait-il dit au père, de gâcher des dons si prometteurs et d'envoyer Frank à l'usine au lieu de le pousser dans ses études.

Si Frank avait dû quitter l'école, il n'en continuait pas moins de s'instruire tout seul, de son mieux. Il avait lu et relu cent fois les rares vieux livres que possédait sa mère, il dévorait avidement tout ce qui lui tombait sous la main. Car pour Frank, les mots n'avaient jamais rien perdu de leur pouvoir magique. Sa passion pour la lecture touchait à la vénération et il prolongeait son plaisir en formant et reformant dans sa tête les phrases qu'il venait de voir; il écrivait inlassablement et corrigeait sans trêve de malhabiles essais de prose sur les bouts de papier qu'Emma lui rapportait chaque semaine du château, où elle les pêchait dans les corbeilles de la bibliothèque. Pour lui, les idées étaient aussi réelles, aussi évidentes que les faits et les choses, car il ignorait encore la signification du mot abstraction. Ces idées, dont il faisait quotidiennement la découverte émerveillée, elles l'intriguaient, le défiaient au point qu'il n'avait de cesse qu'il les ait comprises et domestiquées.

Ce matin-là, assis devant le feu, un bol de thé serré entre les mains, il contemplait les braises d'un air à la fois absent et ravi. Dans les courtes flammèches, il voyait se former des mondes infinis aux horizons sans cesse renouvelés. Une pensée poétique naissait parfois dans son esprit, passait trop vite pour être clairement exprimée ou était trop fragile pour être saisie au vol. Mais elle provoquait sur son visage expressif un éclair de joie qui allumait son regard et formait un sourire sur ses lèvres.

Le grincement de la porte le fit sursauter et il tourna vivement la tête. Emma entrait, la mine soucieuse. Ramené à la réalité, Frank avala son thé à petites gorgées tout en suivant sa sœur des yeux. Elle s'était arrêtée à la fenêtre et regardait au-dehors, sous le rideau soulevé. Un instant plus tard, elle lui adressa la parole sans se retourner, comme perdue elle aussi dans un rêve.

« Il fait encore noir mais nous n'avons pas besoin de partir tout de suite. Attendons qu'il fasse jour. Je courrai pour arriver à l'heure, cela me réchauffera. »

Frank posa son bol vide au bord de l'âtre et parla timidement, encore vaguement impressionné par Emma :

« Papa a rempli la théière d'eau chaude. En partant, il m'a dit de te préparer un sandwich. C'est sur la desserte... »

Emma se retourna pour jeter un coup d'œil sur le sandwich. Frank se méprit sur son expression et se hâta d'ajouter :

« Je ne l'ai pas tartiné trop épais, je te le jure! J'ai bien raclé le saindoux, comme toi. »

Emma ne put retenir un sourire. Elle alla prendre le sandwich, se versa un bol de thé et vint s'installer près de la cheminée, en face de Frank, où elle se mit à mastiquer distraitement, les yeux dans le vague, l'esprit encore préoccupé par la santé de sa mère.

Son petit frère la dévisageait avec une curiosité mêlée de crainte car, s'il adorait Emma, il en avait toujours un peu peur. Il essayait de bien faire mais tant d'efforts pour lui plaire dégénéraient, tôt ou tard, en une grosse bourde ou quelque maladresse qui provoquait la colère d'Emma. Ce matin, pourtant, l'algarade du saindoux était oubliée, car les accès d'Emma ne duraient jamais bien longtemps. Aussi, les yeux pleins d'admiration,

Frank finit-il par oser se pencher vers elle et la distraire de ses réflexions :

« Je suis bien content que tu les aies empêché de se battre, tout à l'heure. Ils me font peur quand ils crient comme ça. »

Emma releva les yeux et posa son bol par terre.

« Je sais, Frankie. Mais il ne faut pas avoir peur. Ils parlent toujours pour ne rien dire. Ce n'est pas grave... »

Le garçonnet se raidit, ses doux yeux noisette lançant soudain des éclairs :

« Il ne faut pas m'appeler Frankie ! Tu sais bien que maman n'aime pas qu'on m'appelle comme ça ! Les surnoms, c'est bon pour les bébés et je suis un grand garçon maintenant. C'est elle qui le dit ! »

Emma regarda son petit frère avec un sourire amusé et surpris. Lui, si doux d'habitude, avait l'air sérieusement outragé et s'était redressé sur sa chaise pour affecter une attitude pleine de dignité. Elle reprit son sérieux et hocha la tête gravement :

« Tu as raison, Frank, tu es un grand garçon ! Allons, dépêchons, ajouta-t-elle avec un sourire affectueux, il est temps, maintenant, de nous en aller. »

Elle se leva et, avec des gestes décidés, ramassa les bols vides qu'elle alla laver et essuyer à l'évier. Elle prit ensuite ses bottines, que son père avait mises à chauffer dans l'âtre, et se rassit pour les lacer. Frank n'avait pas bougé de son siège et Emma lui jeta un regard impatient. Le voilà encore parti à rêver, se dit-elle avec une certaine irritation. Comme si cela pouvait le mener à quelque chose ! Emma ne s'accordait que rarement le luxe de se laisser aller à ses fantaisies. Ses rêves à elle, quand elle en avait, étaient solides, terre à terre, pratiques. De bons vêtements chauds pour toute la famille. Une pleine cave de bonne houille bien noire. Un garde-manger bien rempli de beaux jambons fumés, de roues de chester. Des étagères croulant sous des rangées de bocaux de conserves et de confitures, comme à l'office du château. Plus, quand la fantaisie se débridait, quelques guinées d'or tintant au fond de sa bourse, assez pour acheter l'indispensable, des bottes neuves pour papa, quelques colifichets pour maman...

Elle poussa un soupir de regret. Pendant ce temps, Frank ne rêvait que de monceaux de livres, de visites de Londres, de belles voitures, de pièces de théâtre, tous ces songes creux glanés dans les gazettes illustrées qu'elle lui rapportait du château! Quant à Winston, c'était pire encore : il n'ambitionnait que de s'engager dans la marine et de sillonner le monde, d'avoir une vie d'aventures et d'exotisme. Au fond, Winston et Frank étaient irresponsables, comme des hommes. Ils ne pensaient qu'au plaisir, à la gloire. Tandis qu'elle, Emma, ne songeait — quand elle s'en accordait le temps — qu'aux moyens de mieux vivre, ou plutôt de survivre, et d'assurer le bien-être des siens...

Elle finit de lacer ses bottines, se releva et alla enfiler son manteau à gestes rageurs.

« Frank, qu'est-ce que tu attends? cria-t-elle. Tu ne vas pas passer ta journée à bayer aux corneilles! Il est six heures moins vingt, je vais être en retard si je ne me presse pas! »

Frank vint la rejoindre en traînant les pieds. Emma lui boutonna son manteau et lui noua son écharpe autour des oreilles malgré ses protestations.

« Comme ça, au moins, tu n'auras pas froid! Cesse de te soucier de l'opinion des autres. Si cela ne leur plaît pas, tant pis pour eux. Et maintenant, en route! »

Elle lui tendit sa musette, souffla la chandelle et vérifia d'un dernier coup d'œil si tout était en ordre. Satisfaite de son inspection, elle prit la main de son frère et le tira derrière elle.

Le jour n'était pas encore levé et l'aube les cueillit avec une gifle glaciale. Le visage mordu par l'air humide et froid, les deux enfants se mirent à courir le long du chemin. La terre gelée sonnait sous leurs pas et les haies de lilas et de sureau noircies par l'hiver avaient l'allure de squelettes carbonisés. Le seul bruit qu'ils entendaient était celui du vent qui sifflait férocement dans les branchages dénudés. La chaumière des Harte était bâtie au bout d'une impasse, dans le haut du village de Fairley. Au-delà et plus haut commençait l'immensité moutonnante de la lande. L'endroit était isolé, inhospitalier et rebutant, même par les beaux jours. Çà et là, une pâle lueur indiquait la présence d'une chaumière.

Ils s'arrêtèrent un instant au bout de l'impasse et Frank leva vers sa sœur son petit visage rougi par le froid :

« Faut-il que je m'arrête chez tante Lily ?

— Oui, bien sûr. Dis-lui d'aller voir maman de bonne heure, ce matin. Et ne reste pas trop longtemps à bavarder avec elle. Tu sais que le gardien ferme les grilles de l'usine à six heures et qu'ils te feraient sauter ta paie si tu étais en retard. Allons, et sois bien sage ! »

Elle se pencha pour l'embrasser et lui rabattit la visière de sa casquette, pour mieux le protéger contre le froid. Frank hésitait encore à s'éloigner :

« Tu attends ici une minute jusqu'à ce que j'arrive chez tante Lily, dis ? »

Il avait dû faire un gros effort pour avoir l'air brave. En fait, il mourait de peur d'être seul dans le noir. Emma hocha la tête :

« Bien sûr. Vas-y, j'attends. »

Frank partit en courant dans la brume, dérapant parfois sur les pavés givrés. Emma le suivit des yeux jusqu'à ce que sa silhouette menue se fonde pour n'être plus qu'une ombre indistincte. Elle attendit tant que dura le bruit des brodequins dans la ruelle. Enfin, au fracas qu'il fit en heurtant la porte de tante Lily, elle comprit que Frank était arrivé à destination.

Rassurée, elle remonta la pente en direction de la lande et de Fairley Hall. Son manteau trop mince et trop petit la protégeait mal du froid, mais Emma avançait bravement, d'un pas égal et rapide. Bientôt, elle dépassa les dernières maisons du village et se retrouva seule dans l'immensité de la lande déserte. Au-dessus d'elle, gris et menaçant, le ciel commençait à s'éclaircir.

Le jour allait se lever, apportant une nouvelle journée sans espoir de changement dans la vie d'Emma Harte.

6

Les chaînes de collines dominant le village de Fairley et la vallée de l'Aire, qui serpente à ses pieds, ont un aspect sombre et inhospitalier même par le temps le plus clément. Quand l'hiver s'installe dans sa rigueur, le paysage prend alors une allure sinistre. Noyée dans une grisaille uniforme, la lande désertique se confond avec les nuages couleur de cendre. Le plateau parsemé de replis et de monticules semble dénué de vie et perd couleur et relief. La pluie et la neige se succèdent sans merci comme pour noyer la terre et aggraver son aridité. Venus de la mer du Nord, les vents se ruent à l'assaut pour parachever cette œuvre de désolation. Les cours d'eau sont paralysés par le gel. Partout plane le silence.

Ces landes incultes se déroulent à perte de vue en direction de Shipley et, au-delà, jusqu'à l'active cité industrielle de Leeds. Leur oppressante monotonie n'est agrémentée, çà et là, que de quelques roches escarpées aux contours bizarres, d'arbres noircis et tordus par les éléments, de ronciers rachitiques ou de rares chaumières abandonnées, dont les ruines accentuent la tristesse qui se dégage de ces solitudes. Des brumes éternelles engluent le paysage sans en atténuer la rudesse. Elles ne font qu'estomper le relief des trop rares accidents de terrain, de sorte que la terre et le ciel finissent par se fondre en un magma gris et cotonneux où plus rien ne bouge, où la vie même semble interdite. Rien ou presque, dans ces parages, ne dénote la présence de l'homme. Moins encore ne l'invite à s'aventurer sur une terre si inhospitalière. Rares sont ceux assez hardis pour oser, l'hiver venu, se hasarder dans une telle immensité où seules semblent régner la mort et la désolation.

C'est pourtant au cœur de ce désert que s'enfonçait Emma Harte en ce matin glacial de février 1904. Le sentier étroit et tortueux qu'elle empruntait à travers les collines constituait le chemin le plus direct vers Fairley Hall et Emma, depuis son plus jeune âge, avait appris à braver la lande en toute saison et à toute heure.

En arrivant au muret de pierre sèche qui marquait la limite du dernier champ cultivé avant la lande, Emma était hors d'haleine et claquait des dents. Elle stoppa brièvement, appuyée à un échalier, et jeta un coup d'œil sur la pente qu'elle venait de gravir. Au-dessous d'elle, dans la vallée, la brume se déchirait par endroits et révélait au loin les lumières du village qui se réveillait. A quelque distance de là, le long de la rivière, une masse plus sombre était entourée d'un halo rougeâtre : la filature Fairley se préparait à une nouvelle journée de travail. Dans quelques minutes, on entendrait le premier appel de la sirène signalant l'ouverture des grilles. Les hommes, les femmes et les enfants de Fairley se précipiteraient sur les horloges pointeuses qui attestaient leur arrivée quotidienne dans ce bagne où, pour un salaire de famine, ils allaient produire les fins lainages et les tweeds moelleux qui portaient aux quatre coins du monde la flatteuse renommée des tissages Fairley.

Emma pensa à son petit frère, en train de courir lui aussi vers la filature. Frank, si frêle, si mal préparé à subir les interminables journées de ce travail dur et fastidieux : ramasser les bobines vides près des métiers, les trier, les empiler, les rapporter... Dans ses instants libres, il fallait encore qu'il décharge les bennes de laine brute, qu'il balaie les ateliers, qu'il nettoie les métiers, les machines... Chaque fois qu'elle pensait à Frank, Emma avait le cœur serré. Chaque fois qu'elle pensait à l'effroyable injustice de faire travailler un enfant dans de telles conditions, elle bouillait de colère. Quand il arrivait à Frank de se plaindre à leur père, ou d'avoir la nausée sous l'effet de l'écœurante odeur de suint qui imprégnait les vêtements, ou encore de tousser dans la poussière qui irritait la gorge et faisait pleurer, John Harte ne savait que se détourner sans rien dire, le regard plein de honte et de tristesse. Emma elle-même le savait trop bien : la famille ne pouvait pas se passer des quelques sous que Frank gagnait chaque semaine. Elle aurait souhaité, pourtant, que leur père fît quelque chose pour trouver au petit garçon un travail moins épuisant, moins dégradant. Mais le Grand Jack n'y pouvait rien et sa résignation indignait Emma.

Elle jeta un dernier coup d'œil au village et reprit son chemin. Elle était déjà en retard et, même en courant, n'arriverait pas pour six heures à la cuisine où elle était attendue. En courant, elle pourrait au moins rattraper quelques minutes. Elle rassembla donc les pans de sa jupe, escalada l'échalier et bondit avec agilité. La terre dure faisait rebondir ses bottines. Les écharpes de brume, qui roulaient sur la lande, lui cachaient les buissons morts et les arbres rabougris qui jalonnaient sa route. Par endroits, une plaque de neige vierge ou une congère éblouissante faisait surgir aux yeux d'Emma des silhouettes fantastiques. Malgré son courage, elle avait peur, car la lande, à cette heure de lueurs indécises, prenait un aspect effrayant. Elle ne ralentissait pourtant pas sa course et progressait presque à l'aveuglette. Depuis deux ans qu'elle travaillait au château, elle en connaissait le chemin par cœur.

Dans le calme étrange qui accompagne parfois le lever du jour, on n'entendait que le crissement de ses pas sur le sol glacé et le léger halètement de sa respiration. Tout en trottinant, Emma tourna alors ses pensées vers son père. Elle l'avait toujours aimé, ce colosse souriant. Mais elle ne commençait à le comprendre que depuis peu, et ces derniers temps, il la surprenait. Depuis son retour de la guerre des Boers, John Harte n'était plus le même homme. Il paraissait avoir perdu toute sa joie de vivre, tout son courage. Parfois, il sombrait dans de longues périodes d'abattement et se repliait sur lui-même. D'autres fois, au contraire, il explosait en de soudains accès de rage dès que quiconque, à l'exception d'Emma ou de sa mère, faisait mine de le contredire.

Ces inconséquences dans le caractère de son père désorientaient Emma. Quand il lui arrivait de poser sur elle le regard vague d'un enfant perdu, elle avait envie de le secouer, de lui crier qu'il devait se ressaisir, se remettre à vivre. Trop peu sûre d'elle-même pour l'attaquer de front, elle se rabattait sur une ruse qui avait un temps porté ses fruits : elle l'assaillait de questions, le harcelait en lui parlant d'argent, en lui rappelant leur dénuement, la maladie de leur mère. Mais cela n'avait plus aucun effet et John Harte ne réagissait plus à ces coups d'aiguillon. Il se contentait de se détourner ou de fermer les yeux, jamais assez vite pour qu'Emma n'y distinguât l'ombre de la douleur, de la résignation ou du désespoir. Car ce n'était pas la guerre qui avait brisé John Harte. La maladie d'Elizabeth lui avait en quelque sorte paralysé l'âme, l'avait vidé de tout courage et rendu incapable de faire face aux réalités de la vie.

Trop jeune encore pour comprendre les vraies raisons de la métamorphose de son père, Emma était plus encore aveuglée par une unique obsession : changer la vie de sa famille. Elle était incapable de penser à rien d'autre. A ses yeux, son père avait simplement cessé d'être utile, et, incapable de résoudre les problèmes, les provoquait. Quand elle le poussait dans ses retranchements, il ne savait plus que lui opposer le même argument, trop souvent rabâché : « Les choses iront mieux, ma chérie... » Winston était le seul à se laisser encore prendre aux mirages de cet optimisme vide de substance. Les yeux brillants, il se tournait vers son père pour demander : « Quand cela, papa ? » alors qu'Emma, les dents serrées, se retenait pour ne pas hurler : « Comment cela, papa ? » Elle ne disait pourtant rien, car elle redoutait les conséquences d'un tel défi. Son père ne pourrait rien lui répondre, rien proposer de concret. Sa question n'aurait pour conséquence que de précipiter le découragement et la rébellion de Winston. Foncièrement réaliste, Emma avait donc admis comme un fait irréversible l'inertie où son père se complaisait désormais. Elle commençait à deviner confusément qu'un homme perd tout s'il a perdu l'espoir. Or, depuis longtemps, la vie avait arraché toute espérance à l'âme de John Harte.

Emma souffla dans ses mains, les renfonça dans ses poches, et s'apprêta à attaquer la longue montée de Ramsden Ghyll. L'argent... Elle n'en avait plus reparlé à son père depuis un certain temps. Mais cela ne voulait pas dire qu'elle n'y pensait plus! Plus que jamais, au contraire, elle en était obsédée. Si la famille voulait simplement survivre, si sa mère voulait guérir, il fallait de l'argent et bien davantage que ce dont on disposait en ce moment. Emma le savait : sans argent, on n'est rien. Sans argent, on reste à jamais la victime impuissante de la classe dirigeante. Sans argent, on n'est qu'une bête de somme promise à un labeur sans fin, à l'avilissement, au désespoir. Sans argent, on ne peut que subir les humiliations, les caprices des riches. Sans argent, on est la proie de tout le monde...

Depuis qu'elle servait à Fairley Hall, Emma avait compris bien des choses. Il y avait un abîme entre la vie qu'on menait au château et celle des habitants du village. Tandis que les Fairley, dans leur superbe isolement, jouissaient de tous les raffinements du luxe et se protégeaient des vicissitudes de la vie, les autres travaillaient. Ils travaillaient précisément pour accroître la fortune des Fairley, leur luxe et leur supériorité. Un cercle vicieux.

Mais il y avait autre chose d'encore plus significatif et qui n'avait pas échappé à Emma : l'argent n'achète pas seulement l'accessoire ou l'essentiel. Il permet d'acquérir le pouvoir, ce pouvoir qui rend son possesseur invulnérable. Pour les pauvres, il n'y a ni justice, ni liberté. Mais la justice et la liberté s'achètent, comme le reste. Comme les aliments nourrissants et les remèdes dont sa mère aurait tant besoin. Il suffirait de quelques shillings posés sur un comptoir... Oui, l'argent répond à tout, pensait Emma. Il donne tout, guérit tout.

Il faut donc que je trouve le moyen d'en gagner davantage, se dit-elle tout en marchant. Il y a des pauvres et des riches et les pauvres peuvent devenir riches. Maintes fois, son père lui avait répété que c'était une question de chance ou de naissance. Emma ne croyait plus à ces explications simplistes. Il suffisait de concevoir un projet brillant et de travailler dur, plus dur que les autres, pour le réaliser et acquérir la fortune. La fortune, c'était plus que de l'argent mais moins que le pouvoir, comme Emma en avait décidé depuis que ces pensées la hantaient. Ses idées sur la question étaient encore limitées, imparfaites et elle en avait conscience, car elle savait qu'elle manquait d'expérience et, plus encore, d'instruction. Mais cela aussi peut s'acquérir. C'est pourquoi, et sans encore savoir comment, Emma avait décidé de faire fortune. Elle possédait de précieux atouts et le savait : l'intelligence, l'intuition. L'ambition, surtout, et le courage. Pour le moment, seule sur la lande, tremblant de froid, n'ayant devant elle aucun espoir de trouver de l'aide, seule à vouloir se battre contre le monde entier pour lui arracher la justice à laquelle elle avait droit, l'avenir aurait dû lui paraître sombre. Mais Emma avait décidé, voilà des mois, que rien ne la découragerait ni ne la détournerait de son but. Elle était résolue à gagner de l'argent, beaucoup d'argent, et elle en gagnerait. Elle voulait enfin connaître la sécurité qu'il procure.

Elle arriva en haut de la pente hors d'haleine. Les mains gourdes, le visage paralysé, elle frissonnait de tout son corps. Mais elle avait les pieds chauds, grâce à son père qui lui avait réparé ses bottines la semaine passée. La perspective du grand bol de bouillon qui l'attendait dans la cuisine de Fairley Hall lui fit oublier la fatigue et elle poursuivit sans ralentir l'allure.

Des arbres squelettiques se détachèrent bientôt sur le ciel sale et le cœur d'Emma se mit à battre plus fort.

Car ils marquaient le début d'un passage qu'elle craignait plus que tous les autres. Le chemin commençait à descendre en direction de Ramsden Ghyll, vallon encaissé entre des collines pelées. Dans cette cuvette où la brume stagnait toujours, on rencontrait des rocs aux formes inquiétantes, des souches et des troncs brisés, des ronces et des racines traîtresses pour qui avançait sans précaution. Le brouillard épais dissimulait les pièges et, la plupart du temps, rendait ce passage impraticable.

Emma se hâta en dépit de son inquiétude et serra les poings plus fort pour calmer sa nervosité. Elle ne voulait pas se l'avouer, mais elle n'arrivait pas à surmonter sa terreur panique des elfes et des farfadets, des génies et des spectres qui, selon la tradition, hantaient la lande et que l'on croyait toujours voir flotter dans la brume et se cacher derrière les amas de rochers. Les plus superstitieux des villageois affirmaient avoir rencontré des fantômes au creux de Ramsden Ghyll et Emma, qui affectait de mépriser ces racontars, redoutait de se trouver un jour nez à nez avec une âme en peine ou un lutin malveillant. De crainte de réveiller les esprits assoupis, elle se récitait un cantique en marchant, car elle n'avait jamais osé chanter à haute voix en traversant le Ghyll.

Elle n'en était pas à la moitié qu'elle s'arrêta net, paralysée, l'oreille tendue. Sous les sifflements du vent, qui avait repris sans qu'elle s'en aperçoive tant elle était absorbée dans ses pensées, elle avait cru entendre un sourd martèlement, comme le bruit des pas d'un être pesant, énorme et redoutable qui s'avançait vers elle, de l'autre côté de la cuvette. Glacée de terreur, elle fit un bond de côté et s'appuya à un rocher comme pour s'y incruster et disparaître. Le bruit se rapprochait toujours, grandissait. Soudain, devant ses yeux écarquillés, il y eut quelque chose. Un monstre. Ce n'était pas la forme d'un arbre ou d'un roc sculpté par l'érosion. Ce n'était pas un produit de son imagination surexcitée. C'était un monstre, un vrai. En chair et en os, aussi grand qu'un ours ou qu'un ogre. Un homme gigantesque qui la regardait à travers la brume.

Immobile, le souffle coupé, Emma était trop affolée pour savoir que faire. Pouvait-elle s'échapper en courant, se glisser entre les jambes de l'individu? Les poings serrés au fond de ses poches, elle était incapable de faire un geste.

C'est alors que le monstre se mit à parler. Emma tremblait de terreur, claquait des dents. Elle ne comprit d'abord pas ce que disait le terrifiant personnage :

« Ma foi, c'est bien une chance du diable que de trouver âme qui vive sur cette lande de malheur et à une heure pareille! Mais que fais-tu donc ici, mignonne? Il fait bien trop froid et trop vilain dans ce trou d'enfer! »

Le diable, l'enfer! Muette de peur, Emma essayait en vain de percer la brume pour distinguer les traits de l'inconnu. Elle souhaitait de tout son cœur pouvoir se dissoudre dans son rocher en attendant que la vision disparût. Mais la vision restait là et reprit la parole, d'une grosse voix qui traversait la brume et parvenait à Emma comme de l'au-delà :

« Grosse bête que je suis! Surgi ainsi dans le noir, j'ai dû te faire peur! Je ne suis pas un démon. Je me suis perdu dans le brouillard sur le chemin de Fairley Hall. Dis-moi simplement par où passer et je serai bien vite parti. »

Ces paroles rassurantes calmèrent un peu l'émoi dont Emma était saisie. Mais elle tremblait toujours car rencontrer un étranger sur la lande pouvait être aussi redoutable que tomber sur un vrai monstre. Son père, d'ailleurs, lui avait souvent répété qu'il ne fallait jamais parler aux inconnus. Et celui-ci en était bien un, donc suspect. Toujours aplatie contre son rocher, Emma referma la bouche et serra bien fort les lèvres. Peut-être, si elle s'abstenait de lui répondre, l'étranger se lasserait-il et finirait-il par disparaître aussi soudainement qu'il s'était matérialisé?

« Par ma foi, le chat lui a mangé la langue, à cette

74

jeune fille! reprit l'étranger. Ou bien peut-être qu'elle est muette, ce qui serait grand dommage... »

Il avait parlé, cette fois, comme s'il s'adressait à une tierce personne et Emma, malgré elle, se pencha légèrement en clignant des yeux pour voir s'il était vraiment accompagné. Mais comment voir dans ce brouillard?

« Allons, mignonne, je ne veux pas te faire de mal! dit la voix caverneuse. Montre-moi tout bonnement le chemin de Fairley Hall et je te laisserai tranquille, c'est promis. »

Emma n'arrivait toujours pas à voir le visage de l'homme, car c'en était bien un, tant la brume était épaisse. Mais elle baissa les yeux et distingua deux grands pieds chaussés de bottes cloutées, le bas d'un pantalon de velours. L'inconnu n'avait pas bougé d'un pouce depuis qu'il s'était arrêté en face d'Emma, sentant sans doute qu'au moindre geste un peu brusque de sa part elle se serait enfuie de sa cachette et se serait perdue dans la brume.

Emma l'entendit se racler la gorge avant de reprendre ses exhortations :

« Allons, petite, il ne faut pas avoir peur. Je ne te ferai pas de mal. Je ne suis pas méchant, tu sais. »

Quelque chose, dans cette voix, finit par détendre les muscles d'Emma contractés par la crainte. C'était une intonation curieuse, chantante, différente de tout ce qu'elle avait entendu jusqu'à présent. Maintenant qu'elle ne tremblait plus et retrouvait sa lucidité, Emma y reconnut autre chose : une douceur, une gentillesse auxquelles il était impossible de se méprendre. Mais il s'agissait quand même d'un étranger. Emma hésita encore.

Alors, à sa plus vive confusion, elle s'entendit soudain lui poser une question :

« Pourquoi voulez-vous donc aller au château? »

Elle n'eut pas le temps de regretter son effronterie que l'autre répondait déjà :

« J'y vais pour réparer les cheminées. C'est le *Squire* lui-même, oui le *Squire* Fairley, qui est venu me voir la

75

semaine passée à Leeds pour m'engager. Il est bien bon et généreux de m'avoir ainsi donné ce travail. »

Emma s'enhardit assez pour amorcer un pas et lever les yeux vers l'inconnu. C'était l'homme le plus grand qu'elle ait jamais vu de sa vie, plus grand même que le Grand Jack. Il portait de grossiers vêtements d'ouvrier et avait un sac pendu à l'épaule. Emma se souvint alors que la cuisinière avait en effet annoncé l'arrivée prochaine d'un maçon qui allait faire des travaux au château. Sa méfiance se dissipa légèrement, sans complètement disparaître :

« Alors, c'est vous le maçon ? » demanda-t-elle d'un ton soupçonneux.

L'homme éclata d'un gros rire plein de bonne humeur qui fit tressauter tout son corps.

« Oui, c'est moi le maçon ! Shane O'Neill, pour te servir ! Mais tout le monde m'appelle Blackie, le Noiraud ! Et toi, comment te nommes-tu, peut-on savoir ? »

Shane O'Neill, cela ressemblait à un nom irlandais. La curieuse intonation de la voix était donc ce fameux « brogue », l'accent dont on se moquait parfois au village. Il n'y avait pourtant pas de quoi, se dit Emma. L'accent du Yorkshire était bien plus rude et bien moins harmonieux...

Emma hésitait encore à répondre : moins l'on se révèle aux étrangers, moins on prend de risques. Pour la seconde fois depuis le début de cette rencontre, elle s'entendit parler sans l'avoir vraiment voulu :

« Emma, dit-elle en hésitant. Emma Harte.

— Content de te connaître, Emma. Eh bien, puisque nous sommes officiellement présentés, pour ainsi dire, remets-moi sur le bon chemin de Fairley Hall, je t'en aurai bien du gré. »

Emma leva le bras pour indiquer la direction d'où O'Neill le Noiraud était venu. Mais, à son plus vif dépit, elle ne se contenta pas de commenter son geste :

« Le château est par là. D'ailleurs, j'y vais. Vous n'avez qu'à me suivre, si vous voulez... »

Elle se mordit les lèvres. Mais l'offre était lâchée.

« Grand merci, petite Emma ! s'écria Blackie. Allons-y, marchons. Il fait un froid terrible. C'est pire que dans nos marécages irlandais ! »

Le grand O'Neill se mit à remuer pour la première fois et s'envoya de grandes bourrades en tapant des pieds pour se réchauffer. Emma sentait elle aussi l'humidité pénétrante qui l'avait enveloppée pendant sa longue immobilité et tremblait en claquant des dents. Elle s'arracha résolument à son rocher et se dirigea à grands pas vers la pente abrupte par où l'on sortait de Ramsden Ghyll. Le sentier était étroit et malaisé et les deux compagnons devaient marcher l'un derrière l'autre. A demi rassurée, Emma se hâtait en trébuchant pour être plus vite sortie de ce mauvais pas. La grimpée était trop rude pour qu'ils se parlent, le chemin trop parsemé d'obstacles, grosses pierres, racines ou plaques de verglas, pour que l'un ou l'autre puisse lever les yeux.

Quand ils émergèrent enfin de la cuvette, la lande s'offrit à eux, déserte, balayée d'un vent violent qui avait chassé les dernières traces de brouillard. L'air était opalescent, le ciel plombé reflétait une lumière surnaturelle qui paraissait irradier de sous l'horizon et détaillait le paysage avec une précision cruelle, comme il arrive parfois dans les régions septentrionales. Sous cette dure clarté, les collines et les monticules dénudés semblaient coulés dans le bronze et luisaient d'un sourd éclat.

Haletante, Emma s'était arrêtée. Elle tourna son regard vers les énormes rochers de Ramsden Crags qui se profilaient non loin de là contre le ciel.

« Regardez, dit-elle en tendant la main. Les chevaux. »

Blackie O'Neill se tourna en direction des roches fantastiques que lui montrait sa compagne. Emma avait raison : on aurait vraiment dit un groupe d'étalons gigantesques cabrés sur l'horizon. La lumière vibrante les animait d'une vie sauvage, comme des coursiers de légende répondant à l'appel d'un géant.

« Que c'est beau, ma foi! s'écria l'Irlandais. Et comment appelle-t-on cet endroit?

— Ramsden Crags. Les gens du village le nomment souvent les Chevaux Volants... Ma mère l'appelle le Sommet du Monde », ajouta Emma à voix plus basse.

Blackie O'Neill l'avait rejointe. Son sac posé à terre à ses pieds, il humait à pleins poumons l'air froid.

Emma se tourna vers lui avec curiosité. Elle n'avait pas encore vraiment vu son compagnon de hasard et voulait l'observer. Sa mère lui avait bien souvent répété qu'il n'est pas poli de dévisager ainsi les gens mais sa curiosité était la plus forte. A sa grande surprise, celui qui lui avait fait si peur quelques instants auparavant était à peine plus âgé qu'elle et ne devait pas avoir plus de dix-huit ans. Mais son intuition ne l'avait pas trompée : c'était bien le personnage le plus extraordinaire qu'elle ait jamais vu.

Blackie O'Neill avait baissé les yeux vers elle et lui rendait son regard avec un large sourire. En le voyant ainsi au grand jour, Emma comprit vite pourquoi elle avait bientôt surmonté sa terreur. En dépit de son impressionnante carrure et de son grossier costume, il y avait en cet homme tant de gentillesse innée et de droiture qu'on ne pouvait pas ne pas éprouver de la sympathie à son égard. La bonne humeur malicieuse de son sourire était dépourvue de méchanceté et ses yeux noirs exprimaient la bienveillance. Emma n'y résista pas davantage et lui rendit son sourire, phénomène bien rare chez elle qui, par nature autant que par éducation, opposait aux étrangers une réserve pleine de méfiance.

Elle tendit le bras vers l'horizon :

« On ne voit pas encore le château mais nous n'en sommes plus loin. C'est là-bas, juste après le petit pli de terrain. Venez, Blackie, je vais vous montrer. »

D'une seule main, le jeune homme saisit son lourd sac d'outils et le jeta sur son épaule. Il rattrapa Emma en deux enjambées et se mit à son pas. La tête levée, ses boucles noires ébouriffées par le vent, il sifflait gaiement une chanson de marche.

De temps en temps, Emma le scrutait du coin de l'œil. Son nouvel ami la fascinait, car elle n'avait jamais encore rencontré quelqu'un comme lui. Blackie se rendait très bien compte de l'examen dont il était l'objet et qui l'amusait. Il avait, croyait-il, tout compris d'Emma : une petite fille si frêle, si jeune, se disait-il, sûrement pas plus de quatorze ans, ce n'est pas étonnant que je lui aie fait peur dans le brouillard ! C'est sans doute une fille du village qui va faire une commission au château.

Distrait par ses pensées, entraîné par sa chanson de marche, le grand Blackie ne s'était pas rendu compte que la « frêle petite fille » n'arrivait pas à suivre ses grandes enjambées et courait derrière lui en s'essoufflant. Il s'aperçut brusquement qu'il était seul, se retourna, vit Emma qui lui faisait des signes et s'arrêta pour l'attendre.

Shane Patrick Desmond O'Neill, plus connu de ses amis et connaissances sous le sobriquet de Blackie, était un gaillard de six pieds trois pouces. Mais sa carrure d'hercule le faisait paraître encore plus grand. Son corps puissant, tout en muscles, n'avait pas une once de graisse. Il émanait de toute sa personne une vitalité à laquelle rien ne devait pouvoir résister. Il avait de longues jambes nerveuses, une taille étonnamment fine, une large poitrine. Quant à son surnom, il suffisait d'un coup d'œil pour en comprendre la raison : son épaisse toison bouclée était noire et luisante comme de l'ébène polie. Des yeux charbonneux étincelaient sous son front haut et bombé. Assez écartés, enfoncés sous d'épais sourcils bien arqués, ils étaient plus grands que la moyenne et remarquablement expressifs.

Après qu'Emma l'eut rejoint, Blackie entonna une chanson. Les riches inflexions de sa voix de baryton remplirent le silence du matin avec une douceur mélodieuse qui bouleversa Emma autant, sinon davantage, que les paroles de la ballade :

Le ménestrel est parti pour la guerre,
Parmi les morts le trouverez.
Il portait la grande épée de son père
Et sa bonne harpe au côté...

A mesure que Blackie chantait, Emma se sentait touchée d'une émotion inconnue et les larmes lui venaient aux yeux. La gorge serrée, elle dut faire un effort pour surmonter une émotion qui la rendrait, craignait-elle, ridicule aux yeux de son compagnon.

Quand Blackie eut terminé, il se tourna vers Emma.

« Eh bien, tu n'as pas aimé ma chanson ? » demanda-t-il avec sollicitude.

Emma dut renifler et se racler la gorge à plusieurs reprises avant de pouvoir répondre :

« Oh ! si, Blackie. Vous avez une très belle voix. Mais les paroles sont si tristes... »

Blackie répondit avec une douceur à la mesure de la fragilité qu'il devinait chez sa compagne :

« C'est très beau et très triste, en effet. Mais ce n'est qu'une vieille ballade irlandaise. Il ne faut pas pleurer pour ça, voyons ! Puisque tu es assez gentille pour trouver que j'ai une jolie voix, je vais maintenant te chanter quelque chose qui te fera rire, j'espère. »

Blackie se lança alors dans une gigue échevelée où les mots les plus fous, les allitérations et les onomatopées cascadaient avec virtuosité. Sa brève mélancolie oubliée, Emma se mit à rire aux éclats, emportée par le rythme entraînant de la danse populaire.

« Oh ! merci, Blackie ! s'écria-t-elle quand il eut terminé. Merci mille et mille fois, c'était drôle comme tout ! Il faudra chanter ça pour Mme Turner, la cuisinière du château. Elle adorera cette chanson-là, j'en suis sûre.

— Je serai très content de faire plaisir à Mme Turner... Mais, dis-moi, ajouta-t-il avec curiosité, que vas-tu donc faire à Fairley Hall de si grand matin, si je puis te le demander ? »

Emma lui décocha un regard à nouveau sérieux, presque grave, comme si elle retrouvait d'un coup le fardeau de ses responsabilités.

« J'y suis domestique, répondit-elle avec solennité.

— Pas possible ? Quel travail peut donc faire un petit bout de fille comme toi ?

— Fille de cuisine », répliqua Emma sèchement.

Son regard se durcit et une moue de mauvaise humeur lui tira les coins de la bouche. Blackie comprit que son travail au château était pénible et humiliant et s'abstint de pousser son questionnaire. Emma avait déjà remis le masque de froideur inexpressive abandonné pendant les quelques instants de gaieté qu'ils avaient partagés et un silence plein de gêne tomba entre eux. Blackie l'observa avec plus d'attention.

Une fois de plus, en les regardant, Blackie fut frappé par les yeux d'Emma. Ils lui paraissaient d'une beauté presque surnaturelle, deux sources de lumière d'un vert si intense et si profond qu'il en fut saisi. Dans son Erin natale, il avait vu, croyait-il, l'infinité des nuances de cette couleur, si chère au cœur des Irlandais. Mais ce qu'il contemplait ce matin-là dans les yeux d'Emma Harte faisait pâlir le velours des prairies, le turquoise de la mer ou l'émeraude des lacs dont ils évoquaient les profondeurs insondables et les mystères.

La voix d'Emma le tira de sa rêverie :

« Si vous êtes Irlandais, demanda-t-elle, pourquoi vous appelle-t-on Noiraud ? Viendriez-vous d'Afrique ? »

Elle n'avait plus l'air renfrogné qui l'avait assombrie. Blackie O'Neill éclata de rire à la naïveté de cette question et répondit avec un sourire malicieux :

« Non, *mavourneen,* je ne viens pas d'Afrique ! Mais en Irlande, on dit que les gens comme moi qui sont noirs de poil et de teint l'ont hérité des Espagnols. »

Elle était d'abord sur le point de lui demander la signification de *mavourneen,* ce mot étrange qu'elle entendait pour la première fois. Mais le caractère stupéfiant de la déclaration de Blackie lui fit oublier sa curiosité.

« Des Espagnols! s'écria-t-elle avec indignation. Il n'y a pas d'Espagnols en Irlande, je le sais bien! Me prendriez-vous pour une ignorante, Shane O'Neill? »

Blackie faillit éclater de rire de nouveau mais se contint pour ne pas froisser sa jeune compagne.

« Que Dieu m'en préserve, Emma Harte! Puisque tu es si instruite, tu sais sûrement que le roi d'Espagne avait expédié une grande Armada pour envahir l'Angleterre, du temps de la reine Elizabeth. Une tempête fit sombrer les galions au large de l'Irlande et les rescapés s'installèrent chez nous. Voilà pourquoi, depuis, tous les noirauds du pays descendent, dit-on, de ces Espagnols.

— J'ai bien entendu parler de l'Armada, répondit Emma. Mais je ne savais pas que les Espagnols avaient vécu en Irlande...

— C'est pourtant la vérité du Bon Dieu, *mavourneen*! Je le jure sur la Sainte Vierge et tous les saints. »

Dépitée d'avoir ainsi été prise en défaut, Emma contre-attaqua immédiatement :

« Vous êtes bien moqueur, Blackie O'Neill! dit-elle d'un air pincé. Dites-moi plutôt ce que veut dire ce mot, *mavourneen*. Ce n'est pas grossier, j'espère? »

Blackie se mit à rire et secoua énergiquement la tête en signe de dénégation.

« Non, petite Emma, ce n'est pas un mot grossier, bien au contraire. En gaélique, *mavourneen* est un petit nom d'amitié, quelque chose comme « ma chère » ou « ma chérie ». Il y a bien un mot comme ça, dans le Yorkshire, n'est-ce pas? »

Sans attendre la réponse, Blackie enchaîna :

« Et puis, pourquoi me donnes-tu du « vous » d'un ton aussi cérémonieux? Entre amis, on se tutoie. Allons, Emma Harte, tope là! dit-il en lui tendant la main. Nous sommes amis, n'est-ce pas? »

Emma hésita, partagée entre un restant de crainte et l'attirance qu'elle éprouvait de plus en plus vivement pour l'extraordinaire personnage que le hasard avait mis sur son chemin. Son éducation la retenait aussi : combien de fois sa mère ne lui avait-elle pas répété qu'on ne doit pas tutoyer un étranger et, qui plus est, un homme, surtout s'il est plus âgé. Mais Blackie était si jeune et si sympathique...

Elle lui prit la main et la serra de toutes ses forces. L'Irlandais lui fit son plus beau sourire et ils se remirent en marche en silence. Un instant plus tard, ce fut Emma qui reprit la parole :

« Blackie ! Est-ce que vous... tu habites Leeds ?

— Bien sûr, Emma. Ah ! ça c'est une ville, ma foi ! Y es-tu déjà allée ? »

La gaieté disparut du visage d'Emma.

« Non, pas encore, répondit-elle en s'animant peu à peu. Mais j'irai bientôt, papa me l'a promis ! Il m'a dit qu'il m'y emmènerait passer une journée et je sais bien qu'il le fera dès qu'il aura le temps... »

Et l'argent des billets, compléta Blackie en son for intérieur. Mais il ne voulut pas aggraver la déception de la jeune fille et se hâta de renchérir, l'air convaincu :

« Alors, tu iras sûrement bientôt, *mavourneen* ! Tu verras, tu verras, tu n'en croiras pas tes yeux ! C'est bien la plus belle ville au monde, à part Dublin bien sûr et peut-être Londres que je ne connais pas encore. Il y a tant de monde, tant de maisons... Tu verras, il y a des rues et des places avec des arcades, et des boutiques merveilleuses, remplies des plus belles choses qu'on puisse imaginer. Des robes, des costumes, des bijoux, des soieries, des parures de plumes et des chaussures d'un cuir si fin qu'on dirait du velours ! De quoi parer la reine elle-même ! Ma foi, tu ne verras jamais autant de belles choses dans ta vie... »

Blackie fit une pause pour reprendre haleine. L'expression fascinée d'Emma au récit de tant de merveilles, sa naïve avidité à en entendre davantage le relancèrent :

« Et ce n'est pas tout ! reprit-il. Il y a aussi des restaurants où on sert les plats les plus fins et les plus délicats. Et des salles de danse et un music-hall qui s'appelle les Variétés, et des théâtres tout en velours rouge avec de l'or, des sculptures et des lustres éclairés au gaz, où on joue des pièces qui viennent tout droit de Londres. Mais si, mais si, poursuivit-il devant l'expression incrédule d'Emma, j'ai vu Vesta Tilly et Mary Lloyd en chair et en os sur la scène, *mavourneen* ! Ce sont les plus grandes actrices du siècle et tu les verras, toi aussi ! Et dans les rues, il y a plein de ces nouveaux omnibus, des tramways. Ce sont d'énormes machines qui roulent sur des rails, et il faut au moins quatre chevaux pour les tirer, tu te rends compte ? Ils partent de la Bourse aux grains et parcourent toute la ville. J'en ai pris un une fois, moi-même en personne, et je me suis assis sur l'impériale, comme on dit là-bas ! Ce sont des banquettes installées sur le toit et quand il fait beau, on peut voir toute la ville sans marcher, comme un vrai *gentleman* dans son cabriolet ! Mais je n'en finirais pas de te décrire toutes les merveilles qu'on peut faire et voir à Leeds... »

Les yeux d'Emma brillaient d'excitation et d'admiration. Le merveilleux conte de fées qu'elle venait d'entendre avait balayé sa lassitude et son inquiétude. Son imagination était si vivement frappée, ses émotions si puissamment éveillées qu'elle n'était plus capable de se dominer. Et c'est d'une voix tremblante qu'elle pria son compagnon de poursuivre :

« Pourquoi es-tu allé vivre à Leeds, Blackie ? Dis-moi encore ce qui se passe, dans cette ville merveilleuse !

— Je me suis installé à Leeds parce qu'il n'y avait pas de travail en Irlande, répondit Blackie. C'est mon oncle Patrick qui m'a fait venir. Il y était déjà établi comme maçon et terrassier et il m'a dit que le travail ne manquait pas, car la ville grandit tous les jours. Quand je suis arrivé et que j'ai vu toutes ces nouvelles manufactures, et ces filatures et ces fonderies qui se bâtissaient, quand j'ai vu les voitures et les belles maisons, je me suis dit : voilà l'endroit qu'il faut à un garçon comme toi, Blackie O'Neill, l'endroit rêvé quand on n'a pas peur de travailler ! Oui, *mavourneen*, tu peux me croire : Leeds est bien l'endroit où on peut faire fortune en travaillant. C'est comme si les rues étaient pavées d'or! Cela fait cinq ans que j'y suis et maintenant, mon oncle Pat et moi, nous avons notre propre affaire. Nous faisons des travaux et des réparations pour les filateurs, les manufacturiers et même la bourgeoisie de la ville et les nobles des environs! On gagne bien notre vie. Ce n'est pas encore la fortune mais cela viendra, je le sais. Car, vois-tu, *mavourneen,* je compte bien être riche un jour, très riche! Un jour, je serai millionnaire! »

Blackie s'interrompit pour rejeter sa tête en arrière, d'un geste vainqueur, et éclata d'un rire de triomphe anticipé. Emporté par son enthousiasme, il entoura d'un bras protecteur les épaules d'Emma et se pencha à son oreille pour poursuivre, sur le ton de la confidence :

« Un jour, petite Emma, je m'habillerai comme un vrai *gentleman,* avec une épingle de cravate en diamant! Tu me croiras si tu veux, *mavourneen,* mais je serai comme ça un jour, je le jure sur la tête de tous les saints! »

Emma avait écouté avec une attention ravie la suite du discours enthousiaste de son compagnon. Le mot « fortune » avait résonné à ses oreilles comme un sésame magnifique, infiniment plus puissant que toutes les vaines images de théâtres ruisselants de lumière ou de voitures aux ressorts moelleux. Rien de tout cela ne comptait plus, dans son esprit pratique, face aux extraordinaires perspectives dévoilées par Blackie : à Leeds, on pouvait faire fortune en travaillant. Voilà, pour Emma, ce qui importait avant tout. Voilà ce qui, d'un coup, rendait Blackie si cher à ses yeux et l'auréolait d'un prestige incomparable : elle n'était plus seule au monde à croire que l'argent pouvait être gagné au lieu d'être reçu en héritage. Elle n'était plus seule à se rebeller devant une fausse fatalité. A ces pensées, le cœur d'Emma bondit dans sa poitrine.

« Dis-moi, Blackie, crois-tu qu'une fille... comme moi puisse faire fortune à Leeds ? » demanda-t-elle d'une voix étranglée par l'émotion.

C'était bien la dernière question à laquelle il s'attendît. Incrédule, il contempla la fragile silhouette qui ne lui arrivait pas à l'épaule, le petit corps sous-alimenté si maigre et pitoyable, le visage aux lèvres bleuies et gercées par le froid. Pauvre bout de fille, pensa-t-il, qui se met à rêver! J'aurais mieux fait de tenir ma langue au lieu de lui farcir la tête de visions, de lui parler d'un monde qu'elle ne connaîtra jamais...

Il allait tenter de la ramener sur terre quand un éclair dans les yeux d'Emma l'en empêcha. Cette lueur, c'était le feu de l'ambition. Mais d'une ambition qui lui fit peur tant elle éclatait avec une violence inflexible, sauvage. Devant l'expression soudain implacable qui recouvrait les traits de la jeune fille, Blackie frissonna malgré lui. Avait-il le droit d'encourager les idées folles que se faisait cette pauvre fille?

Il aspira une grande lampée d'air pour se redonner de la bravoure et affecta un sourire plein de confiance:

« Ma foi, je n'en sais rien, petite Emma. Si tu es travailleuse, tu y arriveras peut-être... Mais tu es encore bien trop petite. Pour aller travailler à Leeds, attends au moins quelques années. Bien sûr, c'est une belle et grande ville, pleine d'avenir. Mais elle est aussi pleine de dangers surtout pour un bout de chou comme toi... »

Emma affecta de n'avoir pas entendu la réplique et prit un air buté:

« Où aller, pour faire fortune? Que faudrait-il que je fasse? »

Blackie comprit qu'il ne s'en tirerait pas par des mots et fit semblant de réfléchir sérieusement. Mais il n'avait pas la moindre intention de se rendre complice de ce qu'il considérait comme une aventure folle et, dans un sens, criminelle. Lâcher dans Leeds cette fillette chétive, à peine capable de faire le chemin du village au château? Cette effrayante expression d'une volonté surhumaine, ne l'avait-il pas rêvée? Dans le brouillard de l'aube, dans la lande qui se prête à toutes les fantasmagories, il fallait s'attendre à tout...

« Voyons, laisse-moi réfléchir, dit-il enfin d'un air concentré. Tu pourrais peut-être commencer par travailler dans une de ces manufactures où on fabrique les belles robes qui sont vendues dans les boutiques. Il y a sûrement d'autres choses que tu pourrais aussi bien faire... Mais il faut d'abord y réfléchir soigneusement, petite Emma. Il faut trouver le métier qui te convient. C'est tout le secret du succès, vois-tu. Tout le monde le dit et c'est la vérité... »

Emma hocha la tête, convaincue de la véracité de cette dernière remarque. Elle hésitait à s'ouvrir davantage de ses projets au jeune Irlandais et sa méfiance innée, enracinée dans son terroir du Yorkshire, lui retint la langue. Elle avait cependant une dernière chose à lui demander, la plus importante, et elle prit le temps de la formuler soigneusement.

« Si je vais à Leeds un jour ou l'autre, quand je serai plus grande comme tu me le conseilles, voudras-tu m'aider et me dire ce qu'il faudra faire, Blackie ? »

Elle levait vers lui son regard le plus candide et Blackie, qui la dévisageait d'un air soupçonneux, ne vit qu'un visage enfantin et rempli d'innocence. Allons, se dit-il, j'ai dû rêver... Il dissimula son soulagement et répondit avec bonne humeur :

« Bien sûr, Emma, je serai toujours heureux de te revoir ! J'habite près du chemin de fer, à la pension de Mme Riley. Mais ce n'est pas un quartier pour une jeune fille seule. Aussi, si tu me cherches un jour, tu ferais mieux d'aller voir Rosie, la barmaid du Cygne-Blanc. C'est le grand pub de York Road. Si tu lui laisses un message, elle saura me le faire passer, à moi ou à mon oncle Pat, dans la journée. Tu as bien compris ?

— Merci, Blackie, merci mille et mille fois. Je saurai m'en souvenir. »

Emma avait déjà gravé ces précieux renseignements dans sa mémoire. Car elle avait désormais la ferme intention d'aller chercher fortune à Leeds, et le plus tôt possible.

Ils marchèrent quelques instants en silence, chacun plongé dans ses pensées. Mais ce n'était pas un silence de gêne ou d'hostilité, comme il peut s'en produire entre des étrangers. Ils n'avaient fait connaissance que depuis moins d'un quart d'heure et, déjà, un lien les unissait. Une sympathie instinctive, proche de l'amitié et, plus encore, une certaine identité de vues, une compréhension de la vie instinctivement ressenties.

Blackie, pour sa part, réfléchissait à son sort et ne pouvait que s'en réjouir. Il était là, libre, plein de vie et de force, avec un travail devant lui, quelques shillings en poche et, mieux encore, la certitude d'en gagner bientôt davantage. Passé le premier moment de malaise dû au brouillard, la lande lui apparaissait dans toute sa sauvage grandeur. Le jour s'annonçait beau, froid mais d'un froid vif et sec dans une lumière vibrante sous laquelle les arbres dénudés et les rocs inquiétants s'animaient d'une beauté à laquelle son imagination lyrique d'Irlandais ne pouvait rester insensible. Le ciel avait perdu sa couleur gris-plomb pour un bleu métallique d'une extraordinaire pureté.

Marchant toujours d'un bon pas, ils arrivèrent au bout du plateau moutonnant sans que Blackie ait encore vu se profiler la masse de Fairley Hall. Il allait s'en étonner quand Emma tendit le bras devant elle, comme si elle l'avait deviné.

« Voilà le château, Blackie ! »

Le jeune homme regarda dans la direction indiquée et se frotta les yeux, car on ne voyait toujours que la lande à perte de vue.

« Je dois devenir aveugle, ma parole ! s'écria-t-il. Où donc sont les tourelles et les cheminées que le *Squire* m'avait lui-même décrites la semaine dernière ? »

Emma fit un rire de bonne humeur :

« Un peu de patience ! C'est là, en contrebas. On arrive au champ du Baptiste et après, il n'y a plus qu'à descendre. On n'en aura plus pour longtemps. »

7

Quelques instants plus tard, en effet, Emma et Blackie s'arrêtaient en haut de la dépression où se terrait Fairley Hall. C'était un de ces vallons typiques de la région, enfoncé au cœur de la lande qui étirait tout autour, jusqu'à l'horizon, ses immensités monotones. Il y régnait, en cette saison, une symphonie de gris charbonneux et de bruns sales qu'aucune touche de verdure ne venait égayer. Les toits et les cheminées émergeaient seuls d'un gros bouquet d'arbres où se dissimulaient les corps des bâtiments. Alors que les arbres de la lande, torturés par les vents, n'étaient que de tragiques moignons tordus et mutilés, ceux qui entouraient le château étaient de grands chênes à la noble stature dont les branches, dépourvues de feuilles, formaient en s'entremêlant des lacis compliqués. Tout paraissait endormi dans le silence. On ne distinguait, seules traces de vie, qu'un filet de fumée montant tout droit d'une cheminée et le vol d'une bande de corneilles jetée au travers du ciel comme une écharpe déchirée.

Devant les deux jeunes gens, le terrain plongeait en pente douce. A peu de distance, un muret de pierres sèches délimitait un champ et se prolongeait au-delà pour en rejoindre d'autres en une sorte de damier géant tapissant tout le fond du vallon. Ce spectacle tout d'ordre et de mesure, venant après le chaos sauvage de la lande, laissa Blackie stupéfait.

Emma le tira de sa contemplation avec un cri joyeux.

« Blackie, viens ! Faisons la course jusqu'à la barrière ! »

Avant même d'avoir fini de lancer son défi, elle courait déjà si vite qu'elle paraissait voler. Pris de court, son lourd sac d'outils lui battant les mollets, Blackie se précipita à sa poursuite en admirant l'incroyable énergie qui animait Emma. Où donc la puisait-elle ? se demanda-t-il de plus en plus perplexe. Avait-il eu raison, tout à l'heure, de se faire du souci pour elle ? Elle avait l'air de taille à venir à bout de tout un régiment de gaillards comme lui...

Il eut tôt fait de la rattraper, à longues foulées mais retint volontairement son allure alors qu'il allait la dépasser et lui laissa le plaisir d'emporter la victoire. Emma s'arrêta à la barrière du champ et se retourna vers lui, triomphante :

« Il faudra mieux t'y prendre si tu veux me battre ! s'écria-t-elle hors d'haleine. Je cours vite, tu sais. »

Blackie retint un sourire amusé devant ce déploiement de vanité et affecta la plus vive admiration :

« C'est ma foi vrai, *mavourneen* ! Tu n'as pas ton pareil. Si tu étais un lévrier, j'irais jusqu'à parier un shilling sur toi ! »

Emma éclata de rire, ravie du compliment, et entreprit de faire une nouvelle démonstration de son habileté. Elle souleva le loquet de la barrière, lui donna une poussée et sauta sur le premier barreau. Emportée par l'élan, le lourd vantail pivota en grinçant sur ses gonds et emporta Emma dans le champ. Avant que la barrière bute en bout de course, Emma sauta légèrement à terre et la repoussa, tout en criant à Blackie :

« En principe, on n'a pas le droit, naturellement. Mais je m'amuse toujours à faire un ou deux tours de barrière... »

Blackie posa son sac et s'approcha :

« Attends, je vais te pousser ! Tu iras bien plus vite. »

Emma hocha la tête, les yeux brillants de plaisir, ses petites mains gercées serrées bien fort sur le bois rugueux. Quand Blackie lui eut donné une vigoureuse poussée, elle éclata d'un rire extasié entrecoupé de cris de joie. Son manteau rapiécé volait derrière elle, son écharpe défaite laissait passer une mèche de cheveux. Blackie la contempla, attendri de lui voir prendre un tel plaisir à un jeu aussi simple. Mais sa perplexité ne faisait que croître. Allons, se dit-il, où avais-je donc la tête ? Ce n'est qu'une enfant qui s'amuse d'un rien. Comment ai-je pu la prendre pour une ambitieuse et me faire toutes ces idées sur son compte? Blackie O'Neill, tu deviens bête, ma parole!

Emma revenait déjà en courant et repoussait la barrière pour la fermer.

« Dépêchons-nous, je suis en retard! s'écria-t-elle. Je vais encore me faire disputer par Mme Turner. »

Blackie reprit son sac et entoura les épaules d'Emma de son bras libre, en un geste fraternel. Du même pas, ils se remirent en marche vers le fond du vallon et le château.

« Il faut que je te dise, *mavourneen*, dit Blackie. Je suis plein de curiosité au sujet des gens du château. Comment sont-ils, les Fairley? »

Emma hésita et fit un sourire énigmatique :

« Tu verras dans une minute. On arrive tout de suite. »

Elle se dégagea souplement de son étreinte et se mit à courir sans plus rien dire. Blackie la suivit des yeux en hochant la tête. Depuis cinq ans qu'il habitait le Yorkshire, il n'arrivait décidément pas à en comprendre les habitants. Emma ne faisait pas exception, bien au contraire : elle était bien la plus déroutante jeune personne qui ait jamais croisé le chemin du jeune Irlandais.

Il la rejoignit à la lisière du bouquet d'arbres. Le château se dévoilait enfin à ses yeux et Blackie s'arrêta en poussant un sifflement ébahi. Fairley Hall ne ressemblait en rien à tout ce qu'il en avait imaginé jusqu'à ce moment.

« Sainte Vierge! s'écria-t-il. Non, c'est impossible qu'on ait pu construire une chose pareille! Dis-moi que je rêve, *mavourneen*! »

Il ferma les yeux et les rouvrit à plusieurs reprises, comme pour dissiper une vision surnaturelle. Mais il lui fallut bien se rendre à l'évidence : Fairley Hall n'était pas une création de son imagination.

« Papa l'appelle la « Folie Fairley », observa Emma avec un petit sourire sarcastique.

— Il y a de quoi, ma parole! » répondit Blackie.

Fairley Hall était la construction la plus grotesque, la plus monstrueuse sur laquelle il ait jamais jeté les yeux. Blackie avait un sens de la perspective et des proportions très sûr, digne de l'architecte qu'il rêvait secrètement de devenir. Or, plus il détaillait Fairley Hall, moins il y trouvait d'élément capable de racheter sa prétentieuse laideur.

C'était une grande bâtisse longue, comme tapie dans ses jardins dont le dessin soigneux accentuait son aspect incongru de bête mythologique. Aux quatre coins du corps de logis central, tout de pierre sombre et rebutante, se dressaient quatre tourelles en faux gothique. Le bâtiment lui-même, massif et carré, était surmonté d'une coupole manifestement surajoutée, d'un effet ridicule. Au fil des ans, on avait prolongé la structure principale en y adjoignant des ailes de styles disparates, érigées n'importe comment, dans tous les sens et de toutes les tailles. L'ensemble donnait une impression de fouillis où se heurtaient les formes, les styles et les proportions. La seule unité qu'on pouvait finalement y déceler était celle du mauvais goût.

Mais d'un mauvais goût solide et d'une opulence ostentatoire. La simplicité de bon aloi et la pureté des lignes, que Blackie avait appris à estimer chez les architectes classiques, étaient résolument absentes de ce monument dressé à la gloire de la nouvelle fortune industrielle des Fairley. Habitué aux petits châteaux XVIIIᵉ siècle dont les lignes simples agrémentaient le paysage irlandais, le jeune homme ne s'était pas attendu à trouver une telle horreur dans les landes sauvages du Yorkshire. Si les Fairley sont si riches et si l'ancienneté de leur lignée est si vénérable, se demandait-il en s'approchant, pourquoi se plaisent-ils dans une pâtisserie aussi tarabiscotée ? Le *Squire* lui avait pourtant fait bonne impression, quand il l'avait brièvement rencontré à Leeds...

« Alors, Blackie ? demanda Emma. Qu'en penses-tu ? »

Il poussa un profond soupir :

« Ton père a raison, *mavourneen*, c'est bien une folie que cette maison ! Je ne voudrais pas y habiter, en tout cas.

— Tu n'auras donc pas une maison comme celle-ci quand tu seras millionnaire ? Je croyais que tous les gens riches habitaient des châteaux comme Fairley Hall.

— Ils vivent dans des grandes maisons, bien sûr. Mais elles ne sont pas toutes aussi laides, Dieu merci ! Celle-ci me fait mal aux yeux... On dirait un cauchemar », ajouta-t-il en faisant une grimace de dégoût.

Le sourire sarcastique avait reparu sur les lèvres d'Emma. Elle n'était jamais sortie de la lande et ignorait tout du monde. Mais elle avait toujours senti d'instinct que Fairley Hall était laid et repoussant. Son père et les gens du village avaient beau l'appeler la « Folie Fairley », ils n'en éprouvaient pas moins un certain respect pour ses dimensions et sa richesse. Aussi était-elle contente de voir son jugement confirmé par Blackie. Elle avait donc bon goût et cela flatta sa vanité.

Blackie venait de se hausser ainsi de plusieurs crans dans son estime. Elle se détourna vers lui, une lueur admirative dans le regard :

« Quel genre de maison habiteras-tu, alors, quand tu seras riche, Blackie ? »

L'expression maussade qui assombrissait le visage du jeune homme disparut soudain :

« Oh ! moi, je sais bien ce que je veux ! Une grande maison classique, comme en Irlande, tout en pierre blanche, avec un fronton et des colonnes sur la façade, des grandes pièces hautes de plafond avec de hautes fenêtres à petits carreaux, de beaux parquets de chêne et des cheminées en marbre ! Et des meubles de style Sheraton et Chippendale, avec des tableaux aux murs et plein de belles choses... Oui, *mavourneen*, elle sera comme ça ma maison, si belle qu'on n'en verra pas de pareilles dans tout le pays ! Et je la construirai moi-même, sur mes propres plans, oui Emma, c'est moi qui la bâtirai, ma maison... »

Il dut s'interrompre, essoufflé par sa tirade. Emma le dévisageait d'un air stupéfait :

« Sur tes plans, Blackie ? Tu sais dessiner des maisons ?

— Bien sûr ! répondit-il fièrement. Je vais à des cours du soir, à Leeds, pour apprendre le dessin. Tu verras, Emma, tu verras. Je la bâtirai un jour, cette maison, et tu viendras m'y rendre visite quand tu seras une dame ! »

Emma venait de prendre note d'une information inédite qui lui faisait battre le cœur :

« C'est vrai qu'on peut aller le soir à l'école pour apprendre des choses ? »

Elle pensait moins à elle qu'à son jeune frère Frank. Blackie sourit de son expression naïvement pleine d'espoir et lui répondit d'un air supérieur, comme il sied à un homme instruit :

« Bien sûr, petite Emma. A l'école du soir, on peut apprendre tout ce dont on a envie.

— Et c'est là que tu apprends l'architecture et le style des meubles dont tu parlais ?

— Oh ! j'en savais déjà beaucoup quand je suis venu d'Irlande, dit-il en se rengorgeant. Notre recteur, le père O'Donovan, m'a fait lire tous ses livres ! Vois-tu, poursuivit-il en s'animant tant il était pris par son sujet, on peut avoir tout ce qu'il y a de mieux et de plus beau quand on est riche ! A quoi bon avoir de l'argent quand on n'en tire pas de plaisir ? L'argent, c'est fait pour être dépensé, n'est-ce pas ? »

Emma fronça les sourcils. L'argent, pour elle, avait toujours représenté l'essentiel dans la vie. Blackie était en train de bouleverser ses notions les mieux établies en lui suggérant l'existence du luxe. Cela méritait réflexion.

« Peut-être, répondit-elle prudemment. Si un jour j'ai de quoi, j'achèterai moi aussi des belles choses... »

Blackie éclata de rire :

94

« Tu es bien du Yorkshire, *mavourneen* ! Avoir de quoi, avoir assez, on ne parle que de ça par ici ! Il y a pourtant bien des gens qui se contentent de rien et d'autres qui n'en ont jamais assez ! »

Emma préféra ne pas répondre, tant le sujet éveillait en elle de sentiments douloureux. Elle serra les lèvres et pressa le pas. Car, déjà, l'ombre de Fairley Hall les rattrapait sur le chemin.

Blackie leva les yeux et observa de près le château. Il lui trouva un air d'hostilité et de tristesse, comme si ses murs sombres n'avaient jamais connu le rire et la gaieté. Un bref instant, il eut l'impression que ceux qui en franchissaient le seuil risquaient d'y être retenus prisonniers à jamais. Il haussa les épaules pour chasser une pensée aussi absurde, mais il ne put retenir un frisson.

Les immenses fenêtres closes, barrées d'épais rideaux, avaient l'allure d'yeux aveugles. Fairley Hall lui apparaissait dans la lumière du matin comme une forteresse sinistre et imprenable. Une fois encore, il s'efforça de chasser de sa tête des idées ridicules et de dominer sa trop vive imagination. Mais elles ne se dissipaient pas, au contraire. Guidé par Emma, il pénétra dans une vaste cour pavée, bordée de remises et d'écuries et, malgré le soleil et le ciel bleu, il eut un geste instinctif pour l'attirer contre lui en un geste protecteur.

Il sourit enfin et la relâcha doucement. Non, vraiment, il avait des visions, ce matin ! La jeune fille était venue en ces lieux bien plus souvent et depuis bien plus longtemps que lui ! Tous les matins, elle traversait la lande. Elle ne l'avait pas attendu, lui, Blackie O'Neill, pour être protégée. Et protégée contre quoi ? se demanda-t-il enfin, surpris d'avoir pu former en lui de telles idées.

Alors qu'ils s'approchaient du petit perron de l'entrée de service, Emma se tourna vers lui et lui fit un sourire, comme si elle avait deviné ses pensées. Mais, tandis qu'elle posait le pied sur la première marche, le sourire s'éteignit graduellement, la lueur joyeuse disparut de ses yeux. Et c'est d'une mine grave et réservée qu'elle ouvrit la lourde porte ferrée et pénétra dans la cuisine.

8

« Et quelle heure crois-tu donc qu'il est, que tu arrives en faisant le joli cœur comme si de rien n'était ? Ah ! ça, ma fille, je vais finir par perdre patience, c'est moi qui te le dis ! »

La voix perçante qui emplissait la vaste cuisine appartenait à une petite femme boulotte, presque aussi large que haute. Dans son visage poupin aux joues roses et rebondies, deux petits yeux d'oiseau étincelaient d'indignation. Un bonnet blanc empesé, posé comme une couronne au sommet d'un gros chignon grisonnant, s'agitait comiquement en scandant la tirade.

« Et ne reste donc pas plantée là à me regarder comme une oie qui aurait trouvé un parapluie, petite sotte ! reprit la cuisinière en brandissant une louche sous le nez d'Emma. Maintenant que tu es là, démène-toi donc un peu ! Aujourd'hui, il n'y a pas une minute à perdre. »

Emma se précipitait déjà à l'autre bout de la pièce en se tortillant de son mieux pour enlever son manteau.

« Je vous demande mille fois pardon, madame Turner ! s'écria-t-elle en roulant ses vêtements en boule. Je suis partie à l'heure, je vous le jure. Mais il y avait tellement de brouillard dans le Ghyll...

— Pff ! interrompit le cordon-bleu de Fairley Hall. Dis-moi plutôt que tu as encore perdu du temps à jouer sur cette maudite barrière ! A ton âge, si c'est pas malheureux... Un de ces jours, tu finiras par te faire renvoyer, si tu continues. Voilà ce qui te pend au nez, ma fille, c'est moi qui te le dis ! »

Emma avait plongé dans un placard aménagé sous

l'escalier menant aux étages. Sa réponse parvint étouffée :

« Je vais me rattraper, madame Turner ! Vous savez bien que je fais toujours mon travail...

— Encore heureux ! Et tu feras bien d'y mettre de l'huile de coude, aujourd'hui, surtout que Mme Hardcastle est partie pour Bradford et qu'on a de la visite qui arrive de Londres et que Polly choisit bien son moment pour tomber malade... »

Accablée par l'énumération de ses responsabilités, Mme Turner reposa bruyamment sa louche sur la table et rajusta son bonnet en poussant un soupir à fendre l'âme. C'est alors qu'elle s'avisa de la présence de Blackie, qu'elle avait fait mine d'ignorer jusque-là. Les poings sur les hanches, elle le toisa d'un regard chargé de méfiance.

« Et d'où donc qu'il sort, maintenant, cet homme des bois ? » dit-elle d'un ton acerbe.

Blackie fit un pas en avant, un sourire engageant sur les lèvres. Mais il n'avait pas encore ouvert la bouche que la voix d'Emma émergea des profondeurs de son placard :

« C'est le maçon, madame Turner ! Celui que le maître a engagé pour réparer les cheminées et les gouttières, vous savez bien. Il se nomme Shane O'Neill mais tout le monde l'appelle Blackie. »

Ainsi présenté, Blackie s'inclina galamment :

« J'ai bien l'honneur de vous souhaiter le bonjour, madame Turner ! » déclara-t-il cérémonieusement.

Son numéro de charme resta sans effet, et la cuisinière continua à le considérer en fronçant les sourcils.

« Un Irlandais ! Enfin, je ne t'en veux pas, mon pauvre garçon, tu n'y es pour rien... Au moins, tu as l'air costaud. Il n'y a pas de place pour les avortons, dans cette maison. »

Le regard de Mme Turner tomba alors sur le sac du jeune homme, posé à ses pieds sur le plancher. Elle eut un haut-le-corps d'indignation :

« Vas-tu me dire ce que c'est que cette horreur-là ? »
s'écria-t-elle en pointant un index vengeur.

Blackie baissa les yeux. Son sac avait en effet l'air
bien vieux et bien crasseux. Il rougit légèrement :

« Ce sont mes outils et quelques effets...

— Que je ne t'y reprenne plus à poser ça sur mon
parquet tout propre ! Va le mettre là-bas, dans le coin ! »

Elle se détourna en bougonnant et revint vers son
fourneau où elle s'affaira un moment dans un grand
fracas de casseroles entrechoquées.

« Rapproche-toi donc du feu pour te réchauffer, mon
garçon ! » cria-t-elle à Blackie d'un ton radouci.

La mauvaise humeur qu'avait affecté l'excellente
Mme Turner n'avait pas pu durer plus que quelques
minutes. En fait, elle était moins irritée qu'inquiète du
retard d'Emma, qu'elle appréhendait toujours de voir
traverser toute seule la lande à des heures et par des
temps à ne pas mettre un chien dehors. C'était une
bonne fille courageuse et honnête que cette petite. On
ne pouvait pas en dire autant de toutes les jeunesses, à
une époque où on ne respectait plus rien...

Blackie était allé déposer son sac à l'abri des regards
de la cuisinière et s'était rapproché du feu en se frot-
tant les mains. La cheminée était immense et occupait
presque tout un mur. Tout en se dégourdissant, Blackie
humait les bonnes odeurs qui remplissaient la cuisine
et se sentit une faim de loup. Tandis qu'il s'étirait
voluptueusement, le spectacle qu'il avait sous les yeux
lui faisait oublier les craintes irraisonnées qu'il avait
ressenties en arrivant au château. Car il n'y avait rien
de menaçant ni de maléfique dans l'aspect de la cuisine.
C'était une vaste pièce accueillante et chaleureuse,
d'une propreté rigoureuse, où le cuivre des ustensiles
tranchait sur les murs blanchis à la chaux. Autour de
l'imposant fourneau, de l'évier et devant la cheminée, le
parquet ciré cédait la place à un carrelage de pierre
blanche où se reflétaient les becs de gaz et les flammes
qui bondissaient joyeusement dans le foyer de la cheminée. Les meubles de chêne massif, scrupuleusement

encaustiqués, ajoutaient à l'atmosphère plaisante et familière.

Le bruit d'un loquet lui fit tourner la tête. Emma venait de refermer la porte de son placard-vestiaire et s'avançait, vêtue d'une longue robe de serge bleue, tout en finissant de nouer derrière son dos un tablier de coton à rayures bleues et blanches.

« Est-ce vrai que Polly est malade ? demanda-t-elle en rejoignant la cuisinière auprès du fourneau.

— Eh oui, la pauvre petite ! soupira Mme Turner. Elle toussait si fort, ce matin, que je lui ai ordonné de rester au lit. Tu ferais bien de monter voir, tout à l'heure, si elle n'a besoin de rien. »

La voix de la cuisinière avait perdu toute sa stridence acariâtre. Amusé, Blackie leva les yeux et ne fut pas long à comprendre qu'elle dissimulait un excellent cœur sous ses dehors bourrus. Au regard plein d'affection dont elle enveloppait Emma, il était évident que celle-ci était sa préférée.

« Bien sûr, répondit Emma. J'irai lui porter une tasse de bouillon après le petit déjeuner des maîtres. »

La jeune fille s'était efforcée de ne pas laisser transparaître son inquiétude au sujet de sa camarade. Elle avait pourtant déjà senti que Polly était victime de la même impitoyable maladie que sa mère dont Emma avait reconnu chez la jeune servante tous les symptômes : l'affaiblissement, la fièvre et, surtout, les redoutables quintes de toux.

Mme Turner en profita pour pousser un nouveau soupir :

« Tu es une bonne fille, petite Emma... Mais il va falloir que tu fasses le travail de Polly en plus du tien. On n'y peut rien, le travail ne se fera pas tout seul, c'est moi qui te le dis ! Voilà-t-il pas que Murgatroyd m'annonce que Mme Wainright débarque de Londres cet après-midi ! Et quand je pense que Mme Hardcastle n'est toujours pas rentrée ! »

Elle fit avec sa langue une série de bruits exaspérés d'une remarquable variété et d'une grande puissance expressive tout en assenant des coups de louche sur le couvercle d'une marmite.

« Ah! si c'était moi la gouvernante, ça ne se passerait pas comme ça! Nellie Hardcastle remplit sa charge par-dessus la jambe, que c'en est une honte! Toujours partie, toujours à courir à gauche et à droite, à laisser les autres se débrouiller et faire le travail à sa place! »

Emma ne put retenir un sourire. Les récriminations de la cuisinière et ses ambitions de succéder à la gouvernante étaient connues de tout le monde depuis fort longtemps.

« On s'arrangera, madame Turner, lui dit Emma d'un ton rassurant. Ne vous faites donc pas de mauvais sang. »

Emma rendait bien à la cuisinière l'affection que celle-ci lui accordait. Car Mme Turner était la seule, au château, à lui manifester autre chose que de la dureté ou de l'indifférence. Aussi Emma s'efforçait-elle de prévenir ses désirs et de la récompenser de ses bons traitements à son égard.

Sans attendre de plus amples instructions, elle courut au placard sous l'escalier et en sortit un grand panier plein de brosses, de chiffons et de produits d'entretien. En posant le pied sur la première marche, elle fit un signe de la main à Blackie et dit à Mme Turner :

« Je vais m'y mettre tout de suite!

— Veux-tu bien rester ici! Pour qui me prends-tu donc, une sans-cœur? s'écria la cuisinière. Va te réchauffer au coin du feu et avaler un bon bol de bouillon, cela te donnera du cœur à l'ouvrage. Non mais, je vous demande un peu... »

En bougonnant de plus belle, Mme Turner souleva un couvercle et fourgonna dans la marmite avec sa louche avant de remplir un grand bol d'un liquide ambré et appétissant où nageaient de gros morceaux de viande et de légumes.

« Et toi, chenapan? lança-t-elle à l'adresse de Blackie. En veux-tu aussi? »

100

Elle commençait déjà à remplir un second récipient sans attendre la réponse de l'intéressé.

« Grand merci », dit le jeune homme en se levant.

La bonne dame le fit rasseoir d'un geste impérieux.

« Emma, viens prendre les bols ! Tiens, voilà aussi du bacon. Cela aidera à faire descendre le bouillon.

— Non, merci, madame Turner, je n'ai pas faim ce matin », répondit Emma.

La cuisinière lui jeta un regard inquiet :

« Qu'est-ce que j'entends là ? Pas faim, pas faim... A ton âge, il faut manger ! Tu ne grandiras jamais en ne buvant que du thé et du bouillon, petite sotte ! »

Elle ajouta d'autorité deux tranches de bacon sur l'assiette et fourra le tout dans les mains d'Emma.

La jeune fille tendit son bol à Blackie avant de s'asseoir en face de lui sur un tabouret.

— Merci, *mavourneen* ! » lui dit-il en souriant.

Emma lui rendit son sourire et ils se mirent à déguster leur repas en silence.

Mais Blackie ne pouvait s'empêcher de contempler Emma tout en mangeant. Depuis qu'il l'avait rencontrée, si peu de temps auparavant, il avait été de surprise en surprise. Maintenant qu'elle était débarrassée de l'écharpe qui lui dissimulait à demi les traits du visage et avait échangé son misérable petit manteau rapiécé pour endosser sa tenue de travail, il se rendait compte avec une surprise émerveillée qu'elle n'avait presque plus rien du petit être malingre et pitoyable qu'il avait d'abord cru voir émerger des brouillards de la lande. On ne pouvait pas vraiment dire qu'elle était belle, selon les canons de l'époque. Elle n'avait pas les roseurs plantureuses et la féminité alanguie étalées sur les magazines illustrés. On ne pouvait même pas dire qu'elle fût franchement jolie, et elle avait encore la gaucherie inachevée de l'adolescence. Mais il se dégageait de sa personne quelque chose de saisissant, bien plus frappant qu'une beauté classique, un quelque chose d'indéfinissable qui enflamma l'imagination du jeune Irlandais et le fit rêver malgré lui.

Le sens inné qu'avait Blackie de la beauté ne se limitait pas, loin de là, à l'architecture et aux objets d'art. Au désespoir de son oncle Pat, le jeune homme savait jauger d'un œil connaisseur les jolies filles, dont peu lui résistaient, et aussi les chevaux de course, sur qui il lui arrivait trop souvent de parier, avec des fortunes diverses. Aussi, sans qu'il y vît malice, la comparaison s'imposa-t-elle à lui : Emma était un pur-sang! Roturière, issue d'une famille de travailleurs, tout en elle respirait pourtant l'aristocratie : distinction des traits, finesse des attaches, dignité dans le maintien. Emma possédait la classe d'une patricienne et pouvait imposer le respect. Un seul détail trahissait sa condition : ses mains. Petites et bien dessinées, elles étaient déformées par les travaux qu'elles exécutaient, rouges, rugueuses, avec des ongles brisés. Des mains d'ouvrière ou de domestique.

Blackie ressentit une tristesse peu conforme à son caractère enjoué en évoquant l'avenir de sa nouvelle amie. Que peut-elle espérer de la vie qu'elle mène dans cette maison hideuse et ce pays sinistre? Peut-être a-t-elle raison, après tout, de vouloir tenter sa chance à Leeds, malgré les risques que cela comporte. Ce sera dur, sans doute. Très dur. Mais là-bas, au moins, elle pourra vivre, espérer. Ici, elle ne pourra que survivre en végétant...

La voix de Mme Turner le tira de sa méditation. Elle s'approchait de la cheminée, une assiette de sandwiches à la main :

« Tiens, mon garçon, avale-moi ça vite fait avant que Murgatroyd n'arrive. Si on l'écoutait, ce vieux grigou, on mourrait tous de faim dans cette maison... »

Elle s'interrompit pour jeter un regard inquiet vers l'escalier où pourrait apparaître la silhouette exécrée du majordome.

« Toi, reprit-elle en se tournant vers Emma, ne perds pas ton temps à passer les chenets au noir ce matin, on le fera demain. Tu vas allumer le feu dans la petite salle à manger, tu balaieras, tu épousseteras les meubles et tu dresseras le couvert, comme Polly t'a montré. Après ça, tu feras le ménage à fond dans la grande salle à manger, le salon et la bibliothèque. Fais bien attention en époussetant les panneaux de la bibliothèque de passer le plumeau de haut en bas pour que la poussière ne vole pas partout. Et n'oublie pas les tapis, surtout ! Ensuite, tu feras le ménage du petit salon de Mme Fairley, à l'étage. Quand tu auras fini, il sera juste temps de lui monter son petit déjeuner. Après cela, tu feras les lits et les chambres des enfants. Cet après-midi, il faudra d'abord finir le repassage. Après, il y aura l'argenterie à astiquer et la belle porcelaine à laver... Attends ! »

Hors d'haleine, la cuisinière s'interrompit et tira de sa poche une feuille de papier qu'elle lissa du plat de la main avant de se plonger dans la lecture des tâches ménagères qui restaient à exécuter.

Emma n'avait pas attendu la fin de la liste récitée par Mme Turner pour se lever de son tabouret. Elle tira sur son tablier, prête à entamer l'interminable kyrielle de travaux dont elle se demandait avec angoisse comment elle pourrait en accomplir la moitié. Il lui tardait de commencer, si elle voulait avoir fini à l'heure du souper.

Blackie la dévisageait et sentait la colère l'envahir. Au début, la litanie de la cuisinière l'avait amusé. Mais ce sentiment avait vite cédé la place à l'incrédulité et à la stupeur scandalisée. Personne au monde n'était capable de faire autant de travail en une seule journée, encore moins une enfant fragile comme Emma ! Elle semblait pourtant calme et maîtresse d'elle-même et attendait patiemment que Mme Turner complète ses instructions. Avait-on le droit d'exploiter les gens ainsi ? se demanda Blackie en dominant mal sa rage. La cuisinière n'était pourtant pas une mauvaise personne. Comment pouvait-elle se rendre complice d'un tel scandale ? A la fin, il n'y tint plus :

« Cela fait bien du travail pour une si petite fille ! » dit-il sèchement.

Mme Turner leva vers lui un regard sincèrement sur-

103

pris, mais rougit malgré elle sous le regard réprobateur du jeune homme.

« Oui, je sais bien, mon garçon, c'est beaucoup à faire, dit-elle d'un air gêné. Mais je n'y peux rien si Polly choisit de tomber malade le jour où il nous arrive de la visite... Tiens, justement, ça me rappelle qu'il faut aussi préparer la grande chambre d'amis pour Mme Wainright, Emma... »

Elle se replongea dans la lecture de sa liste pour dissimuler son embarras. Emma hocha la tête avec résignation.

« C'est tout, madame Turner ? Je peux monter, maintenant ?

— Une minute, ma petite, une minute. Laisse-moi finir de lire ces menus... Voyons, je dois pouvoir m'en sortir toute seule pour le petit déjeuner... »

Elle s'absorba dans sa feuille de papier et se mit à lire distraitement à haute voix :

« Comme d'habitude, œufs brouillés au bacon pour M. Edwin. Rognons, bacon, saucisses et pommes rissolées pour M. Gerald. Un hareng fumé pour le maître. Du thé, des toasts, du beurre et de la confiture pour tout le monde... Ouf, c'est bien assez comme ça ! Je me demande vraiment pourquoi ils ne peuvent pas tous manger la même chose, dans cette famille ! »

Emma attendait toujours en silence. Blackie ouvrait des grands yeux à l'énoncé d'un menu aussi disparate.

« Bon, je m'en tirerai toute seule, mon petit. Le déjeuner n'est pas compliqué, heureusement : jambon sauce madère, purée et tarte aux pommes. Je n'aurai pas besoin de toi à midi non plus... »

Elle retourna sa feuille de papier et la parcourut des yeux avant de reprendre :

« C'est pour le dîner qu'il me faudra un coup de main, ma petite fille. Murgatroyd nous a préparé un de ces menus ! Ecoute un peu : bouillon de poulet, selle de mouton sauce aux câpres, avec des pommes de terre rôties et des choux-fleurs gratinés à la sauce blanche. Plateau de fromages avec des biscuits salés. Comme dessert, un diplomate. Et des toasts au fromage pour M. Gerald... Quoi? s'écria-t-elle avec une stupeur indignée. Qu'est-ce qu'il a besoin de manger des toasts au fromage après le dessert? Comme s'il ne s'empiffrait pas assez de toute la journée! S'il continue, ce garçon, il va devenir un vrai cochon, c'est moi qui te le dis! Il n'y a rien qui me dégoûte plus que la gloutonnerie... »

La cuisinière froissa sa feuille de papier avant de la fourrer dans sa poche avec tous les signes de la vertu outragée.

« Bon, tu peux monter, maintenant, dit-elle à Emma. Et fais bien attention de ne rien casser en époussetant.

— Oui, madame Turner. A tout à l'heure, Blackie! ajouta-t-elle en souriant.

— Je l'espère bien, *mavourneen*! Je compte d'ailleurs passer plusieurs jours ici.

— Il faudra au moins la semaine pour tout remettre en état! renchérit Mme Turner. Le maître a bien négligé la maison depuis quelque temps. Pas étonnant, avec ce pauvre M. Edwin malade depuis la Noël et Madame qui ne va guère fort non plus... Tiens, je suis bien contente en fin de compte que Mme Wainright vienne s'installer ici, elle amène toujours la gaieté, elle au moins. Ce n'est pas comme Madame qui... »

Elle s'interrompit brusquement et porta vivement la main à sa bouche pour étouffer une exclamation. Emma et Blackie suivirent la direction de son regard : un homme venait d'apparaître en haut de l'escalier qu'il descendait d'un pas pesant. A son allure compassée, Blackie comprit qu'il devait s'agir du maître d'hôtel.

Murgatroyd était un grand escogriffe efflanqué, dont le visage décharné, sillonné de rides et de plis, avait en permanence une mine rébarbative. Une chevelure clairsemée surmontait son front bas et ses petits yeux trop clairs étaient profondément enfoncés dans leurs orbites et à demi cachés par d'épais sourcils noirs. Il portait la petite tenue de sa charge, pantalon rayé, chemise blanche et tablier vert à grande poche abdominale. Ses manches retroussées dévoilaient de longs bras noueux sillonnés de grosses veines bleuâtres sous les poils noirs.

Il s'arrêta au bas des marches et posa sur le petit groupe un regard plein d'animosité et de mépris :

« Qu'est-ce que c'est encore que ce conciliabule? s'écria-t-il d'une voix de fausset. Etonnez-vous maintenant que le travail ne se fasse pas, alors que vous êtes là à jacasser comme des pies! Cette petite propre à rien aurait déjà dû être au travail depuis une demi-heure, au moins! Croyez-vous donc que le maître tienne un bureau de bienfaisance, dans cette maison? Trois shillings par semaine pour ne rien faire, c'est là ce que j'appelle être grassement payée... Un scandale! »

Il se tourna vers Emma, debout près de la porte du placard, et poursuivit en fronçant les sourcils :

« Qu'est-ce que tu attends, paresseuse? Allons, monte là-haut, et plus vite que ça! »

Emma hocha la tête sans rien dire et se baissa pour ramasser le panier, la pelle à poussière et le balai appuyé au mur. En passant devant Murgatroyd, elle fit un faux mouvement et quelques ustensiles tombèrent du panier. Une boîte de poudre noire pour les chenets perdit son couvercle et vint se vider aux pieds mêmes du majordome.

Emma rougit violemment, réprima un cri de détresse et se pencha pour ramasser l'objet. C'est alors que Murgatroyd en profita pour lui lancer une taloche du revers de la main, qui attrapa la jeune fille derrière la tête et la fit chanceler.

« Espèce de petite souillon! hurla-t-il. Tu ne peux donc rien faire comme il faut? Regarde-moi un peu ce que tu viens de faire sur le parquet tout propre! »

Emma tituba sous la violence du coup et, pour ne pas perdre l'équilibre, se raccrocha du mieux qu'elle put à la poignée de la porte du placard. Elle lâcha le balai et la pelle à poussière qui rebondirent par terre avec fracas. Blackie avait déjà sauté de son tabouret et s'avançait vers le maître d'hôtel, les poings serrés et la mine menaçante, quand Mme Turner intervint. Avec une vivacité surprenante chez une personne de sa corpulence, elle courut vers Blackie, le repoussa d'une main ferme et lui glissa un avertissement à l'oreille :

« Ne te mêle pas de ça, petit sot ! » dit-elle d'un ton sans réplique. Laisse-moi faire. »

Le visage empourpré de colère, dressée sur ses courtes jambes comme un coq sur ses ergots, elle vint se planter devant le majordome. Ses yeux lançaient des éclairs et elle lui brandissait sous le nez sa redoutable louche qu'elle agitait dans son poing serré.

« Vous n'avez pas honte, cria-t-elle à pleins poumons. La petite ne l'a pas fait exprès. Vous n'êtes qu'un lâche et si je vous y reprends à la frapper, je ne donnerai pas cher de votre peau ! Je n'irai pas me plaindre au maître, moi. J'irai directement trouver son père ! Et vous savez ce qui vous attend si vous tombez dans les pattes du Grand Jack Harte, monsieur le fanfaron ! Du hachis, qu'il fera de vous, du hachis, c'est moi qui vous le dis ! »

Rouge de colère sous l'affront, Murgatroyd s'abstint de répondre. Blackie ne l'avait pas quitté des yeux et vit son regard se remplir de crainte. Ainsi, se dit-il avec jubilation, c'est vraiment un lâche, un poltron qui se donne de grands airs et s'attaque aux êtres sans défense mais n'oserait pas se mesurer avec un homme !

Pendant ce temps, la cuisinière s'était déjà détournée de Murgatroyd avec un haussement d'épaules dédaigneux pour se pencher vers Emma, agenouillée, qui était en train de remettre ses ustensiles dans le panier.

« Tu n'as pas mal ? » demanda Mme Turner.

Emma leva la tête vers son alliée et fit un signe de dénégation. Dans son visage impassible et devenu blanc comme le marbre, seuls ses yeux étincelaient de colère et de haine envers le majordome.

« Je vais nettoyer, murmura-t-elle d'une voix encore tremblante.

— Pff ! Laisse donc, je donnerai un coup de balai. »

Murgatroyd avait retrouvé sa contenance hautaine et s'approchait de Blackie comme s'il ne s'était rien passé :

« C'est vous O'Neill, n'est-ce pas ? Le maçon de Leeds ? Le maître m'avait prévenu de votre arrivée, dit-il en toisant le jeune homme de la tête aux pieds. J'espère que le travail ne vous fait pas peur, jeune homme. »

Blackie dut faire un violent effort pour répondre au majordome avec civilité, car il ne pouvait pas se permettre de le mécontenter ouvertement dès le début.

« C'est moi O'Neill le maçon, en effet. Si vous voulez bien me donner les instructions, je vais me mettre au travail. »

Murgatroyd sortit un papier de sa poche et le tendit à l'Irlandais.

« Tout est là. Vous savez lire, j'espère ? »

Blackie serra les dents.

« Oui, je sais lire. Et écrire.

— C'est bien. En ce qui concerne vos gages, ils seront de quinze shillings par semaine, logé et nourri. C'est le maître lui-même qui me l'a dit.

Blackie réprima un sourire. Quoi, se dit-il, cette canaille essaie de m'escroquer ! Il va voir !

« Non, monsieur, répondit-il fermement. Ce n'est pas quinze shillings mais bien une guinée par semaine. Votre maître me l'a dit lui-même quand il m'a engagé à Leeds. »

Le maître d'hôtel leva les sourcils avec surprise :

« Voudriez-vous me faire croire que le maître est allé lui-même vous voir ? dit-il avec dédain. C'est son représentant à Leeds qui prend soin de ce genre de détails ! »

Blackie se rendit compte que l'étonnement de Murgatroyd n'était pas feint. Cette fois, il le tenait ! Avec un sourire épanoui, Blackie répondit sur le ton le plus suave :

« C'est pourtant bien lui en personne qui est venu la semaine dernière rendre visite à mon oncle Pat et à moi, *monsieur* Murgatroyd, dit-il avec une inflexion moqueuse. Nous possédons une entreprise de bâtiment, voyez-vous. Avec ses compagnons, mon oncle Pat est chargé des travaux dans les usines et les bureaux du journal de votre maître à Leeds. Et c'est moi, son associé, qui suis venu m'occuper personnellement des réparations à faire au château. En ce qui concerne le prix, je suis certain de ne pas me tromper. C'est vous qui avez dû faire erreur. À votre place, je me renseignerais auprès de mon maître. »

Blackie eut du mal à terminer sa tirade sans éclater de rire tant la déconvenue du majordome était comique à voir.

Vexé, Murgatroyd répondit sèchement :

« Je compte bien lui en parler, en effet! Il a dû oublier la conversation qu'il a eue avec vous, car il a autre chose en tête que ces histoires sans importance. Assez perdu de temps. Allez retrouver le régisseur, il est aux écuries en ce moment. Il vous montrera ce qu'il y a à faire. Votre chambre est au-dessus des écuries. Au revoir, jeune homme. »

Murgatroyd se détourna après un bref signe de tête et alla s'asseoir à la table.

« Mon thé et mon bacon, je vous prie! » dit-il à Mme Turner.

La cuisinière s'attaqua à la miche de pain comme si c'était le maître d'hôtel qu'elle était en train de couper en morceaux.

Blackie lui fit un clin d'œil complice et alla chercher son sac d'outils dans le coin de la pièce. En passant devant Emma, qui s'apprêtait à monter l'escalier, il lui dit en souriant :

« A ce soir, *mavourneen*! Tu auras fini tout ton travail, au moins? ajouta-t-il avec inquiétude.

— Mais oui, ne t'inquiète pas pour moi, Blackie, répondit Emma en se voulant rassurante. A ce soir. »

Mais le jeune Irlandais ne la vit pas s'éloigner sans un serrement de cœur et la suivit des yeux jusqu'à ce qu'elle disparaisse en haut des marches. En sortant dans l'air froid du matin, il retrouva les pensées troublantes qu'il avait eues en arrivant sur Fairley Hall, ses occupants et, plus encore, sur Emma.

Arrivée sur le petit palier de l'escalier de service, Emma s'arrêta pour poser à terre ses ustensiles et s'appuyer un instant contre le mur. La tête lui faisait encore mal du coup donné par Murgatroyd et sa rage envers lui était plus vive que jamais. Le majordome ne manquait jamais un prétexte pour l'humilier ou la maltraiter, comme s'il y prenait plaisir. S'il lui arrivait de réprimander Polly, jamais encore il n'avait levé la main sur elle. Mais Emma ne comptait plus les rebuffades et l'incident qui venait de se produire était loin d'être exceptionnel. Si Mme Turner n'était pas intervenue avec autant de vigueur, Murgatroyd aurait sûrement récidivé. Un jour, pourtant, il me donnera une gifle de trop, se dit Emma en serrant les dents. Et ce jour-là...

Elle ramassa enfin ses affaires et s'engagea à regret dans le corridor. Tout le monde dormait encore et la maison était plongée dans le silence. Une odeur de renfermé, où se mêlaient la vieille cire et la poussière, monta aux narines d'Emma qui regretta de ne plus être à la cuisine, seule pièce accueillante de tout le château.

Car, en dépit de ses proportions imposantes et de son luxueux ameublement, Fairley Hall emplissait Emma d'une crainte irraisonnée. Les vastes pièces aux plafonds trop hauts, les couloirs interminables, les halls et les paliers trop grands et toujours glacés la mettaient mal à l'aise. Il se dégageait de cette demeure, à l'atmosphère pesante et confinée, comme des ondes maléfiques qui semblaient n'attendre qu'un prétexte pour se déchaîner.

Elle traversa silencieusement le tapis d'Orient qui garnissait le grand hall de réception et poussa la porte à double battant de la petite salle à manger. Debout sur le seuil, elle étudia rapidement les lieux avant de s'y aventurer. De faibles rais de lumière se glissaient entre les épais rideaux tirés. Dans la pénombre, des portraits paraissaient la suivre des yeux du haut de leur cadre. Emma se faufila entre les meubles massifs d'ébène et d'acajou sombre en s'efforçant de ne pas regarder autour d'elle. On n'entendait que le tic-tac lancinant du cartel posé sur la cheminée de marbre blanc.

Arrivée devant le foyer, Emma s'agenouilla, ramassa

110

les cendres dans sa pelle à poussière et garnit l'âtre avec les vieux journaux et le petit bois déposés là par Murgatroyd. Quand le feu eut pris, elle y ajouta du charbon et dut ventiler la flamme avec son tablier, malgré la fumée âcre qui la faisait tousser et lui tirait des larmes.

Mais l'heure tournait, comme le lui rappelait impitoyablement la pendule au-dessus d'elle. En hâte, elle ouvrit les rideaux et les volets et fit le nettoyage de la pièce. Elle disposa ensuite une nappe de lin sur la grande table ronde et dressa trois couverts, réfléchissant avec application pour s'assurer qu'elle n'oubliait rien de la multitude des ustensiles et accessoires d'argenterie qui lui étaient encore peu familiers. Elle était en train de poser les assiettes de fine porcelaine à fleurs quand elle eut la sensation de n'être plus seule.

Immobile, elle retint sa respiration puis se tourna lentement vers la porte. Debout sur le seuil, le *Squire* Fairley lui-même l'observait avec attention.

Emma se ressaisit et, posant les assiettes qu'elle tenait encore, fit une révérence au maître de maison. Elle tremblait moins de crainte que de surprise : que faisait donc le maître ici de si bonne heure ? Elle parvint néanmoins à bredouiller un salut respectueux.

« Bonjour, répondit-il distraitement. Où est Polly ?
— Elle est malade, monsieur...
— Ah ! bon. »

Adam Fairley continuait à la dévisager, les sourcils froncés, les traits contractés par la surprise. Fascinée, Emma soutint son regard, trop stupéfaite par l'étrange comportement du maître pour songer à bouger.

Au bout d'un long silence, il parut sortir d'un rêve et tourna les talons sur un bref signe de tête. Un instant plus tard, Emma sursauta en entendant la porte de la bibliothèque claquer derrière lui.

Le bruit brisa le charme. Avec un soupir de soulagement, elle se remit au travail.

9

Debout au milieu de la bibliothèque, Adam Fairley se frotta les yeux et se massa le visage. Il était las, fatigué au bout d'une nuit d'insomnie. Encore une... Ces derniers temps, le sommeil le fuyait. Il avait beau tenter de s'abrutir en buvant jusqu'à cinq ou six verres de vieux porto après le dîner, rien n'y faisait. Il sombrait dans un sommeil lourd, comme drogué, pour se réveiller en sursaut à deux ou trois heures du matin, couvert d'une mauvaise sueur ou frissonnant selon le cauchemar qu'il était en train de faire. Il lui était alors impossible de se rendormir. Les yeux grands ouverts dans le noir, il avait l'esprit agité de pénibles souvenirs ou, pire encore, se livrait à une analyse lucide et impitoyable de sa vie. Depuis longtemps, il n'avait aucun motif de se réjouir de son passé, encore moins de son avenir.

Perdu dans ses réflexions, il se mit à arpenter la pièce de long en large. C'était un homme de taille élevée, mince mais d'allure puissante. Son visage intelligent et régulier n'était pas sans beauté, malgré la pâleur de ses traits tirés par l'épuisement nerveux. Dans ses yeux gris bleuté brillait une lueur parfois difficile à soutenir, où se lisaient la lucidité amère et la richesse de la vie intérieure. Ce matin-là, pourtant, ils étaient ternes, inexpressifs et cerclés d'un rouge fiévreux. Ce qui surprenait le plus, dans sa physionomie sévère et presque ascétique, c'était une bouche pleine, sensuelle, le plus souvent déformée par un effort constant de maîtrise de soi. Sa chevelure cendrée restait volontairement indisciplinée et légèrement plus longue que ne le voulait la mode, car Adam Fairley méprisait les coiffures pommadées des « gommeux », alors si fort en vogue. Aussi avait-il pris l'habitude de repousser d'un geste machinal les mèches rebelles qui lui tombaient sur le front.

Ce tic ne parvenait pas à suggérer le moindre relâchement dans son apparence. Adam Fairley était de ces hommes qui, quelles que soient les circonstances, savent conserver une allure irréprochable. Sans jamais sacrifier à l'affectation du dandy, il en avait l'élégance sans défaut. Ses complets de Savile Row, taillés à la perfection, faisaient l'envie de tous ceux qui l'approchaient, tant dans les cercles les plus huppés de Londres que dans les milieux d'affaires de Leeds et de Bradford. Roi incontesté des tissages du Yorkshire, où se produisaient alors les plus beaux lainages du monde, il mettait son point d'honneur à porter presque exclusivement des étoffes sortant de ses propres filatures ou de celles d'amis proches, dont il contribuait ainsi à porter haut la renommée.

Son goût de la perfection vestimentaire n'était que le reflet de son exigence en toutes choses et la seule indulgence qu'il s'accordait. Il était donc surprenant de voir un homme d'un goût si sûr supporter la laideur de sa propre demeure sans rien faire pour la changer. En fait, il y était tellement habitué qu'il ne la remarquait même plus. Il vivait chez lui comme dans le néant, muré dans ses pensées.

Enfin lassé de ses allées et venues, il alla s'asseoir à son grand bureau d'ébène sculptée et tourna distraitement les pages de son agenda. Il avait les yeux brûlants du manque de sommeil. La tête lui faisait mal, autant par la faute de la migraine que des pensées qui s'y poursuivaient en une ronde sans fin. En cet instant, il se répétait que rien dans sa vie n'avait de valeur. Il ne connaissait ni la joie, ni l'amour, ni même l'amitié. Il ne s'intéressait à rien, n'avait aucune cause où canaliser ses réserves inemployées d'enthousiasme et d'énergie. Devant lui, rien que le vide, le néant. Rien que d'interminables journées de solitude inexorablement conclues par des nuits plus cruellement solitaires encore. Et ce cycle infernal se répétait jour après jour, nuit après nuit, pour former des mois, des années de néant et de désespoir. Il ne pouvait rien attendre d'un tel désert de ruines.

Malgré les cernes violacés qui entouraient ses yeux rougis, malgré l'épuisement de sa nuit passée à remâcher ses angoisses stériles, Adam Fairley n'avait pas encore perdu le charme de la jeunesse. A quarante-quatre ans, souriant et reposé, il aurait pu passer pour un homme beaucoup plus jeune. Il avait plu, il pouvait encore plaire.

A quoi bon? se dit-il. Plaire à qui et pourquoi? Si seulement j'avais le courage de mettre fin à tant de souffrances inutiles. Si seulement j'avais le courage de me tirer une balle dans la tête...

Cette pensée le sortit brutalement de sa rêverie morbide et il se redressa dans son fauteuil. Sur les accoudoirs, ses mains tremblaient. Dans ses pires moments de découragement, il n'avait jamais encore envisagé le suicide. C'était à ses yeux un acte d'une lâcheté sans appel. Avait-il donc changé au point d'y trouver maintenant une sorte de courage et une justification? Arrivait-il nécessairement, dans la vie d'un homme intelligent, un moment où la question se posait? Car il faut être bien stupide ou, au contraire, soutenu par une foi inébranlable pour ne pas songer à une telle solution. Sinon, le simple fait d'avancer dans la connaissance de la vie et de la nature humaine procure inévitablement ce sens du désespoir et de la désillusion dont il souffrait de manière de plus en plus intolérable...

Son malheur, Adam Fairley était assez lucide pour ne l'attribuer qu'à lui-même, ce qui aggravait sa douleur. Il s'était trop longtemps trahi, il avait trop aisément abandonné ses ambitions, ses rêves et ses idéaux. Les tourments dont il souffrait n'étaient dus qu'à la faillite de sa volonté, au reniement de ses convictions. Il était l'artisan de sa propre dégénérescence morale.

Il avait inconsciemment posé la tête sur ses bras repliés et il la releva avec effort. Lentement, comme s'il revenait d'une longue absence, il regarda autour de lui, découvrant avec surprise ce cadre pourtant si familier. Malgré ses proportions impressionnantes, la bibliothèque qui lui servait de cabinet de travail n'était pas aussi

114

oppressante que la plupart des autres pièces du château, car Adam s'était vivement opposé à ce que sa femme la surcharge de bibelots et de bric-à-brac hétéroclite, comme elle l'avait fait partout ailleurs. Dans sa sobriété, la pièce ne manquait pas d'une certaine élégance où se devinait l'influence de son occupant. Entre les masses sombres des lourds meubles victoriens, des tapis persans jetaient des notes de couleur. Quelques beaux objets, des lampes, un plateau d'argent portant des verres et des carafons de cristal adoucissaient l'austérité des panneaux de bois et de cuir fauve. Adam Fairley se retirait des journées entières dans son domaine privé où il était sûr d'avoir la tranquillité pour méditer ou s'occuper de ses affaires.

Ses yeux tombèrent sur une photo posée sur un guéridon, celle d'un jeune officier en grande tenue du 4e Hussards. Lui, près d'un quart de siècle plus tôt... Ses lèvres firent une moue d'amertume. Avait-il vraiment été ce jeune homme plein de vie, au regard chargé d'espérances impatientes et même de bonheur ? Oui, de bonheur, de joie de vivre... Un ricanement lui échappa. Jeunesse insouciante et aveugle ! se dit-il. Si l'on savait ce qui vous attend, quand on a vingt ans ! Mieux vaut sans doute tout ignorer de l'avenir et s'imaginer qu'on a la vie toute à soi, qu'on la façonne à sa guise. Etre maître de son destin : combien le veulent, combien réussissent !

Il fit un violent effort pour s'arracher aux pensées déprimantes qui revenaient l'assaillir et, d'un geste machinal, tira sa montre de son gousset. Il était presque sept heures et demie et, à l'exception de la jeune domestique aperçue peu auparavant dans la petite salle à manger, il n'avait remarqué aucune activité dans la maison, ce qui était anormal. Un coup d'œil à la cheminée vide lui fit tout à coup prendre conscience du froid et il frissonna. D'un geste rageur, dont l'automatisme lui fit reprendre pied dans la vie quotidienne, il se leva pour aller tirer le cordon de sonnette.

Quelques instants plus tard, Murgatroyd frappa un

coup discret à la porte et se glissa, plutôt qu'il n'entra, dans la bibliothèque.

« Ah! vous voilà enfin », dit Fairley sèchement.

Le majordome s'inclina obséquieusement :

« J'espère que Monsieur a bien dormi. Il fait aujourd'hui un temps splendide, on n'aurait pu rêver mieux pour que Monsieur aille à Leeds. Le petit déjeuner de Monsieur sera bientôt prêt. Monsieur désire-t-il autre chose que son hareng fumé? »

Le ton mielleux du maître d'hôtel fit grimacer son maître.

« Oui, Murgatroyd. Du feu! »

Pourquoi n'ai-je pas déjà chassé ce visqueux imbécile? se dit-il en lui assenant un regard méprisant.

Le majordome eut un haut-le-corps et se tourna vers la cheminée vide.

« Je demande pardon à Monsieur? » bredouilla-t-il.

Adam Fairley réprima un sourire devant la mine décontenancée de son serviteur.

« Un feu, Murgatroyd. Dans la cheminée! J'en arrive à me demander si l'on peut se faire servir convenablement, dans cette maison. Est-ce trop exiger que de vouloir être chauffé quand il fait froid? »

Grand dieu! se dit Murgatroyd. Il a l'air d'une humeur de chien, ce matin. Cette petite souillon me le paiera!

« Que Monsieur veuille bien me pardonner, dit-il en s'inclinant. Polly, la femme de chambre, prétend être malade ce matin et Emma, la fille de cuisine, est arrivée en retard, comme d'habitude. Je lui avais bien dit d'allumer les feux, mais il faudrait être sur son dos toute la journée pour...

— Etes-vous donc infirme, mon garçon? coupa Adam Fairley avec un regard froid. Qu'attendez-vous? Faites-le donc. »

Murgatroyd devint cramoisi et se redressa, statue de l'innocence persécutée.

« Oui, Monsieur, bafouilla-t-il en s'inclinant. Tout de suite, Monsieur. Je m'en occupe moi-même...

116

« — J'y compte bien. Allez ! »

Sur une série de courbettes saccadées, Murgatroyd s'éloigna vers la porte. Il était sur le point d'en franchir le seuil quand Adam Fairley le rappela d'un mot :

« Au fait, Murgatroyd...

— Oui, Monsieur ?

— Le maçon de Leeds est-il arrivé ? Le jeune O'Neill ?

— Oui, Monsieur, il est arrivé ce matin de bonne heure. Je lui ai donné la liste des travaux à effectuer.

— C'est bien. Veillez à ce qu'il ait à sa disposition tout ce dont il pourrait avoir besoin pour faire son travail. Et je compte sur vous pour qu'il soit parfaitement bien traité à la cuisine. Qu'on le nourrisse convenablement. »

Murgatroyd eut un nouveau haut-le-corps devant l'intérêt manifesté par le maître envers un vulgaire ouvrier.

« Certainement, Monsieur, j'y veillerai personnellement. Si je puis me permettre de demander à Monsieur, combien faudra-t-il payer ce jeune homme pour sa semaine de travail ? »

Adam Fairley fronça les sourcils. L'expression de cupidité qui allumait le regard de Murgatroyd ne lui échappait pas et il répondit avec une froideur marquée :

« Je vous l'ai déjà dit hier soir, Murgatroyd. Perdriez-vous la mémoire ? Une guinée par semaine, est-ce clair ? »

Le majordome rougit et s'inclina pour dissimuler sa gêne.

« Oui, c'est vrai. J'ai sans doute oublié ce que Monsieur m'avait dit...

— Passe pour cette fois. Occupez-vous du feu immédiatement, je vous prie. Et pendant que vous y êtes, faites-moi donc porter une tasse de thé, si ce n'est pas au-dessus de vos moyens. »

Murgatroyd s'inclina et s'esquiva à la hâte, rempli de pensées haineuses envers la cuisinière, Emma, le jeune O'Neill et même le maître, dont les beuveries nocturnes étaient responsables de la mauvaise humeur et de l'injustice manifestées de plus en plus souvent envers son plus fidèle serviteur...

Resté seul, Adam Fairley s'en voulut de sa sortie. Lui qui n'élevait jamais la voix contre ses domestiques ou ses employés se surprenait à détester cordialement Murgatroyd. La servilité du maître d'hôtel le mettait mal à l'aise. Son avarice sordide et ses curieuses « pertes de mémoire » dès qu'il s'agissait de gages à payer ou de factures à régler confirmaient ses soupçons : Murgatroyd devait s'emplir les poches aux dépens des fournisseurs, s'il ne volait pas son maître. Enfin, ce qui le rendait encore plus méprisable, il devait se comporter en tyran envers la domesticité. Le chasser, chercher un remplaçant, le former ? La seule évocation d'un tel effort fit reculer Adam Fairley.

Son regard était retombé sur la photographie du jeune officier qu'il avait été. Il ne reculait devant aucun obstacle, à l'époque. Depuis, il se dérobait devant tout, même les responsabilités domestiques les plus terre à terre... L'abandon de sa carrière militaire avait sonné la débâcle de sa vie entière. Pour avoir cru déférer aux vœux de son père, il avait fermé ses yeux et ses oreilles à l'appel du destin et aux réalités quotidiennes, et avait tout gâché. Tout. Il était bien tard pour avoir des regrets. Le remords ne le quittait pourtant plus, s'aggravait de jour en jour.

En fermant les yeux, il se revit tel qu'il était, un quart de siècle plus tôt. Jeune homme débordant de vie et d'exubérance, il était revenu d'Eton pour les vacances et avait annoncé tout de go à son père son intention bien arrêtée d'entrer dans l'armée. Le vieux *Squire* avait eu beau tempêter, cajoler, menacer, rien n'avait pu ébranler la détermination de son fils. A contrecœur, Richard Fairley avait fini par s'incliner et Adam avait passé sans difficulté l'examen d'entrée à Sandhurst. Ce brillant succès avait fini par convaincre le père.

A l'époque, Richard Fairley était un de ces hobereaux un peu rustres et d'allure bonhomme comme le Yorkshire en produisait volontiers. Mais il était en même temps l'un des industriels les plus riches et les plus puissants du nord de l'Angleterre et dissimulait, sous ses dehors rugueux, un esprit d'une rare pénétration et l'instinct infaillible du joueur. Quand il eut constaté que son fils Adam était un cadet modèle à l'académie militaire, il jugea sage de miser sur lui et jeta le poids considérable de sa fortune et de son influence dans la balance. C'est ainsi qu'il obtint pour Adam un brevet de lieutenant au 4e Hussards, régiment d'élite, où seuls les plus fortunés pouvaient se permettre d'entretenir deux chevaux de selle, une écurie de polo, les ordonnances et la somptueuse garde-robe d'uniformes considérés comme indispensables. Cavalier de grande classe, Adam possédait surtout au plus haut degré les vertus de courage, d'honneur et de discipline qui ouvrent les perspectives les plus prometteuses de la carrière militaire. D'un idéalisme fougueux, il brûlait aussi d'une soif d'aventures à mettre au service de l'Empire, alors au faîte de sa puissance. Il était de la race des défricheurs de continents pour la plus grande gloire de la patrie et de la reine et ne rêvait que de défaire les hordes ennemies en chargeant, sabre au clair, à la tête de ses hommes. Un jour, qui sait, il serait peut-être gouverneur d'un territoire des antipodes, grand comme l'Europe, où sa vaillance aurait fait flotter l'*Union Jack* ?

Il ne fallut pas six mois pour que s'écroule ce beau château de cartes : Edward, son frère aîné, se noya dans un accident de bateau. Le vieux *Squire* inconsolable se tourna alors tout naturellement vers son fils cadet car, pour lui, le devoir familial primait tout. Il demanda à Adam de revenir dans le Yorkshire prendre la place de son frère à la tête des affaires de la famille.

« Plus question de cavalcader dans des tenues de fantaisie en pourchassant des indigènes à l'autre bout du monde, mon garçon ! avait-il bougonné pour faire taire les protestations d'Adam. Ton devoir est ailleurs, désormais. »

Mais c'était moins les admonestations bourrues de

son père, sous lesquelles il s'efforçait de dissimuler son chagrin, que la profondeur de ce dernier qui avait fini par vaincre la répugnance d'Adam à obéir. La mort dans l'âme, il avait donc donné sa démission de l'armée, trop habitué à se plier au devoir pour se rendre compte de l'énormité de l'erreur qu'il commettait et de son caractère irrévocable. Il était maintenant trop tard, sans doute, pour s'en apercevoir et ses regrets étaient stériles. Mais comment s'empêcher de les éprouver? Comment ne pas souffrir d'une aussi vieille blessure, toujours ravivée?

Plongé dans ses pensées, il sursauta en entendant Murgatroyd revenir, un seau de charbon à la main.

« Le thé de Monsieur sera prêt dans un instant, dit le majordome en s'agenouillant devant la cheminée.

— Merci, Murgatroyd. Veuillez aussi allumer les lampes, je vous prie. »

Adam Fairley s'assit lourdement à son bureau et fit mine de se replonger dans son agenda qu'il parcourut d'un regard plein d'ennui. Aujourd'hui, il devait assister à une réunion du conseil d'administration de la *Yorkshire Morning Gazette,* le journal de Leeds dont il détenait la majorité des actions. Il devait déjeuner ensuite avec un acheteur de Londres, un de ses principaux clients pour les lainages et les cotonnades. L'homme n'était pas antipathique et savait parler d'autre chose que d'affaires. Allons, la journée ne serait pas trop pénible en fin de compte... En allant à Leeds, il aurait le temps de s'arrêter à la filature de Fairley pour s'entretenir avec Wilson, le directeur, des progrès de son fils Gerald.

Il soupira malgré lui. Les affaires l'étouffaient. Il n'y trouvait plus rien de stimulant, si tant est qu'il s'y fût jamais vraiment intéressé. Adam Fairley n'avait jamais eu de goût pour l'argent ni d'ambition pour le pouvoir qu'il procure. Il n'était pas responsable du succès de ses affaires : c'étaient son père et son grand-père, avant lui, qui les avaient fondées et en avaient fait ce qu'elles étaient. Pour sa part, estimait-il, il s'était contenté d'en

120

récolter les bénéfices. Et s'il avait arrondi la fortune familiale, ce n'était que grâce à des concours de circonstances favorables. De fait, Adam Fairley se sous-estimait dans ce domaine. S'il ne possédait pas la dureté et le sens des affaires qu'avait eus son père, il était loin d'en être totalement dépourvu. Sous son urbanité et la courtoisie de ses propos, il pouvait se révéler un négociateur intraitable et beaucoup de ses relations disaient de lui qu'il était aussi retors et calculateur que le vieux Richard.

Il repoussa l'agenda et se passa machinalement la main dans les cheveux. Le feu brillait haut et clair et, si sa chaleur ne se faisait pas encore sentir, son seul aspect était réconfortant. Ayant rempli sa mission, Murgatroyd s'approcha du bureau de son maître et se racla la gorge pour attirer son attention.

« Si Monsieur veut bien me permettre de l'interrompre un instant...

— Oui, Murgatroyd. Qu'est-ce que c'est?

— Je me demandais s'il fallait préparer la même chambre que d'habitude pour Mme Wainright. Monsieur sait bien, la chambre grise, dans l'aile principale... C'est la préférée de Mme Wainright, à chacun de ses séjours ici. »

Pour un instant, Adam Fairley dévisagea Murgatroyd comme s'il descendait d'une autre planète. De quoi diable parlait-il donc? La mémoire lui revint d'un coup : il était si profondément absorbé dans ses problèmes qu'il en avait oublié l'arrivée de sa belle-sœur.

« Faites pour le mieux, répondit-il distraitement. Et prévenez-moi quand les enfants seront descendus, je déjeunerai avec eux ce matin. »

Quand Murgatroyd se fut éloigné, Adam Fairley fouilla dans un tiroir de son bureau à la recherche de la lettre écrite par Olivia Wainright. Tout en cherchant, il se maudissait de perdre ainsi la notion du temps et d'oublier tout ce qui ne le concernait pas directement. Il fallait qu'il réagisse, qu'il se sorte de cette torpeur malsaine s'il ne voulait pas devenir fou, lui aussi... Fou comme cette femme, là-haut, pensa-t-il avec un mouvement de colère.

La plupart du temps, Adam Fairley évitait de songer à la détérioration de l'état mental de sa femme. Au début, il avait dédaigneusement attribué ses caprices et ses sautes d'humeur aux « vapeurs », dont se plaignaient volontiers les femmes, ou encore à des maladies imaginaires. Adèle avait toujours été vague, imprécise, pleine de craintes sans fondement ou d'idées informulées. Il arrivait parfois à son mari d'éprouver un bref sentiment de culpabilité en se demandant s'il n'était pas en partie responsable de cet état, si elle ne cherchait pas, dans de feints dérangements, un refuge contre la solitude où il l'enfermait ou un moyen d'attirer son attention et de se faire prendre au sérieux. Peu à peu, cependant, les « caprices » et les « vapeurs » s'étaient multipliés jusqu'au moment où Adam fut bien forcé de conclure qu'Adèle perdait l'esprit. Tant qu'il ignorait sa condition et se fermait les yeux devant l'évidence, il avait au moins l'illusion d'échapper à cette réalité-là. Comme à toutes les autres...

Il ne lui était maintenant plus possible de continuer à s'aveugler. Le comportement d'Adèle devenait de plus en plus inquiétant : elle errait parfois dans les couloirs de Fairley Hall à demi inconsciente, les cheveux défaits, le regard vitreux. Quelques mois plus tôt, à l'occasion d'un voyage d'affaires à Londres, Adam s'en était ouvert à son vieil ami Andrew Melton, médecin réputé, à qui il avait décrit en détail les symptômes du « malaise » dont souffrait Adèle. Melton avait alors proposé d'examiner lui-même Adèle et Adam était rentré chez lui prêt à emmener son épouse à Londres dans les vingt-quatre heures. Mais, à sa surprise et à son soulagement, il l'avait retrouvée d'apparence parfaitement normale. Depuis, il n'avait été témoin d'aucune nouvelle manifestation de son étrangeté. Adam s'en était d'abord satisfait, sans perdre toutefois l'inquiétude qui l'avait assailli et revenait de plus en plus souvent ces derniers temps. Adèle avait peut-être réussi à tisser autour d'elle un cocon de sécurité. Mais combien fragile était cette enveloppe, combien trompeuses étaient les apparences de sa santé mentale! Cela dure-rait-il?

Il retrouva enfin la lettre de sa belle-sœur et la déplia avec un soupir. Olivia Wainright annonçait qu'elle débarquerait du train de Londres arrivant en gare de Leeds à quinze heures trente. Adam en prit note sur son agenda : il aurait le temps d'aller la chercher tout de suite après son déjeuner d'affaires. Le programme de sa journée n'aurait donc pas à subir de changements.

Rassuré sur ce point, il ouvrit des dossiers requérant son attention et s'absorba dans leur étude. Sans qu'il s'en rendît compte, sa physionomie changeait à vue d'œil. L'expression égarée qu'il avait encore quelques instants auparavant avait complètement disparu et son regard s'était raffermi. Il se sentait bien mieux, plein d'optimisme et d'une nouvelle énergie. Un coup timide-ment frappé à la porte ne le tira même pas de sa concentration et il jeta distraitement : « Entrez! » sans lever la tête.

Emma apparut sur le seuil. Elle portait un plateau d'argent où fumait une tasse de thé et s'approchait en hésitant :

« Le thé de Monsieur... »

Elle avait parlé d'une voix à peine audible. En voyant le maître lever les yeux vers elle, elle s'arrêta au milieu de la pièce, se troubla, voulut esquisser une révérence et faillit renverser son plateau. Adam vit alors les yeux verts et graves qui le dévisageaient et crut qu'elle avait peur de l'approcher.

« Merci, ma petite, dit-il avec un sourire. Posez donc cela sur la table près de la cheminée, je vous prie. »

La jeune fille obéit et se hâta de quitter la pièce. Arrivée près de la porte, elle se retourna pour faire une nouvelle révérence avant de partir. Adam la héla :

« Pourquoi faites-vous ainsi la révérence? demanda-t-il avec surprise. Vous a-t-on dit de le faire? »

Emma le regarda un instant, avec une expression

où Adam distingua autant de stupeur que de crainte.

« Oui, Monsieur, répondit-elle en avalant sa salive. C'est Murgatroyd qui m'a donné l'ordre... Je ne la fais pas comme il faut? »

Adam Fairley se retint de sourire.

« Si, très bien. Mais cela m'énerve de vous voir faire ces simagrées à tout bout de champ. Personne n'est obligé de me faire la révérence, je ne suis pas le roi! J'avais déjà demandé à Polly de s'en abstenir et de transmettre mes instructions à Murgatroyd. Peut-être ne l'a-t-elle pas fait. En tout cas, je vous serais obligé de ne plus risquer de perdre l'équilibre en faisant la révérence chaque fois que vous me verrez.

— Oui, Monsieur.

— Au fait, comment vous appelez-vous, ma petite?

— Emma, Monsieur. »

Adam Fairley hocha la tête.

« C'est bien, Emma, vous pouvez disposer. Et merci encore de m'avoir apporté mon thé. »

Emma amorça automatiquement une révérence, se retint à temps et tourna les talons le plus vite qu'elle put, rouge de confusion. Quelques instants plus tard, tandis qu'elle descendait les escaliers de la cuisine, elle riait en son for intérieur. Mais c'était plutôt avec amertume. Ainsi, se dit-elle, il croit m'amadouer! Me prend-il pour une idiote? Ne plus lui faire la révérence, la belle affaire! En tout cas, cela ne changerait rien à ce qu'elle pensait du *Squire,* au contraire. Jamais elle ne changerait d'avis sur lui, jamais. Quoi qu'il fasse!

Pendant ce temps, Adam s'était approché de la cheminée pour boire son thé. Le visage d'Emma restait gravé dans sa mémoire, où il éveillait des souvenirs qu'il ne parvenait pas à ranimer clairement. Tout à l'heure, déjà, il en avait été frappé. Maintenant qu'il avait retrouvé sa lucidité, il n'en éprouvait plus la sensation de malaise qu'il avait eue plus tôt, comme s'il avait vu un fantôme. Mais il ne pouvait chasser de son esprit un trouble qui le mettait d'autant plus mal à l'aise qu'il ne pouvait le rattacher à rien de précis. Elle devait être du village et pourtant elle ne ressemblait à personne, parmi toutes ces familles qu'il connaissait depuis toujours. Comment, dans ces conditions, n'arrivait-il pas à se débarrasser de cette impression de déjà vu ? Dans le visage de cette toute jeune fille, Adam avait reconnu l'innocence et la noblesse du caractère. Il y avait vu la pureté aristocratique des traits. Il avait surtout remarqué l'extraordinaire profondeur du regard, l'éclat peu commun des yeux verts. Comme de la glace brûlante, se dit-il malgré lui en dépit de l'absurdité de la comparaison. Jamais, pourtant, il n'avait encore vu ces yeux-là...

Vaguement irrité contre lui-même et les défaillances de sa mémoire, il but son thé à petites gorgées. Oui, Emma lui rappelait quelqu'un ou quelque chose.

Il était encore debout devant la cheminée, où il laissait le feu le réchauffer voluptueusement, quand on frappa de nouveau à la porte. Emma se tenait sur le seuil et, un long moment, leurs regards se croisèrent.

Adam Fairley réprima un sursaut : non, ce n'était pas de la crainte ni, moins encore, de la timidité qu'il lisait dans l'éclat de ces yeux verts. C'était de la haine ! Cette fille, presque une enfant, me hait, se dit-il avec stupeur. Mais pourquoi ? Que lui ai-je fait ?

Emma contemplait son ennemi en se répétant : voilà un méchant homme qui s'engraisse du travail des autres ! Il peut avoir l'air bon, il peut sourire ou dire n'importe quoi, il ne faut jamais cesser de le détester.

Ils finirent par détourner les yeux, le maître plus gêné que sa servante. Quand Emma prit la parole, elle avait un ton froid et résolu :

« Murgatroyd m'a chargée de prévenir Monsieur que le petit déjeuner est servi. »

Adam Fairley la suivit des yeux pendant qu'elle quittait la pièce sans, cette fois, amorcer de révérence. Il se demanda encore pourquoi il s'en était fait une ennemie, alors que c'était la première fois qu'il la voyait. Dommage, se dit-il. Elle a des qualités, cette enfant, qui transparaissent malgré elle dans son attitude et sa physionomie : l'intelligence, la fierté et, plus encore, l'ambition, une volonté hors du commun. Toutes qualités rares chez une fille de sa condition...

Les souvenirs qui, depuis tout à l'heure, cherchaient à se frayer un chemin dans sa mémoire revinrent le hanter. Il s'efforça une dernière fois de les ranimer et abandonna. Il avait mieux à faire qu'à raviver des souvenirs éteints ou à réfléchir aux sentiments d'une domestique.

10

Quelques instants plus tard, Adam pénétra dans la petite salle à manger. Plus rien, dans son apparence ou sa démarche, ne trahissait le désarroi auquel il s'était laissé aller.

Ses deux fils étaient déjà assis.

« Bonjour, mes enfants ! » dit-il en s'asseyant.

Gerald resta à sa place en grommelant une réponse inintelligible tandis qu'Edwin se levait vivement pour aller embrasser son père sur la joue. Adam lui rendit son sourire qu'il accompagna d'une tape affectueuse sur l'épaule.

Le désenchantement qu'il éprouvait dans sa vie et son mariage n'avait d'égal que la déception que lui causaient ses enfants. Il avait cependant une sincère affection envers Edwin, le plus jeune. Celui-ci était doté d'un caractère plaisant, au contraire de son frère aîné, et ressemblait physiquement à son père de façon frappante.

« Comment te sens-tu, ce matin ? demanda Adam avec douceur. Il va falloir remettre des couleurs sur ces joues en papier mâché, mon garçon. Cet après-midi, tu devrais profiter du beau temps et aller faire une bonne promenade à cheval, respirer le bon air. »

Edwin se rassit et déplia sa serviette.

« Je voudrais bien, papa. Mais... hier, quand j'ai voulu sortir, maman a dit qu'il faisait trop froid.

126

« — Je lui dirai que je t'ai moi-même permis d'y aller », répondit Adam avec un froncement de sourcils.

Il manquait vraiment à ses devoirs envers Edwin. En l'abandonnant comme il le faisait à la tutelle de sa mère, il la laisserait en faire un enfant douillet, un malade imaginaire comme elle, une femmelette... Il était grand temps de reprendre le garçon en main et de le soustraire à cette influence pernicieuse et débilitante.

Murgatroyd l'arracha à ses pensées en lui présentant son hareng fumé sur un plat d'argent. L'odeur forte du poisson incommoda Adam et lui donna une nausée — due aux flots de porto ingurgités la veille au soir. Il se précipita sur sa tasse de thé, dans l'espoir de calmer ainsi les protestations de son estomac.

« Laissez cela ici, Murgatroyd. Les enfants se serviront eux-mêmes. Vous pouvez disposer. »

Le majordome s'inclina et quitta la pièce. Gerald repoussa brutalement sa chaise et se rua vers la desserte, calmement suivi par son frère Edwin.

En voyant le monceau de nourriture que Gerald avait empilé sur son assiette, Adam sentit revenir sa nausée. A dix-sept ans, Gerald était déjà presque obèse et l'aspect de son gros corps bouffi révoltait son père autant que la grossièreté de ses manières. Il fallait, une fois de plus, lui faire des remontrances qui n'auraient sans doute pas plus de succès que les précédentes... Mon fils aîné est un tas de graisse et il en possède l'intelligence et le raffinement ! Il fit une grimace de dégoût.

« Où en es-tu à la filature, Gerald ? lui demanda-t-il sèchement. J'espère que tu fais des progrès. »

Le jeune homme prit le temps de mastiquer une énorme bouchée qu'il fit passer d'une lampée de chocolat au lait.

« Beaucoup, père, répondit-il en s'essuyant la bouche. Wilson est très content de moi. Il dit que j'ai des dispositions pour le textile et que ce n'est plus la peine de me garder à l'usine. En fait, il doit m'affecter aux bureaux à partir d'aujourd'hui.

— Tant mieux, Gerald. Je suis ravi de savoir que tu travailles bien. »

Adam détourna les yeux devant l'expression de ruse et de vanité qui éclatait dans le regard de son fils. Il n'était pas surpris d'apprendre que Gerald donnait satisfaction à la filature, car le garçon était doué pour les affaires, s'il n'avait pratiquement aucune autre qualité. Malgré son apparence indolente et le handicap de son poids, c'était un travailleur acharné. Mais il faisait aussi preuve d'une ladrerie qui révoltait son père, car il devenait de plus en plus évident que l'argent seul intéressait Gerald. Son avidité, son âpreté au gain surpassait même sa boulimie maladive. Comment Adam avait-il pu engendrer un tel être ? Il réprima un nouveau frisson de dégoût.

Il se donna une contenance en toussotant.

« Je compte aller voir Wilson tout à l'heure, en me rendant à Leeds. Il me fera son rapport. Je vais attendre votre tante Olivia au train de Londres. Vous saviez qu'elle venait faire un séjour, n'est-ce pas ?

— Ah ! ouais ? » grommela Gerald.

Ouvertement peu intéressé par les nouvelles de sa tante, il se remit à bâfrer consciencieusement. Edwin releva la tête avec un sourire joyeux :

« Elle arrive aujourd'hui, c'est vrai ? Je suis bien content. On s'amuse toujours avec tante Olivia. C'est une... chic fille ! »

Edwin rougit tandis que son père ne pouvait réprimer un sourire. Un tel qualificatif ne lui serait jamais venu à l'esprit pour dépeindre sa belle-sœur. Mais il avait compris ce que son fils avait voulu exprimer et hocha la tête en signe d'approbation, sans relever l'impertinence du compliment. Machinalement, il tendit la main pour déplier le *Times* et s'absorba dans la lecture des dernières nouvelles.

Pendant un long moment, le silence tomba sur la salle à manger, troublé seulement par le bruit intermittent du journal froissé et les déglutitions de Gerald. Les deux garçons ne s'adressaient pas la parole. Ils savaient qu'il ne fallait pas déranger leur père en bavardant pendant qu'il lisait le *Times* et, de toute façon, ils n'avaient rien à se dire tant ils étaient dissemblables.

La voix d'Adam éclata soudain de derrière son journal :

« C'est insensé! Effarant! L'inconscience de ces gens-là... »

Stupéfaits d'entendre leur père élever la voix, les deux garçons s'entre-regardèrent avant de contempler leur père qu'ils entendaient toujours bougonner à l'abri du *Times*. Ce fut Edwin qui s'enhardit finalement assez pour demander à son père ce qui provoquait son rare éclat de colère.

« Le projet de loi sur le libre-échange et les tarifs douaniers, parbleu! A peine le Parlement vient-il d'ouvrir sa session qu'il est déjà bloqué par l'avalanche des contre-projets, des amendements et des débats. Le ministère Balfour va tomber, c'est certain... Quelle pagaille, grand Dieu! L'intérêt du pays est pourtant évident... »

Adam entreprit alors d'expliquer à ses fils l'opinion qu'il avait sur la question et qui, à ses yeux, reflétait le bon sens le plus élémentaire. Vouloir dresser des barrières douanières aurait pour résultat de provoquer une flambée des prix à l'importation et des représailles des partenaires commerciaux de la Grande-Bretagne, sans pour autant protéger ses industries qui n'en avaient d'ailleurs nul besoin. Deux jeunes parlementaires s'empoignaient sur cette question épineuse, dont ils se faisaient un tremplin pour leurs ambitions. Chamberlain soutenait aussi vivement le projet que Churchill l'attaquait. Pris entre les factions, le ministère hésitait et finirait probablement par tomber, ouvrant ainsi une crise dont on ne pouvait prévoir l'issue.

« La victoire des protectionnistes et de Chamberlain serait un désastre pour notre pays! poursuivait Adam en s'échauffant. Toute notre prospérité est fondée sur le faible coût des produits alimentaires, pour lesquels nous dépendons des importations. S'ils augmentent, cela n'aura sans doute aucune influence sur le train de vie de gens comme nous, mes enfants. Mais songez à la catastrophe que cela pourrait représenter pour les familles des travailleurs ! Tôt ou tard, les salaires devront suivre ces hausses et nous nous engagerons dans la course à l'inflation. Les prix de nos fabrications augmenteront à leur tour, nos industries ne seront plus aussi compétitives face à leurs concurrents étrangers. Si nous produisons moins, le chômage suivra et nous aurons à faire face à une sérieuse crise économique. Les protectionnistes sont des criminels qui oublient un vieux proverbe plus que jamais d'actualité : « Quand les « marchandises ne traversent pas les frontières, les « armées le font à leur place. » Ces gens, dans leur aveuglement, ignorent tout du pouvoir de l'opinion publique et ne veulent voir que les intérêts immédiats de quelques-uns d'entre eux. Cela, un homme comme Churchill l'a parfaitement compris. Grâce à Dieu, il n'est pas le seul...

— Croyez-vous que son groupe l'emportera au Parlement, père ? demanda Edwin.

— Je l'espère, mon garçon. Pour le bien du pays. Balfour ne veut pas prendre parti avec fermeté et cela finira par lui coûter son portefeuille de Premier ministre. »

Pendant l'exposé de son père, Gerald s'était levé bruyamment pour aller remplir de nouveau son assiette au buffet, tout en accompagnant les louanges qu'Adam faisait de Churchill d'interjections ironiques ou malveillantes. Son frère et son père avaient volontairement feint d'ignorer son comportement. Mais quand il revint, il s'assit avec tant de lourdeur et de brusquerie qu'il fit trembler la table et renversa du chocolat sur la nappe. Adam serra les dents pour refréner la colère qu'il sentait monter en lui et assena à son fils aîné un regard glacial et chargé de mépris.

« Fais donc attention à ce que tu fais, Gerald ! Essaie au moins d'avoir des manières décentes et de ne pas incommoder ceux qui t'entourent. Tu pourrais égale-

130

ment te surveiller. La façon dont tu te gorges de nourriture n'est pas seulement répugnante à voir, elle est malsaine. »

Le jeune homme haussa imperceptiblement les épaules et continua de s'empiffrer comme si de rien n'était.

« Maman dit que j'ai un appétit normal pour un garçon de mon âge en pleine croissance », dit-il avec impertinence.

Son père se mordit les lèvres et feignit de boire son thé pour ne pas laisser échapper la riposte cinglante qui lui venait. Gerald prit sans doute cette preuve de courtoisie pour de la faiblesse de la part de son père et en profita pour pousser ce qu'il croyait être son avantage.

« Pour en revenir à ce que vous disiez tout à l'heure, reprit-il la bouche pleine, Churchill ne représente rien que les quelques misérables cotonniers de sa circonscription...

— C'est faux, Gerald. Tu ferais mieux de ne pas parler de ce que tu ne connais pas, interrompit Adam. Les temps sont en train de changer et nul ne peut plus ignorer le poids politique que représentent les travailleurs. »

Gerald ricana avec mépris.

« Ma parole, père, on croirait entendre un de ces nouveaux socialistes, en vous écoutant ! Vous voudriez donner des baignoires à vos ouvriers, vous aussi ? Vous savez très bien qu'ils ne sauraient même pas s'en servir ! »

Adam Fairley rougit de colère mais fit un nouvel effort pour se contenir.

« Je suis peiné de voir mon fils aîné se faire l'écho des opinions les plus stupides des conservateurs les plus attardés ! dit-il d'un ton glacial. Je m'attendais à un peu plus d'intelligence de ta part, mon garçon. Pour te faire l'honneur de répondre à ta ridicule boutade, sache bien que je m'efforce d'améliorer les conditions de travail dans nos filatures et nos manufactures et que je ferai tout ce qui est en mon pouvoir pour continuer dans cette voie. C'est une simple question de bon sens et d'humanité. Mieux vaut conduire nous-mêmes les réformes indispensables de manière paisible plutôt que de nous les voir imposées dans un bain de sang et sur les ruines du pays ! »

Gerald avait écouté la tirade de son père sans s'émouvoir. Il termina posément les derniers morceaux encore dans son assiette et s'essuya la bouche avec sa serviette froissée.

« Vous feriez mieux de ne pas répéter de pareils propos devant vos amis et vos relations d'affaires, dit-il en ricanant. Ils vous considéreraient comme un traître et...

— C'en est assez de tes impertinences ! » explosa Adam.

Gerald recula malgré lui devant la rage froide qui étincelait dans les yeux de son père. Adam Fairley perdait rarement son sang-froid à moins d'être poussé à bout. Malgré sa balourdise et son insolence, Gerald n'était pas assez téméraire pour essuyer le courroux de son père et sa lâcheté naturelle l'emporta.

Adam dut faire un effort pour se dominer. Sa fatigue physique et mentale lui mettait dangereusement les nerfs à vif et il s'en voulait de se laisser ainsi provoquer par les impertinences d'un adolescent qu'il aurait dû remettre à sa place en quelques mots mesurés mais sans réplique. Pour se donner le temps de se ressaisir, il but une tasse de thé et rouvrit son journal. Mais ses mains tremblaient.

Pendant ce temps, Gerald faisait un clin d'œil canaille à son frère Edwin. Le cadet détourna précipitamment les yeux pour ne pas se rendre malgré lui complice des effronteries de son frère, qu'il désapprouvait sans cependant oser l'affronter ouvertement. Il y eut un silence pesant pendant lequel Gerald se beurra des toasts. A la fin, n'y tenant plus, Edwin posa une question à son père sur la récente campagne de Lord Kitchener aux Indes et sa controverse avec Lord Curzon, le vice-roi.

Irrité par cette nouvelle interruption, Adam répondit d'abord avec brusquerie. Mais il se surprit bientôt à aborder les problèmes évoqués par son fils sur un plan bien plus élevé qu'il ne s'y serait attendu avec un garçon de quinze ans. L'esprit clair et le désir de s'instruire que manifestait Edwin firent revenir le sourire sur ses lèvres.

« Dis-moi, mon petit, que voudrais-tu faire plus tard ? Tu sembles t'intéresser autant à l'armée qu'à la politique. »

Edwin hésita et rougit avant de répondre :

« Ni à l'une ni à l'autre, père. Je crois plutôt que j'aimerais devenir avocat... Y voyez-vous un inconvénient ? »

Adam avait déjà oublié la déplaisante algarade avec Gerald et regardait son cadet d'un air bienveillant.

« Aucun, mon petit, bien au contraire. Si tu tiens vraiment à embrasser une carrière, pousuivit-il avec un bref pincement de regret en pensant à sa propre jeunesse, je ne ferai rien pour te décourager. Je suis simplement surpris de ce que tu m'annonces aujourd'hui mais, à vrai dire, je me doutais bien que tu n'étais pas fait pour les affaires. Alors que ton frère, lui, est parfaitement à l'aise à la filature. N'est-ce pas, Gerald ? » ajouta-t-il sévèrement.

Une lueur rusée traversa le regard de Gerald qui hocha la tête avec un enthousiasme exagéré.

« Absolument ! Je suis dans les usines comme un poisson dans l'eau. Tandis qu'Edwin ne s'y fera jamais. Il ne peut pas supporter l'atmosphère des ateliers, délicat comme il est. Moi, je trouve qu'il a une excellente idée. C'est toujours utile d'avoir un homme de loi dans la famille, n'est-ce pas ? »

Gérald avait proféré sa réponse de son ton le plus doucereux. En fait, il avait toujours été jaloux de son cadet, à l'intelligence largement supérieure à la sienne. L'entendre ainsi déclarer officiellement qu'il se retirait de la succession lui avait causé un plaisir sans mélange.

Adam avait écouté parler Gerald avec une sensation de malaise. Sa jubilation était trop apparente pour ne pas l'inquiéter. Que se serait-il passé si Edwin avait manifesté, comme il en avait le droit, le désir de partager avec son frère aîné les responsabilités de la direction des entreprises familiales ? Gerald était assez rustre et assez avide pour devenir un adversaire impitoyable. Il n'aurait sûrement pas hésité à piétiner son propre frère, s'il s'était senti si peu que ce fût menacé dans sa suprématie...

« Allons, tant mieux, dit-il pour couper court à ses pensées. Je suis heureux de constater que, pour une fois, nous sommes tous du même avis.

— Merci, père ! s'écria joyeusement Edwin. Je craignais que vous ne soyez pas d'accord et je retardais le moment de vous en parler.

— Tu as eu raison de le faire, mon garçon. »

Il replia le *Times* et prit la *Yorkshire Morning Gazette* qu'il ouvrit à la page économique pour consulter les cours de la laine à la Bourse de commerce de Bradford.

Il s'apprêtait à faire un commentaire satisfait sur le niveau élevé des cotations, dont les cours ne donnaient aucun signe de fléchissement depuis bientôt deux ans, quand Gérald prit la parole :

« Au fait, père, aurez-vous le temps de voir ce lainier australien, McGill ? Il doit passer à la filature, ce matin.

— Ah ! diable, je l'avais complètement oublié ! s'exclama Adam avec agacement. Non, Gerald, je n'aurai pas le temps, il faut que je sois à Leeds pour dix heures. Wilson le recevra lui-même, il n'y a rien de très important à traiter avec lui, de toute façon.

— Je lui ferai la commission, répondit Gerald en repoussant sa chaise. Il est temps que je m'en aille. »

Gerald jeta un salut négligent à son père et à son frère et quitta la pièce de son pas pesant. Adam le suivit des yeux avec un froncement de sourcils et ne se rasséréna que quand la porte se fut refermée derrière lui. L'atmosphère paraissait allégée et comme purifiée par le départ de l'aîné.

Adam se tourna vers Edwin avec un sourire :

« Je parlerai de toi à mon homme de loi quand je le

134

verrai la semaine prochaine, Edwin. Il aura sûrement de bonnes idées sur ce que tu devrais faire en quittant ton collège. »

Le jeune homme était en train de remercier son père quand Emma fit discrètement son entrée. Elle portait un grand plateau et s'arrêta devant le maître, qu'elle regarda avec une froideur marquée.

« Murgatroyd m'a dit de desservir, si Monsieur avait terminé.

— Nous avons fini, Emma, je vous remercie. Laissez simplement la théière, j'en reprendrai peut-être une tasse avant de partir », répondit Adam avec un sourire bienveillant.

Il examinait la jeune servante avec un renouveau de curiosité. Mais Emma avait déjà tourné le dos pour poser son plateau sur le buffet et ne vit donc pas la lueur de bonté et le sourire qui éclairaient la physionomie de *Squire*. Quand elle se retourna pour débarrasser la table, Adam avait repris sa conversation avec Edwin et ne la regardait plus.

Emma se mit à rassembler les assiettes et les couverts sales pour les empiler sur le plateau. Elle agissait le plus discrètement possible pour ne pas se faire remarquer car, pensait-elle, moins les autres s'aperçoivent de votre présence, moins ils peuvent vous nuire. Gerald, malheureusement pour elle, paraissait toujours la remarquer quand elle s'y attendait le moins et prenait un malin plaisir à la bousculer et à la harceler. A peine une minute auparavant, dans le couloir, ils s'étaient croisés et Gerald lui avait douloureusement pincé la cuisse. Emma devait encore faire un effort pour ne pas pleurer, moins de douleur que de rage et d'humiliation. Les maîtres, se disait-elle, sont-ils donc tous des animaux vicieux et malfaisants ?

Tandis qu'elle remplissait son plateau, son désarroi grandissait au même rythme que les piles d'assiettes. Comment pourrait-elle plus longtemps supporter de vivre dans cette horrible maison avec ces horribles gens ? Si seulement elle pouvait s'enfuir avec son grand frère Winston ! Mais c'était impossible : il n'y a pas de femmes dans la marine. Où irait-elle d'ailleurs ? Elle ne pouvait pas non plus s'enfuir maintenant, elle n'en avait pas le droit. Sa mère avait plus que jamais besoin d'elle. Et Frankie, son petit frère, que ferait-il seul au monde ? Elle était prise au piège.

A cette pensée, des gouttes de sueur lui perlèrent au front. Il fallait pourtant qu'elle échappe à Fairley Hall, qu'elle fuie son pouvoir maléfique avant qu'il s'y produise des choses terribles ! Un tremblement involontaire la paralysa brièvement, sans qu'elle puisse s'expliquer ce soudain accès de panique, que rien ne justifiait. Un instant plus tard, toutefois, l'explication lui vint avec une clarté éblouissante.

Sa terreur irraisonnée de Fairley Hall et des Fairley tenait à une seule raison : ici, entre leurs griffes, Emma était impuissante, à leur merci. Elle pouvait être le jouet de n'importe qui ou de n'importe quoi, comme les pauvres sont toujours le jouet des riches et leurs constantes victimes. Pour échapper à cette malédiction, il lui fallait de l'argent. De l'argent ! Pas simplement les quelques maigres shillings qu'elle gagnait parfois en faisant de la couture ou du reprisage pour les gens du village, aussi pauvres qu'elle. Non, il fallait beaucoup d'argent, des livres sterling par centaines. Par milliers. Inlassablement, la même obsession revenait la hanter : la fortune était la seule clef de l'indépendance et de la sécurité. Il fallait qu'elle fasse fortune.

Mais comment ? Où cela ? Par bribes, sa conversation du matin avec Blackie O'Neill lui revint en mémoire. A Leeds ! Voilà où elle devait se sauver ! A Leeds, où les rues étaient « pavées d'or », comme lui disait le jeune Irlandais. Dans cette ville de légende, elle saurait trouver la clef de son bonheur, le secret de la fortune. Elle y gagnerait bientôt assez d'argent pour ne plus jamais craindre les caprices des riches, ne plus jamais se sentir impuissante devant eux. Alors, elle pourrait se dresser devant les Fairley et prendre sa revanche.

Peu à peu, la peur et le découragement faisaient place

à l'espérance. Avec énergie, Emma saisit son plateau surchargé et chancela presque sous son poids. Elle serra les dents et quitta la pièce aussi silencieusement qu'elle y était entrée, la tête haute, la mine pleine de fierté. Jamais, elle n'avait eu plus de dignité. Mais il n'y avait personne pour s'en apercevoir...

Dans la petite salle à manger, Adam et Edwin n'avaient pas même remarqué son départ, tant ils étaient plongés dans leur conversation. A la fin, le jeune garçon donna quelques signes d'impatience.

« Puis-je quitter la table, papa? demanda-t-il. Il faut que je fasse mes devoirs, pour ne pas prendre du retard quand je retournerai au collège.

— Bien sûr, mon garçon, vas-y! répondit son père avec un sourire approbateur. Mais que cela ne t'empêche pas d'aller prendre l'air cet après-midi. Tu en as le plus grand besoin.

— Bien sûr, papa. Et merci encore... »

Il était arrivé à la porte quand Adam le retint d'un mot :

« Edwin!

— Oui, père?

— Je crois que cela ferait plaisir à ta tante Olivia si tu dînais avec nous, ce soir. Prépare-toi en conséquence.

— Oh! chic alors! Merci, papa! J'adore tante Olivia! »

Pris par l'enthousiasme, Edwin quitta la pièce en courant et fit claquer la porte derrière lui. Adam sourit à cette manifestation d'exubérance juvénile.

Son fils cadet lui donnait de plus en plus de sujets de satisfaction. Malgré son tempérament délicat et la sollicitude excessive dont l'entourait sa mère, Edwin faisait de plus en plus fréquemment preuve de force de caractère. Il faudrait peu de chose pour le soustraire à l'influence débilitante où Adèle l'enfermait, en faire un homme sûr de lui, prêt à affronter la vie et ses réalités. Cela dépendait de son père. C'était à lui d'intervenir...

Cette pensée le rembrunit et Adam poussa un soupir. Il allait devoir monter voir sa femme, avec qui il avait par ailleurs plusieurs choses à décider. Rien que d'évoquer sa femme le mettait mal à l'aise. Adèle, toujours si jolie, mais si fragile et si vaine à la fois. Adèle, avec son sempiternel sourire absent, figé, son sourire qui l'avait d'abord exaspéré avant de lui faire peur. Adèle, dont la beauté blonde, évanescente et irréelle le captivait naguère mais dont il avait découvert avec horreur le caractère glacé, trompeur, comme celui d'une façade de marbre dissimulant un enfer d'égoïsme et d'inconscience. Un enfer de folie, désormais, chaque jour plus terrifiant.

Cela faisait des années qu'ils ne parvenaient même plus à communiquer. Dix ans, pour être exact, depuis qu'Adèle avait cherché refuge dans un monde vaporeux d'irréalité maladive. Dix ans depuis ce soir où, le visage toujours orné de son sourire désarmant, elle avait fermé sa porte à clef et lui avait interdit l'accès de sa chambre. Adam avait accepté cela avec une résignation qui n'était en fait qu'un soulagement mal dissimulé. Loin d'en vouloir à sa femme de mettre un terme à leurs rapports conjugaux, il lui en avait été secrètement reconnaissant.

Depuis des années, donc, Adam Fairley s'était installé sans déplaisir dans un mariage vidé de toute signification. Son cas était loin d'être une exception : tout autour de lui, on ne comptait plus dans son milieu les ménages de convenance où des époux étrangers l'un à l'autre menaient, chacun de leur côté, des vies que rien ne rapprochait plus que l'intérêt, les mondanités et la courtoisie. Au moins, pour la plupart, n'étaient-ils pas séparés par le mur de l'aliénation, pensait-il parfois avec amertume.

Dans leur quasi-totalité, ses amis trouvaient de faciles consolations dans les bras de leurs maîtresses, où ils se jetaient sans remords. Mais Adam Fairley se refusait cette échappatoire. Son orgueil et son sens des convenances lui interdisaient les amours faciles, où il se serait senti avili. Comme tant d'autres, davantage peut-être, il était doté d'une sensualité exigeante. Mais celle-ci ne débordait jamais les limites de la bienséance et il fallait à Adam Fairley bien plus qu'un corps voluptueux ou des dentelles suggestives pour exciter son imagination et lui faire surmonter sa répugnance.

N'ayant donc pas trouvé l'amour sincère qui aurait pu lui être un dérivatif, il s'était installé dans son célibat qui, à mesure que le temps passait, lui devenait une sorte de discipline, d'ascétisme où il puisait des forces pour résister à ses épreuves. Mais il ne se rendait pas compte que sa vertu ajoutait encore à son pouvoir de séduction, et il restait, consciemment ou non, aveugle et sourd aux avances plus ou moins discrètes dont l'assaillaient toutes celles qui le trouvaient irrésistible — et elles étaient nombreuses. Enfermé dans ses sombres pensées, il passait, hautain et dédaigneux, comme quelque vaisseau fantôme dans la brume.

Après le départ d'Edwin, Adam s'était levé de table pour aller distraitement regarder par la fenêtre. Les nuages de ces derniers jours avaient fait place à un ciel pur et lumineux où le soleil d'hiver dessinait durement les moindres contrastes du paysage. Devant lui, les collines se dressaient, incultes, noires et d'apparence hostile. Mais Adam était sensible à leur beauté sauvage. Elles étaient là, pensa-t-il, depuis des millions d'années. Elles y seront encore quand j'aurai disparu, quand des milliers de générations d'hommes auront passé. La terre, elle, ne passerait pas. C'était elle la source du pouvoir dont jouissaient les Fairley. Bien d'autres familles, avant et après eux, y puiseraient leur puissance et leur richesse. Dans l'immensité de l'univers, Adam Fairley n'était qu'un minuscule grain de sable, ses problèmes étaient insignifiants. Un jour, ils disparaîtraient avec lui et nul ne s'en souviendrait plus tard. Qu'importera-t-il alors, qu'importe-t-il maintenant que je ressente ceci, que je me fasse une montagne de cela ?

Le bruit des sabots d'un cheval le tira de ses réflexions et il vit Gerald qui sortait de la cour des écuries dans son cabriolet. Cela le ramena à ses réflexions sur ses fils et aux comparaisons qu'il avait été amené à faire. Ce matin, il avait compris bien des choses, avait vu se dessiner les traits de leurs caractères. Ses inquiétudes se ravivèrent.

S'il lui arrivait de mourir sans avoir fait de testament, le droit d'aînesse jouerait automatiquement en faveur de Gerald. C'est lui qui hériterait de tout : terres, château, usines. Edwin, n'aurait rien ou presque et ne pourrait compter que sur la générosité de son frère. Perspective bien inquiétante pour qui connaissait Gerald ! Il fallait donc que leur père prenne dès maintenant des précautions et rédige son testament de manière à ce que son fils cadet soit traité avec équité. Car, se dit Adam avec plus de tristesse que de colère, personne ne peut faire confiance à Gerald ni compter sur son honnêteté. Comment ai-je fait pour avoir un fils comme lui ?

Héritier présomptif de l'immense fortune encore entre les mains de son père, Gerald Fairley tenait sans doute son caractère de lointains ancêtres soudards ou navigateurs. Ce n'est que vers le milieu du XVIII⁰ siècle que les Fairley avaient quitté les uns les armes, les autres la passerelle d'un navire pour venir s'installer sur les terres généreusement accordées à leurs aïeux par des monarques reconnaissants et, jusqu'à présent, laissées quasiment incultes. La pauvreté des terres limitait les cultures mais favorisait l'élevage du mouton. C'est ainsi que naquirent les premiers tissages Fairley. L'expansion industrielle du début du XIX⁰ siècle, l'âpreté au gain de ces terriens descendants de corsaires ou de guerriers firent le reste. Dès le milieu du siècle, la fortune des Fairley était déjà l'une des premières de tout le Royaume-Uni.

Gerald possédait, au contraire de son père qui en était totalement dépourvu, un amour quasi pathologique pour la laine et tout ce qui s'y rapportait. Quand il était dans un atelier, au milieu des métiers assourdissants et baignant dans l'écœurante odeur du suint,

Gerald éprouvait des jouissances aussi fortes, ou presque, qu'attablé devant un monceau de victuailles ou des sacs d'or. Tout ce qui rebutait son père l'attirait comme un aimant. La simple vision de l'entrepôt, où les rouleaux d'étoffes s'empilaient jusqu'au plafond, le plongeait dans l'extase. A dix-sept ans, il ne pouvait concevoir plus grand bonheur que de passer le restant de sa vie dans ses usines.

Ce matin-là, tandis qu'il dévalait la route menant du château à la filature au grand trot de son cheval, Gerald était joyeux. Il n'avait plus à s'inquiéter d'Edwin! Non que son jeune frère lui ait jamais vraiment causé du souci. Mais jusqu'à ce matin, il n'était encore sûr de rien et échafaudait dans sa tête des moyens tortueux pour se débarrasser de son encombrant cadet si celui-ci faisait mine de vouloir mettre son nez dans les affaires dont lui, Gerald, était le seul héritier de droit divin. Voilà-t-il pas que ce petit sot se mettait lui-même hors de la course! Gerald n'aurait pu rêver mieux... Quant à son père!

A cette pensée, ses petits yeux porcins se plissèrent sans cacher l'éclair de haine qui s'y était allumé. Car Gerald haïssait son père et le méprisait. Toujours prompt à le condamner en son for intérieur, il n'hésitait plus, depuis peu, à le vilipender devant des étrangers et cherchait les moyens de lui nuire. Avare, envieux, mesquin, Gerald suffoquait d'indignation devant l'élégante garde-robe d'Adam Fairley, qu'il considérait comme un scandaleux gaspillage, et rassemblait son courage pour se plaindre ouvertement du gouffre sans fond que le journal constituait à ses yeux. Voilà bien de vaines idées de gloriole! se disait-il. Comme si les Fairley avaient besoin d'un journal!

Mais le désintérêt que manifestait son père pour la filature servait les ambitions de son fils et Gérald, ce matin-là, n'avait pas lieu d'être mécontent de lui-même. Trop occupé par ailleurs, son père lui laissait le champ libre avec le marchand de laine australien, McGill. Eh bien, il tenait là l'occasion de faire ses preuves en traitant lui-même avec ce fournisseur. Bruce McGill, lui avait dit Wilson, le directeur de la filature, désirait vivement vendre de la laine en Angleterre. Le carnet de commandes était si bien rempli que les stocks de laine allaient s'épuiser plus tôt que prévu si on ne les reconstituait pas. Dans tous les cas, ce Bruce McGill était, disait-on, l'un des hommes les plus riches d'Australie. Il serait toujours bon de faire sa connaissance...

C'est donc le cœur léger et en sifflotant un air guilleret que Gerald Fairley vit se profiler les toits de la filature. Il fit joyeusement claquer son fouet pour demander l'ouverture de la grille et rit de plaisir en voyant le concierge se précipiter, chapeau bas, tandis qu'il passait sans lui accorder un regard.

Etre bon avec les ouvriers...! Son père était-il assez fou et assez criminel pour donner dans ces idées à la mode? Gerald, lui, savait comment traiter les ouvriers : les payer le moins possible, les maintenir dans la servitude, pour qu'ils n'aient pas même la force de songer à se révolter. Voilà quelle était la seule méthode. Bientôt, il pourrait faire ses preuves. Bientôt...

11

Le petit salon d'Adèle Fairley, au premier étage de Fairley Hall, contenait quelques beaux meubles. Mais ce n'était pas une belle pièce. Il s'en dégageait une atmosphère de tristesse, de vide même, en dépit de l'accumulation des bibelots. Ils étaient perdus dans cette vaste pièce carrée, au plafond trop haut et surchargé de moulures et de corniches. Les grandes fenêtres donnaient une impression de froid, que la cheminée en faux style gothique n'arrivait pas à réchauffer. Les murs étaient tendus de damas bleu, couleur froide entre toutes. Les meubles étaient tapissés de soie et de velours bleus. Le tapis lui-même était bleu. Dans ce cadre polaire, les cristaux du grand lustre, les miroirs et les appliques scintillaient comme des glaçons. Malgré la température de serre, on avait envie de frissonner.

Partout, sur les meubles en acajou massif, sur des guéridons, des tablettes ou des étagères, on découvrait une incroyable quantité de bibelots et d'objets d'art, d'un goût douteux pour la plupart même s'ils étaient à la mode du jour. On aurait dit que leur propriétaire avait ainsi voulu s'entourer de présences matérielles, à défaut de compagnie. Mais rien n'y faisait et si les visiteurs occasionnels s'y sentaient mal à l'aise, Adèle elle-même se trouvait comme perdue au cœur de possessions qu'elle ne remarquait d'ailleurs même plus.

Ce matin-là, debout sur le seuil de la porte de communication avec sa chambre, elle semblait hésiter, craintive, et rajustait d'un geste frileux les plis de sa légère robe de chambre avant de s'y aventurer. Ses grands yeux aux reflets argentés trahissaient l'appréhension, sautaient nerveusement d'un coin à l'autre du salon pour s'assurer que nul domestique ne se tenait dans quelque coin pour épousseter, que personne ne risquait de troubler l'intimité de la maîtresse des lieux.

Adèle Fairley était grande et la taille bien prise. Mais ses mouvements, pleins d'une grâce naturelle, étaient si mesurés qu'ils donnaient le plus souvent l'impression d'être trop lents, comme fantomatiques. Ses longs cheveux blonds tombaient en désordre sur son visage, d'où elle écartait parfois une mèche, et cascadaient en boucles sur son dos. Elle entreprit la traversée de la pièce comme au ralenti, s'arrêta devant une fenêtre d'où elle contempla la vallée d'un regard éteint, tout entier tourné vers l'intérieur. Car Adèle Fairley s'était en effet retranchée du monde au point de ne presque plus s'apercevoir de sa présence ni s'intéresser à ce qui ne la touchait pas directement.

Un rayon de soleil franchit le sommet des collines et vint un instant éclairer son visage. A trente-sept ans, elle possédait une beauté saisissante, pleine de pureté juvénile. Mais l'on se rendait compte, à l'examen, que c'était une beauté froide, figée, celle d'une statue de marbre préservée des atteintes du temps dans une vitrine. Une beauté qui n'avait jamais été réchauffée par l'amour, marquée par la peine, humanisée par la compassion.

Sans raison apparente, elle s'arracha soudain à sa contemplation et finit de traverser le salon d'un pas plus vif pour s'arrêter devant une vitrine abritant divers objets, souvenirs de ses voyages avec Adam. Naguère encore, elle en était fière et passait de longues heures à les admirer en évoquant les lieux où elle avait été heureuse. Depuis plusieurs années, elle ne leur accordait plus un regard.

Elle jeta un dernier coup d'œil craintif par-dessus son épaule et tira de son corsage une petite clef. Tandis qu'elle ouvrait la porte de la vitrine, son expression vide de tout sentiment s'anima ou, plutôt, s'enlaidit d'une sorte de joie malsaine, comme si elle était sur le point de commettre une mauvaise action. Elle tendit alors la main et saisit, au fond d'une des étagères, un grand carafon en verre de Venise rouge foncé rehaussé de filets dorés qui jetèrent des éclats dans le soleil. D'une main tremblante, Adèle le déboucha et porta le goulot à ses lèvres. Elle se mit à boire à longs traits avides, avec une sûreté dans les gestes qui dénotait une longue habitude. Elle s'interrompit un instant, serrant le flacon contre sa poitrine comme une bouée à laquelle se raccroche le noyé. L'alcool commençait à se diffuser dans ses veines en la réchauffant, en calmant les angoisses qui la rongeaient désormais en permanence. Son visage reflétait le bien-être, la paix sans laquelle elle aurait été incapable d'affronter une nouvelle journée. Enhardie, elle se retourna pour regarder la pièce qui lui paraissait maintenant moins hostile.

Avec un sourire satisfait, elle porta de nouveau le flacon à ses lèvres. Mais elle ne sentit que quelques gouttes venir lui humecter le palais. Incrédule, sentant la colère et la panique la gagner, elle le secoua, le renversa. Il lui fallut bien se rendre à l'évidence : le carafon était vide.

Avait-elle donc tant bu, la veille au soir ? Elle se contentait généralement d'une dose le matin, pour affronter la journée et, de plus en plus souvent, le soir aussi pour trouver le sommeil. Mais il lui fallait la sécurité de savoir l'alcool là, près d'elle, dans sa cachette, même si elle n'en usait pas. Comment survivre autrement ? Qu'allait-elle devenir, sans le seul remède qui la soutenait ?

Elle fit quelques pas en chancelant et se laissa tomber sur une chaise, le carafon vide toujours serré sur sa poitrine. Les yeux clos, elle se mit à gémir. Peu à peu, ses gémissements se firent plus forts pour former comme l'air d'une berceuse. Oscillant sur son siège, elle se mit à proférer des paroles décousues, cligna des yeux, se pencha sur l'objet qu'elle tenait dans ses bras.

« Mon bébé... Mon chéri... Mon Gerald... Est-ce plutôt toi, Edwin ? Pourquoi m'a-t-on pris mon bébé ? »

Ses yeux se remplirent de larmes et elle se mit à sangloter.

Elle resta ainsi prostrée, incohérente, pendant une heure. Alors, aussi soudainement qu'elle s'était laissée aller, Adèle Fairley se métamorphosa. Son regard vitreux s'éclaircit pour prendre une expression de calme lucide. Ses mouvements spasmodiques cessèrent. Elle se leva, en apparence parfaitement maîtresse d'elle-même, et alla regarder par la fenêtre.

Le ciel bleu s'était couvert de lourds nuages noirs et une pluie torrentielle commençait à tomber en crépitant furieusement contre les vitres. Les arbres pliaient sous les assauts du vent et griffaient le ciel de leurs branches dénudées. A l'horizon, on devinait la lande noire et immuable. Adèle frissonna. Jamais elle ne s'était acclimatée à ces paysages hostiles et inhumains, si différents de la douce verdure de son Sussex natal qu'on se serait cru sur une autre planète. Un instant, son vertige revint et la fit vaciller. Mais elle parvint à se ressaisir.

Elle avait froid. Dans la cheminée, les dernières braises jetaient quelques lueurs sans chaleur. En y allant

pour tenter de les raminer, elle heurta du pied le carafon en verre de Venise qui avait glissé à terre et elle le
regarda avec surprise. Que faisait-il donc là ? Avec un
froncement de sourcils, elle le ramassa, constata qu'il
était intact. C'est alors que tout lui revint : tout à
l'heure, elle avait voulu boire et c'était elle qui avait
sorti le flacon de la vitrine. Quand cela s'était-il passé ?
Il y avait une heure, deux heures ? Incapable de se souvenir, elle haussa les épaules. Avait-elle été sotte de se
laisser ainsi aller au désespoir ! Que craignait-elle ? Elle
était la maîtresse de cette maison. Il lui suffisait, quand
elle le voudrait, de sonner Murgatroyd et de lui dire
d'apporter une bouteille de whisky et une de brandy.
Discrètement, bien sûr, pour qu'Adam ne soit pas au
courant. Mais Murgatroyd savait être discret.

Un tintement de porcelaines dans le couloir la pré-
vint que la femme de chambre arrivait avec le plateau
du petit déjeuner. En hâte, Adèle remit le carafon dans
la vitrine qu'elle referma à clef avec des gestes vifs et
précis et courut vers la porte de sa chambre qu'elle tira
silencieusement derrière elle. Hors d'haleine, elle s'appuya contre le chambranle, un sourire aux lèvres. Elle
allait se choisir une robe du matin et, après avoir
déjeuné, terminerait sa toilette. Ensuite, elle sonnerait
Murgatroyd.

Tout en se dirigeant vers sa garde-robe, elle s'efforçait de prendre confiance en elle-même. C'était elle la
maîtresse de Fairley Hall et personne d'autre. Il fallait
qu'elle affirme son autorité, sans plus tergiverser. Bien
sûr, elle avait été contente de voir sa sœur Olivia se
charger de la conduite de la maison depuis le début de
février. Mais cela avait assez duré.

« Je suis guérie, dit-elle à haute voix. C'est à moi de
m'en occuper. A moi... »

D'ailleurs, cela ferait sûrement plaisir à Adam, ajouta-t-elle en son for intérieur.

Adam... Sa gorge se noua en pensant à son mari.
Veut-il vraiment que je guérisse ? Il la croyait folle, tandis qu'il chantait tout le temps les louanges de sa sœur.

Olivia... Tout le temps à la surveiller, ces deux-là, à l'épier comme si elle faisait tout mal. Oh! ils ne s'en doutaient pas car Adèle était habile, mais elle les surveillait, eux aussi. Plus d'une fois, elle les avait surpris à se chuchoter à l'oreille dans les coins. Ils complotaient contre elle, ils préparaient quelque chose. Au moins elle s'en était aperçu à temps et ils ne pourraient pas la prendre à l'improviste. Mais il ne fallait pas relâcher sa surveillance. Adam. Olivia. Elle en avait peur et elle les haïssait. C'étaient ses ennemis. Ils lui voulaient du mal.

A gestes frénétiques, Adèle fouillait dans sa garde-robe, jetait les robes par terre les unes après les autres. Elle ne trouvait pas ce qu'elle cherchait et commençait à paniquer. Il lui fallait une certaine robe, dotée de pouvoirs magiques. Sans elle, elle serait à la merci d'Adam et d'Olivia. Pourquoi ne la trouvait-elle pas? Ils la lui avaient volée! Olivia avait dû s'introduire ici, faire disparaître cette robe. Car elle savait que si Adèle la mettait elle redeviendrait automatiquement la maîtresse du château. Olivia voulait continuer à usurper sa place. Olivia, sa sœur, avait toujours été jalouse d'Adèle. Mais la robe, la robe, où était-elle, la robe?

Quand la garde-robe fut vide et les robes empilées sur le parquet en un fouillis indescriptible, Adèle baissa soudain les yeux et s'immobilisa. Stupéfaite, elle contempla l'amoncellement des soieries, des lainages et des satins, y reconnut une robe ou un tailleur. Que faisaient donc ses vêtements par terre? Qui avait ainsi eu l'audace de jeter en désordre ses belles robes du soir, ses tailleurs, ses peignoirs? Avait-elle cherché quelque chose elle-même? Mais quoi et pourquoi?

Elle haussa les épaules, enjamba lestement la pile des vêtements chiffonnés et alla se planter devant la grande psyché, entre les deux fenêtres. Distraitement, elle prit une mèche de cheveux entre deux doigts, la lissa, la laissa retomber. Puis elle en prit une autre, refit le même geste, recommença. Mécaniquement. Interminablement.

Son visage ne reflétait plus aucune émotion.

12

Emma entra dans le salon d'Adèle Fairley si vite qu'elle courait presque. Ses nouvelles bottines noires brillaient comme des miroirs. Sous sa longue robe bleue, le jupon blanc, tout neuf lui aussi, était si bien empesé qu'il craquetait dans le silence. Son tablier blanc bordé de dentelles, tout comme les manchettes qui lui ornaient les poignets, avait été acheté par Mme Wainright elle-même lors de l'un de ses passages à Leeds. Elle lui avait aussi donné un coupon de tissu bleu de la filature Fairley pour y tailler sa nouvelle robe. La joie d'Emma de se voir ainsi vêtue de neuf et parée des insignes de son nouveau rang n'avait été surpassée que par sa fierté devant le sourire approbateur d'Olivia Wainright en voyant son habileté à manier les ciseaux et à tirer l'aiguille.

Pour simple qu'elle fût, cette nouvelle garde-robe avait considérablement transformé Emma. Elle n'avait plus l'apparence famélique qui avait tant choqué Blackie O'Neill en ce froid matin de février où il l'avait vu apparaître dans le brouillard de la lande. La combinaison du blanc et du gros bleu, la netteté un peu sévère de son uniforme mettaient aussi en valeur la finesse de ses traits, la dignité de son maintien et la distinction qui émanait de sa personne. Plus significatif encore était le changement intervenu dans le comportement de la jeune fille depuis deux mois. Elle avait perdu l'appréhension irraisonnée qu'elle éprouvait jusqu'alors à se trouver à Fairley Hall en contact avec la famille Fairley. Pour la première fois, depuis deux ans qu'elle était à leur service, sa timidité craintive — d'abord exacerbée par sa promotion inattendue au rang de femme de chambre — avait fait place à une maîtrise de soi rigide jusqu'au compassé ce qui, chez toute autre qu'Emma aurait pu paraître ridicule. Chez elle, on trouvait naturel qu'elle fût au-dessus de son âge et de sa condition.

L'arrivée d'Olivia Wainright avait entraîné de profonds bouleversements dans la tenue de la maison. Sa simple présence à Fairley Hall, sa compétence évidente et sa prise en main énergique de la maison avaient transformé, en l'améliorant considérablement, l'atmosphère qui y régnait. On n'y respirait plus autant l'hostilité et l'intrigue. Olivia s'était tout naturellement interposée entre le despotique Murgatroyd et les autres serviteurs, particulièrement Emma. Dès ses premiers contacts avec la jeune fille, Olivia l'avait prise en sympathie et lui manifestait constamment de la bonté et de la considération. Certes, Emma n'avait pas vu se réduire sa charge de travail. Mais au moins l'accomplissait-elle désormais dans des conditions décentes. Si le majordome se permettait encore de lui prodiguer remontrances et sarcasmes, il n'avait pas une fois osé lever la main sur elle. Les menaces de la cuisinière n'auraient sans doute pas suffi à obtenir ce résultat. La présence d'Olivia Wainright, en revanche, constituait une dissuasion efficace.

Emma se sentait donc bénéficiaire des bienfaits d'Olivia et lui vouait une certaine gratitude. Mais ce n'était pas sans restrictions, car elle éprouvait encore à son égard des sentiments ambigus. Sa méfiance innée ne l'abandonnait pas complètement, bien qu'elle fût tentée d'admirer Mme Wainright presque malgré elle. Toujours aussi hostile à tout ce qui touchait à la classe des patrons, Emma s'impatientait de devoir réprimer les élans d'amitié qu'elle avait pour Olivia. Pourtant, en dépit de ces conflits internes, Emma ressentait une nouvelle fierté dans les humbles tâches qu'elle accomplissait. Elle ne vivait plus dans un constant état de rancune et de frustration et souriait de plus en plus fréquemment.

La maladie de Polly avait transformé la promotion temporaire d'Emma en une position permanente. Elle était maintenant femme de chambre attachée plus spécialement à Adèle Fairley, et celle-ci ne s'était jamais départie d'une gentillesse sincère envers sa jeune servante, ce qui touchait profondément Emma et lui faisait oublier les inconvénients de son service. Le peu de respect que manifestait Adèle pour les règles les mieux établies avait un autre avantage en donnant à Emma une certaine autonomie et un sens des responsabilités et de l'autorité qui, pour minimes qu'ils fussent, suffisaient à la soustraire à la surveillance tâtillonne et malveillante de Murgatroyd.

Si Emma admirait Olivia Wainright en dépit d'elle-même, elle ne pouvait s'empêcher d'éprouver de l'affection pour Adèle Fairley, malgré sa folie. En fait, elle la prenait en pitié. Son état faisait qu'Emma lui pardonnait bien des choses, y compris son insensibilité et son égoïsme, et qu'elle était de plus en plus tentée de la prendre sous sa protection. Adèle ne semblait pas remarquer le caractère autoritaire d'Emma et ne s'offusquait pas de ce que sa femme de chambre la traitât comme un grand enfant. Déchargée des soins de la vie quotidienne, elle se laissait faire. Emma lui était devenue indispensable, tout comme Murgatroyd qui lui fournissait ses provisions d'alcool.

Ainsi réconfortée par les deux sœurs, grâce à qui elle retrouvait sa dignité, Emma supportait les humiliations que lui infligeaient les autres membres de la famille. Blackie O'Neill avait déclenché en elle le désir forcené de réussir. Plus que jamais, Emma attendait le moment d'échapper à la servitude du château et à la médiocrité du village. Elle s'y préparait inlassablement, accumulait les bribes d'instruction glanées çà et là, l'expérience, les raisons d'espérer. Fairley Hall n'était plus une fatalité mais une simple étape dans sa vie. Le moment venu, elle était désormais certaine de pouvoir poursuivre son chemin et affronter le monde avant de le subjuguer. Car Emma avait établi un plan, qu'elle détaillait et complétait chaque jour. Un plan si secret qu'elle n'en avait soufflé mot à personne, pas même à Blackie qui revenait parfois la voir. Un plan si ambitieux et si concret à la fois qu'il nourrissait, par son caractère grandiose, les espoirs de la jeune fille, provoquait chez elle les sourires joyeux qui illuminaient son visage grave et lui donnait une raison de vivre. Un jour, elle serait riche. Elle le savait. Ce n'était déjà plus un rêve.

C'est dans cet état d'esprit, qui ne la quittait plus guère désormais, qu'elle pénétra dans le salon d'Adèle Fairley ce matin-là, élégante dans son uniforme flambant neuf, le visage rayonnant d'espérance et d'énergie et offrant un spectacle bien différent de celui qui avait attiré la pitié du jeune Irlandais deux mois auparavant. Son irruption dans la pièce lugubre et renfermée fut comme une bouffée de printemps qui balaie les miasmes d'une chambre de malade. Tandis qu'elle se frayait un chemin entre une console et un guéridon surchargés de bibelots, de statuettes et autres brimborions inutiles, elle hocha la tête avec un agacement amusé. Tous ces nids à poussière! Mieux vaudrait flanquer tout cela au panier... Car Emma, si elle ne reculait pas devant le travail, détestait épousseter et ce salon lui était un cauchemar.

Sa maîtresse n'était pas assise dans sa bergère favorite, près de la cheminée. Emma sentait pourtant les effluves de son parfum qui flottaient encore dans l'air. Elle s'était vite accoutumée aux persistantes fragrances florales dont s'enveloppait partout la présence d'Adèle Fairley et y avait pris goût. Sortie de sa cuisine, elle s'était découvert une véritable passion pour les parfums entêtants, le contact des lingeries fines et des soieries délicates, le scintillement des pierres précieuses. Quand, à son tour, elle serait une grande dame, comme Blackie le lui avait prédit, elle pourrait elle aussi s'acheter tous ces symboles du luxe. Des parfums, surtout. Celui de Mme Fairley venait tout droit de Londres, d'une boutique chère dont Emma avait vu les ravissantes étiquettes et où sa maîtresse se fournissait de savons de toilette odoriférants, de crèmes de beauté aux usages mystérieux ou encore de ces sachets de lavande qui, glissés dans les tiroirs des commodes, embaumaient merveilleusement le linge... Oui, Emma aurait tout cela plus tard. Il ne fallait plus qu'un peu de patience.

Pour le moment, il y avait trop à faire pour se laisser aller à ces fantaisies.

Elle déposa son plateau sur une petite table en face de la bergère, vérifia si tout y était bien en ordre, tapota les coussins. Satisfaite, elle s'attaqua alors au feu, en train de mourir. Agenouillée devant la cheminée, elle la garnit de petit bois et mania énergiquement le soufflet. Si elle n'avait pas pris tout ce retard à la cuisine, pensa-t-elle avec irritation, elle n'aurait pas eu besoin de faire ainsi repartir le feu. Chaque minute comptait, car le moindre retard risquait de compromettre son emploi du temps de toute une journée, ce précieux horaire qu'elle avait eu tant de mal à faire accepter et sans lequel elle serait désespérément débordée de travail. Pour elle, c'était plus important que la Bible car le respect scrupuleux de son horaire avait transformé son existence en lui permettant de ne plus vivre dans un enfer.

Quand Polly était tombée malade, deux mois auparavant, Emma avait bien dû accepter de faire le travail de la femme de chambre en plus du sien. Energique, dure au travail, trop fière pour s'avouer vaincue, elle avait ainsi passé plusieurs jours dans une véritable frénésie à courir d'un bout à l'autre du château, soutenue par l'espoir que Polly serait bientôt guérie et que son épreuve prendrait fin. Mais la maladie de Polly se prolongeait, ce qui faisait reposer sur Emma seule la totalité des travaux domestiques. Bientôt, en dépit de son courage, elle se sentit sur le point de succomber.

Debout avant l'aube pour prendre son service à six heures, elle n'avait même plus le temps de s'arrêter pour manger au milieu de la journée. Le soir, elle était trop épuisée pour avaler son souper et n'avait que la force de grimper jusqu'à sa mansarde sous le toit. Là, tremblante et les nerfs à bout, elle se laissait tomber sur son petit lit dur et sombrait dans un sommeil comateux dont elle sortait le lendemain matin encore plus lasse que la veille. Le dos et les épaules endoloris, les yeux rouges, les membres lourds, elle se levait dans un état de semi-conscience pour se débarbouiller en grelottant dans l'eau glacée de sa cuvette.

Passé les premiers jours d'affolement, elle tenta de réfléchir à sa situation : comme une somnambule, elle courait sans répit à travers l'immense mausolée qu'était Fairley Hall, grimpait et descendait les escaliers, enfilait d'interminables corridors, traversait comme un tourbillon les salons lugubres, les pièces plongées dans la pénombre, toujours à balayer, à épousseter, à cirer, à astiquer, à allumer des feux avant d'en vider les cendres, à faire des lits, à repasser du linge, à frotter les cuivres et l'argenterie et, au milieu de tout cela, à s'occuper d'Adèle Fairley comme d'une enfant ou d'une invalide en essayant de satisfaire ses caprices et ses exigences. C'en était trop, beaucoup trop! Combien de temps résisterait-elle? Elle pensait avec terreur au moment inéluctable où elle s'écroulerait, ce qu'elle ne pouvait absolument pas se permettre. Son salaire était trop précieux, indispensable à la maison. Elle n'osait pas non plus se plaindre, de peur des représailles de Murgatroyd ou, pis encore, de se faire renvoyer.

Au bout d'une semaine de ce labeur épuisant, Emma était un matin en train de balayer le tapis du grand salon. Elle courait d'un bout à l'autre de la pièce, maniant le balai mécanique avec une rage concentrée, quand elle s'immobilisa au beau milieu d'un bouquet de roses. Une pensée venait soudainement de lui traverser l'esprit et, pour mieux la faire mûrir, il lui fallait quelques instants de réflexion. Appuyée sur le manche de son instrument, elle s'y absorba si bien qu'on aurait dit une statue de la concentration mentale. Immobile, les sourcils froncés, elle resta longtemps ainsi jusqu'à ce qu'un sourire lui illuminât le visage.

Il lui avait suffi de faire fonctionner avec application son esprit pratique et son intelligence pour qu'elle se rendît compte d'une chose qui, toute simple qu'elle fût, lui avait jusqu'à présent échappé. Si l'entretien du château était si ardu et si épuisant, c'était simplement parce qu'il était non seulement mal organisé mais encore totalement chaotique. Murgatroyd en était responsable au premier chef, car c'était lui qui distribuait les tâches à accomplir au petit bonheur. Ainsi, il fallait répéter journellement de menus travaux sans importance réelle mais longs et fastidieux tandis que les choses importantes telles que le repassage ou le nettoyage de l'argenterie se trouvaient presque toujours bloquées en fin de semaine faute d'avoir été prévues. Manifestement, il était impossible à une seule personne de tout mener à bien et d'assurer en même temps le train-train quotidien du service. C'est la solution de ce problème insoluble qui venait d'apparaître à Emma, une solution si simple qu'elle s'étonnait que personne avant elle n'y ait songé. Cette solution tenait en un mot : organisation. Il suffisait de prévoir et d'organiser intelligemment le travail pour qu'il soit exécuté plus efficacement et avec moitié moins de mal. Plus elle y pensait, plus cela lui paraissait l'évidence même.

Pragmatique, Emma commença donc à étudier la nature de ses occupations et à mesurer le temps dévolu à chacune. Elle transcrivait le résultat de ses observations sur de petits bouts de papier récupérés dans la corbeille de la bibliothèque. Parallèlement, elle fit une liste récapitulative des travaux journaliers et des tâches périodiques. Plusieurs nuits d'affilée, en dépit de son épuisement, elle se força à prendre sur son sommeil pour maîtriser ce problème. Peu à peu, son emploi du temps prit forme, se précisa et se perfectionna. Elle répartit les gros travaux tout au long de la semaine, de telle sorte qu'ils pussent être exécutés dans la journée sans pour autant compromettre les tâches quotidiennes. Se fondant sur ses observations, elle attribua des temps moyens d'exécution, rognant çà et là ou, au contraire, allongeant un peu la durée d'un travail jusque-là bâclé alors qu'il méritait plus de soin. Au bout d'une semaine, elle recopia son horaire sur une feuille presque vierge et, toute fière de son initiative, alla la montrer à la cuisinière pour lui prouver que cet horaire permettait d'accomplir le travail de manière plus efficace et à la satisfaction générale. Avec un sourire confiant, elle attendit ses réactions.

A sa stupeur, la bonne Mme Turner piqua une crise comme on n'en avait encore jamais vue. En termes bien sentis, elle prédit les pires catastrophes et mit en garde la jeune inconsciente contre les conséquences redoutables de l'effroyable colère qui n'allait pas manquer de saisir Murgatroyd à la vue d'une telle audace. En observant la cuisinière, Emma comprit alors l'ampleur de la révolution qu'elle proposait et eut un moment de panique.

Mais Mme Turner avait compté sans l'entêtement de sa jeune protégée. Emma fit taire ses alarmes et décida que rien ne pourrait la détourner de sa tentative pour apporter un peu d'ordre dans le chaos où elle vivait. Si la cuisinière la désapprouvait, c'est qu'elle avait tort et qu'elle était aveuglée par la pusillanimité et la routine. Pour qu'Emma parvînt à son but, il fallait donc se passer de l'avis des autres et s'adresser directement au-dessus de Murgatroyd pour circonvenir son mauvais vouloir.

« Je vais monter voir Mme Wainright, déclara-t-elle d'un ton résolu. Depuis qu'elle est ici, elle a déjà retiré à Murgatroyd le soin de faire les menus. Vous verrez qu'elle va bientôt s'occuper du reste. Il serait d'ailleurs grand temps ! » conclut-elle d'un ton de défi.

Muette d'horreur, Mme Turner la regarda gravir l'escalier. Emma avait presque disparu quand la cuisinière la rappela, la voix étranglée autant par la crainte que par l'indignation :

« Tu ne seras pas plus avancée d'aller trouver Mme Wainright, petite effrontée ! Tu sais ce qu'on risque à vouloir faire les malins et sortir de sa condition. Le renvoi, voilà ce qui te pend au nez ! C'est moi qui te le dis ! Ecoute la raison... »

Mais Emma n'écoutait déjà plus rien et Mme Turner n'eut pour toute réponse que le claquement de la porte. Bouleversée, invoquant le Bon Dieu et tous les saints, elle s'affala sur une chaise et se prépara au pire.

Depuis l'arrivée d'Olivia Wainright au château,

Emma ne lui avait pas deux fois adressé la parole. Son cœur battait donc à grands coups tandis qu'elle frappait à la porte de la bibliothèque et elle dut faire un effort pour ne pas tourner les talons et s'enfuir. Mais la belle-sœur du maître avait déjà répondu et Emma se glissa dans la pièce, les poings serrés le long de sa robe.

Olivia était assise au bureau d'Adam et examinait à sa demande les comptes de la maison, tenus jusque-là par Murgatroyd et qu'elle avait trouvés dans le plus grand désordre. Emma la contempla avec une admiration mêlée d'effroi. Elle fit quelques pas en avant et s'immobilisa devant le bureau, ne sachant plus comment engager la conversation.

Olivia la mit à l'aise avec un sourire plein de bienveillance :

« Qu'y a-t-il, ma petite ? Vous voulez me parler ? »

Emma se sentit fondre à la voix mélodieuse d'Olivia. Elle releva la tête, toujours rougissante.

« Euh... Oui, Madame.

— Comment vous appelez-vous ?

— Emma, Madame.

— Eh bien, je vous écoute, Emma. Si vous ne parlez pas, je ne saurai jamais ce que vous vouliez me dire, n'est-ce pas ? »

Emma hocha la tête, hésita encore et se jeta à l'eau. D'une voix faible, d'abord presque inaudible, puis reprenant peu à peu de l'assurance en s'animant, elle relata les difficultés qu'elle rencontrait dans l'accomplissement de ses tâches domestiques, exposa son point de vue sur le manque d'organisation qui y présidait et en donna quelques exemples significatifs. Olivia l'écoutait avec un sourire encourageant. Mais, à mesure que se dévidait l'énumération de ces choquantes absurdités, son regard attentif se rembrunissait et elle se sentait saisie d'indignation. Comment une maison comme celle de son beau-frère pouvait-elle être ainsi laissée quasiment à l'abandon entre des mains aussi incompétentes ? Si vraiment les choses étaient telles qu'elle l'entendait, il y avait de quoi être scandalisé !

Quand Emma cessa de parler, Olivia l'examina avec une attention soutenue. Elle avait été vivement impressionnée par la voix douce et posée de la jeune fille, la clarté et la concision de son exposé. En dépit du vocabulaire limité dont elle disposait et des traces évidentes d'accent du terroir qui émaillaient son discours, Emma avait su dépeindre les conditions de vie au château d'une manière si vivante et si frappante qu'Olivia en resta choquée. Il était évident que la jeune fille avait parlé avec véracité, sans rien exagérer, ni rien ajouter au tableau.

« Ainsi, Emma, vous êtes seule en ce moment à assurer le service dans la maison ? demanda-t-elle avec une pointe d'incrédulité.

— Pas vraiment, Madame ! se hâta de répondre Emma. Il y a une fille du village qui vient deux fois par semaine pour aider à la cuisine. Et puis il y a Polly. C'est elle la femme de chambre, mais elle est malade.

— Et depuis qu'elle est malade, vous faites tout son travail en plus du vôtre ? C'est vous qui faites le ménage dans toute la maison et qui vous occupez de Mme Fairley, si je comprends bien ? »

Emma rougit et baissa les yeux :

« Euh... oui, Madame. »

Olivia Wainright ne répondit pas tout de suite tant elle en était stupéfaite. Accoutumée à mener rondement sa maison de Londres, sa propriété à la campagne et ses autres affaires, elle avait du mal à admettre l'incroyable état de choses qu'elle découvrait à Fairley Hall. La fortune d'Adam Fairley lui permettait pourtant d'avoir un train de maison bien différent et son tempérament, naturellement bon et juste, aurait dû lui interdire de laisser perpétrer de pareilles injustices sous son propre toit !

« C'est insensé... inexcusable ! » dit-elle à voix basse.

Emma se méprit à ces interjections et crut que la colère qui perçait dans la voix d'Olivia Wainright lui était destinée. Soudain inquiète de sa témérité, elle se hâta de dire :

« Je n'essaie pas de ne pas faire mon travail, Madame. Ce n'est pas le travail qui me fait peur. Ce que je voulais simplement vous dire c'est que Murgatroyd, à mon avis, pourrait mieux l'organiser...

— C'est le moins qu'on puisse dire, en effet ! »

Olivia avait de nouveau posé sur elle son regard scrutateur. Enhardie par la douceur et l'intérêt qui transparaissaient dans ses yeux bleus, Emma reprit la parole et tira de sa poche une feuille de papier chiffonnée qu'elle tendit en rougissant :

« Si Madame voulait bien jeter un coup d'œil là-dessus, c'est un emploi du temps que j'ai fait... Comme cela, je crois que j'arriverais à faire mon travail bien plus facilement, de la manière dont je l'ai étudié... »

Emma s'interrompit en voyant qu'Olivia regardait ses mains rougies et crevassées. Elle posa précipitamment le papier sur le bureau et cacha ses mains derrière son dos. Olivia observa le visage grave et pâle de la jeune fille, cilla à la vue des cernes noirs qui entouraient ses yeux rougis de fatigue et de manque de sommeil, réprima une grimace de pitié en voyant les petites épaules voûtées par le surmenage et sentit son cœur ému de compassion. Elle en eut honte pour Adam Fairley, tout en sachant qu'il était bien trop perdu dans ses problèmes pour se douter même de ce qui se passait chez lui. Avec un soupir, elle baissa les yeux vers la feuille de papier et l'étudia avec attention. Il ne lui fallut pas longtemps pour en être favorablement impressionnée. Son premier sentiment était largement confirmé : cette fille avait une intelligence au-dessus de la moyenne et faisait preuve d'un esprit pratique et d'un sens de l'organisation dignes des plus grands éloges. Olivia elle-même, malgré son expérience, n'aurait pas mieux mis au point l'horaire conçu par Emma.

« C'est parfaitement clair, Emma, et je vous en félicite. Vous avez dû y consacrer beaucoup de temps, j'imagine. »

Emma rougit à nouveau, mais ce n'était plus de honte :

« Madame veut dire que... que ma manière est meilleure ?

— Absolument, répondit Olivia avec un sourire. En fait, je vais immédiatement faire appliquer l'emploi du temps que vous avez préparé. Je l'approuve sans réserves et je pense que Murgatroyd lui-même ne pourra pas rester aveugle à ses avantages. Je vais lui en parler moi-même, ajouta-t-elle en voyant la lueur d'inquiétude qui avait traversé les yeux d'Emma. Je vais également lui dire d'engager immédiatement une jeune fille du village afin de vous aider pour les gros travaux. Malgré la perfection de votre horaire, il y a quand même beaucoup trop de travail pour vous seule. »

Emma eut un sourire épanoui et s'inclina en une révérence.

« Merci, Madame. Merci beaucoup.

— Vous pouvez aller, Emma. Et dites à Murgatroyd que je désire le voir immédiatement, je vous prie, ajouta Olivia avec froideur.

— Oui, Madame... Excusez-moi, mais...

— Oui, Emma ?

— Est-ce que Madame pourrait me rendre mon emploi du temps, pour que je sache ce que je dois faire ? »

Olivia réprima un sourire :

« Bien sûr... Au fait, Emma, est-ce là le seul uniforme que vous ayez ? »

Emma rougit et baissa les yeux.

« Oui, Madame. J'en ai un autre en coton, pour l'été.

— C'est insensé ! soupira Olivia. Nous allons nous en occuper sans tarder. J'irai moi-même à Leeds cette semaine et je vous achèterai le nécessaire. Vous n'avez pas assez d'un seul uniforme par saison, il vous en faut au moins deux ou trois.

— Oh ! merci, Madame ! s'écria Emma. Je demande pardon à Madame, ajouta-t-elle en hésitant, mais... je pourrais peut-être les faire moi-même, si Madame voulait bien acheter simplement le tissu. Ma mère m'a appris à coudre et il paraît que je suis une très bonne couturière...

— Vraiment ? C'est merveilleux ! répondit Olivia en souriant. Je ferai demander des coupons de la filature. Je suis très contente que vous soyez venue me voir, Emma. Tant que je suis ici, il ne faut jamais hésiter à venir me parler des problèmes qui pourraient se présenter. J'y compte, n'est-ce pas ? »

Emma remercia encore, fit une dernière révérence et sortit de la bibliothèque en tenant son papier chiffonné plus précieusement que les joyaux de la couronne. Elle était trop prise par sa joie pour avoir remarqué le regard plein à la fois de compassion et d'admiration d'Olivia Wainright. Et elle ne pouvait pas savoir que sa démarche venait de déclencher une succession d'événements qui allaient transformer la vie des habitants de Fairley Hall.

Comme l'on pouvait s'y attendre, l'initiative hardie prise par Emma ne provoqua aucune orage à la cuisine. Murgatroyd était bien trop occupé à maintenir sa position dans la maison pour oser discuter les instructions de Mme Wainright, dont il avait jaugé l'autorité et que la confiance absolue du maître avait investie des pouvoirs de maîtresse de maison. Il avait pris le parti d'ignorer totalement l'existence d'Emma qui vaquait tranquillement à ses occupations. Quant à la cuisinière, une fois oubliées ses alarmes et ses objections, elle s'amusait franchement de l'application mise par Emma à suivre son horaire.

« Ma parole, si on m'avait dit que je verrais ça dans ma vie, je n'y aurais pas cru ! s'exclamait-elle parfois en se tapant sur les cuisses. Les horaires, je croyais que c'était bon pour les chemins de fer ! On te voit courir de droite à gauche comme une vraie locomotive ! »

Emma ne se donnait même pas la peine d'expliquer à la bonne Mme Turner les raisons qui la poussaient à agir ainsi. Comment la cuisinière aurait-elle compris l'importance que la jeune fille attachait désormais à chaque minute de la journée ? Comment expliquer que ce fameux horaire représentait pour Emma une sorte de protection? Grâce à lui, en effet, elle était enfin capable d'accomplir ses tâches avec le minimum de fatigue. Elle pouvait enfin se réserver chaque jour un peu de temps, un peu de forces pour elle-même. Ce temps et ces forces, si soigneusement économisés, elle en faisait bon usage, le meilleur usage qu'elle sache. Plusieurs après-midi par semaine et presque tous les soirs, elle s'enfermait dans sa mansarde pour y faire de la couture, retoucher ou réparer les robes de Mme Fairley et de Mme Wainright. Ces travaux lui étaient payés à part et Emma rangeait précieusement ses gains dans de vieilles boîtes de tabac qui commençaient à se remplir de shillings et de pièces de six pence. Rien ni personne n'aurait dorénavant pu l'empêcher d'arrondir son petit trésor. Les veilles n'étaient jamais trop longues, la flamme des bougies trop faible ou trop vacillante. Car cet argent allait servir à financer les grands projets d'Emma, le Plan avec un grand P où elle avait investi tout son courage et tout son espoir.

Si la cuisinière, trop terre à terre, était incapable de comprendre ce que l'inlassable labeur d'Emma dénotait de force de caractère et d'ambition, la jeune fille à vrai dire n'en était guère plus consciente elle-même. L'avenir doré qu'elle se promettait était encore bien lointain à ses yeux et quelque peu irréel. Le passé récent était oublié. Seul comptait le présent et ce présent, il fallait en convenir, était presque riant. Sa condition s'était sensiblement améliorée. Son horaire lui simplifiait la vie et allégeait sa tâche. Mme Wainright avait tenu toutes ses promesses, en engageant notamment une fille du village, Annie Stead, sur qui Emma exerçait parfois lourdement sa toute nouvelle autorité en la formant aux fonctions de bonne à tout faire. Tout tournait donc rond, si rond que c'en était un miracle. Mieux encore, Mme Wainright avait augmenté les gages d'Emma qui gagnait désormais cinq shillings par semaine, un véritable trésor pour le budget de sa famille. Emma priait avec ferveur pour que tout continuât ainsi.

C'est pourquoi, agenouillée devant le feu d'Adèle Fairley qu'elle s'efforçait de faire reprendre, Emma s'impatientait de son retard, car toute entorse au sacro-saint emploi du temps prenait dans son esprit les proportions d'une catastrophe. Les flammes jaillirent enfin et Emma se redressa en ayant bien soin de lisser son tablier, de rajuster ses manchettes et de redresser son bonnet. Depuis que Blackie lui avait dit n'avoir jamais vu plus jolie fille qu'elle dans tout le comté du Yorkshire, elle faisait grande attention à son apparence, sans que cela fût encore de la coquetterie. Mais c'était une raison de plus de se sentir fière d'elle-même.

L'orage avait cessé mais les nuages bas assombrissaient la pièce et Emma alla relever les lampes pour dissiper l'atmosphère de tristesse. Elle s'arrêta un instant devant la cheminée, ornée de deux beaux candélabres en argent encadrant un cartel et contempla son œuvre avec satisfaction. C'était elle, en effet, qui s'était enhardie au point de réarranger le bric-à-brac qui encombrait la pièce. Sans aller jusqu'à oser faire disparaître la plus grande partie des bibelots laids ou inutiles qui encombraient les meubles, elle avait disposé les plus belles pièces pour les mettre en valeur et avait relégué les autres dans les coins obscurs. Personne n'y avait fait attention et nul, par conséquent, n'avait pu la complimenter sur la sûreté du goût dont elle avait fait preuve. Mais Emma se contentait d'admirer sa réussite. La cheminée lui plaisait tout particulièrement dans sa sobriété.

Un léger froissement lui fit tourner la tête : Adèle Fairley venait d'apparaître sur le seuil de sa porte.

« Bonjour, Madame », dit Emma en faisant une révérence.

Adèle hocha la tête avec un pâle sourire. Elle chancelait, comme en proie à un malaise, et devait se retenir au chambranle de la porte. Emma courut jusqu'à elle et lui prit le bras avec sollicitude :

« Madame ne se sent pas bien ? demanda-t-elle.

« — Ce n'est rien, un simple étourdissement. J'ai bien mal dormi, cette nuit. »

Emma examina sa maîtresse. Adèle était plus pâle que d'habitude. Ses cheveux, toujours bien coiffés, tombaient en mèches éparses et elle avait les yeux rouges et gonflés. Emma la poussa doucement mais fermement vers son fauteuil.

« Venez vous asseoir près du feu, Madame. Un peu de thé bien chaud vous remettra. »

Adèle la suivit docilement. Elle s'appuyait sur l'épaule d'Emma pour ne pas trébucher. Sa robe de chambre dégrafée traînait derrière elle et elle était enveloppée d'un véritable nuage de parfum qui semblait flotter autour d'elle comme un banc de brouillard.

Emma la fit asseoir dans la bergère et s'affaira pour servir le déjeuner. Adèle regardait la nourriture d'un air absent et semblait ne pas s'apercevoir de la présence de la jeune fille à ses côtés. Sur un appel plus insistant d'Emma, elle leva vers elle un regard las :

« Merci, Polly, je ne veux rien... »

Elle fronça les sourcils, parut faire un effort pour concentrer sa vision, vit enfin Emma et eut alors une expression de surprise totale.

« Comment, c'est vous, Emma ? Ah ! oui, bien sûr, j'oubliais. Polly est malade en ce moment. Va-t-elle mieux ? Quand reprend-elle son service ? »

Emma fit involontairement un pas en arrière, les yeux écarquillés. Elle avait soulevé la cloche d'argent du plat qui contenait les œufs brouillés, et, dans son désarroi, la laissa retomber avec fracas sur le plateau.

« Madame... Madame a donc oublié ? dit-elle d'une voix tremblante. Polly... Polly... »

Elle dut s'interrompre pour avaler sa salive.

« Polly est morte, Madame, reprit-elle dans un murmure. Elle est morte la semaine dernière. On l'a enterrée jeudi. »

Adèle Fairley contempla un instant Emma avec un air d'incompréhension totale. Finalement, elle se passa une main sur le front et ferma les yeux. Quand elle les rouvrit, elle fit un effort pour regarder la jeune fille en face.

« Oui, c'est vrai, je me souviens, maintenant. Je vous demande pardon, Emma. Encore la migraine, vous savez... Elle m'épuise et me fait perdre la mémoire, c'est horrible... Pauvre Polly, comment ai-je pu oublier? Elle était si jeune. Quel malheur... »

Sa lucidité fut de courte durée. Déjà, Adèle s'était tournée vers le feu. L'air plus lointain que jamais, elle paraissait absorbée dans sa contemplation.

Emma avait pris l'habitude des surprenants trous de mémoire de sa maîtresse. Mais celui-ci l'avait particulièrement choquée. C'était impardonnable! Comment avait-elle pu oublier Polly? Polly qui, pendant cinq ans, avait été avec elle tous les jours, avait travaillé sans se plaindre pour satisfaire ses moindres caprices. La folie ou la maladie ont bon dos! se dit-elle avec indignation. D'ailleurs, elle n'est pas plus folle que moi. Une égoïste au cœur sec, voilà ce qu'elle est. Comme tous les gens riches, elle se moque bien de ce qui nous arrive, à nous autres! Si je mourais demain, elle n'y penserait déjà plus une heure après.

Emma se ressaisit rapidement. A quoi bon perdre mon temps et mon énergie à épiloguer sur le caractère des maîtres? Mieux vaut me faire du souci pour mes parents et pour Frank, qui se remet mal de sa coqueluche. Quand même, oublier Polly! Malgré elle, Emma revit le visage pathétique de la jeune fille, à peine plus âgée qu'elle, ses grands yeux noirs brillants de fièvre dans son visage amaigri... En un instant, tous les sentiments de pitié qu'elle avait éprouvés pour Adèle Fairley étaient balayés.

« Madame devrait manger pendant que c'est chaud », dit-elle d'une voix atone.

Adèle leva sur elle son regard noyé, lui fit un de ses sourires désarmants comme si la conversation qui venait de se passer n'avait pas eu lieu. Elle avait l'air de nouveau paisible et lucide et regarda son plateau comme si elle le voyait pour la première fois.

« Vous avez raison, Emma, merci. J'ai faim, ce matin. Vous prenez si bien soin de moi que je m'en voudrais de ne pas goûter à ce que vous m'avez apporté. Au fait, poursuivit-elle en buvant une gorgée de thé, comment va votre mère ? Sa santé se rétablit, j'espère ? »

La transformation d'Adèle était si subite et si imprévisible qu'Emma en resta une nouvelle fois bouche bée.

« Oui, Madame, elle va un peu mieux, je vous remercie, répondit-elle enfin. Avec le retour du beau temps, elle devrait bientôt se rétablir. »

Adèle hocha la tête et parut se concentrer sur une réponse à faire. Puis, avec la soudaineté d'un rideau qui retombe, son regard se voila de nouveau et elle se mit à manger distraitement ses œufs brouillés.

Déconcertée, Emma plongea une main dans sa poche pour en extraire le menu du dîner, que lui avait donné la cuisinière. Adèle avait depuis longtemps abandonné ses responsabilités domestiques entre les mains de Murgatroyd d'abord, puis de sa sœur Olivia Wainright. Mais Mme Turner persistait à soumettre les menus à son approbation. Car elle avait pris son service à Fairley Hall au moment du mariage d'Adam et proclamait bien haut que, quoi qu'il arrivât, c'était Adèle et elle seule qui restait pour elle la maîtresse. Il ne venait jamais à l'esprit de la fidèle Mme Turner que sa maîtresse ne se donnait jamais la peine de jeter les yeux sur ses menus et que sa déférence inutile passait totalement inaperçue.

« Si Madame veut bien regarder le menu du dîner », dit Emma.

Adèle leva les yeux et fit un geste de la main comme pour chasser une mouche importune.

« Je n'ai vraiment pas la tête à cela ce matin, Emma. Vous savez d'ailleurs très bien que je fais totalement confiance à Mme Hardcastle pour s'occuper de tous ces détails. »

Cette fois, Emma fut sérieusement choquée. Elle pâlit et dévisagea Adèle Fairley d'un air troublé. Serait-elle donc vraiment folle ? Ce matin, elle était pire que d'habitude...

Emma avait maintes fois entendu dire que sa maîtresse avait l'esprit dérangé. Mais elle n'avait jamais voulu y croire et faisait passer les absences et l'étrange comportement d'Adèle sur le compte de ses caprices ou de sa distraction. Cette fois, pourtant, le doute s'insinua sérieusement dans son esprit. D'abord, Polly. Et maintenant, Mme Hardcastle. Elle devait pourtant savoir que la gouvernante avait été congédiée six semaines auparavant...

Emma hésita, ne sachant plus que dire. Allait-elle gravement offenser sa maîtresse en lui reprochant une fois de plus d'oublier des choses importantes ?

« J'ai dû oublier de dire à Madame que Mme Hardcastle était partie. Cela s'est passé au moment où Madame était malade. C'est Mme Wainright qui l'a mise à la porte. Elle lui a dit qu'elle prenait trop de vacances alors que tout le monde travaillait. C'était bien vrai, d'ailleurs... »

Adèle baissa la tête et feignit de contempler le plateau du petit déjeuner. Bien sûr, elle l'avait encore oublié ! Olivia avait renvoyé Mme Hardcastle. La scène s'était passée ici même et elle avait tout entendu par sa porte ouverte. Oh ! bien sûr, elle avait été furieuse de voir sa sœur s'arroger ainsi ses prérogatives à elle, mais elle n'avait pas été capable de la contrer. D'abord, parce qu'elle était malade à ce moment-là. Et surtout parce qu'Adam prenait systématiquement le parti d'Olivia et qu'il était inutile de vouloir s'opposer à Adam. Allons, il fallait qu'elle se reprenne, qu'elle fasse attention, très attention à ce qu'elle disait, même devant Emma. Ces deux-là l'épiaient, la soupçonnaient. Si des incidents comme celui-ci leur revenaient aux oreilles, Dieu sait ce qu'ils feraient contre elle... Non, il ne fallait pas éveiller leurs soupçons. Il fallait faire bonne figure.

Dans sa semi-démence, Adèle Fairley avait conservé assez de lucidité pour appliquer toutes ses facultés à la dissimulation et à la ruse. Au prix d'un effort soutenu, elle savait encore dresser une façade de raison pour dissimuler ses faiblesses et protéger le monde secret où elle cherchait refuge. A certains moments, elle pouvait passer pour parfaitement normale, et c'est l'impression qu'elle s'appliqua à donner à Emma.

Elle regarda la jeune fille avec un sourire plein d'innocence et de sincérité :

« Vous me l'aviez peut-être appris, Emma. Et je me souviens en effet que Mme Wainright m'en avait parlé. Mais j'étais vraiment très malade à ce moment-là et je me souciais de M. Edwin, ce qui explique que cela me soit sorti de l'esprit. Enfin, n'en parlons plus... Voyons ce menu, je vous prie.

Adèle feignit de s'absorber un instant dans la lecture du menu et le rendit à Emma avec un sourire :

« Excellent ! Faites mes compliments à la cuisinière, elle s'est surpassée. »

Emma hocha la tête et se garda bien de préciser que ce n'était pas Mme Turner la responsable du festin mais bien, comme d'habitude, Mme Wainright.

« Voici la *Gazette*, dit Emma en tendant le journal plié. Si Madame veut bien la lire en finissant de déjeuner, je pourrai aller faire la chambre de Madame pendant ce temps.

— Bien sûr, Emma. Quand vous aurez fini, faites-moi couler un bain, voulez-vous ? Je voudrais m'habiller tout de suite après. »

Emma s'inclina et disparut rapidement dans la chambre à coucher. En y entrant, elle étouffa un cri en voyant le monceau de vêtements épars et resta un instant immobile, horrifiée devant l'indescriptible désordre. Qu'est-ce qui lui est encore passé par la tête ? se demanda-t-elle avec une inquiétude grandissante.

Mais l'inquiétude fit bientôt place à la colère. Combien de temps allait-elle devoir encore perdre à tout ranger dans la garde-robe ? Son emploi du temps était cette fois irrémédiablement compromis. A gestes rageurs, Emma se pencha, tira sur ce qui lui paraissait être une manche et se mit peu à peu à déblayer le champ de décombres. Une par une, elle remit les robes sur leurs portemanteaux, les rangea dans les armoires en les lissant soigneusement. L'habitude de l'ordre et de l'efficacité était chez elle plus forte que tout.

Pendant ce temps, Adèle picorait distraitement son déjeuner et finit par repousser le plateau, tant la seule vue de la nourriture ravivait sa nausée. Une pensée inquiète tournait sans trêve dans son cerveau embrumé, grandissait peu à peu pour prendre les proportions d'une obsession. Il fallait qu'elle se surveille, qu'elle abandonne ses rêveries si elle voulait regagner sa place et ses prérogatives de maîtresse de maison, régner à nouveau sur le château et la famille. Tout à l'heure, elle sonnerait Murgatroyd. Lui, au moins, il reconnaissait encore son autorité et lui apporterait sans discuter l'alcool dont elle avait tant besoin.

Elle entendit un coup frappé à la porte et se retourna, souriante. A sa surprise, elle ne vit ni Murgatroyd, auquel elle pensait, ni Emma, ni même sa sœur Olivia. Adam était debout sur le seuil et la contemplait du regard froid qui la mettait si mal à l'aise. Gênée, décontenancée, elle fit mine de rajuster le col de dentelle de son peignoir, voulut ouvrir la bouche pour parler mais ne put proférer aucun son. Elle se laissa retomber sur sa bergère et attendit, comme la victime d'un sacrifice.

Adam fut à peine troublé par la crainte manifestée par sa femme. Il en avait, hélas ! vu bien d'autres...

« Bonjour, Adèle, dit-il froidement. Vous avez bien dormi, j'espère. »

Elle s'était assez ressaisie pour considérer cette intrusion inattendue de son mari comme une nouvelle agression. Elle lui jeta un regard chargé d'animosité et de rancœur. Pourquoi lui voulait-il encore du mal ? Qu'avait-elle fait pour mériter de si mauvais traitements ?

« Non, j'ai très mal dormi, parvint-elle enfin à dire.

— J'en suis navré, ma chère. Peut-être pourriez-vous vous reposer cet après-midi, si je puis me permettre de vous le suggérer.

— Oui, peut-être... »

Adèle le regardait cette fois avec surprise. Mais que me veut-il ? Pourquoi vient-il me voir ainsi ?

Adam était resté sur le seuil de la porte, qu'il semblait ne plus vouloir franchir. Depuis dix ans, sa femme lui en avait interdit l'accès et il s'y conformait à la lettre. Cette pièce, à la fois froide et triste, surchargée de bric-à-brac et par trop féminine, le mettait mal à l'aise. Il ne faisait donc aucun effort pour y entrer.

Ses conversations avec Adèle lui devenaient de plus en plus pénibles. Il arrivait près d'elle plein de bonnes intentions et décidé à l'amadouer. Mais elle s'arrangeait toujours pour retourner tout ce qu'il disait et le mettre hors de lui. Ce matin-là, il avait donc hâte de lui dire le plus vite possible ce qu'il était venu lui dire, avant que leur discussion ne dégénérât. D'autant que le sujet était particulièrement délicat et qu'il ne voyait pas comment échapper à une scène.

« Je suis venu vous parler d'Edwin, Adèle », commença-t-il.

Elle se redressa brusquement dans son fauteuil, les mains crispées sur les accoudoirs. Edwin était son préféré. Elle l'adorait. Cet homme abominable allait-il lui faire du mal, à lui aussi ?

« Edwin ? s'écria-t-elle. Que voulez-vous lui faire ? »

Adam se força à rester calme et répondit avec douceur.

« Je ne pense qu'à son bien, Adèle. Il est grand temps qu'il retourne au collège. Le trimestre est déjà bien entamé, mais je crois que vous serez d'accord avec moi pour penser qu'il faut au moins lui laisser le temps de rattraper ses études. Il est à la maison depuis Noël. A mon avis, cela n'a que trop duré !

— C'est absolument ridicule ! Cela ne vaut pas la peine de le renvoyer là-bas maintenant. Il peut aussi bien attendre les vacances de Pâques... »

Elle dut s'interrompre pour reprendre son souffle. Pâlie, les yeux exorbités, elle poursuivit d'une voix hachée :

« C'est un enfant délicat. Sa santé est fragile, Adam, vous le savez aussi bien que moi...

— C'est absurde! l'interrompit Adam. Il est parfaitement rétabli de sa pneumonie. C'est un garçon robuste qui ne demande qu'à se développer normalement. Vous le dorlotez beaucoup trop, Adèle, et cela lui fait plus de mal que de bien. Je sais, poursuivit-il en levant la main pour prévenir l'objection, vos intentions sont parfaitement louables et je ne les discute pas. Mais le résultat est déplorable. Il devrait fréquenter des garçons de son âge, se dépenser, faire connaissance avec une certaine discipline. Vos soins excessifs le pourrissent. Vous le traitez comme un bébé, pas comme un homme.

— C'est faux et c'est injuste!

— Je ne suis pas venu avec l'intention de vous chercher querelle, Adèle. Je tiens simplement à vous informer de mes décisions et rien de ce que vous pourrez dire ne m'en fera changer. Edwin lui-même, à qui j'en ai parlé, désire retourner le plus tôt possible au collège. »

Les narines pincées, livide, Adèle s'était laissée retomber dans son fauteuil et ne répondit pas.

« Lui, au moins, fait preuve de bon sens, reprit Adam ironiquement. Je dois dire également qu'il s'est montré remarquablement courageux et travailleur, compte tenu des regrettables circonstances de son séjour à la maison. Mais il ne suffit pas qu'il fasse ses devoirs dans sa chambre... »

Adam s'interrompit, sentant ce que sa harangue avait d'hostile. Il s'éclaircit la voix avant de continuer :

« Pensez à Edwin, ma chère Adèle. C'est pour son bien, je vous l'assure. Ses amis lui manquent, ce qui est normal après tout. Au collège, il s'amuse bien mieux qu'ici, où il est toujours seul. C'est pourquoi je suis venu vous dire que j'ai l'intention de le reconduire moi-même au collège. Dès demain. »

Demain! Un vent de panique siffla dans la tête bouleversée d'Adèle Fairley. Elle se détourna vivement pour qu'Adam ne vît pas les larmes qui lui venaient aux yeux.

Le bien d'Edwin! pensa-t-elle avec une bouffée de rage. C'est contre moi que cette manœuvre est dirigée, contre moi seule! Il est jaloux parce que je l'aime, jaloux de son propre fils, ce monstre! Il lui vint une brusque envie de se jeter sur son mari, de le frapper, de le griffer, de lui jeter les reproches qui lui montaient aux lèvres. Comment osait-il lui arracher la seule personne qu'elle aimait et qui l'aimait?

Elle s'essuya subrepticement les yeux et se retourna vers Adam, prête à se défendre pied à pied. Mais un seul regard à sa mine implacable la fit reculer. Elle allait une fois de plus se briser contre un roc.

« Comme vous voulez, Adam, dit-elle enfin d'une voix tremblante. Mais je tiens à vous dire que je ne donne mon accord à ce projet ridicule et condamnable que parce que Edwin lui-même a manifesté le désir de revoir ses camarades. Il n'empêche que vous prenez de graves risques avec sa santé, à le faire ainsi voyager par le froid. Ce n'est encore qu'un enfant, Adam, un enfant qui vient d'être très malade, ajouta-t-elle d'un ton suppliant. Vous êtes trop dur pour lui !

— Edwin n'est plus un enfant, Adèle! Et je ne veux pas le voir grandir comme une femmelette. Il est plus que temps de lui faire quitter les jupons de sa mère. C'est un miracle que ce garçon n'ait pas encore mal tourné... »

Adèle poussa un cri horrifié et rougit :

« Vous êtes injuste et cruel, Adam! Edwin n'a jamais été fourré dans mes jupons, comme vous le dites si vulgairement! Comment l'aurait-il pu? Vous avez été assez dur pour le mettre en pension à... à onze ans, le pauvre petit, dit-elle avec des larmes dans la voix. Si je l'ai peut-être un peu favorisé par moments, c'est uniquement parce qu'il a toujours été rudoyé par Gerald. »

Adam haussa un sourcil étonné et esquissa un sourire ironique :

« Vous êtes plus perspicace que je ne le croyais, ma chère Adèle. Je suis heureux d'apprendre que vous vous êtes rendu compte des brimades révoltantes auxquelles

Gerald soumet ce pauvre Edwin. Raison de plus pour l'éloigner de cette maison et le mettre à l'abri de la brutalité de son frère. Jusqu'à ce qu'il soit capable de se défendre seul, il sera bien mieux au collège, croyez-moi. »

Cette brève discussion avait déjà épuisé les forces d'Adèle qui entendit à peine les dernières paroles prononcées par son mari. La tête lui tournait, elle sentait la nausée revenir et ne souhaitait plus que d'être seule, en paix avec ses rêves et ses fantasmes.

« Eh bien, soit, faites ce que bon vous semble, Adam. Mais de grâce, laissez-moi. J'ai une migraine atroce et vous avez sûrement mieux à faire qu'à rester me tourmenter, dit-elle d'une voix plaintive.

— C'est en effet exact », répondit Adam sèchement.

Un soudain élan de pitié lui fit regretter la dureté qu'il venait de manifester.

« Je suis navré de vous avoir imposé cette pénible conversation, dit-il d'un ton radouci. Je pensais trop au bien de notre fils et pas assez au vôtre. Au revoir, mon amie. »

Il s'inclina courtoisement et s'apprêtait à sortir quand il se ravisa au dernier moment. Se croyant seule, Adèle avait fermé les yeux et laissé sa tête rouler sur le dossier de la bergère. Elle était livide. Adam fronça les sourcils, saisi d'inquiétude.

« Adèle ? » dit-il doucement.

Elle sursauta et tourna vers lui un regard vitreux.

« Vous n'êtes pas malade, au moins ? » reprit Adam.

Elle poussa un soupir et ses mains se crispèrent sur les accoudoirs.

« Si, Adam, je me sens mal, je vous l'ai déjà dit.

— Soignez-vous jusqu'à ce soir, ma chère. Vous savez que nous avons des invités et je compte sur votre présence à table...

— Quoi ? Ce soir ? s'écria-t-elle.

— Mais oui, vous ne l'avez quand même pas oublié ! Je dois recevoir Bruce McGill, cet éleveur australien avec qui je suis en affaires. Olivia vous en a parlé elle-même il y a deux jours », précisa Adam en contenant son agacement.

Adèle se passa la main sur le front et frissonna.

« Non, je n'ai pas oublié, Adam. Ce dîner est prévu pour samedi et Olivia m'en avait prévenue. Je ne suis pas folle à ce point ! »

A cette protestation, proférée d'un ton hystérique, Adam serra les dents.

« C'est aujourd'hui samedi, Adèle... »

Elle eut un nouveau sursaut, pâlit et rougit tour à tour.

« Bien sûr, bien sûr, samedi... Où avais-je donc la tête ? dit-elle à voix basse. Oui, Adam, comptez sur moi. J'irai sûrement assez bien pour paraître à table.

— Vous m'en voyez fort heureux, dit-il avec un sourire froid. Allons, je vous quitte. J'ai une journée chargée devant moi. A ce soir, donc.

— A ce soir, Adam. »

Adam referma doucement la porte derrière lui. Il n'en revenait pas encore de la facilité avec laquelle il avait obtenu sa victoire et était parvenu à arracher Edwin aux griffes de sa mère. La manière même dont Adèle lui avait opposé un simulacre de résistance l'avait surpris car, d'habitude, leurs discussions sur ce sujet se déroulaient dans des torrents de larmes, des évanouissements, des reproches incohérents et des crises d'hystérie dont il sortait brisé et qu'il redoutait plus que tout. Aujourd'hui, tout s'était relativement bien passé.

Dans la chambre à coucher, Emma n'avait pu faire autrement que d'entendre la conversation, bien qu'elle n'eût jamais volontairement écouté aux portes comme le faisaient tous les autres domestiques, Murgatroyd en tête. Son seul réflexe avait été d'oublier ses griefs contre Adèle pour la plaindre et se sentir de nouveau pleine de pitié envers elle. Tout en finissant de faire le lit, les dents serrées et une moue amère aux lèvres, elle marmonnait : la malheureuse femme ! Etre livrée à cette brute qui la maltraite comme il brutalise tout le monde ! C'est un monstre...

Car la haine aveugle, irraisonnée et sans aucun fondement vouée par Emma à Adam Fairley ne s'apaisait pas avec le temps, bien au contraire. Elle n'avait d'égale que le dégoût hargneux que lui inspirait Gerald, qui avait pris le relais de Murgatroyd en la harcelant à tout propos. Elle n'éprouvait, en revanche, aucune animosité envers Edwin, qui lui prodiguait toujours des marques de courtoisie et de gentillesse, et elle ne cherchait plus à réprimer son admiration et son respect pour Olivia Wainright. La scène dont elle venait d'être témoin l'incitait donc à revenir sur sa condamnation hâtive d'Adèle Fairley. Non, se dit-elle en tirant sur la courtepointe, la malheureuse femme n'est pas responsable de son état et je ne peux pas lui en vouloir. C'est lui qui l'a rendue ainsi par ses mauvais traitements. Si elle oublie tout, si elle donne parfois l'impression d'être folle, elle a de bonnes excuses. Il ne faut pas l'accabler...

Ainsi rassérénée par cette preuve de sa grandeur d'âme, Emma se mit à chantonner gaiement en arrangeant la coiffeuse. Dans le miroir, elle vit alors Adèle entrer dans la chambre. Hagarde, les yeux cernés, elle avançait en titubant et dut s'appuyer à une chaise. La panique l'avait saisie à la perspective du dîner où il lui faudrait ce soir faire bonne figure et elle en oubliait son besoin maladif de chercher refuge dans le monde apaisant de ses rêves et du whisky. Elle ne pouvait plus que penser à la terreur que lui inspirait Adam, ce qui la ramenait, bon gré mal gré, sur le chemin de la raison. Ce soir, quoi qu'il lui en coûte, il fallait qu'elle dissimule à tous le trouble de son esprit, il fallait qu'elle apparaisse telle qu'elle avait été, calme, à l'aise et pleine de charme.

Un sourire vint soudain la transfigurer : pleine de charme... Oui. Mais surtout éblouissante! Car Adèle savait posséder encore un imbattable atout, sa beauté. Quand elle se donnait la peine de se mettre en valeur, elle tournait à coup sûr la tête de tout le monde. On l'admirait trop pour s'arrêter à des détails, se poser des questions sur son regard vague, ses propos laissés en suspens, ses caprices incompréhensibles. Si, ce soir, elle surgissait devant tous ces gens dans toute sa splendeur, elle serait tranquille, protégée par cette beauté même qui constituait sa meilleure arme.

Stupéfaite, Emma avait vu la métamorphose qui s'opérait en Adèle. En un clin d'œil, la femme pitoyable et brisée, trop faible pour faire quelques pas sans soutien, traversa la chambre en courant presque et ouvrit toutes grandes les portes de la garde-robe qu'Emma venait à peine de remettre en ordre.

Celle-ci sentit son cœur cesser de battre au souvenir de l'amas de robes qu'il lui avait fallu trier et ranger. Elle se précipita au-devant d'Adèle :

« J'ai tout bien rangé, Madame ! s'écria-t-elle. Y a-t-il une robe que vous cherchez en particulier ? »

Adèle sursauta, car elle n'avait même pas remarqué la présence de sa femme de chambre.

« Emma ? Vous êtes encore ici ? Tant mieux... Oui, je me demandais ce que je pourrais mettre pour le dîner de ce soir. Il y a des invités de marque, paraît-il... »

Elle interrompit soudain ses recherches et se tourna vers Emma, le visage de nouveau décomposé :

« Vous serez ici, au moins, pour m'aider à m'habiller ? Je ne sais pas ce que je ferais sans vous, Emma...

— Oui, je serai ici, Madame. Exceptionnellement, à cause de ce dîner, Mme Wainright m'a demandé de ne pas passer le week-end chez moi.

— Oh ! Dieu soit loué ! »

Le soulagement d'Adèle était si profond qu'on aurait cru qu'on lui rendait la vie. Emma s'abstint de toute réflexion sur le fait qu'elle était ainsi privée de son dimanche en famille. En ce moment précis du moins, l'égoïsme enfantin d'Adèle Fairley lui inspirait presque autant de compassion que les souffrances de sa mère.

Ragaillardie, Adèle avait repris ses recherches et s'arrêta finalement sur une robe qu'elle soumit à l'avis d'Emma. Elle ne pouvait décidément plus se passer de l'aide et des conseils de sa jeune femme de chambre.

« Regardez, Emma. Croyez-vous qu'elle soit assez belle ? Ce soir, il faut que je sois éblouissante ! »

Emma plissa les yeux et examina attentivement la robe ainsi soumise à son jugement. Elle savait qu'elle sortait de chez Worth et avait coûté cher. C'était une toilette somptueuse, en satin blanc rehaussé de dentelles, avec de savants plissés. Mais elle ne convenait pas à Adèle Fairley, décida la jeune fille. La robe elle-même attirait l'attention, pas celle qui la portait.

« Je crois qu'elle est... comment dire, trop pâle pour le teint de Madame, si Madame me permet de parler franchement. Elle ne fait pas assez ressortir le teint de Madame et ses cheveux blonds. Il faudrait quelque chose de plus simple et de plus foncé, peut-être... »

L'expression ravie s'effaça du visage d'Adèle :

« C'est idiot ce que vous dites, ma petite ! C'est une robe toute neuve, que j'ai fait faire exprès... Je n'ai rien d'autre à me mettre, vous le savez bien ! »

Emma s'abstint de sourire à la vue de la centaine de toilettes alignées sous ses yeux et fit mine de n'avoir pas entendu la remarque désobligeante de sa maîtresse.

« Comme je disais à Madame, il faudrait quelque chose d'à la fois simple et élégant, pour mettre Madame en valeur... Tenez, je sais exactement ce qu'il faut ! »

Pendant qu'elle parlait, Emma voyait défiler devant ses yeux les gravures de mode et les magazines qu'elle lisait avidement, le soir, dans sa mansarde. Une subite inspiration venait de la saisir et elle se dirigea sans hésiter vers la garde-robe d'où elle sortit une robe de velours noir.

C'était en effet le vêtement idéal pour mettre en valeur le teint blanc et la chevelure claire d'Adèle Fairley. Mais Emma fronça les sourcils, dépitée devant sa trouvaille. Adèle la regardait, les yeux écarquillés par la surprise mais attendant avec confiance le verdict de sa conseillère.

Ce qui avait motivé le premier mouvement de recul d'Emma devant la robe était une parure de roses rouge sang en satin qui, partant d'un gros bouquet posé sur

176

une épaule, formait une guirlande qui descendait tout le long de la robe. Elle examina de plus près les ornements importuns et son visage s'éclaira.

« Oui, c'est bien ce que je pensais ! s'écria-t-elle. Il suffit de découdre ces roses...

— Découdre les roses ! s'écria Adèle, horrifiée. Mais vous n'y pensez pas, Emma ! Cela va abîmer le velours et la robe aura l'air sinistre, sans la parure.

— Que Madame me fasse confiance, répondit Emma avec décision. Ce sont ces roses qui abîment la robe, au contraire. Sans elles, vous verrez comme elle sera élégante. Je coifferai Madame avec les cheveux relevés à la Pompadour et Madame mettra son collier de diamants avec les boucles d'oreilles assorties... Oh ! Madame verra ! Ce sera ravissant ! »

Adèle ne parut pas convaincue par l'enthousiasme dont Emma faisait preuve et s'assit, l'air renfrogné, tandis que la jeune fille entreprenait séance tenante de découdre les fleurs qui avaient offensé son goût. Insensible aux protestations de sa maîtresse, elle la força à se lever pour appliquer la robe sur elle et juger de l'effet. Adèle fit une réprobation :

« C'est bien ce que je pensais, cette robe est triste...

— Si Madame y tient, je pourrai toujours recoudre les roses. En attendant, que Madame essaie ses bijoux un instant. Madame pourra juger par elle-même si la robe a toujours l'air triste. »

Sans attendre la réponse d'Adèle, elle sortit d'un tiroir de la coiffeuse un écrin de cuir rouge d'où elle tira un somptueux collier de diamants, un bracelet et des boucles d'oreilles assortis. Adèle prit machinalement le collier, le tint à hauteur de son cou, posé contre la robe noire, et se regarda dans la glace.

Elle ne put retenir un cri de surprise. Se détachant sur le velours, le collier étincelait de mille feux éblouissants qui avivaient son teint et la faisaient resplendir, malgré ses cheveux épars et son absence de maquillage. Elle resta plongée un long moment dans sa contemplation, incapable de s'en arracher.

Oui, Emma avait raison. Cette robe allait la faire apparaître si belle, ce soir, qu'Adam en serait stupéfait. Plus jamais il n'oserait la rudoyer, après cela. Elle retrouverait sa place, elle serait à nouveau la seule maîtresse de Fairley Hall.

Avec un sourire ravi, elle se tourna vers Emma et lut avec plaisir, dans les yeux de la jeune fille, le reflet de l'admiration qu'elle venait de ressentir envers elle-même.

1905

13

Pᴇᴜ avant cinq heures de l'après-midi, Emma monta son thé à Adèle Fairley. Celle-ci avait prétexté sa migraine pour ne pas descendre déjeuner; en fait, elle s'était recouchée après son bain, suivant en cela les conseils d'Emma. La terreur que lui inspirait Adam, sa volonté obstinée de mettre tous les atouts de son côté pour apparaître ce soir dans toute sa beauté l'en avaient aisément convaincue. En dormant, elle résisterait également à la tentation de chercher dans l'alcool un réconfort illusoire. Un simple coup d'œil dans son miroir lui confirma, au réveil, combien elle avait eu raison.

Emma la trouva encore étendue sur son lit. Avec un sourire, elle déposa devant elle le plateau chargé des friandises qui, espérait la jeune femme de chambre, exciteraient l'appétit capricieux de sa maîtresse et lui redonneraient les forces dont elle avait le plus grand besoin.

« Madame a très bonne mine! dit Emma en la saluant.

— C'est vrai, Emma, je suis contente d'avoir suivi vos conseils. Ce repos m'a fait le plus grand bien. »

Tout en arrangeant les assiettes de petits fours, Emma scrutait anxieusement le visage d'Adèle. Les plis qui, ce matin, se creusaient autour de sa bouche avaient disparu. Sa pâleur avait cédé devant une légère coloration qui faisait paraître encore plus délicate la transparence de sa peau. Les cernes qui entouraient ses yeux rougis et gonflés n'étaient plus qu'un souvenir. Emma ne put s'empêcher d'admirer la beauté fragile mais radieuse d'Adèle Fairley et n'en fut pas peu fière, car elle était responsable de son retour.

Quand elle se fut assurée que « sa malade » était confortablement installée et commençait à grignoter son repas, Emma demanda la permission de rester pour vérifier si la robe était en bon état et n'avait pas besoin de menues réparations. Adèle l'avait à peine portée deux ou trois fois, mais en l'examinant avec sa minutie coutumière, Emma remarqua qu'un ourlet de la traîne était légèrement défait et qu'il restait des fils à enlever à l'endroit de la guirlande de roses qu'elle avait décousue le matin. Elle se mit donc diligemment à l'ouvrage, ravie de cette occasion de s'asseoir enfin car les préparatifs de la réception lui avaient donné un lourd surcroît de travail. Il fallait ensuite qu'elle aide Murgatroyd à servir le dîner, à débarrasser la table, à ranger l'argenterie. Elle pouvait donc prévoir encore de longues heures debout.

Elle était surtout contente d'échapper à l'ouragan qui, depuis le matin, balayait la cuisine. Annie, la jeune bonne à tout faire, assistait la cuisinière sans désemparer et on avait même dû engager sa mère comme extra. Car le menu prévu par Olivia Wainright avait plongé la bonne Mme Turner dans une véritable crise de nerfs. Emma ne put s'empêcher de sourire en évoquant la stupeur de la digne femme à la pensée des recettes exotiques qu'on exigeait d'elle, qui ne brillait de tout son savoir que tant qu'elle pouvait s'en tenir aux bonnes recettes campagnardes du Yorkshire et pour qui le summum de l'art culinaire consistait à rôtir à point un gigot. Bon gré mal gré, elle avait dû se soumettre et Emma, qui s'apercevait une fois de plus et non sans plaisir qu'elle en savait autant, avait été mise à contribution pour la préparation des sauces. Elle s'en était tirée brillamment en suivant scrupuleusement les indications de Mme Wainright. Mais à mesure que l'heure tournait, l'humeur de la cuisinière empirait et elle avait été heureuse de fuir cette atmosphère épuisante.

Grâce aux encouragements que lui prodiguait la nouvelle maîtresse de maison, Emma avait fait des progrès considérables dans ce domaine. Elle se constituait surtout peu à peu un véritable trésor de recettes, amassait les indications les plus insignifiantes en apparence, comme les marques de thé ou les crus des vins. Elle avait appris et continuait à se familiariser avec les subtilités de la gastronomie, les plats compatibles avec d'autres dans la composition d'un menu, la variété des sauces pouvant accommoder un même mets, l'ordonnance des vins. Tout cela était consigné à mesure dans un cahier d'écolier acheté au village, et, sans qu'elle sache encore quand ni comment, lui servirait un jour et contribuerait à l'accomplissement de son Plan — avec un grand P —, ce Plan dont la pensée ne la quittait jamais. Elle amassait aussi des gravures de mode, des articles de magazines, recopiait des pages de livres, transcrivait les secrets des soins de beauté de Mme Fairley ou des tours de main appris auprès de Murgatroyd dans ses bons jours, pour l'entretien de l'argenterie et la manière d'en reconnaître le titre et les poinçons. Cette somme de connaissances pratiques avait à ses yeux autant de valeur que les piécettes qui s'accumulaient dans ses boîtes de tabac.

Pendant ce temps, Adèle finissait sa collation. Bientôt, le bruit calme de sa respiration apprit à la jeune fille que sa maîtresse s'était rendormie, ce dont elle ne fut pas fâchée car elle aurait ainsi le temps de finir ses autres tâches et de se changer avant de revenir l'habiller. Elle termina ses derniers points, raccrocha silencieusement la robe dans la penderie et s'éloigna sur la pointe des pieds.

Dans le corridor, elle rencontra Edwin qui se dirigeait vers l'appartement de sa mère. Emma l'arrêta en posant un doigt sur ses lèvres :

« Monsieur Edwin ! Madame se repose. Faites attention de ne pas la réveiller.

— Merci de m'avoir prévenu, Emma. Je voulais en effet passer quelques instants avec elle. »

Edwin lui adressa un sourire plein de cordialité qui fit rougir Emma.

« Si vous vouliez, monsieur Edwin... reprit-elle en hésitant.

— Oui, Emma ?

— Il faut que je reprenne mon service et je ne pourrai pas remonter m'occuper de Madame avant sept heures. Vous pourriez rester à côté d'elle, en attendant qu'elle se réveille ou bien si elle se réveille bavarder avec elle, lui faire la lecture. Elle se fait du souci pour la réception de ce soir et il vaudrait mieux la distraire, l'empêcher de trop y penser.

— Vous avez parfaitement raison, Emma, répondit Edwin gravement. Je sais combien elle peut changer d'humeur... »

Il s'interrompit pour poser impulsivement la main sur le bras de la jeune fille :

« Merci pour tout, Emma. Vous prenez si bien soin de ma mère que je ne sais pas comment vous exprimer ma gratitude. »

Edwin la dépassait d'une tête et Emma dut lever les yeux pour le regarder. Ces paroles de reconnaissance la touchaient d'autant plus qu'elles étaient inattendues.

« C'est gentil de me dire ça, monsieur Edwin. Je fais de mon mieux, vous savez... »

Gênée, elle compléta sa phrase par un sourire.

Edwin réprima un cri de surprise. Dans la lumière sourde qui baignait le couloir en cette fin d'après-midi, le visage d'Emma levé vers lui semblait irradier un éclat éblouissant. Etait-ce le sourire lui-même, qui lui illuminait ainsi les traits en les transfigurant ? N'était-ce pas plutôt la lumière qui émanait de cet incroyable regard d'émeraude, à la fois profond et étincelant ? Hypnotisé, Edwin était incapable de s'arracher à la contemplation de la merveille soudain révélée à ses yeux. Une seule pensée l'assaillait : qu'elle est belle ! Comment ai-je pu être assez aveugle pour ne pas le voir plus tôt ?

Dans son innocence, Edwin ne comprenait pas pourquoi son cœur battait si fort, pourquoi sa gorge était serrée d'une émotion dont il ignorait tout. Les yeux dans les yeux, ils restèrent ainsi longtemps, un instant ou une éternité, perdus dans leur contemplation, attirés par une force d'un magnétisme si puissant qu'ils étaient hors d'état d'y résister. Le temps et l'espace s'étaient évanouis autour d'eux. Le silence était si intense qu'il semblait vibrer.

Bouleversé, Edwin enregistrait chaque pore de la peau, chaque courbe du visage, chaque cheveu de la coiffure d'Emma, comme s'il voulait les graver à jamais dans sa mémoire. Elle rosissait peu à peu, sentant qu'il se produisait quelque chose d'extraordinaire mais incapable d'en comprendre la nature. L'égarement presque douloureux qu'elle distinguait dans les yeux d'Edwin finit par transpercer l'extase semi-consciente où elle se sentait flotter. Edwin eut obscurément conscience que sa vie venait de franchir une étape décisive. Mais c'était une impression trop fugace et trop floue pour qu'il en saisît la véritable portée. Il était trop jeune pour comprendre qu'il contemplait en ce moment la seule femme qu'il aimerait jamais d'amour. Celle dont le souvenir le hanterait jusqu'à son dernier souffle. Celle dont le nom serait le compagnon de ses jours et de ses nuits et qui serait sur ses lèvres à ses derniers instants...

Il sentit tout à coup des larmes lui monter aux yeux sans savoir pourquoi et, gêné, il se détourna à la hâte. Il toussota pour se donner une contenance, soudain gauche et intimidé devant cette jeune fille qui avait mystérieusement provoqué en lui un si profond bouleversement. Malgré ses efforts pour ne plus la regarder, ses yeux étaient irrésistiblement attirés par elle.

Emma lui faisait un sourire plein de douceur amicale. Il la vit si menue, si fragile qu'il dut faire un violent effort pour ne pas tendre la main et l'attirer vers lui d'un geste protecteur, la serrer contre lui...

Il s'éclaircit la gorge, baissa enfin les yeux.

« Vous êtes bonne, Emma, dit-il d'une voix étranglée. Je vais rester avec ma mère, comme vous me l'avez demandé. Jusqu'à ce que vous reveniez. »

Incapable de rester plus longtemps devant elle, il tourna hâtivement les talons et courut presque jusqu'à la porte. Parvenu sur le seuil, il dut s'arrêter et se retenir au montant, accablé par un insoutenable sentiment de vide et de solitude. Il se retourna : Emma était toujours au même endroit, immobile. Leurs regards se croisèrent. Dans le sien, sans en être conscient, Edwin mettait une prière où la tristesse se mêlait à l'espoir. Emma le regardait calmement, gravement. Peu à peu, sa gravité devint de la compréhension.

Ce fut elle, cette fois, qui brisa le charme prêt à renaître. Elle esquissa un sourire et disparut dans le corridor.

La cuisine avait retrouvé un semblant de calme et la cuisinière, maintenant que l'orage était passé, se rengorgeait sans pudeur :

« Pff! Ce n'est rien du tout, ces fameuses recettes françaises! La prochaine fois, je ferai tout ça les yeux fermés, c'est moi qui te le dis!

— Sûrement, Madame Turner, répondit Emma en se retenant de rire. Vous n'avez plus besoin de moi?

— Plus rien à faire, ma petite fille! Si cette polissonne d'Annie se donnait la peine de préparer les plats, depuis le temps que je le lui demande... »

Emma s'éclipsa sans attendre la fin de la tirade. Elle venait de finir d'aider Murgatroyd à dresser le couvert dans la grande salle à manger. Il lui restait à se changer avant d'aller habiller Mme Fairley. Les quelques instants qu'elle venait d'économiser à couper court aux bavardages lui permettraient peut-être de soigner sa propre toilette.

Elle grimpa l'étroit escalier des mansardes et pénétra

186

en coup de vent dans sa chambre. Une fois dévêtue, elle se débarbouilla, se brossa les cheveux et en fit, comme à l'accoutumée, un gros chignon bas reposant sur la nuque. Elle mit enfin l'uniforme du soir qu'elle s'était récemment fait elle-même. C'était une longue robe de lainage noir, coupée droit avec des manches longues ajustées, dont l'allure sévère était cependant égayée par un col blanc, des manchettes de dentelle ainsi que par le tablier d'organdi et le bonnet, eux aussi garnis de dentelle.

Quand Emma eut fini de nouer les cordons de son tablier autour de sa taille fine et posé le bonnet sur la masse de ses cheveux châtains aux reflets roux, elle se contempla dans la glace et ne put retenir un sourire satisfait. Souvent, Blackie lui avait dit qu'elle était jolie, mais elle n'y avait pas prêté attention outre mesure. Or il semblait bien que Monsieur Edwin fût maintenant du même avis, si l'on en croyait du moins les drôles de regards qu'il lui avait jetés tout à l'heure.

Vite reprise par sa routine, Emma avait chassé de son esprit l'étrange trouble qu'elle avait ressenti en présence d'Edwin. Elle ignorait tout de l'amour et ne pouvait le concevoir qu'entre, par exemple, son père et sa mère ou elle-même et ses frères. Paralysée par l'éducation rigide reçue de ses parents et son antipathie pour tout ce qui touchait aux maîtres, il ne lui serait jamais venu à l'idée qu'un sentiment quelconque pût se former entre Edwin et elle. Le jeune homme, sans doute, avait été troublé en sa présence et Emma avait fini par ressentir elle aussi quelque chose d'inattendu. Mieux valait, cependant, ne pas s'attarder sur des questions gênantes et qui ne pouvaient qu'entraîner des complications.

Ce soir, pourtant, elle se reprit à penser à Edwin. Il ne ressemblait vraiment pas aux autres Fairley, celui-là, pensa-t-elle en restant aveugle à la ressemblance frappante qui existait entre Adam et son fils cadet. Gerald était un porc, une brute repoussante, tandis qu'Edwin était toujours gentil et aimable avec elle. A l'idée qu'il allait repartir le lendemain pour son collège, elle éprouva un pincement de tristesse inattendu. Leurs rencontres quotidiennes dans les couloirs, ponctuées de sourires et de paroles aimables, allaient lui manquer. Edwin manquerait cruellement aussi à sa mère. En fait, il était sans doute le seul à Fairley Hall dont l'absence créerait un vide, car il était le seul à toujours être de bonne humeur et à savoir réconforter Adèle. Sans lui, qu'allait-elle devenir ?

Emma se reprit. Ce n'était pas le moment de se perdre dans des rêveries. Il fallait aller chez Mme Fairley et l'aider à s'habiller, à être la plus belle. Si elle reprenait confiance en elle, peut-être sortirait-elle pour de bon de ces crises de tristesse qui serraient le cœur d'Emma.

« Etes-vous sûre que ma coiffure tiendra ? »

Adèle interrogeait son miroir, un pli d'inquiétude entre les sourcils. Emma s'était surpassée. Elle avait rassemblé l'opulente chevelure blonde d'Adèle Fairley pour la relever en une coiffure bouffante « à la Pompadour », qui constituait la dernière mode à Londres et, disait-on, à Paris. Non contente de se conformer au modèle, Emma y avait ajouté quelques variantes de son cru dont l'effet était particulièrement spectaculaire. Elle contempla son œuvre avec un sourire satisfait et hocha la tête.

« Madame n'a pas d'inquiétude à se faire. Si je pouvais quand même ajouter quelques épingles ici et là. Surtout pour tenir le diadème de Madame... Allons, bon !

— Qu'y a-t-il, Emma ? demanda Adèle. Quelque chose ne va pas ? »

Devant le ton angoissé de sa maîtresse, Emma eut un sourire rassurant :

« Non, Madame. Je m'aperçois simplement qu'il n'y a plus d'épingles à cheveux dans la boîte. Que Madame ne touche à rien, je vais courir en demander à Mme Wainright. Je serai revenue dans une minute pour terminer la coiffure. Après, Madame pourra passer sa robe.

— Faites vite, Emma, pour l'amour du Ciel! Je vais être en retard... »

Emma reposa son attirail sur la coiffeuse, esquissa une rapide révérence et s'en fut en courant. Pour aller dans la chambre d'Olivia Wainright, il lui fallait traverser le château dans toute sa longueur, enfiler des couloirs, traverser des paliers et des antichambres, monter et descendre des escaliers reliant les ailes hétéroclites et de niveaux différents. Aussi était-elle hors d'haleine en frappant à la porte de la jeune femme.

En entendant la voix mélodieuse d'Olivia, Emma ouvrit la porte et resta respectueusement sur le seuil. Tout en reprenant son souffle, elle admira la chambre qui, avec la cuisine, était la seule pièce de Fairley Hall où elle se sentît à l'aise. Olivia Wainright était assise à son secrétaire et dut se retourner pour voir qui la demandait.

« Ah! c'est vous, Emma? dit-elle en souriant. Que puis-je pour vous, mon enfant? »

Emma s'était avancée de quelques pas et s'apprêtait à faire sa révérence habituelle quand elle s'immobilisa soudain et pâlit. Olivia n'était encore ni maquillée ni habillée. Le visage nu, simplement couverte d'un peignoir sur sa robe d'intérieur, elle avait l'air lasse. Dans son visage naturellement pâle, ses yeux turquoise paraissaient encore plus grands et plus lumineux qu'à l'accoutumée et la lumière de la lampe, qui tombait sur elle de trois quarts, accentuait les lignes de sa physionomie, lui donnait un flou d'irréalité. Fascinée, Emma ne pouvait en détacher les yeux.

Elle devint tout à coup consciente de l'énorme incorrection de son comportement, car on ne dévisage pas les gens ainsi. Mais elle était incapable de s'arracher à la fascination de ce qu'elle voyait. Le visage dénudé et vulnérable d'Olivia, ses cheveux défaits, son regard un peu noyé, Emma ne les avait jamais vus ainsi. Mais elle reconnaissait ces traits. Ils lui étaient familiers...

Pendant ce temps, surprise du comportement inattendu de sa jeune visiteuse, Olivia la considérait en fronçant les sourcils.

« Qu'y a-t-il, Emma ? dit-elle enfin. Vous êtes pâle et vous me regardez comme si vous aviez vu un fantôme. Vous ne vous sentez pas bien ? »

Emma secoua la tête et fit un effort pour reprendre pied dans la réalité.

« Je présente toutes mes excuses à Madame... J'ai eu un malaise, mais c'est déjà passé. J'ai dû courir trop vite pour venir ici...

— Toujours à courir, Emma ! Ce n'est pas raisonnable, voyons. Vous finirez par tomber ou avoir un accident, si vous continuez. Voulez-vous vous étendre et vous reposer jusqu'à l'arrivée des invités ?

— Oh ! non, Madame. Je vais beaucoup mieux, je vous assure. Et je n'aurais pas le temps, il faut que je finisse d'habiller Mme Fairley. C'est d'ailleurs pour cela que j'étais venue voir Madame, pour lui demander si elle n'aurait pas quelques épingles à cheveux à me prêter.

— Bien sûr, Emma. Tenez, prenez ce qu'il vous faut sur ma coiffeuse, là-bas. »

Olivia Wainright suivit Emma des yeux pendant qu'elle allait se servir à l'autre bout de la pièce. Quand la jeune fille revint devant elle pour prendre congé et lui faire sa révérence habituelle, elle l'arrêta, le regard soucieux.

« Vous en faites beaucoup trop, Emma. Je suis plus que satisfaite de vous, je vous l'ai déjà dit maintes fois. Il est inutile de vous tuer à la tâche, mon enfant. Ce soir, j'exige que vous restiez assise à la cuisine ou dans votre chambre jusqu'à l'heure du dîner. Dites-le de ma part à Murgatroyd. Et ne courez plus pour retourner chez ma sœur, voulez-vous ?

— Oui, Madame. Merci, Madame... »

Rouge de confusion, Emma bafouilla sa réponse et s'éclipsa le plus vite qu'elle put. Elle sentait les larmes lui monter aux yeux et, dès qu'elle eut refermé la porte derrière elle, elle dut s'appuyer à une console pour ne pas vaciller.

Mais ce n'était pas la rapidité de sa course qui était responsable de son malaise. C'était l'émotion, une émotion si vive et si inattendue qu'elle avait eu le plus grand mal à ne pas y succomber. Les yeux fixés sur la porte qu'elle venait de refermer, le cœur battant la chamade, Emma tentait de remettre de l'ordre dans les pensées absurdes qui se bousculaient dans sa tête. Car ce n'était pas Olivia Wainright qu'elle venait de voir. Ou plutôt, si c'était elle, c'était le vivant portrait de sa mère, Elizabeth !

Olivia Wainright, qu'Emma avait toujours vue élégamment vêtue, maquillée et coiffée, était ainsi apparue aux yeux de la jeune fille parée de son autorité qui interdisait tout rapprochement. Mais une fois dépouillée des attributs artificiels de la femme chic et aristocratique, la ressemblance était frappante au point de provoquer un malaise. Etait-il possible que deux êtres, que ne liait aucune parenté, pussent être aussi semblables ? Il y avait là un phénomène surnaturel qui laissait Emma stupéfaite et profondément émue. Certes, Elizabeth Harte ne possédait plus que l'ombre de sa beauté de naguère. Mais Emma l'avait retrouvée intacte chez Olivia Wainright. Comment ne l'avait-elle pas découvert plus tôt ? Une chose était certaine : l'admiration qu'elle éprouvait pour Olivia, l'affection que celle-ci lui vouait avec sincérité ne pouvaient pas être le seul fruit du hasard.

Emma parvint enfin à se reprendre et se mit pensivement en route vers l'autre bout du château. En l'attendant, Adèle avait commencé à se maquiller, ce qu'elle faisait rarement, et de manière si discrète qu'on distinguait à peine une touche de fard aux pommettes, un soupçon de rouge pour rehausser les lèvres. Le résultat était spectaculaire.

Mais Emma, encore trop absorbée dans ses pensées, le remarqua à peine et reprit silencieusement sa place auprès de sa maîtresse pour terminer son œuvre. Adèle en suivait les progrès dans le miroir avec satisfaction.

« Dites-moi, Emma, demanda-t-elle soudain, quelle robe va donc porter Mme Wainright, ce soir ? »

Emma cligna des yeux pour masquer sa surprise.

« Je ne sais pas, Madame. Mme Wainright n'était pas encore habillée quand je l'ai vue.

— Vous n'avez pas vu sa robe sur le lit, ou pendue quelque part ? insista Adèle.

— Non, Madame, je n'ai rien vu. »

Le ravissant visage d'Adèle fut brièvement enlaidi par une grimace de dépit. Elle aurait pourtant bien aimé savoir ce qu'Olivia porterait ce soir. Depuis toujours, les deux sœurs faisaient assaut d'élégance et de beauté et Olivia, selon Adèle et sa jalousie maladive, s'arrangeait toujours pour être la plus belle. Mais pas ce soir ! se reprit-elle avec un sourire de triomphe. Ce soir, ce serait elle qui éclipserait Olivia. Il le fallait.

« Voilà, c'est terminé ! s'écria Emma en tendant un miroir à Adèle. Si Madame veut regarder par-derrière... »

Adèle prit le miroir et s'observa longuement. Son sourire s'élargissait à mesure qu'elle détaillait le chef-d'œuvre accompli par la jeune fille.

« C'est sublime, Emma ! s'écria-t-elle. Divin ! Une véritable œuvre d'art ! Vous êtes une vraie petite fée. Grâce à vous, je vais être belle à ravir. »

Emma rougit de plaisir et aida sa maîtresse à enfiler la robe qu'elle avait tenue prête sur une chaise. Quand elle eut fini de boutonner le dos, elle tendit ses escarpins à Adèle et la mena devant la grande psyché pour qu'elle se regarde et juge du résultat.

« Madame n'a plus qu'à mettre ses bijoux... commença-t-elle.

— Un instant, Emma ! » interrompit Adèle.

Elle était littéralement en extase devant le spectacle qu'elle offrait. La longue robe de velours noir faisait admirablement ressortir sa taille fine et svelte et mettait en valeur son teint clair. Le profond décolleté, le corsage ajusté qui allait en s'évasant au-dessous de la taille faisaient un effet irrésistible. Malgré elle, Adèle s'admirait comme si elle avait vu une étrangère de rêve. La suppression des roses avait suffi à transformer une toilette quelconque en cette merveille de grâce et d'élégante simplicité. Cette petite a décidément un goût parfait, pensa-t-elle avec gratitude.

Laissant Adèle à sa contemplation, Emma était allée chercher l'écrin des diamants et tendit les pièces de la parure. Adèle fixa ses boucles d'oreilles, passa deux bracelets à ses poignets pendant qu'Emma attachait le clip du collier. Quand ce fut fini, Emma ne put retenir un léger cri d'admiration qui fit sourire Adèle.

« Que Madame est belle !

— Merci, Emma. Mais ce sont les bijoux qui sont beaux. Monsieur m'offrait de bien beaux bijoux, naguère ! » ajouta-t-elle avec un soupir de regret.

Cette réflexion éveilla un mouvement d'amertume au cœur d'Emma. Il pouvait bien offrir des bijoux à sa femme et gaspiller des fortunes gagnées par le travail des autres, et même par le travail des jeunes enfants, comme son frère Frank...

Adèle était trop profondément noyée dans son extase pour avoir remarqué l'éclat de colère dans les yeux d'Emma. Elle plongea la main dans un autre écrin et en sortit une grosse broche de diamants qu'elle commença à fixer en haut du drapé de son épaule. Emma en oublia ses griefs et se gratta la gorge, atterrée :

« Euh... Si Madame me permet, je ne crois pas que cette broche soit très heureuse à cet endroit...

— C'était celle de ma mère ! » protesta Adèle.

Emma hésita, embarrassée :

« Dans ce cas... Si Madame veut la mettre pour des raisons sentimentales... »

Ce bijou heurtait son sens de la mesure et des proportions. Trop gros, mal placé, il détruisait l'harmonie de ce qu'elle avait essayé de créer pour faire d'Adèle une perfection.

Ebranlée, cependant, celle-ci se regardait pensivement dans la glace. Pour des raisons sentimentales... Oh ! non, il ne fallait surtout pas y attacher de valeur sentimentale! Ce soir moins que jamais, elle ne voulait afficher un souvenir de sa mère. Il n'était pas non plus question de la rappeler à la mémoire d'Olivia. Sa sœur avait toujours dit qu'elle était folle, comme leur mère. Adam aussi, car il était son complice. Adam et Olivia. Depuis toujours, ces deux-là s'entendaient sur son dos, complotaient contre elle. Adam et Olivia. Tous les jours, elle les surprenait à se chuchoter des choses mystérieuses dans les coins de cette horrible maison, sa prison. Ils voulaient en faire sa tombe...

Elle défit la broche et la remit dans l'écrin. Alors, ses yeux tombèrent sur Emma. Elle lui agrippa le bras, la tira vers elle, se pencha.

Emma sursauta, effrayée par le regard fébrile d'Adèle. Elle tenta doucement de se dégager :

« Madame veut quelque chose? » murmura-t-elle.

Adèle la dévisageait toujours de ses yeux fous :

« Il faut partir, Emma! Il faut quitter cette maison. Partez avant qu'il soit trop tard, petite fille! Cette maison est malfaisante. Il faut partir, vous m'entendez? »

Stupéfaite, apeurée par cette soudaine explosion, Emma avala sa salive et pâlit :

« Qu'est-ce que... Qu'est-ce que Madame veut dire? »

Adèle éclata de rire, un rire dément, hystérique, dont les éclats stridents donnèrent à Emma la chair de poule.

« Je veux dire que ce sont des monstres! Tous! Et que cette maison est maudite, m'entends-tu? Maudite! Maudite!

— Chut! Pas si fort, Madame! »

Dans son affolement, Emma ne releva même pas le caractère effrayant des imprécations d'Adèle, qui correspondaient pourtant si bien à ses propres effrois. Elle ne pensait qu'au devoir qui lui incombait de ramener sa maîtresse à la raison et de la préparer à descendre rejoindre les invités. Comment la faire sortir de cette nouvelle crise?

Adèle était redevenue livide. Les épaules secouées de sanglots, elle répétait à mi-voix des mots sans suite,

194

agitait la tête au risque de déranger sa savante coiffure. Avec fermeté, Emma la fit asseoir. La situation la dépassait. Mieux valait appeler quelqu'un à la rescousse, Mme Wainright ou peut-être M. Edwin. D'instinct, tandis qu'elle serrait entre ses mains celles d'Adèle pour en calmer les tremblements, elle sentit que ce serait une grave erreur. C'était à elle et à elle seule d'intervenir.

« Madame! chuchota-t-elle. Madame, écoutez-moi. Il faut que vous m'écoutiez! Vos invités vont arriver d'une minute à l'autre. Il faut vous ressaisir, Madame, il faut être calme et belle pour aller les recevoir. C'est pour votre bien que je parle, Madame! Vous m'entendez? »

Adèle semblait sourde et insensible à tout ce qui l'entourait, murée dans son inconscience. Elle dirigea sur Emma un regard vitreux qui la traversa comme si elle n'existait pas. La jeune fille frissonna et, malgré elle, serra si fort les mains glacées de sa maîtresse qu'elle y imprima des marques rouges.

« Madame! reprit-elle plus fort d'une voix vibrante d'autorité. Madame, secouez-vous! Ne restez pas comme cela! Reprenez-vous, tout de suite! Tout de suite! Allons! »

Mais Adèle ne réagissait toujours pas. Sous les yeux étincelants de la jeune fille, elle demeurait absente, prostrée, enfermée dans quelque rêve maladif dont elle ne voulait plus sortir.

Désespérée, Emma se demanda si elle n'allait pas être forcée d'éveiller Adèle malgré elle en la giflant. Le seul scrupule qui la retint fut qu'elle risquait de ruiner le délicat maquillage et de laisser de vilaines marques sur la peau tendre d'Adèle. Elle se contenta de la prendre aux épaules et de la secouer en poursuivant ses objurgations.

Un long moment plus tard, le regard d'Adèle perdit de sa fixité. Une lueur de raison y reparut, sa respiration se fit moins saccadée. Emma poussa un soupir d'intense soulagement mais ne relâcha pas sa pression ni l'insistance de sa voix :

« Remettez-vous, Madame. Il faut descendre, recevoir tout le monde. Tout de suite, vous m'entendez ! Avant qu'il soit trop tard. C'est vous la maîtresse. Le maître vous attend, il a besoin de vous... »

Adèle semblait vouloir replonger dans sa torpeur. Emma faillit se décourager, tenta une dernière intervention :

« Regardez-moi, Madame ! Regardez-moi ! dit-elle en dardant l'éclat de ses yeux verts sur le regard mort d'Adèle. Vous n'êtes plus une enfant ! Vous n'avez pas le droit de faire ce que vous faites. Si vous continuez, vous allez provoquer un scandale, vous m'entendez ? Et vous en serez la seule victime ! Réveillez-vous ! »

A travers le fracas qui lui remplissait la tête, Adèle saisit quelques bribes de mots, assez pour distinguer l'autorité qui s'y faisait jour. Peu à peu, le bruit de cauchemar qui l'assourdissait diminua. Les contours vagues et flous que percevaient ses yeux se précisèrent, sans former encore d'image cohérente. La voix ferme d'Emma fut le premier élément de la réalité à lui parvenir et à l'arracher à son délire.

« Je serai là si vous avez besoin de moi. Vous n'aurez qu'à me faire signe, je m'occuperai de vous. Vous m'entendez, Madame ? Secouez-vous, pour l'amour du Ciel ! On ne pourra pas servir si la maîtresse de maison n'est pas là... »

Adèle sursauta et se redressa sur sa chaise si brusquement qu'Emma chancela. Que venait-elle d'entendre ? Il était question d'une maîtresse. La seule. C'était vrai ce que disait la voix...

Elle se passa la main sur le front, ferma les yeux, les rouvrit. Sa vision devenait plus nette. Devant elle, la forme agenouillée qui lui parlait si fermement, c'était Emma, sa femme de chambre, qui la préparait pour une réception.

« Voulez-vous un verre d'eau ? » demanda Emma.

Adèle baissa les yeux vers elle et la reconnut. Autour d'elle, sa chambre redevenait familière sous les lampes. Elle voyait le velours noir de sa robe, les diamants de ses bracelets. Contre sa peau nue, elle sentait le poids du collier.

C'est d'un ton redevenu parfaitement normal qu'elle répondit à la question inquiète de la jeune fille :

« Non, merci, Emma, je n'ai besoin de rien. »

Elle la regarda dans les yeux, l'air grave :

« Pardonnez-moi, Emma, je ne sais pas ce que j'ai eu. Une affreuse migraine, sans doute, qui m'a saisie tout d'un coup... Ces maux de tête sont horribles, vous savez. Mais c'est fini, maintenant. C'est bien fini.

— Madame en est-elle sûre ? demanda Emma avec sollicitude.

— Oui, oui, parfaitement. Mon Dieu, l'heure tourne, il faut que je descende... »

Adèle se leva, encore tremblante, et se dirigea vers la psyché d'un pas mal assuré. Emma resta à côté d'elle, prête à la soutenir, et lui parla d'une voix exagérément réconfortante, comme on s'adresse à un enfant convalescent :

« Regardez, Madame, comme vous êtes belle ce soir ! C'est Monsieur qui va être fier de vous ! Tout le monde va vous admirer, c'est sûr... »

Adam ! A cette pensée, Adèle pâlit de nouveau. Si elle ne descendait pas tout de suite, si elle laissait sourdre le moindre indice de son récent malaise, Adam l'écraserait encore de sa colère et, cette fois, elle ne pourrait pas y résister. Non, elle n'allait pas donner à Adam et Olivia le plaisir de s'acharner sur elle. Elle leur montrerait que c'était elle la plus forte, la plus belle. La seule maîtresse de Fairley Hall.

Dans le miroir, son image lui apparut avec une soudaine netteté qui lui tira presque un cri. Devant elle, il y avait une femme qu'elle croyait reconnaître, une femme d'une beauté parfaite, sublime, éblouissante. Et cette femme, c'était elle. Sa beauté était sa meilleure arme, son meilleur abri. Derrière cette beauté, elle pouvait se permettre de rester elle-même. Adam n'y verrait rien, n'y comprendrait rien. C'était elle qui le tenait à sa merci, désormais.

Un sourire se forma sur ses lèvres. Sûre d'elle-même, Adèle lissa d'une main une mèche de cheveux légèrement déplacée, ajusta son collier, tira sur un pli de sa robe. Son maquillage était intact. La tête haute, elle se tourna vers Emma :

« Je suis prête, dit-elle posément.

— Madame veut-elle que je l'accompagne ?

— Non, merci, Emma. Je descendrai très bien toute seule. »

D'un pas ferme, Adèle Fairley quitta sa chambre, traversa son petit salon et ouvrit la porte pour s'engager dans le corridor. Huit heures sonnaient au cartel de la cheminée.

14

Le dîner touchait à sa fin et, au soulagement d'Adam Fairley, tout s'était jusqu'à présent déroulé à merveille. Un sourire de contentement aux lèvres, il s'appuya au dossier de sa chaise et contempla le spectacle qu'il avait sous les yeux.

Sous les lustres, la vaste salle à manger perdait son aspect caverneux. Le scintillement des cristaux et de l'argenterie, l'éclat du feu dans la cheminée, le brouhaha des conversations et des rires lui donnaient même une certaine chaleur joyeuse qui n'était pas sans grandeur. Depuis trop longtemps, pensa Adam, Fairley Hall n'avait pas retenti des bruits d'une fête, l'ambiance joyeuse et détendue lui faisait éprouver une sensation de bien-être oubliée. En l'honneur de Bruce McGill, le riche éleveur australien avec qui il venait de conclure des accords, il avait invité des châtelains des environs et d'importants filateurs de la région avec qui il entretenait des relations d'affaires et d'amitié. Les femmes avaient fait assaut d'élégance, les hommes de galanterie. La soirée se présentait agréablement.

Au début, cependant, Adam était tendu, rempli d'appréhensions justifiées par le comportement auquel Adèle l'avait accoutumé dans le passé. Mais ses craintes s'étaient dissipées et, à sa surprise, Adam avait même fini par se mettre au diapason de la bonne humeur générale en oubliant les idées noires qui l'assaillaient continuellement ces derniers temps.

Oui, se dit-il en savourant une gorgée de champagne frappé à point, le dîner est une réussite. Le menu était délicat et fin, les vins exquis, le service irréprochable — comme si Murgatroyd et Emma avaient l'habitude de tels dîners d'apparat. Mais rien de tout cela n'était l'effet du hasard. C'était à Olivia que l'on devait ce moment de perfection, Olivia dont le savoir-faire et le bon goût transparaissaient partout.

A l'autre bout de la table, Adèle tenait sa place en face de son mari. Adam l'avait attentivement surveillée et avait été stupéfait de son comportement. Pleine de charme et d'attention envers les invités, elle semblait être redevenue la femme idéale qu'elle avait été naguère. Elle avait surtout retrouvé sa beauté, plus éclatante que jamais. Bruce McGill subissait avec extase les prévenances dont elle l'entourait et qu'Adam observa avec amusement. Quelle comédienne ! se dit-il. Car son entrée en scène avait été digne des plus grandes actrices.

L'Australien était arrivé avant les autres, pour mettre au point avec Adam les derniers détails de leurs affaires. Les deux hommes venaient de quitter la bibliothèque pour traverser le grand hall en direction du salon quand Adèle était apparue en haut de l'escalier. Consciente d'avoir été vue, elle avait fait une pause sur le palier puis, sûre de l'attention de son public, avait descendu les dernières marches comme une reine s'offrant à l'admiration des courtisans. Le souffle coupé, McGill avait contemplé cette vision surnaturelle en rougissant comme un collégien. Depuis, il n'avait pas réussi à perdre cette expression d'admiration béate et se troublait chaque fois qu'il posait les yeux sur l'épouse de son hôte. Assis à la gauche d'Adèle, il buvait ses moindres paroles et se délectait du moindre éclat de son rire cristallin qui tintait dans la pièce jusqu'aux oreilles incrédules d'Adam. Mais cette bonne humeur était trop affichée et sonnait faux. Il subsistait autour d'Adèle un halo d'irréalité et d'éloignement, visible au seul regard exercé de son mari. Une reine, oui. Mais la Reine des Neiges de la légende. Intouchable. Prête à fondre et s'évanouir dans le néant si l'on tendait la main vers elle.

Olivia, quant à elle, resplendissait d'une beauté au moins égale à celle de sa sœur. Sa robe de soie bleue, sa parure de saphirs faisaient ressortir le bleu profond et lumineux de son regard. En elle, rien d'éthéré ni de fragile. Tout, au contraire, respirait la paix, l'équilibre. Mais une paix trop profonde, peut-être. Si Adèle était la Reine des Neiges, Olivia évoquait plutôt la Belle au Bois Dormant. Pour s'animer tout à fait, il lui manquait le baiser du Prince Charmant, pensa Adam.

A peine formulée, cette pensée le troubla profondément. Le champagne était-il responsable de ses divagations ? Il se sentit rougir, vida sa flûte d'un trait, détourna son regard pour le poser sur les autres dîneurs. Il y avait, ce soir, quelques-unes des plus belles femmes du Yorkshire. Mais aucune n'arrivait à la cheville d'Adèle et d'Olivia.

Malgré lui, Adam se surprit à regarder encore Olivia. Il remarqua alors que, d'un sourire appuyé et d'un imperceptible hochement de tête, elle lui faisait signe qu'il négligeait ses obligations de maître de maison. Ainsi ramené à la réalité, Adam se rendit compte que les desserts étaient finis et qu'il était temps de se lever de table. C'était à lui d'en donner le signal.

Conformément aux usages, il s'excusa auprès de ses voisines et les hommes sortirent les premiers de la salle à manger pour se réunir dans la bibliothèque, où ils bavarderaient entre eux en fumant des cigares et en buvant les alcools préparés par Murgatroyd. Les dames iraient au grand salon. L'on ne se retrouverait qu'au moment du départ.

Tandis que les convives se regroupaient par affinités, Adam entraîna Bruce McGill vers la cheminée, où Murgatroyd vint s'enquérir de ce qu'ils voulaient boire. Agé d'une cinquantaine d'années, l'Australien était un homme grand et noueux. Il émanait de sa personne un charme auquel les femmes ne restaient pas souvent insensibles mais qui mettait aussi les hommes à l'aise.

« Mon cher Adam, dit-il en levant son verre, je bois à une longue amitié entre nous. »

Adam Fairley lui rendit son toast avec sincérité. Bruce McGill s'était montré rude en affaires mais d'une honnêteté qui avait forcé sa sympathie. Les accords qu'ils venaient de conclure, à l'issue du séjour de l'Australien en Grande-Bretagne, laissaient présager de longues et fructueuses relations.

« Je regrette sincèrement de vous voir nous quitter déjà, mon cher Bruce. Combien de temps comptez-vous rester à Londres ?

— Une quinzaine, tout au plus. Je dois rembarquer pour Sydney au début de mai. Pourquoi ne viendriez-vous pas passer quelques jours à Londres pendant mon séjour, Adam ? Nous irions au théâtre, je vous présenterais mes... amis, ajouta-t-il avec un sourire complice. Certains, ou plutôt certaines, sont tout à fait charmantes... »

Adam lui rendit son sourire et secoua la tête.

« J'ai bien peur, hélas ! de ne pas pouvoir accepter votre invitation, malgré tout le plaisir que j'en aurais. Les affaires me retiennent ici. Mais j'y compte sans faute à votre prochain passage.

— Pourquoi attendre si longtemps ? Venez donc me voir en Australie. Je vous montrerai ma propriété de Dunoon. Vous sauriez apprécier ce qu'est l'élevage des moutons à une telle échelle. »

Adam hocha la tête, séduit par la perspective du dépaysement. Peut-être ce voyage aux antipodes réussirait-il à chasser ses idées noires...

« Depuis mon veuvage, je vis seul avec mon fils Paul. Mais la maison est confortable et Sydney n'est pas loin, reprit McGill en s'animant. Ce n'est pas Londres, bien sûr, mais c'est une grande ville que vous trouverez intéressante, j'en suis sûr. »

Il but une gorgée de cognac, l'air soudain pensif, et prit Adam par le bras :

« Tenez, j'ai une bien meilleure idée encore. Pourquoi n'achèteriez-vous pas de la terre en Australie, Adam ? Ce serait un excellent investissement. Vous pourriez monter une exploitation, élever vos moutons et devenir votre propre fournisseur de laine, hein ? Je me chargerais d'embaucher le personnel et de le surveiller jusqu'à ce que vous soyez en mesure de le faire vous-même. Que dites-vous de cela, mon cher Adam ? »

Adam Fairley hocha la tête.

« Ma foi, Bruce, je n'y avais jamais songé mais j'avoue que votre idée est séduisante. Je vous promets d'y réfléchir et je vous en reparlerai d'ici la fin de l'année. Par écrit ou de vive voix... L'idée d'aller vous rendre visite me sourit de plus en plus. »

L'Australien eut un sourire épanoui, hésita, rougit un peu et se troubla :

« Si j'osais, je vous dirais bien de venir en compagnie de votre charmante épouse. Je n'ai jamais rencontré de femme plus belle ni plus charmante. Vous êtes un heureux homme, Adam ! »

Le sourire d'Adam Fairley se figea. Il tira sa montre de son gousset et feignit de la consulter :

« Diable, il se fait tard ! Venez que je vous présente à quelques amis, mon cher Bruce. Après cela, nous irons rejoindre ces dames, sinon elles s'imagineraient que nous les négligeons. »

Il prit le bras de son hôte pour le guider vers un groupe à l'autre bout de la bibliothèque. Mais les mots de Bruce McGill résonnaient à ses oreilles avec une cuisante ironie. Un heureux homme ! Si seulement il savait, se dit-il avec amertume. Oui, s'il savait...

Les invités étaient partis depuis longtemps. Adèle et Olivia avaient regagné leurs chambres et Adam s'était attardé dans la bibliothèque pour y boire un dernier whisky. Murgatroyd avait accepté en se rengorgeant les compliments du maître, en se promettant bien de ne pas transmettre à Emma ceux qui lui étaient destinés. Le silence était retombé dans la grande maison.

En arrivant quelques instants plus tard sur le seuil de sa chambre, Adam constata avec plaisir que le feu flambait dans la cheminée et égayait la pièce. Il alla s'adosser au manteau, les jambes écartées dans sa position favorite et se laissa envahir par la chaleur pétillante qui montait de l'âtre. Le regard absent, engourdi par le bien-être qui le gagnait, il s'abandonna aux pensées dont sa tête, ce soir, était remplie.

Un long moment, sans qu'il eût conscience du temps qui passait, il laissa son esprit vagabonder et sauter d'une chose à l'autre. Parfois il souriait, parfois il retrouvait sa mine sévère. La simplicité de sa chambre, qui évoquait la rigueur militaire de sa jeunesse, le réconfortait plus encore que la bibliothèque. Là, il se sentait vraiment chez lui, à l'abri des atteintes d'autrui. Il pouvait sans crainte se décharger de ses fardeaux, donner libre cours à ses pensées. Mais, ce soir, la vue des murs blancs, des poutres sombres du plafond et des quelques taches claires que faisaient les meubles rustiques en bois fruitier ne lui apportait pas l'apaisement habituel. En dépit des flammes joyeuses et de la lumière douce diffusée par la lampe posée sur la table de chevet, il trouvait à ce spectacle familier une allure inconnue, presque hostile. Peu à peu, son malaise grandit. La chaleur du feu lui devint insupportable et il eut la sensation d'étouffer. Il arracha sa cravate d'un geste brutal et, pour conjurer l'inexplicable panique qu'il sentait monter en lui, se mit à marcher de long en large.

Autour de lui, les murs semblaient se rapprocher, comme pour l'enserrer dans une cage. Il s'arrêta net dans ses allées et venues, se força à réprimer une pensée affolante : vais-je devenir fou, moi aussi ? Non, s'il était prisonnier, ce n'était que de lui-même. La cage, il l'avait élevée de ses propres mains. Pourquoi, grand dieu? A quoi bon se bâtir un refuge pour s'y emprisonner?

La sensation d'étouffement finit par devenir trop forte et Adam n'y tint plus. Il traversa la chambre, ouvrit la porte à la volée et s'engagea, courant presque, dans le couloir obscur où se glissaient des rayons de lune. Sans savoir comment il y était parvenu, il se retrouva dans la bibliothèque. On avait négligé d'en tirer les rideaux et le clair de lune y pénétrait à flots, illuminant la pièce d'une lumière froide et précise. Il ne prit pas la peine d'allumer une lampe et se dirigea sans hésiter vers la table où les bouteilles étaient encore alignées. Il en prit une au hasard, versa une large rasade dans un verre qu'il porta à ses lèvres. C'était du cognac, dont l'âcre puissance lui enflamma la gorge et lui fit monter les larmes aux yeux. Mais il vida son verre d'un trait, le remplit de nouveau et avala l'alcool avec une telle précipitation qu'il en renversa une partie sur sa chemise. Quand il reposa le verre, il vit que ses mains tremblaient.

Accroché au meuble, Adam se força à respirer profondément jusqu'à ce qu'il dominât ses nerfs et que les battements de son cœur s'apaisassent. Ce soir, plus encore que jamais, il se sentait terriblement solitaire. Il éprouvait le besoin presque désespéré de parler à quelqu'un, de partager ses craintes avec un ami, de sentir qu'on le comprenait. Un ami! Il n'en avait aucun, dans cette maison sinistre et glacée. Sans Olivia, il serait seul, absolument seul au monde...

Olivia! Oui, il avait Olivia! Elle était pleine de sagesse et de compassion, elle le comprendrait. Elle saurait trouver les mots dont il avait tant besoin. Il fallait qu'il parle à Olivia, tout de suite.

Sans réfléchir davantage, il sortit en courant de la bibliothèque et s'engouffra dans l'escalier. Quelque part, une horloge sonna minuit et ce bruit arrêta net Adam Fairley dans sa course. Non, il ne pouvait pas faire irruption chez Olivia à une heure pareille. Elle ne le lui pardonnerait jamais. Il n'avait pas le droit...

Soudain abattu, voûté sous le poids de sa déception, il revint lentement sur ses pas. Arrivé devant sa porte, il hésita avant d'entrer. Alors, poussé par une force à laquelle il ne pouvait résister, il fit demi-tour. Au détour du couloir, il s'arrêta : un rai de lumière passait sous la porte d'Olivia. Sans plus tergiverser, car c'était là un signe d'encouragement, il se précipita. Avant qu'il eût le temps de frapper, la porte s'ouvrit devant lui. La silhouette d'Olivia se détachait en sombre, comme une apparition.

Muet de stupeur, Adam s'immobilisa devant elle.

Il devina, plutôt qu'il ne le vit, qu'Olivia lui faisait signe d'entrer et il obéit machinalement. Ce ne fut qu'au bout de quelques instants qu'il redevint conscient du caractère hautement inconvenant de sa présence à une pareille heure. Il se sentit soudain affreusement gêné de son débraillé, car il se souvint avoir arraché sa cravate et s'être ébouriffé les cheveux. Pour mettre le comble à sa confusion, il se rendit compte qu'il tenait toujours un verre vide à la main et que son haleine devait empester l'alcool. Pire encore, il était hors d'état de proférer un mot. Sa tête était vide de toutes les pensées qui s'y bousculaient peu auparavant et il était incapable de trouver une excuse à son inqualifiable conduite.

Olivia avait refermé la porte derrière elle et s'y était appuyée. Elle regardait son visiteur sans surprise apparente et avec sa douceur coutumière. Adam rougit de plus belle.

Il se gratta la gorge, eut un geste malhabile pour rajuster le plastron de sa chemise.

« Je suis navré, ma chère Olivia, parvint-il enfin à dire. Je n'arrivais pas à dormir et... et j'étais descendu boire quelque chose... En remontant, je me suis souvenu que... que j'avais négligé, tout à l'heure, de vous remercier de tout ce que vous aviez fait ce soir...

— Vous plaisantez, mon cher Adam. C'est la moindre des choses, voyons...

— Pas du tout, pas du tout, reprit-il en s'enhardissant. J'aurais été impardonnable de ne pas vous exprimer ma reconnaissance... »

Elle ne répondit pas et continua à l'observer avec surprise. Il avait sûrement beaucoup bu, assez pour se fourvoyer dans une situation dont il jaugeait le ridicule mieux que personne. Mais pas assez pour ne pas redevenir le parfait *gentleman* qu'il était toujours et tenter de se tirer d'un mauvais pas de la meilleure grâce possible.

Adam avait repris un peu d'assurance. Son excuse était peu plausible, sans doute. Mais il s'était au moins réservé une porte de sortie. Il ne lui restait plus qu'à se retirer avec autant de dignité qu'il en était encore capable.

Il eut un sourire embarrassé :

« Il vaut mieux que je m'en aille, ma chère Olivia. Je ne vous ai déjà que trop dérangée et... Je ne me serais pas hasardé à venir si je n'avais pas remarqué votre lumière. »

Mais Olivia ne s'écarta pas de la porte, contre laquelle elle restait appuyée. Toujours aussi calme en apparence, elle faisait un effort pour apaiser l'émotion qui l'agitait.

« J'avais cru entendre du bruit... » commença-t-elle.

Elle se retint d'ajouter qu'elle avait tout de suite deviné que c'était lui. Les yeux baissés, elle resta longtemps silencieuse. Elle releva enfin la tête et le regarda en face :

« Restez encore un peu, Adam, dit-elle. Je ne dormais pas et cela me ferait plaisir de bavarder un moment... A moins que vous ne vouliez vous retirer, bien entendu, se hâta-t-elle d'ajouter.

— Non, non, pas du tout ! »

Il se reprit, gêné de sa soudaine véhémence :

« Cela me ferait un grand plaisir de rester quelques instants, Olivia. J'ai du mal à m'endormir et... »

Elle hocha la tête et lui fit signe de s'installer devant la cheminée. Elle passa près de lui et il put respirer les effluves de son parfum sans chercher cette fois à combattre son trouble.

Olivia prit place sur une causeuse. Au lieu de s'asseoir

à côté d'elle, Adam s'installa volontairement sur une chaise en face d'elle. Un moment, ils se regardèrent sans parler, jusqu'à ce qu'Adam devînt encore une fois conscient de la fixité de son regard et baissât les yeux en rougissant légèrement. Jamais, depuis vingt ans qu'il la connaissait, Olivia ne lui avait paru plus belle que ce soir. Il fallait dire quelque chose pour dissiper la gêne...

« Qu'avez-vous pensé d'Adèle, ce soir ? demanda-t-il. Malgré tous ses efforts pour avoir l'air normale et à l'aise, je n'ai pu m'empêcher de ressentir... je ne sais comment l'exprimer.

— Je le sais, hélas ! Elle jouait la comédie, comme elle le fait trop souvent. Quand elle doit faire face à une situation trop difficile pour elle, elle met un masque pour se protéger. »

Adam hocha la tête pensivement.

« C'est sans doute vrai. Je n'osais pas le penser.

— J'ai plusieurs fois essayé de l'aider ou de la faire parler depuis mon arrivée ici, mais sans succès. Elle me repousse brutalement ou élude mes questions. Vous savez, je me demande parfois si elle ne me soupçonne pas de vouloir lui faire du tort...

— J'ai la même impression. Elle recule devant moi, se ferme comme si je lui faisais peur. J'aurais sans doute dû vous en parler au moment de votre arrivée en février. Mais je ne voulais pas vous alarmer inutilement...

— Il aurait fallu vous confier à moi, Adam. Un fardeau comme celui-ci est trop lourd à porter seul. La dernière fois que j'ai vu Andrew Melton, d'ailleurs, il m'a fait part des inquiétudes que vous aviez au sujet d'Adèle et des conseils qu'il vous avait donnés. Je ne sais pas si, aujourd'hui, il ferait preuve du même optimisme. »

En entendant prononcer le nom de son ami médecin, Adam serra involontairement les dents et son regard se fit dur.

« Vous avez eu l'occasion de rencontrer Andrew ? » demanda-t-il sèchement.

Olivia fut étonnée de ce soudain changement de ton et leva vers lui un regard interrogateur :

« Bien sûr, voyons. Nous nous voyons très souvent à Londres. Je l'invite à mes réceptions et il m'a accompagnée plusieurs fois à l'opéra et au concert. Sachant qu'Adèle est ma sœur, il n'a pas cru trahir le secret en me parlant d'elle. Vous n'y voyez pas d'objections, j'espère ?

— Non, bien sûr que non... J'étais simplement surpris de vos rapports avec Andrew... »

L'évident désarroi qui perçait dans le ton d'Adam fit froncer les sourcils d'Olivia.

« C'est vous-même qui me l'avez présenté, mon cher Adam. Vous m'avez dit qu'il était votre meilleur ami. Je ne vois pas ce que...

— Vous n'avez pas à vous justifier, Olivia ! s'écriat-il avec brusquerie. Vous êtes libre de voir qui bon vous semble. »

Il était devenu cramoisi, autant de colère envers lui-même que de honte de son comportement. Car il devait maintenant se rendre à l'évidence : il était jaloux, maladivement jaloux d'Olivia. Tout à l'heure, déjà, il avait ressenti des pincements au cœur en voyant les regards admiratifs que lui lançaient les autres hommes. Savoir qu'elle sortait fréquemment avec son vieil ami Andrew Melton, médecin réputé, célibataire et par conséquent prétendant possible à la main d'Olivia, veuve depuis de longues années, lui avait causé un choc difficile à surmonter. Il était jaloux alors qu'il n'en avait nullement le droit.

De son côté, Olivia l'observait sans rien dire. Ses joues se coloraient peu à peu sous l'effet d'une émotion dont, depuis longtemps, elle ne connaissait que trop bien la cause. Adam l'aimait, comme elle aimait Adam. Il n'osait pas encore se l'avouer et luttait contre l'élan qui l'emportait vers elle. Mais il venait de se trahir. Avait-elle le droit de l'encourager, lui, son beau-frère, le mari de sa propre sœur ?

Incapable de soutenir plus longtemps la torture que

lui infligeait le regard d'Olivia, Adam se leva d'un bond et lui tourna le dos, les yeux fixés sur les flammes. Il essayait de retrouver son calme. Il fallait qu'il parte immédiatement, qu'il quitte cette chambre où sa présence constituait un scandale. Il fallait qu'il parte pendant qu'il était encore capable de se dominer, avant de succomber à la tentation de prendre Olivia dans ses bras et de la couvrir de baisers. Il fallait qu'il parte avant de se déshonorer et, surtout, de la compromettre, avant d'abuser de la faiblesse de cette femme qui habitait sous son toit... A la honte, il allait ajouter le péché.

Il parvint enfin à s'arracher à la cheminée, à laquelle il se cramponnait, et traversa la chambre d'un pas de somnambule. En le voyant partir, Olivia se dressa. Elle était devenue pâle et tremblait, incapable de se dominer plus longtemps.

« Adam ! Où allez-vous ? Pourquoi me quittez-vous ? Vous ai-je offensé ? »

Arrivé presque à la porte, il s'arrêta net, hésita, le dos tourné. Enfin, lentement, comme à regret, il pivota pour lui faire face mais garda les yeux baissés.

« Non, Olivia, dit-il d'une voix sourde, si je m'en vais c'est parce que je vous ai offensée, moi. Ma présence ici est injustifiable. Je vous demande pardon d'être venu dans de telles conditions. »

En deux pas, elle l'avait rejoint et, d'un geste d'affection instinctive, avait posé sa main sur le bras d'Adam. A travers l'étoffe de sa chemise, il sentit le contact de ses doigts lui brûler la peau et réprima un frisson.

Il ouvrit la bouche, mais aucun son ne put sortir de sa gorge serrée. Alors, comme un noyé qui se raccroche à une branche, il lui prit la main, lui défit les doigts et pressa la paume contre ses lèvres, s'attarda en un long baiser si plein de passion qu'elle crut défaillir. Le temps avait cessé de couler tandis qu'il se grisait au goût de cette chair tendre et parfumée. Les joues lui brûlaient, son cœur battait à se rompre. Olivia poussa enfin un faible cri qui l'arracha à son délire et lui fit relever les yeux.

209

Il recula d'un pas en laissant retomber la main qu'il tenait encore. Olivia était devant lui, les yeux agrandis et assombris par une passion égale à la sienne, et dont il faisait la découverte avec une stupeur qui laissait peu à peu la place à une joie sauvage. Debout l'un contre l'autre, proches à se toucher, ils restèrent ainsi plongés dans leur contemplation, submergés de sentiments contradictoires qui les retenaient encore au seuil d'un inconnu où ils hésitaient à s'enfoncer.

Soudain, sans qu'ils en soient conscients, ils furent enlacés, leurs lèvres unies avec une passion d'autant plus forte qu'elle avait été longtemps contenue. En un éclair, les derniers vestiges de leurs principes furent balayés par le besoin impérieux qu'ils avaient l'un de l'autre et qu'ils avaient si cruellement réprimé. Rendu fou par son désir, exacerbé par des années de continence et de maîtrise de soi surhumaine, Adam se vit comme en rêve soulever Olivia et l'emmener vers le lit. Les yeux clos, elle se laissa emporter dans les bras du seul homme qu'elle ait jamais aimé depuis le premier jour où elle l'avait vu, de celui qui avait peuplé ses longues nuits de solitude, dont elle avait trop longtemps rêvé sans espoir.

Elle rouvrit les yeux en sentant qu'il la déposait sur le lit avec douceur. Penché vers elle, il la contemplait d'un air grave où elle crut deviner une dernière hésitation. Son cœur cessa de battre.

« Depuis vingt ans, Adam, murmura-t-elle. Je t'attends depuis vingt ans. Ne m'abandonne pas. »

Un sourire apparut sur les lèvres d'Adam. D'un geste recueilli, il lui prit le visage entre ses mains et l'embrassa longuement, avec une douceur infinie.

« Non, mon amour, je ne t'abandonnerai pas. Jamais. Nous nous sommes retrouvés et nous ne nous quitterons plus. »

Un instant plus tard, il se détourna pour souffler la lampe.

15

Assise à la table de la cuisine, Emma était en train de coudre un col de dentelle sur un chemisier de soie donné par Olivia Wainright. Celle-ci lui avait également fait cadeau d'une robe et d'un bon châle de laine, précieuses additions à la maigre garde-robe d'Emma qui n'avait désormais plus de réticences à reconnaître ouvertement l'affection que lui inspirait Olivia.

Il faisait bon dans la vaste cuisine. Les rayons du soleil jetaient de grandes plages de lumière dans la pièce en faisant luire les cuivres. En ce dimanche après-midi, l'atmosphère était particulièrement paisible. Murgatroyd était parti à Pudsey voir sa sœur. Annie, la jeune bonne, mettait la table pour le dîner, selon les instructions d'Emma. Devant la cheminée où flambait un bon feu, les ronflements sonores de Mme Turner concurrençaient les craquements et les sifflements des bûches. L'horloge rythmait tranquillement le passage des minutes et, de temps en temps, un coup de vent venait ululer devant les fenêtres pour mieux faire apprécier la douceur de la température qui régnait à l'intérieur. Car, s'il faisait beau dehors, on n'était qu'en avril et le soleil était encore impuissant à réchauffer la lande.

Concentrée sur son ouvrage, Emma admirait la qualité de sa soie et l'élégance de la coupe. Le chemisier était d'ailleurs presque neuf, d'un bleu tendre de la couleur du ciel. Ou plutôt, pensa-t-elle, de celle des yeux de maman. Cette dernière réflexion la décida à faire cadeau du vêtement à sa mère quand elle retournerait chez elle, dans le courant de la semaine. L'idée de pouvoir lui offrir une si belle chose dessina sur son visage un sourire radieux, vite évanoui cependant. Car Emma s'était déjà replongée dans ses pensées qui, plus que jamais, tournaient autour de Leeds, de la fortune qu'elle pourrait y gagner et de la mise en application de son Plan, avec un grand P.

La tranquillité fut soudain brisée par le fracas de la porte extérieure qui s'ouvrait bruyamment et, poussée par le vent, allait rebondir contre le mur. Emma sursauta et était prête à se lever pour aller la refermer quand une silhouette s'encadra dans l'ouverture qu'elle occulta presque complètement. Au-dessus des larges épaules, elle vit un visage joyeux surmonté de folles boucles noires qui dansaient dans le vent, une bouche largement fendue dans des joues tannées comme le cuir, une paire d'yeux noirs étincelants. Elle n'avait pas encore eu le temps de s'étonner qu'une voix sonore éclata, pleine d'intonations rocailleuses et musicales auxquelles il était impossible de se tromper :

« Eh bien, c'est le château de la Belle au Bois Dormant, ma parole ! Holà ! mesdames, vous ne refuserez pas un abri à un malheureux baladin perdu sur la lande en ce jour de grand froid ! Il me faudrait bien au moins un bol de thé, pour faire fondre la glace qui me gèle les os ! »

Réveillée en sursaut, la cuisinière poussa un grognement féroce qu'Emma ne remarqua même pas.

« Blackie ! »

Avec un cri de joie, elle traversa la cuisine en trois bonds, dans un grand frou-frou de jupe. Son visage rayonnait de plaisir et Blackie, qui avait déjà descendu les marches à sa rencontre, la saisit au vol dans ses bras musclés. En la serrant contre sa poitrine, il la fit tournoyer jusqu'à ce qu'elle crie grâce et la reposa avec délicatesse, en la tenant par les épaules pour qu'elle se remette de son étourdissement.

« Ma foi, s'écria-t-il en la contemplant, tu deviens plus jolie à chaque fois que je te vois, *mavourneen* ! Tu n'as pas ta pareille dans tout le Yorkshire et dans toute l'Angleterre, et c'est la vérité du Bon Dieu ! »

Emma rougit de plaisir au compliment :

« Tais-toi donc, Blackie ! Tu deviens bien effronté ! »

Pendant ce temps, Mme Turner se frottait les yeux en poussant des exclamations indignées.

« Ce n'est que moi, ma chère madame Turner. Je

suis venu tout exprès pour vous apporter un petit cadeau. »

Avec un grand salut, il tira un sac en papier de sa poche et le tendit à la cuisinière qui, en le reconnaissant, avait quitté sa mine revêche pour l'accueillir en souriant de toutes ses rides.

« Oh! Blackie, il ne fallait pas, une vieille bête comme moi! » minauda-t-elle.

Elle défit le paquet avec impatience et jeta un coup d'œil à l'intérieur. Son sourire s'élargit et elle poussa un petit cri de joie gourmande :

« Des *toffees*, mes préférés! Tu es un bon garçon, Blackie. Et ton cadeau arrive juste à point : Murgatroyd ne sera pas là pour nous gâcher notre plaisir! »

Blackie s'était retourné vers Emma. Depuis sa dernière visite à Fairley Hall, la jeune fille s'était incroyablement épanouie. Sa silhouette était déjà celle d'une femme et, dans son visage plein et reposé, les yeux verts brillaient d'un éclat si pur qu'ils éclipsaient presque la douceur laiteuse de sa peau et l'opulence dorée de sa chevelure. Toujours souriant, le jeune Irlandais plongea une nouvelle fois la main dans sa poche et tendit un petit paquet à Emma.

« Tiens, *mavourneen*. Celui-ci est pour toi. »

Surprise, Emma alla s'asseoir à sa place et posa le paquet sur la table, devant elle, sans oser y toucher.

« Qu'est-ce que c'est? demanda-t-elle en hésitant.

— Juste un petit rien, un cadeau pour ton anniversaire. »

Les yeux noirs de Blackie pétillaient de plaisir devant la réaction d'Emma qui faisait des efforts visibles pour maîtriser sa curiosité.

« Mais... Mon anniversaire n'est qu'à la fin du mois! » dit-elle en prenant enfin le paquet.

Elle le tournait et le retournait dans ses doigts. Il était presque trop joli pour qu'elle osât le défaire, avec son emballage en papier d'argent et son ruban doré... Jamais de sa vie elle n'avait encore reçu de pareil cadeau et le cœur lui battait à grands coups.

« Je connais bien la date de ton anniversaire, répondit Blackie. Mais mon oncle Pat m'envoie à Harrogate pour un chantier qui va durer un mois et j'ai préféré te faire ton cadeau avec un peu d'avance. »

Rouge de plaisir et de confusion, Emma hésitait encore :

« Tu es sûr que je peux l'ouvrir maintenant ? Il ne faut pas attendre le jour...

— Bien sûr que non, puisque c'est moi qui te l'offre ! Tu vas me faire croire que tu n'aimes pas les cadeaux, ma parole ! »

Emma se décida enfin. Elle défit précautionneusement le ruban, déplia le papier en prenant bien soin de ne pas le déchirer. Elle contempla un instant une petite boîte noire dont elle souleva le couvercle d'une main tremblante.

« Oh ! Blackie... murmura-t-elle. C'est trop beau ! »

Fascinée, elle regarda avec des yeux écarquillés avant d'oser prendre une petite broche qu'elle leva lentement dans un rayon de soleil. C'était un nœud de rubans en métal doré parsemé de pierres vertes qui se mirent à scintiller. Dans la main d'Emma, ce bijou de pacotille prenait une beauté qui laissa Blackie stupéfait.

Revenue de son extase, Emma poussa un cri de joie :

« Oh ! Madame Turner, regardez, venez voir ! »

Elle courait déjà montrer la merveille à la cuisinière qui, trop occupée avec son sac de bonbons, n'avait d'ailleurs pas la moindre intention de se lever. Elle admira de bon cœur et hocha la tête en signe d'appréciation :

« C'est superbe, ma petite fille ! dit-elle la bouche pleine. En as-tu de la chance d'avoir un si beau cadeau pour tes quinze ans ! C'est un ange, notre Blackie. »

Blackie se gratta la gorge :

« Ce n'est que du verre teinté, dit-il. Mais quand je l'ai vu dans une des boutiques de Leeds, sous les arcades, je me suis dit que c'était juste de la couleur des yeux d'Emma et je l'ai tout de suite acheté... Mais sois tranquille, *mavourneen*, poursuivit-il en s'animant.

‘Quand je serai millionnaire, comme j’ai l’intention de le devenir, je t’achèterai exactement la même avec des vraies émeraudes. Je te le promets, foi d’Irlandais!

— Ce n’est pas la peine, Blackie! s’écria Emma. C’est la plus belle broche que j’ai jamais vue et je la garderai toute ma vie, je te le jure. Je n’aurai jamais besoin d’émeraudes tant que j’aurai celle-ci. Merci, Blackie, merci mille et mille fois. »

Et elle ponctua ses remerciements avec un baiser sur la joue du jeune homme qui la serra dans ses bras.

« Je suis si content que ça te fasse plaisir, Emma. »

Elle se rassit et remit délicatement la broche dans son écrin, sans toutefois le refermer pour continuer à admirer le bijou.

Pendant ce temps, rassasiée de *toffees*, Mme Turner se levait pesamment.

« Allons, il est grand temps de prendre un peu de bon thé bien chaud, mes enfants! La bouilloire est sur le feu et je m’en vais vous préparer ça en un rien de temps, c’est moi qui vous le dis... »

Tandis qu’elle s’affairait devant le fourneau, Blackie s’installa sur une chaise en face d’Emma.

« Comment se fait-il que tu sois ici un dimanche, *mavourneen*? Je comptais m’arrêter chez tes parents après avoir donné ses bonbons à Mme Turner et je ne m’attendais pas à te trouver au château.

— Les maîtres ont donné une grande réception hier soir et Mme Wainright m’a demandé exceptionnellement de rester pour aider. Mais je rentrerai jeudi et Mme Wainright m’a donné quatre jours, jusqu’à lundi matin, tu te rends compte? Elle est si bonne, Blackie, je ne pouvais pas lui refuser. Les choses ont bien changé, ici, depuis qu’elle s’occupe de la maison.

— Je m’en rends bien compte, *mavourneen*, répondit-il. Ainsi, il y a eu une grande réception? Avec plein de belles dames et de beaux messieurs, j’imagine. Ah! oui, c’est bien bon d’avoir de l’argent! ajouta-t-il en s’étirant avec un sourire épanoui.

— Mais dis-moi, Blackie, tu as l’air d’un beau monsieur toi aussi, aujourd'hui. C'est un costume neuf que tu portes ? »

Blackie se redressa sur sa chaise et passa une main caressante sur les revers de son complet de serge noire.

« Tu as vu, hein ? dit-il en se rengorgeant. Et la cravate aussi, en soie je te prie ! Tu ne t'imagines quand même pas que j'allais venir te rendre visite dans mes vieux vêtements de travail ! Mais ne t'inquiète pas, *mavourneen*. Je te vois déjà habillée avec des belles robes comme il y en a sur les gravures de mode accrochées dans les devantures, à Leeds. Foi de Blackie, tu seras encore plus belle que Mme Fairley et que Mme Wainright ! »

Emma rougit et haussa les épaules.

« Ne dis donc pas de bêtises, Blackie ! Parle-moi plutôt de Leeds. Dis-moi ce qui se passe en ville. Raconte-moi ce que tu as fait, depuis qu'on ne s'est vus. »

Blackie remarqua tout de suite la mine sérieuse d'Emma, le regard impatient et avide qui apparaissait dès qu'il était question de Leeds et de ses rêves de faire fortune. Il préféra ne pas exciter davantage l'imagination de la jeune fille et répondit avec prudence :

« Bah ! pas grand-chose de neuf depuis la dernière fois, tu sais. Je n'ai pas eu beaucoup de temps pour me promener, tant nous avons du travail, mon oncle Pat et moi. En fait, on est presque obligés d'en refuser. Je peux bien te dire que c'est grâce à ton maître, M. Fairley, qui nous recommande partout. Pour nous, Emma, nous ne pouvons nous plaindre. Les affaires marchent bien. »

En entendant mentionner le *Squire*, Emma ne put réprimer un ricanement amer :

« Il vous recommande donc ? Qu'est-ce que ça lui rapporte, je me le demande ? »

Blackie n'avait pas remarqué le brusque changement de ton d'Emma et éclata de rire de bon cœur.

« Rien du tout, voyons ! Comment peux-tu avoir des idées pareilles, petite Emma ?

— Parce que je le connais, le *Squire*. Il n'est pas le

genre à faire quelque chose pour rien. Tout le monde le sait dans le pays, il n'y a pas plus dur en affaires que lui...

— Emma, Emma! s'exclama le jeune homme. Tout le monde n'est pas un usurier, dans ce monde! Ton M. Fairley, c'est un gentilhomme, et si je te le dis, tu peux me croire, *mavourneen*. Il sait que nous travaillons bien, avec mon oncle Pat, et je crois aussi qu'il nous aime bien...

— Ah! oui? » coupa Emma sèchement.

Blackie se pencha par-dessus la table et prit le ton de la confidence :

« Tu sais pourquoi? dit-il en baissant la voix. Ce n'est pas seulement parce qu'il nous aime bien, si tu veux tout savoir. C'est parce que mon oncle Pat lui a sauvé la vie, il y a bientôt trois ans. Et M. Fairley lui en est toujours reconnaissant. Voilà la vérité.

— Lui a sauvé la vie, au maître? dit Emma incrédule. Et comment ça?

— Eh bien, un jour, M. Fairley passait en voiture du côté de Briggate, je crois bien, et son cheval a pris peur et s'est emballé. Mon oncle Pat, qui se trouvait là, a eu la présence d'esprit de s'accrocher aux rênes du cheval. Et il paraît qu'il a réussi à l'arrêter, mais après une course folle et une de ces batailles que c'en était effrayant à voir, comme ont raconté tous ceux qui y étaient... Tu sais, mon oncle Pat n'est pas une mauviette, poursuivit Blackie en se redressant et en jouant des épaules. Il est encore plus grand et plus fort que moi. Mais il a fallu qu'il y mette toutes ses forces pour mater le cheval! Sans lui, le *Squire* serait mort, c'est sûr! Même l'oncle Pat a failli rester sous les sabots du cheval et aurait bien pu être estropié pour la vie... »

Emma écoutait avec froideur le récit des exploits de l'oncle Pat et des dangers courus par son maître. Blackie la regardait, étonné de sa réaction.

« Bref, reprit-il, tout s'est bien terminé et le *Squire* était tellement reconnaissant envers mon oncle Pat et si impressionné par sa force qu'il a voulu le récompenser.

217

Mais mon oncle Pat n'est pas un homme à accepter de l'argent! poursuivit Blackie fièrement. « Il n'y a que les « païens qui se fassent payer pour sauver la vie d'un « homme! » a répondu mon oncle Pat à M. Fairley, tel que je te le dis! Alors, ton maître a voulu quand même lui manifester sa gratitude et, depuis, il nous recommande à tous ceux qu'il connaît et nous donne tout le travail qu'il peut. Et voilà toute l'histoire, *mavourneen*, conclut Blackie. Et nous en sommes bien contents, parce que le travail ne nous fait pas peur. »

Emma avait écouté Blackie, la bouche pincée, l'air froid.

« J'espère bien que ton oncle Pat le fait payer cher, lui et les autres qu'il lui recommande... »

Blackie laissa échapper une exclamation sincèrement horrifiée :

« Emma, comment peux-tu dire des choses pareilles! Ma parole, tu vas tourner usurière, un de ces jours, si tu continues! Il paraît qu'on en trouve beaucoup dans le Yorkshire », ajouta-t-il en hâte, un peu gêné de sa rebuffade.

La cuisinière fit heureusement diversion avant que la conversation prenne un tour gênant.

— Le thé est prêt! cria-t-elle à la cantonade. Emma, viens donc dresser le couvert pour nous trois. Prends les belles tasses et les belles assiettes et mets la nappe de dentelle. Aujourd'hui, c'est fête puisque nous avons de la visite. »

Tout en parlant, elle déposa sur la table un plateau lourdement chargé, bientôt suivi d'un autre.

« Madame Turner! s'exclama Blackie. Je n'ai jamais vu d'aussi belles choses de ma vie! Je savais bien que vous étiez un vrai cordon-bleu! »

De fait, la cuisinière s'était surpassée. Les assiettes croulaient de sandwiches au jambon et au veau froid, de pâtés, de friands chauds à la saucisse, le tout flanqué de jarres de cornichons, d'oignons et de betterave confits, sans oublier les traditionnels *scones* chauds dégouttants de beurre, que devaient accompagner les confitures de groseille, de mûre et d'orange dont les pots formaient l'arrière-garde.

Un éclair de malice s'alluma dans le regard de la cuisinière, qui affecta cependant de bougonner pour rester fidèle à son personnage :

« On a bien raison de dire que les Irlandais sont de fieffés menteurs ! Allons, mon garçon, au lieu de débiter tes fariboles, occupe-toi plutôt la bouche plus utilement et avale-moi tout ça, je ne veux pas voir de restes. »

Blackie était en train de s'attabler sans se faire prier quand Annie apparut au bas des marches. La jeune bonne était une robuste campagnarde fraîche et rose, dont la carrure, les joues rebondies et l'air innocent auraient pu servir d'enseigne à une laiterie modèle. Emma, qui finissait de poser les tasses et les soucoupes, lui fit un sourire :

« Tu as bien tout fini là-haut, Annie ? »

La jeune fille hocha lentement la tête sans répondre. Sa mine habituellement placide l'avait abandonnée et elle paraissait si bouleversée qu'Emma sentit immédiatement qu'il avait dû se passer quelque chose d'extraordinaire.

« Viens te laver les mains à l'évier, dit-elle avec autorité. Tu vas prendre ta collation avec nous. »

Quand les deux jeunes filles furent isolées dans un coin de la cuisine et hors de portée des oreilles indiscrètes, Emma se tourna vers Annie :

« Que se passe-t-il, Annie ? Tu as cassé quelque chose ?

— Non, Emma, pas du tout. J'ai fait bien attention, comme tu m'avais dit.

— Alors, qu'est-ce qui ne va pas ? insista Emma. Tu as l'air malade, comme si tu avais rencontré un fantôme. »

L'autre hésita et se jeta finalement à l'eau.

« C'est la maîtresse, Emma. Mme Fairley. Elle m'a fait une de ces peurs... J'en tremble encore. »

Emma fronça les sourcils, soudain inquiète. Elle ouvrit en grand le robinet de l'évier et affecta de se savonner soigneusement les mains, pour mieux couvrir leur conversation.

« Raconte-moi ce qui s'est passé, chuchota-t-elle.

— Eh bien, je suis montée voir si elle n'avait besoin de rien, comme tu m'avais dit. Quand j'ai frappé à sa porte, elle n'a pas répondu. Alors, je suis entrée. Et elle était là, dans son salon, assise dans le noir en train de parler toute seule... Oui, toute seule, insista Annie, de plus en plus terrorisée. Elle parlait à sa chaise, je te dis!

— Allons, allons, tu te fais des idées. Si la lumière n'était pas allumée, c'est que tu n'as pas bien vu. Peut-être que Mme Wainright était assise à côté d'elle... »

Malgré les explications qu'elle essayait de trouver, Emma se doutait que le récit d'Annie n'était pas inventé. Adèle avait-elle une nouvelle crise ?

« Tu sais bien que Mme Wainright est à Kirkend depuis ce matin, objecta Annie. En tout cas, quand la maîtresse m'a vue, elle s'est arrêtée net. Alors, je lui ai demandé bien poliment si elle avait besoin de quelque chose et elle m'a répondu qu'elle ne voulait rien pour le moment mais qu'elle sonnerait plus tard pour qu'on lui monte à dîner dans sa chambre. »

Maintenant qu'elle était à l'abri dans la cuisine, Annie se rasérénait à vue d'œil. Mais l'inquiétude d'Emma ne faisait que croître.

« Il vaudrait mieux que j'y monte tout de suite, dit-elle.

— Ce n'est pas la peine. Elle m'a dit qu'elle était fatiguée et qu'elle allait se coucher. Je l'ai même aidée à se mettre au lit. A l'heure qu'il est, elle doit déjà dormir... Dis, Emma... »

Annie s'était interrompue, son affolement revenu encore plus complet qu'avant.

« Oui ? Qu'est-ce qu'il y a encore ?

— La maîtresse... Eh bien, elle sentait une drôle d'odeur, quand je l'ai couchée. En fait, elle sentait le... whisky, si tu veux que je te dise... »

Emma réprima une grimace et prit sur elle pour avoir l'air aussi naturel que possible.

« Le whisky? Allons, tu rêves!

— Non, je te jure!

— D'abord, tu sais comment ça sent, le whisky? Ton père n'a jamais bu que de la bière! Non, je vais te dire, moi, ce que tu as senti. Mme Fairley prend un médicament spécial qui a une drôle d'odeur. Elle venait sûrement d'en avaler une cuiller quand tu es arrivée, un point c'est tout. Ne va pas encore te faire des idées, tu entends?

— Si c'est toi qui le dis, Emma... »

Elle éprouvait pour Emma un grand respect mêlé de crainte qui l'empêchait de la contredire. Son honnêteté fut cependant plus forte et elle ajouta :

« En tout cas, elle parlait toute seule. Ça, il n'y a pas à s'y tromper et je sais bien ce que je dis. »

Emma haussa les épaules.

« Elle se faisait peut-être la lecture à haute voix...

— Dans le noir?

— Oh! et puis ça suffit comme ça, Annie! Tu ne dis que des bêtises. Je ferais mieux de monter voir moi-même Mme Fairley. Elle va m'en raconter de belles sur ton compte! »

Sous le regard furieux d'Emma, la jeune bonne pâlit et fit un pas en arrière.

— Non, non, n'y va pas, je te dis qu'elle dort! Tu vas la déranger et...

— Qu'est-ce que vous fabriquez à bavarder dans votre coin comme deux conspiratrices? tonna soudain la voix de Mme Turner. Venez donc pendant que c'est chaud! »

Exaspérée par ce long aparté, la cuisinière dardait sur les coupables un regard vengeur. Emma glissa un dernier conseil à l'oreille d'Annie :

« Pas un mot devant Mme Turner, tu m'entends? Sinon... »

Laissant planer la menace, elle prit son temps pour fermer le robinet et se sécher les mains, car il fallait qu'elle se ressaisisse avant de rejoindre les autres. Ainsi, se dit-elle, Annie a fini par remarquer l'odeur du whisky. Qu'y faire? Un jour, elle parlera et tout le monde sera au courant. Pauvre Madame... Au moins, elle dormait. C'était ce qu'elle pouvait faire de mieux en ce moment. »

Son abattement ne dura guère. Sous l'influence de Blackie et de son rire communicatif, Emma parvint à oublier Adèle Fairley et à se divertir autant que les convives de cette petite fête improvisée. A la grande joie de Blackie, qui la trouvait toujours trop sérieuse pour son âge, Emma éclatait de rire à tout bout de champ. Mme Turner et lui faisaient assaut de plaisanteries.

Quand les assiettes de friandises, et la grosse théière se trouvèrent enfin vides et que la gaieté bruyante se fut un peu calmée, Emma proposa à Blackie de les régaler d'une chanson.

« Ça n'est jamais de refus, *mavourneen*! Que désirez-vous entendre, mesdames? dit-il en s'inclinant galamment.

— J'aime bien la complainte de *Danny Boy* », suggéra la cuisinière.

Blackie venait à peine de se lever et de s'éclaircir la voix que la porte de la cuisine s'ouvrit à grand bruit, comme elle l'avait fait plus tôt sous la poussée du jeune Irlandais. Tout le monde tourna la tête. A sa vive surprise, Emma reconnut son jeune frère Frank. Le garçonnet claqua la porte derrière lui et descendit les marches en courant, en faisant sonner ses bottines cloutées sur le dallage. Emma s'était déjà levée pour se précipiter à sa rencontre.

« Frank! Qu'y a-t-il? »

Il était livide et tremblait de tous ses membres, autant de crainte que de froid. Hors d'haleine, il resta incapable de répondre et Emma l'attira vers le feu pour qu'il se calme et se réchauffant.

« Alors, Frank, que se passe-t-il? demanda-t-elle, de plus en plus inquiète.

— C'est notre père, Emma... dit-il enfin d'une voix entrecoupée. Il m'a envoyé te dire qu'il faut que tu rentres, tout de suite. »

Emma sentit son cœur cesser de battre. Affolée, se doutant déjà de la raison de cet appel, elle vit des larmes apparaître dans les yeux de Frank.

« Pourquoi, Frankie ? murmura-t-elle malgré elle.

— C'est maman, Emma. Papa dit qu'elle est encore plus malade. Le docteur est à la maison. Viens, viens vite ! »

Emma était devenue blanche et ne sentait même pas la main impatiente de son frère qui la tirait par la manche. Elle resta un instant près de lui, comme paralysée. Enfin, elle se leva d'un bond, défit son tablier et courut vers le placard sous l'escalier pour y prendre son manteau et son écharpe, incapable de dire un mot. Blackie et Mme Turner échangeaient des regards angoissés.

« Allons, ma petite fille, ne te fais donc pas tant de mauvais sang, dit enfin la cuisinière de son ton le plus rassurant. Ce n'est sûrement rien de grave. Tu sais bien que ta maman allait mieux, depuis quelque temps. Le docteur est déjà là, il va la tirer de ce mauvais pas... »

L'inquiétude qui se lisait sur ses traits démentait ses paroles. Emma ne la regardait heureusement pas. Les yeux baissés, elle devait faire un effort pour retenir ses larmes. Blackie s'était levé et l'aidait à passer son manteau.

« Mme Turner a raison, *mavourneen*. Ce n'est sûrement rien d'autre qu'une petite crise. Quand tu arriveras, tu verras qu'elle ira déjà mieux. Veux-tu que je t'accompagne ? »

Emma hocha la tête et lui décocha un regard si malheureux que Blackie sentit son cœur fondre de compassion. Il l'attira contre lui et la serra contre sa poitrine.

« Il faut avoir confiance, petite Emma », dit-il avec douceur en lui caressant la joue.

Emma ravala ses larmes et se redressa avec effort.

« Merci, Blackie. Reste ici, il serait trop tard pour que tu rentres à Leeds. Excusez-moi de partir si vite, Madame Turner, ajouta-t-elle en se tournant vers la cuisinière. Je ferai de mon mieux pour rentrer à temps pour le dîner, mais je ne peux rien vous promettre. Au revoir à tous... »

Elle prit la main de Frank et courut jusqu'aux marches. Sur le seuil, elle se retourna, fit un signe d'adieu et sortit en hâte. La porte claqua bruyamment derrière elle.

Mme Turner se laissa lourdement retomber sur sa chaise et poussa un soupir.

« Pauvre enfant... murmura-t-elle d'un ton tragique. Quand je pense qu'elle s'amusait si bien, pour une fois. Quel malheur !

— Allons, ce n'est peut-être qu'une fausse alerte, dit Blackie sans conviction. Il ne faut pas toujours voir le mauvais côté des choses, madame Turner. »

Les yeux écarquillés, la jeune Annie avait assisté à la scène sans dire un mot et sans vraiment comprendre ce qui arrivait. Mais, dans sa simplicité, elle finit par se douter qu'il devait se passer quelque chose de grave. Car l'expression sombre de Blackie et de la cuisinière ne laissait aucun doute sur leurs craintes. Alors, sans savoir pourquoi, elle fondit en larmes.

Une fois dehors, Emma n'essaya même pas de questionner Frank. Son père ne l'aurait pas envoyé chercher si l'état de sa mère n'était pas désespéré.

La main dans la main, Frank et elle traversèrent en courant la cour des écuries, parcoururent le sentier qui longeait la pelouse et dépassèrent bientôt le petit bois de chênes pour s'engager dans le champ du Baptiste. Du même pas, ils gravirent la pente qui menait à la lande et au chemin du village. Mais Frank n'arrivait déjà plus à suivre le train rapide que lui imposait sa sœur en le tirant par la main. Il avait beau protester, elle accélérait son allure au lieu de ralentir.

Quand il trébucha et tomba, Emma ne s'arrêta pas. Elle ne se retourna même pas et continua de le traîner à plat ventre en le faisant douloureusement rebondir sur les mottes de terre dure, sourde à ses cris et à ses sanglots.

Finalement, ralentie dans sa course, elle s'arrêta et se retourna vers lui pour le tirer brutalement et le remettre sur ses pieds.

« Lève-toi, Frank, tu m'entends ! lui cria-t-elle d'un ton presque hystérique. Il n'y a pas de temps à perdre avec tes pleurnicheries ! »

Le petit garçon, épuisé, se laissa retomber à genoux en pleurant de plus belle.

« Je n'arrive pas à te suivre, Emma !

— Eh bien, débrouille-toi pour me rattraper ! »

Elle le lâcha et repartit en courant, sans se retourner. Une force surhumaine la poussait, la rendait insensible à la fatigue ou à la pitié envers son petit frère. Elle n'avait plus qu'une seule obsession, elle ne pouvait plus que formuler une prière, une incantation qui revenait sans trêve sur ses lèvres et rythmait ses pas : mon Dieu, faites que maman ne meure pas !

Arrivée à Ramsden Ghyll, elle s'arrêta brièvement, hors d'haleine, et jeta un coup d'œil par-dessus son épaule. A plusieurs dizaines de mètres derrière elle, elle vit la silhouette de Frank qui la suivait tant bien que mal, en trébuchant sur les bruyères. Elle ne l'attendit pas et reprit sa course, plongeant dans la cuvette encombrée de pierres et de racines traîtresses qu'elle ne voyait même pas. Elle buta contre un obstacle puis un autre, battit des bras pour ne pas tomber, se redressa à temps sans pour autant ralentir son allure, les yeux toujours fixés droit devant elle comme si, par l'esprit, elle voulait déjà être arrivée à la chaumière. L'après-midi touchait à sa fin et il faisait déjà sombre dans Ramsden Ghyll, où les rochers arrêtaient les derniers rayons du soleil et projetaient de grandes ombres noires. Mais Emma n'avait ni le temps ni l'envie de frissonner à leurs formes menaçantes. Elle atteignit bientôt le versant opposé qu'elle gravit comme elle put, se raccrochant des deux mains à la moindre aspérité ou aux racines. Quand elle parvint au sommet, dans la lumière encore vive du soleil couchant, elle était épuisée, haletante. Mais elle ne s'arrêta ni ne ralentit.

Elle courait toujours plus vite, comme portée par la crainte qui lui serrait le cœur et crispait son visage. Les larmes coulaient sur ses joues, ses épaules étaient secouées de sanglots. Aveugle, sourde et insensible à tout ce qui l'entourait, Emma courait toujours.

Aux rochers de Ramsden Crags , elle faillit s'écrouler. Les poumons en feu, le regard voilé par un rideau de sang, elle dut s'appuyer à un roc pour ne pas tomber. Alors, mêlé aux battements de son cœur, elle crut entendre le bruit des sabots d'un cheval lancé au galop. La surprise lui fit tourner la tête dans la direction d'où elle était venue. Un instant plus tard, elle vit un cheval et deux silhouettes. C'était Blackie qui maintenait Frank devant lui, sur l'encolure.

Quand la monture s'arrêta devant elle, elle reconnut Russet Dawn, la jument alezane d'Edwin. Déjà, Blackie se penchait vers elle du haut de la selle et lui tendait la main pour l'aider à monter.

« Saute, Emma! cria-t-il. Prends appui sur mon pied et saute en croupe, vite! Et tiens-toi bien à ma taille! »

Machinalement, Emma obéit et se retrouva à califourchon sur la croupe de la jument qui repartit au galop. Un instant plus tard, elle vit se profiler le clocher du village.

La cuisine paraissait déserte quand Emma et Frank y pénétrèrent. Emma ferma sans bruit la porte derrière elle et parcourut la pièce du regard. Les derniers rayons du soleil lui donnaient une allure désolée. Le feu était éteint, l'âtre plein de cendres grises et froides. Il flottait dans l'air une odeur de brûlé où l'on reconnaissait des remugles de choux et d'oignons. Papa a encore gâté le dîner, pensa-t-elle malgré elle. Elle se força à remuer, ôta son manteau et son écharpe qu'elle pendit au crochet derrière la porte. Le silence était si profond, presque menaçant, qu'elle en frissonna en se dirigeant vers l'escalier. L'angoisse qui l'avait soutenue le long du chemin s'abattit sur elle de tout son poids et faillit la terrasser.

Dans la mansarde, son père était penché sur le lit de la malade, dont il essuyait le visage couvert de sueur avec un chiffon propre. A gestes malhabiles mais pleins de tendresse, il s'efforçait de remettre de l'ordre dans la chevelure éparse d'Elizabeth. Suivie de Frank, Emma pénétra dans la chambre sur la pointe des pieds et son père tourna vers elle un regard chargé de tristesse et de désespoir. Son visage durci et rendu inexpressif par la douleur était de la couleur des cendres.

« Papa, que s'est-il passé ? » chuchota Emma.

Le Grand Jack avala sa salive.

« Le docteur dit que c'est une rechute. Ces derniers jours, elle s'était beaucoup affaiblie et elle n'a plus même la force de lutter... Le docteur vient de partir. Il n'y a plus d'espoir... »

Il s'interrompit et se mordit les lèvres pour retenir ses sanglots.

« Il ne faut pas dire ça, papa ! protesta Emma. Où est Winston ?

— Je l'ai envoyé chercher tante Lily. »

Il s'interrompit en voyant Elizabeth remuer en gémissant et lui épongea de nouveau le visage.

« Tu peux venir à côté d'elle, Emma, reprit-il à voix basse. Mais fais bien attention de ne pas la réveiller. Elle se repose enfin... Tu sais, elle t'a souvent demandée. »

Il se leva pour céder à Emma le tabouret sur lequel il était assis. La jeune fille prit la main de sa mère et la trouva glacée et inanimée. Au contact de la main d'Emma, sa mère ouvrit péniblement les yeux et tourna la tête vers elle, au prix d'un violent effort. Un instant, elle regarda dans sa direction sans paraître la voir.

« Maman, murmura Emma. Maman, c'est moi... »

Elle dut s'arrêter, la gorge serrée, les yeux pleins de larmes. Le visage de sa mère avait perdu ses couleurs pour prendre un aspect cireux et lustré. De vilaines taches pourpres lui marbraient les paupières tandis que ses lèvres étaient blanches. Elizabeth dirigeait toujours sur sa fille un regard vitreux et vidé de toute vie. A la fin, Emma n'y tint plus et serra la main de sa mère d'un geste convulsif :

« Maman, dit-elle à voix basse. Maman, c'est moi, Emma ! »

Elizabeth Harte eut enfin un pauvre sourire tandis qu'une lueur s'allumait dans son regard.

« Emma, c'est toi, ma chérie... » murmura-t-elle.

Elle fit un effort pour lever la main et caresser la joue d'Emma mais n'eut pas la force de terminer son geste.

« Je t'attendais, mon Emma, reprit-elle. Je voulais te voir... »

Sa voix était à peine audible. Sous l'effort, elle dut s'arrêter, haletante, et eut un frisson qui fit trembler le lit de fer.

« Maman, je suis là. Vous guérirez, maintenant, j'en suis sûre ! dit Emma en s'efforçant de faire passer son courage dans la main qu'elle tenait toujours.

— Tu es une bonne fille courageuse, Emma, répondit Elizabeth en essayant de sourire. Promets-moi de t'occuper de Winston et de Frank, et de ton père aussi...

— Il ne faut pas dire ça, maman ! s'écria Emma d'une voix tremblante.

— Promets-moi, Emma. »

Dans son regard à demi mort, Elizabeth fit passer une prière muette qui serra le cœur d'Emma.

« Oui, maman, je vous le promets », murmura-t-elle.

Incapable de retenir ses larmes, elle se détourna brièvement pour les essuyer de sa main libre. Puis, se penchant sur le lit, elle posa ses lèvres sur la joue glacée de sa mère et laissa retomber son visage au creux de l'oreiller.

« Où est Frank ? Et mon Winston ? murmura Elizabeth. Venez près de moi... John, John... »

Emma se redressa et fit signe à son père de s'approcher. Il s'assit sur le lit et prit sa femme dans ses bras, la serra contre lui avec désespoir. Elle lui chuchota quelques mots à l'oreille et il hocha la tête en silence, incapable de proférer un mot. Il sentait une lame lui déchirer le cœur, le rendre inconscient à tout ce qui n'était pas la douleur que provoquait en lui l'agonie de la femme qu'il aimait.

Elizabeth s'était laissée retomber sur l'oreiller. Mais dans son visage cireux, ses yeux grands ouverts irradiaient une lumière de joie qui le bouleversa. Alors, à la stupeur d'Emma, il repoussa le drap et souleva Elizabeth dans ses bras.

Pour le Grand Jack, la moribonde ne pesait pas plus qu'une plume. Avec une infinie délicatesse, il la serra contre lui et traversa la chambre vers la fenêtre, qu'il ouvrit toute grande. La brise du soir fit voleter les rideaux avant de venir jouer dans les mèches d'Elizabeth. Son visage exprimait un ravissement surnaturel, ses yeux étincelaient d'un bonheur infini. John la sentit aspirer profondément l'air frais. Son corps émacié se tendit d'un dernier effort pour lever la tête et contempler la lande.

« Le Sommet du Monde », dit-elle.

Sa voix avait résonné claire et forte; John et Emma en eurent un sursaut. Mais déjà, elle retombait dans les bras de John, sa tête roulait sur son épaule. Un sourire plein de tendresse apparut sur ses lèvres. Elle respira une dernière fois l'air du soir, poussa un soupir si profond que tout son corps en trembla. Puis elle ne bougea plus.

Incrédule, John la dévorait des yeux, incapable de comprendre qu'il ne serrait déjà contre lui qu'une morte.

« Elizabeth ! » cria-t-il enfin d'une voix brisée.

Les sanglots l'étouffèrent. Inondant de ses larmes les cheveux d'Elizabeth, il la serra contre sa poitrine, la berça dans ses bras comme une enfant. Frank s'appuyait contre la tête du lit. Il se mordait les lèvres et fermait les yeux pour essayer de ne pas pleurer. Emma était restée assise, aussi pâle que la morte.

« Maman ! Maman ! »

Elle poussa enfin un cri déchirant et se leva d'un bond, pour aller à son tour la serrer dans ses bras.

Blottie contre la poitrine de sa mère, le visage enfoui dans l'épaule de son père, elle se mit à sangloter. John la repoussa d'un geste plein de douceur.

« Elle est partie, mon enfant, dit-il. Partie... »

Il alla la reposer sur le lit, recouvrit son corps avec les draps. Puis il lui prit les mains qu'il croisa sur sa poitrine et lissa ses cheveux autour de son visage avant de lui fermer les paupières. Dans la mort, Elizabeth avait retrouvé la sérénité et la beauté.

Quand il eut fini, John se pencha et déposa un baiser sur les lèvres glacées. Emma sanglotait, agenouillée au chevet du lit. Son père la releva et l'attira dans ses bras en lui caressant les cheveux.

« Ne pleure plus, Emma. Regarde, Frank ne pleure pas. Elle est enfin libre. Délivrée de ses souffrances et de sa misère. C'est la volonté de Dieu. »

Ils restèrent longtemps embrassés, secoués par les mêmes sanglots, unis par la même douleur. Enfin, John écarta Emma et essuya ses joues trempées de larmes.

« C'est la volonté de Dieu », répéta-t-il à voix basse.

Debout devant son père, Emma se raidit. Les poings serrés, le visage rouge d'une soudaine colère, elle leva vers lui son visage trempé de larmes. Ses yeux se mirent à lancer des éclairs :

« La volonté de Dieu ! s'écria-t-elle avec une amertume pleine de haine. Il n'y a pas de Dieu ! Je le sais maintenant, Dieu n'existe pas. S'il y avait vraiment un Dieu, il n'aurait pas laissé maman souffrir pour rien tout ce temps ! Il ne l'aurait pas laissé mourir ! »

John dévisagea sa fille d'un air horrifié, comme s'il avait eu une soudaine vision de l'enfer. Avant qu'il ait repris ses esprits, Emma avait quitté la chambre en courant. Il l'entendit descendre l'escalier et claquer la porte d'entrée. Ecrasé de douleur, rendu inconscient par le désarroi — Frank était sorti et John ne s'en était pas même rendu compte —, il baissa machinalement les yeux vers le corps inerte d'Elizabeth. Un nouveau sanglot l'étouffa et il se sentit plonger dans l'obscurité. Comme un automate, il alla jusqu'à la fenêtre ouverte.

A travers les larmes qui lui brouillaient la vue, il distingua la silhouette d'Emma qui remontait la ruelle en courant dans la direction de la lande. Dans les derniers rayons du soleil, le ciel au couchant virait du safran à l'écarlate. Le profil des collines se détachait en noir sur la féerie des couleurs. Comme le faisceau d'un phare, un rayon plus puissant que les autres embrasa l'horizon tout entier, faisant se détacher avec une clarté quasi surnaturelle la silhouette tourmentée de Ramsden Crags.

Bouleversé, John Harte contempla ce spectacle sublime.

« Le sommet du Monde, murmura-t-il. Voilà où elle se trouve, mon Elizabeth. Voilà où elle a été emmenée avant de monter au Paradis. »

16

Dans la soirée de dimanche, en rentrant de Worksop où il avait été raccompagner Edwin au collège, Adam Fairley trouva Olivia seule dans la bibliothèque. Son visage s'éclaira d'un sourire joyeux tandis qu'il se hâtait de traverser la pièce pour la rejoindre. Les émotions de la nuit précédente avaient gommé la sévérité qui jusqu'alors marquait ses traits et la découverte que son amour était partagé l'avait régénéré et rajeuni. Ses yeux brillaient, son pas était plus léger et son comportement entier trahissait son bonheur tout neuf.

Mais quand elle eut levé les yeux vers lui, il se figea, sa joie soudain balayée par la pâleur d'Olivia et le désarroi qui se lisait dans son regard. Après une brève hésitation, il lui saisit les mains pour la faire lever du sofa où elle restait assise et l'attira contre lui sans mot dire. Sous ses baisers passionnés, elle détourna la tête pour l'enfouir au creux de l'épaule d'Adam, frémissante, le corps secoué de sanglots mal réprimés.

« Qu'y a-t-il, Olivia ? murmura-t-il tendrement. Pourquoi ce chagrin qui me bouleverse autant que vous ? »

Elle secoua la tête et le repoussa doucement. Ses yeux bleus étaient assombris par la douleur, ses épaules voûtées sous le poids d'un tourment trop lourd. Sans un mot, elle se rassit, les mains crispées sur ses genoux, les yeux baissés. Adam se laissa tomber près d'elle et lui prit une main qu'il serra avec transport avant de la porter à ses lèvres.

« Parlez, Olivia ! s'écria-t-il. Qu'avez-vous, mon amour ? »

À peine l'eut-il posée qu'il regretta sa question. Le tour pris par leurs rapports depuis la veille était manifestement ce qui troublait Olivia. S'il avait su faire taire ses propres scrupules, il n'en était vraisemblablement pas de même pour elle. Fallait-il donc qu'il lui fasse dire ce qu'il redoutait déjà d'entendre ?

« Je ne peux plus rester ici, Adam, dit-elle à mi-voix. Je dois partir immédiatement. Dès demain. »

Il sentit son cœur cesser de battre et le sang se retira de son visage.

« Pourquoi Olivia ? s'écria-t-il. Pourquoi ?

— Vous le savez, Adam. Je ne peux plus rester sous votre toit après... ce qui s'est produit la nuit dernière. Ma situation est devenue intenable.

— Mais... Vous m'avez dit que vous m'aimiez, Olivia. »

Elle se tourna vers lui avec un sourire triste :

« Je vous aime, Adam. Je vous aime depuis de longues années et je vous aimerai toujours. C'est bien pourquoi je ne puis plus rester ici, dans cette maison où vit ma sœur, votre femme... Je ne peux pas nous abaisser, vous et moi, à poursuivre dans de telles conditions une aventure clandestine. Ne me le demandez pas, Adam.

— Mais Olivia, pourquoi cette hâte ?

— Il y a plus grave que les convenances, Adam, interrompit-elle d'une voix ferme. Hier soir, nous avons commis un péché grave. Nous n'avons pas le droit... »

Il lui coupa la parole : ·

« Je suis seul coupable d'adultère, Olivia ! Devant la loi, vous êtes innocente. Laissez-moi donc débattre cette question avec ma propre conscience. Vous n'y êtes pour rien.

— Devant Dieu, nous sommes tous deux également coupables, Adam », répondit-elle avec douceur et fermeté.

La gravité de son expression bouleversa Adam. Il ne pouvait pas admettre de la perdre alors qu'ils venaient à peine de se retrouver. Il ne pouvait pas s'incliner devant des scrupules qui lui paraissaient vains. Il ne pouvait pas se résigner à voir s'évanouir un bonheur à peine né, au bout de toutes les années de solitude qu'ils avaient tous deux subies, lui pris au piège d'un simulacre de mariage, elle dans le désert d'un veuvage stérile. Il lui fallait donc éviter de la choquer en l'affrontant. Il fallait la convaincre de laisser parler son cœur. Comment ? Jamais encore Adam Fairley n'avait eu à résoudre situation plus délicate, exigeant une intuition et une expérience qu'il était loin de posséder. Mieux valait sans doute être sincère. Après une dernière hésitation, il se jeta à l'eau :

« Je vous comprends, Olivia. Vous êtes trop droite pour admettre la dissimulation, vous avez trop le sens de l'honneur pour accepter le compromis... Hier soir, j'étais pris moi aussi dans un dilemme qui me torturait et vous savez combien j'ai dû combattre mon amour et mon désir avant d'y succomber. Ce que nous avons fait, poursuivit-il en lui caressant la joue, est peut-être un péché. Mais nous ne causons de tort à personne, à Adèle moins qu'à toute autre. Aujourd'hui, pas plus qu'hier, je n'éprouve de remords ni de regret. A quoi bon vous sentir coupable, Olivia ? Nous ne pouvons pas défaire ce que nous avons fait. Je vous aime, Olivia, bien plus profondément que je n'ai jamais aimé aucune femme.

— Je sais, Adam, répondit-elle tristement. Mais nous n'avons pas le droit de ne penser qu'à nous-mêmes et de nous conduire en égoïstes. Il faut placer notre devoir avant tout. Ce serait vous faire injure que de vous croire capable de lâcheté, Adam. »

Elle avait prononcé ces derniers mots en levant vers lui des yeux pleins de larmes où il put lire l'intensité de son amour pour lui.

« Même si tout ce que vous dites est vrai, Olivia, je refuse de continuer à vivre sans vous ! Je ne pourrais pas, non, je ne pourrais pas... »

Il s'interrompit, étranglé par l'émotion et la regarda d'un air implorant.

« Ne partez pas, restez ici au moins jusqu'en juillet. C'est ce qui était prévu et vous me l'aviez promis, hier soir. Je vous jure que, de mon côté, je ne ferai rien qui puisse vous offenser. Je ne chercherai pas à m'imposer à vous. Je saurai me montrer digne de votre confiance, Olivia. Mais ne m'abandonnez pas, je vous en conjure ! poursuivit-il en lui prenant la main. Je me soumets d'avance à toutes vos exigences, je suis prêt à vous jurer de ne plus m'approcher de vous. Mais, de grâce, ne me laissez pas de nouveau seul dans ce tombeau, ne me rejetez pas dans une solitude pire que la mort, maintenant que je sais ce qu'est l'amour... »

Elle fut si profondément émue par ce plaidoyer passionné qu'elle resta quelques instants sans pouvoir répondre. Son amour pour Adam Fairley était sans doute exacerbé par le sentiment des injustices que la vie lui avait infligées, par la lourde épreuve de son mariage. Avait-elle le droit de le laisser retomber dans un gouffre dont son affaiblissement ne lui permettrait peut-être plus de sortir ? A mesure qu'elle contemplait son visage ravagé par la terreur de la perdre, elle sentait fondre sa résolution de couper court à leur aventure et de rentrer à Londres. Elle savait aussi pouvoir faire aveuglément confiance à sa parole. Son départ précipité éveillerait probablement des soupçons et, dans ces conditions, son intransigeance aurait pour conséquence le scandale qu'elle souhaitait précisément éviter. A tous points de vue, il était donc préférable de poursuivre comme prévu son séjour à Fairley Hall.

Elle se tourna vers lui avec un sourire qui lui rendit l'espoir :

« Soit, je resterai, Adam, dit-elle. Mais à la condition expresse que vous respecterez scrupuleusement les engagements que vous avez dit vouloir prendre... »

D'un mouvement impulsif, elle se rapprocha et lui prit le visage entre les mains pour lui donner un baiser sur les lèvres.

« Ce n'est pas parce que je vous désire moins, mon amour, reprit-elle à voix basse. Le ciel m'est témoin qu'il n'en est rien... Mais nous ne pouvons pas continuer à être amants dans cette maison...

— Olivia, la seule chose qui importe en ce moment est que vous acceptiez de rester près de moi », murmura-t-il.

Le froid qui, depuis quelques minutes, le paralysait jusqu'au cœur recula peu à peu pour faire place à un sentiment de légèreté euphorique qui lui donna un bref sentiment de vertige. Poussé par une joie irraisonnée, il la prit par les épaules et l'attira contre lui en lui caressant les cheveux.

« J'ai tant besoin de toi, chuchota-t-il à son oreille. Ta présence m'est plus indispensable que l'air que je respire. Pour mériter le bonheur de te voir, je te jure solennellement que je ne ferai jamais rien qui puisse te compromettre aux yeux d'autrui ni même t'offusquer quand nous serons seuls. Je saurai me contenter de te voir, de te savoir près de moi, de te parler. Cela te convient-il ?

— J'accepte tes promesses, Adam, malgré ce qu'elles me coûtent, à moi aussi... Pour préserver notre amour, nous n'avons pas le droit d'afficher nos sentiments. »

Elle se dégagea de son étreinte et alla s'accouder à l'autre bout du canapé en souriant :

« Comme maintenant, par exemple, reprit-elle avec une bonne humeur forcée. Ce serait extrêmement gênant si Gerald ou un domestique entrait sans prévenir et nous surprenait comme nous étions il y a une seconde.

— C'est vrai », répondit-il avec un rire gêné.

Il se releva précipitamment, les joues chaudes, les yeux brillants et fit quelques pas pour reprendre contenance.

« Eh bien, ma chère, dit-il en affectant la désinvolture, puisque dorénavant nous devons nous tenir bien, je vous propose de prendre un sherry, il est presque l'heure. Nous pourrons nous asseoir en face l'un de l'autre et bavarder comme des voisins de campagne en visite...

— Excellente idée, mon cher Adam ! »

Ils échangèrent un sourire et il s'éloigna vers la table de chêne où Murgatroyd avait rempli les carafons de cristal et aligné des verres propres. En le suivant des yeux, en détaillant sa silhouette élégante et racée, Olivia ne put réprimer un pincement de tristesse. Serait-elle capable, elle, de respecter les termes de l'engagement qu'ils venaient de prendre ? Pourraient-ils vraiment dominer leurs émotions au point de se conduire comme des étrangers ? Elle fut tentée de maudire son sens du devoir...

Adam revenait déjà avec les deux verres. Il lui en tendit un et alla s'asseoir dans un fauteuil à distance respectable. Après qu'ils eurent trempé leurs lèvres dans le liquide ambré, il se gratta la gorge et eut une hésitation :

« Au fait, Olivia, je viens de penser... »

Elle haussa un sourcil en souriant :

« Oui, Adam ?

— Eh bien... Si nous sommes convenus de ne pas être amants dans cette maison, nous n'avons rien dit en ce qui concerne d'autres endroits. Ainsi, si je vous rencontrais par hasard à Londres, les circonstances seraient entièrement différentes, n'est-ce pas ? »

Elle eut un sourire amusé :

« Oh ! Adam, vous êtes impossible ! Je ne sais que répondre, poursuivit-elle en redevenant grave. Cela ne

236

changerait rien à notre... péché. Vous me prenez par trop au dépourvu, Adam. Laissez-moi y réfléchir. »

En la voyant rougir et se troubler, il eut conscience de sa maladresse et se hâta de la rassurer :

« Pardonnez-moi, Olivia, je suis un mufle! Faites comme si je n'avais rien dit, je vous en supplie. Cependant, puis-je vous poser une dernière question?

— Bien sûr. Si elle n'attente pas à la morale, dit-elle en souriant.

— Quand j'irai à Londres, pourrai-je vous inviter à dîner et vous accompagner au théâtre? Consentirez-vous à me voir... comme un de vos nombreux soupirants? conclut-il avec une ironie mal déguisée.

— Bien entendu, Adam! répondit-elle en haussant les épaules. Nous nous sommes toujours vus pendant vos séjours à Londres, il n'y a pas de raison de changer nos habitudes. Mes amis s'étonneraient au contraire de ne plus vous voir. »

Il hocha la tête et se leva pour aller tisonner le feu, tant pour se donner une contenance que pour éviter de raviver en la regardant les souvenirs trop présents de la passion à laquelle ils s'étaient abandonnés la nuit précédente.

Olivia rompit la première le silence qui menaçait de s'éterniser :

« Dites-moi, Edwin était-il content de rentrer au collège? »

Adam se redressa et s'adossa à la cheminée, dans sa position préférée.

« Ravi, répondit-il. Ce pauvre Edwin était littéralement excédé d'avoir été si longtemps enfermé ici sous la coupe d'Adèle. Elle le dorlote vraiment de façon ridicule... »

Il se gratta la gorge et rougit avant de poursuivre :

« Une dernière chose, Olivia. Vous savez, je crois, qu'Adèle et moi... n'avons pas eu de rapports conjugaux depuis près de dix ans.

— Oui, Adam, je suis au courant », répondit-elle à mi-voix.

Elle se leva et, d'un geste impulsif, alla lui donner un rapide baiser sur les lèvres avant de s'écarter aussi vivement.

« Votre verre est vide, reprit-elle. Cette fois, laissez-moi vous servir. »

Adam Fairley la suivit des yeux et un sourire lui monta aux lèvres tandis qu'il détaillait sa silhouette gracieuse qui semblait voler à travers la pièce. Une bouffée de joie lui réchauffa le cœur : Olivia était là, avec lui. Elle ne le quitterait pas avant l'été. Elle ne le quitterait sans doute plus jamais. Car sans elle il était désormais incapable de supporter la vie de ténèbres et de malheur qui avait été la sienne jusque-là. Il ignorait encore ce que l'avenir lui réserverait, et ce qu'il serait en mesure de faire pour en influencer le cours, mais il avait une certitude. Jamais plus il ne se séparerait d'Olivia.

17

« Je ne comprends pas ! s'écria John Harte. Comment Winston a-t-il pu nous faire une chose pareille ? Quitter la maison comme un voleur, sans même dire adieu, à peine sa pauvre mère avait-elle rendu le dernier soupir...

— Il vous a laissé un mot, papa ! répondit Emma vivement. Ne vous faites donc pas de souci pour lui, c'est un grand garçon qui sait se défendre. Il ne peut rien lui arriver de mal dans la marine. »

Emma se pencha et serra la main de son père à travers la table, avec un sourire qu'elle voulait rendre rassurant.

« C'est peut-être bien vrai qu'il sait se servir de ses poings. Mais ça n'excuse pas qu'il soit parti comme ça, en plein milieu de la nuit, avec son ballot... Jamais je ne l'aurais cru capable de ça, ce chenapan ! Et puis, ce n'est pas tout, poursuivit John avec un grognement où il y avait autant de colère que de désarroi. Je me demande comment il a pu faire pour s'engager dans la marine sans ma signature! Car il n'a pas l'âge, tu le sais bien, Emma. Il lui aurait fallu mon autorisation. »

Emma poussa un soupir de lassitude. Depuis trois jours, son père remâchait sa rancœur et la même conversation revenait interminablement et presque dans les mêmes termes. Elle avait d'abord partagé la stupeur de son père. Maintenant, elle s'irritait devant son entêtement.

Avant qu'elle ait pu placer la riposte définitive qui, espérait-elle, mettrait fin aux récriminations, la voix fluette de Frank se fit entendre :

« Il a sûrement imité la signature de papa, je serais prêt à le parier, oui! Sans ça, comment aurait-il pu se faire accepter au bureau de recrutement ? »

Furieuse de cette intervention, alors qu'elle s'était efforcée de garder pour elle des soupçons identiques, Emma jeta à son jeune frère un regard foudroyant :

« Tais-toi donc, Frank! s'écria-t-elle avec colère. Un gamin de ton âge ne parle pas de ce qu'il ne connaît pas! »

Frank ne daigna pas lever la tête de son cahier, où il griffonnait furieusement comme à son habitude, et répondit avec calme :

« Tu te trompes, Emma. Je sais un tas de choses, moi. Tu sais bien que je lis tous les journaux et les magazines illustrés que tu rapportes du château.

— Puisque c'est comme ça, je n'en rapporterai plus! Si ça ne sert qu'à te gonfler la tête et à te donner des idées idiotes...

— Laisse donc ce gamin tranquille, Emma! grommela son père en tirant sur sa pipe. Je crois bien qu'il a raison, ce petit. Winston a certainement dû imiter ma signature, plus j'y pense...

— Bon, je veux bien, dit Emma. Mais ce qui est fait est fait et on n'y peut plus rien, maintenant. A l'heure qu'il est, il doit déjà être loin d'ici, en route pour le port ou la garnison où on l'a envoyé.

— Eh oui, c'est probable. »

Tirant machinalement sur sa pipe éteinte, John se laissa aller contre le dossier de sa chaise et retomba dans le silence. Emma l'observa à la dérobée, les sourcils froncés et la mine soucieuse. Depuis bientôt cinq mois qu'Elizabeth était morte, John Harte avait fait de son mieux pour dissimuler à ses enfants le chagrin qui le minait. Il ne mangeait presque plus rien, avait beaucoup maigri et sa peau se ridait sur son grand corps voûté. Déjà peu loquace pendant la maladie de sa femme, il s'était complètement replié sur lui-même. Quand il se croyait seul, Emma voyait de grosses larmes sourdre de ses paupières et son visage émacié prenait une expression de détresse pitoyable et inquiétante. Témoin de cette inguérissable douleur, Emma se détournait, impuissante à secourir son père et plongée à nouveau dans la désolation dont, le reste du temps, elle se sortait à grand-peine. Mais elle se sentait le devoir de se dominer plus que jamais. Il fallait qu'il reste au moins une personne capable de porter le poids des responsabilités familiales, que son père laissait désormais échapper complètement de ses mains. Le lent mais inexorable glissement de John dans l'hébétude soulevait en Emma des bouillonnements de sentiments contradictoires. Et maintenant, comme un coup de grâce, la fuite de Winston venait lui assener une commotion qui risquait de lui être fatale.

Emma s'en trouvait elle aussi la victime. Car elle avait dû susprendre indéfiniment l'exécution de son Plan et surseoir à son départ pour Leeds, tant que son père et Frank auraient besoin d'elle. Elle conservait précieusement ses économies qui se montaient maintenant à la somme fabuleuse de cinq livres, amplement assez, croyait-elle, pour financer son démarrage à Leeds et fonder sa fortune. Il n'était plus question, pour le moment du moins, de penser à elle et d'abandonner son père, qui devenait prématurément un vieil homme, et son frère Frank, trop jeune encore pour se lancer seul dans la vie. Winston, au moins, s'était tiré d'affaire... Mais en égoïste.

Avec un soupir, Emma se remit à sa tâche. Elle profitait de ses jours de congé pour compléter ses cahiers et était en train d'y coller des recettes d'Olivia Wainright. Elle prit un chiffon qu'elle trempa dans de la colle de farine et en enduisit un rectangle de papier qu'elle colla soigneusement sur une page blanche. En la lissant d'une main précautionneuse, elle admira une fois de plus l'écriture d'Olivia, une anglaise élégante, avec des pleins et des déliés qui coulaient harmonieusement et se fondaient les uns dans les autres comme une guirlande. Depuis plusieurs mois déjà, Emma s'efforçait de la copier pour réformer sa propre écriture, heurtée et malhabile, tout comme elle faisait de grands efforts pour corriger sa diction. Blackie lui répétait souvent qu'un jour elle deviendrait une grande dame. Aussi fallait-il qu'elle parle comme une grande dame et non plus comme une petite paysanne, avec son accent du Yorkshire épais et rocailleux.

Une exclamation de Frank vint soudain briser le silence qui régnait dans la petite cuisine :

« Hé, papa ! Je viens de penser à quelque chose. Si Winston a contrefait votre signature, son engagement n'est pas valable, n'est-ce pas ? »

John Harte se redressa, stupéfait que Frank, ce gamin, avance une idée à laquelle il n'avait même pas pensé, lui le père. Décidément, Frank ne cessait pas de l'étonner depuis quelque temps ! Le Grand Jack en était parfois mal à l'aise, tant le garçonnet paraissait accumuler de savoir et laissait tomber de sa bouche enfantine des commentaires bien au-dessus de son âge.

« Il y a quelque chose de vrai dans ce que tu dis, mon garçon, dit lentement John Harte. Il y a du vrai...

— Et alors, qu'est-ce que ça change ? » dit Emma avec brusquerie.

Elle, d'habitude si protectrice et maternelle envers Frank, le regardait avec colère. La fugue de Winston devait être oubliée une bonne fois pour toutes car en reparler sans cesse ne ferait que contrarier davantage leur père. Mais Frank, tout à son idée, affecta de négliger l'avertissement muet décoché par sa sœur et insista pour développer son argument :

« Tu ne comprends donc pas, Emma ? Si son engagement est illégal, la marine sera bien forcée de le libérer. On ne veut pas d'un faussaire dans la Royal Navy, voilà ! conclut-il d'un ton de triomphe.

— Frank a raison, Emma », intervint John.

Il s'était redressé sur sa chaise et reprenait espoir à vue d'œil. Emma ne se laissa pas intimider :

« Frank a beau avoir raison, déclara-t-elle, comment allez-vous vous y prendre pour faire sortir Winston de la marine ? Allez-vous écrire au Premier Lord de l'Amirauté pour lui parler d'un matelot de deuxième classe ? Ce n'est pas sérieux, tout ça... »

Elle ponctua sa phrase d'un ricanement dédaigneux. Certes, son jeune frère faisait preuve d'intelligence et de raisonnement. Mais, dans ce cas-ci, il en faisait bien mauvais usage. A quoi bon bouleverser encore la famille par des idées absurdes ?

Frank ne s'avouait toujours pas vaincu et il récidiva :

« Vous savez quoi, papa ? Vous devriez aller demander conseil au *Squire*. Il doit savoir quoi faire, lui. »

John parut vivement intéressé par la suggestion mais, avant qu'il ait pu réagir, Emma intervint d'un ton strident :

« Aller demander conseil au *Squire* ? Ça, jamais ! Il ne faut rien lui demander, à ce grippe-sou ! On n'a pas le droit de s'humilier à lui mendier quoi que ce soit, pas même une parole, m'entendez-vous ? »

Mais le Grand Jack, perdu dans ses réflexions, n'avait pas même entendu l'apostrophe haineuse de sa fille.

« Je sais bien ce que je pourrais faire, dit-il posément. Je vais aller à Leeds trouver l'officier du bureau de recrutement et lui demander où Winston a été envoyé, ils doivent bien le savoir. Et puis je lui dirai ce qu'il a fait pour s'engager en imitant ma signature et en quittant la maison sans prévenir... »

Emma se dressait déjà sur sa chaise, l'air redoutable. Elle interrompit son père d'une voix ferme :

« Maintenant, écoutez-moi bien, papa ! Vous ne ferez rien du tout de ce que vous venez de dire. Winston avait depuis longtemps envie d'aller dans la marine et il a enfin fait ce qu'il voulait. Il est sûrement bien mieux et bien plus heureux là où il est maintenant qu'à continuer à travailler comme il le faisait à la briqueterie Fairley, dans la poussière et dans la boue. Pour son bien, laissez-le tranquille... »

Elle s'interrompit et, pour adoucir la brutalité de ce qu'elle venait de dire, adressa à son père un long regard autant chargé d'affection que d'inquiétude.

« Tranquillisez-vous, papa. Quand il sera installé, il nous écrira. Je le connais bien, notre Winston. S'il est heureux là où il est, il ne faut pas le ramener ici. Un jour ou l'autre, il reviendra de lui-même, croyez-moi. Et puis, ajouta-t-elle en hésitant, il est tiré d'affaire, lui au moins... Ne soyez pas cruel avec lui. »

John Harte baissa les yeux en soupirant. Il avait toujours eu confiance dans le jugement d'Emma et elle venait de lui donner une nouvelle preuve de sa sagacité.

« C'est vrai, ma chérie, dit-il enfin. Il y a du bon sens dans ce que tu dis. Je sais bien que Winston rêvait depuis longtemps de quitter Fairley et je ne peux pas dire que je le lui reproche... Mais il n'aurait pas dû partir comme il l'a fait, en se cachant comme un voleur. Ce n'est pas bien, voilà tout.

— Voyons papa, répondit Emma en souriant, vous savez parfaitement que vous lui auriez refusé votre permission s'il vous l'avait demandée. Il a préféré s'en aller avant que vous ne puissiez l'en empêcher. C'est normal. »

Elle se leva vivement et fit le tour de la table pour aller serrer son père dans ses bras et lui posa un baiser sur la joue.

« Allons, papa, du courage, voyons ! Ne vous laissez

pas abattre pour un oui ou un non. Tenez, pourquoi ne pas aller passer une heure ou deux au pub et boire une bière avec vos amis ? Cela vous changerait les idées... »

Elle avait suggéré cette distraction sans y croire, s'attendant à ce que le Grand Jack la repousse comme il le faisait régulièrement depuis son veuvage. Aussi fut-elle heureusement surprise quand il acquiesça et se leva docilement.

Quand leur père fut parti pour le Cheval-Blanc, le seul pub de Fairley, Emma se tourna vers Frank qui griffonnait toujours dans un coin de la pièce.

« Toi, Frankie, écoute-moi bien, maintenant. Tu n'aurais pas dû raconter tout ça sur Winston et donner à notre père l'idée qu'il pouvait lui faire quitter la marine. Promets-moi que tu ne vas plus parler de Winston quand je serai repartie au château, tu m'entends, Frankie ? »

Décontenancé par la semonce de sa grande sœur, Frank baissa piteusement la tête en se mordant les lèvres.

« Oui, Emma, je te le promets. Je ne pensais pas à mal, tu sais. Ne te fâche pas.

— Je ne suis pas fâchée, Frankie. Je te demande seulement de réfléchir un peu avant de parler quand tu seras tout seul avec papa, tu comprends ?

— Oui, je comprends. Et puis, Emma...

— Oui, Frankie ?

— Ne m'appelle plus Frankie ! »

Devant l'air sérieux du garçonnet qui voulait tant se donner l'illusion d'être une grande personne, Emma retint le sourire amusé qui lui venait aux lèvres.

« D'accord, *monsieur* Frank Harte, je ne recommencerai plus, dit-elle gravement. Et maintenant, je crois qu'il est grand temps que tu te prépares à aller te coucher. Il est huit heures passées et il faut que nous nous levions de bonne heure demain matin. Et ne passe pas encore la moitié de ta nuit assis dans ton lit à lire je ne sais quoi ! Pas étonnant que les chandelles filent si vite, à ce train-là ! Allons, plus vite que ça ! reprit-elle devant le mouvement de protestation esquissé par Frank. Je monterai dans une minute voir si tu es couché. Si tu es bien sage, je t'apporterai un verre de lait et une pomme cuite. »

Frank lui décocha un regard furieux :

« Non mais, pour qui me prends-tu, Emma ? Je ne suis plus un bébé ! Je n'ai pas besoin de toi pour me border, tu sais ! »

Il ramassa ses livres et son cahier et commença à faire une sortie pleine de dignité. Mais, arrivé à la porte, il se retourna et fit un sourire timide :

« Je mangerai quand même bien la pomme, si tu insistes... »

Emma lui répondit par un éclat de rire. Quand il eut quitté la pièce, elle lava et essuya rapidement la vaisselle et s'assura que tout était bien rangé avant de monter le rejoindre. Comme elle s'y attendait, Frank était assis dans son lit et noircissait les pages de son cahier. Emma posa la pomme et le verre de lait sur la table de nuit et vint s'asseoir au pied du lit.

« Qu'est-ce que tu écris avec autant d'application, depuis tout à l'heure ? » demanda-t-elle en souriant.

Elle éprouvait autant de surprise et d'admiration que leur père pour l'intelligence dont Frank faisait constamment preuve et pour son imagination qui, souvent, les dépassait. Il paraissait également doué d'une mémoire prodigieuse.

Il prit le temps de terminer une phrase et leva vers elle un regard sérieux.

« J'écris une histoire que j'invente tout seul, dit-il fièrement. Une histoire de fantômes, tu sais « Hoouu ! Hoouu ! » poursuivit-il sans pouvoir garder son sérieux. Tu veux que je te la raconte ? Elle te fera mourir de peur...

— Ah ! bien non, merci beaucoup ! s'écria Emma en affectant la frayeur. D'abord, je n'aime pas les fantômes... »

En fait, malgré sa force de caractère et sa maturité, Emma répugnait à admettre devant son jeune frère que la seule mention du mot fantôme lui donnait la chair de poule. Pour reprendre l'avantage, elle s'affaira quelques instants à tirer les couvertures et border les draps et prit un air supérieur :

« Veux-tu me dire à quoi cela peut bien te mener de passer ton temps à gribouiller tes histoires ? On ne gagne pas d'argent en alignant des mots les uns derrière les autres. C'est une perte de temps...

— C'est pas vrai ! s'écria Frank avec tant de véhémence qu'Emma en resta saisie. Je vais te dire, où ça va me mener, mes gribouillages comme tu les appelles. Quand je serai grand, je travaillerai dans un journal, voilà ! J'irai peut-être même au *Yorkshire Morning Gazette*, si tu veux tout savoir ! Maintenant, mets ça dans ta poche et ton mouchoir par-dessus, *mademoiselle* Emma Harte ! »

Interloquée, Emma ne savait plus s'il fallait rire ou s'indigner des songes creux de son frère. Mais, le voyant sérieux comme la grande personne qu'il se croyait déjà, elle hocha gravement la tête :

« Je vois, dit-elle d'un ton pénétré. Mais il est encore un peut tôt pour y penser sérieusement, Frank. On en reparlera dans quelques années, d'accord ? »

Son indignation calmée, Frank mordait avec appétit dans sa pomme.

« D'accord, Emma... Mmm ! C'est délicieux, dis donc ! Merci, Emma. »

Elle se pencha vers lui en souriant et lui ébouriffa affectueusement les cheveux en lui donnant un baiser maternel. Frank reposa précipitamment sa pomme sur la soucoupe et mit ses bras autour du cou de sa sœur.

« Tu sais, je t'aime beaucoup, Emma, lui souffla-t-il à l'oreille.

— Moi aussi, Frankie, répondit-elle en le serrant contre sa poitrine. Allons, couche-toi. Tu as besoin de sommeil.

— Promis, Emma. Je finis juste une phrase et j'éteins dans cinq minutes. »

Elle referma doucement la porte derrière elle et

gagna sa chambre à tâtons. Parvenue au pied de son lit, elle trouva les allumettes et la chandelle dans son bougeoir de cuivre. Quand la flamme eut cessé de vaciller, elle alla poser le lumignon sur l'appui de la fenêtre et souleva le couvercle d'un grand coffre en bois, d'où s'échappa une forte odeur de naphtaline et de lavande séchée. Le coffre avait appartenu à sa mère qui l'avait spécialement légué à Emma avec tout son contenu. Jusqu'à présent, la jeune fille n'y avait jeté qu'un bref coup d'œil mais n'avait pas encore eu le courage d'inventorier le trésor qui évoquait par trop les douloureux souvenirs de la morte. Le cœur un peu serré, elle y plongea les mains.

Elle en sortit d'abord une robe de soie noire comme neuve et qu'elle se promit d'essayer le dimanche suivant. En dessous, elle trouva la simple robe de satin blanc dans laquelle sa mère s'était mariée et qu'elle caressa avec une émotion attendrie. La dentelle qui l'ornait au corsage était jaunie par l'âge mais d'une grande finesse. Dans les plis de la robe, enveloppé d'un morceau de soie bleue passée, elle trouva un bouquet de fleurs séchées qui tomba en poussière dans l'odeur un peu écœurante des roses. Emma se demanda un moment pourquoi sa mère l'avait conservé et si ces roses avaient une signification particulière. Elle n'aurait jamais plus de réponse à cette innocente question, et cette pensée poignante lui fit monter les larmes aux yeux.

Elle trouva ensuite quelques pièces de fine lingerie, probablement les vestiges du maigre trousseau d'Elizabeth, puis un châle noir brodé de roses rouges, un petit chapeau à brides de paille fine et craquante de sécheresse, orné de fleurs de soie. C'était là tout l'héritage de sa mère.

En levant la chandelle pour s'assurer qu'elle n'avait rien oublié, Emma découvrit cependant une petite boîte de bois tout à fait dans le fond du coffre, dans un angle. Cette boîte, Emma se souvenait l'avoir vue quand sa mère, en de rares occasions, en extrayait un bijou ou quelque objet de valeur. Le cœur battant, elle souleva le coffret et tourna la petite clef qui était restée dans la serrure.

Le couvercle levé, Emma reconnut d'abord la broche de grenats et les boucles d'oreilles assorties que sa mère portait toujours pour Noël et les grandes occasions. Emue, elle contempla longuement les petites pierres rouges qui, dans le creux de sa main, reflétaient la lumière de la chandelle avec l'éclat du rubis.

« Je ne me séparerai jamais de cette broche, murmura-t-elle. Maman l'aimait tant... »

Elle ravala ses larmes et continua sa fouille. Elle sortit un petit camée monté en broche et une bague en argent qu'elle examina avec curiosité. L'anneau d'argent, qu'elle passa à son doigt, lui allait à merveille et elle décida de le garder. Ensuite, elle souleva la chaîne et la croix d'or que sa mère portait toujours mais qu'elle laissa retomber avec une grimace de douleur et de colère. Non, elle ne voulait rien qui lui rappelât ce Dieu impitoyable auquel elle ne voulait plus croire, au point de ne plus mettre les pieds à l'église le dimanche. Ses doigts trouvèrent enfin un rang de grosses perles d'ambre, douces au toucher et d'un bel éclat doré sous la lumière. C'était un beau bijou à l'élégance discrète qui plut à Emma. Sa mère lui avait dit l'avoir reçu en cadeau d'une grande dame, jadis. Mais elle ne l'avait pas porté depuis longtemps et Emma en avait oublié l'existence.

Elle contempla quelques minutes ses nouvelles possessions étalées sur son lit. C'est en les remettant dans le coffret qu'elle sentit une bosse sous le velours qui en garnissait le fond. Un bref examen lui permit de se rendre compte que la garniture était décollée à un endroit et Emma la souleva sans peine. Elle vit alors apparaître un médaillon et une épingle, qu'elle examina avec d'autant plus de curiosité qu'elle ne se souvenait pas avoir jamais vu sa mère les porter.

Le médaillon était une très belle pièce ancienne en or massif délicatement gravé et ouvragé. Il était doté d'une charnière et d'une sorte de petit clip qu'Emma eut le plus grand mal à ouvrir. Quand elle y parvint, elle vit qu'il comportait deux moitiés symétriques et identiques. Dans l'une, il y avait une photographie de sa mère quand elle était encore une toute jeune fille. L'autre, protégée par un verre, semblait vide. Cependant, en y regardant de plus près, Emma s'aperçut que l'emplacement de la photographie était occupé par une petite mèche de cheveux.

Sa curiosité maintenant aiguillonnée, Emma essaya de faire sauter le verre. Mais elle abandonna bientôt en se rendant compte qu'elle risquait de le casser. A qui peuvent bien être ces cheveux ? se demanda-t-elle. Elle referma le médaillon, l'examina plus attentivement sous la flamme de la chandelle et découvrit alors une inscription gravée sur une des faces. Le cœur battant, elle se pencha, les yeux plissés par l'effort. Mais les lettres étaient presque effacées et Emma faillit abandonner.

Une soudaine inspiration lui fit mettre le médaillon presque à plat pour l'examiner sour une lumière rasante qui faisait ressortir le relief. C'est alors qu'elle fut capable de la déchiffrer et, malgré elle, la lut à haute voix : « De A. à E. — 1885. » Emma se répéta la date. Il y avait dix-neuf ans de cela. En 1885, sa mère avait donc quinze ans, comme elle. Que voulaient dire les lettres ? E. devait probablement désigner Elizabeth. Mais qui pouvait bien être A. ? Emma fouilla dans sa mémoire et ne put retrouver personne, dans la famille ou les proches, dont le nom commençât par un A. Finalement, elle haussa les épaules et décida de demander à son père, quand il rentrerait tout à l'heure du pub, s'il avait une idée sur la question.

Elle reposa soigneusement le médaillon dans le coffret et tourna son attention vers l'épingle. Elle fronça les sourcils, surprise : ce n'était pas un bijou féminin. Cela ressemblait plutôt à une épingle de cravate ou de plastron, comme en mettaient encore les hommes. En y regardant de plus près, elle constata même qu'elle était en forme de cravache, avec un fer à cheval orné de minuscules brillants à la place des clous. Comment se faisait-il que sa mère ait pu être en possession d'un pareil bijou, manifestement masculin et vraisemblablement destiné à une tenue de chasse ou d'équitation ? C'était en tout cas un ornement de valeur, car il était en or massif et les diamants avaient l'air vrais. Il n'aurait donc pas pu appartenir à son père...

De plus en plus perplexe, Emma poussa un soupir et, poussée par un instinct qu'elle n'aurait su expliquer, remit ses deux étranges découvertes dans leur cachette, sous la doublure de velours. Elle rangea ensuite méthodiquement les autres bijoux dans le coffret, replaça les vêtements soigneusement pliés dans la malle et en referma le couvercle. Non, elle n'allait pas en parler à son père. Car elle ne pouvait douter que le médaillon et l'épingle de cravate n'aient été volontairement mis par sa mère à l'abri des regards indiscrets, quelles qu'aient pu être ses raisons. Dans le doute, mieux valait donc poursuivre le désir de discrétion de sa mère et garder pour elle le secret de sa trouvaille. Elle hésita une dernière fois, haussa les épaules et tourna résolument le dos au coffre et à son mystère. Elle prit sa boîte à ouvrage, souffla sa chandelle et descendit s'installer dans la salle commune.

Elle avait en effet apporté avec elle des travaux de reprisage et de retouches à faire pour le château. Après avoir allumé la lampe à pétrole posée sur la cheminée, elle termina les quelques coutures qui lui restaient à faire à une blouse de Mme Wainright avant de s'attaquer à l'ourlet d'un jupon de Mme Fairley. Pauvre Madame ! soupira Emma. Elle est de plus en plus déconcertante. Un jour, elle est toute morose et ne desserre pas les dents. Le lendemain, voire une heure plus tard, elle babille comme une folle et rit pour un rien. Vivement que Mme Wainright revienne ! Elle était partie pour l'Ecosse depuis une quinzaine de jours, invitée chez des amis. Sans elle, le château n'était plus le même et Emma sentait une étrange nervosité la gagner de plus en plus fréquemment, ce qui la mettait mal à l'aise car elle n'en comprenait pas la cause.

Heureusement, le *Squire* était absent lui aussi, parti chasser le coq de bruyère, disait-on. Il ne devait pas revenir avant la fin de la semaine, ce qui était encore bien trop tôt au goût d'Emma. En ce moment, le château était donc au calme et, avec deux maîtres de moins à servir, Emma était considérablement soulagée dans son travail. C'est d'ailleurs pourquoi Mme Turner lui avait dit de prendre son vendredi, en plus du samedi et du dimanche : « Va donc un peu t'occuper de ton papa, Emma. Il a besoin de toi en ce moment, le pauvre homme ! » C'est ainsi qu'elle venait de passer trois jours pleins à la chaumière, à faire le ménage, la cuisine et la lessive pour Frank et son père. Tout se serait bien passé s'il n'y avait pas eu la subite disparition de Winston pendant la semaine. Pour l'esprit positif d'Emma, les interminables discussions que cela avait soulevées étaient aussi ridicules qu'inutiles, car ce qui était fait était fait et ce n'était pas d'en parler qui permettait de résoudre les problèmes.

A part ce drame familial, dont Emma se réjouissait secrètement pour son frère aîné, ces derniers temps avaient réservé à Emma quelques bons moments dont l'évocation la fit sourire de plaisir. Ainsi, ayant eu moins de travail au château, elle avait pu à plusieurs reprises s'esquiver discrètement pour aller passer quelques heures sur les rochers du Sommet du Monde en compagnie de Monsieur Edwin. Car ils étaient devenus amis depuis le retour d'Edwin pour les grandes vacances.

Emma jouait surtout le rôle de confidente. Edwin lui racontait toutes sortes de choses sur sa vie à l'école, sur ses amis et même sur sa famille. Il lui avait aussi confié des secrets qu'elle avait dû jurer de ne jamais répéter à âme qui vive. Ainsi, jeudi dernier, tandis qu'ils marchaient d'un bon pas sur la lande ensoleillée, Edwin avait révélé à Emma qu'un ami de son père allait arriver la semaine suivante et passerait quelques jours au château. C'était, paraît-il, un monsieur très important qui habitait Londres, un certain docteur Andrew Melton. Edwin était plein d'impatience de le voir car ce docteur Melton venait de faire un séjour en Amérique et avait des milliers de choses passionnantes à raconter. Quant à sa visite, c'était un tel secret que ni Murgatroyd ni la cuisinière n'en avaient été prévenus. Aussi Emma avait-elle levé la main droite et juré avec toute la solennité souhaitable qu'elle resterait muette comme la tombe.

Son père vint interrompre ses pensées en rentrant du pub comme dix heures sonnaient au clocher du village. En le voyant, Emma comprit du premier coup d'œil qu'il avait bu plus que d'habitude. Sa démarche était hésitante, son regard vague. Quand il enleva sa veste et voulut l'accrocher à la patère, derrière la porte d'entrée, il trébucha, fit tomber son vêtement et se rattrapa lui-même de justesse.

Emma posa en hâte son ouvrage sur la table et se leva :

« Je vais la ramasser, papa ! Venez donc vous reposer, je vais vous faire du thé.

— Pas la peine... j'ai besoin de rien », grommela John Harte en se redressant.

Il réussit à ramasser sa veste et à la pendre avant de s'avancer dans la pièce d'un pas saccadé. Soudain, il s'arrêta devant Emma et la dévisagea fixement.

« Tu ressembles quelquefois tellement à ta mère... » balbutia-t-il, l'air presque dégrisé.

A cette réflexion inattendue, Emma leva les yeux, surprise. Elle ne se trouvait, en effet, que très peu de ressemblance avec sa mère et ne s'expliquait pas la remarque de son père.

« Mais, Papa, maman avait les yeux bleus et les cheveux bien plus foncés que moi.

— C'est vrai, et elle n'avait pas ta pointe sur le front. Tu tiens ça de ma mère, ta grand-mère. Mais ça n'empêche pas qu'il y a des moments où tu es le portrait tout craché de ta pauvre maman, comme maintenant.

252

Quand elle était jeune fille, elle avait la même forme de visage, vois-tu, la même allure. Et la bouche, surtout... Oui, petite fille, plus tu iras, plus tu ressembleras à ta mère, tu verras.

— Mais maman était belle, pas moi ! » protesta Emma.

John Harte s'appuya lourdement au dossier d'une chaise et dévisagea sa fille avec plus d'attention

« Oui, pour être belle, elle était belle, Elizabeth. La plus belle fille qu'on ait jamais vue par ici. Il n'y avait pas un homme, ni un garçon, ni un vieillard qui n'ait jeté les yeux sur ta mère à un moment ou à un autre. Pas un, tu m'entends. Oui, tu serais bien surprise si tu savais... »

Il s'interrompit brusquement et se mordit les lèvres avant de grommeler quelques paroles incompréhensibles. Emma se tourna vers lui :

« Qu'est-ce que vous disiez, papa ? Je n'ai pas bien entendu.

— Rien, rien du tout. Rien de tout cela n'a plus d'importance, maintenant... »

Il fixait toujours sur Emma un regard pénétrant, d'où l'ivresse avait presque disparu.

« Je voulais te dire que tu es belle, toi aussi. Aussi belle que ta mère l'était à ton âge. Dieu merci, tu es plus solide qu'elle. Elizabeth était si fragile, la pauvre... Toi, tu es solide. Bâtie à chaux et à sable. »

John Harte secoua la tête avec tristesse, lâcha le dossier de la chaise où il se cramponnait et s'engagea dans la traversée de la pièce d'une démarche incertaine. Arrivé à la hauteur d'Emma, il s'arrêta brièvement pour l'embrasser sur le front, grommela un bonsoir et reprit sa marche en direction de l'escalier. Emma le suivit des yeux et le regarda monter les marches de pierre inégales en se raccrochant au mur. Il avait tant maigri qu'il donnait l'impression d'avoir littéralement fondu ou rétréci et Emma se demanda avec un serrement de cœur s'il mériterait de nouveau un jour son surnom de « Grand Jack ».

Elle se rassit, pensive, les yeux fixés distraitement sur la flamme de la lampe. Qu'allait-il devenir? Sans sa femme, il était littéralement comme une âme en peine et ne redeviendrait sans doute jamais tout à fait ce qu'il était, le solide gaillard toujours prêt à rire et mordant dans la vie à pleines dents. Cette pensée l'attristait d'autant plus qu'elle savait ne rien pouvoir faire pour lui. Personne au monde ne pourrait d'ailleurs alléger le fardeau de sa douleur ni rendre moins cruelle sa solitude. Il resterait en deuil et pleurerait son Elizabeth jusqu'au jour de sa propre mort...

Emma finit par s'arracher à ces réflexions et se remit à sa couture. Cette nuit-là, elle resta très tard à travailler pour tout finir avant de rentrer au château. Car cela représenterait un supplément de salaire, un nouveau dépôt dans ses boîtes de tabac. Plus que jamais, il lui fallait arrondir son magot et, dans ce but, elle ignorait le sommeil, méprisait la fatigue qui lui courbait le dos et lui raidissait les doigts.

Aussi était-il une heure largement passée quand elle souffla enfin la lampe et grimpa silencieusement l'escalier. Dans sa tête, elle calculait déjà le montant exact que Mme Wainright lui règlerait à son retour.

Une fois l'an, les landes du Yorkshire perdent leur aspect sauvage et désolé. Vers la fin du mois d'août et presque du jour au lendemain, la floraison des bruyères provoque une spectaculaire métamorphose où l'on voit les mornes ondulations et les collines désolées se couvrir d'un manteau somptueux, éclatant d'une débauche de couleurs. Toutes les nuances des rouges, des violets et des bleus se mêlent et se succèdent en vagues pressées, à perte de vue, pour créer par-dessus les sombres vallées industrielles un décor d'une beauté telle que l'œil le plus blasé ne peut s'en rassasier.

Cette féerie transfigure tout pendant le mois de septembre et ne disparaît que vers la mi-octobre. Durant ces quelques semaines, on croirait qu'un tisserand fou a jeté sur tout le paysage son étoffe la plus riche, où la pourpre et l'azur sont rehaussés çà et là de touches d'or et d'émeraude. Car, crevant par endroits le tapis de bruyère, les fougères, les campanules et les myrtilles prolifèrent comme des pierres précieuses au flanc des promontoires. Il n'est pas jusqu'aux arbrisseaux, dont le squelette rabougri et tordu ponctue la lande de graffiti lugubres, qui ne se parent alors de feuillages frais et tendres bruissant gaiement dans la brise.

Tout participe à cette fête. Dans l'air si pur qu'il vibre comme le cristal, les alouettes et les linottes se poursuivent en paraissant glisser sur les rayons du soleil. Si souvent alourdi de nuées grises et menaçantes, le ciel reste d'un bleu éblouissant, dispensant cette lumière, à la fois claire et précise, qui n'appartient qu'au nord de l'Angleterre. La nature entière sourit et se fait aimable. Dans les profondes vallées, comme dans les plus modestes vallons, les cours d'eau chantent ou tintent en se brisant sur les galets, scintillent en une poussière de diamant au bas des grandioses chutes d'eau. Pendant les mois d'été, le murmure de l'eau est partout et forme un contrepoint au chant des oiseaux, aux bêlements des moutons égarés et aux mille bruits dont le paysage est rempli. La vie éclate et règne dans toute sa majesté.

Comme sa mère, Emma Harte aimait profondément la lande, jusque dans ses moments les plus sinistres. Là-haut, au cœur de ces solitudes immenses, elle se sentait chez elle. Elle trouvait dans ces étendues en apparence si vides un réconfort paradoxal à tout ce qui la troublait. Elle s'émerveillait du passage des saisons et de leurs changements spectaculaires et, mieux encore, des modifications subtiles qui intervenaient, imperceptibles pour le profane mais que son œil exercé savait découvrir. Par-dessus tout, elle admirait la magnificence des bruyères en fleur à la fin de l'été.

Tandis qu'elle gravissait le sentier menant du village à la lande, en ce lundi matin d'août, Emma se sentait de bonne humeur. Le soleil pointait déjà au-dessus de l'horizon et jetait des reflets roses sur le vert tendre des pâtures semées de pâquerettes. Une légère brume bleuâtre voilait l'horizon et laissait présager une journée chaude, car il avait fait étouffant depuis le début du mois.

Pour la première fois peut-être, Emma était soulagée de quitter la chaumière familiale. La réaction de son père au départ de Winston l'avait déprimée mais elle savait qu'elle retrouverait son optimisme en passant par le Sommet du Monde. Seule là-haut, dans l'air vivifiant du matin, elle dominerait le paysage paré de sa robe de gala et y retrouverait sa liberté d'esprit et son équilibre. Ce contact avec la lande lui était aussi indispensable que l'air qu'elle respirait.

Petite, elle la parcourait déjà en toute liberté, courant çà et là des plateaux aux vallons, du sommet des collines au fond des cuvettes. Pour compagnons de jeux, elle avait les oiseaux et la foule timide des petites créatures qui peuplaient ce désert vivant. Il n'y avait pas un endroit, si secret fût-il, qu'elle ne connût intimement à des lieues à la ronde. Elle s'était ainsi choisi, au fil des années, ses retraites préférées au secret jalousement gardé, dans une crevasse de rocher ou au détour d'une ondulation. Là, elle savait trouver en toutes saisons une fleur sauvage oubliée par les frimas, un nid d'alouette ou même une source mystérieuse qui coulait en murmurant sur la mousse au plus fort du gel et où il faisait bon boire au creux de la main ou patauger, pieds nus, aux premières chaleurs du printemps.

En s'engageant dans son royaume, Emma oubliait déjà ses idées noires. Le long du sentier si familier, son pas s'accélérait, ses pensées se faisaient plus claires. Le départ de Winston lui faisait certes de la peine, car ils avaient toujours été très proches. Mais elle était contente pour lui et faisait taire son égoïsme. Lui, au moins, avait su trouver le courage nécessaire à son évasion de la médiocrité du village et de l'esclavage de la briqueterie. Il avait su agir avant qu'il ne soit trop tard. Le seul regret d'Emma était que son frère ait cru devoir garder le secret et ne l'ait pas mise au courant de ses projets, de peur sans doute qu'elle n'en prévienne leur père ou qu'elle ne cherche à l'en dissuader. Avec un sourire indulgent, elle maudit Winston de s'être si grossièrement mépris sur son compte. Bien loin de le retenir, elle aurait tout fait au contraire pour l'aider à réaliser son ambition. Car elle connaissait Winston, elle avait depuis longtemps compris qu'il n'était pas fait pour rester enfermé dans l'univers mesquin et étouffant d'une vie de travail abrutissant avec, pour seul dérivatif, les soirées au pub en compagnie d'autres esclaves assommés par l'alcool et la résignation.

Arrivée au sommet de la première éminence, Emma s'arrêta brièvement pour reprendre son souffle. Les majestueuses formations rocheuses de Ramsden Crags se dressaient devant elle, comme pour la défier d'en entreprendre l'ascension. Au lever du soleil, les roches prenaient plus que jamais l'aspect de chevaux mythiques cabrés contre le ciel. Terrifiants en hiver, quand ils se détachaient blanchis par le gel contre la grisaille menaçante des nuages, ils devenaient presque amicaux à la belle saison et semblaient inviter le passant à venir les enfourcher. Emma s'arrêta encore un instant pour admirer ce paysage dont elle ne se lassait jamais. La brume se levait et, en dépit de la brise qui franchissait les crêtes pour balayer la plaine, la chaleur se faisait déjà sentir. Mais Emma, grâce à la fraîche robe de coton donnée par Olivia Wainright, n'en était pas incommodée et jouissait du contact du vent sur ses mollets nus.

Quelques minutes plus tard, elle était à l'ombre de Ramsden Crags. Elle posa son panier de linge et s'assit sur une grosse pierre plate, comme elle le faisait presque toujours ces temps-ci. Car c'était là, au pied de ce Sommet du Monde, qu'elle retrouvait la présence de sa mère, bien plus sûrement que dans la petite chaumière. Emma la sentait encore vivre et respirer parmi ces rochers, en ce recoin abrité et paisible qu'elles aimaient tant toutes deux. Dans les ombres capricieuses adoucies par la brume, elle revoyait sans effort le beau visage qu'elle avait tant aimé, elle entendait tinter son rire cristallin dont l'écho s'amplifiait dans les anfractuosités. Ici, elle pouvait vraiment communier avec elle dans le silence rompu, de loin en loin, par le cri d'un oiseau ou le bourdonnement d'une abeille.

Adossée au rocher tiède, Emma se laissa aller en fermant les yeux pour mieux évoquer l'image de sa mère. Avec un léger sursaut, non de frayeur mais de joie, elle la vit soudain apparaître devant elle, bien vivante et réelle, proche à la toucher. D'instinct, Emma tendit les bras en murmurant un appel et ne rouvrit les yeux que pour voir la silhouette se dissoudre dans les dernières écharpes de brume. Elle fut tentée de céder à la tristesse poignante de cette trop brève apparition, si vite évanouie, mais se rassura en sachant la retrouver à tout moment. L'amour permet cette sorte de miracle et Emma y puisa le réconfort.

Quand elle se fut ressaisie, elle se leva et se mit résolument en route vers la cuvette de Ramsden Ghyll, enfouie dans l'ombre fraîche et où les rayons du soleil ne se frayaient pas encore un passage. Un lapin traversa le sentier sous ses pieds et disparut dans un fourré. Les blocs de rochers se dressaient, noirâtres et rébarbatifs, à peine égayés par des plaques de mousse. Le cœur d'Emma se mit à battre plus vite, comme toujours en ce lieu désolé où la belle saison ne parvenait jamais tout à fait à effacer l'hostilité de la nature et, pour se donner du courage, elle se mit à chanter une complainte irlandaise, apprise de Blackie. Dans le silence du matin, sa frêle voix de soprano s'élevait toute droite comme un filet de fumée. On aurait dit que tout, aux alentours, se retenait de respirer pour mieux l'entendre. Les oiseaux se turent, les lapins arrêtèrent leurs courses folles, les abeilles elles-mêmes se retinrent de butiner.

Quelques pas plus loin, essoufflée, Emma s'interrompit en souriant. La chanson lui rappelait Blackie et, comme toujours quand elle pensait à lui, la bonne humeur lui revenait. Cela ferait bientôt un mois qu'il n'était pas venu la voir au château. Certes, il y avait fini ses travaux depuis longtemps, mais il ne manquait presque jamais de faire un détour par Fairley Hall quand il se trouvait aux environs. Avoir pensé à lui le ferait peut-être réapparaître, à l'improviste comme à son habitude, toujours débordant de rires et de gaieté, souvent les poches pleines de menus cadeaux. Sa vie avait bien changé, depuis sa première rencontre avec Blackie. Il avait été pour elle une sorte de bon génie.

Sortie de la pénombre humide de Ramsden Ghyll, Emma respira plus librement. Autour d'elle, l'immensité ensoleillée de la lande se déroulait, plus somptueuse que jamais. Au loin, portée par la brise, la cloche du village égrena six coups et Emma pressa le pas. Elle allait encore être en retard et, malgré son nouveau statut au château et le travail allégé du moment, elle était sûre que Mme turner en profiterait quand même pour lui adresser des reproches. Souriant de plus belle, elle se mit à courir, entraînée par la pente douce qui menait au champ du Baptiste, et arriva bientôt à la lourde barrière, qu'elle manœuvra avec aisance et dont elle referma soigneusement la clenche.

Depuis plusieurs mois déjà, elle ne se balançait plus sur la barrière, jeu enfantin qui n'était désormais plus digne d'elle. Car elle avait eu quinze ans à la fin du mois d'avril. Elle était désormais une jeune fille, avant de devenir une grande dame, ce dont elle ne doutait plus. Et une jeune fille appelée à de si hautes destinées ne s'adonne pas à des distractions aussi frivoles.

En pénétrant dans la cour pavée, Emma s'arrêta net. Le cabriolet du docteur Malcolm était arrêté devant le perron, son cheval attaché à un anneau. La cour était plongée dans un silence inhabituel à pareille heure et on n'y voyait même pas Tom Hardy, le palefrenier, qui normalement faisait un bruit d'enfer en sifflant à tout rompre pendant qu'il envoyait à pleines fourches l'avoine dans les râteliers. Que pouvait-il bien se passer qui justifiât la présence du docteur au château à six heures du matin ? Il y avait sûrement quelqu'un de malade et Emma, avec une bouffée d'inquiétude, pensa immédiatement à Edwin. La semaine passée, il avait attrapé un mauvais rhume et risquait la bronchite à cause de sa poitrine délicate, comme avait dit Mme Fairley.

Angoissée, Emma se mit à courir et remarqua au passage que les marches de la porte de service n'avaient pas été balayées, ce qui ne fit qu'aggraver son inquiétude. Annie avait beau être une souillon sans cervelle, elle n'aurait jamais commis une si sérieuse entorse à ses devoirs sans raison grave.

A l'aspect de la cuisine, Emma comprit tout de suite qu'il s'était abattu une catastrophe sur la maison. Le feu flambait dans la cheminée, la bouilloire chantait. Mais la cuisinière était effondrée sur une chaise près du feu et oscillait d'avant en arrière. Les yeux clos, son imposante poitrine soulevée par les sanglots, de temps en temps elle essuyait ses joues trempées de larmes avec un coin de son tablier, dont l'humidité disait assez qu'il remplissait cet office depuis un certain temps déjà. Elle ne leva même pas la tête au bruit que fit Emma en entrant.

Assise devant la table, Annie paraissait en meilleur état que Mme turner et c'est vers elle que se dirigea tout d'abord Emma dans l'espoir d'en obtenir quelques éclaircissements. Mais, en s'approchant, elle constata que la jeune servante était encore plus bouleversée que la cuisinière. Elle ne pleurait pas. Mais ses bonnes joues rouges étaient devenues grises comme les cendres du foyer et elle était assise raide, comme paralysée par une sorte de catalepsie. Quand Emma lui toucha la main, sa peau était plus froide que la pierre des marches.

Affolée, Emma sentit son panier lui échapper des mains et l'entendit tomber à terre avec un bruit qui laissa les autres insensibles.

« Mais que se passe-t-il ? s'écria-t-elle. Pourquoi le docteur est-il ici ? Qui est malade ? C'est Monsieur Edwin, n'est-ce pas ? Edwin est malade ? »

Ses paroles résonnèrent dans la cuisine sans éveiller

la moindre réaction et Mme Turner ne sursauta même pas à l'inexcusable inconvenance dont Emma venait de se rendre coupable en appelant le jeune maître par son prénom. L'atmosphère de catastrophe où baignait la cuisine gagna alors Emma qui se sentit céder à la panique. A demi paralysée par la frayeur, elle parvint à lancer un appel étouffé à la cuisinière. Cette fois, elle obtint plus de succès. Mme Turner sortit un bref instant de son inconscience pour tourner vers Emma des yeux rouges et gonflés. Elle ouvrit la bouche, suffoqua comme un poisson hors de l'eau et sombra dans une nouvelle crise de larmes, plus violente encore, où ses sanglots étaient ponctués de gémissements d'agonie.

Malgré son affolement, Emma réussit à retrouver assez de présence d'esprit pour se rapprocher d'Annie et lui posa la main sur l'épaule. Mais Annie braqua sur Emma un regard vide de toute autre expression que la terreur. Elle cligna des yeux, ouvrit et ferma la bouche, tordit son visage en une affreuse grimace mais resta muette et s'évada à nouveau dans la léthargie.

Ce déploiement d'hystérie suffit à provoquer en Emma une réaction de colère plus forte que la peur. Déterminée à avoir enfin le fin mot de cette crise de folie collective, elle secoua Annie avec rudesse, lui cria des injures aux oreilles. En vain. La jeune bonne était redevenue insensible, sourde et muette. Quant à la cuisinière, elle remplissait toujours la pièce de cris et de sanglots et ne semblait pas prête à reprendre conscience.

Emma était décidée à partir à la recherche de Murgatroyd quand le majordome fit son apparition au haut de l'escalier de service. Son visage maigre était plus lugubre que jamais. Fait sans précédent, et qu'Emma remarqua instantanément, il portait sa redingote noire et son nœud papillon, alors qu'à cette heure matinale il aurait dû être en chemise avec son tablier vert. Il descendit l'escalier à pas lents et lourds, s'arrêta sur la dernière marche et s'appuya à la pomme de la rampe en une pose pleine d'emphase théâtrale. Alors, d'un geste large, il se passa la main sur le front et courba la tête, comme accablé sous le poids d'un chagrin indicible. Mais Emma se rendit compte qu'il avait perdu toute son arrogance et que ses affectations de cabotin étaient probablement la seule manière qu'il connût pour exprimer le désarroi où il était plongé.

De plus en plus ahurie, Emma s'approcha de lui :

« Il s'est passé quelque chose de grave, n'est-ce pas ? C'est Monsieur Edwin ? »

Murgatroyd consentit à rouvrir les yeux et la regarda d'un air funèbre.

« Non, c'est Madame.

— Elle est malade ? C'est pour cela que le docteur Malcolm est venu ?

— Elle est morte », laissa tomber le majordome.

Emma recula d'un pas, comme si elle avait reçu un coup en pleine poitrine.

« Madame... Morte ? balbutia-t-elle.

— Oui, morte », répondit Murgatroyd avec un trémolo lugubre.

Malgré le choc qu'elle venait d'éprouver, Emma ne put s'empêcher d'observer que la détresse de Murgatroyd paraissait sincère et que ses manières envers elle étaient, pour la première fois, dépourvues d'hostilité ou de condescendance.

« Mais... Elle n'était pourtant pas malade quand je suis partie jeudi soir, parvint-elle enfin à murmurer.

— Elle ne l'était pas davantage hier au soir... »

Il s'interrompit pour pousser un soupir qui fit taire le soufflet de forge de Mme Turner, à l'autre bout de la pièce.

« Elle est tombée dans les escaliers pendant la nuit, elle s'est cassé le cou, d'après ce que dit le docteur Malcolm. »

Emma dut se rattraper à la table pour ne pas chanceler. Les yeux écarquillés, elle fixait le majordome comme s'il avait été le messager de l'enfer. Mais celui-ci poursuivait son récit, faisant tomber ses mots comme un glas.

« C'est elle qui l'a trouvée à cinq heures et demie, reprit-il en désignant Annie d'un mouvement de menton. Elle allait vider les cendres dans les cheminées. Madame était déjà raide. Elle était couchée au pied du grand escalier, dans le hall d'entrée. En chemise de nuit... La malheureuse fille était folle de terreur. Elle est venue me chercher en hurlant, comme si elle avait vu un fantôme. »

Emma étouffa un sanglot et se cacha la figure dans les mains.

« Oui, c'était un bien horrible spectacle, poursuivit Murgatroyd plus sinistre que jamais. De voir notre malheureuse maîtresse couchée là, qui nous regardait avec les yeux grands ouverts, tout vitreux... Et la tête pliée comme celle d'une poupée cassée... Quand je l'ai touchée, j'ai tout de suite compris qu'elle était morte depuis des heures. Elle était froide comme le marbre. Comme le marbre... »

Annie restait toujours immobile, Emma ne disait rien.

« Je l'ai prise dans mes bras, reprit Murgatroyd, et je l'ai montée dans sa chambre, sans la cogner aux murs. Je l'ai couchée sur son lit... C'était comme si elle dormait tellement elle était belle, avec ses cheveux répandus sur l'oreiller... Il n'y avait que les yeux de gênants. Je ne suis pas arrivé à les refermer et j'ai dû y mettre des pennies jusqu'à l'arrivée du docteur. Pauvre Madame, pauvre Madame... »

Emma se laissa tomber sur une chaise. Elle essuya machinalement ses joues mouillées de larmes et se tassa sur son siège, vidée de ses forces, si choquée qu'elle était incapable de penser clairement. Une seule idée revenait la hanter, dans l'affection instinctive qu'elle avait vouée à Adèle Fairley : la maison était maudite, comme l'avait dit Adèle. Un jour, il devait s'y passer un drame. Adèle avait été la première victime...

Un violent grattement de gorge de Murgatroyd lui fit reprendre pied dans la réalité. Le maître d'hôtel s'arrachait à sa boule d'escalier comme s'il quittait le sein maternel pour se lancer dans un monde plein de mystères et de périls.

« Tous ces pleurs et ces gémissements ne ressusciteront pas cette pauvre Madame, dit-il d'une voix rauque. Allons, secouons-nous. Il y a du travail à faire, la famille dont nous devons nous occuper... »

Il n'avait adressé sa mercuriale à personne en particulier et semblait même s'être inclus dans ce rappel à l'ordre collectif. Emma n'en avait sur le moment retenu que son allusion à la famille.

« C'est vrai, les pauvres garçons, dit-elle en se mouchant. Sont-ils au courant ?

— Le docteur est en train de parler à Monsieur Edwin en ce moment dans la bibliothèque. J'ai informé Monsieur Gerald moi-même des événements, ce matin, après avoir mis Madame sur son lit et expédié Tom au village chercher le docteur. Celui-ci a envoyé M. Gerald à Newby Hall pour prévenir le maître.

— Et Mme Wainright ? » s'enquit Emma.

Murgatroyd retrouva d'un coup son sourire de supériorité méprisante :

« Me prendrais-tu pour un imbécile, ma petite ? J'y ai déjà pensé, bien entendu. Le docteur Malcolm a rédigé lui-même un télégramme et Monsieur Gerald va le faire partir du premier bureau de poste qu'il trouvera sur son chemin. Et maintenant, ma fille, assez fainéanté. Pour commencer, prépare du thé, le docteur en a bien besoin. La cuisinière aussi, d'ailleurs, à ce que je vois », ajouta-t-il avec un ricanement.

Emma hocha la tête sans répondre et se mit au travail, heureuse d'y trouver un dérivatif à son hébétude. Sans quitter sa position stratégique au pied de l'escalier, Murgatroyd haussa le ton pour se faire entendre de la cuisinière :

« Quant à vous, madame Turner, vous feriez bien de vous secouer un peu ! Il y a trop à faire pour continuer à se dorloter. »

La cuisinière tourna son visage en direction du majordome et lui décocha un regard haineux. En ahanant, elle se leva de sa chaise, sa vaste poitrine encore soulevée de sanglots.

« Je sais, Murgatroyd ! répliqua-t-elle d'un ton étonnamment ferme. Il y a les jeunes gens et le maître et la vie continue, je n'ai pas besoin de vos leçons. Le temps de changer mon tablier et je prépare le petit déjeuner. S'il se trouve quelqu'un dans cette maison d'assez sanscœur pour manger quelque chose un jour comme aujourd'hui, ajouta-t-elle d'une voix vengeresse.

— Le docteur a peut-être faim, lui, répliqua Murgatroyd sèchement. Je monte voir s'il n'a besoin de rien. Je vais commencer à fermer les rideaux partout. Il faut montrer du respect pour les morts... »

La cuisinière méprisa cette dernière allusion et noua vigoureusement les cordons de son tablier neuf autour de sa taille imposante.

Comme Murgatroyd allait s'engager dans l'escalier, elle le héla sans daigner se retourner :

« Dites donc, avez-vous pensé à dire à Tom, puisqu'il allait au village, de demander à Mme Stead de venir faire la toilette des morts ? C'est elle la meilleure de la région...

— Naturellement ! dit le majordome en haussant les épaules. Heureusement que je sais garder la tête froide, moi. »

En entendant prononcer le nom de sa mère, Annie parut enfin émerger de la catalepsie où elle était restée plongée.

« Ma maman... Vous avez appelé ma maman ?

— Oui, Annie, lui répondit Murgatroyd d'un ton adouci. Elle ne va pas tarder et tu ferais bien de ne plus faire cette tête-là, elle aura bien assez de travail, la pauvre femme, sans avoir encore à s'occuper de toi. »

Apparemment satisfait de voir l'ordre se rétablir et

son autorité réaffirmée, Murgatroyd tourna les talons et disparut dans l'escalier. Emma, pendant ce temps, avait préparé une grande théière et les trois femmes s'assirent pour boire leur thé chaud. Ce fut Annie qui, la première, rompit le silence.

« Je regrette bien que tu n'aies pas été ici, Emma. C'est toi qui aurais trouvé Madame à ma place... »

Elle s'interrompit pour frissonner.

« Jamais, jamais ne n'oublierai cet air qu'elle avait. Comme si elle avait vu quelque chose d'horrible avant de tomber. »

Emma releva vivement les yeux et fronça les sourcils :

« Qu'est-ce que tu veux dire, Annie ?

— Ce que j'ai dit, tu sais... Comme si elle avait vu une de ces abominations qui marchent dans la lande, la nuit. C'est maman qui m'a raconté ces histoires...

— Tais-toi donc, petite sotte ! s'écria Mme Turner. Et que je ne t'y reprenne plus à nous débiter ces sornettes de fantômes dans cette maison ! Toutes ces superstitions de villageois, grommela-t-elle. Des bêtises, tout ça, c'est moi qui te le dis... »

Mais Emma avait à peine remarqué l'interruption indignée de la cuisinière.

« Je me demande ce que Madame pouvait bien faire dans l'escalier au milieu de la nuit, dit-elle à mi-voix comme se parlant à elle-même. Murgatroyd a dit qu'elle était morte depuis des heures... Il devait donc être vers deux, trois heures du matin quand elle a fait sa chute.

— Moi, je sais ce qu'elle faisait », intervint Annie.

Mme Turner et Emma se tournèrent vers elle, la mine stupéfaite.

« Et comment donc peux-tu le savoir, Annie ? demanda la cuisinière d'un air soupçonneux. A cette heure-là, si je ne me trompe, tu es censée dormir dans ta mansarde. Ne me dis pas que tu te promenais dans la maison !

— Non. Mais c'est moi qui ai trouvé Madame. Il y

avait plein de verre cassé autour d'elle, c'était un des beaux verres, je l'ai reconnu. Elle tenait encore le pied et il y avait du sang séché sur sa main, là où elle s'était coupée... »

Elle s'interrompit un instant pour frémir à ce souvenir.

« Avec un verre à la main, ce n'est pas compliqué de comprendre ce qu'elle faisait, reprit-elle. Je parie qu'elle descendait se verser un...

— Murgatroyd n'a jamais parlé de verre cassé ! interrompit Mme Turner en jetant à la jeune fille un regard courroucé.

— Non. Mais n'empêche que je l'ai vu se dépêcher de tout balayer. Il croit que je n'avais rien remarqué et que j'avais trop peur... »

Mme Turner hésitait entre l'incrédulité et la colère en apprenant cette nouvelle qui, pour elle, équivalait à un sacrilège. Mais Emma avait immédiatement compris qu'Annie n'avait pas menti. Adèle Fairley s'était tuée en allant se chercher à boire...

« Tu ne répéteras jamais rien de ce que tu as vu, tu entends, Annie ? lui dit Emma d'un ton sévère. Jamais rien à personne, pas même au *Squire* s'il te le demandait. Ce qui est fait est fait et moins on en parlera à tort et à travers, mieux cela vaudra. Tu m'as bien comprise ?

— Emma a raison, renchérit la cuisinière. Ce serait malheureux de lancer de vilaines médisances dans tout le village. Cette pauvre Madame a bien mérité de reposer en paix.

— Je vous le promets, je ne dirai rien », répondit Annie en rougissant.

Le silence retomba. Mme Turner digérait mal la découverte scandaleuse dont Emma avait confirmé la véracité. Annie était perdue dans un océan de terreurs dont elle ne voyait pas encore la fin. Quant à Emma, les sourcils froncés, elle était plongée dans des réflexions dont elle sortit enfin pour se tourner vers la cuisinière :

« Vous savez, madame Turner, c'est quand même curieux... D'abord, c'est Polly qui est morte. Après, ça a été le tour de ma mère. Et maintenant, c'est Madame. Toutes ces morts en à peine six mois... »

La cuisinière poussa un profond soupir et avala une rasade de thé pour se donner du courage :

« Dans ces parages, ma petite, on dit toujours que les malheurs arrivent par trois. Espérons que celui-ci sera le dernier... »

Les obsèques d'Adèle Fairley eurent lieu quelques jours plus tard. A cette occasion, on ferma la filature pour la journée afin que les ouvriers puissent assister à la cérémonie, ainsi que les serviteurs et les fermiers du château. Une foule considérable débordait du petit cimetière de Fairley où les villageois, les châtelains des environs et les amis et relations venus de tout le comté se pressaient pour rendre un dernier hommage à la maîtresse de Fairley Hall.

Deux jours après l'enterrement, Olivia Wainright partit pour Londres en compagnie de son neveu Edwin. Exactement huit jours plus tard, Adam Fairley s'en alla à son tour pour rejoindre son fils cadet, installé dans l'hôtel particulier de sa tante à Mayfair.

La filature fut confiée à son directeur, Ernest Wilson, à la plus grande joie de Gerald. Car le jeune homme, que la mort de sa mère avait laissé parfaitement indifférent, ne voyait dans tous ces bouleversements que les aguichantes perspectives qui s'ouvraient enfin à lui. Il comptait bien profiter de l'absence de son père, qu'il souhaitait la plus longue possible, pour se rendre indispensable à la filature et la mettre définitivement et exclusivement sous sa coupe. Enfin, détail à ses yeux non néglïgable, il se retrouvait seul maître au château. Pour Gerald Fairley, la vie s'annonçait parée des plus riantes couleurs.

18

Par un beau dimanche ensoleillé du mois de juin de l'année suivante, Edwin sortit de Fairley Hall pour prendre le chemin de la lande. Il portait d'une main un panier de pique-nique rempli des plus appétissantes friandises de Mme Turner et, de l'autre, un sac de toile contenant des outils de jardinage et autres ustensiles d'un usage obscur pour tout autre que lui.

Car Emma et lui devaient accomplir, à Ramsden Crags, un gros travail qu'ils avaient prévu et préparé depuis plusieurs semaines. L'inclémence du temps les avait forcés d'en ajourner la réalisation à plusieurs reprises. Cette fois, en revanche, plus rien ne semblait s'y opposer. L'avant-veille, vendredi, Edwin avait accompagné Emma jusqu'à Ramsden Crags. Ils s'étaient quittés en se promettant de s'y retrouver le dimanche à trois heures de l'après-midi si le temps le permettait.

Et le temps le permet, se dit Edwin en regardant le ciel. Encore pâle, le soleil jouait à cache-cache avec les nuages qui parsemaient le ciel bleu. Mais rien ne paraissait vouloir annoncer la pluie. Une faible brise jouait de temps en temps avec les feuilles des arbres. L'air était pur et clair et il faisait bon, presque chaud.

En quittant la maison, Edwin évita soigneusement de traverser la cour pavée des écuries. Quand il avait pris son panier à la cuisine, il avait remarqué Annie Stead et Tom Hardy, le palefrenier, en train de bavarder en riant dans un coin des bâtiments et la cuisinière, surprenant son regard curieux, s'était empressée de lui apprendre que « ... ces deux gamins-là se fréquentent, Monsieur Edwin, et à leur âge ça risque de mal tourner, c'est moi qui vous le dis ! » Les tourtereaux étaient probablement trop absorbés par leur badinage pour le remarquer mais Edwin préféra ne pas éveiller inutilement leur curiosité. Non qu'il fût étonnant de le voir partir pour la lande chargé d'un pique-nique, car il le faisait fréquemment. Mais le sac était inhabituel et pouvait éveiller l'attention. Edwin sortit donc du château par l'autre bout, traversa la roseraie close de murs qui le dissimulaient aux regards indiscrets et, de là, gagna le couvert des chênes. Il ne lui fallut plus que quelques instants pour atteindre la lisière du champ du Baptiste et gravir le sentier qui, à travers la lande, mène à Ramsden Ghyll et Ramsden Crags.

Arrivé au sommet, Edwin s'arrêta quelques instants pour respirer à pleins poumons. Il était complètement remis de sa dernière maladie et jamais il ne s'était senti aussi plein de vie et d'énergie. Il avait encore attrapé un rhume au début de mai et, par négligence, l'avait laissé dégénérer en une bronchite qui l'avait cloué quinze jours à l'infirmerie du collège. Le principal avait lui-même insisté pour qu'il passât sa convalescence chez lui, car la fin du trimestre approchait et il n'était pas question de compromettre sa santé déjà délicate.

La voiture qui était venue le chercher au collège était menée par Tom Hardy car son père était absent de Fairley Hall, ce qui se produisait de plus en plus fréquemment depuis quelque temps. En fait, Adam Fairley n'y faisait plus que des apparitions irrégulières quand sa présence y était indispensable. Le reste du temps, il vivait à Londres ou voyageait à l'étranger pour s'occuper, disait-il, d'affaires dont il s'abstenait de spécifier la nature. Il avait cependant engagé un précepteur pour qu'Edwin ne prît pas de retard dans ses études tant qu'il resterait à la maison. Car le jeune homme faisait preuve des meilleures dispositions. Etudiant consciencieux, capable de travailler seul en s'imposant une discipline rigoureuse, il n'avait pas de mal dans les circonstances à maintenir le niveau élevé auquel il était parvenu au collège. Le père et le fils avaient décidé d'un commun accord qu'Edwin s'inscrirait à Cambridge quand il aurait dix-huit ans afin d'y entreprendre des études de droit au collège de Downing, l'un des plus réputés du Royaume-Uni. En attendant, Edwin terminait son année scolaire à Fairley Hall en compagnie de son précepteur.

Ils y vivaient pratiquement seuls, à l'exception de Gerald et des domestiques. Cette situation ne déplaisait pas à Edwin, bien au contraire. Il jouissait ainsi d'une liberté quasi totale en dehors de ses matinées consacrées au travail. Gerald l'ignorait et lui adressait à peine un mot de loin en loin, car il était lui aussi bien trop occupé pour s'intéresser à quoi que ce fût en dehors de son propre travail. Il assurait en effet la supervision des filatures de Stanningley et d'Armley en plus de celle de Fairley et s'y consacrait avec un rare acharnement. Les deux frères ne faisaient donc que s'apercevoir brièvement à l'heure des repas, quand Gerald les prenait au château, ce qui n'était pas toujours le cas. Car il lui arrivait fréquemment d'emporter, le matin, un repas froid qu'il consommait au bureau ou dans un atelier, idée qui paraissait abominable à Edwin.

Pour se rendre à Ramsden Crags, Edwin suivait la ligne de crête et marchait d'un bon pas sur l'étroit sentier en sifflant joyeusement. Le soleil lui caressait le visage, ses fins cheveux blonds dansaient dans la brise et il se réjouissait intensément d'aller à la rencontre d'Emma. Car il était sûr de lui prouver, cet après-midi-là, la justesse d'une théorie dont ils avaient longuement discuté et qu'il se proposait de démontrer en exécutant les mystérieux travaux pour lesquels il s'était muni de tout un attirail. Cet entêtement était peut-être un peu puéril. Mais qu'importe! Ils étaient jeunes, après tout, et avaient bien le droit de se comporter ainsi.

Edwin, cependant, venait de célébrer son dix-septième anniversaire et aimait se considérer comme un adulte. De fait, il portait bien plus que son âge et les récents et tragiques événements qu'il venait de vivre l'avaient mûri. La mort de sa mère, qui avait laissé Gerald parfaitement froid, l'avait au contraire profondément marqué. Il s'était jeté à corps perdu dans l'étude et la lecture et y avait trouvé le seul dérivatif à ses obsessions morbides. Non content de chercher ainsi

271

l'oubli dans les livres, Edwin s'était adonné avec une passion égale à toutes les activités que pouvait lui offrir la vie du collège et s'était mis notamment à pratiquer les sports. Pris du matin au soir, épuisé par l'effort, il avait pu acquérir au fil des mois un certain stoïcisme qui l'avait aidé à supporter le choc. Il était maintenant capable de penser à la tragique disparition d'Adèle sans en avoir le cœur brisé.

Olivia Wainright, sa tante, avait également joué un rôle considérable, bien qu'indirect, dans le développement et la maturation d'Edwin Fairley. Tout de suite après la mort de sa mère, le jeune homme était parti pour Londres y passer le reste de ses vacances scolaires. Il s'y était trouvé en contact avec le cercle des amis et relations d'Olivia : hommes politiques, écrivains, artistes, journalistes, tous personnages éminents dans leur spécialité et, pour la plupart, jouissant d'une certaine célébrité. Les rencontres qu'il fit ainsi, au sein d'une société brillante sans pédanterie et avide de plaisirs sans vulgarité, eurent sur lui une heureuse influence. Consciente du charme de son neveu et de son intelligence, Olivia s'était attachée à lui faire partager le mieux possible ses sorties et ses réceptions, où Edwin découvrit qu'il prenait un vif plaisir et se comportait d'une manière qui lui ralliait toutes les sympathies. Il acquit un vernis et une assurance qui le transformèrent sans, cependant, le faire tomber dans le travers du snobisme. Ainsi, Edwin Fairley était-il devenu un jeune homme bien différent du « chouchou » dorloté par sa mère qui subissait naguère les sarcasmes de Gerald et provoquait les soupirs navrés de son père.

Sa transformation morale s'était accompagnée d'une modification spectaculaire de son aspect physique. Par la pratique des sports, il était devenu un jeune homme d'allure vigoureuse. Sa beauté avait perdu toute mièvrerie et sa ressemblance avec son père s'était accusée de façon frappante. Il avait hérité les yeux bleu-gris expressifs d'Adam Fairley, sa bouche pleine et sensuelle au sourire ironique, les traits fins et intelligents de son visage, sans la rigueur ascétique qui assombrissait encore la physionomie de son père. Edwin était presque aussi grand qu'Adam, large d'épaules, la taille fine et la démarche pleine d'une aisance patricienne. Tout cela lui avait valu, parmi ses condisciples de Worksop, le sobriquet d'Adonis qui l'exaspérait prodigieusement. Et Edwin était trop souvent à son gré plongé dans l'embarras par l'agitation, les regards et les chuchotements que son apparition provoquait chez les sœurs et les cousines de ses camarades.

Car il n'éprouvait que du mépris pour toutes ces jeunes filles de la bonne société et les jugeait sans indulgence. Péronnelles au babillage assourdissant, à la tête vide et au cœur sec, elle le faisaient fuir en l'accablant de prévenances qu'elles croyaient flatteuses quand elles ne lui étaient qu'importunes. Edwin leur préférait infiniment la compagnie d'Emma, qui avait su lui procurer la consolation dont il avait tant besoin après son deuil. Aucune de ces « demoiselles de qualité » et des héritières dont son père lui imposait parfois la fréquentation ne pouvait, aux yeux d'Edwin, soutenir la comparaison avec *son* Emma, dont la beauté, la distinction naturelle, l'intelligence et l'élévation d'esprit lui semblaient sans égales. Le bref moment d'éblouissement qui, l'an passé, l'avait si profondément bouleversé dans le couloir clair-obscur de Fairley Hall se reproduisait en s'intensifiant à chacun de ses retours. Car Emma était plus que belle, elle était en effet devenue éblouissante. A seize ans, elle était complètement formée et sa silhouette était celle d'une femme. Quant à ses traits et à son regard, Edwin ne trouvait pas de mot plus faible que *sublime* pour les qualifier.

En pensant à elle, Edwin eut un sourire extasié. Oui, ce serait bon d'être de nouveau seul avec Emma, loin des regards inquisiteurs et malveillants des autres serviteurs. Et puis, Emma savait toujours trouver le trait d'esprit, la répartie ou la description caricaturale qui touchait juste et le faisait rire. Ainsi, elle avait affublé Gerald du sobriquet de « maigrichon », ce qui avait plongé Edwin dans des tempêtes d'hilarité tant son frère devenait obèse et engraissait de manière répugnante. L'esprit tout plein d'Emma, Edwin pressa joyeusement le pas et arriva bientôt au pied de Ramsden Crags. Il posa ses fardeaux, alla se poster sur un rocher et observa l'horizon en s'abritant d'une main des rayons du soleil.

Emma était en train de franchir la dernière crête du côté opposé. Elle avait vu Edwin avant qu'il ne la remarquât et elle se mit à courir. Les bruyères et les ajoncs lui griffaient les mollets et accrochaient sa jupe qu'ils gonflaient au passage, sa longue chevelure flottait derrière elle comme des rubans dorés par le soleil. Dans le ciel bleu parsemé de nuages blancs, les alouettes se poursuivaient en chantant. Le cœur battant, Emma voyait la silhouette d'Edwin se détacher contre la masse rocheuse. Il la repéra enfin et, de loin, lui fit un grand signe du bras en montrant la corniche où ils s'installaient toujours à l'abri du vent et où ils avaient l'impression de dominer le monde entier. Alors, sans l'attendre, il se mit à grimper.

« Edwin ! Edwin ! Attends-moi ! »

Mais le vent emporta au loin son appel. Edwin ne l'avait pas entendue et continuait son ascension. Quand Emma arriva enfin à Ramsden Crags, hors d'haleine, elle avait les joues rosies par l'effort.

« J'ai couru si vite, j'ai cru mourir ! » lui cria-t-elle.

En souriant, Edwin lui tendit la main pour l'aider à monter le rejoindre.

« Non, Emma, répondit-il tendrement, tu ne mourras jamais. Toi et moi, nous vivrons éternellement, ici, au Sommet du Monde ! »

Emma était debout près de lui, sur la corniche. En reprenant son souffle, elle lui jeta un bref coup d'œil, surprise et ravie de ce qu'il venait de dire et qui correspondait si bien à ses aspirations secrètes. Mais elle n'était pas encore prête à l'attendrissement et préféra le dissiper en riant.

« Je vois que tu as pensé à apporter le sac, dit-elle.

« — Oui, et je n'ai pas non plus oublié le pique-nique.

— On en aura bien besoin, après tout le travail que tu veux nous faire faire !

— Tu verras, Emma, ce ne sera pas si difficile que tu le crois. D'ailleurs, c'est moi qui ferai le plus gros. Reste ici une minute... »

Il se laissa glisser à terre en prenant appui sur les aspérités du rocher et alla ouvrir son sac de toile. Il en sortit un marteau, un ciseau à froid et un gros clou qu'il fourra dans ses poches avant de relever la tête vers Emma :

« Je vais te prouver, dit-il d'un ton solennel, que ce gros rocher ne fait pas naturellement partie des Crags mais qu'on l'a transporté ici et qu'on peut le déplacer. »

Tout en parlant, il alla s'appuyer à une grosse roche de forme allongée comme un menhir. Dressée sur la pointe, elle était adossée à la corniche qu'elle dépassait de plus d'un mètre. Des rochers ronds semblaient la maintenir à la base.

« Je n'ai jamais prétendu le contraire, répondit Emma. Ce que je te répète, c'est qu'on ne trouvera rien derrière que d'autres rochers ou de la terre.

— Pas du tout ! Je suis convaincu au contraire que cette pierre dissimule l'entrée d'un espace creux. Tu vas voir... »

Il remonta sur la corniche, contourna Emma aplatie contre la paroi rocheuse et alla s'agenouiller à l'endroit où la pierre levée s'appuyait contre le rebord de la protubérance. Il sortit de ses poches le marteau et le ciseau à froid et se pencha à l'extérieur. Emma le regardait faire avec curiosité.

« Fais attention de ne pas basculer ! lui dit-elle avec sollicitude. Que comptes-tu faire ?

— Ne t'inquiète pas... Te souviens-tu de cette crevasse où j'ai perdu une pièce d'un shilling, le mois dernier ? Je l'ai écouté tomber et j'ai entendu qu'elle rebondissait beaucoup plus bas, bien que tu aies affirmé n'avoir rien remarqué. Ce que je vais faire maintenant c'est élargir la crevasse pour pouvoir regarder dedans et voir ce qu'il y a au-dessous du niveau de la roche.

— A ton aise! Mais moi je te dis que tu ne verras rien. »

Edwin ne répondit que par un éclat de rire et commença sans plus attendre à s'attaquer aux rebords de la crevasse avec son ciseau à froid. Emma s'assit commodément et le regarda s'escrimer, en secouant de temps en temps la tête avec un sourire incrédule. Sur le moment, elle n'avait pas voulu le contredire pour ne pas aggraver son dépit d'avoir perdu sa pièce, car un shilling était, pour lui comme pour elle, une somme importante. Mais maintenant qu'elle le voyait à l'œuvre, elle trouvait son entêtement plutôt comique. Elle s'abstenait toutefois de le décourager. Cela faisait plaisir à Edwin et elle était heureuse, de son côté, d'être seule avec lui en cet endroit qu'ils aimaient tous deux autant.

Au bout de dix minutes de martèlements acharnés, Edwin était arrivé à agrandir la fente pour en faire une sorte de trou irrégulier d'à peine cinq ou six centimètres de large. Il se baissa pour y coller un œil en s'agrippant des deux mains aux flancs de la pierre levée.

« Alors, tu y vois quelque chose? » demanda Emma en refrénant l'ironie de sa question.

Edwin se releva et secoua la tête.

« Non, rien. C'est tout noir. Mais je n'ai pas dit mon dernier mot... »

Il fouilla dans sa poche pour y trouver le clou et fit signe à Emma de s'approcher :

« Penche-toi et écoute bien. »

Elle lui obéit et vint s'agenouiller à côté d'Edwin, l'oreille collée au bord du trou. Alors, le jeune homme laissa le clou tomber dans l'orifice qu'il avait agrandi. Ils tendirent l'oreille et n'entendirent d'abord rien. Puis une série de tintements étouffés leur parvint avec netteté quand le clou rebondit sur une surface dure.

Edwin se redressa, le visage rayonnant :

« Ah! Tu vois ce que je disais! Tu as bien entendu, cette fois ? »

Emma fit une moue sceptique :

« Oui, bien sûr. Mais ça ne prouve rien. Le clou a très bien pu tomber sur un autre rocher, plus bas.

— Non, impossible, il a mis trop longtemps à tomber. Je te dis qu'il y a une cavité là-dessous. On y va. Tu vas redescendre de la corniche en faisant bien attention à ne pas glisser. Je te suis. »

Pendant qu'Edwin remettait ses outils dans ses poches, Emma redescendait précautionneusement de la corniche. Quand Edwin l'eut rejointe, il enleva sa veste et la jeta négligemment à terre avant de retrousser ses manches. Emma le regarda fouiller dans le sac.

« Qu'est-ce que tu vas inventer, maintenant ?

— Je vais dégager le champ opératoire, chère amie, répondit-il avec une emphase moqueuse. Cela va consister à racler la mousse et arracher les ronces et les mauvaises herbes à la base du rocher. Et tu ne vas pas rester à me regarder les bras croisés. Tiens, ajouta-t-il en lui tendant une binette, attaque-toi à ce côté-ci. Moi, avec ma bêche, je m'occuperai de celui-là. »

La résolution d'Edwin n'avait pas entamé la conviction d'Emma que l'entreprise était une perte de temps. Elle se mit néanmoins à l'ouvrage avec son énergie coutumière et entreprit de sarcler la végétation sauvage comme s'il s'était agi d'anéantir un ennemi redoutable. Un moment plus tard, mise en nage par le soleil et l'effort, elle dut retrousser elle aussi ses manches et dégrafer le col de sa robe.

A eux deux, il ne leur fallut pas vingt minutes pour dégager entièrement la base du rocher. Edwin l'observa avec attention, tourna autour en se courbant et eut enfin un sourire de triomphe. Il prit Emma par la main et l'attira à l'endroit où il était :

« Regarde, Emma, et dis-moi si j'ai eu tort! Là et là, on voit nettement que cette pierre a été rapportée et que les gros rochers ronds lui servent de verrous, en quelque sorte. Jamais une pierre de cette taille n'aurait pu tomber avec autant de précision dans cette position. Si elle a été mise là, c'est donc qu'il y a une raison. »

Emma fut bien forcée de convenir que son ami avait judicieusement raisonné.

« Mais c'est trop gros, Edwin ! ajouta-t-elle. Comment allons-nous faire pour déplacer un rocher de cette taille ? »

Sûr de lui, Edwin montra une sorte de jointure au pied de la roche :

« Je vais tout simplement introduire un levier dans cette fente et faire basculer le rocher.

— Mais ça ne marchera jamais, Edwin ! Tu risques de te blesser !

— Absolument pas. J'y ai déjà pensé et j'ai tout prévu. »

Joignant le geste à la parole, Edwin fit apparaître une barre à mine de l'inépuisable sac de toile. Il l'inséra sous le pied du rocher à coups de marteau, y glissa un gros caillou en guise de point d'appui. Enfin, pesant de toutes ses forces, il s'apprêta à démontrer l'une des lois élémentaires de la physique.

« Ecarte-toi, Emma ! cria-t-il. Va là-bas, à côté des arbres. La pierre va basculer vers l'avant. »

Emma n'avait pas attendu sa recommandation pour se mettre à l'abri. Les mains jointes, inquiète malgré elle, elle vit Edwin s'arc-bouter sur son levier. Ses muscles se gonflèrent, son visage se congestionna. Mais la pierre ne bougea pas.

Vexé de l'inutilité apparente de ses efforts, il se redressa brièvement pour éponger la sueur qui lui coulait dans les yeux et s'attaqua de nouveau à la barre à mine avec une résolution farouche. Dans ses oreilles bourdonnantes, un cri d'Emma retentit soudain :

« Edwin ! Edwin ! Elle a bougé ! Je l'ai vue !

— Oui, je viens de la sentir moi aussi », grogna-t-il.

Sans relâcher sa pression, il insista, pesa de tout son poids sur son levier. Alors, avec un craquement, le rocher céda d'un coup, bascula vers l'avant comme

Edwin l'avait prévu et s'abattit de tout son long en faisant trembler la terre avec un bruit sourd.

Haletant, Edwin se releva. Devant lui, sur la paroi rocheuse, il y avait une ouverture. Elle n'était pas très grande, une quarantaine de centimètres de large sur environ soixante de hauteur, mais paraissait suffisante pour permettre le passage.

Tremblant d'excitation, il se tourna vers Emma :

« Emma, regarde ! Il y a un trou, viens voir ! »

Pendant qu'elle se rapprochait, il se précipita vers l'entrée de la caverne et se pencha, le corps engagé dans l'ouverture. Il se releva presque tout de suite avec un sourire de triomphe pour montrer deux objets au creux de sa main tendue :

« Tiens, voilà le shilling et le clou ! C'est l'entrée d'un petit tunnel qui s'enfonce sous terre... »

Emma regarda les trophées en hochant la tête :

« Où crois-tu qu'il mène ?

— Je ne sais pas, en dessous des Crags sans doute. La colline fait des kilomètres de long... En tout cas, j'y vais. »

Emma le retint par le bras :

« Non, Edwin, c'est imprudent ! Suppose que tu déclenches une avalanche et que tu y restes coincé ?

— Mais non, ça ne risque rien... »

Il s'épongea le visage avec son mouchoir, se passa les doigts dans ses cheveux ébouriffés. Le sourire triomphant s'affermissait sur ses lèvres.

« Rassure-toi, reprit-il, je n'irai pas jusqu'au bout, je vais juste entrer un petit peu pour voir où cela conduit. Il y a des bougies et des allumettes dans le sac et j'ai même pris une corde. Veux-tu être assez gentille pour les chercher ? »

Emma hocha la tête et revint avec le sac de toile. Au moment de le tendre à Edwin, elle recula d'un pas :

« Je te le donne mais à une condition : j'y vais avec toi.

— Absolument pas ! dit-il en fronçant les sourcils. Du

moins pas avant que je n'aie fait une reconnaissance. J'irai seul d'abord et je reviendrai te chercher.

— Absolument pas! répliqua-t-elle en l'imitant. J'y vais avec toi ou je cache la corde et les bougies! Si tu n'as pas peur, je n'ai pas peur non plus. »

Edwin lui fit un sourire plein de tendresse.

« Je sais que tu es brave, Emma! Sérieusement, je crois quand même qu'il vaut mieux que tu restes ici, pour le cas où j'aurais des difficultés. Je vais m'attacher la corde autour de la taille et tu vas en tenir le bout. Il se peut très bien que je tombe sur un labyrinthe et que je ne retrouve pas mon chemin. Tu m'aideras à en ressortir. D'accord? »

Impressionnée par la résolution dont il faisait preuve et par la justesse de ses hypothèses, qu'il venait de démontrer brillamment, Emma fut bien forcée de s'incliner.

« Si tu veux, Edwin. Mais je t'en prie, sois prudent! Avance tout doucement. A la moindre alerte, tire sur la corde pour me faire signe, tu me promets?

— Promis, Emma. »

Elle le vit avec inquiétude se faufiler dans la petite ouverture et disparaître dans l'obscurité. La corde, lovée à ses pieds, se déroula lentement jusqu'à ce qu'Emma fût forcée d'en saisir l'extrémité et, pour la suivre, de se coller à la paroi rocheuse, le bras tendu à l'intérieur. Inquiète, elle tira de toutes ses forces pour se dégager et glissa la tête dans le tunnel :

« Edwin! cria-t-elle de toutes ses forces. Où es-tu? Tu as tiré toute la corde. Reviens! »

La réponse lui parvint au bout d'un moment qui lui parut interminable. La voix d'Edwin se répercutait sur les parois comme si elle provenait d'un puits très profond.

« Non! Laisse filer la corde!

— Jamais! Remonte!

— Lâche la corde, Emma! Tu m'entends? »

Il y avait tant d'autorité dans la voix d'Edwin qu'elle obéit malgré elle. Agenouillée à l'entrée du tunnel, la tête à l'intérieur, elle s'efforçait d'en percer l'obscurité et sentait son cœur battre d'inquiétude.

A son grand soulagement, elle entendit du bruit quelques minutes plus tard et vit les cheveux blonds d'Edwin apparaître au fond du boyau. Elle s'écarta vivement pour le laisser sortir et poussa un cri d'horreur à son apparition. Son pantalon et sa chemise étaient couverts de poussière et son visage souillé de zébrures noirâtres. Mais, quand il se redressa, il arborait un sourire plus éclatant que jamais.

« Edwin, tu es sale à faire peur! s'écria-t-elle. Qu'est-ce que tu as trouvé, là-dedans? ajouta-t-elle sans dissimuler sa curiosité.

— Oh! Emma, c'est prodigieux! Une caverne, une vraie caverne! Tu vois que j'avais raison! Viens, il faut que tu voies cela. On n'a pas besoin de la corde, le tunnel est presque en ligne droite et mène directement à la grotte.

— Une vraie caverne? Oh! Edwin, c'est merveilleux! Tu ne m'en veux pas d'avoir douté de ce que tu me disais?

— Au contraire, répondit-il en riant. Si tu ne m'y avais pas forcé, je n'aurais jamais eu l'idée de persévérer. Allons, viens vite! Il faut que je te montre! »

Il prit plusieurs bougies dans le sac de toile et se réengagea dans le tunnel en jetant par-dessus son épaule :

« Suis-moi et baisse la tête. Le tunnel est très bas au début mais il s'élargit plus loin. »

Emma se glissa à quatre pattes derrière Edwin, avançant lentement dans l'obscurité. Peu à peu, cependant, elle finit par distinguer une vague lueur. Comme Edwin le lui avait annoncé, le tunnel s'élargissait à quelques mètres de l'entrée et ils purent terminer leur parcours debout en baissant simplement la tête. Emma vit enfin trembler la flamme de la bougie qu'Edwin avait laissée dans la caverne quelques minutes auparavant et, bientôt, elle y pénétra à son tour.

Edwin s'affaira tout de suite à allumer les bougies

qu'il disposa en rang sur une étroite saillie qui paraissait faite exprès le long de la paroi près de l'entrée. Emma, pendant ce temps, regardait autour d'elle avec une vive curiosité. Edwin avait raison, la caverne était une vraie merveille. Si vaste qu'on en distinguait à peine les limites, elle avait un plafond en forme de cône irrégulier dont la pointe disparaissait dans l'obscurité. Sur les parois, on voyait des saillies régulières qui alternaient avec des surfaces si parfaitement polies qu'on aurait dit le travail de quelque géant. L'air y était frais mais sec et il se dégageait de cette immense cathédrale naturelle une telle grandeur qu'Emma en ressentit un sentiment de crainte respectueuse.

Edwin vint la rejoindre et lui tendit une bougie allumée :

« Viens, allons explorer notre domaine. »

Ils s'avancèrent lentement et firent quelques pas, quand Edwin buta contre quelque chose et baissa sa bougie.

« Regarde ! s'écria-t-il. On a fait du feu, ici ! Cela veut dire que d'autres ont découvert cette caverne avant nous ! »

Du bout du pied, il écrasa du bois calciné qui tomba en poussière. Emma regardait devant elle et remarqua quelque chose d'encore plus surprenant.

« Edwin ! Là-bas, cela ressemble à une pile de sacs. »

Il se dirigea rapidement dans la direction indiquée et se retourna vers Emma :

« Tu as raison, ce sont des sacs ! Et là, au-dessus, dans cette espèce de niche, il y a un bout de chandelle ! Oh ! Emma. Il doit y avoir des trésors à découvrir, ici ! Partageons-nous le travail. Prends le long de cette paroi, moi je longerai l'autre. Nous nous rejoindrons au milieu. »

Tenant sa bougie devant elle, Emma tournait la tête de gauche à droite, levait et baissait les yeux pour ne pas manquer un pouce de ce qui s'ouvrait devant elle. Mais, à sa vive déception, la partie de la caverne qu'elle explorait semblait ne plus rien receler d'intéressant et paraissait déserte.

Elle s'apprêtait à rebrousser chemin pour rejoindre Edwin quand la lueur de sa bougie accrocha quelque chose sur une surface de roche polie. De loin, cela ressemblait à des lettres gravées. Sa curiosité de nouveau en éveil, Emma s'approcha, leva la bougie. C'était en effet une série d'inscriptions, grossièrement gravées dans la pierre.

C'est alors qu'Emma sentit son cœur s'arrêter de battre. Car le premier mot qu'elle vit s'étaler sous ses yeux était un nom : ELIZABETH. Incrédule, elle déplaça la flamme, découvrit d'autres lettres : ELIZABETTA, ISABELLA... Plus bas encore, disposés les uns au-dessous des autres, les diminutifs les plus courants : LILIBETH, BETH, BETTY, LIZA... En face, la colonne correspondante ne comprenait qu'un nom, répété deux fois seulement : ADAM.

Emma se pencha pour regarder de plus près, avala péniblement sa salive et crut défaillir. Car, maladroitement gravé sur la muraille, il y avait un cœur percé d'une flèche. A l'intérieur du cœur, deux initiales : A et E.

Emma resta comme paralysée, le regard rivé à ces deux lettres, inconsciente du temps qui passait et de l'endroit où elle était. A et E. Les initiales gravées sur le médaillon dissimulé au fond de la modeste boîte à bijoux de sa mère. Un cri se leva en elle : Non ! Non ! Pas ma mère et... lui, cet homme que je déteste ! Pas ma mère et Adam Fairley...

« Emma ! Coucou ! Où te caches-tu ? »

La voix d'Edwin et le bruit de ses pas qui se rapprochaient la ramenèrent brutalement à la réalité et Emma se força à reprendre contenance.

« Par ici », répondit-elle d'une voix tremblante.

Edwin n'avait pas remarqué son trouble et la rejoignit, joyeux et débordant d'enthousiasme.

« As-tu trouvé quelque chose ? demanda-t-il. De mon côté j'ai fait chou-blanc. »

Sans répondre, Emma montra du doigt les lettres gravées devant elle. Edwin s'approcha et lut avec stupeur :

« Adam ! Adam ! Ma parole, c'est mon père ! C'est lui qui a dû découvrir cette caverne ! Ça, alors... Et là, regarde, poursuivit-il en pointant vers l'autre partie du mur, le nom Elizabeth avec toutes les variations possibles, y compris en italien et en espagnol ! C'est extraordinaire ! Qui cela pouvait bien être, à ton avis, cette Elizabeth ? »

Emma fut incapable de répondre. Mais Edwin était tellement pris par son exaltation qu'il ne remarqua pas le changement d'attitude d'Emma ni la pâleur qui s'était répandue sur son visage.

« Ce serait un peu gênant que j'aille le demander à papa maintenant ! reprit-il en riant. Allons, continuons à chercher. Il y a tout un coin, par là, où on n'a encore rien regardé. Tu viens ? »

Sans attendre de réponse, il s'éloigna. Emma resta où elle était, pétrifiée par sa découverte et ce qu'elle impliquait.

La voix d'Edwin vint une nouvelle fois la distraire :

« Viens voir, Emma, j'ai trouvé quelque chose ! »

Emma faillit s'enfuir en courant, sortir de cette caverne qui lui faisait l'effet d'une tombe. Mais elle parvint à se dominer et s'approcha d'Edwin à pas lents. Il était revenu dans l'angle où étaient empilés les vieux sacs et tendit à Emma un galet plat, d'une quinzaine de centimètres de long sur dix de large. Le caillou formait un ovale parfait et ses faces étaient lisses et régulières.

« Regarde de ce côté-ci, dit Edwin en approchant sa bougie. On y a peint une miniature. C'est un portrait, tu vois ? Cela ressemble à tante Olivia. Qu'en penses-tu ? »

Emma n'eut pas besoin d'y jeter un coup d'œil pour se souvenir de l'extraordinaire ressemblance qu'elle avait remarquée un soir, dans la chambre d'Olivia Wainright, et qui l'avait tant bouleversée sur le moment.

Non, faillit-elle répondre, ce n'est pas ta tante Olivia.

C'est le portrait de ma mère, de ma mère qui a été la maîtresse de ton père... De ton père que je hais !

Elle haussa les épaules, accablée.

« C'est tante Olivia, n'est-ce pas ? insista Edwin.

— Oui, probablement », répondit Emma d'une voix sourde.

Edwin contempla un moment le galet et le glissa dans sa poche.

« Je vais le garder », dit-il gaiement.

Emma frissonna et la bougie trembla dans sa main. Cette fois, Edwin s'en aperçut.

« Tu as froid, Emma ? » demanda-t-il avec sollicitude.

Il lui entoura les épaules de son bras, d'un geste protecteur. Emma dut faire un violent effort pour ne pas le repousser.

« C'est vrai, répondit-elle, je n'ai pas chaud. Sortons d'ici, il fera meilleur dehors, au soleil. »

Sans attendre de réponse, elle se dégagea et courut vers l'ouverture de la caverne. Elle souffla sa bougie, la posa à côté des autres sur l'étagère de pierre et rampa le plus vite qu'elle put dans le tunnel. Ce ne fut qu'en se retrouvant à l'air libre qu'elle respira et se sentit soulagée d'un poids énorme, comme si on lui avait enlevé de la poitrine les rochers de Ramsden Crags. Non, se jura-t-elle, jamais elle ne retournerait dans cette caverne. Jamais...

Edwin reparut quelques instants plus tard et chercha Emma des yeux. Elle s'était mise à l'écart, à l'ombre des rochers, et secouait sa robe pleine de poussière. Ses cheveux défaits volaient dans le vent et, sur son visage fermé et durci, il ne put déchiffrer aucune expression. Avec un pincement de cœur, Edwin reconnut la soudaine froideur qui raidissait parfois Emma et en faisait une étrangère hostile, sans qu'il ait jamais pu comprendre la cause de ces changements d'humeur.

Il s'approcha d'elle et lui prit le bras avec douceur :

« Qu'y-a-t-il, Emma ? » demanda-t-il timidement.

Elle se dégagea avec brusquerie et détourna les yeux.

« Il n'y a rien du tout, répondit-elle.

« — Tu as l'air tout drôle, insista-t-il. Tu es sortie de cette grotte comme si tu avais tout d'un coup vu un fantôme...

— Pas du tout, répondit-elle avec un haussement d'épaule. J'avais froid, c'est tout. »

Edwin la regarda un instant, décontenancé, et se détourna à regret, sentant qu'il n'arriverait à rien tant elle avait l'air butée. Il chassa de la main la poussière de ses vêtements, rassembla ses outils épars. Toute sa bonne humeur s'était évanouie et il se sentit inexplicablement déprimé. Emma s'était écartée de quelques pas pour s'asseoir sur la roche plate où elle faisait toujours halte. Edwin l'observa tandis qu'elle arrangeait sa chevelure en désordre avec des gestes pleins d'une grâce inimitable. Elle se croisa ensuite les mains sur les genoux et resta immobile, assise très droite, le regard au loin vers la vallée. Edwin ne put retenir un sourire. Elle avait ainsi une pose guindée si peu conforme à son âge qu'on était tenté d'en rire. Mais il se dégageait cependant de sa personne tant de dignité qu'il était impossible de s'en moquer. Un port de reine, pensa Edwin malgré lui.

Il s'approcha d'elle en affectant la désinvolture et hasarda quelques mots pour faire la paix. Mais elle lui opposa la même incompréhensible froideur et ne lui accorda même pas un regard. Totalement désarçonné, Edwin s'étendit par terre en s'adossant à la pierre plate et ferma les yeux. L'intolérable sentiment de solitude et de vide qu'il avait ressenti lors de cette rencontre fortuite dans le corridor, l'an passé, l'étreignait à nouveau.

Emma, pendant ce temps, ne pensait qu'aux noms gravés dans la grotte. Elle ne pouvait pas admettre, pour la paix de son âme, que sa mère, la douce et tendre Elizabeth, ait pu avoir un sentiment envers Adam Fairley, cette brute, cet exploiteur de la misère humaine! Comment l'aurait-elle pu, d'ailleurs! Jeune fille, sa mère habitait Ripon, avec sa cousine Freda. Emma se raccrocha soudain à cette pensée. Car rien ne prouvait qu'il se fût agi de sa mère. Elizabeth était, après tout, un prénom répandu. Il était plus que vraisemblable que l'Elizabeth en question était la fille de quelque châtelain des environs, une amourette de jeunesse d'Adam Fairley. Celui-ci, d'ailleurs, recherchait sûrement plus volontiers ses amis dans son milieu social et ne se serait jamais abaissé à fréquenter des roturiers !

Mais il restait le galet peint, le portrait. La ressemblance était trop troublante pour être ignorée. Et si c'était bien Olivia Wainright, comme Edwin l'avait tout de suite affirmé ? C'était plausible, probable même...

Quant au médaillon, gravé aux initiales A et E, il ne voulait sans doute rien dire, si l'on décidait de ne rien y trouver de compromettant. Il y avait de par le monde des milliers de personnes dont les noms commençaient par un A. N'importe qui, un amoureux de jeunesse peut-être ou une vieille parente, aurait très bien pu en faire cadeau à sa mère. Le E ne se rapportait peut-être même pas à elle. N'y avait-il pas eu une grand-tante Edwige, du côté de son père ?

Emma retourna cent fois ces mauvaises raisons dans son esprit et finit par en être d'autant plus volontiers convaincue que la seule perspective d'une amitié entre sa mère et Adam Fairley lui paraissait monstrueuse. En l'admettant, elle ne faisait pas que se torturer, elle salissait la mémoire de sa mère, et cela lui était insupportable. Après une dernière hésitation, elle décida donc sans appel que l'Elizabeth de la caverne était une inconnue qui n'avait rien à voir avec sa mère.

Une fois parvenue à cette conclusion, sa belle humeur lui revint très vite et elle baissa les yeux vers Edwin, toujours étendu à ses pieds. Pauvre Edwin, se dit-elle. Elle avait vraiment été méchante et injuste à son égard, alors qu'il était toujours si gentil et si patient avec elle. Elle se pencha et lui donna une petite tape sur l'épaule.

Edwin ouvrit les yeux et regarda Emma avec appréhension. Mais, à sa surprise ravie, elle semblait redevenue aimable. Elle lui souriait et ses yeux verts brillaient d'un éclat joyeux et amical.

« On dirait qu'il est l'heure du thé, dit-elle gaiement. As-tu faim ?

— Faim ? Je dévorerais un éléphant ! »

Heureux de voir le nuage entre Emma et lui totalement dissipé, Edwin se leva d'un bond et alla consulter sa montre dans la poche de sa veste.

« Il est quatre heures et demie passées ! s'écria-t-il. Il est grand temps de manger quelque chose, en effet. Je vais tout de suite préparer le pique-nique. »

Il s'apprêtait à défaire le panier quand il remarqua qu'Emma le dévisageait en pouffant de rire. Déconcerté, il s'arrêta à mi-chemin :

« Qu'y a-t-il de si drôle ?

— Oh ! Edwin, si tu pouvais te voir ! Tu ressembles à un ramoneur. Et tes mains ! Les miennes ne sont pas mieux, d'ailleurs, regarde ! »

Elle lui tendit ses mains, les paumes en l'air. Edwin éclata de rire à son tour. Déjà, Emma s'était levée et s'éloignait en courant.

« Le premier arrivé au ruisseau ! » lui jeta-t-elle par-dessus son épaule.

Edwin s'élança à sa poursuite et n'eut pas de peine à la rattraper. Il la saisit par la ceinture, Emma se débattit sans ralentir et ils tombèrent tous deux en roulant, emportés par la pente, trop secoués par le fou rire pour penser à se relever. Au bord du ruisseau, Edwin parvint à retenir Emma pour qu'elle n'y tombât pas et la tint serrée contre lui.

Ils restèrent ainsi un long moment, le souffle court et le cœur battant, moins par l'effort de la course que par l'émotion qui les étreignait soudain. Emma rompit enfin le charme et se dégagea vivement pour se mettre à genoux.

« Oh ! Edwin, s'écria-t-elle d'un ton faussement scandalisé. Regarde ce que tu as fait ! Ma robe est trempée ! »

Elle montrait du doigt l'ourlet de sa jupe légèrement humecté. Edwin leva les bras au ciel :

« Catastrophe ! Il va falloir demander au soleil son

288

aide toute-puissante pour sécher la traîne de la princesse ! »

Agenouillés côte à côte, ils se débarbouillèrent dans l'eau limpide du ruisseau. Ils restèrent ensuite assis dans l'herbe, de nouveau tout à la joie d'être ensemble. Edwin raconta avec enthousiasme ses projets pour Cambridge, où il serait l'an prochain, décrivit en termes extasiés le rôle qu'il espérait jouer quand il serait avocat, défenseur des opprimés et artisan de l'élaboration de lois plus justes. Quand il eut fini, Emma raconta fièrement le retour de son frère Winston, plus séduisant que jamais dans son uniforme tout neuf, ses ambitions, ses projets d'étude pour devenir peut-être officier et l'effet miraculeux que tout cela avait eu sur leur père, qui reprenait de l'entrain à vue d'œil.

Soudain, elle s'interrompit et regarda en l'air :

« C'est drôle, il m'a semblé recevoir une goutte d'eau. »

Edwin leva la tête à son tour, étonné :

« Le ciel est pourtant toujours aussi bleu au-dessus de nous. Il y a à peine quelques petits nuages gris, par là...

— Les autres doivent être cachés par les rochers. On ferait mieux de retourner prendre le panier et se dépêcher de rentrer au château.

— Toujours trop prudente ! répondit Edwin avec un geste désinvolte. Ce n'est sans doute rien qu'une averse d'été. Cela passera en cinq minutes... »

Il n'avait pas fini sa phrase que le soleil était déjà assombri par une masse de nuages menaçants dont le bord se montrait au-dessus de la ligne de crête et avançait à la vitesse d'un cheval au galop. Tout de suite après, on entendit un violent coup de tonnerre, suivi d'une série d'éclairs aveuglants. Le ciel tout entier avait maintenant pris une teinte gris sombre et le paysage était plongé dans la pénombre.

Edwin se releva en hâte et tira Emma par la main pour l'aider à se lever.

« Viens, allons nous mettre à l'abri ! Le temps change

si vite, dans cette lande de malheur, qu'on ne peut jamais prédire les orages ! »

Ils étaient encore en train d'escalader la pente quand la pluie se déchaîna. Elle tombait avec la puissance sauvage d'une chute d'eau, en véritables torrents rabattus par le vent qui s'était levé tout d'un coup. Quand ils arrivèrent au pied de Ramsden Crags, l'obscurité n'était plus rompue que par la lueur livide des éclairs qui se succédaient presque sans interruption. Le grondement du tonnerre était amplifié par les parois rocheuses et roulait de façon menaçante en les enveloppant d'un tumulte assourdissant. Les deux jeunes gens étaient trempés jusqu'aux os, plus complètement que s'ils s'étaient jetés tout habillés dans le ruisseau, et l'eau coulait de leurs cheveux collés par la pluie en finissant de les inonder.

Edwin jeta à Emma le sac de toile et sa veste pendant qu'il se chargeait du panier d'osier.

« Vite, va dans le souterrain ! lui cria-t-il.

— On ne ferait pas mieux d'essayer de rentrer au château ?

— Pas question, Emma, on n'y arrivera jamais ! dit-il en la poussant énergiquement. Cela m'a tout l'air d'un orage qui peut durer des heures. Attendons la fin dans la caverne, au moins on y sera au sec. Allons, ne discute pas, entre ! »

Malgré son peu d'empressement à retourner dans la grotte, Emma dut bien se rendre aux raisons d'Edwin. Elle connaissait assez la lande pour savoir que, par un temps comme celui-ci, ils y auraient couru les plus grands dangers. Elle s'engouffra donc dans l'entrée du tunnel et Edwin l'y suivit en hâte.

Une fois à l'intérieur de la caverne, ils se séchèrent de leur mieux avec le mouchoir d'Edwin et celui-ci fit preuve de tant d'initiative et d'énergie qu'Emma ne put que lui obéir sans protester.

« Tiens, dit-il en ouvrant le panier, voilà la *Gazette* du dimanche. Déchire-la pour allumer le feu. J'ai remarqué tout à l'heure une pile de bûches près des sacs. Le bois est parfaitement sec et nous n'aurons pas de mal à l'allumer. »

Il prit une bougie et localisa l'endroit où ils avaient vu les traces d'un foyer, lors de leur première visite.

« Nous allons faire le feu ici, déclara-t-il. C'est le meilleur emplacement, il est situé au point où se croisent deux courants d'air. Car il y a une autre ouverture, par là.

— Où mène-t-elle ?

— Je ne sais pas, c'est trop étroit pour que j'aie pu y aller voir. Tout ce que je sais c'est que j'ai senti de l'air frais qui en venait. Allons, dépêche-toi, Emma ! Quand le feu sera pris, nous pourrons nous sécher. Je commence à geler et tu n'as sûrement pas chaud toi non plus. »

Il ne leur fallut pas longtemps pour allumer le feu, car les brindilles et les bûches qu'ils avaient trouvées étaient sèches et s'enflammèrent sans difficulté. Edwin entassa habilement les bûches pour ménager le tirage puis s'attaqua à la pile des vieux sacs. Il y en avait une douzaine qu'il disposa devant le feu, les uns à plat, les autres roulés en forme de traversins qu'il appuya aux murs.

« Et voilà ! annonça-t-il quand il eut fini. Ce n'est peut-être pas aussi moelleux qu'un canapé du salon mais ce sera quand même confortable... »

Emma était restée debout devant le feu. Elle tremblait de froid et claquait des dents. L'eau dégoulinait de ses cheveux dans son cou et sur sa poitrine et elle s'efforçait en vain de sécher sa robe en la tordant.

« Tu sais, je crois que tu ferais mieux d'enlever ta robe, dit Edwin. On va la pendre devant le feu, elle sèchera mieux.

— Enlever ma robe ! s'exclama Emma horrifiée. Voyons, Edwin, je ne peux pas faire ça !

— Ne sois pas bêtement prude, voyons ! Tu portes tout un tas de choses en dessous, des jupons et je ne sais quoi encore, n'est-ce pas ?

— Oui, bien sûr. Mais... »

Elle dut s'interrompre tant elle claquait des dents.

« Alors, fais ce que je te dis, reprit Edwin. Je vais moi-même enlever ma chemise. Si nous restons trempés comme nous le sommes, nous risquons d'attraper tous les deux une bonne pneumonie ! »

Une fois de plus, Emma dut convenir qu'Edwin avait raison. Elle se détourna et se mit à déboutonner sa robe en tremblant, mais c'était cette fois de crainte et de timidité.

« Donne-la-moi ! », lui dit Edwin quand elle eut fini.

Elle la lui tendit derrière son dos, sans le regarder. En baissant les yeux, elle constata quand même que sa pudeur était mal placée, car elle portait, en effet, plusieurs épaisseurs de jupons et de camisoles qui la recouvraient entièrement. Seuls ses bras restaient à demi nus.

Elle hasarda donc un coup d'œil par-dessus son épaule et vit qu'Edwin ne la regardait pas. Il était trop occupé à pendre sa chemise et la robe d'Emma devant le feu, en les posant sur une saillie de la paroi et en les lestant avec des cailloux ramassés par terre. Emma s'approcha du feu de l'air le plus désinvolte qu'elle put et en ressentit immédiatement un grand bien-être. Quand son visage et ses mains se furent réchauffés à la flamme, elle s'efforça de sécher ses cheveux trempés, les tordit en longues torsades et les frotta ensuite entre ses mains au-dessus de la flamme. Edwin, pendant ce temps, semblait parfaitement à l'aise. Il rapprocha le panier des sièges improvisés à l'aide des sacs et en inventoria le contenu. Il eut bientôt tout un assortiment de flacons, d'assiettes, de paquets de sandwiches enveloppés de serviettes étalés autour de lui. Soudain, il poussa un long sifflement de surprise.

« Décidément, cette bonne Mme Turner pense à tout ! Non seulement elle a mis une nappe, mais elle a même ajouté une couverture. On va pouvoir se réchauffer ! »

Il continua de fourrager dans le panier en brandissant d'une main son trophée mais, n'obtenant pas de réponse, il leva les yeux avec inquiétude.

Debout devant le feu, Emma grelottait toujours. Son jupon trempé s'égouttait en formant une mare à ses pieds. Ainsi rappelé à la réalité, Edwin frissonna et, baissant les yeux sur son pantalon, se rendit compte qu'il n'était pas en meilleur état. Il eut soudain conscience que ses jambes étaient devenues des blocs de glace.

« Emma, nous allons attraper la mort si nous restons comme nous sommes. Le feu chauffe à peine, la caverne est trop grande. J'ai bien peur que nous n'ayons qu'une chose raisonnable à faire, c'est de nous déshabiller et de mettre nos vêtements à sécher avec les autres.

— Edwin! Mais ça ne se fait pas! Nous déshabiller... C'est... C'est choquant! »

Edwin sourit malgré lui.

« Fais ce que tu veux, Emma. Mais moi, je n'ai pas l'intention d'attraper une nouvelle pneumonie. Je vais enlever mon pantalon et le mettre à sécher. »

Emma réfléchit en se mordant les lèvres. Elle ne voulait pas être cause d'une rechute de la maladie de son ami. Mais la solution qu'il proposait offensait trop gravement son sens de la pudeur pour qu'elle y souscrive de son plein gré.

« Ecoute, Edwin, dit-elle en hésitant. Avant d'enlever ton pantalon, tu pourrais aller voir dehors si la pluie s'est arrêtée. Nous pourrions courir pour nous réchauffer.

— Ou on peut rester bloqués ici pendant des heures, répondit-il de mauvaise grâce. Enfin, je veux bien aller voir. »

Il s'engagea dans le tunnel le plus vite qu'il put. Mais à l'autre bout, il comprit vite l'inanité d'un espoir de libération prochaine. Le temps avait empiré. La pluie tombait encore plus violemment, rabattue en véritables trombes sur les rochers. Le ciel s'était tellement obscurci qu'il faisait presque nuit. L'orage redoublait de fureur et les grondements du tonnerre éclataient comme des coups de canon en faisant trembler les collines. Son hypothèse la plus pessimiste était donc la bonne : une tempête pareille mettrait des heures à se calmer.

Il rentra vivement la tête à l'intérieur et s'aperçut alors, à sa consternation, qu'il était pris au piège. Pour retourner à la caverne, il lui faudrait ou bien ramper à reculons, ou bien sortir complètement dehors pour se réengager dans le tunnel la tête la première. Après avoir soupesé les difficultés de chaque solution, il se décida pour la seconde, plus expéditive, et l'exécuta à toute vitesse. Mais sa brève incursion à l'air libre avait suffi pour qu'il se retrouve encore plus trempé qu'avant. Quand il reprit pied dans la caverne, il tremblait comme une feuille et claquait des dents. Emma poussa un cri où l'horreur se mêlait à la compassion.

« Grand Dieu, Edwin, pourquoi es-tu sorti ? »

Il lui expliqua sa manœuvre tout en se frictionnant avec une serviette de table de Mme Turner et prit résolument la couverture en s'éloignant de quelques pas.

« Je suis désolé, Emma. Mais, que tu le veuilles ou non, je ne vais pas rester comme je suis. »

Emma se détourna en rougissant et s'absorba dans l'entretien du feu, où elle ajouta quelques bûches. Ses sous-vêtements étaient si mouillés qu'elle n'arrivait pas à les sécher en les tordant. Elle était elle aussi saisie par le froid et frissonnait sans arrêt. Mais elle se refusait obstinément à commettre un acte aussi impudique, même si elle devait en tomber malade.

Du coin de l'œil, elle vit Edwin s'approcher et disposer son pantalon et ses chaussettes sur la saillie de rocher. Elle leva timidement les yeux : il s'était entouré de la couverture qu'il avait nouée à la taille. Elle le couvrait jusqu'à terre, comme un kilt pensa-t-elle malgré elle, et Edwin n'avait effectivement rien d'indécent. Malgré tout, elle se sentit devenir rouge de confusion.

Edwin éclata de rire et s'agenouilla près d'elle.

« Emma, tu as tort de t'entêter ! dit-il en tâtant le bas de son jupon. Regarde, c'est toujours aussi mouillé. Sais-tu ce que tu vas faire ? Je vais te donner la nappe et tu t'en envelopperas comme d'un sari indien... »

Joignant le geste à la parole, il se releva et drapa la nappe autour de ses épaules.

Il lui fallut de longues minutes de persuasion pour convaincre Emma qui, finalement, ne se décida que sur une série d'éternuements. Quand elle prit enfin la nappe qu'il lui tendait, ce fut avec une telle démonstration de méfiance et de crainte qu'Edwin ne put s'empêcher de rire.

« Pour qui diable me prends-tu, Emma ? s'écria-t-il. On dirait que je suis un affreux satyre et que je te force à commettre des actes contre nature ! Tu me connais assez pour savoir que je n'ai aucune mauvaise intention à ton égard, voyons ! »

Cette déclaration fit rougir Emma de plus belle.

« Je sais bien que tu ne me veux pas de mal, Edwin... dit-elle en hésitant.

— Bon, alors c'est entendu. Va là-bas te changer. Pendant ce temps, je vais enfin préparer le pique-nique. Cela nous fera le plus grand bien. »

Emma s'éloigna à regret en serrant la nappe contre sa poitrine. Edwin la suivit des yeux, attendri, et la rappela d'un mot :

« Emma ! »

Elle s'arrêta, se retourna à demi.

« Il ne faut pas avoir peur des amis, Emma, reprit Edwin. Je suis ton ami, n'est-ce pas. Et toi, tu es ma meilleure amie. Ma seule amie, même... »

Elle hocha la tête, ouvrit la bouche comme pour répondre mais se retourna sans rien dire. Edwin la regarda s'enfoncer dans l'obscurité, étreint par une puissante émotion. Elle est si douce, si attachante, pensa-t-il. C'est vrai, elle est la seule amie véritable que j'ai sur terre. Je l'aime comme ma sœur...

Le pique-nique avait été somptueux, grâce à la sollicitude de Mme Turner pour Edwin, son préféré. Emma et Edwin se sentaient réchauffés par les bonnes choses qu'ils avaient mangées de grand appétit et le flacon de vin de mûres dont ils n'avaient pas laissé une goutte.

Etendus côte à côte sur les sacs, adossés au rocher tiédi, ils présentaient leurs pieds nus à la flamme. La gêne qu'Emma avait éprouvée à se trouver dévêtue, enveloppée de la nappe qui la moulait étroitement, avait peu à peu disparu. Car Edwin paraissait ne rien remarquer de son état de semi-nudité et faisait tout pour mettre Emma en confiance. Il avait pourtant été stupéfait de son apparition qui, à ses yeux, se comparait à celle d'une déesse descendue de l'Olympe. Il lui avait fallu faire un violent effort pour ne pas fixer d'un regard admiratif les épaules rondes et menues, les mollets parfaitement galbés et les chevilles fines qui débordaient de l'étoffe. Quant aux courbes que l'on devinait sous les plis de la toge improvisée, Edwin avait senti en les contemplant une boule lui monter dans la gorge et l'empêcher de parler.

Ils avaient bavardé avec l'animation familière qui marquait toujours leurs rapports. Longtemps après, Emma hasarda une question :

« Au fait, que penses-tu de ces inscriptions gravées là-bas, sur le mur ? Crois-tu que c'est ton père qui les a faites ? »

Edwin hocha la tête :

« Certainement. J'y ai beaucoup pensé depuis tout à l'heure et je crois avoir deviné qui était la mystérieuse Elizabeth. A mon avis, poursuivit-il sans remarquer qu'Emma retenait sa respiration, il doit s'agir de la sœur de Lord Sydney. Mon père et les Sydney étaient amis d'enfance et ils sont certainement venus jouer ici. »

Emma exhala discrètement un profond soupir.

« Ah ! oui ? dit-elle d'un ton détaché. Je ne savais pas que Lord Sydney avait une sœur. On ne l'a jamais vue dans la région.

— Elle est morte il y a une dizaine d'années aux Indes, où son mari était diplomate. Je me souviens avoir entendu mon père en parler souvent avec beaucoup d'affection. Ils avaient le même âge, je crois. Plus j'y pense, plus je crois que ce devait être elle. »

Emma éprouva un soulagement si intense qu'elle se

sentit presque sans force. Avait-elle eu tort de sauter ainsi sur des conclusions hâtives et d'accuser sa mère ! Edwin avait raison, comme toujours d'ailleurs.

« Oui, dit-elle en dissimulant son trouble, c'est sûrement cela. A propos, quelle heure peut-il bien être ?

— Allons bon, j'ai laissé ma montre dans ma veste ! J'espère qu'elle marche encore... »

Edwin se leva pour aller fouiller dans la poche de sa veste trempée qui séchait elle aussi devant le feu. Il porta la montre à son oreille et eut un sourire satisfait.

« Elle marche encore et il est six heures. Mais, dis-moi, ton père ne va pas s'inquiéter, au moins ?

— Non, mais c'est Mme Turner qui va se demander où je suis passée. Elle m'attendait pour cinq heures et demie. En voyant le temps qu'il fait, elle aura sans doute cru que j'attendais la fin de la pluie. C'est plutôt à ton sujet qu'elle va s'affoler, Edwin. Tu sais comment elle est.

— C'est bien possible. Espérons qu'elle croira que je me suis réfugié au village. Et puis, nous n'y pouvons rien. Inutile de se tracasser... »

Un roulement de tonnerre plus fort que les autres leur parvint, très étouffé mais clairement reconnaissable, par l'étroite ouverture du tunnel. Emma sursauta.

« On ne va pas rester enfermés ici, Edwin ? » demanda-t-elle d'une voix tremblante.

Il éclata de rire et se rapprocha d'elle.

« Mais non, Emma, la pluie va bien finir par cesser. Viens, serrons-nous l'un contre l'autre pour nous réchauffer. Le tas de bûches diminue et il va falloir l'économiser... Mais tu n'as rien à craindre, Emma, je suis là pour te protéger. Dès que nos vêtements seront secs, nous pourrons nous rhabiller. En attendant, viens que je te frictionne, tu recommences à avoir froid.

— Je veux bien, Edwin. »

Elle se rapprocha, lui tendit un bras avec un sourire confiant. Edwin se mit à frotter énergiquement un bras puis l'autre. Il s'attaqua ensuite à son dos.

Au début, il n'y voyait pas malice. Insensiblement,

toutefois, ses frottements vigoureux se muèrent en caresses de plus en plus langoureuses, remontèrent du dos aux épaules, puis au cou et au visage. Surprise, mais n'attribuant la chaleur qui la gagnait qu'aux efforts d'Edwin, Emma ne protesta pas. Ce ne fut que quand la main d'Edwin s'égara « par hasard » et vint lui effleurer un sein qu'elle sursauta et se recula vivement en lui lançant un regard où la réprobation se mêlait à la crainte. Sans dire un mot, elle se dégagea et mit entre eux une distance respectable.

Edwin rougit :

« Je te demande pardon, Emma. Je te jure que je ne l'ai pas fait exprès. Reviens, voyons, sois raisonnable. Si tu restes là, loin du feu, tu vas te remettre à frissonner. »

Il ne savait s'il devait être furieux contre lui-même et sa maladresse, qu'il croyait sincèrement involontaire, ou soucieux du bien-être d'Emma qu'il avait prise sous sa protection.

Emma ne lui accorda pas un regard. Pelotonnée sur les sacs, les genoux relevés et les mains jointes, elle lui opposait un mur de méfiance et d'hostilité.

« Bon, bon, à ton aise... » grommela Edwin.

Il se détourna et prit une pose identique. Un long silence s'établit entre eux pendant lequel on n'entendit plus que le crépitement des bûches et, lointain et assourdi, le roulement du tonnerre. Emma frissonnait et faisait des efforts pour le dissimuler. Edwin se sentait de plus en plus désemparé par ce nouveau changement d'humeur, que son geste innocent ne justifiait pas à ses yeux. La tête posée sur les genoux, il coula un regard en coin vers Emma pour voir si elle ne s'adoucissait pas. A ce moment précis, les braises s'écroulèrent, une bûche prit feu avec une longue flamme qui illumina la pénombre et la silhouette d'Emma se découpa avec une parfaite netteté.

Edwin réprima un sursaut. Car, dans la lumière plus vive, le corps d'Emma lui apparut en transparence tant la nappe était fine et l'étoffe détendue par la pose de la jeune fille. Avec précision, il distingua le contour de ses seins fermes, de ses longues cuisses rondes. Plus fascinant encore était le triangle d'ombre qui se laissait deviner à leur naissance et dont Edwin, malgré ses efforts, ne put détacher son regard. Une puissante émotion l'envahit en lui nouant la gorge et en faisant naître sur sa peau des ondes de chair de poule.

Ce n'était pas la première fois qu'Edwin ressentait une stimulation sexuelle, car à ce stade de l'adolescence il en faut peu pour s'exciter. Mais c'était la première fois qu'il se trouvait ému de manière aussi puissante et précise, car c'était la première fois qu'il se trouvait aussi proche d'une femme à demi dévêtue et qui ne laissait rien à l'imagination. Un long moment, tout son être se concentra dans son regard au point qu'il en oublia de respirer. Un désir sauvage, incontrôlable, le submergeait, lui hurlait de tendre la main, d'assouvir l'envie qui le faisait trembler.

Finalement, au prix d'un effort héroïque, il détourna les yeux et les fixa sur le mur en face de lui. Le feu y faisait danser des ombres fantastiques qu'Edwin s'efforça de contempler, où il voulut voir des silhouettes d'animaux ou de plantes. Là, c'était un lapin dansant. Là encore, un chêne courbé par le vent... Sa concentration fit peu à peu son effet, son désir décrût. Mais il était incapable de le faire complètement disparaître.

Ce fut Emma, la première, qui brisa le silence d'une voix timide :

« Edwin ? J'ai froid. »

Il se tourna vers elle brusquement, prêt à bondir pour la prendre dans ses bras. Il parvint néanmoins à se contenir.

« Veux-tu que je vienne te réchauffer ? » demanda-t-il.

Elle frissonnait et recommençait à claquer des dents. Mais Edwin avait à peine osé poser sa question, tant il craignait de la rebuter encore une fois et de la perdre, ou plutôt de l'effaroucher définitivement. Aussi fut-il stupéfait de l'entendre répondre à mi-voix :

« Oui, viens... »

Elle leva vers lui un regard timide, à demi dissimulé par ses longs cils et ajouta en rougissant :

« Je te demande pardon, Edwin, je n'aurais pas dû me fâcher. »

Sans répondre, Edwin fut près d'elle en deux bonds. Il l'enveloppa dans ses bras, la poussa avec douceur pour l'allonger sur les sacs. Quand ils furent tous deux couchés côte à côte, il la serra plus fort contre lui et lui fit partiellement une couverture de son corps.

« C'est le meilleur moyen de nous tenir chaud », lui dit-il à l'oreille en hésitant.

Elle se blottit contre lui, avec la confiance d'un petit enfant.

« Oui, je sais », murmura-t-elle.

Edwin chercha désespérément à dissimuler son trouble. Parlant toujours à voix basse pour ne pas révéler son halètement, il fit un geste du menton :

« Regarde, sur le mur là-bas. On dirait des animaux, des arbres, des montagnes... »

Emma sourit et suivit la direction de son regard. Comme par un coup de baguette magique, la caverne avait perdu son aspect rébarbatif et s'était miraculeusement peuplée de tout un monde magique, où le souvenir de sa mère et d'Adam Fairley n'avait plus de place. Elle était devenue leur domaine à eux, Edwin et Emma, et à eux seuls.

La sentant toujours tremblante contre lui, Edwin se remit à lui frictionner les bras et le dos. Très vite, les rugosités de la chair de poule disparurent et la peau d'Emma lui parut de nouveau douce comme le satin. Alors, malgré ses fermes résolutions, les vigoureux frottements redevinrent des caresses. Emma avait levé vers lui ses grands yeux verts si lumineux. Elle avait les lèvres légèrement entrouvertes, dévoilant l'alignement parfait de ses petites dents blanches. Les mains d'Edwin étaient insensiblement remontées, elles écartèrent une mèche de cheveux qui cachait partiellement le visage. Il laissa ses doigts glisser le long des joues d'Emma, souligna le contour si pur de son menton et de son cou. Dans la lueur tremblante des chandelles, jamais sa peau n'avait paru si fine et si fragile.

« Oh! Emma, Emma... murmura-t-il d'une voix rauque. Tu es si belle. Laisse-moi t'embrasser, une fois, une seule fois. »

Elle ne répondit pas. Mais on pouvait lire tant de confiance et d'innocence dans l'expression de ce ravissant visage, tant d'amour malhabile à s'exprimer mais si sincère dans l'éclat de ces yeux d'émeraude qu'Edwin en fut bouleversé. Lentement, avec révérence, il se pencha sur elle, comme s'il voulait plonger et se noyer dans l'eau verte et limpide de ses yeux. Ses lèvres effleurèrent les lèvres d'Emma, qu'elles trouvèrent si douces et tièdes, si accueillantes et affolantes à la fois que ce seul baiser ne put le rassasier. Il accentua sa pression, s'en arracha, recommença pour retrouver cette extase, puis y goûta encore et encore avec une passion grandissante qui ne laissa pas à Emma le temps de protester ni, moins encore, de se détourner.

Quand enfin Edwin releva la tête, étourdi par l'ivresse, Emma avait fermé les yeux. Il posa timidement la main sur sa joue, la caressa, descendit pour s'attarder sur son cou et sur son épaule, hésita, remonta un instant pour redescendre et se poser enfin sur un sein.

Emma eut un sursaut et ouvrit les yeux :

« Non, Edwin, non! Il ne faut pas...

— Un instant, Emma! » dit-il d'un ton implorant.

Il lui ferma la bouche d'un baiser pour faire taire ses protestations, poursuivit et accentua ses caresses. Alors, incapable de se dominer plus longtemps, Edwin glissa la main sous le léger tissu qui s'interposait encore et laissa ses doigts errer à petites touches frissonnantes sur la peau douce et tiède de la poitrine et du ventre.

Emma s'arracha à lui avec un léger cri, les joues rouges de confusion et du désir qu'il avait éveillé en elle mais qu'elle s'efforçait de combattre. Edwin, cette fois, ne la laissa pas s'échapper et la reprit dans ses bras avec douceur et fermeté, la serra contre sa poitrine et lui couvrit le visage de baisers.

« Emma, je t'aime... »

Elle se débattit pour le repousser. Mais elle était sans force, tremblante de la peur que — malgré ses déclarations d'athéisme naïf et son rejet de Dieu — toute son éducation passée lui avait inculquée de l'enfer où l'on est précipité quand on cède aux tentations de la chair.

« Il ne faut pas, Edwin, ce n'est pas bien...

— Chut, Emma! Ma douce Emma, mon Emma que j'aime, dit Edwin d'un ton apaisant. Je ne veux rien faire de mal, je veux simplement que nous soyons l'un contre l'autre, je veux sentir la douceur de ta peau contre la mienne. Je veux te dire que je t'aime... Comment peut-on faire mal à la personne qu'on aime? Je t'aime plus que tout au monde, Emma. »

Les mots d'Edwin la remplirent d'une joie si profonde qu'elle en oublia ses craintes et, d'un mouvement à peine conscient, se serra contre lui. Les yeux levés vers lui, elle scrutait intensément ce visage qu'elle connaissait si bien et dont elle avait appris à aimer la finesse et la sensibilité. Dans la lueur indécise des chandelles, il paraissait irradier le bonheur et les yeux d'Edwin étaient posés sur elle avec adoration. Cela balaya ses dernières réticences.

« M'aimes-tu vraiment, Edwin? demanda-t-elle à voix basse.

— Oui, je t'aime, Emma. Du plus profond de mon cœur. Et toi, ne m'aimes-tu donc pas?

— Oh! si, Edwin, je t'aime. »

Elle se laissa aller contre lui avec un soupir de bonheur. Elle sentait les mains d'Edwin qui se promenaient sur elle, effleuraient, exploraient tout son corps. Mais elle n'eut pas envie d'échapper à ces caresses si douces et qui lui faisaient tant de bien. Soudain, sans qu'elle en ait immédiatement conscience, elle sentit les doigts qui s'arrêtaient à un endroit, le plus secret, le plus interdit de toutes les parties de son corps, et elle ne comprit pas tout d'abord ce qu'Edwin voulait faire. Quand elle s'en rendit compte, il était trop tard pour protester ou l'en empêcher. Car ce contact venait de déclencher en elle des sensations inattendues, déconcertantes mais si intensément délectables qu'elle se sentit tout entière parcourue de frémissements qui lui firent battre follement le cœur. Comme dans un rêve, elle sentit que son corps perdait son poids et sa substance, flottait sur un nuage irréel mais merveilleux et qu'elle se fondait en Edwin, qu'il l'enveloppait, l'enserrait jusqu'à ce qu'elle souhaite de tout son cœur ne plus faire qu'un avec lui. Soudain lasse, sans forces, elle s'abandonna aux caresses qu'il lui prodiguait et qui l'amenaient au paroxysme d'une exaltation qu'elle n'avait encore jamais ressentie.

Parvenue à ce degré d'excitation, Edwin sut contenir son désir pour mieux le ménager et marqua une pause. Emma était étendue devant lui, frémissante et les yeux clos. D'un geste décidé, il défit la couverture qui l'enveloppait encore et la jeta à l'écart. Puis il déroula la nappe qui couvrait Emma. Elle ne fit pas un geste mais elle cligna des yeux et les ouvrit peu à peu pour les fixer sur Edwin. Le corps nu de son ami lui donna un bref instant de crainte. De son côté, Emma apparaissait à Edwin si parfaitement belle, si pure, comme délicatement ciselée dans le marbre, qu'il eut l'impression de commettre un sacrilège.

Mais cette hésitation ne dura guère. Avec infiniment de douceur et de délicatesse, lentement, guidé par la sincérité de son amour et l'extrême sensibilité de son instinct, Edwin entreprit d'aider Emma à surmonter ses craintes. En dépit de leur virginité et de leur inexpérience, ils commencèrent à faire l'amour. Très vite exacerbée par les longs préliminaires, la passion d'Edwin lui donnait, par son intensité même, les intuitions qui suppléent à l'ignorance et, parfois, confèrent plus de génie qu'une longue habitude souvent inattentive. A un moment, il sentit Emma se raidir et étouffer un cri de douleur. Mais il se montra si doux, si patient, il fut si constamment sensible à ses moindres réactions que le souvenir en fut vite effacé et qu'ils se laissèrent emporter ensemble par une extase partagée qui ne semblait jamais trouver de fin.

Etroitement enlacés, ils se mouvaient à l'unisson, éprouvaient les sensations d'une union si parfaite que bientôt leurs jeunes corps ne firent plus qu'un. Emma se sentait fondre, son âme et son corps se dissolvaient. Elle était en Edwin, elle était Edwin. La découverte qu'ils faisaient ensemble de l'amour leur réservait à chaque instant des surprises émerveillées. Emportée par le plaisir, Emma gémissait de joie. Ses mains parcouraient avec une virtuosité instinctive le corps d'Edwin et éveillaient en lui des sensations fulgurantes. Combien de temps passèrent-ils ainsi? Ils n'auraient su le dire, car le temps avait cessé d'exister.

Soudain, le plaisir prit une nouvelle dimension. Et tandis qu'Edwin se sentait exploser en Emma, se mêlant de toutes ses fibres à celle qu'il aimait, il perdit presque conscience. Il ne s'entendit pas crier son nom et l'implorer de ne jamais le quitter, quoi qu'il arrivât.

19

Quelques heures plus tard, aussi soudainement qu'elle avait éclaté, la tourmente cessa. Les torrents de pluie se firent progressivement crachin avant de s'arrêter complètement. Les violentes bourrasques se calmèrent avant de disparaître et un silence de mort s'abattit sur la lande. Car la pleine lune qui brillait d'un éclat métallique dans le ciel redevenu pur jetait sa lumière froide sur un spectacle de dévastation.

Du haut des collines, souvent coupées en deux par les glissements de terrain et transformées en falaises, ruisselaient des cataractes. Leurs lits bloqués par des amas de glaise ou de pierrailles, des ruisselets s'étaient mués en torrents et débordaient en véritables lacs. L'averse s'était abattue sur la lande avec la force brutale d'un raz de marée. Sur son passage, elle avait arraché et déraciné les arbres et les buissons, déplacé les rochers et projeté ces débris en amoncellements qui témoignaient de sa violence. Trop lents à fuir le cataclysme, d'innombrables animaux avaient péri, moutons égarés, oiseaux littéralement hachés par les trombes d'eau, lapins, blaireaux noyés dans leurs terriers...

Partout, la foudre avait aussi laissé sa marque. Çà et là, des troncs fendus et noircis grésillaient encore, malgré la pluie. Un cheval à la pâture, en lisière du village, avait été tué par un éclair sous les yeux de son maître venu le rentrer à l'écurie. Dans le village même, les dégâts étaient considérables et l'on ne comptait plus les toits de chaume soufflés, les ardoises arrachées, les cheminées démolies par la violence de l'ouragan. L'on ne voyait partout que fenêtres défoncées et murs de torchis à demi effondrés. Une chaumière avait même été complètement rasée. Fait plus étrange encore : l'église de Fairley sortait indemne de la catastrophe à l'exception d'un seul vitrail pulvérisé par le vent et dont les milliers d'éclats multicolores jonchaient le dallage de la nef. C'était le vitrail offert par Adam Fairley en mémoire à sa femme Adèle.

Sur les hauteurs de Ramsden Crags, le chaos régnait. L'eau accumulée dans les creux se déversait en véritables rideaux et cascadait par-dessus les rochers. La terre était transformée en un marécage de boue grasse et glissante où l'on enfonçait jusqu'à mi-mollet. Les deux arbres qui, relativement protégés des vents dominants, se dressaient au pied des Crags depuis des décennies, telles deux sentinelles vigilantes, avaient été abattus par les efforts conjugués de la pluie, du vent et de la foudre qui s'acharnaient sur eux. Ils dressaient maintenant leurs racines et leurs moignons calcinés où frémissaient encore quelques feuilles, miraculeusement intactes. Tout autour de l'éminence, le paysage avait été si profondément bouleversé qu'Edwin et Emma, quand ils émergèrent de leur souterrain, ne le reconnurent d'abord pas.

Serrés l'un contre l'autre, ils poussèrent un cri d'horreur devant le désastre, qu'ils contemplèrent les yeux écarquillés par l'incrédulité.

« Quelle chance, grand dieu, nous avons eue de découvrir cette caverne, murmura Edwin. Si nous étions restés dehors, nous serions peut-être morts... »

Emma hocha la tête avec un frisson de peur rétrospective. Ils observèrent autour d'eux la lande bouleversée.

« Regarde! s'écria soudain Edwin en tendant le doigt. La cascade de Dimmerton Falls! C'est incroyable. »

Emma tourna les yeux dans la direction indiquée et ne put retenir un cri de stupeur. La gracieuse chute d'eau qui, en temps normal, égayait la lande de son innocent bruissement avait pris les proportions d'un Niagara. Elle tombait en bouillonnant du haut d'une colline dont elle avait arraché des pans entiers dans sa fureur. Sous la lumière précise et glacée de la lune, le spectacle était grandiose et terrifiant à la fois. Les deux jeunes gens le contemplèrent avec une horreur fascinée. Car, pour rentrer à Fairley Hall, ils étaient obligés de passer à proximité de ce monstre dont les rugissements leur parvenaient malgré la distance.

« Il faut quand même essayer de rentrer, Edwin, dit Emma d'une voix tremblante. Mme Turner va s'affoler...

— Tu as raison, Emma. Je ne sais pas combien de temps nous allons mettre et si nous pourrons même faire un détour pour éviter la cascade. Allons-y, nous verrons bien. »

Il n'était pas question de remettre en place la grosse pierre levée qui obturait l'ouverture de la caverne, car elle était engluée dans la boue. Edwin arracha des branchages aux arbres abattus et aux buissons déracinés dont le sol était jonché alentour et, avant d'occulter l'ouverture, laissa le panier à l'entrée du tunnel. Il valait mieux garder les mains libres pour franchir tous les obstacles.

Ils se mirent en route quelques instants plus tard, remplis d'appréhension. La boue gluante et tenace ralentissait leur marche. A chaque pas, ils glissaient, vacillaient, et ne pouvaient progresser qu'en se cramponnant l'un à l'autre. Partout, ils rencontraient des arbres déchiquetés, des rochers qui obstruaient le sentier, des mares d'eau dont il était impossible de sonder la profondeur. Quand ils arrivèrent enfin à la cuvette de Ramsden Ghyll, ils s'arrêtèrent en poussant un cri : le vallon entier était plein d'eau et menaçait de déborder d'un instant à l'autre. A la surface, flottant au milieu des branches et des débris de toutes sortes, des dizaines de cadavres de petits animaux. Il y avait même un mouton mort, le ventre déjà gonflé et les quatre pattes raidies dressées vers le ciel. Emma se cacha la figure en frissonnant dans l'épaule d'Edwin.

« J'aurais dû me douter que le Ghyll déborderait, dit-il en serrant Emma contre lui. Il faut faire demitour, traverser le ruisseau plus haut et prendre la route basse. On ne pourra jamais passer par les crêtes.

— Nous ne pourrons pas traverser le ruisseau, Edwin ! Si le Ghyll est comme cela, le ruisseau déborde sûrement et la route basse doit être complètement inondée. Et puis, ajouta Emma en hésitant, je ne sais pas nager.

— Ne t'inquiète pas, mon Emma, je suis avec toi. Viens. »

Après l'avoir serrée contre lui et lui avoir donné un baiser, Edwin prit Emma par la main et la guida pour redescendre la pente qu'ils venaient de gravir. Quelques instants plus tard, ils arrivèrent au bord du cours d'eau qui traversait le vallon et qui, en temps normal, était presque toujours à sec. La prévision d'Emma se révéla juste : c'était devenu un torrent qui bondissait en grondant, trop large, trop profond et, surtout, trop rapide pour qu'ils songent à le franchir à gué ou à la nage. Emma s'arrêta et fondit en larmes en se cachant le visage dans ses mains.

« Ne te décourage pas si vite, dit Edwin en fronçant le sourcil. Viens avec moi, tu verras. »

Ils longèrent sur quelques dizaines de mètres le cours du ruisseau, dont l'eau écumait à leurs pieds, alimentée par la multitude des filets qui ruisselaient le long des pentes. Edwin s'arrêta enfin devant un endroit où, moins encaissé, le cours s'étalait et perdait de sa violence.

« Attends-moi un instant et ne bouge surtout pas », recommanda-t-il à Emma.

Il s'avança prudemment dans l'eau, trébucha dans un trou, se releva et fit quelques pas. Il avait de l'eau jusqu'à la poitrine mais le niveau paraissait vouloir se maintenir jusqu'au milieu du lit.

Ainsi rassuré, il se rapprocha du bord et héla Emma, qui le regardait en tremblant de froid et de peur :

« Viens, tu vas te mouiller les pieds mais ce n'est pas grave! Saute sur mon dos et cramponne-toi. Nous avons pied au moins jusqu'au milieu. S'il le faut, je franchirai le reste en nageant! »

Emma hésita longuement. Elle avait toujours eu une peur maladive de l'eau et, en de telles circonstances, la noyade dressait devant elle un spectre redoutable.

Edwin s'impatientait et la rappela avec rudesse :

« Allons, dépêche-toi, que diable! L'eau est glacée! »

Emma surmonta ses craintes et s'avança pas à pas jusqu'à ce qu'Edwin lui saisisse la main et la tire vers lui sans ménagements. Elle monta sur son dos et lui entoura le cou de ses deux bras. Peu après le milieu du cours d'eau, où Edwin savait qu'il avait encore pied, il rencontra un nouveau trou, perdit l'équilibre et se mit à nager d'instinct, Emma toujours cramponnée à lui et trop paniquée pour pousser un cri. Le courant, à cet endroit, formait un tourbillon qui les aspirait vers le fond et les deux jeunes gens passèrent quelques longs moments d'une lutte terrifiante où Edwin sentait ses forces s'épuiser. Il parvint enfin à s'arracher au péril et sentit bientôt le sol sous ses pieds. Epuisé, il agrippa des racines dénudées qui s'offraient à ses mains et parvint à se haler sur le rivage où il se laissa tomber. Emma ne l'avait toujours pas lâché.

Il dut perdre conscience un moment car il se rendit compte, soudain, qu'il était étendu à terre et qu'Emma le frictionnait vigoureusement pour tenter de le réchauffer.

« Merci, Edwin, lui murmura-t-elle en le voyant

rouvrir les yeux. Tu m'as sauvé la vie, tu sais... »

Edwin essaya de répondre. Mais un étau lui serrait la poitrine et la gorge et il ne put que grimacer un sourire. Emma le regardait, prête à pleurer.

« Tu n'es pas malade, au moins? dit-elle d'une voix tremblante. Dis, Edwin, comment te sens-tu? »

Il fut alors secoué d'un violent frisson et parvint à articuler quelques mots.

« Cela ira mieux si nous bougeons. Levons-nous, courons. Cela nous réchauffera peut-être... »

Il se leva avec peine, s'ébroua et rit malgré lui de l'aspect lamentable qu'ils offraient tous deux.

« Nous voilà de nouveau comme des rats noyés! Pauvre Emma, qui avais eu tant de mal à te sécher...

— Nous serons bientôt au château, répondit-elle d'un ton rassurant. Viens vite, mon Edwin. »

La route basse n'était pas inondée, comme Emma l'avait craint, mais l'eau et la boue l'avaient transformée en une véritable patinoire. Accrochés l'un à l'autre, en dépit des innombrables obstacles qu'ils devaient écarter ou contourner, ils réussirent quand même à marcher d'un bon pas. Edwin respirait plus librement et, une fois leurs muscles dégourdis par la marche, ils se mirent à trottiner et même à courir quand l'état du chemin le leur permettait. Ils arrivèrent ainsi, plus vite qu'ils ne le pensaient, à l'entrée du parc de Fairley Hall. Un vantail de la lourde grille de fer forgé avait été à demi arraché de ses gonds et pendait lamentablement en grinçant. Partout, la tempête avait laissé des traces de son passage. Ce n'étaient que massifs de fleurs hachés et labourés, haies déchiquetées, pelouses jonchées de débris. Les buis et les ifs taillés du jardin, orgueil du jardinier, étaient pour la plupart, méconnaissables. Pathétique, le tronc d'un des grands chênes penchait, prêt à s'écrouler, fendu et noirci par la foudre.

Avant de franchir la lisière du bouquet d'arbres, Edwin s'arrêta et prit Emma dans ses bras. Il écarta de son visage les mèches de cheveux collées par la puie, la caressa avec tendresse et contempla longuement ses traits délicatement ciselés par les rayons de lune qui se glissaient entre les branches. Alors, se penchant vers elle, il lui donna un long baiser plein de passion. Ils restèrent longtemps ainsi, étroitement enlacés, leurs corps tanguant à l'unisson, leurs cœurs battant en écho dans le profond silence de la nuit.

« Je t'aime, Emma, murmura enfin Edwin avec ferveur. Je t'aime de tout mon cœur. M'aimes-tu ? »

Emma le fixait de ses yeux verts qui, dans la pénombre, semblaient luire et scintiller. En l'entendant, elle sentit son cœur étreint d'une étrange et plaisante douleur, émotion à la fois douce et poignante qu'elle n'avait encore jamais ressentie. C'était comme un ardent désir mêlé d'un regret mélancolique dont elle était incapable d'analyser et de comprendre la vraie nature.

« Oui, Edwin, je t'aime », murmura-t-elle.

Leurs lèvres se joignirent de nouveau. Longtemps après, Edwin l'écarta assez pour poser sur le visage d'Emma un regard brillant de désir :

« Tu viendras au Sommet du Monde me rejoindre dans la caverne cette semaine, quand le beau temps sera revenu ? »

Emma ne répondit pas tout de suite et son silence souleva en Edwin une peur irraisonnée. Il avait été trop sûr qu'elle accepterait. Et si elle refusait ? Le monde lui parut soudain s'écrouler autour de lui. Il vacilla, se raccrocha à elle en l'étreignant convulsivement :

« Oh ! Emma, réponds-moi, je t'en supplie ! Ne me repousse pas, Emma. Dis-moi que tu acceptes. »

Sa voix rauque tremblait de désespoir. Non, elle ne pouvait pas l'abandonner maintenant, après lui avoir ouvert les portes d'un paradis dont il venait à peine de découvrir les bonheurs prodigieux...

« Qu'y a-t-il, Emma ? insista-t-il. Dis-moi quelque chose, au moins. Tu... Tu n'es pas fâchée contre moi à cause de ce que nous avons fait ? »

L'étrange regard d'Emma l'affolait en le rendant perplexe. Que se passait-il dans sa tête ? L'avait-il si gravement offensée qu'elle ne lui pardonnerait jamais ? Pourtant, elle lui avait dit tout à l'heure qu'elle l'aimait, elle aussi... Alors? Dans son innocence, Edwin était incapable de percer les mystères d'un cœur féminin.

À l'allusion qu'il venait de faire, Emma avait rougi et voulut se détourner. Mais il la maintint de force dans ses bras pour lui faire face. Les yeux verts d'Emma plongèrent dans les yeux gris-bleu d'Edwin et ce qu'ils y virent causa à Emma un bonheur si profond qu'elle se sentit balayée par une vague de joie. Il y avait, bien sûr, la flamme de l'amour et d'un désir impérieux. Mais, à peine discernable derrière ces sentiments, Emma avait reconnu autre chose, comme un éclair de peur. La peur de la perdre.

Elle comprit alors qu'Edwin l'aimait vraiment, autant qu'il le lui avait dit. Elle comprit qu'il la sentait désormais faire partie de lui-même comme elle se sentait lui appartenir corps et âme. Emerveillée, Emma s'attarda un instant à cette pensée. Comment, par quel mystère y avait-il dorénavant dans sa vie une personne qui y occupait une telle place qu'elle avait préséance sur toutes les autres? En s'abandonnant tout à l'heure à Edwin, dans la caverne, Emma n'avait pas prévu une si surprenante éventualité. Elle n'avait pas davantage pensé qu'elle serait elle-même incapable de supporter la douleur de le perdre un jour, ni que cette même douleur, qu'elle lisait en ce moment dans les yeux d'Edwin, lui causerait à elle une peine insupportable.

Elle ne voulut pas prolonger cette torture involontaire et lui fit un sourire rassurant :

« Oui, Edwin, j'irai te rejoindre à la caverne. Et je ne suis pas fâchée contre toi. Ce que nous avons fait, nous l'avons fait ensemble. C'était merveilleux... »

Le désarroi qui assombrissait le visage du jeune homme s'effaça d'un seul coup. Serrant Emma contre lui à l'étouffer, il la couvrit de baisers passionnés en murmurant à son oreille :

« Oh! Emma, mon Emma, je t'aime tant, tu sais... Tu es tout pour moi. Sans toi, je ne pourrais plus vivre. Jure-moi que tu m'aimeras toujours... »

Ainsi enlacés sous les vieux chênes baignés de lune, ils scellèrent d'un interminable baiser l'amour qui devait avoir sur leurs destins une influence déterminante. Ils avaient totalement perdu conscience de leurs vêtements trempés, de leurs membres engourdis qui frissonnaient dans l'air froid de la nuit. Ils ne voyaient et n'entendaient que les mots d'amour qu'ils se chuchotaient entre deux baisers, que leur amour exprimé dans le regard de l'autre. Ils n'avaient pas vingt ans, ils s'aimaient avec les transports d'une passion toute neuve. Ils ne pouvaient pas voir au-delà du moment magique qu'ils étaient en train de vivre.

Ils se séparèrent enfin sur un dernier regard et prirent le chemin de la maison, la main dans la main. Edwin marchait d'un pas léger, plein d'entrain et d'insouciance. Mais Emma, chez qui l'esprit pratique avait vite repris ses droits, se préparait déjà à l'accueil orageux qu'ils n'allaient pas manquer de recevoir.

A peine avaient-ils tourné le coin de la cour qu'ils virent se dessiner le rectangle de lumière projeté par la porte grande ouverte de la cuisine. Mme Turner était debout sur le seuil, immobile comme la statue de l'anxiété, les bras ballants, son visage rebondi blanc comme la pierre. Sans faire un geste, elle donnait cependant l'impression de se tordre les mains de désespoir. En la voyant, Emma lâcha discrètement la main d'Edwin et se laissa distancer de trois pas.

A la vue d'Edwin, l'attitude de la cuisinière se modifia instantanément pour exprimer le soulagement le plus intense. Mais l'inquiétude l'avait si bien rongée et pour si longtemps que ce soulagement se manifesta d'emblée par une vive colère. Si Edwin n'avait pas été le seul maître à la maison ce jour-là, la bonne Mme Turner se serait sans doute laissée aller à des voies de fait en lui administrant une bonne fessée, comme elle le faisait parfois quand il était encore enfant. Elle se domina à grand-peine en prenant bien soin de le faire remarquer.

« Monsieur Edwin! s'écria-t-elle d'une voix perçante.

Vous pouvez vous vanter de m'avoir fait une belle peur! Cela fait des heures, vous m'entendez, des heures que je me fais un sang d'encre à vous attendre! Je vous ai cru emporté par la tempête, noyé, foudroyé, est-ce que je sais... Savez-vous qu'il est bientôt dix heures? »

Edwin s'était arrêté net pour laisser passer la première volée d'apostrophes et se tenait à la lisière de la zone de lumière qui illuminait la cour.

« Si c'est pas malheureux! reprit la cuisinière en attisant son indignation. Vous avez bien de la chance que le maître ne soit pas là et que Monsieur Gerald reste à Bradford jusqu'à demain, sinon vous vous seriez fait tirer les oreilles, c'est moi qui vous le dis! Enfin, a-t-on idée de rentrer à des heures pareilles et de faire mourir tout le monde de peur? Deux fois, vous m'entendez, deux fois j'ai envoyé Tom à votre rencontre avec la lanterne! »

Mme Turner s'interrompit juste assez longtemps pour exhaler un soupir qui aurait victorieusement concurrencé les plus fortes bourrasques et recula d'un pas pour dégager l'entrée de la cuisine.

« Allons, qu'est-ce que vous faites à rester dehors au froid? Rentrez tout de suite vous mettre au chaud, voyons! »

Elle tourna le dos sans plus accorder un regard au coupable et disparut dans la cuisine. Edwin s'avança sur les marches et se retourna pour faire signe à Emma, qui était restée dans l'ombre.

« Viens, n'aie pas peur! chuchota-t-il. Je me charge de Mme Turner. »

Edwin pénétra dans la cuisine, s'offrant à une nouvelle bordée de commentaires mi-indignés mi-apitoyés sur ses vêtements trempés, son visage couvert de boue et les saletés qu'il faisait sur le dallage tout propre, quand la cuisinière interrompit net sa diatribe en voyant Emma se glisser par la porte entrebâillée. Bouche bée, elle la contempla avec stupeur:

« Qu'est-ce que tu fais là, ma fille? s'écria-t-elle. Je te croyais bien à l'abri chez toi, avec ton père. Jamais je n'aurais pu penser que tu aurais mis le nez dehors par un temps pareil ! »

Emma ne répondit pas tout de suite et la cuisinière, imaginant le pire, laissa errer des regards chargés de stupeur réprobatrice d'Edwin à Emma. Les mains sur les hanches, elle s'apprêtait à parler quand Edwin s'approcha d'un pas. D'un ton assuré où il mit ce qu'il fallait d'autorité pour rappeler à Mme Turner à qui elle avait affaire, il se chargea d'expliquer la présence d'Emma :

« Je l'ai rencontrée sur la lande au moment où la tempête commençait. Elle m'a dit qu'elle rentrait ce soir parce que vous lui aviez demandé de revenir vous aider à faire les confitures ou je ne sais quoi et nous avons essayé de retourner ensemble à la maison. Mais en voyant la tournure que cela prenait, j'ai décidé que ce serait de la folie de continuer et nous nous sommes abrités de notre mieux sous des rochers à Ramsden Crags... »

Il s'interrompit pour assener à la cuisinière un regard qui la fit, malgré elle, reculer d'un pas.

« Nous nous sommes remis en route dès que la pluie a cessé mais ce n'était pas facile, je vous prie de le croire. Le Ghyll est inondé, tous les ruisseaux débordent, il y a de la boue partout, des arbres abattus, la route basse est une patinoire... Mais nous voilà quand même sains et saufs. Il n'y a vraiment pas de quoi fouetter un chat, madame Turner. Nous nous serions bien passés d'être en retard et de subir cette tempête, croyez-moi ! »

Décontenancée par l'assurance du jeune maître, la cuisinière grommela quelques mots incompréhensibles et se rattrapa en faisant étalage de son autorité. Elle expédia Annie chercher des seaux d'eau chaude à monter à la salle de bain, dit à Edwin d'aller tout de suite se plonger dans la baignoire et se mettre au lit, où elle lui ferait monter son dîner. Emma fut, elle aussi, dépêchée dans la salle de bain des serviteurs et dans sa chambre avec interdiction d'en sortir.

314

« Et enlevez vos souliers tout boueux, Monsieur Edwin! ajouta la cuisinière en le voyant s'engager dans l'escalier. Vous n'allez pas me traîner ça partout sur les tapis propres, au moins! Ah! jeunesse, jeunesse, il faudrait tout le temps être derrière leur dos, c'est moi qui vous le dis... »

Elle le regarda s'éloigner en dissimulant son attendrissement, car Edwin avait toujours été son préféré. Mais quand elle se retrouva seule, la digne cuisinière s'assit pour mieux réfléchir aux événements de la soirée. L'histoire que lui avait racontée Edwin était certes plausible et elle aurait été tentée de le croire sur parole, car elle ne l'avait jamais encore surpris à mentir comme son frère Gerald. Emma, non plus, ne pouvait guère être soupçonnée de duplicité. Mais Mme Turner ne parvenait pas à se débarrasser d'un sentiment de malaise.

D'abord, s'ils s'étaient réellement rencontrés sur la lande au début de la tempête, ils auraient largement eu le temps d'aller au village se mettre à l'abri et, de là, seraient revenus au château sans mal en prenant le grand chemin. Mais il y avait plus grave. Depuis quelque temps, elle avait surpris les deux jeunes gens à rire et chuchoter dans les coins quand ils ne se croyaient pas observés. A plusieurs reprises, elle les avait aussi aperçus dans le jardin et toutes ces rencontres étaient bien trop fréquentes à son goût. Cela ne présageait décidément rien de bon.

Plus elle y pensait, plus ses soupçons prenaient corps et la digne Mme Turner en vint bientôt aux certitudes. Emma et Edwin... Non, c'était criminel! Cette petite Emma, malgré toutes ses qualités, est en train de commettre une grosse boulette et elle s'en mordra les doigts. Car jamais les serviteurs ne doivent se mêler aux maîtres. A vouloir sortir de sa condition, on s'expose aux plus graves ennuis, c'est fatal!

« Il faut savoir rester à sa place! » dit-elle à haute voix.

En s'entendant parler, elle jeta à la hâte des regards

315

effarés autour d'elle pour s'assurer qu'elle était bien seule. Personne, heureusement, n'était témoin de son émoi. Car, depuis qu'elle avait évoqué le spectre d'une liaison coupable entre Emma et le jeune maître, sa tranquillité d'esprit avait complètement disparu.

Des souvenirs qu'elle espérait oubliés vinrent l'assaillir en foule, si clairs, si vivants qu'elle sursauta en poussant un petit cri. Elle vit se reformer devant ses yeux des scènes dont elle n'avait rien oublié. Le maître, Monsieur Adam, et son père, leurs disputes. Et elle... Elle...

Mme Turner poussa un gémissement à fendre l'âme et s'affaissa sur sa chaise. Non, cela n'allait pas recommencer. Cela ne pouvait pas recommencer. Comme avant...

20

Un panier au bras, un sécateur dépassant de la poche de son tablier, Emma traversa la terrasse et prit le sentier qui menait à la roseraie. Il devait y avoir des invités de marque pour le déjeuner et cela méritait que l'on emplît de roses les grands vases de cristal taillé qui décoraient le salon. Emma avait toujours aimé les fleurs et particulièrement les roses. Aussi, de tout le parc de Fairley Hall, la roseraie était-elle son endroit favori. Formant avec la maison, toujours aussi triste et laide à ses yeux, un contraste frappant, la roseraie possédait un charme paisible et une beauté rafraîchissante où elle aimait se retremper.

Elle était entourée de vieux murs aux pierres moussues et dorées par le soleil où s'épanouissaient des rosiers grimpants soigneusement taillés. A leur pied, des plates-bandes bordées de buis accueillaient une infinie variété de rosiers de toutes tailles et de toutes formes, certains en buissons, d'autres accrochés à des arbustes ou à des treilles. Au centre, comme en contrepoint, un vaste massif entouré d'allées sablées présentait au contraire dans un ordre rigoureux une symphonie somptueuse des plus beaux spécimens. On était environné d'une telle variété de couleurs, allant du carmin le plus éclatant au blanc le plus délicat, on respirait des arômes d'une telle finesse qu'on ne savait si l'œil ou l'odorat était, des sens ainsi sollicités, le plus richement traité. Comme le parc et les alentours, la roseraie avait été durement éprouvée par la tempête du mois de juin. Mais Adam Fairley avait engagé tout exprès des spécialistes pour seconder ses jardiniers et, au prix d'efforts et de dépenses considérables, la roseraie s'était retrouvée parée d'une gloire encore plus éclatante.

En cette belle matinée d'août chaude et calme, le jardin était si beau qu'Emma s'arrêta à l'entrée pour l'admirer à son aise. Le soleil était déjà chargé de senteurs entêtantes. Il n'y avait pas un souffle de vent et, seul, le bourdonnement d'une abeille ou le battement d'ailes d'un oiseau venait de loin en loin en troubler le silence.

Avec un sourire de plaisir, Emma gagna l'ombre d'un mur et se pencha devant les rosiers. Elle savait qu'il ne fallait pas cueillir plus d'une ou deux fleurs par plant pour ne pas détruire l'harmonie d'un parterre et elle se mit au travail avec une délicatesse infinie. Pour la plupart, les roses étaient en pleine maturité et, par conséquent, fragiles. Elle mania donc son sécateur avec précaution et commença à remplir son panier en choisissant avec discernement les nuances de rouge, de jaune ou de blanc en prévision des bouquets qu'elle allait composer ensuite.

Edwin était revenu au château la veille au soir, en compagnie de son père qui rentrait toujours dans le Yorkshire pour l'ouverture de la chasse au coq de bruyère. Le jeune homme venait de passer une quinzaine de jours dans la maison de campagne de sa tante Olivia, dans l'un des comtés du sud de l'Angleterre, et cette courte absence avait semblé une éternité à Emma. Ordinairement, le château était un lieu inhospitalier et froid. Mais sans Edwin et avec la seule présence de

Gerald, Emma s'y était sentie plus oppressée que jamais. Maintenant qu'*il* était de retour, les vastes pièces sombres et silencieuses lui paraîtraient bien différentes. Ses sourires, l'affection dont il l'entourait avec adoration, leurs pique-niques sur la lande — qu'ils avaient poursuivis régulièrement en juin et juillet — lui avaient manqué à un point qui la surprenait elle-même.

Parfois, Emma était retournée seule au Sommet du Monde et s'était assise sur sa pierre plate, le regard dans le vague, les pensées se bousculant dans sa tête. Mais elle n'était jamais retournée dans la caverne sans Edwin. Avant son départ, il lui avait d'ailleurs formellement interdit de déplacer la pierre sans lui, car elle aurait risqué de se blesser. Maintenant qu'Edwin était là, tout allait reprendre sa place et le sentiment de solitude qui avait tant serré le cœur d'Emma était déjà dissipé.

Ils s'étaient hâtivement rencontrés ce matin dans un couloir, le temps de se chuchoter un rendez-vous dans la roseraie avant qu'Edwin parte pour sa quotidienne promenade à cheval. Emma était arrivée avec quelques minutes d'avance mais l'attente la rendait nerveuse. Son panier était déjà presque plein et, si elle tardait trop, la cuisinière se douterait de quelque chose. Enfin, alors qu'elle allait désespérer, Emma entendit le pas d'Edwin qui faisait crisser le sable des allées. Elle releva la tête, le cœur battant. Son regard et son sourire trahissaient le bonheur qui la submergeait.

Edwin l'avait vue et pressa le pas. Qu'il était beau, *son* Edwin! Vêtu d'une chemise de soie blanche, un foulard négligemment noué autour du cou, avec des culottes de cheval impeccablement coupées et des bottes étincelantes, il semblait avoir encore grandi et forci. Il était plus viril et plus séduisant que jamais et Emma sentit sa gorge serrée par la douleur douce-amère qu'elle connaissait bien, désormais. C'était celle de l'amour.

Quand il l'eut rejointe, ils restèrent un long moment face à face, tremblant de joie et de désir, trop heureux

318

de se retrouver pour ne pas d'abord se repaître de la vision l'un de l'autre. Emma se sentit chavirer en lisant dans les yeux gris-bleu d'Edwin le bonheur qu'il avait d'être près d'elle. Sans même penser à jeter un coup d'œil vers la maison, pour s'assurer qu'on ne les observait pas, ils tombèrent enfin dans les bras l'un de l'autre et se donnèrent un long baiser. Puis Edwin s'écarta un peu d'Emma pour mieux l'admirer. Jamais il ne l'avait vue aussi radieusement belle.

Il la prit par la main et l'entraîna vers un banc à l'ombre. Autour d'eux, la roseraie embaumait. Ils s'embrassèrent de nouveau, chuchotèrent les mots d'amour dont ils avaient été privés pendant leur séparation.

« Oh! mon Emma, que c'est bon de te retrouver! dit enfin Edwin. Si tu savais comme je me suis ennuyé chez tante Olivia. Tous les jours, il y avait des douzaines d'invités. Pas un moment de tranquillité. Elle a même donné deux bals, en mon honneur, a-t-elle dit. Je n'en pouvais plus d'être obligé de faire danser ces péronnelles... »

Emma se raidit malgré elle en se sentant traversée par un soudain éclair de jalousie. Ce bref nuage n'échappa pas à Edwin, qui reprit en souriant :

« C'est fini, heureusement, et je suis tellement plus heureux avec toi! Irons-nous au Sommet du Monde dimanche prochain, mon Emma ?

— Dimanche est mon jour de repos... »

Elle avait répondu distraitement, avec une moue lubitative. Edwin fronça les sourcils, étonné de cette réaction inattendue.

« Justement, tu m'y retrouveras, n'est-ce pas ? »

Elle ne répondit pas, se tourna vers lui, sérieuse, et scruta les traits de ce visage qui avait constamment peuplé ses jours et ses nuits. Edwin sourit timidement :

« Te voilà toute pensive! Ne me dis pas, au moins, que tu as changé d'avis et que tu ne m'aimes plus! »

Même sur le ton de la plaisanterie, cette phrase éveilla en lui une soudaine angoisse qui n'échappa pas à Emma.

« Non, Edwin, je n'ai pas changé et je t'aime. Mais... »

Elle hésita, avala sa salive avec peine. Les mots qu'elle devait lui dire restaient bloqués dans sa gorge. Elle ne trouvait pas le courage de les prononcer.

Edwin lui posa tendrement une main sur l'épaule :

« Qu'y a-t-il, Emma ? Pourquoi hésites-tu ainsi ? Tu ne peux pas venir dimanche ? Eh bien, dis-moi pourquoi, je comprendrai.

— Ce n'est pas cela, Edwin. Il faut que je te dise... Je vais avoir un enfant. »

Elle avait lâché sa bombe d'une seul coup, incapable d'imaginer les précautions qu'il aurait fallu prendre pour lui annoncer une nouvelle qui la bouleversait, incapable de porter plus longtemps le poids écrasant de ce fardeau. Elle avait parlé sans le quitter des yeux, en serrant convulsivement ses mains pour les empêcher de trembler.

Il y eut un silence qui parut tomber entre eux comme un rideau de fer et le cœur d'Emma s'arrêta de battre. Elle eut conscience du raidissement d'Edwin, de son recul imperceptible. L'incrédulité qui se peignit sur son visage fut bientôt suivie d'une expression d'horreur.

Comme assommé, il s'affaissa enfin contre le dossier du banc et la dévisagea. Il était devenu livide. Un tic lui tirait un coin de la bouche, un tremblement lui agitait les mains. Il remua un instant les lèvres sans pouvoir proférer un son.

« Grand dieu ! murmura-t-il enfin. En es-tu sûre ? »

Décontenancé par cette réaction, Emma se mordit les lèvres en l'observant avec attention, pour tenter de deviner ce que son attitude impliquait.

« Oui, Edwin, j'en suis sûre », dit-elle à voix basse.

Elle l'entendit alors lâcher une bordée de jurons, ce qui était si peu conforme à son caractère qu'elle en resta interloquée.

Edwin sentait une chape de plomb lui tomber sur les épaules et l'étouffer. Incapable de raisonner de manière cohérente, il ne pouvait penser qu'à une chose.

« Mon père va me tuer, balbutia-t-il.

— Si le tien ne le fait pas, le mien s'en chargera », répondit Emma d'une voix sourde.

Elle hésitait encore à comprendre ce qui se passait en lui, et surtout elle était parfaitement inconsciente de la violence du coup qu'elle lui avait porté.

« Et... et... qu'est-ce que tu comptes faire ? dit-il enfin.

— Tu veux dire, qu'est-ce que *nous* comptons faire, Edwin ? »

Emma se dominait encore assez pour avoir atténué la menace sous-entendue dans sa réponse. Mais elle sentait monter en elle une terreur panique qui lui tordait le cœur. Au cours des semaines précédentes, elle avait longuement pensé à cette scène, sans toutefois avoir prévu la réaction d'Edwin. Elle s'attendait à ce qu'il soit choqué, bouleversé comme elle l'était elle-même, furieux peut-être. Mais elle ne s'attendait absolument pas à ce qu'il rejette d'instinct ses responsabilités et cherche à lui faire porter seule les conséquences de leur acte. Elle avait peur.

« Oui, bien sûr, je voulais dire *nous*, se hâta de répondre Edwin en bafouillant. Mais... es-tu absolument sûre, Emma ? N'est-ce pas simplement un... retard ?

— Non, Edwin. Malheureusement, je suis sûre de ce que je t'ai dit. »

Le silence retomba. Edwin sentait son esprit s'enfoncer dans des sables mouvants où sa raison s'enlisait. Totalement aveuglé par la beauté d'Emma et les élans de passion qu'il éprouvait pour elle, il se rendait compte un peu tard de la stupidité dont il avait fait preuve en ne pensant même pas à s'inquiéter des conséquences naturelles et prévisibles de leurs rapports.

« Edwin, je t'en prie, parle-moi ! Ne reste pas comme cela, dis quelque chose ! Aide-moi, je t'en supplie ! Depuis ton départ, je suis folle d'inquiétude, je ne pouvais rien dire à personne... J'ai été seule à porter le poids de cette nouvelle et j'attendais avec tant d'impatience ton retour... »

Edwin avait à peine entendu ce pathétique plaidoyer. Il se torturait les méninges sans parvenir à entrevoir de solution et se sentait enfermé dans un effrayant dilemme auquel il ne voyait pas d'issue.

A la fin, une vague lueur se fit jour dans son esprit. Il se gratta la gorge, gêné, et parla en trébuchant sur les mots :

« Ecoute, Emma... J'ai entendu dire qu'il y a des docteurs qui... s'occupent de ce genre de choses. Au début, il paraît que ce n'est pas grave... Il doit y en avoir un à Leeds ou à Bradford... Cela coûte cher mais je me débrouillerai... Il faut en chercher un. »

Emma resta sidérée de ce qu'elle venait d'entendre. Les mots d'Edwin furent pour elle autant de poignards plongés dans sa chair. Elle le contempla muette d'horreur, accablée de le découvrir aussi égoïste, aussi vil. A la fin, la colère la fit revivre.

« Ai-je bien entendu, Edwin ? explosa-t-elle. Tu veux que j'aille me livrer à un charlatan, à un de ces bouchers qui risque de me tuer ? C'est cela que tu me proposes, Edwin ? »

Sous le sombre éclat des yeux verts, Edwin eut un mouvement de recul et fit un geste des deux mains :

« Je ne sais pas quoi te proposer d'autre, Emma ! dit-il plaintivement. Ce qui nous arrive est une catastrophe. Une catastrophe ! Tu ne peux pas garder cet enfant ! »

Il s'interrompit, encore plus troublé, encore moins conscient de ce qui lui arrivait. Bien sûr, eut-il la force de penser, l'honneur exigerait que je l'épouse. Nous pourrions nous enfuir, aller à Gretna Green, en Ecosse, où l'on peut se marier sans formalités, paraît-il. Il ouvrit la bouche pour le dire, se ravisa. Epouser Emma... Edwin frissonna en pensant à la fureur de son père. Adam Fairley ne le tuerait pas, bien entendu. Mais il ferait bien pire : il le déshériterait. Edwin se retrouverait seul au monde, sans rien. Il ne serait plus question de Cambridge, d'études de droit. Plus question d'avenir. A son âge, que ferait-il d'une femme, comment la ferait-il vivre ?

Ses yeux se posèrent sur Emma qu'ils détaillèrent sans qu'Edwin en eût pleinement conscience. Emma était belle, on ne pouvait en douter. Ce matin, surtout, avec ses cheveux châtains aux reflets roux qui brillaient dans le soleil comme une couronne d'or. L'ovale de son visage, sa peau fine plus pâle que d'habitude et qui prenait des reflets de porcelaine. Ses yeux, surtout, ses admirables yeux d'émeraude... Il ne faudrait pas grand-chose pour la transformer. Des robes, quelques leçons d'élocution et de maintien... Elle avait déjà une distinction naturelle telle qu'il serait sans doute facile d'inventer une famille, une histoire plausible...

Mais avec quel argent vivre, payer les robes ? Car son père ne serait pas seulement furieux, il en deviendrait fou de rage ! Voir son fils, son Edwin, se mésallier à ce point, épouser... une femme de chambre ! Non, cela ne pourrait jamais aller. On ne comble pas de tels fossés. Quoi qu'il fasse, quoi qu'il arrive, ce serait la ruine pour lui. Et pour elle. Deux vies brisées.

Edwin avala sa salive avec peine et resta silencieux. Les mots qu'il était prêt à dire quelques instants auparavant restèrent dans sa gorge. Il venait ainsi de commettre une erreur dont il ne mesurerait la portée que bien des années plus tard.

Emma avait suivi sur le visage d'Edwin toutes les étapes de son débat intérieur et n'eut pas de peine à y voir la conclusion, son rejet définitif. A son propre étonnement, elle n'en fut pas surprise. C'était la règle du jeu. Avait-elle été assez sotte, assez aveugle pour espérer qu'il en serait autrement et ne pas mieux s'y préparer ! D'un violent effort elle fit taire les sentiments de désespoir, de dégoût et de haine qui l'agitaient, et se redressa avec défi.

« Non, Edwin, dit-elle avec calme, je n'irai pas voir un charlatan. A ton silence, je me rends compte que tu n'es pas davantage prêt à m'épouser... »

Elle s'interrompit pour faire entendre un bref éclat de rire amer et cinglant.

« Ce ne serait d'ailleurs pas convenable, n'est-ce pas,

Monsieur Edwin? reprit-elle. Les maîtres et les domestiques peuvent bien coucher ensemble, mais de là à se marier, il y a un monde! »

Edwin fit une grimace et devint cramoisi, tant elle avait su lire ses pensées et lui avait craché son mépris au visage.

« La question n'est pas là, Emma! protesta-t-il. Ce n'est pas parce que je ne t'aime pas. Mais nous sommes trop jeunes, toi et moi, pour nous marier. Je dois aller à Cambridge à la rentrée. Et mon père...

— Oui, je sais, il te tuerait, tu l'as déjà dit », coupa Emma sèchement.

Elle lui assena un regard où se lisait une condamnation si définitive, un mépris si profond qu'Edwin pâlit et recula. Jamais il ne pourrait oublier la haine qu'il avait lue, ce matin-là, dans les yeux verts d'Emma Harte.

« Emma, je... je suis profondément... sincèrement... »

Elle l'interrompit d'un geste impérieux.

« Il faut que je quitte Fairley, dit-elle. Le château et le village. Je préfère ne pas pousser mon père à faire quelque chose qu'il regretterait, s'il était au courant. D'ailleurs, il ne survivrait pas à la honte et je lui dois au moins de la lui épargner. »

Edwin détourna les yeux et fixa le sable de l'allée, rougissant de plus belle.

« Quand... quand comptes-tu partir? »

Ainsi, pensa-t-elle, il ne peut même pas attendre de me voir filer!

« Le plus tôt possible. »

Les coudes sur les genoux, Edwin cacha son visage dans ses mains. Emma partirait. C'était peut-être cela la solution idéale, après tout... Légèrement soulagé, il leva timidement les yeux vers elle pour les détourner aussitôt.

« As-tu de l'argent? » demanda-t-il.

Emma ne répondit pas tant elle se sentait envahie par la nausée. La trahison d'Edwin, sa veulerie, les sentiments de colère, d'humiliation, de haine qui l'agitaient lui serraient la poitrine dans un étau. Le parfum douceâtre des roses lui soulevait le cœur. Elle voulait fuir cette odeur, fuir ce garçon qui la torturait, ce jardin qui avait été son calvaire.

Elle parvint à se dominer assez pour répondre :

« Oui, j'en ai mis un peu de côté.

— Je ne possède en tout et pour tout que cinq livres reprit Edwin. Bien entendu, je te les donnerai, si cela peut te rendre service. »

Son premier mouvement fut de refuser avec indignation. Sans même se rendre compte, cependant, elle accepta :

« Merci, Edwin. Au fait, j'aurais aussi besoin d'une valise, ajouta-t-elle amèrement.

— Naturellement. J'en porterai une dans ta chambre cet après-midi et je mettrai les cinq livres dedans.

— Merci, tu es trop aimable. »

L'amertume de son ton le fit grimacer :

« Je t'en prie, Emma, essaie de comprendre...

— Oh! mais je comprends parfaitement, Edwin! Crois-moi, j'ai très bien compris! »

Sous l'effet cinglant des paroles d'Emma, Edwin rougit et se leva d'un bond. Alors, gêné, mal à l'aise, il resta debout devant elle en se dandinant gauchement d'un pied sur l'autre. Il n'osait pas s'en aller, alors qu'il en mourait manifestement d'envie, qu'il avait hâte d'échapper enfin à cette pénible scène, à cette jeune fille qui le jugeait et le condamnait...

Emma le toisait avec une lucidité impitoyable. Oui, il était beau, Edwin Fairley. L'image du parfait *gentleman*. Mais qu'y avait-il derrière cette élégante façade? rien. Une poule mouillée, une lavette. Un gamin veule et apeuré dans un corps d'homme. Rien d'autre. Il ne valait même pas la poussière qu'elle foulait du pied...

Elle se leva à son tour et prit son panier de roses. Elle s'était ressaisie et se tourna vers Edwin, digne et calme :

« Je ne pourrai malheureusement pas te rendre ta valise, Edwin, car je ne te reverrai plus. Plus jamais, Edwin, aussi longtemps que je vivrai. Adieu. »

Elle s'éloigna lentement, droite, la démarche pleine d'une dignité qui masquait la sensation de dévastation qu'elle éprouvait. Autour d'elle, le jardin était plongé dans le silence. Tout lui semblait voilé d'irréalité. A chaque pas, l'air semblait s'assombrir, ses yeux se couvrir d'une taie. Un froid glacial l'envahit. Son cœur s'arrêtait par moments pour s'affoler ensuite et battre comme un oiseau qui cherche à s'échapper de sa cage.

Emma marchait toujours, posant machinalement un pied devant l'autre, les soulevant avec une peine infinie comme s'ils collaient à la terre. S'attendait-elle vraiment à ce qu'Edwin l'épouse? Sans doute pas... Mais elle avait été stupéfaite de le voir réagir avec une insensibilité aussi révoltante, une telle indifférence pour sa situation à elle, une telle pusillanimité. Il n'avait même pas dit un mot, exprimé le moindre sentiment pour l'enfant qui allait naître, son enfant! Un homme, cela? Allons donc! C'était à la fois pitoyable et ridicule. Lui, Edwin Fairley, n'avait à son âge et dans sa position sociale que cinq livres pour toute fortune! Elle, la petite villageoise devenue domestique, elle en avait davantage. Quinze, pour être exact. Sans compter sa volonté de fer, son ambition. Et sa détermination à réussir.

Figé au même endroit, Edwin suivait des yeux la silhouette d'Emma qui s'éloignait dans l'allée. De plus en plus mal à l'aise, de plus en plus troublé, il fit un pas pour la rejoindre, s'arrêta, la héla:

« Emma! Emma! Attends, je t'en prie! »

Son cœur battit en la voyant s'arrêter. Allait-elle répondre, se retourner? Non. Elle n'avait brièvement stoppé que parce que sa jupe était accrochée dans des épines. Quand elle se fut dégagée, elle gravit les marches de la terrasse et quitta la roseraie sans avoir une fois regardé en arrière.

Edwin était toujours à la même place, pétrifié. Soudain, au moment où il vit Emma disparaître derrière une haie, une sensation étrange provoqua en lui une violente terreur, comme si par une ouverture impossible à refermer une force inconnue aspirait toute sa substance vitale pour ne laisser subsister aucun sentiment, aucune émotion. Il se sentit littéralement vidé, son corps une enveloppe sans vie, sur du néant. Cette sensation éprouvée à dix-sept ans, Edwin Fairley n'allait plus jamais la perdre. Elle l'accompagnerait toute sa vie et jusque dans la tombe.

Emma entra dans la serre et la traversa jusqu'à la petite pièce par où elle communiquait avec la maison. Elle posa son panier sur la table, poussa le verrou de la porte et se précipita vers l'évier. Alors, elle ne résista plus et vomit jusqu'à ce qu'elle pensât en mourir. Quand enfin son malaise prit fin, elle resta un instant immobile, pliée en deux, trop faible pour réagir. Peu à peu, elle se ressaisit, actionna le bras de la pompe et s'aspergea le visage d'eau froide en respirant profondément.

Ensuite, comme une automate, elle s'occupa de ses roses. A gestes précis, elle égalisa les tiges, coupa des feuilles, disposa les fleurs dans les vases de cristal. Le parfum des roses l'incommodait à tel point qu'elle pouvait à peine le supporter. Par la suite, elle conserverait une haine tenace pour ces fleurs qu'elle avait tant aimées. Pour le moment, elle devait bon gré mal gré s'en accommoder, car elle avait un travail à faire.

Edwin ne lui avait pas demandé où elle allait : il ne s'était intéressé qu'au moment de son départ! Et cela, au moins, elle l'avait déjà décidé. Elle quitterait Fairley le lendemain matin, pendant que son père et son frère Frank seraient à l'usine, comme ils y allaient parfois le samedi pour faire des heures supplémentaires et arrondir leur salaire. Elle partirait tout de suite après eux et laisserait un mot sur la table, comme Winston l'avait fait avant elle. Elle ne savait pas encore ce qu'elle dirait. Il serait toujours temps d'y penser plus tard... Où irait-elle? Elle n'en savait rien non plus.

Avait-elle été bête, dans toute cette affaire! Non qu'elle ait des regrets ou des remords pour ses escapades à la caverne avec Edwin. Ce qui était fait était fait et les regrets étaient une perte de temps. Si elle était coupable, c'était de s'être laissé distraire par Edwin de son Plan — avec un grand P — tout comme elle l'avait fait après le départ de Winston, quand le découragement de son père l'avait forcée à s'occuper de la maisonnée. Jamais elle n'aurait dû perdre de vue ses objectifs et retarder son départ de Fairley.

L'écho d'une voix tinta faiblement à ses oreilles, une voix du passé. Elle disait des mots qui avaient été prononcés plus d'un an auparavant, le soir de ce grand dîner juste avant la mort de sa mère. Des mots qu'Emma avait cru oublier mais qui lui revenaient maintenant en mémoire avec une parfaite clarté. C'était Adèle Fairley qui les lui avait dits : « Il faut partir, Emma ! Il faut quitter cette maison avant qu'il soit trop tard ! » Pauvre Adèle Fairley... Elle n'était pas aussi folle qu'on voulait le faire croire. Elle avait compris, elle. Elle savait quelque chose. Elle sentait que ces murs n'abritaient que le malheur.

Emma fut secouée d'un violent frisson et s'accrocha à la table en fermant les yeux. Quand elle les rouvrit, ils brillaient d'un éclat qu'ils n'avaient encore jamais eu, un éclat dangereux, fait d'amertume, de haine et de calcul et d'où toute tendresse avait été balayée. C'est alors qu'elle prononça un serment qu'elle se jura de respecter tant qu'il lui resterait un souffle de vie et d'énergie. Plus jamais elle ne se laisserait dévier de son chemin. Plus jamais elle ne permettrait à un événement, à un être ni à elle-même d'affaiblir ou d'altérer sa détermination. A compter de ce jour, elle allait consacrer exclusivement sa vie à un seul but : l'argent. Beaucoup d'argent. Des monceaux. Car l'argent donne la force et confère la puissance contre laquelle le monde ne peut rien. Avec de l'argent, elle deviendrait invulnérable. Alors, elle se vengerait. Car la vengeance est le plus délectable des mets.

Elle termina la composition de ses bouquets et emporta le premier vase au salon. Aujourd'hui, elle ferait son travail sans manifester émotion ni crainte.

Elle ferait tout pour éviter Edwin et, si possible, ne pas même le regarder. Car elle s'était juré, en quittant la roseraie, de ne jamais plus jeter les yeux sur lui. Le mépris qu'elle éprouvait encore à ce moment-là s'était transformé en haine, une haine si violente et si exclusive que son âme en était pleine.

21

Le lendemain matin, Edwin Fairley errait dans la cour de la filature. Sombre, le visage défait, il jetait de temps en temps un coup d'œil en direction du village en se demandant si Emma y était encore.

Elle avait en tout cas déjà quitté le château. Au milieu de la nuit, incapable de trouver le sommeil tant il était rongé par le sentiment de sa lâcheté et de sa culpabilité, Edwin s'était glissé silencieusement jusqu'à la mansarde d'Emma. La valise qu'il y avait déposée dans l'après-midi n'y était plus et la chambre était vide. Il n'y vit même plus les quelques pauvres objets personnels qu'Emma gardait au château, un vase contenant quelques brins de bruyère séchée posé sur l'appui de la fenêtre, ou cette horrible petite broche en verre teinté qu'Edwin avait remarquée sur elle à plusieurs reprises et à laquelle elle semblait tenir.

Tout en arpentant la cour de l'usine, Edwin était en proie à un violent conflit intérieur. Il était écrasé de honte : sa conduite envers Emma avait été inqualifiable. Si seulement elle lui avait laissé le temps de se retourner, de récupérer après le choc de cette nouvelle... Peut-être aurait-il alors été en état de penser clairement, de trouver une solution ?

Laquelle ? fit une voix moqueuse à son oreille. Allons, Edwin, sois honnête avec toi-même : tu sais très bien que tu n'aurais pas épousé Emma. Tu crains bien trop le scandale, tu redoutes par trop le poids des responsabilités... D'un geste rageur, Edwin fit taire sa conscience. A quoi bon se tourmenter ainsi ? Pourquoi tourner cent fois, mille fois les mêmes pensées dans sa tête ? A quoi cela l'avançait-il ?

Emma était partie et nul n'y pouvait plus rien. Compte tenu des circonstances, c'était sans doute la solution idéale, à tous points de vue. Si Emma était restée, elle aurait pu l'entraîner involontairement dans une situation impossible, provoquer le scandale tant redouté... Un nouveau sursaut de franchise brisa le cours de ce raisonnement spécieux. Il connaissait assez Emma pour savoir que jamais elle ne se serait abaissée à proclamer que c'était lui, Edwin, le père de son enfant. Elle était trop fière pour admettre ses erreurs et c'était elle qui, indirectement, l'aurait protégé du scandale et des conséquences de son acte. La vérité était amère, mais Edwin ne pouvait se mentir à lui-même.

Et elle, qui la protégerait ? Qu'allait-elle devenir, seule au monde avec cet enfant ? Vers qui se tournerait-elle pour demander de l'aide ? Où allait-elle ? Hier, Edwin était tellement obnubilé par son égoïsme qu'il n'avait pas même pensé à s'en inquiéter ! C'était ignoble...

Edwin n'était venu à l'usine ce matin que pour avoir un prétexte à traverser le village et tenter d'apercevoir Emma ou obtenir de ses nouvelles. Ses timides efforts avaient été vains et il ne servait plus à rien de rester ici, où sa présence et son comportement ne feraient qu'exciter la curiosité. Avec un soupir, il se dirigea vers la grille où sa jument était attachée. Un bon galop à travers la lande lui ferait du bien, lui éclaircirait la tête. Peut-être réfléchirait-il mieux et trouverait-il enfin la solution qui s'obstinait à le fuir ? Le jour était certes mal choisi pour une promenade. Contrairement au temps radieux de la veille, il faisait orageux, le ciel était chargé de gros nuages gris et le vent se levait déjà en rafales. Mais mieux valait le grand air, au risque de se faire tremper, que rester enfermé dans sa chambre à tourner comme un ours en cage et ressasser les mêmes idées déprimantes. Edwin avait perdu Emma par sa faute. Il lui restait à aller au bout d'un processus pénible et humiliant : admettre qu'il en éprouvait en fin de compte plus de soulagement que de peine.

Le regard perdu dans le vague, Edwin caressait distraitement l'encolure de sa jument sans remarquer de petits filets de fumée qui se glissaient sous la porte d'un grand entrepôt non loin de là. Quand l'animal hennit et se cabra, Edwin comprit qu'il se passait quelque chose d'inquiétant et regarda autour de lui. Il vit alors la fumée, qui roulait de plus en plus épaisse, flatta sa jument pour tenter de la calmer et s'élança vers l'entrepôt.

Il traversait la cour en courant quand John Harte déboucha à l'angle de l'atelier de tissage, chargé d'une pile de sacs vides. D'où il était, son regard donnait directement sur l'une des fenêtres de l'entrepôt. Stupéfait, il s'arrêta net en voyant une lueur rougeoyante à l'intérieur. Au même moment, tournant la tête en direction d'un bruit, il reconnut Edwin Fairley qui tentait de déverrouiller la porte et vit en un éclair le danger de cette intervention irréfléchie. Il s'élança vers le jeune homme en criant :

« Non ! N'ouvrez pas ! Attention à l'appel d'air ! »

Edwin n'entendit pas l'avertissement et crut, au contraire, que l'homme qui se précipitait vers lui venait à la rescousse. Il redoubla donc d'efforts, parvint à ouvrir la porte et pénétra dans le bâtiment avant que le Grand Jack l'ait rejoint. Celui-ci lâcha son chargement et se rua à la suite d'Edwin pour l'arracher au danger.

A l'autre bout du vaste magasin, des caisses de bois servant au transport des bobines vides ou des écheveaux de laine brute avaient pris feu. Les braises étaient retombées sur les balles de laine empilées non loin de là et qui, déjà, flambaient furieusement. Au moment où les deux hommes y entrèrent, l'entrepôt en bois et son contenu s'embrasèrent comme une boîte d'allumettes. La charpente crépitait, les braises et les escarbilles volaient dans toutes les directions, des torrents de fumée noire s'échappaient des balles de laine brute gorgée de suint où les flammes trouvaient un aliment de choix. Dans quelques minutes à peine, l'on pouvait s'attendre à une terrifiante conflagration car l'air qui s'engouffrait par la porte ouverte attisait les flammes. Déjà, la chaleur était intenable et la fumée irrespirable.

Edwin avait fait quelques pas et s'était arrêté à la lisière de la fournaise. Par-dessus le rugissement du brasier, il entendit une voix forte et se retourna :

« Sortez, Monsieur Edwin ! hurla le Grand Jack. Sortez d'ici, tout de suite !

— Mais il faut faire quelque chose ! »

John Harte le saisit par le bras et le tira en arrière.

« Je le sais bien, mon garçon, mais vous n'avez rien à faire ici ! Il faut refermer cette porte de malheur pour que le feu ne se propage pas et aller tout de suite chercher la pompe à incendie. Sinon, toute l'usine risque d'y passer ! »

La fumée qui s'épaississait leur cachait déjà la porte. Edwin suivit John à tâtons, sans voir un anneau scellé dans une trappe. Il s'y prit le pied et tomba de tout son long. Etourdi par sa chute, il fit des efforts désespérés pour se dégager en criant des appels au secours. Le Grand Jack revint rapidement sur ses pas et s'agenouilla auprès d'Edwin pour tirer sur le pied.

« Vous ne pouvez pas sortir votre jambe de cette botte ? cria-t-il.

— Pas dans la position où je suis ! répondit Edwin en se débattant sans succès.

— L'anneau est mal scellé, je vais essayer de l'arracher de la trappe ! »

Toussant et suffoquant dans la fumée âcre, le Grand Jack banda ses muscles puissants et tira de toutes ses forces sur le métal rouillé. Le bois commença à céder, l'anneau se déforma. Il ne fallait plus qu'un dernier effort pour libérer Edwin et échapper à l'enfer...

A ce moment précis, un craquement menaçant fit lever les yeux à John Harte. La large galerie de bois qui ceinturait le bâtiment à mi-hauteur, et sous laquelle se trouvaient les deux hommes, était prête à s'effondrer sur eux. Le plancher de madriers au-dessus de leur tête était comme un fleuve de feu. Déséquilibrées, les piles de balles de laine s'écroulaient et les balles enflammées tombaient au hasard, comme des météores. La galerie vacillait sur ses piliers en feu. Une section entière du plancher, juste au-dessus d'Edwin, craqua soudain et le Grand Jack poussa un cri d'horreur. Sans réfléchir, sans penser à sa propre sécurité, il se jeta sur le jeune homme pour lui faire un rempart de son corps. A peine était-il couché qu'une balle enflammée tomba sur son dos.

Le hurlement de douleur qu'il allait pousser fut coupé net par le choc de la lourde balle qui arracha tout l'air de ses poumons. Une fraction de seconde plus tard, ses vêtements prirent feu. A demi inconscient, il fit un effort prodigieux pour repousser le fardeau mortel qui le clouait à terre. Il y parvint au prix de toute son énergie et se redressa, asphyxié par la fumée, torturé par l'atroce douleur des flammes courant sur sa peau. Méprisant la souffrance, il saisit l'anneau de ses deux mains puissantes et tira. Ses tentatives précédentes n'avaient pas été vaines car la trappe céda du premier coup. Edwin fut d'un bond sur ses pieds, livide et tremblant moins de frayeur que d'angoisse pour le sort de celui qui venait héroïquement de lui sauver la vie.

Suffoqués par la fumée, les deux hommes sortirent de l'entrepôt à l'instant même où tout le milieu de la toiture s'effondrait. John Harte fit deux ou trois pas en titubant avant de se jeter à terre et de se rouler désespérément pour éteindre le feu sur ses vêtements. Toussant, à demi aveuglé, Edwin arracha sa veste et essaya de l'en envelopper pour étouffer les flammes.

Adam Fairley arrivait en courant, suivi du directeur et d'une douzaine d'ouvriers à qui il lançait des ordres. Il fut stupéfait de voir John Harte se tordant par terre et Edwin penché sur lui. En deux enjambées, Adam les rejoignit en enlevant sa redingote.

« Vite ! cria-t-il. Des seaux d'eau ! »

Avec sang-froid, il réussit à envelopper John Harte de sa redingote et se servit de la veste d'Edwin pour lui entourer les jambes. A l'aide de sacs vides que Wilson lui avait jetés en hâte, il termina l'étouffement des flammes au moment où l'on apportait les seaux d'eau. Enveloppé des sacs noircis, John Harte gisait à terre, apparemment inconscient.

Agenouillé près de lui, Adam tâta son pouls avec précaution. Il était faible mais battait encore et, sentant le contact de la main sur sa peau brûlée, le Grand Jack ouvrit les yeux, fit une grimace de douleur. Un faible cri s'échappa de ses lèvres tuméfiées et il retomba, inerte.

Adam se releva, hochant la tête anxieusement :

« Transportez-le dans mon bureau ! dit-il à deux employés qui attendaient ses ordres. Allez-y doucement, surtout ! Et toi, ajouta-t-il en se tournant vers Edwin, es-tu blessé ?

— Non, répondit-il entre deux quintes de toux. Mes vêtements et mes cheveux sont un peu roussis et je suis à moitié étouffé par la fumée, mais rien de grave.

— Alors, saute immédiatement à cheval et va chercher le docteur Malcolm. Dis-lui de venir sans perdre une minute pour soigner John Harte.

— John Harte ? »

Edwin dévisagea son père bouche bée, paralysé par la stupeur. L'homme à qui il devait la vie était donc le père d'Emma ?

« Par tous les diables, Edwin, ne reste donc pas planté là comme un imbécile ! lui cria son père. Va chercher le docteur ! Cet homme est en danger de mort !

— J'y vais, père... »

Mais Edwin ne bougeait toujours pas, ses yeux allaient de son père au corps inanimé du Grand Jack.

« Il... Il m'a sauvé la vie, reprit-il à voix basse. Il s'est jeté sur moi pour me protéger de la chute d'une balle enflammée. C'est pour cela qu'il est brûlé...

— Je comprends, mais ce n'est pas le moment de perdre son temps en paroles, nom d'une pipe ! s'écria

Adam Fairley exaspéré. Fais ce que je te dis et va chercher Malcolm ! Chaque minute compte si nous voulons
le sauver ! »

Edwin sursauta, rappelé à la réalité par la colère de
son père. Un instant plus tard, il sautait en selle et
partait à bride abattue. Il ne pouvait plus penser qu'à
une seule chose : il devait la vie au père d'Emma. Au
père d'Emma...

Tandis que quatre hommes emmenaient le Grand
Jack en le portant avec d'infinies précautions, Adam
Fairley reporta son attention sur l'entrepôt en flammes.
Une équipe de dix hommes arrivait sur les lieux en
tirant la pompe à vapeur dont l'usine s'était équipée
depuis plusieurs années mais qui n'avait encore jamais
eu à servir. En quelques instants, les tuyaux furent
branchés pendant que le chauffeur activait le foyer.
Sous la direction de Wilson et des contremaîtres, on fit
la chaîne entre l'usine et le fleuve pour remplir le réservoir de la pompe. Les seaux inutilisés étaient jetés à la
volée sur le foyer de l'incendie. Au cœur de l'action,
donnant des ordres pertinents tout en travaillant de ses
mains avec ses ouvriers, Adam Fairley se dépensait sans
compter.

L'incendie faisait toujours rage quand, avec la soudaineté propre au climat de la région, le vent tourna.
Mais on avait à peine eu le temps de pousser un soupir
de soulagement qu'un nouveau sujet d'inquiétude
surgit : en tombant, un morceau de la toiture avait
enflammé des broussailles. Maintenant que le vent
avait tourné, les flammes risquaient de se propager à
un petit bois qui s'étendait jusqu'aux premières maisons du village.

« Wilson ! cria Adam Fairley. Il me faut immédiatement une équipe de huit hommes. Le vent souffle
dans la direction du bois, il faut prendre nos précautions.

— Mais l'usine, monsieur...

— Faites ce que je vous dis, bon sang ! L'usine, on
pourra toujours la reconstruire. Mais il y a des femmes

et des enfants au village ! Avez-vous perdu toute notion des priorités ? »

Les volontaires reçurent des instructions précises pour dégager un coupe-feu à l'orée du bois et des renforts furent envoyés pour faire la chaîne et mouiller la végétation la plus exposée. Pendant ce temps, l'incendie de l'entrepôt cédait sous le puissant jet de la pompe et le changement de direction du vent. Épuisé, Adam Fairley s'interrompit un instant pour essuyer son visage noirci de suie et de fumée. Le roulement d'une voiture attira son attention et il vit arriver le docteur Clive Malcolm accompagné de sa femme Violette, infirmière expérimentée. Edwin suivait à cheval à peu de distance.

Le médecin sauta vivement de son cabriolet en jetant les rênes à sa femme. Adam le rejoignit et l'entraîna vers les bureaux.

« Harte est sévèrement touché. Faites l'impossible, docteur.

— Y a-t-il d'autres victimes ?

— Quelques hommes souffrent de légères brûlures, l'un d'eux a été contusionné par un madrier. Rien de très sérieux. Occupez-vous de John Harte de toute urgence. Edwin ! ajouta-t-il en hélant le jeune homme qui mettait pied à terre. Va avec le docteur et Mme Malcolm ! Fais ce qu'ils te demanderont et rends-toi utile ! »

Il les vit tous trois disparaître en hâte à l'intérieur des bureaux et se retourna pour suivre les progrès de la lutte contre le sinistre. L'entrepôt finissait de brûler. Les broussailles enflammées projetaient des flammèches vers le petit bois mais pour la plupart elles tombaient dans l'espace qu'il avait fait dégager pour servir de coupe-feu. Les volontaires les noyaient immédiatement sous des flots d'eau. Si le vent tombait, le village serait sauvé.

La fumée qui lui avait rempli les poumons fit tousser Adam Fairley qui se sentit soudain très las. Immobile au milieu de la cour, il laissa passer l'accès de toux et respira profondément. Wilson, le directeur, vint le rejoindre :

« Je crois que nous avons maîtrisé le plus gros du sinistre, monsieur. L'usine est sauvée et, grâce à vous, le village aussi. Le vent faiblit... »

Ils levèrent tous deux les yeux vers le ciel noir et menaçant. Quand donc allait-il enfin se décider à pleuvoir ? Comme pour répondre à leur fervente prière muette, une goutte d'eau tomba et Wilson poussa un cri de joie :

« La pluie ! »

A peine avait-il prononcé ces mots qu'un véritable déluge s'abattit. Pour la première fois de sa vie, Adam Fairley se prit à bénir le climat capricieux de la lande. Autour d'eux, les ouvriers avaient lâché leurs seaux et leurs haches et formaient des groupes d'où montaient des exclamations joyeuses. Eddie, l'un des contremaîtres, fit un entrechat et lança sa casquette en l'air :

« On est toujours à se plaindre de ce foutu temps de malheur, s'écria-t-il gaiement. Pour une fois, not' *Squire*, on peut dire que c'est une bénédiction du ciel !

— On ne peut pas mieux dire, mon brave Eddie ! » répondit Adam en souriant.

L'homme remit sa casquette et s'approcha timidement :

« Dites, monsieur, ça ne vous ferait rien que j'aille au bureau tenir compagnie à mon ami John Harte ? Je pourrais peut-être rendre service...

— Bien sûr, Eddie, allez-y. Je vous rejoins dans un instant. »

La pluie redoublait de violence et noyait les dernières braises. Adam organisa avec Wilson les travaux de nettoyage des décombres et, déjà, des hommes armés de grappins abattaient les pans de murs calcinés et dégageaient les abords de l'entrepôt.

« Nous avons eu de la chance, monsieur, dit le directeur en contemplant les restes noircis du bâtiment.

— En effet, répondit Adam en hochant la tête. Je voudrais d'ailleurs vous en parler à tête reposée. Je me demande encore comment cet incendie a pu se déclarer. »

Les deux hommes échangèrent un regard et se séparèrent sans rien ajouter. Avant de rentrer dans les bureaux, Adam Fairley appela les ouvriers qui firent cercle autour de lui et les remercia chaleureusement du courage qu'ils avaient déployé. Il promit des primes et des gratifications exceptionnelles à tous ceux qui s'étaient distingués et ses paroles furent accueillies par des sourires silencieux, des remerciements pleins de dignité ou des saluts. L'un des ouvriers s'avança d'un pas et toucha du doigt sa casquette, en un simulacre de salut militaire :

« C'est bien la moindre des choses, *Squire*. La filature nous appartient bien aussi un petit peu, pour ainsi dire. Et puis, si vous nous permettez, vous n'avez pas chômé vous non plus et je crois parler au nom de tous les camarades en vous proposant pour le grade de pompier d'honneur ! »

Ce discours fut salué d'éclats de rire pleins de bonne humeur, auxquels se joignirent ceux d'Adam Fairley. Il serra la main du porte-parole et se dirigea vers son bureau.

Le docteur Malcolm était toujours penché sur John Harte. Eddie, le contremaître, se tenait dans une embrasure avec Edwin et les deux hommes parlaient à voix basse.

« Comment est-il ? demanda Adam en passant la porte.

— Très mal, répondit le docteur, mais je pense qu'il s'en tirera. Il est sévèrement traumatisé et il a le dos et les jambes couverts de brûlures au troisième degré. Pour le moment, je fais de mon mieux pour alléger ses souffrances. Mais il faudra l'emmener d'urgence à l'hôpital. Je vous demanderai votre voiture, Adam, pour pouvoir le transporter à plat. Edwin pourrait aller au château dire d'atteler. Ici, je ne dispose pas de l'équipement nécessaire.

— Edwin ! appela son père. Tu as entendu le docteur ? File, mon garçon, ne perds pas une minute. Et les autres, docteur ? Comment vont-ils ?

— Je les ai installés dans le bureau voisin où Violette leur donne des soins. Rien de grave, quelques brûlures superficielles. Ils seront sur pied demain ou après-demain. »

Adam Fairley alla s'asseoir derrière son bureau et s'affala sur son fauteuil, terrassé par la fatigue, une expression soucieuse sur son visage.

« Vous n'avez pas vraiment répondu à ma question au sujet de Harte, docteur. Survivra-t-il à ses blessures ?

— Je crois, Adam, bien que je ne puisse pas vous répondre avec certitude. Je ne sais pas s'il a souffert de contusions internes à la suite du choc subi en recevant la balle de laine sur le dos. Il a également avalé beaucoup de fumée et la chaleur a pu lui endommager les poumons. Autant que j'aie pu m'en rendre compte, j'ai bien peur qu'il n'en perde un. A l'auscultation, j'ai entendu un râle très inquiétant...

— Grand Dieu ! s'exclama Adam. Est-il vraiment si mal en point, le malheureux ?

— Il a une forte constitution et je garde espoir qu'on réussisse à l'en tirer. Mais il en gardera des traces... Allons, Adam, cessez de vous tourmenter. Vous n'êtes pas responsable de ce qui est arrivé. Réjouissez-vous, au contraire, qu'il n'y ait pas eu davantage de victimes.

— Je sais, soupira Adam Fairley. Mais je ne peux pas m'empêcher de penser qu'Edwin aurait pu être à la place de ce pauvre John. Ce qu'il a fait est héroïque et je ne l'oublierai jamais. On ne trouve plus beaucoup d'hommes comme lui, dans le monde où nous vivons... »

Le docteur Malcolm posa sur Adam Fairley un regard pénétrant.

« C'est exact, Adam. Le Grand Jack n'a jamais été comme les autres, nous le savons tous deux... Je vous promets en tout cas que nous ferons l'impossible pour le sauver.

— Merci, Clive... Naturellement, tous les frais médicaux sont à ma charge pour tous les blessés. Pour John Harte, j'entends qu'il bénéficie des meilleurs soins possibles. Dites à l'hôpital de ne pas épargner la dépense et de l'installer dans une chambre particulière. Que l'on mette à sa disposition tout ce dont il aurait besoin... »

On entendit un coup timide frappé à la porte. A l'appel de Wilson, un jeune grouillot noir de fumée et de suie apparut sur le seuil.

« Que veux-tu, mon garçon ? » lui demanda le directeur.

Le garçonnet tourna les yeux vers la forme étendue de John Harte et parla en retenant ses larmes :

« C'est... c'est pour mon papa. Il n'est pas... »

Adam s'était levé d'un bond et fit entrer l'enfant en lui entourant les épaules d'un bras protecteur.

« C'est Frank, le fils de John », dit Eddie sans quitter son embrasure.

Frank était debout devant son père, son visage noirci tout barbouillé de larmes.

« Il n'est pas mort, au moins ? demanda-t-il en reniflant.

— Mais non, répondit Adam d'un ton rassurant. Il a été gravement blessé, c'est vrai. Mais le docteur Malcolm l'a déjà soigné et va le transporter à l'hôpital dans ma voiture. Là-bas, on le soignera très bien. »

Adam Fairley essuya avec son mouchoir le visage maculé du petit garçon et reprit avec douceur :

« Il faut être aussi brave que ton papa et ne plus pleurer, n'est-ce pas ? Tu verras, il sera bientôt guéri. »

Frank leva vers le *Squire* un regard anxieux :

« C'est bien vrai, monsieur ? Vous ne dites pas ça pour me rassurer ?

— C'est bien vrai, intervint le docteur Malcolm. Ton père sera très bien soigné à l'hôpital et il rentrera bientôt à la maison. »

Frank semblait à demi convaincu et regardait alternativement Adam Fairley et le docteur en ravalant ses larmes. Eddie s'approcha alors et lui posa la main sur l'épaule.

« Tu as entendu ce qu'ont dit le *Squire* et le docteur, Frank ? Tu peux les croire, le Grand Jack va être sur pied en moins de temps qu'il n'en faut pour le dire. Ce n'est pas une mauviette, ton papa, tu sais! Allons, viens avec moi, fiston, je vais t'emmener chez ta tante Lily. »

Adam Fairley hocha la tête en signe d'approbation :

« Va avec Eddie, Frank. Le docteur viendra te voir tout à l'heure pour te donner des nouvelles. Tu n'as rien eu, toi au moins? Tu n'as besoin de rien?

— Non, monsieur. Merci, monsieur. »

Quand Eddie et Frank se furent éloignés, Adam Fairley s'étira en poussant un soupir de lassitude.

« En attendant la voiture, je vais aller à côté prendre des nouvelles des autres, dit-il en refermant la porte.

— Pas si vite, Adam! Vous avez les mains en sang. Laissez-moi d'abord m'en occuper. »

Vers la fin de l'après-midi, un gobelet de whisky dans ses mains bandées, Adam Fairley faisait nerveusement les cent pas dans la bibliothèque de Fairley Hall. Assis sur le canapé devant la cheminée, Wilson l'observait avec un regard soucieux.

Il interrompit finalement son va-et-vient et alla s'asseoir dans un fauteuil, en face du directeur de la filature.

« Allons, Wilson, nous sommes entre nous maintenant. Dites-moi franchement ce que vous pensez. Comment le feu a-t-il pu prendre aussi subitement dans cet entrepôt où il n'y a pas une machine et où toutes les lampes étaient éteintes? Quand j'ai interrogé Edwin, tout à l'heure, il m'a dit que, lorsqu'il était entré, les caisses brûlaient déjà et que les flammes s'étaient communiquées aux balles de laine. Il a eu tort d'ouvrir la porte et d'attiser les flammes, mais ce n'est pas lui qui a allumé le feu. Avez-vous une idée de ce mystère? »

Wilson hésita longuement, les lèvres serrées, les yeux baissés. Quand il les releva enfin, il regarda Adam avec gravité :

« J'ai bien une idée sur la question, monsieur. Mais elle n'est pas particulièrement agréable à entendre. A mon avis, il s'agit bien d'un incendie criminel. La laine brute ne s'enflamme pas facilement. Mais le bois, oui. Malgré tout, cela n'aurait pas suffi à faire prendre les balles comme elles l'ont fait. J'ai soigneusement écouté ce que m'a décrit M. Edwin : il a vu des flammèches sauter d'une pile à l'autre comme des feux follets et les balles s'embraser d'un seul coup, ce qui est contraire à tout ce que nous savons. Pour moi, on a dû répandre du pétrole sur la laine... S'il n'y avait pas eu cette soudaine saute de vent, toute l'usine y passait, j'en suis presque convaincu. »

Accablé, Adam l'avait écouté sans l'interrompre.

« Mais pourquoi ? dit-il d'une voix sourde. Pourquoi ? »

Wilson hésita, but une gorgée de whisky :

« Une vengeance, monsieur. Des représailles, en quelque sorte.

— Des représailles ? s'écria Adam, stupéfait. Contre quoi, contre qui ? On peut me reprocher tout ce qu'on veut mais vous savez mieux que personne que j'ai tout fait, depuis quelques années, pour augmenter les salaires et améliorer les conditions de travail ! Mes ouvriers sont mieux traités à Fairley que dans toute l'Angleterre ! Vous plaisantez, Wilson ! Qui m'en voudrait au point d'allumer un incendie criminel comme celui de ce matin ? »

Depuis plusieurs heures, le directeur de la filature réfléchissait à la manière dont il lui faudrait faire passer sans trop de mal le message déplaisant qu'il devait communiquer à son patron. Il marqua encore une pause et choisit ses mots avec soin.

« Depuis près d'un an, monsieur, vous avez été souvent en voyage et vous n'êtes pas venu régulièrement à l'usine. Les hommes ont un peu perdu le contact avec vous et vos visites aux ateliers ont été brèves...

— Venez-en au fait, que diable ! coupa Adam sèchement. Dites ce que vous avez sur le cœur et ne tournez pas tant autour du pot.

— Eh bien, soit ! L'incendie a été allumé à cause de M. Gerald. »

342

Adam Fairley eut un haut-le-corps.

« Gerald! Qu'est-ce que ce misérable a fait en mon absence? Dites-moi tout, Wilson. S'il en est vraiment responsable, je l'écorcherai vif de mes propres mains! »

Wilson se gratta nerveusement la gorge :

« Soyons justes, monsieur, M. Gerald travaille dur et je suis le premier à le reconnaître. Il est très attaché à l'usine, c'est vrai. On ne peut pas lui enlever ses qualités. Mais... Eh bien, disons qu'il ne sait pas s'y prendre avec les hommes. Pour la plupart, ceux qui vous connaissent bien et qui travaillent chez vous depuis longtemps, ils n'y font pas attention et le laissent parler. Mais il y a tout un groupe de jeunes... Des extrémistes, des fauteurs de troubles. A mon avis, ils sont poussés par le parti travailliste, vous savez, ce nouveau parti qui excite les esprits... Bref, monsieur, ces gens-là, eh bien... M. Gerald les prend à rebrousse-poil, si vous voulez mon avis...

— C'est justement ce que je m'évertue à vous demander, Wilson! Donnez-le-moi, votre avis, et plus vite, je vous prie!

— Il n'a pas la manière qu'il faut pour commander les ouvriers, voilà. A tout bout de champ, il les agonit de sottises, se moque d'eux, les menace de sanctions. Quand ils lui demandent une concession, comme par exemple cinq minutes de prolongation de la pause de l'après-midi, il les renvoie sans même les recevoir...

— Allons, Wilson, ce n'est pas sérieux! explosa Adam. Vous n'allez pas me faire croire qu'on a mis le feu à l'usine parce que Gerald refuse d'accorder cinq minutes de plus pour prendre le thé ou parce qu'il fait des plaisanteries de gamin mal élevé! C'est grotesque!

— Non, bien sûr, monsieur, il n'y a pas que cela. Mais c'est un ensemble de détails de ce genre, de mesquineries, de brimades inutiles qui se sont accumulés ces derniers mois. Les jeunes, surtout, ne cachent pas qu'ils ne peuvent plus supporter la rudesse de M. Gerald, sa brutalité, le ton grossier avec lequel il leur parle. Et ils n'ont pas entièrement tort... »

Adam Fairley ne répondit pas. Il se tassa dans son fauteuil, poussa un profond soupir.

« Ainsi, Wilson, vous croyez que certains de ces ouvriers ont voulu se venger de Gerald en mettant le feu ? »

Il se pencha vers le directeur et le regarda pensivement :

« Cela ne tient quand même pas debout, Wilson. Où donc ont-ils la tête ? Si l'usine avait été détruite, ils se seraient tous retrouvés mis à pied pendant des semaines, des mois, à ne gagner que la demi-paie. Ils ne peuvent pas être stupides à ce point.

— Je sais, monsieur, c'est aussi ce que je me suis dit. Mais je crois qu'ils ont été dépassés par les événements. Les plus excités ont simplement voulu nous donner un avertissement, faire brûler quelques balles de laine, ralentir la production un ou deux jours pour que nous les prenions au sérieux. Le feu a pris une ampleur qu'ils n'avaient pas prévue.

— Qui sont les coupables ? »

Wilson fit un geste d'impuissance :

« Comment le savoir ? Ceux auxquels j'ai fait allusion étaient tous présents ce matin et ont participé comme tout le monde à la lutte contre le feu. Les accuser hâtivement ferait plus de mal que de bien... »

Ce que le directeur se gardait bien d'ajouter, c'est que trois des agitateurs les plus résolus contre Gerald Fairley s'étaient fait remarquer par leur absence. Il gardait le renseignement par-devers lui pour leur régler directement et discrètement leur compte. Homme d'expérience, Wilson préférait faire passer à ces inconscients l'envie de recommencer en leur inspirant une saine terreur qui, par la suite, lui permettrait d'avoir barre sur eux et de les rendre dociles. Il espérait sincèrement qu'Adam Fairley aurait assez de bon sens pour en faire autant avec son fils.

Adam Fairley l'avait écouté en fronçant les sourcils.

« Cela n'a pas de sens, dit-il. Pourquoi iraient-ils allumer un incendie et s'exposer ensuite au danger ?

— Pour la raison que je vous ai dite, monsieur. Ils ont pris peur en voyant la tournure des événements et ils ont bien été forcés de faire comme leurs camarades, pour ne pas attirer l'attention sur eux. Nous ne saurons sans doute jamais lequel ou lesquels ont lancé l'allumette. »

Adam Fairley s'efforçait de contenir sa rage contre Gerald, à côté de laquelle sa colère envers les incendiaires irresponsables était presque teintée d'indulgence.

« C'est bien, Wilson, votre théorie semble raisonnable. Mais n'y a-t-il rien que nous puissions faire contre ces misérables ? Leur folie a menacé le village !

— Hélas ! monsieur, nous n'avons aucune preuve concrète. Si nous voulions poursuivre les meneurs, il est bien probable que les autres se rangeraient de leur côté par solidarité et nous nous trouverions avec une grève sur les bras. Le remède serait pire que le mal... »

Wilson s'interrompit et se gratta la gorge avec embarras :

« Si je puis me permettre, monsieur, il serait peut-être bon que vous parliez à M. Gerald, à son retour de Shipley. Il faudrait lui conseiller de modérer ses propos, d'être moins dur avec les ouvriers...

— J'y compte bien, Wilson, rassurez-vous ! Il va recevoir une correction dont il gardera le souvenir, croyez-moi ! Le gredin ! Jamais je n'aurais cru qu'il désobéirait ainsi à mes ordres les plus formels... Revenons-en au plus pressé. Que nous reste-t-il comme matières premières en stock ?

— De quoi assurer la production jusqu'à la fin du mois, à peu de chose près. Dans quinze jours, trois semaines, nous devrions recevoir une expédition de McGill, et nous serons tirés d'affaire. D'ici là, il faudra vérifier l'inventaire et voir si nous ne pourrions pas retarder quelques livraisons en cas de besoin. Sinon, nous risquons d'être trop justes.

— Faites pour le mieux, Wilson. Je viendrai au bureau de bonne heure lundi matin m'en occuper avec vous. Il faut prévoir dès maintenant la reconstruction de l'entrepôt, en brique cette fois. Pensez aussi à passer commande d'une autre pompe à incendie. J'espère que cette catastrophe ne se reproduira pas, mais il vaut mieux être prêt à toute éventualité.

— Elle ne se reproduira pas, monsieur, je vous le garantis! » s'écria le directeur d'un ton si convaincu qu'Adam le dévisagea avec surprise.

Wilson se mordit les lèvres et regretta sa bévue. D'un ton plus égal, il détourna la conversation et les deux hommes réglèrent calmement les derniers détails des affaires en cours.

Tandis qu'il allait remplir les verres, Adam Fairley réfléchit à la surprenante exclamation de son directeur. Ainsi, se dit-il, Wilson connaît sûrement les coupables et préfère ne pas m'en informer pour régler la question lui-même. Il hésita à peine et préféra ne pas insister pour savoir la vérité. Mieux valait laisser Wilson punir les incendiaires à sa façon, dont on ne pouvait douter qu'elle serait efficace. C'était désormais à lui, Adam, de faire de même avec Gerald, le vrai responsable. Mais l'était-il autant qu'on l'en accusait? se demanda Adam. Si l'on remontait aux causes, c'était lui, son père, qui devait se blâmer. Depuis trop longtemps, il lui avait beaucoup trop laissé la bride sur le cou. Dernièrement, ses absences prolongées n'avaient fait qu'aggraver l'indépendance et le manque de jugement de Gerald. Il devenait impératif qu'il reste à Fairley et reprenne les choses en main. C'était son devoir.

Mais il y avait Olivia... A la pensée de se séparer d'elle plus de quelques jours, Adam Fairley frissonna. Elle était devenue sa seule raison de vivre, le roc sur lequel il avait rebâti son existence en ruine. Parviendrait-il à la convaincre de revenir vivre à Fairley Hall? Comprendrait-elle les raisons graves qui le contraignaient à assurer effectivement la conduite de ses affaires, dont dépendait la vie de tant d'individus? Si seulement cet imbécile, cette brute, ce porc de Gerald était capable de se conduire comme un homme, et non comme une bête! Heureusement, comme tous les fanfarons, Gerald était un lâche. Il comprendrait le langage de la force et s'y soumettrait. A coups de fouet, s'il le fallait. Oui, à coups de fouet, grommela Adam.

Les dents serrées, le visage rouge de colère, Adam Fairley respira profondément et prit sur lui pour retrouver son calme. Il finit de remplir les verres et rejoignit Wilson, l'air calme comme à son habitude.

« J'espère que le docteur Malcolm ne tardera pas à arriver, dit-il en se rasseyant. Je suis extrêmement inquiet au sujet de ce pauvre John Harte.

— Moi aussi, monsieur. Mais le Grand Jack est un homme, un vrai. Il se battra jusqu'au bout et il s'en tirera, vous verrez. Ses enfants ont besoin de lui et il le sait.

— Que Dieu vous entende, Wilson. Pour ma part, je ne pourrai jamais m'acquitter de ma dette envers lui. Jamais. »

1905-1910

L'humilité est une épreuve pour
une jeune ambition qui s'impatiente
et se tourne vers les degrés
qu'elle veut gravir...

William SHAKESPEARE, *Jules César*

22

« Nous voilà rendus, ma petite demoiselle! »

La charrette s'arrêta dans un grand bruit de ferraille au beau milieu de York Road et le rétameur tendit un doigt boudiné et pas trop propre vers la façade du pub. Au-dessus de la porte, des lettres à demi effacées proclamaient qu'il s'agissait du Cygne-Blanc et, pour ne laisser aucun doute dans l'esprit des passants, une enseigne le confirmait en se balançant à côté. Sa peinture écaillée représentait naïvement cet animal nageant, le cou bizarrement tordu, sur une mare trop bleue cernée d'une végétation trop verte. L'aspect de l'établissement ne concordait guère avec le faste de la ville de Leeds dont Blackie avait rebattu avec lyrisme les oreilles d'Emma.

La jeune fille se leva de son banc et descendit de la charrette, son réticule précieusement serré contre sa poitrine. Quand elle fut à terre, le rétameur lui tendit la grande valise de cuir qu'Edwin avait déposée la veille au soir dans sa chambre avec les cinq livres promises. Emma leva les yeux vers le rétameur et sa femme, une grosse tzigane au sourire constellé d'or aussi étincelant que ses boucles d'oreille, et les remercia cérémonieusement :

« Vous avez été vraiment trop aimables de m'amener ici depuis Shipley. Je vous en remercie infiniment. »

Le rétameur lui fit un sourire épanoui :

« Tout le plaisir était pour nous! On n'allait quand

même pas laisser une si jolie demoiselle sur le bord de la route, voyons!

— Bonne chance à Leeds, ma jolie! » ajouta la femme.

Elle gratifia Emma d'un scintillement de ses dents en or, le rétameur fit claquer son fouet et la charrette s'ébranla dans le vacarme des casseroles bosselées et autres ustensiles qui en ornaient les flancs.

Emma les suivit des yeux en agitant la main. Quand elle fut seule sur le trottoir, elle examina la façade du pub en hésitant, respira un bon coup et se décida finalement à saisir sa valise et à pousser les portes battantes. Elle se retrouva dans un étroit couloir aux fortes odeurs de bière rance et de tabac froid auxquelles se mêlaient des relents de gaz provenant des becs qui sifflaient sur les murs en dispensant une lumière chiche. Le papier brun maculé de taches, la lueur tremblotante des luminaires, les remugles qui lui sautèrent au nez faillirent la faire reculer. Mais Emma n'avait pas fait tout ce chemin pour se laisser rebuter et elle continua d'avancer.

Sous un bec de gaz, un avertissement imprimé éveilla sa surprise : « ENTREE INTERDITE AUX FEMMES EN CHALE. » Pourquoi, se demanda-t-elle, le châle, accessoire respectable et fort utile par temps froid, jette-t-il le discrédit sur celles qui le portent ? Elle ignorait encore que cet euphémisme servait à désigner les prostituées. Plus loin, un miroir était décoré d'une hideuse peinture représentant un taureau en train de charger un matador. En face d'elle, enfin, une double porte battante faisait pendant à celle de la rue. Les panneaux supérieurs, en verre dépoli orné de cygnes et de fleurs gravés, laissaient filtrer de la lumière. Ceux du bas, en bois peint, gardaient la trace des brodequins cloutés des consommateurs.

Emma poussa résolument les battants et pénétra dans la salle principale qui formait un contraste frappant avec le corridor sinistre qu'elle venait de traverser. C'était une grande pièce claire et accueillante, aux murs couverts d'un papier peint et sur lesquels étaient accrochées des gravures encadrées. Il y avait un piano dans un coin. La salle était inoccupée, à l'exception de deux hommes adossés à un mur qui buvaient de la bière en bavardant. Au fond s'ouvraient deux autres salles, presque vides elles aussi. Un joueur solitaire de fléchettes s'exerçait dans l'une tandis que, dans l'autre, deux retraités s'absorbaient dans une partie de dominos en tirant sur leurs pipes.

Emma tourna alors les yeux vers le long bar d'acajou verni derrière lequel de grands miroirs vantaient les mérites de marques de *stout* et d'*ale*. Des rangées de bouteilles multicolores, flanquant de gros fûts de bière posés sur une étagère, s'y reflétaient. Enfin, à l'autre bout du comptoir, Emma aperçut une mèche de cheveux blonds. Elle traversa la salle dans cette direction, consciente du regard des deux consommateurs qui s'étaient tus en la voyant.

Elle serra plus fort son réticule, posa la valise à ses pieds, se gratta la gorge et héla discrètement la personne blonde affairée derrière le bar et dont on ne voyait que le haut de la tête.

« Excusez-moi ! » répéta-t-elle plus fort.

La tête blonde surgit alors. Les cheveux bouclés surmontaient un visage féminin plaisant, aux joues roses et rebondies creusées de fossettes. Deux yeux marron s'écarquillaient sous des sourcils blonds bien arqués. Deux lèvres pleines s'écartèrent en un sourire d'accueil :

« Vous désirez ? » dit une voix aussi agréable que le reste du visage.

La femme entreprit alors de se déplier et apparut, un torchon dans une main et un verre dans l'autre. Emma retint un cri de surprise. Car la charmante tête blonde appartenait au corps le plus énorme qu'elle ait jamais vu et qu'une robe jaune vif au décolleté généreux dévoilait sans la moindre gêne. Le bois verni du bar refléta en la multipliant une extraordinaire montagne de chair délicatement teintée de rose et de blanc. Des promontoires aux courbes amples, des vallées profondes, des bourrelets et autres rondeurs formaient un ensemble si inattendu qu'Emma resta sidérée devant une aussi rare merveille de la nature. Car, en dépit de son volume, la femme opulente ainsi plantée devant elle n'avait rien de monstrueux ni de disproportionné. Elle respirait plutôt la majesté tempérée par la bonhomie.

Les yeux marron la regardaient d'un air interrogateur et Emma parvint à dominer sa surprise.

« Je cherche une demoiselle Rosie, dit-elle de sa voix la plus distinguée. On m'a dit qu'elle était barmaid dans cet établissement. »

La tête rose et blonde fit un nouveau sourire, encore plus engageant que le premier :

« Ne cherchez plus. Rosie, c'est moi. Que puis-je faire pour vous, mademoiselle ? »

Emma céda à l'amabilité communicative de l'imposante barmaid et lui rendit son sourire :

« Je suis une amie de Blackie O'Neill. Il m'a dit que vous pouviez lui faire parvenir un message. Pourrais-je le joindre rapidement, lui ou son oncle Pat ? »

Rosie éteignit l'éclat ironique qui s'était allumé dans son regard et toisa Emma d'un œil exercé. Tiens, tiens, se dit-elle. Voilà donc notre ami Blackie encore en chasse. Au moins, il sait les choisir, celle-ci est une vraie beauté. Mais elle est quand même un peu jeune, le chenapan !

Elle posa son verre et son torchon et s'appuya au bar :

« Je ne peux pas joindre Blackie, mon petit, il n'est pas en ville et vous l'avez manqué de peu. Il est parti hier pour Liverpool prendre le bateau pour l'Irlande. Il m'a dit quelque chose au sujet d'un vieux prêtre malade qui le réclame, ou quelque chose de ce genre...

— Oh ! mon Dieu ! » s'écria Emma.

En la voyant pâlir, Rosie se pencha par-dessus son comptoir et posa sa main potelée sur celle d'Emma.

« Il ne faut pas se frapper comme ça, voyons ! dit-elle d'un ton rassurant. Vous êtes toute pâlotte. Un petit verre de rhum vous fera du bien. »

La gorge serrée, Emma secoua négativement la tête.

« Non merci, vous êtes gentille. Mais je ne bois pas d'alcool », parvint-elle à murmurer.

La nouvelle que Blackie s'était absenté de Leeds lui causait un tel choc qu'elle était sur le point de défaillir. Jamais elle n'avait envisagé cette éventualité.

« Alors, une bonne citronnade toute fraîche, insista Rosie. Voulez-vous bien rentrer ça ! ajouta-t-elle avec indignation en voyant Emma tirer son porte-monnaie. C'est ma tournée. »

La barmaid se retourna pour verser la citronnade dans un verre. Quand elle fit de nouveau face à Emma, elle poussa un cri. La jeune fille était blanche comme un linge et ses mains, dans des gants blancs au crochet, tremblaient sur le rebord du bar où elle s'agrippait.

Elle héla d'une voix de stentor l'un des consommateurs :

« Harry ! Va chercher un tabouret dans l'autre salle et approche-le au trot ! Plus vite, fainéant ! »

Quand le nommé Harry eut obtempéré, Rosie s'accouda au bar et dévisagea Emma d'un air soucieux :

« Ecoutez, mon petit, je me mêle peut-être de ce qui ne me regarde pas. Mais est-ce que vous n'auriez pas des ennuis, par hasard ? Vous avez une tête de déterrée. »

Méfiante par nature, Emma hésita à se confier à cette étrangère. Mais son esprit pratique eut vite raison de son angoisse et elle réfléchit rapidement à sa situation. Elle était absolument seule dans une grande ville inconnue. Avec Blackie en Irlande, elle ne connaissait plus personne vers qui se retourner. Elle n'avait donc pas le choix : il fallait qu'elle fasse confiance à cette Rosie, qui avait au demeurant l'air d'une bonne personne, mais jusqu'à un certain point seulement. Plus tard, elle aviserait.

Avant de faire ses confidences à la barmaid, elle voulut éclaircir un dernier point :

« Si Blackie est absent, je pourrais peut-être voir son oncle Pat. Il doit savoir quand Blackie va rentrer.

— Dans une quinzaine de jours, d'après ce qu'il m'a dit avant de partir. Mais l'oncle Pat n'est pas là lui non plus. Il a un gros chantier à Doncaster, je crois bien, et il est parti pour un bon bout de temps.

Emma poussa un soupir et fixa son verre de citronnade avec désespoir. Rosie l'observait, un pli soucieux au front.

— Voyons, mon petit, pourquoi ne me dites-vous pas ce que vous avez sur le cœur ? dit-elle au bout d'un long silence. Je pourrais peut-être vous aider. »

Emma hésita encore un peu et releva enfin les yeux :

« Eh bien, oui, mademoiselle Rosie, j'ai un problème auquel il faut que je trouve une solution immédiate. Je cherche un logement, une pension de famille, n'importe quoi. C'est pour cela que je voulais voir Blackie le plus vite possible. Pourriez-vous m'aider, ou me conseiller ?

— Qu'est-ce que j'entends là, *mademoiselle* Rosie ? s'esclaffa la barmaid. Allons, on ne fait pas de manières avec moi ! Appelez-moi Rosie, voyons ! Et vous, mon petit, comment vous appelez-vous ? Les amis de nos amis sont nos amis, n'est-ce pas ? »

Emma réfléchit rapidement. Son père essayerait sans doute de la retrouver. Mais, dans la lettre qu'elle avait laissée en partant, elle avait dit qu'elle irait à Bradford. Personne de sa famille ne connaissait Blackie et n'avait jamais entendu parler du Cygne-Blanc. Elle pouvait donc se nommer sans risque.

« Emma Harte, répondit-elle. Mme Emma Harte. »

Rosie écarquilla les yeux, stupéfaite :

« Vous êtes mariée, à votre âge ? » s'écria-t-elle.

Et où est donc passé le mari ? faillit-elle ajouter.

Emma se contenta de hocher la tête, incapable d'en dire davantage. En se présentant ainsi, elle était encore plus surprise elle-même que ne l'était Rosie.

Celle-ci secoua la tête et fit un geste fataliste. Elle croyait tout savoir de la vie mais, apparemment, il lui en restait encore à apprendre.

« Bon, maintenant que nous voilà présentées, revenons-en aux choses sérieuses. Un logement, voyons, laissez-moi un peu réfléchir... »

Sourcils froncés, Rosie se plongea dans ses réflexions. Emma hasarda timidement :

« Et la pension de famille de Blackie ? Je pourrais peut-être m'y installer ?

— Là-bas? Il n'en est pas question! s'écria la barmaid scandalisée. Dans un quartier pareil, plein d'individus qui se battent pour un oui ou pour un non! Non, mon petit, ce n'est pas un endroit pour une personne convenable! Mais patientez un peu, je vais avoir une idée. »

Un moment plus tard, elle sourit d'un air de triomphe.

« Voilà, j'ai trouvé! Allez voir Mme Daniel de ma part. C'est une veuve qui loue des chambres. Sa maison n'est pas loin d'ici, vous pourrez y aller à pied. Dites-lui bien que c'est Rosie du Cygne-Blanc qui vous envoie, cela fait des années que nous nous connaissons. Mme Daniel n'est pas toujours commode mais c'est une bonne personne. Chez elle, vous serez en sûreté.

— Combien prend-elle? » demanda Emma en hésitant.

Rosie lui décocha un regard plein de curiosité. Cette jeune personne paraissait avoir des ennuis sérieux et sa réaction à l'annonce de l'absence de Blackie était excessive pour une simple relation cherchant à se renseigner pour trouver un logement... Que diable avait encore fait cet animal d'Irlandais? se demanda-t-elle. La petite a beau dire qu'elle est mariée et avoir l'air convenable, il ne faut pas toujours tout prendre pour argent comptant...

« Les fonds sont maigres, n'est-ce pas?

— Je ne roule pas sur l'or mais j'ai quelques livres devant moi. De quoi voir venir... »

Tout en parlant, elle serrait convulsivement son réticule, qu'elle n'avait pas lâché depuis son départ de Fairley le matin à l'aube. Il contenait toute sa fortune jusqu'au dernier sou et les rares bijoux qu'elle possédait.

« Dans ce cas, il n'y a pas de quoi s'affoler. Mme Daniel est raisonnable, elle ne vous écorchera pas. A mon avis, elle ne prend pas plus de quelques shillings par semaine pour une bonne chambre, sans les repas bien entendu. Mais le quartier est plein de boutiques et de petits restaurants à prix fixe, vous vous débrouillerez.

— Oui, je me débrouillerai », dit Emma en avalant sa salive.

Ces derniers temps, la seule pensée de nourriture lui donnait la nausée. Le malaise qu'elle ressentait tous les matins au réveil se prolongeait parfois jusque tard dans la journée.

« Merci, Rosie, reprit-elle. Je ne sais comment vous remercier. Je suis sûre que je m'arrangerai avec Mme Daniel.

— C'est la moindre des choses, Emma. Mais j'y pense. Vous n'êtes jamais venue à Leeds, vous allez vous perdre. Restez bien sagement assise et attendez-moi, je vais à côté prendre une grande feuille de papier et vous écrire toutes les indications pour aller chez Mme Daniel.

— Merci, Rosie. Vous êtes si gentille !

— Pff ! N'en parlons pas ! »

Rosie s'extirpa avec agilité de derrière le comptoir et propulsa son corps majestueux en direction d'une des arrière-salles. L'arrivée inopinée d'Emma Harte l'avait intriguée au plus haut point et la personnalité de la jeune fille la laissait perplexe en excitant sa sympathie. Qu'avait-elle donc, en plus de sa beauté peu commune ? Voilà, de la dignité ! se dit-elle. Une dignité que Rosie avait rarement observée chez les filles du peuple rencontrées ordinairement dans les cercles qu'elle fréquentait.

« Cette jeunesse-là, elle n'est pas ordinaire. Ce n'est sûrement pas une fille d'ouvriers. Une bourgeoise ou même une noble dans la dèche », déclara-t-elle à haute voix à la pièce vide.

Car Rosie Miller se flattait, à raison d'ailleurs, d'être bon juge de l'humanité et de ne jamais se tromper, ou presque, sur le compte des gens si divers qu'elle observait de son bar. Ainsi, elle avait tout de suite remarqué la diction raffinée d'Emma, sans la moindre trace de l'épais accent du Yorkshire. Son maintien, ses attitudes n'avaient rien de plébeien et trahissaient une éducation soignée. Tout en elle respirait la classe, y compris ses vêtements. Tenez, marmonna-t-elle en fourgonnant dans un tiroir, sa robe noire. Ce n'était pas à la dernière mode, il fallait bien l'admettre. Mais la qualité du tissu, l'élégance de la coupe ne trompaient pas. Le petit chapeau, un peu passé, était lui aussi de première qualité, avec ses fleurs de vraie soie sur la coiffe. Des chapeaux comme celui-là, il n'y avait que les modistes de Londres à savoir en faire. Quant aux gants de fil d'Ecosse, au sac à main de maroquin et au collier de perles d'ambre, ils ne pouvaient appartenir qu'à une *Lady*, sans même parler de la valise en cuir qui, un peu défraîchie, avait quand même dû coûter une petite fortune. Tout cela, conclut Rosie en s'asseyant, sentait à cent pas sa noblesse, même ruinée.

Sa conclusion ne fit qu'aviver sa perplexité. Tout en humectant consciencieusement la mine de crayon pour écrire l'adresse de Mme Daniel et l'itinéraire pour s'y rendre, elle retournait dans sa tête les données du problème. Qu'est-ce qu'une jeune dame de qualité comme cette Emma Harte pouvait bien avoir en commun avec un maçon irlandais comme Blackie O'Neill ? Il était certes beau garçon et on ne comptait plus ses ravages dans la population féminine des quartiers populaires de Leeds et des faubourgs. Mais ce n'était qu'un vulgaire ouvrier, même s'il se vantait d'être l'associé de son oncle et clamait sur les toits qu'il deviendrait riche. Qu'avaient-ils bien pu fricoter, ces deux-là ? Malgré son expérience de la vie, la bonne Rosie était incapable d'imaginer la simple vérité. Elle aurait été horrifiée d'apprendre que la distinguée Emma Harte était, la veille encore, une fille d'ouvrier vivant dans une chaumière, une fille de cuisine promue au rang de femme de chambre, une humble domestique qui haïssait les maîtres dont elle se donnait l'allure. Tout cela aurait réduit en poussière ses idées les mieux établies sur la nature humaine et l'organisation de la société.

Elle retourna dans la grande salle d'une démarche rapide qui soulevait autour d'elle un véritable tourbillon.

« Me voilà ! s'écria-t-elle en se glissant derrière le comptoir. J'ai bien écrit tous les détails pour aller chez Mme Daniel. »

Elle tendit la feuille de papier à Emma qui sursauta, perdue dans de sombres réflexions, mais remercia Rosie et glissa la feuille dans son sac. La barmaid se pencha au-dessus du bar et parla d'un ton confidentiel :

« Comme je disais tout à l'heure, mon petit, je sais bien que cela ne me regarde pas, mais vous n'avez vraiment pas l'air dans votre assiette. Je ne peux rien faire d'autre pour vous aider ? Blackie est un bon ami et il m'a rendu des services. Je serais contente de faire quelque chose pour le lui rendre, même si ce n'est pas directement... »

Emma hésita. Elle avait, moins que jamais, l'intention de dévoiler ses vrais problèmes à une étrangère. Mais cette grosse Rosie paraissait avoir bon cœur et, mieux encore, connaissait sûrement Leeds comme sa poche. Elle devait donc être en mesure de conseiller efficacement Emma sur un autre problème auquel il était urgent de trouver une solution.

« Eh bien, oui, répondit-elle. Il faut que je trouve du travail. Pourriez-vous m'aider ?

— Du travail ? dit Rosie avec surprise. Je ne vois pas comment une jeune dame comme vous pourrait trouver à Leeds quelque chose qui lui convienne... Mais, au fait, poursuivit-elle en baissant la voix, où donc est passé votre mari ? »

Malgré ses louables efforts pour paraître discrète, sa curiosité avait fini par être la plus forte. Mais Emma ne fut pas prise au dépourvu car, pendant la courte absence de Rosie, elle avait eu le temps de trouver une réponse plausible à cette inévitable question.

« Il est dans la marine, répondit-elle avec aplomb. Pour le moment, il est avec la flotte en Méditerranée et les manœuvres doivent durer au moins six mois. »

Emma avait réussi à imprimer à son mensonge un tel accent de vérité que Rosie la crut. Il restait néanmoins d'autres points à élucider.

« Vous n'avez donc pas de famille ? Où habitiez-vous, avant de venir ici ?

— J'ai perdu mes parents et mon mari aussi. J'habitais avec sa grand-mère, près de Ripon, mais elle est morte récemment et c'est pourquoi je suis toute seule. Au moins jusqu'à la prochaine permission de Winston... »

Emma se trouvait soudain embarquée dans une succession de mensonges dont elle n'avait pas prévu l'ampleur. Aussi se raccrochait-elle à des bribes de vérité qui, plus tard, lui permettraient de ne pas se perdre dans le lacis de ses explications. Mais la curiosité de Rosie, maintenant débridée, avait encore à se satisfaire.

« Comment avez-vous connu Blackie, alors ? demanda-t-elle.

— Il était venu faire des travaux chez la grand-mère de mon mari, répondit Emma en improvisant de son mieux. Il était toujours gentil et complaisant, il faisait des petits travaux supplémentaires ou aidait dans la maison sans faire payer trop cher, car il aimait bien la vieille dame. Comme il savait qu'elle n'en avait plus pour très longtemps à vivre et que j'allais me retrouver seule, il m'a conseillé de m'adresser à lui quand je lui ai demandé si je pourrais trouver du travail à Leeds, pour joindre les deux bouts... »

Emma s'interrompit et trempa ses lèvres dans sa citronnade pour gagner du temps. La facilité avec laquelle elle dévidait son histoire, le ton convaincant qu'elle adoptait avec le naturel d'une actrice chevronnée la plongeaient dans la stupeur. Jamais elle ne s'en serait crue capable ! Mais maintenant qu'elle était lancée, mieux valait aller jusqu'au bout et finir d'établir son personnage pour ne plus avoir à y revenir ensuite.

« Ainsi, reprit-elle, Blackie m'a dit que je pourrais sans doute me faire engager dans une boutique de mode ou de lingerie. Je suis capable de me débrouiller avec les clientes et je suis habile de mes mains pour les retouches et les travaux de couture.

— Oui, c'est en effet une bonne idée », approuva Rosie.

Elle était ravie de sa perspicacité sur l'origine de sa jeune visiteuse. Elle venait donc d'une vieille famille ruinée, de ces hobereaux campagnards qui vivent dans leurs manoirs en ruine et tiennent à leurs traditions. A la mort de la vieille dame, les créanciers avaient dû tout rafler et la pauvre petite était sans le sou, obligée de travailler de ses mains pour gagner sa vie. L'histoire était triste mais classique. Quant à Blackie, pour une fois, elle l'avait injustement soupçonné. Quoi de plus naturel, en effet, pour la pauvre orpheline désemparée que de se tourner vers un jeune homme entreprenant et serviable, sachant se faire mousser et qui avait dû l'éblouir de sa faconde et lui faire croire qu'il faisait la pluie et le beau temps à Leeds ? La pauvre innocente l'avait cru sur parole, voilà tout. Devant ce mélodrame vécu, Rosie se sentit émue de pitié. Mais elle n'avait guère de relations chez les commerçants en nouveautés et ne pourrait pas faire grand-chose pour aider celle qu'elle considérait déjà comme sa protégée.

« Vous savez quoi, dit-elle en posant sa main sur celle d'Emma. Lundi matin, vous irez dans Briggate, c'est la grande rue commerçante. C'est là qu'il y a toutes les boutiques de mode et de fanfreluches, sous les arcades. Ce serait bien le diable que... »

Des rires et des éclats de voix à la porte interrompirent son discours et Rosie se tourna vers le groupe de consommateurs qui venait d'entrer.

« Allons bon, reprit-elle en soupirant, voilà des clients. Allez vous mettre au bout, c'est plus tranquille. Mais nous n'allons plus guère avoir le temps de bavarder, Emma.

— Je vais vous laisser travailler, Rosie, répondit Emma en se levant. Il vaudrait mieux que j'aille le plus tôt possible chez Mme Daniel régler la question de la chambre. Merci pour tout, ajouta-t-elle en souriant. Je vous suis profondément reconnaissante de votre aide et de vos conseils.

— De rien du tout, voyons, c'est bien la moindre des choses ! protesta la barmaid. Et faites-moi signe, hein ? Tenez-moi au courant, surtout si vous déménagez de chez Mme Daniel, pour que je sache où vous êtes et que je le dise à Blackie quand il reviendra. Venez me voir de temps en temps pour bavarder.

— J'y compte bien, Rosie. Et merci encore. »

Sur un dernier sourire, Emma prit sa valise et sortit du pub. Rosie la suivit des yeux pensivement. La pauvre petite, espérons qu'elle s'en tirera ! pensa-t-elle avec un gros soupir. Une si belle fille, si douce ! Quel malheur, quand même, qu'elle soit toute seule dans la vie !

Une fois dans la rue, Emma étudia attentivement les indications écrites par Rosie et se mit résolument en route vers la maison de Mme Daniel. Le quartier ne manquait pas de chambres à louer, mais Rosie avait préféré envoyer Emma dans un secteur un peu plus éloigné et mieux fréquenté, car elle avait tout de suite éprouvé envers elle une sympathie protectrice. Elle ne voulait donc pas la voir seule dans les taudis mal famés qui environnaient York Road.

Emma marchait d'un bon pas, évitait de regarder autour d'elle et ne levait les yeux que pour vérifier les noms des rues. L'agitation de la grande ville l'effrayait et la désorientait. Partout, ce n'étaient que piétons qui se hâtaient, charrettes, cavaliers, lourds camions de livraison dont les cochers s'invectivaient à grands cris. A ce vacarme s'ajoutaient les pétarades des automobiles, encore rares dans ce quartier populaire, le grondement des tramways, toute une activité fébrile si différente du calme de Fairley qu'on se serait cru dans un autre monde. Assez vite, cependant, Emma s'y accoutuma et ne le remarqua presque plus. Elle avait trop l'habitude de se concentrer sur un seul objectif à la fois en éliminant tous les autres de son esprit sans se laisser distraire. Ce qui importait avant tout était, dans l'ordre, de trouver un logement, un emploi et d'attendre le retour de Blackie. Elle ne voulait, elle n'osait penser à rien d'autre, surtout pas à l'enfant qu'elle attendait. Ainsi avançait-elle dans les rues bondées, droite et fière, serrant d'une main son réticule contre sa poitrine et de l'autre la poignée de sa valise.

Il lui fallut près d'une demi-heure d'une marche rapide pour trouver la rue de Mme Daniel et, pour la première fois depuis son départ du Cygne-Blanc, Emma s'arrêta et consulta le papier écrit par Rosie. Sa future logeuse habitait au numéro cinq et Emma poussa un soupir de soulagement en constatant que la maison tranchait nettement sur la pauvreté lépreuse des bâtiments qui l'entouraient. C'était une sorte de pavillon haut et étroit, à l'architecture victorienne tarabiscotée et aux murs noircis par la fumée que dégorgeaient les usines d'alentour. Mais les vitres étaient immaculées et l'on y voyait des rideaux blancs fraîchement amidonnés. Un heurtoir de cuivre bien astiqué brillait sur une porte récemment repeinte en vert bouteille, les trois marches du petit perron avaient été lavées à grande eau et étaient ornées de géraniums en pots.

Emma gravit vivement les marches et heurta à la porte. Au bout d'une brève attente, une petite femme maigre au visage buriné et revêche sous ses cheveux gris vint ouvrir et la considéra avec méfiance.

« Qu'est-ce que c'est ?

— Je voudrais voir Mme Daniel, s'il vous plaît.

— C'est moi. Qu'est-ce que vous voulez ? »

Il en fallait davantage pour rebuter Emma. Elle s'était fixé pour objectif de trouver une chambre, aujourd'hui même, et elle la trouverait, ici. Elle n'avait ni le temps ni le courage de courir dans tout Leeds à la tombée du jour et, aux manières inhospitalières et franchement désobligeantes de la dame, elle allait opposer un déploiement de charme et une politesse qui auraient raison de sa répugnance.

« Je suis très heureuse de faire votre connaissance, madame Daniel, dit-elle de son ton le plus suave. Rosie, du Cygne-Blanc, m'a recommandé votre maison où, m'a-t-elle dit, je pourrais louer une chambre.

« Je ne prends que des messieurs et, de toute façon, je n'ai plus de place, grogna la logeuse.

— Oh ! mon dieu ! s'écria Emma en ouvrant de grands yeux. Que vais-je devenir ? Rosie était sûre que vous pourriez me loger. Je me contenterais d'une petite chambre, vous savez. Votre maison a l'air grande, de l'extérieur...

— Je n'ai que deux chambres et elles sont prises. Il ne me reste qu'une petite mansarde que je ne loue jamais et je n'ai pas l'intention de prendre davantage de pensionnaires. Bonsoir », conclut-elle en repoussant la porte.

Emma ne se laissa pas démonter. Armée de son sourire, elle insista, plaida, dévida de manière bouleversante l'histoire dont Rosie avait eu la primeur et termina sur ce qu'elle croyait un argument massue en proposant de payer un mois de loyer d'avance :

« Pour une mansarde qui ne vous rapporte rien d'habitude, dit-elle d'un ton persuasif. Par les temps qui courent, cela vous rendrait sûrement service, madame Daniel. »

Gertrude Daniel la vit ouvrir son sac sans se dérider. Veuve sans enfants, elle se protégeait des vicissitudes de la vie derrière des manières rébarbatives et une physionomie sévère. Mais elle n'était pas dépourvue de qualités de cœur, comme Rosie l'avait dit. L'histoire déchirante de la jeune orpheline dont le mari voguait sur les mers lointaines ne l'avait pas laissée insensible sans, cependant, l'attendrir. L'argent ne l'intéressait pas. Elle se refusait surtout à enfreindre une règle inflexible : ne pas prendre de femmes sous son toit. Bien des années auparavant, son mari s'était enfui au bras d'une sémillante pensionnaire. Depuis, le pauvre Bert Daniel reposait sous six pieds de terre et sa complice était ridée comme une vieille pomme. Mais l'intransigeante Mme Daniel ne leur avait jamais pardonné et étendait son exécration à toutes les femmes qui, selon elle, ne pouvaient que causer des ennuis sans nombre dans une maison.

Aussi fut-elle stupéfaite de s'entendre inviter la jeune peste aux touchants yeux verts à franchir le seuil de sa porte :

« Ne restons pas là, les voisins sont encore à m'épier, ces vauriens, dit-elle en bougonnant. Ce n'est pas pour vous louer ma mansarde, se hâta-t-elle d'ajouter. C'est simplement pour réfléchir où je pourrais vous envoyer... »

Les pourparlers reprirent de plus belle, avec autant d'obstination de part et d'autre. Emma eut un trait de génie en faisant à Mme Daniel des compliments dithyrambiques sur son salon. C'était un véritable musée de ce que l'époque victorienne avait produit de plus atroce dans le mauvais goût et la bonne dame en était très fière. Légèrement radoucie par les exclamations extasiées de sa visiteuse, elle se rembrunit de plus belle en s'inquiétant du rapport qu'il pouvait y avoir entre Emma et Rosie, dont elle connaissait les qualités mais qui pratiquait un métier ne la prédisposant guère à fréquenter des jeunes femmes de la bonne société.

Car elle avait, elle aussi, été immédiatement impressionnée par les vêtements d'Emma, son comportement, son ton plein de distinction et de raffinement. Depuis quelques minutes, en fait, son entêtement à refuser sa mansarde venait moins de ce qu'elle considérait Emma comme une intruse que de sa gêne à proposer à une dame de qualité un galetas tout juste bon pour une domestique.

Devant l'insistance de la jeune femme, elle haussa les épaules d'un air excédé :

« Enfin, puisque vous y tenez, montons la voir, cette chambre. Mais je vous préviens que je ne vous la louerai pas pour plus de quinze jours, trois semaines... »

Emma faillit lui sauter au cou. Mais elle se contint et refit une de ses meilleures imitations d'Olivia Wainright :

« Vous êtes vraiment trop aimable, chère madame. »

La mansarde était minuscule mais d'une propreté parfaite et l'ameublement, pour simple qu'il fût, était amplement suffisant pour assurer un minimum de confort. Emma le vit d'un coup d'œil et se tourna en souriant vers son hôtesse :

« Je la prends », dit-elle d'un ton qui ne souffrait pas la discussion.

L'autre eut un haut-le-corps et lança une contre-attaque désespérée :

« J'en demande trois shillings par semaine. Cela à l'air beaucoup, mais c'est plus que raisonnable, compte tenu des circonstances...

— C'est très raisonnable, en effet », interrompit Emma.

Elle compta posément le montant d'un mois de loyer qu'elle posa sur la table. Elle aurait au moins un toit au-dessus de sa tête jusqu'au retour de Blackie.

Totalement désarçonnée, Mme Daniel empocha les douze shillings alors qu'elle ne voulait pas s'encombrer d'Emma plus d'une quinzaine de jours. Pour la seconde fois de la journée, elle se surprit à dire des mots qu'elle n'avait pas l'intention de prononcer :

« Merci quand même. Je vais descendre chercher votre bagage. »

Avant qu'Emma ait pu protester, elle faisait déjà craquer les marches de l'escalier et revenait presque tout de suite après avec la valise. Son aspect luxueux, la souplesse du cuir dont elle était faite avaient éveillé en elle de nouveaux soupçons et elle lança à Emma un regard sévère :

« Une dernière chose. Je ne peux m'occuper que des chambres des deux messieurs. Il faudra que vous fassiez votre lit et votre ménage... A vous voir, poursuivit-elle d'un ton accusateur, je n'ai pas l'impression que vous ayez vécu bien à la dure! Etes-vous capable de faire le ménage, au moins ? »

Emma dut faire un violent effort pour ne pas éclater de rire au nez de sa logeuse :

« Je m'y mettrai très facilement.

— Allons, tant mieux. Pour trois shillings par semaine, vous vous doutez que je ne peux pas vous nourrir... »

Mme Daniel s'interrompit pour toiser avec méfiance la jeune femme calme et digne qui lui souriait et, pour la troisième fois et avec une stupeur croissante, laissa tomber de ses lèvres des paroles inouïes :

« Mais vous pourrez vous servir de ma cuisine, si vous voulez. Je vous ferai de la place dans un placard pour y serrer vos affaires. »

Emma, réprimant toujours son fou rire, se borna à répondre brièvement :

« Merci beaucoup, madame Daniel.

— Bon, eh bien, je vous laisse vous installer. Prévenez-moi si vous avez besoin de quelque chose. »

Quand sa logeuse eut refermé la porte derrière elle et que ses pas eurent décru dans l'escalier, Emma se rua sur son lit et s'enfouit le visage dans l'oreiller pour étouffer ses éclats de rire. Si je suis capable de faire le ménage ? se répétait-elle entre deux accès d'hilarité. Si je suis capable de faire le ménage ! La pauvre femme, si elle savait !

Enfin calmée, elle s'essuya les yeux et retira ses gants. Elle avait eu raison de les garder toute la journée, se dit-elle en contemplant ses mains rouges et rendues rugueuses par les travaux domestiques. Depuis son départ de Fairley, elle avait réussi à créer son personnage de jeune fille de bonne famille victime des circonstances et tous ceux qu'elle avait rencontrés, le rétameur de Shipley, Rosie et Mme Daniel, avaient mordu à l'hameçon. Sa robe, son chapeau, tout, jusqu'à sa voix et son élocution, lui venait d'Olivia Wainright. Elle n'avait d'ailleurs pas eu grand mal à soutenir son imitation, car elle avait de l'oreille et s'était habituée avec Edwin à s'exprimer avec raffinement. Cette partie-là de son Plan s'exécutait donc de manière pleinement satisfaisante.

Le reste, elle en était convaincue, suivrait tout aussi facilement. Elle était venue à Leeds sous les traits d'une jeune dame pauvre. Elle y deviendrait une grande dame riche. Très riche, naturellement. Le sourire qui apparut sur ses lèvres avait une touche de dureté cynique et ses yeux verts lancèrent des éclairs déplaisants. Car Emma pensait aux Fairley et à sa vengeance. Mais elle n'avait pas le temps, aujourd'hui, de trop s'appesantir là-dessus. A partir de maintenant, chaque minute de son temps comptait précieusement. Elle ne pouvait se permettre d'en perdre une seconde. S'il le fallait, elle travaillerait dix-huit heures par jour sept jours par semaine mais elle atteindrait son but : être quelqu'un. Etre une grande dame.

Sa brève rêverie terminée, Emma ôta son chapeau et se mit à examiner soigneusement sa chambre. Elle avait une telle horreur de la crasse ou du négligé que son premier soin fut de défaire le lit pour en vérifier les draps, les couvertures et même le matelas. A son soulagement, tout était soigneusement propre, bien qu'usé et reprisé par endroits. Ensuite, malgré sa fatigue, elle défit sa valise, pendit ses vêtements dans l'armoire, rangea son linge dans la commode où elle trouva deux serviettes de toilette. Dans le tiroir du bas elle fit une découverte qui excita sa curiosité.

Plusieurs livres y étaient empilés, épais volumes richement reliés en cuir et ornés de dorures. Elle en prit un, l'ouvrit. C'était un recueil de poèmes de William Blake, auteur dont Emma n'avait jamais entendu parler. Sur la page de garde, un *ex-libris* annonçait en anglaise soigneusement calligraphiée que le livre avait appartenu à Albert H. Daniel. Emma le remit en place et sortit les autres un par un. Avec le théâtre de Shakespeare en plusieurs tomes, ce qui éveilla un souvenir dans la mémoire d'Emma, il y avait des auteurs qui lui étaient totalement inconnus et dont elle prononçait le nom à mi-voix : Platon, Aristote, Spinoza... Qui donc était le défunt mari de Mme Daniel pour s'intéresser à des lectures aussi ardues ? Avec un soupir, Emma rangea les ouvrages au fond du tiroir. Elle n'aurait pas de temps à perdre à lire des livres qui ne lui donneraient rien de concret pour l'exécution de son Plan. Mais quel bonheur aurait eu Frank à mettre la main sur de telles œuvres !

A la pensée de son jeune frère, Emma sentit son cœur se serrer et elle se laissa tomber sur une chaise. Pour la première fois de la journée, elle se sentit coupable d'avoir ainsi abandonné son père et son frère dont l'évocation la remplissait de tristesse. En partant, ce matin, elle avait laissé une lettre sur la table pour dire qu'elle était allée à Bradford chercher une meilleure place. Il ne fallait pas qu'ils se fassent du souci pour elle car elle avait mis assez d'argent de côté pour tenir le coup quelques semaines. Elle avait conclu en promettant qu'elle reviendrait les voir dès qu'elle pourrait et leur écrirait pour leur donner son adresse dès qu'elle aurait trouvé un emploi convenable.

Qu'allait-elle leur écrire, se demanda-t-elle avec un bref sursaut d'angoisse, et quand ? Elle n'en savait rien.

Et les prochains jours ne lui laisseraient guère le temps d'y penser. Car il fallait avant tout s'organiser et survivre. Survivre : le mot clef du vocabulaire d'Emma Harte. La fortune viendrait ensuite.

23

Près d'une semaine après son arrivée à Leeds, Emma n'avait toujours pas trouvé de travail. Dès le lundi, elle avait systématiquement entrepris d'aller voir toutes les boutiques de Briggate et des rues adjacentes, postulant n'importe quel emploi, même le plus humble. Les refus s'accumulaient mais Emma, inquiète sans être découragée, recommençait le lendemain. Elle frappait obstinément à toutes les portes et foulait inlassablement ces pavés que Blackie lui avait dit être en or mais qui, sous ses pieds fatigués, paraissaient de plus en plus durs et poussiéreux.

Elle avait ainsi eu l'occasion de se familiariser avec le centre de la ville et, malgré sa vive déception, ne pouvait s'empêcher de trouver Leeds passionnante et attachante. Cette immense métropole n'effrayait plus la petite villageoise, intimidée d'abord par les proportions gigantesques des grands immeubles. De fait, passé le premier effarement ressenti en sortant de chez Mme Daniel, elle avait vite compris le caractère de ces écrasantes bâtisses : il s'agissait de temples élevés au commerce, à l'industrie, au progrès. Ils étaient les symboles de l'argent et de la puissance dont elle était avide. Ses premiers échecs ne la rebutaient pas, au contraire : ils ne faisaient que renforcer sa détermination et raffermir son ambition. Si d'autres avaient accompli ce dont elle avait les signes sous les yeux, elle était nécessairement capable de faire mieux.

Car Emma avait trouvé une curieuse similitude entre ces usines, ces entrepôts et ces immeubles de rapport qui l'écrasaient de leur masse noircie et les monolithes géants de la lande, dont ils semblaient posséder le caractère implacable et éternel. Comme elle avait trouvé sa force de caractère au contact des collines sauvages, de même puisait-elle l'espoir et le courage de continuer à la vue de ces puissants édifices. D'emblée, Emma avait compris que son avenir était là, à Leeds qui était alors la cinquième ville d'Angleterre. C'est au cœur de cette lande urbaine, où seuls les plus forts survivent, qu'elle bâtirait sa fortune et assiérait le pouvoir dont elle avait fait le seul et unique objet de ses pensées.

En ce vendredi matin, au bout de quatre jours de recherches infructueuses, Emma se retrouva par hasard devant l'hôtel de ville et s'arrêta un instant pour en admirer l'austère grandeur. Précédée de quelques marches, la façade était gardée par quatre colossaux lions de pierre qui se détachaient devant les colonnes corinthiennes du fronton. Le corps de bâtiment central était surmonté d'un beffroi qui semblait se perdre dans les nuages. Ce monument pesant, d'un style gothique en faveur à l'époque victorienne et dont la pierre était déjà noircie par les fumées d'usines, n'était cependant pas laid. Inauguré en 1858 par la reine elle-même, il paraissait incarner la passion dominatrice qui suintait de chaque pierre de la ville et qui nourrissait l'Empire au faîte de sa puissance. Cette ville, se dit Emma le regard levé vers les flèches et les balustres, cette ville peut vous écraser. Mais moi je ne me laisserai pas dominer par elle.

Ainsi raffermie dans sa résolution, elle reprit sa quête obstinée et se heurta partout à la même fin de non-recevoir. Il n'y avait pas de travail. Les qualités dont elle était si fière resteraient-elles sans emploi ? Le modeste salaire dont elle avait le plus impérieux besoin lui serait-il toujours refusé ?

Pensive, ébranlée dans la certitude de sa réussite, elle arpentait alors Boar Lane, rue commerçante où s'alignaient de luxueuses boutiques. De temps en temps, elle s'arrêtait pour regarder une devanture, admirer les étalages de fine lingerie, de robes élégantes, de bijoux ou de maroquinerie. C'est alors qu'elle sentit évoluer dans son esprit la conception de son Plan. Si elle voulait faire fortune, il fallait en définir les moyens avec plus de précision, s'y attaquer avec plus de force. Une certitude se présenta à elle et s'imposa peu à peu : elle devait avoir un magasin. Un magasin à elle. Un magasin où elle vendrait des choses indispensables, que les clients viendraient acheter tous les jours. Voilà la vraie solution : le commerce. Sa fortune serait fondée sur le commerce! Au début, elle n'aurait qu'une petite boutique mais, peu à peu, elle l'agrandirait. Plus tard, elle pourrait en voir une autre, deux, trois peut-être. Alors, elle serait vraiment riche!

Soulevée par l'exaltation, Emma sentit sa lassitude se dissiper d'un coup et pressa le pas. La foule autour d'elle, les tramways, les voitures élégantes, tout respirait la prospérité, l'esprit d'entreprise, l'avenir. Au milieu de ses compatriotes durs à l'ouvrage, industrieux et tenaces, elle communiait à cette atmosphère fiévreuse et sentait ses propres qualités exacerbées par l'air même qu'elle respirait. Plus que jamais, elle sentait que Leeds lui était bénéfique et qu'elle pourrait donner ici la pleine mesure de ses capacités.

Quelques instants plus tard, elle arriva au marché central de Kirkgate. C'était une immense surface de halles juxtaposées où l'on trouvait, dans un incroyable désordre apparent, les marchandises les plus variées, allant des ustensiles de cuisine aux soieries, de la porcelaine aux vêtements. On y trouvait surtout, à emporter ou à consommer sur place, toutes sortes de denrées alimentaires, des plus communes aux plus délicates, légumes, viandes, poissons fumés, fruits de mer, pâtisseries, tout ce que l'agriculture et l'industrie peuvent inventer pour satisfaire les goûts les plus divers.

Emma erra lentement au milieu de cette profusion de couleurs et d'odeurs et s'arrêta devant l'immense étalage du « Penny Bazar » de Marks & Spencer. Au-dessus des rayons, un énorme écriteau proclamait :

NE DEMANDEZ PAS LE PRIX,
TOUT EST A UN PENNY!

Fascinée, Emma observa attentivement les marchandises offertes à la convoitise des chalands. Elle admira la manière parfaitement organisée dont les articles étaient classés, leur diversité et leur aspect attrayant. Voilà, se dit-elle, une idée remarquable. Tout à un penny! Pour cette modeste somme, l'on pouvait voir, toucher, comparer presque tout ce dont on pouvait avoir besoin, chandelles, produits d'entretien, jouets, papeterie, lingerie... Les commis n'avaient pas besoin de vendre ni de marchander, ils se contentaient d'encaisser le prix. Simple et efficace, ce système l'impressionna profondément et Emma s'y serait volontiers attardée.

Mais il était près de deux heures et, après avoir mangé un cornet de moules marinières, elle quitta le marché pour se diriger vers North Street, où se trouvaient la plupart des ateliers de confection. Le matin, en effet, une vendeuse lui avait conseillé d'y tenter sa chance. « Mais allez-y pendant qu'il fait jour, avait-elle recommandé. Le quartier est plutôt mal famé. »

Il faisait une journée d'août étouffante. Sous le ciel couvert et orageux, l'air était irrespirable dans les rues étroites où les passants soulevaient la poussière. Emma s'arrêta un instant à l'ombre d'une maison et s'éventa avec son sac à main. La chaleur lui montait au visage par bouffées du pavé surchauffé. Mais elle reprit bientôt son chemin avec résolution. Il fallait qu'elle trouve du travail pour vivre jusqu'à la naissance du bébé. Après, elle travaillerait jour et nuit s'il le fallait, économiserait sou par sou mais elle amasserait de quoi s'acheter sa première boutique. Maintenant que sa décision était prise et que le processus était clair dans son esprit, elle ne sentait plus la fatigue de ses pieds gonflés, de son dos courbaturé. Plus forte que jamais, la certitude du succès lui était revenue et la portait presque. D'ailleurs, elle n'avait pas le choix. elle ne pouvait pas se permettre d'échouer.

Elle se trouva bientôt à l'entrée de North Street, longue rue en pente où s'alignaient les ateliers de confection. Emma pénétra dans le premier, pour y entendre la réponse désormais familière. Elle essaya un autre, puis un autre, un autre encore. Partout, on lui disait avec impatience ou commisération les mots fatidiques : « Pas de travail. » Au sixième ou septième, un contre-maître compatissant lui conseilla un confrère, dans une impasse vers le haut de la rue. Là, nouvelle déception : « Désolé, pas d'embauche. » Nullement découragée mais seulement un peu plus lasse, Emma s'arrêta au coin de l'impasse et regarda le chemin qu'elle avait parcouru le long de North Street. Elle n'en était encore qu'à la moitié mais il se faisait tard. Mieux valait continuer tout droit jusqu'à York Road et rentrer chez Mme Daniel. Elle reviendrait demain et finirait par trouver cet emploi dont elle avait tant besoin.

Elle continua donc à remonter la rue, dont la pente devenait plus sévère, et arriva quelques minutes après au sommet. Elle s'était à peine arrêtée pour reprendre haleine quand elle sentit quelque chose la heurter violemment à l'épaule et vit une pierre rouler à ses pieds. Elle se retourna, stupéfaite : à quelques pas, un peu plus bas, deux gamins dépenaillés la regardaient en souriant bêtement. Furieuse, Emma brandit le poing :

« Vilains garnements ! s'écria-t-elle. Attendez un peu que je vienne vous tirer les oreilles ! »

Ils lui répondirent en ricanant et se baissèrent pour ramasser des poignées de cailloux. Emma s'apprêtait à fuir quand elle se rendit compte que les projectiles ne lui étaient pas destinés et qu'elle se trouvait simplement sur leur trajectoire. Alors, elle s'aperçut avec indignation que les deux petits voyous prenaient pour cible un homme qui avait trébuché et était tombé à terre. Il essayait de se relever, retombait en esquivant les pierres et cherchait un abri le long d'une maison en levant les bras pour se protéger le visage. Excités par ce spectacle, ses tortionnaires le bombardaient d'une grêle de pierres en poussant des cris de victoire. Leur victime, un homme entre deux âges proprement vêtu, avait laisser tomber un paquet. Il avait perdu ses lunettes et son chapeau et Emma vit qu'il avait une joue ensanglantée.

Scandalisée par cette lâche agression, elle s'élança

sans réfléchir vers les deux chenapans, sa rage étant plus forte que sa crainte.

« Petits voyous ! hurla-t-elle. Sauvez-vous tout de suite ou j'appelle un agent ! Vous finirez en prison ! »

Son intervention n'eut pas grand succès tout d'abord et les deux gamins lui rirent au nez en lui tirant la langue. Mais voyant qu'elle ne reculait pas, qu'elle ramassait deux pierres et paraissait décidée à les leur jeter, ils finirent par prendre peur et détalèrent en faisant des pieds de nez et en couvrant leur retraite par des bordées d'injures. Quand l'écho de leurs provocations se fut évanoui dans une rue de traverse, Emma courut vers l'inconnu pour l'aider à se relever. C'était un petit homme mince mais d'allure vigoureuse. Ses cheveux noirs et bouclés, qui se dégarnissaient au sommet, grisonnaient sur les tempes. Ses traits accusés étaient expressifs et non sans noblesse et ses yeux noirs pleins de vivacité.

La fureur d'Emma avait fait place à l'inquiétude et à la compassion.

« Etes-vous blessé, monsieur ? » demanda-t-elle avec sollicitude.

Debout, appuyé au mur, l'inconnu épongeait avec son mouchoir le sang qui lui coulait de la joue.

« Non, ce n'est rien de grave, répondit-il. Je tiens à vous remercier, mademoiselle, vous avez fait preuve de beaucoup de courage et de bonté. Si je ne craignais d'abuser, je vous demanderais de m'aider à chercher mes lunettes. Je les ai perdues et sans elles je n'y vois rien... »

Emma ramassa les lunettes et les examina avant de les tendre à leur propriétaire :

« Les voici, dit-elle. Heureusement, elles sont intactes. »

L'inconnu les chaussa avec un soupir de soulagement.

« Grand merci ! Cela va beaucoup mieux. »

Pendant ce temps, Emma ramassait le paquet qu'il avait laissé tomber. C'était un sac en papier contenant divers objets, dont une miche de pain d'une forme peu courante qui avait roulé dans la poussière. Emma souffla dessus et l'épousseta de son mieux avant de la remettre dans le sac.

« Voilà, votre pain n'a pas trop souffert non plus », dit-elle en le lui rendant.

L'homme remettait son chapeau, sous lequel il portait une sorte de petite calotte noire. Il observa Emma avec intérêt et lui adressa un sourire de gratitude :

« Je ne sais comment vous exprimer ma gratitude, ma jeune demoiselle. Il n'y a pas beaucoup d'hommes qui oseraient faire ce que vous venez de faire dans un quartier comme celui-ci ! Vous êtes vraiment très courageuse, oui, très courageuse... »

Il regardait Emma avec une admiration non dissimulée. Emma, de son côté, l'observait avec curiosité. Il était vêtu simplement et sans recherche mais son costume était manifestement de bonne qualité. La manière parfaite dont il s'exprimait trahissait un léger accent, difficile à définir. Emma qui n'avait jamais rencontré d'étrangers se dit qu'il devait venir du Continent.

« Pourquoi ces affreux voyous vous jetaient-ils des pierres ? demanda-t-elle.

— Parce que je suis un juif », répondit-il simplement.

Qu'est-ce donc qu'un juif ? se demanda Emma avec perplexité. Mais plutôt que d'avouer son ignorance, elle préféra répéter sa question en termes différents :

« Pourquoi cela leur donnerait-il envie de vous lapider ? »

L'inconnu s'étonna de la question d'Emma mais, la voyant de bonne foi, lui répondit gravement :

« Parce que les gens ont toujours peur de ce qu'ils ne connaissent pas, de ce qu'ils ne comprennent pas, de ce qui est différent, étranger. Et toujours, cette peur dégénère en haine, une haine aveugle, d'autant plus violente qu'elle est irraisonnée. Or ici, voyez-vous, les juifs sont ceux que l'on hait et que l'on persécute... »

Il s'interrompit pour soupirer avec tristesse.

« La nature humaine est bien étrange, reprit-il. L'on hait sans savoir pourquoi. L'on hait sans comprendre que cette haine finit toujours par se retourner contre celui qui la nourrit et le détruire lui-même. Non, voyez-vous, rien au monde n'est plus destructeur que la haine... »

Ces paroles, le ton plein de mélancolie avec lequel elles avaient été prononcées, l'absence d'amertume et l'élévation de pensée qu'elles dénotaient chez cet étranger firent à Emma une profonde impression. Avait-elle tort de haïr Edwin comme elle le faisait ? Non, lui répondit une petite voix qu'elle prit pour celle de sa conscience. La haine dont parle cet homme est aveugle, irraisonnée, brutale. Emma, elle, avait cent bonnes raisons de ressentir de la haine envers Edwin Fairley, qui l'avait trahie et abandonnée. Ainsi rassérénée, Emma s'éclaircit la voix et posa la main sur le bras de son compagnon :

« C'est affreux, dit-elle d'un ton pénétré. Penser qu'il y a des gens qui vous haïssent sans vous connaître, qui cherchent à vous faire du mal... Comment peut-on vivre au milieu d'une telle cruauté, d'une telle... »

Elle s'interrompit pour chercher le mot propre. L'homme lui fit un sourire triste :

« Une telle persécution, dit-il. Mais ce petit incident n'est rien à côté des massacres qui se produisent encore aujourd'hui dans le monde. Ici même, dans ce pays, il arrive que des foules surexcitées s'en prennent à nos biens, saccagent nos maisons, nous menacent dans notre vie. Allons, ma chère petite, je vous ai assez ennuyée avec toutes ces histoires qui ne vous concernent pas, conclut-il avec un sourire. Il me reste à vous remercier encore... »

Emma était stupéfaite de le voir se résigner aux criantes injustices qu'il venait d'évoquer et qu'il ne se révolte pas d'être ainsi exposé à la violence. La police ne pouvait-elle donc rien faire ? lui demanda-t-elle.

« Pas grand-chose, répondit-il. Leeds, voyez-vous, est loin d'être paisible et sûre, même à notre époque. Alors, la police laisse faire plutôt que d'être débordée. De notre côté, nous essayons de nous faire remarquer le moins possible et d'éviter les affrontements. Mais dites-moi, poursuivit-il en voyant l'expression d'horreur incrédule qui envahissait les traits d'Emma, ne savez-vous donc pas qui sont les juifs ? »

Gênée d'admettre une telle lacune dans ses connaissances, Emma rougit.

« Non... Mais pouvez-vous me le dire ? J'aime apprendre le plus possible. »

En quelques phrases claires et précises, l'inconnu entreprit de raconter à Emma l'essentiel de l'histoire du peuple hébreu, les origines de sa religion et les liens entre le judaïsme et le christianisme. Parfois, quand une référence à la Bible ou à l'histoire semblait dépasser les connaissances d'Emma, il expliquait en quelques mots et poursuivait le cours de son récit.

« Ainsi, conclut-il avec un soupir, nous autres juifs devons paraître bien étranges à beaucoup de gens. Nos coutumes, nos règles alimentaires, les rites de notre religion ne sont pas les mêmes que ceux des Gentils... Pourtant, les hommes ne sont pas si différents les uns des autres. Il suffirait qu'ils veuillent bien s'en apercevoir... »

Emma approuva avec véhémence. Dans les propos de son compagnon, elle retrouvait les cruelles différences de classes qui existaient dans la société anglaise. N'avait-elle pas elle-même été victime de leurs injustes conséquences ?

« Ainsi, monsieur, vous venez du pays des juifs ? » dit-elle en pensant au curieux accent avec lequel il parlait.

L'homme eut un sourire amusé :

« Non, ma jeune demoiselle, il n'y a pas de pays des juifs. Nous sommes dispersés dans le monde entier voyez-vous. Je suis moi-même originaire de Kiev, en Russie. La plupart des Juifs de Leeds viennent de Russie ou de Pologne, d'où nous avons fui pour échapper aux pogroms et aux massacres. Ici, en Angleterre, nous sommes libres et en sécurité. Cela vaut bien de supporter quelques menus inconvénients... Vous n'êtes sans doute pas originaire de Leeds vous-même, sinon vous sauriez qu'il y a beaucoup d'immigrants juifs en ville et que nous y subissons bien des tracasseries et des humiliations.

— Non, répondit Emma. Je suis... des environs.

— Ah! je comprends! dit-il avec un rire de bonne humeur. Eh bien, il est grand temps que je vous laisse aller, au lieu de vous assommer avec mes discours. Acceptez encore toute ma gratitude et que Dieu vous protège tout au long de votre vie. »

Emma refréna une grimace en entendant parler du Dieu auquel elle refusait désormais de croire mais elle s'abstint de commentaires pour ne pas froisser inutilement son nouvel ami. Ils se séparèrent cordialement et Emma suivit l'homme des yeux avant de s'éloigner à son tour. Il n'avait pas fait dix pas qu'Emma le vit vaciller et se rattraper à un mur en se tenant la poitrine à deux mains. Elle courut le rejoindre et vit qu'il était devenu livide. Ses lèvres bleuies, sa respiration saccadée et la sueur qui lui perlait au front inquiétèrent Emma au point qu'elle le prit par le bras et déclara qu'elle allait le raccompagner jusque chez lui.

« Mais non, mais non, protesta-t-il faiblement. Ce n'est qu'une légère indigestion, sans doute...

— Je ne vais pas vous laisser partir seul, insista Emma. Où habitez-vous?

— Imperial Street, dans le quartier des Leylands. C'est à dix minutes d'ici. »

Emma eut une bouffée d'inquiétude. On l'avait mise en garde à plusieurs reprises contre le caractère peu sûr de ce quartier, curieusement affublé du nom de « ghetto » auquel elle n'avait rien compris. Sans rien laisser paraître de sa réticence, elle prit d'autorité le paquet des mains de son compagnon et le força à s'appuyer à son bras.

Au bout de quelques minutes, l'homme sentit ses douleurs diminuer. Sa respiration redevenait régulière, son pas s'affermissait. Il tourna alors son attention vers cette jeune inconnue qui se montrait si secourable, ce dont il n'avait guère l'habitude. Il lui exprima sa gratitude en termes mesurés et s'arrêta pour tendre cérémonieusement la main :

« Permettez-moi de me présenter, mademoiselle. Abraham Kallinski, pour vous servir. Puis-je avoir l'honneur de connaître votre nom ? »

Emma cala sous son bras le paquet qu'elle portait et serra la main tendue :

« Emma Harte », dit-elle en inclinant la tête.

Kallinski avait déjà remarqué l'anneau d'argent qui brillait à l'annulaire d'Emma :

« Doit-on dire madame Harte ? »

Emma hocha la tête sans rien ajouter. Homme courtois et qui respectait l'intimité d'autrui, il n'insista pas.

Ils se remirent en marche d'un pas égal et Abraham Kallinski, naturellement disert et d'un naturel confiant, raconta à sa jeune compagne quelques-uns des faits saillants de sa vie. Ainsi apprit-elle qu'il avait quitté Kiev en 1880 et était arrivé à Leeds après avoir séjourné en Hollande. A l'exemple de la plupart de ses coreligionnaires, il espérait y gagner rapidement de quoi poursuivre vers Liverpool et payer son passage pour l'Amérique. Mais, comme pour beaucoup, les circonstances se révélèrent défavorables et il se fixa tout naturellement dans le quartier des Leylands où se formait une assez forte population de juifs russes et polonais.

« Nous nous entraidions et j'étais jeune, à l'époque. A peine vingt ans... Un an plus tard, j'ai eu la bonne fortune de rencontrer celle qui allait devenir ma femme. Elle était native de Leeds, car ses parents avaient quitté la Russie avant moi. C'est ainsi que je suis resté, sans poursuivre mon chemin vers l'Amérique, comme tant d'autres... Ah ! nous voilà arrivés ! » dit-il avec un geste large.

Emma pénétrait pour la première fois dans ce quartier interdit des Leylands, qu'elle examina avec curiosité. Elle vit un assemblage de ruelles étroites, de cours sombres, de venelles inquiétantes où les maisons se serraient comme pour se protéger de quelque danger. A mesure qu'elle s'enfonçait dans le ghetto, elle voyait s'y multiplier les signes de la pauvreté. Des enfants en haillons jouaient pieds nus au milieu de la rue. Çà et là, on voyait la silhouette furtive d'hommes qui marchaient les yeux baissés en rasant les murs. Ils étaient pour la plupart vêtus d'une manière qui surprenait Emma, avec des chapeaux noirs à larges bords, verdis par l'usure, et de curieuses ceintures dont les broderies leur battaient les jambes. Ils ne ressemblaient en rien à M. Kallinski qui, à côté d'eux, avait une allure typiquement britannique.

Ils s'arrêtèrent enfin au bout de la rue, devant une maison nettement plus grande et de meilleure apparence que ses voisines. Emma remarqua son aspect soigneusement entretenu, ses volets de bois fraîchement repeints, les rideaux blancs aux fenêtres. Abraham Kallinski se redressa avec fierté :

« Voici ma maison, annonça-t-il.

— Alors, vous voilà arrivé sain et sauf, répondit Emma. Votre conversation m'a beaucoup intéressée et instruite, monsieur Kallinski. J'espère que nous nous reverrons un jour. »

Il hésita en observant cette jeune femme si charmante et qui s'était montrée si secourable à son égard. Avant qu'elle ne s'éloigne, il la retint par le bras :

« Ne partez pas si vite, madame Harte ! Entrez un instant. Je voudrais vous présenter ma femme, qui vous exprimera elle-même sa reconnaissance.

— Il se fait tard, protesta Emma. Il faut que je rentre.

— Rien qu'un instant ! Il fait chaud, vous êtes fatiguée. Un verre de thé et quelques instants de repos vous feront du bien. Faites-nous ce plaisir. »

Emma hésita. Certes, elle était fatiguée et elle avait soif. Mais elle ne voulait pas se montrer indiscrète et, d'ailleurs, le jour déclinait et elle n'avait nulle envie de se retrouver dans les Leylands à la nuit tombée. Abraham Kallinski prit alors l'initiative et la poussa vers la maison.

« Venez, venez. Vous avez grand besoin d'un rafraîchissement », dit-il en souriant.

Il la fit entrer dans une vaste pièce qui servait de cuisine et de pièce à vivre. A leur entrée, une femme qui s'affairait devant le fourneau se tourna vers eux et regarda son mari avec inquiétude :

« Abraham! Que t'est-il donc arrivé? s'écria-t-elle en courant à sa rencontre. Tu es plein de poussière et... mon Dieu, tu es blessé! »

Abraham Kallinski rassura sa femme en quelques phrases apaisantes. Puis il poussa Emma devant lui pour la présenter en vantant son intrépidité et son dévouement. Janessa Kallinski lui serra les mains et la remercia avec effusion. Elle dut presque la faire asseoir de force avant qu'Emma ne convienne de sa fatigue.

Pendant qu'Abraham allait se changer et que Janessa préparait le thé, Emma observait autour d'elle avec curiosité. La cuisine, illuminée par les derniers rayons du soleil, était une vaste pièce accueillante. Dans un coin, sur une nappe blanche, la table était mise pour quatre couverts. Les meubles, le tapis, le papier des murs étaient simples mais de belle qualité et composaient un ensemble sans luxe tapageur mais évoquant un solide bon sens et un bonheur paisible, à l'image des occupants. Janessa Kallinski était plus grande que son mari. Mince, d'allure jeune, son visage avait des traits slaves assez accusés qui lui donnaient une beauté austère. Son abondante chevelure noire et lisse était ramenée en un chignon tordu sur la nuque et ses grands yeux bleu pâle exprimaient la douceur. Dans une robe de coton noir égayée d'un tablier blanc, elle en imposait. Emma ressentit immédiatement de la sympathie pour cette femme qui devait avoir, estima-t-elle, à peu près l'âge de sa mère.

Abraham Kallinski revint quelques instants plus tard. Il avait mis un costume propre, brossé ses cheveux et soigné sa coupure à la joue. Avant de rejoindre Emma, il échangea quelques mots à voix basse avec sa femme. Celle-ci apporta trois verres de thé sur un plateau et en tendit un à Emma en s'asseyant en face d'elle.

Emma trempa ses lèvres dans son verre et retint un mouvement de surprise. C'était délicieux mais elle n'avait encore jamais goûté au thé préparé de cette façon, fortement parfumé au citron et très sucré. Elle se retint toutefois de tout commentaire pouvant trahir son ignorance et compromettre son image de *lady*.

Pendant ce temps, Janessa Kallinski s'était tournée vers son mari avec inquiétude :

« Es-tu sûr d'aller tout à fait bien, Abraham ? Tu n'as pas encore de ces douleurs dans la poitrine ? »

Abraham Kallinski lança à Emma un regard pour la mettre en garde et se hâta de répondre :

« Mais non, ma chérie, je n'ai rien du tout ! Mon égratignure est complètement guérie et ma chute n'était pas grave, rassure-toi... Dites-moi, madame Harte, poursuivit-il pour détourner la conversation, habitez-vous loin d'ici ?

— Assez, oui. Tout au bout de York Road, de l'autre côté de la ville. »

Kallinski jeta un coup d'œil à l'horloge en faisant la moue :

« Il se fait tard, plus tard que je ne pensais. Mes fils ne vont pas tarder à rentrer et je leur demanderai de vous raccompagner jusque chez vous. Ce ne serait pas prudent, pour une jeune femme, de rentrer seule à cette heure.

— J'aurais peur d'abuser... commença Emma.

— C'est le moins que nous puissions faire pour vous exprimer notre reconnaissance, intervint Mme Kallinski. Nous ne voudrions pas que votre mari s'inquiète et vous devez avoir hâte d'être à la maison. »

Emma se racla la gorge et hésita à répondre, retenue par sa méfiance habituelle envers les étrangers. Mais la bienveillance qu'elle lisait dans les yeux de son hôtesse la décida :

« Je n'ai pas de mari qui m'attende à la maison, répondit-elle. Il est dans la marine et je vis seule.

— Seule ? s'écria Janessa. Vous n'avez pas de famille ? »

A la pensée qu'une aussi jeune femme puisse vivre seule dans une ville comme Leeds, elle changea de visage. Cela lui était d'autant plus inconcevable qu'elle avait elle-même toujours vécu au sein d'un clan innombrable et uni où tout le monde s'entraidait et se protégeait en cas de besoin.

« Non, nous n'avions que la grand-mère de mon mari

qui est morte récemment... Mais je ne suis pas malheureuse, se hâta-t-elle d'ajouter en voyant l'effet que produisaient ses paroles. J'ai trouvé une chambre très convenable chez une logeuse aimable et qui me rend souvent service... »

Les Kallinski échangèrent des regards expressifs et Abraham hocha la tête en réponse à la question muette de sa femme. Janessa se pencha alors vers Emma en souriant :

« Si vous n'êtes pas attendue et si vous n'avez pas de raison impérieuse de partir tout de suite, faites-nous le plaisir de rester partager notre repas du sabbat. »

Emma rougit de confusion. Elle ne voulait surtout pas donner l'impression qu'elle manœuvrait pour se faire inviter.

« Non, je ne peux pas rester dîner ! répondit-elle. Vous êtes très aimable, madame Kallinski, mais je ne veux pas abuser de votre hospitalité en m'imposant...

— Il n'est pas question de vous imposer, interrompit Abraham. Comment pouvez-vous dire cela après ce que vous avez fait pour moi aujourd'hui ! Nous ne vous remercierons jamais assez et c'est pour nous un honneur de vous avoir à notre table pour le repas du sabbat... »

L'expression étonnée d'Emma le fit sourire :

« Oui, notre sabbat, notre jour du seigneur est le samedi et il commence au coucher du soleil du vendredi. Nous en célébrons le début par un repas rituel. »

Emma hocha la tête et jeta un discret coup d'œil vers l'horloge. Abraham devina ses pensées :

« Ne vous tracassez pas, ma chère madame Harte ! Nos fils vous raccompagneront après le dîner. Avec eux, vous ne risquez rien, même dans l'obscurité.

— Vous avez l'air fatiguée, dit à son tour Janessa, et vous verrez comme un bon repas vous redonnera des forces ! Allons, reposez-vous en attendant l'arrivée de David et de Victor. Ils voudront eux aussi vous remercier de ce que vous avez fait aujourd'hui pour leur père et ils seront enchantés d'avoir à notre table une invité d'honneur telle que vous. »

Emma se laissa finalement convaincre par l'autorité pleine de charme dont faisait preuve Mme Kallinski. A vrai dire, les odeurs appétissantes qui venaient du fourneau lui donnaient faim et elle renonça sans regret aux maigres restes qui l'attendaient dans le placard de la cuisine de Mme Daniel.

« Vous n'avez sans doute encore jamais goûté à la cuisine juive traditionnelle, dit Janessa. Je suis sûre que vous l'aimerez beaucoup. »

Elle entreprit de détailler le menu en train de cuire, qui comprenait du bouillon de poulet avec des boulettes de *matzo*, un poulet rôti accompagné de légumes bouillis, des gâteaux au miel et autres mets dont Emma entendait parler pour la première fois, quand le bruit de la porte l'interrompit. Elle se retourna, un sourire de fierté maternelle aux lèvres, et interpella deux jeunes gens qui s'étaient arrêtés sur le seuil et regardaient Emma avec surprise.

« David ! Victor ! Venez que je vous présente à notre invitée. Mes enfants, voici Emma Harte, une jeune femme pleine de courage et de bonté qui a rendu un immense service à votre père. Madame Harte, voici David, l'aîné, et Victor, le cadet. »

David et Victor vinrent serrer la main d'Emma avant de s'asseoir côte à côte en face d'elle sur le canapé. En voyant la cicatrice et le bleu sur la joue de son père, David fronça les sourcils avec colère, car il avait compris que c'était l'œuvre de quelque voyou antisémite.

« Que vous est-il arrivé, père ? » demanda-t-il.

Abraham narra l'incident dont il avait été victime sans en omettre le moindre détail. Il mit particulièrement en valeur le rôle joué par Emma et trouva des mots pleins d'humour pour décrire la déroute de ses agresseurs. Emma l'écoutait en rougissant, gênée des compliments dont il l'accablait. Mais elle observait en même temps les deux jeunes gens avec un intérêt croissant et tentait de les juger.

David et Victor Kallinski étaient aussi différents l'un de l'autre que peuvent l'être deux frères. David, l'aîné, avait dix-neuf ans. Il était aussi grand que sa mère et avait une carrure athlétique. Comme chez Janessa, dont il avait hérité les yeux bleus, les traits accusés de son visage lui donnaient un air plus slave que sémite. Il tenait de son père la chevelure noire bouclée et les manières expansives et cordiales qui, chez le jeune homme, s'exprimaient avec la vitalité et l'enthousiasme de la jeunesse. Il était facile de déceler en lui des qualités d'allant et d'énergie au service de l'ambition. Si, par moments, un observateur attentif voyait un éclair cynique durcir son regard, ce trait de caractère était amplement compensé par la générosité de cœur que trahissait l'expression de sa bouche et la sympathie amicale qui se dégageait de tout son comportement. David était un garçon intelligent à l'esprit intuitif et qui, comme Emma et Blackie, était poussé par une motivation exclusive : le désir de réussir. Connaissant déjà bien la nature humaine, il souscrivait à la loi de la jungle où seul le plus fort survit. David Kallinski entendait bien rester le plus fort et non seulement survivre mais vivre avec tous les agréments que procure la fortune.

A seize ans, Victor avait la grâce fragile d'un oiseau. Il avait les cheveux plus raides de sa mère mais là s'arrêtait sa ressemblance physique avec ses parents. De grands yeux noisette éclairaient son visage régulier où se reflétait son tempérament contemplatif. Comme son frère, Victor possédait une maturité d'esprit et une connaissance des faiblesses de la nature humaine d'une profondeur surprenante chez un garçon de son âge. Ce n'était pas un homme d'action mais un rêveur à l'âme de poète. Il n'était vraiment heureux que seul avec ses lectures, dans un musée ou au concert, où son caractère romantique se délectait des œuvres de Beethoven et de Mahler. De naturel réservé au point de paraître timide, il avait souvent du mal à lier conversation avec des inconnus. Encore mal amadoué, il observait Emma sous ses longs cils à demi baissés et un léger sourire venait peu à peu adoucir l'expression pensive de son visage. Le récit de l'intervention de la jeune femme le remplissait d'admiration pour elle et il en oubliait, contrairement à son frère, la cruauté imbécile des voyous qui avaient attaqué Abraham. Comme son père, en effet, Victor ignorait l'amertume et la rancune.

Ce fut David, le plus hardi, qui s'adressa le premier à Emma :

« Mon père a raison, dit-il. Vous avez fait preuve d'un courage peu commun. Et pourtant, vous n'êtes pas juive, n'est-ce pas ? »

Il était vraiment impressionné par le calme et la dignité de la jeune femme, assise bien droite dans son fauteuil, les mains croisées sur ses genoux.

« Non, je ne suis pas juive, répondit Emma. Mais je ne vois pas la différence que cela pourrait faire. Quand je vois quelqu'un en danger, comme l'était votre père, il est tout naturel que je lui vienne en aide.

— Il y a malheureusement peu de gens qui pensent comme vous », répondit David.

En fait, il était surpris de la présence d'une personne d'apparence aussi raffinée qu'Emma dans un tel quartier. Mais avant qu'il ait pu lui poser la question qui le démangeait, sa mère intervint pour annoncer que le repas allait être servi.

Quelques instants plus tard, ils étaient tous debout autour de la table. David se pencha vers Emma :

« Ma mère va bénir les bougies », lui souffla-t-il à l'oreille.

Immobile, Emma observa la scène avec curiosité. Janessa alluma deux grandes bougies blanches et dit une prière dans une langue étrangère à laquelle Emma ne comprit rien. Ensuite, voyant les quatre Kallinski courber la tête, Emma les imita tout en continuant de regarder attentivement les rites incompréhensibles auxquels ils se livraient. Elle vit Abraham bénir à son tour une petite coupe de vin en accompagnant la cérémonie d'une incantation dite dans la même langue aux inflexions gutturales et qui n'était autre que l'hébreu. Elle le vit enfin boire une gorgée de vin et dire une nouvelle prière en se tournant vers la miche de pain torsadée qu'elle avait elle-même ramassée dans la poussière de la rue.

« Nous commencerons à manger après que notre père aura rompu le pain », lui chuchota David.

Abraham Kallinski brisa la miche en portions égales et les tendit à tous. Puis Janessa alla chercher une grande soupière qu'elle déposa au milieu de la table.

A mesure que le repas progressait, Emma se sentait enveloppée par l'atmosphère d'affectueuse harmonie qui se dégageait de la famille. Désormais à son aise, touchée des marques d'amitié sincère que tous lui prodiguaient, elle se sentait envahie d'émotions inattendues et ne pouvait s'empêcher de retourner les mêmes pensées dans sa tête : pourquoi hait-on les juifs? Ceux-ci, du moins, sont des gens paisibles, aimables, remplis des qualités les plus recommandables. Il est scandaleux de les soumettre à des persécutions... C'est ainsi qu'Emma Harte prit conscience de la valeur précieuse de la tolérance et de la fidélité dans l'amitié, sentiments qu'elle garderait toute sa vie.

Le poulet rôti était aussi délicieux que le potage et, pour la première fois depuis son départ de Fairley Hall, Emma se sentit rassasiée. Elle n'avait presque rien mangé de la semaine et la sensation de bien-être qu'elle éprouvait lui fit comprendre qu'elle avait eu tort. Désormais, elle ne négligerait plus son alimentation car c'était une fausse économie. Elle avait trop besoin de ses forces pour les compromettre inutilement.

Pendant tout le repas, la conversation avait été animée, principalement nourrie par le volubile David et le non moins bavard Abraham. Ils passaient d'un sujet à l'autre avec une aisance qui déconcertait Emma en la fascinant. De temps en temps, Janessa faisait un bref commentaire ou hochait la tête sans perdre son sourire. Elle offrait l'image du contentement, de la joie d'être chez elle, entourée d'une famille aimée dans l'atmosphère de fête d'un repas de sabbat. Victor, de son côté, proférait à peine un mot de temps en temps mais souriait parfois à Emma avec un regard timide.

Au dessert, définitivement adoptée par les Kallinski, Emma remercia Janessa avec effusion pour son excellent repas. Des sourires furent échangés qui scellaient cette nouvelle amitié. C'est alors que David, en reposant son verre de thé, posa enfin la question qui l'intriguait depuis le début :

« Je ne veux pas paraître indiscret, mais que diable faisiez-vous dans une rue comme North Street ? Je bénis le Ciel de votre présence à ce moment-là, mais ce n'est quand même pas un quartier où l'on s'attendrait à vous rencontrer. »

Comme les autres membres de la famille, David avait été frappé de la distinction d'Emma et du raffinement de ses manières. Son œil exercé avait immédiatement reconnu la qualité de ses vêtements et la perfection de la coupe de sa robe.

« J'y cherchais du travail », répondit Emma calmement.

Sa déclaration fut saluée d'un silence stupéfait et de regards effarés. La première, Janessa reprit ses esprits et exprima les sentiments des trois autres :

« Une jeune femme comme vous, chercher du travail dans cette rue abominable ? C'est impossible !

— C'est pourtant vrai », répondit Emma.

Alors, voyant l'incrédulité qui éclatait sur tous les visages, elle entreprit de raconter l'histoire qui avait déjà si bien servi auprès de Rosie et de Mme Daniel.

« Depuis le début de la semaine, conclut-elle, j'ai été dans tous les magasins de Leeds sans pouvoir trouver une place de vendeuse. C'est pourquoi j'avais décidé aujourd'hui de tenter ma chance dans les ateliers de confection de North Street. Je n'avais encore rien trouvé et je m'apprêtais à rentrer chez moi quand j'ai vu ces garnements qui s'attaquaient à M. Kallinski. »

Tous les regards se tournèrent alors vers ce dernier.

« Abraham ! s'écria sa femme. Tu as entendu ? Il faut que tu fasses quelque chose pour Emma !

— Bien entendu, répondit-il en tapotant affectueusement le bras d'Emma. Ne cherchez plus, ma chère petite. Venez lundi matin à huit heures précises à mon atelier et je vous engagerai, c'est une affaire faite. Nous trouverons sûrement un emploi qui vous conviendra, n'est-ce pas, David ?

— Sans difficulté, répondit-il. Emma pourrait par exemple commencer à faire des boutonnières, ce n'est pas trop difficile. »

Stupéfaite de la tournure prise si soudainement par les événements, Emma était restée bouche bée.

« Je ne sais pas comment vous remercier ! s'écria-t-elle enfin. Mais j'apprends vite, vous savez, et le travail ne me fait pas peur. Ainsi, vous avez un atelier de couture ?

— Comment pouviez-vous le deviner ? répondit Abraham en riant. De toute façon, nous ne sommes pas installés dans North Street mais un peu plus loin, dans Rockingham Street. David va vous donner l'adresse exacte par écrit. Ce n'est pas un très grand atelier, nous n'employons qu'une vingtaine de personnes. Mais nous nous en sortons très bien en travaillant à façon.

— Pardonnez-moi, qu'est-ce que cela veut dire ?

— Cela veut dire que nous travaillons pour les gros confectionneurs, comme *Barran's* et plusieurs autres. La plupart des ateliers de Leeds fonctionnent d'ailleurs ainsi et les patrons sont presque tous des juifs, comme nous. En d'autres termes, nous sommes sous-traitants.

— Je vois, dit Emma. Vous fabriquez les vêtements pour le compte de ceux qui les vendent sous leur marque.

— Non, ce n'est pas tout à fait cela non plus... Mais je préfère laisser David vous l'expliquer. Il passe ses journées et ses nuits à l'atelier et il ne pense qu'à cela !

— Pas à ce point ! répondit le jeune homme en riant. En fait, reprit-il en se tournant vers Emma, nous fabriquons une partie seulement d'un costume, les manches par exemple, ou le plastron, parfois les pantalons. Nous façonnons ce que les grands confectionneurs préfèrent nous sous-traiter en fonction de leurs besoins.

— Pourquoi ? s'étonna Emma. N'est-ce pas plus commode de fabriquer un costume entier au même endroit ?

390

— Non, aussi curieux que cela vous paraisse. La méthode dont je vous parle est à la fois plus rapide et moins coûteuse. Il suffit d'assembler les parties qui ont été fabriquées en série dans les autres ateliers. C'est d'ailleur un petit tailleur juif, Herman Friend, qui a mis cette méthode au point et c'est grâce à son invention que Leeds est devenu l'un des plus grands centres mondiaux de la confection. La profession ne cesse de croître. Vous verrez, Emma, un jour Leeds sera la ville la plus riche du monde et je compte bien être au cœur de cette industrie pour en profiter !

— Mon fils a de ces idées... » murmura Abraham, choqué.

Mais l'attention d'Emma avait été piquée au vif par la déclaration fracassante du jeune homme. Elle lui posa des questions qui, par leur pertinence et leur précision, provoquèrent très vite la surprise admirative de David. De l'avenir promis à l'industrie de la confection, ils en vinrent à évoquer l'idée encore révolutionnaire du « prix unique » de Marks & Spencer. David en profita pour raconter l'histoire exemplaire de Michael Marks, petit immigrant juif arrivé de Pologne muni de sa seule ambition et qui, avec son associé Tom Spencer, avait récemment débordé de leur modeste stand au marché central de Leeds pour couvrir la région de leurs « Penny Bazars ».

« Un jour, ils auront une chaîne de magasins dans tout le pays, vous verrez, Emma ! » conclut-il.

Emma avait dévoré ses paroles et refrénait mal son enthousiasme. Ainsi, pensait-elle, Blackie avait vu juste : les rues de Leeds étaient bien pavées d'or et elle avait eu raison d'y croire. C'était ici et nulle part ailleurs qu'elle bâtirait sa fortune.

« Rien n'est impossible si on a une bonne idée et que l'on est prêt à travailler ! » s'écria-t-elle.

David l'approuva chaleureusement et se lança dans un nouveau récit de réussite exemplaire.

Pris par leur conversation, ils ne voyaient pas l'heure passer. Très vite, ils se rendirent compte qu'ils étaient tous deux possédés par la même ambition et partageaient les mêmes idées, aspiraient aux mêmes buts. Il fallut l'intervention d'Abraham Kallinski pour les rappeler sur terre.

« Il se fait tard, mes enfants. Ce ne serait pas prudent d'être dans les rues à l'heure de fermeture des pubs. David, n'oublie pas d'écrire l'adresse de l'atelier ! Nous comptons sur vous lundi matin, Emma. »

Emma promit d'être ponctuelle, remercia avec émotion les Kallinski pour leur hospitalité et l'emploi qui lui sauvait la vie et les trois jeunes gens se mirent en route.

Le trajet de retour était long. Mais Emma se sentait parfaitement en sécurité, flanquée du taciturne Victor et de l'expansif David. Ils ne firent aucune mauvaise rencontre et le temps passa très vite en une conversation qu'Emma trouvait passionnante et à laquelle elle participait avec entrain. Quand ils se trouvèrent enfin devant la porte de Mme Daniel, Emma se retourna avant d'introduire la clef dans la serrure et regarda les deux frères qui se tenaient sous la lumière d'un bec de gaz. Ils étaient si sympathiques, chacun dans son genre, qu'elle eut l'impression de les avoir toujours connus et sentit que des liens indissolubles s'étaient déjà tissés entre eux.

David parut deviner ses pensées et les partager, comme cela s'était si souvent produit au cours de la soirée, car il s'approcha d'elle et lui saisit les mains :

« Nous nous ressemblons comme frère et sœur, Emma. Nous serons toujours bons amis, je le sais. De très bons amis. »

Emma lui serra gravement la main.

« Je le crois aussi, David. »

Victor ouvrit la bouche pour la première fois et lui souhaita bonne nuit avec une conviction touchante. Elle resta un instant sur le pas de la porte en les regardant s'éloigner.

24

Les jours passèrent, devinrent des semaines. Août fit place à septembre puis à octobre. Et Blackie ne revenait toujours pas.

Seule dans sa mansarde, Emma se demandait avec inquiétude ce qui justifiait son interminable séjour en Irlande et espérait qu'il ne lui était rien arrivé de mal. L'absence de Blackie lui pesait. Il était son plus proche ami et, sans qu'elle en ait pleinement conscience, son seul lien avec le passé, avec sa famille qu'elle aimait et dont l'éloignement lui coûtait. L'anxiété qu'elle ressentait en pensant à lui n'était d'ailleurs pas motivée par l'égoïsme, sentiment qu'Emma n'avait jamais éprouvé. Pour elle, elle n'avait pas à se plaindre de son sort. Son emploi à l'atelier des Kallinski et sa petite chambre chez Mme Daniel suffisaient à lui donner un certain sentiment de sécurité et de réconfort.

Sa logeuse devenait en effet de moins en moins rébarbative. Elle avait vite constaté qu'Emma était parfaitement ordonnée, honnête et discrète. Elle se contentait de faire un signe de tête courtois aux deux pensionnaires masculins quand il lui arrivait de les croiser dans l'escalier. Ce n'était pas une aventurière et elle ne semait aucune perturbation dans la maison. Aussi, un beau jour, Mme Daniel lui avait-elle dit :

« Vous pouvez rester chez moi tant que vous voudrez. Vous ne causez aucun désordre. »

Cette surprenante déclaration avait été ponctuée d'un sourire et d'un tapotement sur le bras qui, chez cette acariâtre personne, pouvaient passer pour les marques d'une affection débordante.

Emma gagnait de quoi vivre décemment sans avoir à puiser dans ses économies. Elle vivait frugalement et ne dépensait que le minimum indispensable, sans même s'octroyer le prix d'un billet de tramway. Mais elle se tenait à sa sage résolution, prise lors du dîner chez les Kallinski, et achetait de quoi se nourrir convenablement. Sa santé était son seul bien et elle était effrayée à la pensée qu'elle pourrait tomber malade. Il ne fallait pas non plus compromettre la santé du bébé à naître.

Son emploi à l'atelier la prenait de huit heures du matin à six, parfois sept heures du soir. Emma s'y était plu dès le premier jour. Abraham Kallinski était un patron efficace sans être tyrannique et, parce qu'il se montrait juste, ses employés n'abusaient pas de sa libéralité. Chez lui, il n'y avait pas d'horloges pointeuses ni de règles définies quant à la durée des pauses. Les employés étaient payés aux pièces et c'était à eux de décider leur rythme de travail, compte tenu des engagements envers les clients.

Les femmes, pour la plupart, étaient anglaises mais les hommes étaient tous juifs. Il régnait dans le personnel une atmosphère de camaraderie pleine d'entrain et les plaisanteries fusaient toute la journée au milieu du cliquetis des machines à coudre. Emma travaillait avec les autres, à une longue table de bois, et son rythme ahurissait les ouvrières les plus expérimentées. Mais nulle ne la jalousait. Sans effort et sans affectation, elle leur en avait tout de suite imposé. Son accent distingué lui avait d'abord valu quelques lazzis tant il tranchait sur le patois argotique de Leeds qu'elles parlaient toutes. Emma les avait accueillis d'une manière si bon enfant que ses camarades de travail lui vouaient désormais une admiration unanime.

Abraham gardait sur elle un œil paternel sans lui manifester extérieurement de favoritisme, malgré sa sincère affection. Emma était consciente, en revanche, de la constante présence de Victor, toujours prompt à intervenir et à l'aider au moindre problème. Elle ne prenait pourtant pas garde à l'adoration qui se lisait parfois dans ses yeux noisette, tant elle se concentrait sur son ouvrage.

Quant à David, il l'avait pratiquement accaparée. Dès le premier jour, il avait deviné la vivacité de son intelligence et son application au travail. Aussi n'avait-il pas été surpris de la voir maîtriser rapidement la technique de la couture des boutonnières et, à la première occasion, il lui avait confié la coupe des manches. Peu à peu, instruite par lui, Emma connut tous les éléments de la coupe et de la couture, de sorte qu'elle était toujours prête à venir en renfort à n'importe quel poste de travail quand le besoin s'en faisait sentir. Dès le milieu de septembre, elle était capable de couper et de monter complètement un costume sans l'assistance de David. Abraham était stupéfait devant sa capacité de travail et la rapidité avec laquelle elle apprenait. Victor l'admirait de plus en plus profondément et toujours en silence. David, lui, se contentait de sourire avec assurance. Il avait deviné le véritable caractère d'Emma Harte à leur première rencontre et avait compris qu'elle irait loin. Or il avait lui aussi son Plan, avec un grand P. Et Emma en faisait dorénavant partie intégrante.

Janessa Kallinski lui transmettait toutes les semaines une invitation pour le dîner du sabbat, car elle était elle aussi sous le charme d'Emma. Mais celle-ci prenait soin d'espacer ses visites pour ne pas devenir importune. Quand elle venait, car ces soirées au sein d'une famille unie et aimante la réconfortaient, elle apportait toujours un menu présent, un bouquet de fleurs acheté au marché, un pot de confitures préparées dans la cuisine de Mme Daniel, où elle avait désormais ses habitudes. Une fois, elle arriva même avec une mousse au chocolat faite selon la meilleure recette d'Olivia Wainright et pour laquelle Mme Daniel avait bien voulu prêter son plus beau compotier en verre taillé. Ce fut un triomphe pour Emma, qui se vit chaudement félicitée de ses dons évidents pour la cuisine.

La plupart du temps, cependant, Emma était seule pendant ses moments de loisir. Elle n'avait d'autres amis à Leeds que les Kallinski et rentrait dans sa mansarde après s'être rapidement préparé à dîner sur un coin du fourneau. Souvent, elle passait une partie de sa nuit à réparer ou retoucher les robes qu'Olivia Wainright lui avait données en partant pour Londres, au moment de la mort d'Adèle Fairley. Elle n'avait pas encore eu le temps de s'atteler à ce travail fastidieux et disposait donc d'une provision assez abondante de vêtements qui, s'ils étaient usés, restaient toujours élégants et qui, une fois remis en état, renouvelleraient sa garde-robe et lui permettraient de réaliser de précieuses économies. Car il n'était pas question pour Emma de dépenser de l'argent pour s'habiller.

Souvent, aussi, elle passait une soirée à lire les livres trouvés au fond du tiroir le jour de son installation. Les ouvrages philosophiques lui restaient encore difficilement compréhensibles, et il lui fallait parfois relire une phrase à plusieurs reprises pour en comprendre la signification. De même, les pièces de Shakespeare écrites en anglais archaïque la laissaient assez froide. Elle avait cependant fait l'effort d'acheter un dictionnaire chez un bouquiniste tant était grande son envie de s'instruire et d'acquérir de nouvelles connaissances. Mais elle avait été conquise par les poèmes de William Blake et passait des heures à les apprendre et à les déclamer, en s'appliquant à soigner sa diction et à articuler les mots difficiles. Ainsi, Emma Harte ne restait jamais une minute inactive et s'efforçait toujours de s'élever et de s'améliorer.

Les premiers jours de son arrivée à Leeds, elle avait passé des nuits entières à se tourmenter pour l'enfant qu'elle portait. Mais son esprit pratique finit par reprendre le dessus. A quoi bon s'inquiéter, se dit-elle, au sujet d'un événement qui ne va pas se produire avant plusieurs mois? C'était une perte de temps, un gaspillage de ses forces. Elle s'en occuperait le moment venu et pas avant. Quand elle y pensait, Emma espérait avoir une fille car un garçon pourrait ressembler à Edwin Fairley et elle risquerait de le haïr pour cette raison, ce qui serait profondément injuste. Aussi se répétait-elle avec une conviction croissante qu'elle aurait une fille, et la certitude qu'elle en acquérait la réconfortait.

Emma était allée deux fois rendre visite à Rosie, au Cygne-Blanc. La dernière fois, elle lui avait laissé une enveloppe pour Blackie l'informant de ce qu'elle faisait et lui donnant son adresse. Elle s'était également décidée à écrire à son père en lui disant qu'elle n'avait toujours pas trouvé de place à Bradford mais qu'elle y restait encore un peu en espérant réussir. Par un luxe de précaution, elle avait fait tout exprès le voyage de Bradford en train pour y poster sa lettre, malgré la dépense que cela représentait.

Un samedi matin d'octobre, Emma s'assit à sa table dans sa mansarde et s'apprêta à écrire la deuxième lettre promise. Encore une fois, il lui faudrait mentir. Mais elle en éprouvait moins de scrupules que la première fois car, dans son esprit, ces mensonges étaient dictés par le souci d'épargner à son père une vérité qui lui serait insupportable et de calmer les inquiétudes qu'il pourrait avoir sur le sort de sa fille. Elle allait cependant s'efforcer de simplifier son histoire et de la rendre plausible.

Elle réfléchit à ce qu'elle allait dire, trempa sa plume dans l'encrier et se mit à écrire :

Mon cher papa,

Pardonnez-moi de ne pas vous avoir donné de mes nouvelles depuis septembre. J'ai cherché sans arrêt du travail et je suis heureuse de vous annoncer que j'ai enfin trouvé une place chez...

Elle s'interrompit pour penser de nouveau. Il fallait trouver un nom assez répandu pour qu'il soit difficile à reconnaître et à repérer, car elle ne doutait pas que son père remuerait ciel et terre pour retrouver sa trace. Elle reprit alors :

...chez une Mme Smith qui m'a engagée comme femme de chambre. Nous quittons Bradford demain pour passer un mois à Londres. Dès que je serai de retour, je demanderai un congé pour venir vous voir. Ne vous tourmentez pas à mon sujet, je vais très bien. Je vous embrasse très fort ainsi que Frank et Winston quand vous le verrez.

Votre fille qui vous aime toujours, Emma.

Prise d'une dernière hésitation, elle s'interrompit avant d'ajouter :

P.S. Voici une livre qui vous rendra service, j'espère.

Elle se relut soigneusement, plia le billet de banque à

l'intérieur de la lettre et mit le tout dans une enveloppe qu'elle scella avant d'écrire l'adresse et de la timbrer. Il n'y avait plus qu'à la poster. A Bradford, bien entendu.

Elle s'habilla en hâte et descendit dans la rue. Il faisait une superbe journée d'automne. Un soleil encore chaud brillait dans le ciel bleu parsemé de petits nuages blancs. Toutes ses inquiétudes envolées, Emma prit le chemin de la gare d'un pas léger. Le train pour Bradford était à quai et elle put y monter juste avant le départ. A Bradford, elle courut jusqu'à la grande poste et parvint à reprendre le même train qui faisait son voyage de retour vers Leeds. Cette conjonction de heureux hasards l'avait mise de belle humeur.

Bien calée dans le coin de son compartiment, Emma se sentait soulagée d'avoir écrit à son père. Elle avait maintenant un mois de répit pour mettre au point une nouvelle excuse à son absence. Naturellement hostile à la dissimulation, elle n'avait cependant pas l'impression de commettre une mauvaise action car il importait avant tout de tranquilliser son père jusqu'à la naissance du bébé. Si elle lui écrivait régulièrement et de manière rassurante, comme elle venait de le faire, il ne se sentirait pas obligé de partir à sa recherche. Où irait-il, d'ailleurs ? A Bradford, il devait y avoir une bonne centaine de Mme Smith ! Bien malin qui la retrouverait.

A son arrivée à Leeds, Emma se rendit compte que l'heure du déjeuner était passée depuis longtemps et qu'elle avait très faim. Il faisait trop beau pour rentrer, les restaurants étaient trop chers. Elle alla donc au marché central, qu'elle affectionnait particulièrement, et y mangea un cornet de moules et un petit pâté à la viande tout en se promenant entre les stands. Elle les examinait d'un œil critique, comparait les éventaires, les prix des marchandises, prenait mentalement note de tout ce qui, plus tard, pourrait lui servir quand le magasin de ses rêves deviendrait une réalité. Ensuite, comme elle le faisait presque tous les samedis, elle regagna le centre pour arpenter Briggate et les rues commerçantes et se livrer au même travail d'observation systématique. Elle entra dans plusieurs boutiques pour se mêler à la foule des chalands, observer ce qu'ils achetaient, ce qu'ils désiraient sans pouvoir l'obtenir, les réactions des vendeuses, les prix qui se pratiquaient. Elle devenait de plus en plus consciente de la sensation de plaisir qu'elle éprouvait à se trouver dans un magasin. Elle était heureuse de se sentir dans la presse, de jeter les yeux sur les étalages, la diversité des marchandises, l'arc-en-ciel des couleurs; de remarquer, amusée ou admirative, une présentation ingénieuse ou originale, d'entendre tinter les tiroirs-caisses, de voir évoluer les femmes élégantes, de frôler leurs toilettes... Plus elle se plongeait dans ce bain de négoce, plus elle devenait impatiente de s'y mêler activement, d'avoir enfin sa boutique — non, *ses* boutiques! — bien à elle pour y exposer des objets à son goût. Car ce dernier, elle s'en rendait compte en regardant une vitrine de chapeaux, s'accommodait de moins en moins de la médiocrité ou du mauvais goût que l'on voyait trop souvent. Elle ne vendrait que des marchandises parfaites.

Quelques heures plus tard, elle s'arracha à regret à cette instructive flânerie. Ses pieds lui faisaient mal, le jour déclinait et il lui restait à faire du reprisage auquel elle ne voulait pas consacrer la nuit. A peine avait-elle refermé la porte d'entrée derrière elle que Mme Daniel surgit du couloir et fondit sur elle, le regard brillant de curiosité :

« Il y a un homme qui est venu vous voir! » s'exclama-t-elle.

Emma se figea, le cœur battant. Un homme! Qui était-ce? Son père? Winston? Ils avaient donc retrouvé sa trace! Le premier moment de panique passé, elle se raisonna. Non, il était impossible que Winston ou son père ait pu la débusquer jusqu'ici. Ce n'était sans doute que David Kallinski, qui était déjà venu une fois laisser un message de la part de sa mère. Mme Daniel était sortie à ce moment-là et ne l'avait donc jamais vu. Voilà probablement toute l'explication du mystère. En réprimant un soupir de soulagement Emma répondit avec calme :

« A-t-il laissé son nom?

— Non, mais il m'a chargé de vous remettre ceci », répondit la logeuse en tirant une enveloppe de la poche de son tablier.

Emma remercia, glissa l'enveloppe dans son sac et se dirigea vers l'escalier. Elle avait le pied sur la première marche quand Mme Daniel la rappela :

« Eh bien, vous n'allez pas l'ouvrir pour savoir ce que c'est ? »

Le visage de la logeuse exprimait si comiquement la curiosité déçue qu'Emma ne put s'empêcher de sourire.

« Mais si, chère madame, répondit-elle de son ton le plus gracieux. Dès que je serai dans ma chambre. »

Elle tourna le dos et monta l'escalier dignement. Mais elle avait hâte d'être seule et le cœur lui battait. Cette fois, ce n'était plus d'inquiétude, car elle avait reconnu sur l'enveloppe l'écriture de Blackie. Il n'était évidemment pas question d'afficher devant Mme Daniel sa joie de lire une lettre n'émanant pas de son cher « mari » Winston, censé voguer au loin sur les navires de Sa Gracieuse Majesté...

Une fois derrière la porte soigneusement refermée, Emma déchira l'enveloppe en tremblant d'impatience et sauta à la signature. C'était bien Blackie. Il était revenu d'Irlande en bonne santé et attendrait Emma au Cygne-Blanc à partir de cinq heures ce même soir.

Emma laissa la lettre lui glisser des doigts et se jeta sur son lit. Appuyée contre les oreillers, les yeux clos, elle se sentit pour la première fois envahie d'un soulagement si intense qu'il devenait du bonheur.

A la demie de quatre heures, qui sonnait à la grande horloge du vestibule, Emma descendit l'escalier et sortit de la maison avant que Mme Daniel ait eu le temps de l'intercepter pour donner libre cours à sa curiosité. Extérieurement, Emma était aussi calme et digne que d'habitude. Mais elle était bouleversée à l'idée de revoir enfin Blackie O'Neill. Il lui avait cruellement manqué. Et ce n'était que maintenant qu'elle mesurait pleinement la discipline qu'elle s'était imposée pour ne pas céder au découragement et surmonter la sensation de solitude qui l'accablait depuis son arrivée à Leeds. En regardant en arrière, elle était stupéfaite de constater à quel point et avec quel succès elle avait été capable de dominer ses émotions.

Elle était si absorbée dans ses pensées, si impatiente d'arriver, qu'elle ne s'apercevait même pas des regards qui la suivaient et des têtes qui se tournaient sur son passage. Car sa mise faisait sensation, dans ce quartier populaire où les élégances étaient rares. Elle avait habilement retouché et réparé un tailleur de laine grise à la ligne sobre d'un chic qui n'aurait pas déparé les rues les plus élégantes de Mayfair. Elle avait épinglé au revers de sa veste la petite broche en toc, cadeau de Blackie, qui en perdait son clinquant et se fondait harmonieusement dans l'ensemble.

Emma était alors enceinte de cinq mois. Elle était seule à s'être rendu compte que sa taille et ses hanches s'épaississaient, car son état ne pouvait pas se remarquer tant elle prenait soin de le dissimuler. Le tailleur qu'elle portait ce jour-là soulignait au contraire sa taille élancée et sa coiffure, ramenée sur le haut de la tête en épaisses torsades, la faisait paraître plus grande. Toujours légère et mesurée, sa démarche était presque bondissante. Il émanait d'elle un tel sentiment de gaieté qu'on ne pouvait pas ne pas la remarquer.

Dans sa hâte, elle avait parcouru plus de la moitié du chemin en moins d'un quart d'heure et elle se força à ralentir son allure pour ne pas se trouver au pub avant Blackie. Dès son arrivée à Leeds au mois d'août, Emma avait réfléchi à ce qu'elle allait lui dire pour expliquer sa situation. Elle à qui le mensonge répugnait se trouvait contrainte par les circonstances à s'en servir avec ceux qui, précisément, la touchaient de plus près, et elle en était profondément chagrinée. Mais elle avait avant tout le devoir de protéger l'enfant qu'elle portait et de sauvegarder ses propres chances pour l'avenir. La dernière chose qu'elle voulait était de voir son père ou Adam Fairley fondre sur elle, hypothèse qui n'avait rien d'absurde pour qui connaissait le tempérament impulsif et chevaleresque de Blackie. Car ce dernier aurait été capable, pour venger l'honneur de son amie, de se livrer aux pires inconséquences sans réfléchir à leurs répercussions sur celle qu'il aurait voulu protéger. C'est pourquoi Emma avait mis au point une histoire assez plausible pour qu'il la crût mais assez trompeuse pour qu'il n'en déduise pas la vérité. C'est cette histoire qu'Emma repassait dans sa tête tout en se dirigeant vers le Cygne-Blanc.

Elle arriva enfin dans York Road, avec quelques minutes d'avance, et hésita avant de pousser la porte battante. Elle entendit alors une voix qui dominait le brouhaha des conversations à l'intérieur et parvenait même à se faire entendre sur le trottoir, dans le tohu-bohu de la rue. Cette voix, elle l'aurait reconnue entre mille.

Blackie était déjà là et Emma s'arrêta à l'entrée pour mieux l'admirer. Il était plus resplendissant que jamais. Ses boucles brunes cascadaient sur son front. Ses yeux noirs étincelaient malicieusement dans son visage hâlé par l'air de la mer et la lumière du gaz allumait des reflets sur ses dents blanches. Dans son coin, le pianiste s'escrimait sur son clavier aux sons de *Danny Boy* et Blackie, debout près de lui et une main fièrement posée sur le piano comme s'il en avait pris possession, faisait sonner sa voix de baryton qui dominait le tintement des verres et le bruit des voix. Emma ne put contenir son fou rire et le dissimula de son mieux derrière sa main gantée. Elle n'avait jamais encore vu Blackie O'Neill sous ce jour-là, un Blackie dans toute sa gloire entouré d'une cour d'admirateurs. La pose théâtrale qu'il affectait, les mimiques de cabotin, les trémolos dans la voix lui paraissaient du plus haut comique. Malgré elle, cependant, elle finit par s'y laisser prendre.

Car Blackie O'Neill avait tout ce qu'il fallait pour faire une brillante carrière sur la scène. Il avait les dons d'un grand acteur, la présence, le physique charmeur, le sens du rythme, l'instinct de la réplique ou du jeu de scène qui porte. Sans oublier le cabotinage indispensable qui fait « passer la rampe » et provoque les ovations du public le plus blasé. Pour sa « rentrée », Blackie usait et abusait sans la moindre vergogne des ressources de son art et reprenait en main ses admirateurs, dont la petite foule paraissait électrisée par sa présence.

Redressé de toute sa taille, le torse bombé, un bras levé avec emphase, Blackie détailla son dernier couplet, le plus mélodramatique :

> *Je t'entendrai marcher à petits pas légers*
> *Et mon tombeau en sera réchauffé.*
> *Penchée vers moi, tu me diras « Je t'aime »*
> *Et je pourrai dormir en paix en t'attendant.*

Bien qu'elle eût souvent entendu Blackie chanter cette complainte, Emma sentit sa gorge se serrer. Autour d'elle, on reniflait discrètement, on tirait son mouchoir. Mais l'émotion ne dura que ce qu'il fallait pour souligner l'emprise de l'artiste sur son auditoire et des applaudissements frénétiques éclatèrent bientôt. Puis des cris s'élevèrent : « Une autre! Une autre! » Sans la moindre modestie, Blackie savourait son triomphe. Il s'inclinait, saluait de la main avec un sourire avantageux, s'inclinait encore. Il semblait prêt à céder à l'enthousiasme de ses adorateurs et à reprendre son tour de chant quand il aperçut Emma.

D'un geste il imposa le silence :

« Tout à l'heure, les amis! Videz d'abord une pinte à ma santé! »

Sourd aux ovations qui continuaient à monter vers lui, Blackie fendit la foule et traversa la salle en quelques enjambées. Presque intimidée, Emma était restée près de la porte en serrant son sac contre sa poitrine. Déjà, Blackie était en face d'elle, la dominant de son imposante stature. D'un regard, il la toisa de la tête aux pieds sans parvenir à dissimuler la surprise que lui causait la nouvelle apparence de la jeune fille. Mais il se ressaisit immédiatement et retrouva son exubérance coutumière :

« Emma! s'écria-t-il en la serrant dans ses bras. Quelle joie de te revoir, *mavourneen*! »

Il l'écarta un instant et la tint à bout de bras pour mieux la regarder :

403

« Ma parole, tu es plus belle que jamais! reprit-il. Tu as vraiment l'allure d'une dame, une vraie dame!

— Merci, Blackie! répondit Emma en riant. Moi aussi, je suis heureuse de te revoir. »

Ils se regardèrent en souriant, tout à la joie des retrouvailles. Autour d'eux, le vacarme devenait assourdissant.

« Viens dans la salle du fond, dit Blackie en la prenant par le bras. Ce sera plus calme qu'ici et nous pourrons nous entendre parler. Attends, je vais chercher quelque chose à boire. Que veux-tu?

— Une citronnade, s'il te plaît. »

Emma le suivit des yeux pendant qu'il se frayait un chemin vers le bar. Blackie avait changé, lui aussi. Malgré ses manières exubérantes, il semblait avoir mûri et s'être assagi. Emma crut même déceler un peu de tristesse dans son expression. Il y avait là un mystère à élucider.

Une fois assis à une table d'angle, Blackie but une gorgée de sa bière mousseuse et regarda Emma sérieusement.

« Et maintenant, dit-il, vas-tu me dire ce que tu fais à Leeds? Je t'avais pourtant bien dit que ce n'était pas un endroit pour toi, à ton âge! Pourquoi n'es-tu pas plus raisonnable, Emma? Pourquoi n'as-tu pas attendu un an ou deux?

— Il n'y a pas lieu de t'inquiéter, Blackie...

— D'après ce que je vois, tu as l'air de te débrouiller, interrompit-il sévèrement. Mais tu peux dire que tu as eu de la chance! Allons, assez de cachotteries. Pourquoi as-tu quitté Fairley? »

Emma n'était pas prête à lui faire ses fausses confidences et préféra éluder la question.

« En effet, j'ai eu de la chance, comme tu dis. Je ne savais d'ailleurs pas que tu serais absent. Pourquoi es-tu resté si longtemps en Irlande? J'ai cru que tu ne reviendrais jamais. »

Le visage de Blackie se rembrunit.

« C'est à cause de mon vieil ami, le père O'Donovan dont je t'avais parlé, je crois. C'est lui qui m'a appris tout ce que je sais, *mavourneen.* Il m'a fait appeler quand il est tombé malade et je suis resté auprès de lui jusqu'à la fin. C'était bien triste, crois-moi, bien triste... »

A l'évocation de la mort du vieux prêtre, les yeux de Blackie se remplirent de larmes. Emue, Emma posa la main sur la sienne.

« Je ne savais pas, Blackie. Je suis désolée, tu sais. Je sais combien tu l'aimais. C'est donc pour cela que tu es resté si longtemps absent?

— Non, Emma. Le père O'Donovan est mort quinze jours après mon arrivée. Mais j'ai dû aller passer quelque temps chez mes cousins qui ne m'avaient pas revu depuis cinq ans et qui ne voulaient plus me laisser partir. Il a fallu que mon oncle Pat leur écrive pour dire que je devais rentrer tout de suite en Angleterre. Je suis revenu à Leeds hier au soir. Tu peux juger de ma surprise quand Rosie m'a remis ta lettre. Je n'en suis pas encore remis, si tu veux tout savoir. Alors, vas-tu enfin te décider à me dire pourquoi tu es ici? »

Emma lui lança un coup d'œil circonspect avant de parler :

« Avant que je te le dise, Blackie, il faut que tu me promettes quelque chose. »

Surpris par le ton sérieux qu'elle avait pris, il la regarda bouche bée :

« Une promesse? Quelle promesse?

— Il faut me promettre de ne dire à personne, tu m'entends, ni à mon père ni à personne d'autre, que je suis à Leeds. Jure-le!

— Et pourquoi toutes ces cachotteries? s'écria-t-il. Ton père ne sait donc pas où tu es?

— Il croit que je travaille à Bradford.

— Mais... Ce n'est pas bien, Emma! Comment as-tu pu partir de chez toi sans dire où tu allais?

— Je ne te dirai rien tant que tu n'auras pas promis, répondit Emma froidement.

— A ton aise! dit Blackie avec un soupir découragé. Si tu y tiens vraiment, je te promets sur la Sainte

405

Vierge et tous les saints que je ne dirai pas un mot à âme qui vive.

— Merci, Blackie. »

Emma se redressa et prit son air le plus calme et le plus digne :

« J'ai dû quitter Fairley parce que j'attends un enfant. »

En d'autres circonstances, l'incrédulité de Blackie aurait paru comique. Il agitait les lèvres pour répéter le mot « enfant » sans réussir à proférer un son.

« Un... enfant ? parvint-il à dire d'une voix de fausset.

— Oui, un enfant qui doit naître en mars. Si je suis partie, c'est parce que le garçon, enfin le père m'a abandonnée. »

Blackie faillit littéralement s'étrangler de fureur et devint cramoisi.

« Il t'a... quoi ? s'écria-t-il. Attends un peu que je mette la main sur cet ignoble individu ! Je lui ferai comprendre à coups de poing ce que c'est que l'honneur ! Dès demain, tu m'entends, nous irons à Fairley. Je vais voir ton père et le sien et je te promets qu'il t'épousera, même s'il faut que je le réduise en bouillie pour le traîner jusqu'à l'église !

— Chut, Blackie, pas si fort ! Oublie tes poings, cela ne servirait à rien. Quand j'ai appris à ce garçon la situation où j'étais, il m'a tout de suite dit qu'il m'épouserait et que je n'avais pas de soucis à me faire. Et sais-tu ce qu'il a fait, le soir même ?

— Non, Emma, grommela-t-il. Je n'ai pas la moindre idée de ce qui passe par la tête de ce genre d'individus. »

Les dents serrées, le visage congestionné, Blackie s'efforçait de combattre la folie meurtrière qu'il sentait monter en lui. A l'idée qu'on ait pu traiter ainsi Emma, il avait pour la première fois de sa vie l'envie de tuer un homme de ses propres mains.

« Je vais te le dire, reprit Emma. Il s'est enfui. Il a été s'engager dans la marine, imagine un peu ! Pire encore, il s'est engagé sous le nom de mon frère Winston ! Quand il n'est pas revenu me voir au château, comme il me l'avait promis, je suis descendue au village. C'est là que son père m'a appris qu'il était parti et il m'a même montré la lettre qu'il avait laissée. Que voulais-tu que je fasse, Blackie ? Je ne pouvais pas dire la vérité à son père et encore moins au mien. Voilà pourquoi je suis venue à Leeds.

— Mais pourquoi n'avoir rien dit à ton père ? Il aurait compris, lui...

— Absolument pas ! s'écria Emma en pâlissant à cette réaction qu'elle redoutait. Cela l'aurait sans doute rendu malade ou même tué de honte. Depuis la mort de ma mère, il n'est déjà plus le même homme et je m'en serais voulu toute ma vie de lui infliger un tel tourment. Crois-moi, Blackie, j'ai eu raison de faire ce que j'ai fait. Mieux vaut le laisser dans l'ignorance. Il est coléreux, violent, il pourrait faire un malheur. Ce n'est pas non plus la peine de causer un scandale au village, j'en serais la première victime avec mon bébé... Il ne faut surtout pas que mon père le sache, Blackie. Il n'y survivrait pas, je le connais.

— Tu n'as peut-être pas tort, *mavourneen*... » répondit-il pensivement.

Emma avait vu juste : la révélation qu'elle venait de lui faire n'avait pas choqué Blackie. Elle l'avait stupéfait, rendu fou de rage envers le lâche qui l'avait abandonnée. Mais il ne portait sur elle aucun jugement de moralité. Blackie était trop au fait des faiblesses de la chair et trop enclin à la tolérance que lui avait inculquée son éducation irlandaise pour jeter la pierre à Emma et songer à lui reprocher un égarement passager.

Mais il restait troublé. L'histoire qu'elle lui avait débitée sonnait faux quelque part et son intuition lui répétait avec insistance que ce n'était qu'un mensonge, sans qu'il sache exactement de quoi il s'agissait. Il avait beau la scruter, il ne voyait aucune trace de dissimulation dans son expression. Les beaux yeux verts le dévisageaient avec innocence et toute la personne d'Emma respirait la douceur et la fermeté de caractère qu'il avait appris à aimer. Pourtant, se disait-il, il se cache autre chose derrière cette façade. Mais quoi ?

Avec un haussement d'épaules, il balaya ses soupçons et se força à sourire.

« Que vas-tu faire à la naissance du bébé ? demanda-t-il.

— Je ne sais pas encore, Blackie. D'ici là, j'ai le temps de trouver une solution. Ce qui compte, pour le moment, c'est de protéger mon père, de continuer à lui faire croire que je n'ai quitté la maison que pour améliorer ma condition. Bien entendu, j'irai le voir après la naissance du bébé. Entre-temps, je lui écrirai pour le rassurer. »

Emma expliqua alors comment elle allait poster à Bradford les lettres destinées à son père. Elle peignit ensuite, avec des couleurs sensiblement plus gaies que la réalité, ce qu'avait été sa vie depuis son arrivée à Leeds.

Blackie écoutait Emma avec attention et ne la quittait pas des yeux. A mesure qu'elle parlait, il s'apercevait que sa transformation était plus profonde que son aspect physique et ne se limitait pas à la coiffure savante ou à l'élégant tailleur qu'elle portait, vraisemblablement donné par quelqu'un du château. C'était la personnalité même d'Emma qui avait changé en profondeur. Certes, elle allait être mère et les événements qu'elle venait de traverser avaient dû laisser leur marque. Mais il y avait autre chose d'encore plus spectaculaire : ce n'était plus l'adolescente famélique rencontrée sur la lande un matin de brouillard, ce n'était plus la jeune et pimpante femme de chambre encore engluée dans sa campagne qu'il avait sous les yeux. L'Emma assise devant lui était une jeune femme, belle et attirante, une jeune femme qui avait réussi à se transformer en dame. Une *lady*, voilà ce que s'était faite Emma Harte. A force de volonté, elle avait brûlé les étapes. Blackie s'adressa mentalement des félicitations pour sa perspicacité. Il avait su deviner le pur-sang de grande classe dans la jeune pouliche malhabile. Il comprenait maintenant pourquoi Rosie lui avait fait des descriptions si pleines d'enthousiasme de celle qu'il voyait encore en tablier blanc, un plumeau à la main.

La voix mélodieuse et distinguée d'Emma perça soudain le brouillard de ses réflexions et le ramena sur terre.

« ... les Kallinski sont vraiment charmants, tu sais. J'espère que tu feras bientôt leur connaissance. Et puis, je suis très heureuse de travailler dans leur atelier. Tu verras, Blackie, je m'en sortirai très bien à Leeds, beaucoup mieux que je n'espérais.

— Peut-être, Emma. Mais tu ne vois pas encore plus loin que le bout de ton nez ! Comment vas-tu faire pour t'occuper de cet enfant tout en travaillant ? »

Emma lui jeta un regard agacé :

« Je te l'ai déjà dit, chaque chose en son temps ! Pour le moment, il faut que je gagne de l'argent. Allons, ne t'inquiète donc pas comme tu le fais. Il y a toujours une solution à tous les problèmes. »

Encore à demi perdu dans sa rêverie, Blackie vit soudain le visage d'Emma tout proche du sien, illuminé par un sourire dont elle seule avait le secret. D'un seul coup, il fut conscient de sa nouvelle présence, de sa personnalité de femme, de sa beauté et son cœur se mit à battre plus vite. Jamais encore, il ne l'avait vue ainsi. Jamais encore il n'avait pensé à elle comme maintenant... Les mots lui vinrent aux lèvres sans qu'il puisse les retenir :

« J'ai la meilleure solution du monde à te proposer, Emma. Marions-nous ! Avec moi, tu seras toujours en sécurité. Je prendrai toujours soin de toi et de ton enfant. Epouse-moi, *mavourneen*, tu me rendras heureux. »

Les yeux écarquillés, Emma en resta muette de stupeur. La proposition de Blackie dénotait tant d'amour sincère et d'absence d'égoïsme qu'elle fut incapable de résister à son émotion. Elle baissa la tête pour cacher les larmes qui coulaient sur ses gants et son sac où elle cherchait maladroitement un mouchoir. Puis elle se ressaisit et répondit d'une voix encore mal assurée :

« Tu es bon, Blackie. Ce que tu me dis me touche comme je ne saurais l'exprimer, et je ne l'oublierai jamais. Mais je ne peux pas accepter. Ce ne serait pas juste, à ton âge, de prendre le fardeau d'une femme et de l'enfant d'un autre. Tu as des projets, toi aussi, tu veux devenir millionnaire, souviens-toi ! La responsabilité d'une famille est une charge trop lourde et ce n'est pas moi qui te l'imposerai. »

Blackie avait parlé trop vite, sans même être sûr des sentiments qu'il éprouvait réellement pour Emma dont la réponse raisonnable le convainquit sans mal. Il n'en éprouva pas moins une douloureuse déception qui lui fit honte du soulagement qu'il avait brièvement ressenti. Obéissant encore à ses impulsions, il saisit la main d'Emma :

« Tu ne peux pourtant pas rester seule, voyons ! Tu serais bien mieux avec moi, *mavourneen* !

— Et toi, Blackie, serais-tu vraiment mieux en vivant avec moi ? répondit Emma avec un sourire mélancolique. Non, vois-tu, je ne peux pas te faire cela à toi, Blackie. Je t'ai dit non et je ne puis que te le répéter. Mais je tiens à te remercier d'y avoir pensé. Ta proposition me flatte et m'honore, je le dis sincèrement. »

Surpris par la fermeté de son ton, Blackie regarda Emma sans plus savoir ce qui l'emportait en lui de la tristesse ou du soulagement.

« Soit, répondit-il, n'en parlons plus pour le moment, du moins. Car je ne retire rien de ce que j'ai dit et ma proposition restera toujours valable, tu m'entends ? »

Emma éclata de rire en essuyant ses derniers pleurs.

« Quelle tête de mule tu as ! s'écria-t-elle. Tu ne changeras donc jamais ? »

L'accès de colère qui l'avait saisi plus tôt s'était dissipé, les doutes qu'il avait eus sur la véracité de l'histoire d'Emma étaient oubliés et Blackie ne résista pas à son rire communicatif.

« Au lieu de pleurer, s'écria-t-il avec bonne humeur, nous ferions bien mieux de célébrer nos retrouvailles. Ce soir, c'est moi qui décide ! Nous allons d'abord dîner dans un de ces restaurants de grand luxe dont je t'ai parlé. Après cela, je t'emmènerai aux Variétés ! Ce soir, il y a justement la grande Vesta Tilley en personne et on ne peut pas manquer cela ! Hein, qu'en dis-tu,

Emma ? Cela te fera du bien de te changer les idées. Acceptes-tu ma proposition, cette fois-ci ?

— Oui, Blackie, je l'accepte avec plaisir. Et puis, tu sais, Blackie... »

Emma hésita et posa timidement sa main sur celle de son ami :

« Je suis heureuse que tu sois revenu. En sachant que tu es là, tout près, et que je peux compter sur toi, je me sens beaucoup mieux. »

Blackie eut un sourire ému et rougit un peu.

« Tu pourras toujours compter sur moi, Emma. Je suis content que tu m'aies fait confiance en me racontant ce qui t'es arrivé. Maintenant que je suis au courant, je vais pouvoir penser un peu à l'avenir et m'arranger pour être toujours là quand tu auras besoin de moi. Mais assez parlé de problèmes pour ce soir ! poursuivit-il avec bonne humeur. Tu as raison, chaque chose en son temps. Maintenant, il est temps d'aller s'amuser et temps que j'aille me pavaner en ville avec la plus belle fille d'Angleterre ! »

Emma lui rendit son sourire. Depuis qu'elle avait retrouvé Blackie, ses problèmes semblaient disparaître d'eux-mêmes. Dès leur première rencontre sur la lande, elle s'était sentie en sécurité avec lui. D'instinct, Emma savait que Blackie la protégerait toujours et serait son bon génie.

Il la fit passer devant lui pour sortir de l'arrière-salle. La grande salle du pub grouillait de monde et la vanité de Blackie ne put résister au spectacle de toutes les têtes qui se tournaient au passage d'Emma, des regards admiratifs voire des discrets sifflements qui se manifestaient dans son sillage. Il se redressa de toute sa taille, bomba le torse, fit son plus beau sourire et distribua des saluts avec condescendance. Il n'y a pas un homme au monde, se dit-il, qui ne crève d'orgueil d'être vu au bras d'une beauté comme Emma Harte.

C'est alors que Blackie s'arrêta net, les yeux fixés sur la silhouette fine et élégante qui le précédait. Il venait de comprendre ce qui l'avait troublé dans l'histoire racontée par Emma : cette Emma-là, cette *lady* qui glissait d'une démarche de princesse sur le parquet du pub n'aurait pour rien au monde laissé un des rustres du village porter la main sur elle, jamais! En fait, elle ne les regardait même pas. Envisager le contraire était pire qu'odieux, c'était grotesque, impensable! Alors, qui donc est le père? se demanda Blackie, perplexe. Ce n'était certes pas ce soir qu'il allait oser le lui demander et mieux valait, dans le doute, s'abstenir de conclure trop hâtivement. A nouveau rembruni, Blackie chassa cette pensée de son esprit, réussit à retrouver son sourire et rejoignit Emma en deux enjambées. Dès qu'ils furent dans la rue, il se lança dans un des bavardages dont il avait le secret.

Mais son regard n'avait pas retrouvé l'insouciance.

.

25

Au début de janvier 1906, par un dimanche après-midi glacial, Emma et Blackie étaient dans le tramway qui les emmenait à Armley, proche banlieue de Leeds. Rencognée sur son siège, Emma n'offrait à son compagnon que la vision de son profil et un silence aussi polaire que la température.

Blackie fulminait et faisait de grands efforts pour ne pas laisser éclater son exaspération. Elle est plus têtue qu'une mule, plus dure à fléchir que les rochers de Ramsden Crags! se disait-il en lui jetant des regards en coin. Mais il la connaissait assez pour rester coi. Quand il lui avait parlé de ce déplacement, quinze jours auparavant, Emma lui avait immédiatement opposé un refus véhément. Il lui avait fallu user de trésors de persuasion et déployer toute sa faconde pour obtenir enfin un acquiescement de mauvaise grâce. Jusqu'à la dernière minute, il avait craint qu'elle se rétracte. Mieux valait donc ne pas la provoquer par une parole imprudente alors qu'ils touchaient au but. C'est pourquoi

Blackie ne faisait rien pour briser le silence qui s'était installé entre eux.

Par moments, il ne comprenait pas Emma. Il découvrait en elle une personnalité déroutante de complexité, une étrangère à la volonté inébranlable et secrète qui la lui faisait maudire. Parfois, au contraire, il devait s'incliner devant son intelligence supérieure et ses intuitions brillantes. La plupart du temps, grâce à Dieu, Emma l'écoutait volontiers et restait ouverte à ses suggestions. Alors, pourquoi pas cette fois-ci ?

Il la regarda de nouveau à la dérobée. Son expression sévère ne nuisait en rien à sa beauté et lui donnait même une mine impérieuse qui la rendait encore plus belle. Ce jour-là, elle avait tressé ses cheveux en nattes rassemblées sur la nuque par un gros nœud de taffetas. Elle s'était coiffée du béret écossais en *tartan* vert assorti à l'écharpe dont il lui avait fait cadeau pour Noël et qui lui allait à la perfection. Ses mains gantées de mitaines vert bouteille, tricotées par la dévouée Rosie, serraient précieusement son petit sac à monture d'écaille. L'assemblage de ces nuances de vert et du noir de son manteau de grosse laine faisait admirablement ressortir son teint clair et l'émeraude de ses yeux. Dans les derniers mois de sa grossesse, Emma n'avait jamais paru aussi éclatante de santé.

Le tramway traversait les quartiers périphériques, en route vers Whingate Junction et Armley, pittoresque village perché sur une colline à environ une demi-heure du centre de Leeds. Blackie préféra se distraire en regardant le paysage et attendit patiemment que l'humeur d'Emma s'améliorât — de préférence avant qu'ils arrivent à destination. Il avait hâte de voir le bébé enfin né afin qu'Emma puisse aller à Fairley. Elle avait eu beau paraître accepter philosophiquement sa grossesse et ne pas manifester d'inquiétude, Blackie savait combien Emma se souciait du sort de son père et surtout du jeune Frank. Comme il lui fallait maintenir la fiction de ses voyages en compagnie de la prétendue Mme John Smith, elle avait mis Blackie à contribution en lui demandant de confier ses lettres à tous ses amis et connaissances susceptibles d'aller à Londres. La chance lui avait été favorable en novembre et décembre, certains camarades de pub se rendant dans la capitale pour chercher du travail sur les docks de l'East End et acceptant de se charger de la commission sans poser de questions embarrassantes. Mais Blackie n'avait pas pu s'empêcher de faire observer sévèrement à Emma que cette cascade d'inventions risquait d'avoir de graves conséquences :

« Ton père va bien finir par s'étonner que tu ne lui donnes jamais d'adresse où il puisse t'écrire! avait-il dit.

— Pas du tout, avait répliqué Emma. Dans ma lettre de novembre, je lui ai dit que j'allais à Paris avec ma patronne. Et dans celle de décembre que je l'accompagnais en Italie. Tant que je lui donne de mes nouvelles, il ne s'inquiétera pas. D'ailleurs, c'est mon affaire.

— Tu as vraiment réponse à tout... »

Blackie ne savait s'il devait admirer ou réprouver de telles machinations. Comme Emma n'avait plus daigné poursuivre la conversation, il s'en était tenu là. Mais il n'en avait pas pour autant oublié ses sombres pressentiments.

Le tramway continuait de rouler et Blackie jeta un nouveau coup d'œil vers Emma. Croyant voir son expression s'adoucir, il lui fit son sourire le plus irrésistible, se rapprocha d'elle prudemment et lui passa un bras autour des épaules. Emma ne réagit pas et continua de regarder droit devant elle.

« Tu n'as pas froid? demanda-t-il avec sollicitude.

— Non », dit Emma sèchement.

Il accentua son sourire avant de poursuivre :

« Armley est un village ravissant, tu sais. Je suis sûr qu'il te plaira et que tu auras envie de t'y installer. »

Il avait lancé sa phrase avec prudence, prêt à essuyer une bordée de protestations. Agréablement surpris de ne rien voir venir, il s'enhardit et poussa son avantage bien qu'Emma affectât de ne pas s'apercevoir de sa présence.

« Tu seras beaucoup plus heureuse chez Laura Spen-

414

cer que dans ta mansarde, crois-moi, *mavourneen*. Je t'ai déjà expliqué qu'elle cherche à partager les frais de la maison depuis que sa mère est morte. C'est une très jolie maison, pas très grande mais très confortable. Son père était chef d'atelier à l'imprimerie et sa mère tisserande. Ils avaient de l'argent et ils ont très bien installé leur intérieur... »

Il s'interrompit pour voir si ses paroles avaient un effet sur Emma, mais se heurta à la même froideur impénétrable. Sans se décourager, il poursuivit :

« Tu serais vraiment très bien, tu aurais une belle chambre, tout le confort... Et puis, Laura te trouverait du travail à la filature Thompson, à Armley même, où elle est employée. Je ne comprends vraiment pas pourquoi tu t'entêtes... »

Emporté par son éloquence, il avait parlé imprudemment. Emma se tourna brusquement vers lui, le regard plein de colère :

« Je te l'ai déjà dit cent fois, Blackie! Je m'entête, comme tu dis, parce que je n'ai aucune envie d'être encore une fois déracinée et de voir ma vie bouleversée! Je viens à peine d'apprendre la confection que tu me demandes de quitter les Kallinski pour aller m'enfermer dans une filature et me mettre au tissage. C'est absurde! Quant à ma mansarde, dont tu fais si peu de cas, j'y suis très bien. Mme Daniel est très gentille avec moi. Je peux me servir de la cuisine comme je veux... »

Blackie l'interrompit d'un grognement exaspéré :

« Chez Laura, tu auras la moitié d'une maison à toi toute seule! Et c'est à moins de dix minutes de la filature. En ce moment, tu passes plus de trois quarts d'heure pour aller à l'atelier des Kallinski et autant le soir pour en revenir. Ne me dis pas que c'est raisonnable de perdre autant de temps! Les Kallinski l'ont très bien compris, d'ailleurs. Pas plus tard que l'autre jour, David lui-même m'a dit qu'il ne demande qu'à te reprendre après la naissance du bébé. De quoi as-tu peur, qu'as-tu à perdre? Absolument rien? »

Il poussa un soupir d'énervement.

« Tu es vraiment la plus têtue de toutes les filles que

j'aie jamais connues, Emma! Tu ne veux même pas comprendre que je ne te propose tout cela que pour ton bien. »

Emma parut ébranlée par les arguments de Blackie mais, pour une fois dans sa vie, elle n'arrivait pas à prendre une décision ferme et hésitait sur la conduite à tenir. Blackie sentit son hésitation, reprit espoir et lui assena ce qu'il croyait être l'argument massue :

« Ecoute, tout ce que je te demande c'est d'y réfléchir sérieusement et en toute connaissance de cause. Il faut que tu aies vu Laura et la maison avant de te décider, c'est la moindre des choses. Et puis... poursuivit-il en hésitant, promets-moi d'être gentille avec Laura. C'est une bonne amie à moi et je ne voudrais pas que tu sois désagréable avec elle ou que tu prennes tes grands airs... »

Emma rougit de colère :

« Moi, désagréable? Tu sais bien que je ne suis jamais grossière avec les gens, Blackie! Comment oses-tu me dire cela? Et qu'est-ce que c'est cette histoire de grands airs? »

Blackie comprit trop tard son erreur et s'efforça avec suavité de corriger l'effet déplorable de sa sortie.

« Je ne t'ai jamais dit que tu étais grossière, Emma chérie. Il y a simplement des circonstances où..., comment dirais-je? Tu donnes parfois aux gens l'impression que tu les regardes un peu de haut, c'est tout.

— Moi? »

Elle avait l'air sincèrement stupéfaite et réfléchit à cette remarque inattendue en se mordant les lèvres. En fait, Emma ne se rendait pas compte combien, à certains moments, elle se donnait inconsciemment un air hautain et réfrigérant. C'était d'avantage dû à ses préoccupations, qui l'empêchaient souvent de s'intéresser à ceux qui l'entouraient, qu'à une véritable morgue. Il n'empêche que la réflexion de Blackie, dont elle discernait le bien-fondé, la mortifiait. Elle garda le silence, l'air boudeur. Blackie essaya de l'amadouer.

« De toute façon, tu ne pourras pas t'empêcher d'ai-mer Laura. Elle est si douce, si gentille que personne ne lui résiste. Et je suis sûr qu'elle t'aimera tout de suite elle aussi, *mavourneen.*

— Après ce que tu viens de dire, dit Emma avec un ricanement, j'en doute ! »

Blackie dut faire appel à tout son sang-froid pour rire d'une manière conciliante.

« Allons, allons, n'en parlons plus, je ne suis qu'une grosse bête. Je te connais, tu seras charmante comme d'habitude... »

Il lui serra la main en signe de paix et s'empressa de détourner la conversation :

« Armley est un endroit ravissant, tranquille et tout... En été, surtout, c'est plein d'arbres et de fleurs, tu verras. Il y a un grand parc, avec un kiosque à musique où on donne des concerts tous les dimanches. Il y a quantité de promenades à faire dans la campagne aux environs. L'hôpital Sainte-Marie est tout près, tu pourrais y aller pour la naissance du petit. Et il y a beaucoup de magasins et de boutiques. Tu n'aurais même pas besoin d'aller faire tes courses à Leeds. »

Emma releva les yeux, soudainement intéressée :

« Des magasins ? Je croyais qu'Armley était un tout petit village ?

— Pas si petit que cela. Il n'y a pas beaucoup d'habitants mais l'agglomération est très étendue. Il y a surtout beaucoup de maisons bourgeoises et de petits châteaux qui appartiennent aux gens riches et aux industriels de Leeds. C'est pour cette clientèle que se sont montés les commerces de Town Street, par exemple. Tu les verras toi-même, on passe par la rue principale pour aller chez Laura. »

Emma avait oublié sa mauvaise humeur et se mit à bombarder Blackie de questions sur Armley, sa population et ses boutiques. Ses idées préconçues fondaient rapidement et Blackie, qui faisait de son mieux pour satisfaire sa curiosité, était ravi de la voir envisager sans répugnance d'aller vivre chez Laura Spencer.

Le temps passa rapidement et le tramway s'arrêta bientôt au terminus, situé à mi-pente à l'entrée du village. Blackie sauta à terre et tendit la main à Emma pour l'aider à descendre. Il fit un geste large avec la fierté du propriétaire et montra une grande avenue plantée d'arbres, bordée de belles maisons :

« Voilà ! déclara-t-il. Ici, les Towers. C'est le quartier chic. Droit devant, Town Street et le centre. Fais bien attention de ne pas glisser et accroche-toi à mon bras. »

Emma se serra frileusement contre lui. Un vent du nord mordant balayait l'avenue. Le ciel était d'un gris clair métallique où se profilait à peine le pâle soleil hivernal. Tout était étrangement silencieux, car aucun piéton ni aucune voiture ne s'était hasardé à braver le froid en ce dimanche où rien ne justifiait que l'on sorte de chez soi.

Tout en avançant avec précaution sur la neige tassée et durcie par le gel, Blackie jouait son rôle de guide et faisait admirer à Emma les arbres dénudés du jardin public, les façades des maisons. Emma regardait autour d'elle avec intérêt. Ils arrivèrent très vite dans le centre du village à l'entrée de Town Street, la rue commerçante. Elle offrait un spectacle digne d'un conte de Noël. Les toits de tuile étaient recouverts de neige dont des pans entiers, en glissant, s'étaient accrochés aux gouttières en formant des stalactites scintillantes dans l'air sec et limpide. Sous cette décoration féerique, le village prenait des allures d'enluminure. Les barrières de bois, les arbres, les buissons des jardins étaient couverts de cristaux de neige glacée comme le sucre d'un gâteau. La lueur des lampes et les reflets des feux allumaient des rougeoiements dans les fenêtres et des filets de fumée tournoyaient en haut des cheminées. Mais c'étaient là les seuls signes de vie. On imaginait, derrière ces vitres, des familles heureuses réunies autour de la chaleur du foyer, des enfants en train de jouer en riant. Emma sentit son cœur se serrer. En cet instant, elle aurait tout donné pour se retrouver avec son père et Frank devant la cheminée de la chaumière de Fairley. La voix de Blackie la tira de sa rêverie :

« Et voici les fameuses boutiques ! Elles commencent ici et continuent tout le long de la rue, jusqu'à Branch

Road. Regarde, *mavourneen*! Ne t'ai-je pas dit la vérité ? »

A la vue des devantures alignées de chaque côté de la rue, Emma refoula son accès de tristesse et regarda avec attention. Ils dépassèrent une poissonnerie, une chemiserie, une pharmacie, une épicerie et un élégant magasin de modes, digne de Briggate. Une idée prenait peu à peu consistance dans l'esprit d'Emma. Il lui serait certainement plus facile d'ouvrir son premier magasin ici où les loyers devaient être plus abordables qu'à Leeds. Rien ne l'empêcherait de s'installer aussitôt après la naissance du bébé. Ce serait un bon début, sans risques excessifs. A mesure qu'elle longeait la rue, Emma sentait sa détermination s'affermir et, en arrivant au bout de la rue de Laura Spencer, elle était presque décidée. Au passage, elle avait jeté son dévolu sur quelques boutiques et imaginait déjà les marchandises qu'elle y vendrait. Oui, se dit-elle, c'est une sage décision de m'installer à Armley où il y a une clientèle fortunée. Blackie avait eu raison d'insister, après tout...

Ils dépassèrent une rangée de maisons attenantes, bien entretenues et d'allure respectable avec leurs portes peintes en vert, leurs jardinets et leurs grilles en fer. Peu avant d'arriver à celle de Laura Spencer, Emma retint Blackie par le bras :

« Qu'as-tu dit à Laura à mon sujet ? » demanda-t-elle.

Blackie fut un peu surpris de cette soudaine inquiétude.

« Je lui ai raconté l'histoire dont tu t'es déjà servie avec tout le monde, *madame* Harte ! répondit-il d'un air moqueur. Celle que tu m'as toi-même demandé de répéter, tu sais, la pauvre femme délaissée par son navigateur de mari pris par le devoir pendant qu'elle se morfond en attendant son enfant et n'a d'autre ressource que d'appeler à l'aide son seul et fidèle ami, Blackie O'Neill ! De quoi faire sangloter un rocher... »

Emma sourit, hocha la tête. Ils arrivèrent à la grille du petit jardin et Emma se demanda comment était cette Laura, à qui elle était désormais décidée à plaire et dont Blackie ne lui avait pratiquement rien dit. Elle s'attendait à une jeune fille douce et aimable, mais elle était si peu préparée au sourire de bienvenue, au plaisir évident et sincère de celle qui leur ouvrit la porte qu'elle en resta interdite. Laura Spencer avait le visage d'une madone, un regard confiant et candide, un sourire plein d'amour envers le genre humain et une fragilité si évidente qu'Emma vit en elle un être fondamentalement différent de tous ceux qu'elle avait approchés jusque-là. Elle débarrassa ses visiteurs de leurs manteaux et les introduisit dans un petit salon où flambait un bon feu.

« Je suis si heureuse de vous rencontrer enfin, Emma ! dit-elle en lui prenant les mains. Blackie n'a pas cessé de me chanter vos louanges et je suis sûre qu'il est resté très au-dessous de la vérité. Mais vos mains sont glacées ! Venez vous asseoir près du feu. »

Emma répondit en usant de tout son charme. Pendant ce temps, elle examinait discrètement la pièce et fut tout de suite séduite par le bon goût et la simplicité qui y régnaient. Le papier à rayures blanches et bleues, les rideaux de velours bleu, les meubles d'acajou cirés, la qualité des rares bibelots, tout lui plut instantanément. On était très loin du salon surchargé d'horreurs de Mme Daniel.

« Je suis désolée de ne pas être tout à fait prête, reprit Laura d'un ton d'excuse. J'étais allée voir une amie malade et je suis rentrée juste avant votre arrivée. Mais le thé sera bientôt fait. En attendant, mettez-vous à l'aise.

— Ne te tracasse donc pas tant, ma chère Laura, répondit Blackie. Nous avons tout notre temps. »

Il avait parlé d'un ton si chargé de douceur, d'une voix si inattendue qu'Emma lui jeta un regard surpris et soudain intéressé. Depuis qu'ils étaient entrés, le comportement de Blackie s'était transformé. Son exubérance était tempérée par une sorte de révérence, sa voix éclatante s'adoucissait comme par miracle et il jetait sur Laura des regards à la fois respectueux et adorateurs.

Laura s'excusa et alla vers la cuisine pour terminer

les derniers préparatifs. De là où elle était assise, Emma l'observa quelques instants et sa première impression en fut confirmée et renforcée. Simplement vêtue d'une robe de laine bleue ornée d'un grand col blanc, Laura Spencer aurait pu, à certains observateurs superficiels, paraître terne ou fade. Mais la finesse de ses traits, la délicatesse qui émanait de toute sa personne, les reflets d'or qui s'allumaient parfois dans ses longs cheveux blonds lui donnaient l'allure d'un biscuit de Dresde. Ses immenses yeux noisette étaient si pleins de tendresse et de sagesse qu'ils en paraissaient lumineux. Il émanait de toute sa personne, à la silhouette élancée et presque trop fine, un halo de pureté qui lui enlevait toute pesanteur matérielle. Laura Spencer était avant tout un être spirituel, dont l'âme s'élevait à des hauteurs que l'on devinait sans pouvoir toujours les comprendre. Emma en ressentit un respect instinctif. Elle se surprit à penser : je veux l'avoir pour amie, je veux me faire aimer et apprécier d'une personne comme elle, je désire vraiment vivre avec elle. Car avec elle, on se sent meilleur...

« Tu es bien calme, *mavourneen*! dit soudain Blackie. Cela ne te ressemble pas, toi qui bavardes toujours comme une pie! »

Emma sursauta :

« Je pensais », répondit-elle distraitement.

Blackie sourit sans rien dire. Comme il l'avait espéré et prévu, Emma était manifestement captivée par Laura et se trouvait déjà sous son charme. La partie était gagnée.

Quelques instants plus tard, Laura revint en portant un plateau chargé de choses appétissantes. Blackie redevint lui-même, dévora comme un ogre et se lança avec son talent de conteur dans des histoires qui firent rire sans arrêt les deux jeunes filles. Le cabotin était chez lui toujours prompt à reparaître et, pendant une grande heure, il ne laissa ni Emma ni Laura placer un mot. Emma, pendant tout ce temps, ne cessait d'observer Laura, qui la fascinait. Elle put ainsi constater que la jeune fille était douée d'un solide sens de l'humour et parfaitement capable, comme elle le prouva à plusieurs reprises, de battre Blackie sur son propre terrain ou de lui river son clou s'il s'égarait.

De son côté, Laura avait été vivement impressionnée par Emma. En la voyant, elle avait d'abord été frappée par sa beauté inhabituelle puis, pendant qu'ils prenaient le thé, par la dignité naturelle qui émanait d'elle. Elle n'était pas non plus restée insensible à l'intelligence que reflétaient ses yeux verts, au raffinement sans ostentation de ses manières et au magnétisme qui se dégageait de toute sa personne. Blackie lui avait peint un tableau très noir de la situation d'Emma et lui avait dit qu'elle vivait seule dans une mansarde sans confort, qu'elle passait des heures de marche épuisante à aller au travail et qu'il s'inquiétait pour sa santé. Laura en avait été profondément émue. Enceinte de sept mois et seule dans la vie, la malheureuse a plus que jamais besoin d'un peu de tendresse et de protection, se disait-elle en sentant un élan de sympathie la porter vers Emma.

Quant à Blackie, son incessant bavardage ne l'empêchait pas d'observer les deux jeunes filles. Il les aimait autant toutes deux, chacune à sa manière, et était enchanté de constater la sympathie qu'elles se manifestaient spontanément. Elles étaient pourtant si différentes que leur contraste était frappant. D'un côté, la douce, la tendre, la fragile Laura, toute en nuances, tout entière tournée vers l'esprit et la vie intérieure. De l'autre, Emma à la beauté presque sauvage, au caractère impérieux, inflexible et qui, par moments, lui faisait presque peur. Car Blackie ne doutait pas qu'elle serait parfaitement capable, si les circonstances l'y poussaient, de se montrer impitoyable et sans scrupules. Pourtant, en dépit de ces oppositions irréductibles, elles avaient en commun un certain nombre de qualités, droiture, courage, bonté, qui les rapprochaient aussi sûrement. Blackie espérait y voir les fondements d'une amitié. Car Laura, à vingt et un ans, avait beau ne pas être beaucoup plus âgée qu'Emma, elle saurait lui prodiguer l'affection et les soins quasi maternels dont son cœur débordait. Tandis qu'Emma, par sa présence, son entrain et l'énergie qu'elle irradiait, saurait faire oublier à Laura la solitude qui l'accablait depuis la mort de sa mère, quatre mois auparavant. C'était, du moins, ce qu'espérait Blackie. La rencontre, jusqu'à présent, semblait porter ses fruits.

Il avait enfin cessé d'accaparer le devant de la scène et Emma parlait avec animation. Elle racontait à Laura la vie qu'elle menait à Leeds, le métier qu'elle avait appris chez les Kallinski, ses impressions de la grande ville. Blackie la contemplait comme s'il la voyait pour la première fois et fut frappé de sa beauté. Voilà, se dit-il, une fille capable d'éblouir et de subjuguer n'importe quel homme sur qui elle aura jeté son dévolu. Auquel a-t-elle tourné la tête il y a sept ou huit mois ? Cette question, il ne cessait de se la poser, sans jamais encore avoir osé demander carrément à Emma qui était le père de son enfant. Il dut faire un effort pour s'arracher à ces réflexions troublantes et se concentra sur le meilleur moyen d'amener la conversation sur l'objet de leur visite à Armley : faire emménager Emma chez Laura et lui trouver du travail à la filature Thompson.

Laura parut deviner ses pensées :

« Vous avez appris la confection incroyablement vite, dit-elle à Emma. Je suis sûre que vous n'auriez aucun mal à vous mettre au tissage, si toutefois vous le vouliez.

— J'ignore tout de ce métier. Est-ce difficile ?

— Non, pas vraiment. L'essentiel est d'en comprendre le principe et d'attraper le tour de main qu'il faut. Avec vos dons, Emma, vous n'en auriez pas pour longtemps, j'en suis sûre. »

Emma jeta un rapide coup d'œil à Blackie qui hocha imperceptiblement la tête.

« Laura... Pourriez-vous me faire embaucher chez Thompson ? Etes-vous sûre que ce soit possible ?

— Mais certainement ! J'en ai parlé l'autre jour au chef d'atelier, il est prêt à vous prendre quand vous voudrez. Ils cherchent toujours de nouvelles employées à former et vous pourriez commencer tout de suite en apprentissage sur un métier. »

Emma ne marqua qu'une brève hésitation. Sa décision était déjà virtuellement prise depuis son passage dans Town Street.

« Dans ce cas, Laura, accepteriez-vous que je partage votre maison ? Je paierais ma part des dépenses, bien entendu.

— Avec joie, Emma ! s'écria Laura en souriant. Seule, voyez-vous, je n'ai pas les moyens d'entretenir la maison et je serais navrée de la quitter. J'y ai passé presque toute ma vie et j'y ai tant de souvenirs... Je cherchais justement à la partager avec quelqu'un comme vous, avec qui je puisse m'entendre. Et puis... »

Elle se pencha et prit affectueusement la main d'Emma :

« Vous seriez tellement mieux ici, avec la naissance de l'enfant. Blackie est d'accord, je crois...

— Absolument ! » interrompit-il bruyamment.

Laura se leva avec vivacité :

« Venez visiter le reste de la maison, Emma. Je vais vous montrer votre chambre. »

Ils sortirent du salon et s'engagèrent l'un derrière l'autre dans un étroit escalier. Sur le palier, Laura ouvrit une porte et pénétra dans la pièce pour allumer une bougie :

« Voici la chambre qui vous est destinée, Emma, annonça-t-elle en souriant.

— Fichtre, c'est une bien belle chambre ! commenta Blackie en poussant Emma qui hésitait sur le seuil.

— Très belle, en effet », répondit Emma à mi-voix.

Il y avait un grand lit de cuivre couvert d'un édredon. Les murs étaient peints en blanc, le plancher recouvert d'un tapis.

« C'était la chambre de mes parents, expliqua Laura. J'espère qu'elle vous plaît, Emma. C'est la plus grande de la maison et il y a un lit double... Votre mari pourra venir vous voir ici pendant ses permissions. »

Emma ouvrit la bouche pour répondre, la referma en voyant l'expression de Blackie qui se hâta de répondre à sa place :

« Eh bien, il vaut mieux ne pas compter sur lui pour

un bon moment. Il est à l'autre bout du monde, pour l'instant, et nous ne le reverrons malheureusement pas avant... euh... cinq, six mois... »

Il regardait désespérément autour de lui pour trouver un changement de conversation et se remit à parler à toute vitesse pour meubler le silence :

« Tiens, Emma, regarde là, du côté de la fenêtre entre l'armoire et la table de toilette. Tu vois, il y a de la place, juste de quoi mettre un berceau. Et tu pourrais t'installer une table à ouvrage et coudre les robes dont tu me parlais, tu sais ? Laura n'y verra sûrement pas d'inconvénient, n'est-ce pas, Laura ?

— Mais non, bien sûr, Emma peut arranger les meubles comme elle veut... »

Elle voyait Emma observer la chambre d'un air pensif, les sourcils froncés, et sentit l'inquiétude la gagner. Emma était si élégante, si raffinée, elle ne se contenterait sûrement pas d'une chambre aussi simple... Elle se gratta la gorge pour dissimuler son trouble :

« Il n'y a pas de feu dans la cheminée et il ne fait pas chaud, ici. Si nous redescendions au salon ? Emma aura le temps de réfléchir, n'est-ce pas, Emma ? »

Celle-ci vit l'air consterné de Laura et comprit en un éclair la raison de son désarroi. Avec un sourire, elle posa sa main sur le bras de la jeune fille :

« La chambre me plaît énormément, Laura ! s'écriat-elle. J'aimerais beaucoup habiter ici, croyez-moi. Mais je ne sais pas si j'aurai les moyens...

— Venez, nous allons en parler. »

Ils redescendirent tous trois au salon. Pendant que Blackie remettait une bûche et tisonnait le feu, Laura alla chercher les livres de comptes et en ouvrit un.

« Regardez, Emma, dit-elle. Le loyer est de quatre shillings par semaine, ce qui en fera deux pour votre part. Il faut compter ensuite les dépenses de bois et de charbon pour le chauffage, le pétrole pour les lampes, les bougies. En tout, Emma, votre part ne dépasserait pas cinq shillings par semaine en hiver. En été, naturellement, ce serait beaucoup moins élevé.

— Cinq shillings ! » s'écria Emma.

Laura la regarda, affolée :

« Mon dieu, serait-ce trop cher ? Je pourrai peut-être...

— Mais non, ce n'est pas trop cher ! interrompit Emma. Je m'attendais au contraire à ce que ce soit bien plus élevé. Cinq shillings, c'est plus que raisonnable, Laura. Je paie déjà trois shillings pour ma chambre chez Mme Daniel ! »

Déconcertée par ce retournement de situation, Laura la regardait sans répondre. Blackie intervint d'une voix tonnante :

« Je te le disais bien que cette femme te volait, et tu ne voulais pas m'écouter ! Emma, Emma, si tu n'avais pas été si têtue, tu te serais installée chez Laura il y a des semaines, comme je t'en suppliais !

— Allons, Blackie, calme-toi ! lui dit Laura fermement. Tenez, Emma, regardez vous-même, poursuivit-elle en tendant les livres de comptes. Vous verrez combien coûte l'entretien de la maison... »

Emma l'interrompit en repoussant les cahiers malgré l'insistance de Laura.

« Non, Laura, non, je vous crois sur parole ! J'ai même scrupule à accepter ce que vous me dites car j'ai l'impression que vous en êtes de votre poche et je ne voudrais pas vous causer du tort. Cinq shillings, c'est insuffisant...

— C'est plus qu'assez, je vous le promets. Au fait, vous ne serez payée à la filature qu'à la fin du mois. Vous ne me devrez donc rien pendant le premier mois de votre séjour. »

Emma protesta avec vigueur et les deux jeunes filles eurent une discussion animée, sous l'œil amusé de Blackie. Elles convinrent enfin d'un compromis, qu'Emma se promit de ne pas respecter en puisant dans ses économies.

« Eh bien, tout est réglé ! conclut Blackie. Emma peut venir s'installer dès samedi prochain. Vous voyez que j'avais raison de vous présenter ! Je le savais bien que vous vous entendriez, toutes les deux. »

Laura rougit modestement. Emma sourit sans répon-

426

dre. Elle était heureuse d'avoir pris sa décision de venir à Armley. Dans cette maison, elle se sentait à l'abri, en paix avec elle-même et le reste du monde. Détendue, maintenant que tout était réglé, elle pouvait envisager l'avenir avec plus de confiance qu'elle n'en avait eue depuis longtemps. Désormais, elle le savait, elle n'avait plus d'inquiétude à se faire. Sa rencontre avec Laura Spencer marquait un tournant dans sa vie et elle le sentait déjà confusément.

Le vendredi suivant, Emma prit tristement congé de ses camarades de l'atelier Kallinski et fit ses adieux à la famille au cours du dîner du sabbat auquel elle avait été conviée comme à l'accoutumée. Après le repas, Janessa l'attira dans un coin de la pièce :

« Promettez-moi de me prévenir si vous aviez besoin de quoi que ce soit, Emma. Armley n'est pas loin, j'y viendrais très facilement. »

Emma promit, trop émue pour faire de longues phrases. Tout le monde versa des larmes, sauf David. Il était convaincu que leur séparation n'était que temporaire et qu'il reverrait bientôt Emma Harte. Mme Daniel elle-même pleura au départ de sa locataire modèle et fit promettre à Emma de lui donner de ses nouvelles.

Le lundi matin, Emma se fit embaucher à la filature Thompson. Dès qu'elle en franchit le seuil, Emma exécra l'usine autant qu'elle avait aimé le petit atelier des Kallinski. L'endroit était triste et laid. Il n'existait aucun esprit de camaraderie entre les ouvriers. On n'y entendait ni rires ni plaisanteries. Les contremaîtres faisaient régner la discipline la plus stricte et arpentaient continuellement les allées entre les métiers pour surveiller le travail et harceler les travailleurs. Emma ne pouvait supporter la puanteur du suint qui imprégnait la laine, l'incessant fracas des métiers. Trois jours après son arrivée, elle fut témoin d'un accident qui la bouleversa : une ouvrière avait été défigurée par une navette mal maîtrisée, ce qui, lui dit-on, se produisait fréquemment.

Laura fut pour elle une bonne instructrice, patiente, claire et précise dans ses explications. Emma eut néanmoins plus de mal que prévu pour apprendre le processus du tissage; elle vivait dans la terreur d'une fausse manœuvre qui risquait de casser la trame, ce qui demandait des heures de réparation. Mais Emma ne pouvait s'avouer vaincue. Elle persévéra, déterminée à franchir les obstacles et à gagner sa vie pour ne pas laisser ses objectifs lui échapper. En à peine un mois, comme Laura l'avait prévu, elle avait maîtrisé la technique et rejoignit bientôt les plus experts. Mais elle ne surmonta jamais le dégoût que lui inspirait ce travail et les conditions où elle l'exerçait.

Laura et elle commençaient à six heures du matin et travaillaient jusqu'à six heures du soir, douze interminables heures d'un travail qui épuisait Emma. Les semaines qui passaient la rapprochaient de l'accouchement et diminuaient sa résistance. Continuellement debout, les jambes enflées et douloureuses, elle se demandait parfois si elle n'allait pas donner subitement naissance à son enfant au beau milieu de l'atelier. Sans Laura, elle n'aurait sans doute pas tenu.

Un mardi soir, vers la fin du mois de mars, elle sentit des douleurs inhabituelles et comprit que son enfant allait naître. Laura l'accompagna immédiatement à l'hôpital. Emma donna naissance à l'enfant au bout de dix heures de travail. Il s'en fallait exactement d'un mois, jour pour jour, qu'elle ne fête son dix-septième anniversaire.

A sa grande joie, son plus cher désir avait été exaucé : c'était une fille.

26

Assise devant la cheminée, le regard perdu dans le vague, Emma avait l'air morose. Elle retournait dans sa tête un problème qui, depuis la naissance du bébé quelques jours auparavant, éclipsait tous les autres sans qu'elle parvienne à s'en défaire. Il fallait maintenant qu'elle y trouve une solution, le plus vite possible. Emma était assaillie de problèmes, tous pressants, tous vitaux. Mais le bien de son enfant était le plus pressant et le plus crucial. Elle ne pouvait se permettre de retarder indéfiniment sa décision sur l'avenir immédiat de sa fille.

Le salon de Laura était aussi plaisant et confortable que d'habitude. Emma frissonna pourtant, les jambes engourdies par le froid, le corps tout entier perclus de douleurs diffuses. Elle dut se forcer à remuer, alourdie par la fatigue, tisonna rageusement le feu comme pour se venger sur lui du désarroi qui la paralysait. Les bûches tombèrent, se brisèrent en projetant des étincelles. Une haute flamme s'éleva joyeusement en illuminant la pièce. Elle fit sortir de l'ombre le bébé étendu aux pieds d'Emma.

Elle l'avait couché dans un berceau de fortune, aménagé dans un tiroir de commode douillettement tapissé de couvertures et rembourré de coussins. La petite fille dormait paisiblement. Les flammes faisaient doucement briller le duvet des fins cheveux blonds qui lui couvraient déjà la tête. Sa figure ronde et rose n'avait pas l'aspect rouge et ridé de bien des nouveau-nés et ses petits poings, aux doigts délicatement modelés, étaient serrés sur le drap. Emma la contempla avec mélancolie. C'était son enfant à elle. Elle était faite de sa chair et de son sang. Comment pourrait-elle jamais s'en séparer ? Un puissant sentiment maternel, une bouffée d'instinct protecteur l'envahit et servit paradoxalement à renforcer son obsession de réussite, son besoin de toujours se sentir maîtresse des circonstances. Jamais, se dit-elle avec véhémence, jamais je ne laisserai la vie lui faire de mal. Elle aura tout ce dont j'ai été privée, tout ce que l'argent peut acheter et que je n'ai jamais eu.

L'enfant était née depuis quatre jours. Depuis quatre jours, Emma se trouvait malgré elle entraînée dans des pensées absolument contraires à son esprit pratique qui voulait qu'à chaque jour suffit sa peine. Elle pensait trop à l'avenir, se souciait trop d'événements hypothétiques qui ne surviendraient peut-être jamais. Elle s'ébroua, en colère contre elle-même et la faiblesse dont elle faisait preuve. Il fallait réagir, avancer pas à pas, lentement, sûrement, sans se laisser distraire ni détourner de son but. Elle se remit rageusement à son ouvrage.

Mais elle n'arrivait pas à s'y absorber ni à rejeter la sensation d'abattement dont elle était si peu coutumière. Elle souhaitait ardemment garder son enfant avec elle, mais elle savait qu'elle ne le pourrait pas. Pour gagner sa vie, se nourrir, la nourrir, il fallait qu'elle continue de travailler à la filature. Or, elle ne connaissait personne à qui confier l'enfant pendant la journée. La seule idée de la donner en adoption ou de la mettre dans un orphelinat lui faisait horreur. Il ne restait donc qu'une seule solution sur laquelle se rabattre et Emma y répugnait encore. Depuis quatre jours, elle avait retourné dans sa tête toutes les données du problème. Elle avait passé quatre nuits presque sans sommeil. Elle était bien forcée d'admettre qu'elle n'avait pas d'autre choix. Pourtant, contre toute raison, elle ne parvenait pas à prendre une décision qu'elle redoutait, et espérait un miracle auquel elle ne croyait pas.

« Bonsoir ! Il y a quelqu'un ? »

Emma sursauta et se tourna vers la porte pour voir Blackie O'Neill la refermer derrière lui. Il faisait une belle journée de mars, fraîche et venteuse, et le jeune homme avait les joues rosies par le froid, ses cheveux bouclés ébouriffés par le vent. Les bras chargés de paquets, il avait l'air plus que jamais content de tout et de lui-même.

« Blackie ! s'écria Emma. Je ne t'attendais pas si tôt ! »

Elle posa en hâte son ouvrage et se leva pour l'accueillir. Toujours souriant, Blackie laissa tomber ses paquets sur la table et prit Emma dans ses bras en une affectueuse accolade.

« Cela te réussit de ne pas sortir ! s'écria-t-il avec bonne humeur. Tu es plus belle que jamais, mon Emma ! »

Elle s'efforça de sourire pour dissimuler sa tristesse. Blackie ne parut pas s'apercevoir de son humeur sombre et reprit, avec son exubérance habituelle :

« Viens voir ! J'ai apporté quelques cadeaux pour la petite. Ce ne sont que des broutilles mais j'espère qu'elles te plairont.

— Tu es trop généreux, Blackie ! Il ne faut pas dépenser tout ton argent comme tu le fais. Déjà, la semaine dernière, tu m'as donné ce châle...

— L'argent, c'est fait pour être dépensé, *mavourneen* ! interrompit Blackie en enlevant son pardessus. D'ailleurs, mon oncle Pat et moi n'avons jamais fait autant d'affaires qu'en ce moment. Rien que cette semaine, nous avons pris trois nouveaux chantiers et il faut encore embaucher des compagnons. Tu vois, les O'Neill nagent dans l'opulence. Et puis, ajouta-t-il avec un clin d'œil, hier j'ai eu un coup de chance. J'ai parié aux courses de Doncaster en misant une livre gagnant et une livre placé sur un cheval coté à vingt contre un. Et c'est lui qui a gagné ! Imagine un peu ce que ça m'a rapporté ! Ce matin, je me suis dit : Blackie, mon garçon, tu serais le dernier des égoïstes si tu ne partageais pas un peu de ta bonne fortune avec Emma. J'ai donc été faire un tour dans Briggate et j'y ai trouvé quelques petits riens pour mon bébé préféré. Voilà toute l'histoire.

— Cela me touche, Blackie. Mais tu ferais mieux de ne pas gaspiller ton argent et d'en mettre de côté pour ce fameux château que tu dois te construire un jour. »

Blackie haussa les épaules avec un sourire amusé :

« Ce ne sont pas quelques shillings de plus ou de moins qui m'en empêcheront, Emma. »

Il s'approcha du tiroir où dormait la petite fille et, pour mieux la voir, s'agenouilla délicatement :

« Qu'elle est adorable, murmura-t-il. Un vrai petit ange. »

Malgré le soin qu'il avait pris pour étouffer sa voix, l'enfant ouvrit les yeux, esquissa un semblant de sourire et agita les jambes sous la couverture. Blackie se retourna avec un sourire extasié :

« Regarde, Emma, regarde! Elle reconnaît déjà son tonton Blackie, ma parole! »

Emma se pencha en souriant :

« On le dirait, en effet. Elle est si gentille, tu sais. Depuis que nous sommes revenues de l'hôpital, elle n'a presque pas pleuré... »

Tout à sa contemplation de l'enfant, Blackie ne vit pas le nuage de tristesse qui assombrit le regard d'Emma. Un instant plus tard, il se releva vivement et prit Emma par la main pour l'attirer vers la table :

« Viens donc ouvrir les cadeaux! »

Il lui tendit un paquet. Emma alla s'asseoir pour le déballer plus commodément et poussa un cri admiratif en sortant de la boîte un petit manteau de laine rose avec des rubans assortis. Le paquet suivant contenait un bonnet et une paire de chaussons. Blackie s'excusa de son manque d'habitude :

« J'espère avoir choisi la bonne taille. Tiens, voici le dernier. Ce n'est pas aussi utile mais c'est presque plus indispensable, à mon avis... »

Quand elle eut défait le papier, Emma sortit de la boîte un mouton tout blanc avec, noué autour du cou, un ruban rose où était attachée une clochette.

« Oh! Blackie, qu'il est mignon! Et tu as même acheté un hochet! »

Elle déposa les deux jouets à côté de l'enfant et se tourna pour embrasser affectueusement Blackie, émue par le soin évident qu'il avait pris pour choisir ces objets. Gêné de ces marques de gratitude, Blackie rougit et se détourna.

« Laura n'est pas encore rentrée? demanda-t-il pour changer de sujet.

— Elle tient un stand à la vente de charité de sa paroisse. Mais elle devrait revenir à temps pour le thé. Tu restes avec nous, n'est-ce pas? Nous comptions sur toi.

— Bien sûr, je ne vais pas repartir sans m'être empiffré de toutes les bonnes choses que vous savez faire, toutes les deux! s'écria-t-il en s'asseyant. Je peux fumer? »

432

Emma lui fit un signe approbatif et Blackie fouilla dans ses poches pour y trouver ses cigarettes. Quand il en eut tiré les premières bouffées, il posa sur Emma un regard sérieux :

« Quand dois-tu retourner à la filature ? » demanda-t-il.

Emma baissa la tête et parut réfléchir avant de répondre :

« Quand je veux. Le chef d'atelier a dit à Laura que je pouvais prendre une semaine ou deux après la naissance. Il n'y a pas tellement de commandes en ce moment, de toute façon, et l'usine ne me paie pas tant que je ne travaille pas. Cela leur est donc égal.

— Tu devrais te reposer la semaine prochaine, Emma. Tu en as grand besoin, à mon avis.

— C'est aussi ce que me dit Laura. Mais je t'assure que je me sens très bien et que je pourrais parfaitement retourner travailler lundi si je voulais... Je crois quand même que je ne le ferai pas, ajouta-t-elle en hésitant. Il faut que je m'occupe de certaines choses. »

Emma détourna les yeux et Blackie n'insista pas, sachant qu'il était impossible de lui tirer des confidences tant qu'elle n'aurait pas décidé de parler. Il y eut un moment de silence.

« Ainsi, dit enfin Emma, tu me disais que tes affaires marchaient bien ?

— Merveilleusement, *mavourneen* ! Et puis, tu sais quoi ? Je suis en train de dessiner les plans de ma première maison ! A vrai dire, ce n'est qu'une aile à ajouter chez un client de Headingley. Mais c'est un début, n'est-ce pas ? Le client a beaucoup apprécié mes idées et m'a laissé carte blanche. Tu vois, mes cours du soir vont finir par me servir à quelque chose !

— Tant mieux, Blackie. J'en suis ravie pour toi. »

Elle avait répondu d'un ton si distrait et si distant qu'il fut bien forcé de remarquer l'humeur sombre d'Emma, qui lui avait échappé jusque-là. Il la scruta avec curiosité, vit alors son visage fermé, son regard dur... Non, se reprit-il, pas dur. Malheureux, comme désespéré. Soudain inquiet, il s'abstint cependant de poser des questions risquant de déclencher la redoutable colère de son amie ou, au contraire, de l'enfermer dans le mutisme. Il reprit donc son bavardage sur ses débuts d'architecte, sans que ses propos semblent éveiller le moindre écho. A la fin, il n'y tint plus :

« Pourquoi fais-tu cette tête d'enterrement, Emma ? Cela ne te ressemble pas. Veux-tu me dire ce qui te tracasse ?

— Rien du tout, je t'assure... »

Elle s'interrompit, hésita. Alors, comme si elle se déchargeait soudain d'un grand poids, elle lâcha :

« Je m'inquiète de ce que le bébé ne soit pas baptisé. »

Blackie la dévisagea bouche bée, complètement ahuri par cette déclaration incongrue. Soudain, il éclata d'un rire tonitruant qu'il fut incapable de réprimer malgré l'air peiné d'Emma.

« Excuse-moi, *mavourneen,* parvint-il à dire entre deux hoquets, mais il y a de quoi être surpris... Tu t'inquiètes parce que la petite n'est pas baptisée ? Non, je n'en crois pas mes oreilles ! Toi, te faire du souci pour cela, après tout ce que tu m'as raconté sur ce que tu ne crois plus en Dieu et qu tu es devenue athée ? Il y a de quoi rire !

— Je n'ai pas changé ! s'écria Emma, furieuse, en s'efforçant de couvrir les éclats de rire de Blackie. Mais ce n'est pas de moi qu'il s'agit. Plus tard, elle pourra me reprocher de ne pas l'avoir fait baptiser, si elle croit en Dieu. Je n'ai pas le droit de lui refuser cela ! »

Blackie s'essuya les yeux et calma son hilarité. Emma ne plaisantait pas.

« Rien de plus simple, dit-il en reprenant son sérieux. Il suffit d'aller voir le curé du Christ-Roi pour que... »

Emma le foudroya du regard :

« C'est précisément ce que je ne peux pas faire ! interrompit-elle sèchement. Le curé me demandera son acte de naissance et il verra tout de suite que cette enfant est... illégitime. Il pourra me refuser le baptême. De toute façon, personne n'a besoin de connaître mes affaires personnelles. D'ailleurs, je ne t'en aurais pas parlé si tu n'avais pas insisté pour savoir pourquoi j'avais l'air malheureuse. Elle se passera de baptême, un point, c'est tout. Espérons qu'elle n'en souffrira pas un jour. »

Si cette enfant souffre un jour, se dit Blackie, ce sera plus d'apprendre qu'elle est illégitime que de ne pas avoir été baptisée. Et c'est exactement ce qui tracasse Emma et lui fait chercher des mauvaises raisons pour ne pas l'emmener à l'église... Il s'abstint prudemment de commentaires sur ce thème et dit avec un sourire rassurant :

« Je ne savais pas que cela te tenait tellement au cœur, Emma. Aucun prêtre, en tout cas, ne te refusera de la baptiser. Il suffit que tu ailles dans n'importe quelle église de Leeds ou des environs, dans un quartier où personne ne te connaît. Cela n'aura pas d'importance qu'on voie l'acte de naissance.

— Non, cent fois non ! s'écria Emma. Jamais je n'irai crier sur les toits que ma fille est illégitime ! »

Déconcerté par cette explosion, Blackie en resta coi. Alors, il lui vint une idée si brillante, croyait-il, qu'il eut un sourire épanoui en se frappant le front :

« J'ai trouvé ! Nous allons la baptiser nous-mêmes, pas plus tard que maintenant ! La compagnie des eaux de Leeds vaut bien le Jourdain, que je sache ! »

Stupéfaite, Emma le suivit des yeux pendant qu'il traversait le salon pour aller ouvrir le robinet sur l'évier de la cuisine.

« Mais... Que veux-tu dire, Blackie ? demanda-t-elle d'un air effaré. Cela ne serait pas valable ! Je veux qu'elle ait un vrai baptême. »

Blackie ne se laissa pas démonter :

« Apporte-la ici, près de l'évier ! cria-t-il par la porte ouverte... Je suis peut-être un mécréant et un mauvais catholique, mais je suis baptisé et je peux donner le baptême tout aussi bien qu'un chanoine ou un évêque, tu ne le savais pas ? D'ailleurs, je ne mets peut-être plus souvent les pieds à l'église mais je crois toujours en Dieu. S'Il me voit en ce moment, Il ne m'en voudra pas, au contraire. »

435

Debout devant la porte, Emma le regardait, incrédule. Il se tourna vers elle et reprit, persuasif :

« Crois-moi, Emma, Dieu ne peut pas nous en vouloir de prendre cette décision. Dans les cas d'urgence, on a le devoir de baptiser. Dieu acceptera cette enfant parmi les siens sans poser de question. Jésus lui-même l'a dit : « Laissez venir à moi les petits enfants, car le royaume « des Cieux leur appartient. » Ce ne sont pas les circonstances qui comptent mais l'esprit dans lequel on le fait. Nous n'avons pas besoin d'une église ou de fonts baptismaux. »

Emma hésita longuement avant de répondre :

« Je te crois, Blackie.

— Allons, j'aime mieux ça ! Maintenant, sois gentille, va chercher la petite pendant que je prépare ce qu'il faut. »

Blackie remplit un bol d'eau tiède et alla fouiller dans un placard pour y trouver un linge propre. Pendant ce temps, Emma retourna au salon et prit le bébé dans ses bras. Elle resta un instant debout devant la cheminée en serrant tendrement son enfant contre sa poitrine. Elle la berça en lui murmurant des mots d'amour, soudain submergée d'une vague de mélancolie. Le visage d'Edwin Fairley apparut devant elle. Si seulement *son* Edwin n'avait pas été aussi cruellement égoïste... Si seulement *son* Edwin était ici, avec elle. Il ne pourrait pas faire autrement que d'aimer cette enfant, leur enfant... Depuis des semaines, des mois, Emma avait réussi à chasser Edwin de sa mémoire et il revenait la hanter alors même qu'elle avait à peine pensé à lui, sinon pour le haïr, au moment de la naissance de ce bébé qui était aussi le sien. Prise à l'improviste par ses souvenirs, Emma se laissa aller à évoquer Edwin Fairley et raviver, au plus profond d'elle-même, cette sensation douce-amère d'un amour qu'elle avait cru éternel...

Blackie passa la tête par la porte pour la héler :

« Comment veux-tu l'appeler, ce petit ange ? As-tu pensé à un nom ? »

Prise au dépourvu, Emma répondit sans réfléchir.

Elle était si bien plongée dans ses souvenirs que le nom lui vint aux lèvres malgré elle :

« Edwina... »

Elle se figea aussitôt, épouvantée de son imprudence. Elle était plus encore furieuse contre elle-même et de ce que ce choix révélait d'inconscient. Elle s'était juré d'oublier à jamais Edwin Fairley. Pourquoi infligeait-elle ce nom à sa fille ? Cela faisait plus d'un mois qu'elle avait décidé de l'appeler Laura...

Bouche bée, Blackie s'était immobilisé, les yeux fixés sur Emma qui lui tournait le dos et dont il voyait qu'elle s'était soudain raidie. Edwina... Plus besoin de chercher qui en était le père et l'énigme qui l'intriguait venait de recevoir sa réponse. Pourquoi, en effet, n'avait-il pas pensé plus tôt à Edwin Fairley ? C'était tellement évident, tellement logique, dans un sens. Depuis le jour où il avait entendu Emma lui débiter son histoire, il avait subodoré le mensonge et compris qu'Emma n'aurait jamais pu avoir de privautés avec un rustaud du village. Voilà donc l'explication du mystère. Edwin Fairley...

Blackie comprit alors les raisons profondes du silence d'Emma et la cruauté des épreuves qu'elle s'était infligées pour protéger son secret. Il se garda bien d'exprimer sa compassion, car il n'avait pas besoin de la voir en face pour deviner l'embarras où l'avait plongée son lapsus. C'en était bien évidemment un : jamais la prudente Emma ne se serait aussi ouvertement trahie de son plein gré. Elle ne pouvait plus, maintenant, rattraper son erreur sans l'aggraver et perdre complètement la face...

Il affecta la bonne humeur ironique et poussa un sifflement moqueur :

« En voilà un nom élégant, ma parole ! Je parie que tu as encore été pêcher ça dans un de tes magazines illustrés ! Mais tu as raison, *mavourneen*. Un nom de princesse pour notre petite princesse. Cela lui ira comme un gant. »

Emma hocha la tête sans oser ouvrir la bouche. Pendant que Blackie retournait vers l'évier, elle le rejoignit.

Il semblait ne rien avoir remarqué, tâtait l'eau du bout du doigt pour juger de sa température, se drapait la serviette blanche sur un bras et prenait son temps, moins pour terminer ses préparatifs que pour donner à Emma l'occasion de reprendre contenance. Quand il vit qu'elle s'était ressaisie, il se tourna vers elle en souriant :

« Voilà, je suis prêt ! Approche-toi, tends le bébé vers moi, comme ça, voilà... »

Emma osa enfin parler et bafouilla sur les premières syllabes :

« Je voudrais qu'elle s'appelle Edwina, Laura, Shane.

— Shane ? s'écria Blackie. Mais...

— Oui, comme toi, dit Emma en souriant. Je ne peux quand même pas l'appeler Patrick ou Desmond.

— Tu me flattes, *mavourneen !* s'esclaffa Blackie. Enfin, comme tu voudras... Et maintenant, reprit-il d'un ton solennel, Edwina, Laura, Shane, je te baptise... »

Il s'interrompit pour tremper les doigts dans l'eau et commença à tracer un signe de croix sur le front de l'enfant.

« Au nom du Père, et du...

— Arrête ! cria Emma. Je ne suis pas catholique, tu le sais bien. Selon le rite anglican, on ne fait pas de signe de croix. Il faut faire les choses convenablement. Recommence.

Blackie réprima un sourire ironique. Pour une athée, se dit-il, Emma avait un sens bien aigu des convenances !

— Bien sûr, Emma, je recommence », se borna-t-il à répondre.

Il effaça le signe de croix avec sa serviette blanche, retrempa ses doigts dans l'eau, en aspergea de quelques gouttes le front de la petite fille et prononça à nouveau la formule sacramentelle :

« Edwina, Laura, Shane, je te baptise au nom du Père, du Fils et du Saint-Esprit. »

Blackie se signa ensuite et se pencha pour déposer un baiser sur la joue du bébé. En se redressant, il en fit autant à Emma avec un sourire affectueux :

« Et voilà ton bébé baptisé, *mavourneen.* Te sens-tu plus tranquille, maintenant ?

— Oui, Blackie. Merci de l'avoir fait. Et regarde la petite Edwina ! poursuivit-elle en butant légèrement sur le nom. Elle semble avoir compris et nous fait un sourire. As-tu remarqué qu'elle n'a même pas pleuré quand tu l'as aspergée ? »

Elle serra l'enfant contre sa poitrine et leva vers Blackie un regard solennel :

« Je ferai tout pour qu'elle soit toujours heureuse, Blackie. Je lui donnerai toujours tout ce qu'il y a de mieux. Les plus beaux vêtements, les meilleures écoles, tout... Un jour, elle sera une vraie grande dame. Rien ne pourra jamais m'en empêcher, j'en fais la promesse... »

Elle baissa les yeux vers l'enfant avec un sourire attendri :

« Je me demande à qui elle ressemblera quand elle sera grande. Qu'en penses-tu, Blackie ? »

A une Fairley, se dit-il en l'observant avec attention. Il sera impossible de s'y tromper, on en distingue déjà les traits. Elle ressemblera à sa grand-mère Adèle...

« Je ne sais pas, répondit-il. Mais on peut déjà être sûr qu'elle sera ravissante. Elle tournera toutes les têtes, comme sa mère... Allons, remets-la dans son berceau pendant que je sors une bouteille de porto de la poche de mon pardessus ! Il faut boire à la santé de la jeune baptisée !

— Oh ! Blackie ! se récria Emma d'un ton scandalisé. Crois-tu que ce soit correct ? »

Blackie éclata de rire :

« C'est une vieille coutume irlandaise, *mavourneen !* Elle est parfaitement correcte, même dans le Yorkshire ! »

Quelques instants plus tard, après avoir joyeusement choqué leurs verres, ils s'assirent en silence devant le feu. Emma releva la tête :

« Il ne faut pas dire à Laura que tu l'as baptisée toi-même. Elle se demandera pourquoi je n'ai pas fait les choses régulièrement en allant à l'église.

— Tu as raison. Mais que vas-tu lui dire ? Laura ne

connaît pas ta vraie situation. Elle trouvera bizarre que tu ne la fasses pas baptiser du tout. »

Emma eut une brève hésitation. Elle prit en un éclair la décision qui la tourmentait depuis quatre jours :

« Je lui dirai que la cérémonie aura lieu à Ripon.

— A Ripon ? répéta Blackie avec curiosité. Pourquoi là ?

— Parce que je compte l'y emmener la semaine prochaine, répondit Emma d'un ton résolu. Je vais la confier à ma cousine Freda. Tu sais bien que je ne peux pas la garder, il faut que je travaille. Toi-même, tu me l'as dit il y a des mois, conclut-elle pour prévenir l'objection que Blackie s'apprêtait à faire.

— Tu as donc déjà écrit à ta cousine ? Elle est d'accord pour se charger d'Edwina ?

— Non, j'ai eu peur en lui demandant d'avance qu'elle ne refuse. Mais si j'arrive à sa porte avec le bébé dans les bras, elle ne pourra pas me mettre dehors... »

Emma s'interrompit pour s'éclaircir la voix et garder le ton décidé qu'elle était loin de ressentir :

« Freda a très bon cœur, reprit-elle. C'est la cousine germaine de ma mère et elles étaient très proches, bien que Freda soit beaucoup plus jeune. Elle a deux petits enfants et je sais qu'elle adore s'en occuper. En voyant Edwina, elle ne pourra pas refuser. D'ailleurs, je compte bien la défrayer de toutes les dépenses.

— C'est sans doute la solution raisonnable... Mais ne va-t-elle pas te manquer, Emma ?

— Oh ! si, elle va me manquer ! Dès que je pourrai, je la reprendrai avec moi, tu peux en être sûr. D'ici là, j'irai la voir au moins une ou deux fois par mois. »

Des deux, c'était Blackie qui paraissait le plus éprouvé par cette séparation. Il poussa un soupir à fendre l'âme et dut avaler d'un trait son verre de porto pour retrouver son sourire.

« Quand vas-tu partir pour Ripon ? demanda-t-il.

— Je pensais y aller jeudi et rester chez Freda jusqu'à vendredi soir, pour être le plus longtemps possible avec la petite... Il le faut, Blackie, je n'ai pas le choix ! s'écria-t-elle au bord des larmes.

440

— Je sais, Emma, je sais, répondit-il d'un ton apaisant. C'est le plus sage, compte tenu des circonstances...

— Au moins, elle sera avec quelqu'un de ma famille, reprit Emma comme pour se convaincre du bien-fondé de sa décision. Elle sera bien soignée, au bon air de la campagne... »

Blackie hocha pensivement la tête.

« Et... ton père ? demanda-t-il en hésitant. Ne crains-tu pas que ta cousine lui en parle ?

— Non, pas si je lui demande de garder le secret, dit Emma en s'efforçant de paraître sûre d'elle. Elle connaît bien mon père et elle me protégera par affection pour ma mère... Naturellement, je lui dirai toute la vérité, poursuivit-elle en lançant à Blackie un regard de défi. Je lui parlerai de ce garçon du village qui m'a abandonnée pour s'engager dans la marine...

— Naturellement, Emma, c'est le moins que tu puisses faire », répondit Blackie, conciliant.

Ils restèrent un moment silencieux avant que Blackie n'aborde un sujet qui, depuis les premiers mots qu'Emma lui en avait dit, l'intriguait et le souciait.

« Dis-moi, *mavourneen*, tu me parlais de l'acte de naissance... Pour le moment, tu n'as que le certificat de l'hôpital. Il va falloir que tu ailles le faire enregistrer à l'état civil de Leeds et ils te demanderont le nom du père. C'est la loi, tu sais. »

Le visage d'Emma se crispa. Elle n'avait pas cessé de penser avec effroi à ce problème qui devenait pressant.

« Je devine à quoi tu penses, reprit Blackie. Tu déclareras la naissance de père inconnu, n'est-ce pas ? »

Emma hocha la tête sans répondre.

« J'ai une bien meilleure idée à te proposer, poursuivit Blackie sans la quitter des yeux. Fais mettre mon nom sur le certificat... »

Elle bondit, partagée entre la stupeur et la colère :

« Non, Blackie ! C'est impossible, voyons ! Ce n'est pas à toi de prendre cette responsabilité !

— Préfères-tu donner le véritable nom de son père ? » demanda-t-il froidement.

Elle se laissa retomber sur son siège et avala sa salive avec peine.

« Non, murmura-t-elle.

— Alors, pourquoi ne pas mettre le mien ? Ce sera déjà assez pénible pour la petite d'apprendre qu'elle est illégitime. Epargne-lui au moins d'être née de père inconnu. Penses-y un instant, tu verras que j'ai raison.

— Mais voyons, Blackie ! »

Il l'interrompit d'un geste impérieux et la regarda avec sévérité :

« Sais-tu que tu me réponds : « Voyons, Blackie ! » chaque fois que je te dis quelque chose de sensé, Emma ? Tu commences toujours par me contredire pour t'apercevoir en fin de compte que j'avais raison ! Cette fois-ci, je ne veux pas discuter. Dès lundi, j'irai avec toi au bureau de l'état civil pour être sûr que tu feras ce que je te dis ! Allons, Emma, poursuivit-il en se radoucissant, tu verras que ce n'est pas si difficile. Je n'ai rien contre cette responsabilité-là, crois-moi. Après tout, elle est un peu ma filleule, cette enfant ! »

Emma ne répondit rien et dut se moucher énergiquement pour dissimuler les larmes qui lui montaient aux yeux.

« Pourquoi es-tu si bon, Blackie ? dit-elle enfin d'une voix tremblante. Je ne mérite pas tout ce que tu fais pour moi...

— Mais si, *mavourneen*, tu le mérites parce que je t'aime bien, toi et cette petite chose couchée si sagement devant nous. Et puis, il faut bien que quelqu'un te protège un peu contre toi-même. Si on te laissait faire, tu te mettrais dans des situations impossibles, conclut-il en riant.

— Quand même, Blackie... Tu pourrais le regretter, plus tard, d'avoir mis ton nom sur cet acte de naissance.

— Je ne regrette jamais ce que je fais, *mavourneen* ! déclara-t-il fermement. C'est une perte de temps. Et tu sais comme moi que c'est un péché de perdre son temps. N'en parlons plus, veux-tu ? »

Emma ne put s'empêcher de sourire. Blackie pouvait,

quand il le voulait, se montrer aussi têtu qu'elle et il ne servirait à rien de vouloir le faire changer d'avis.

« Il faudra en tout cas conserver cet acte de naissance à l'abri de tous les regards, dit-elle à voix basse. Laura ne devra le voir à aucun prix... »

Elle s'était parlé comme à elle-même et Blackie crut avoir mal entendu.

« Qu'est-ce que tu viens de dire ?

— J'ai dit que Laura ne doit jamais voir cet acte de naissance, Blackie. Avec ton nom dessus...

— Quelle importance ? s'écria-t-il avec surprise. S'il ne faut pas le lui montrer, c'est plutôt pour éviter qu'elle ne découvre la vérité à ton sujet ! Quand je pense lui avoir raconté que tu étais mariée à un marin du nom de Winston Harte ! M'avoir fait mentir à cette pauvre Laura, qui est l'innocence même... Emma, Emma, tu n'aurais jamais dû commencer à mentir ainsi !

— Ce sont des mensonges bien innocents, répondit Emma en rougissant. Tu sais très bien que je ne les ai faits que pour protéger l'enfant. Maintenant, il faut protéger ta réputation à toi aussi, puisque tu ne sembles pas comprendre. Il ne faut surtout pas que Laura puisse croire que c'est vraiment toi le père.

— Mais pourquoi donc ? Qu'est-ce que cela vient faire dans cette histoire ? »

Blackie avait l'air si sincèrement étonné qu'Emma le dévisagea avec incrédulité.

« Mais parce que Laura t'aime, Blackie !

— Quoi ? Laura... m'aime ? Allons donc... »

Il éclata de rire tant cela lui paraissait comique.

« Laura, m'aimer ? Non, décidément tu as trop d'imagination, *mavourneen* ! Laura ne s'aperçoit même pas que j'existe ! Tu sais très bien qu'elle est plus dévote qu'un évêque et que je ne suis qu'un affreux mécréant. Allons, Emma, tu te fais de ces idées... Laura, m'aimer ! Non, c'est trop drôle, ma parole ! »

En voyant son hilarité redoubler, Emma lui lança un regard mi-agacé mi-affectueux :

« Tu fais la bête ou tu es vraiment aveugle, Blackie !

Cela crève pourtant les yeux : Laura est amoureuse de toi.

— Elle te l'a dit ?

— Non, bien sûr. Mais je sais ce dont je parle. Ne prends pas cet air sceptique ! s'écria-t-elle, exaspérée. Je m'y connais quand même mieux que toi. »

Blackie se mit à rire de plus belle et Emma haussa les épaules avec résignation.

« Ne me crois pas si tu veux, dit-elle. Je sais pourtant ce que je dis. Il n'y a qu'à voir la manière dont elle te regarde, à l'entendre parler de toi... Si tu le lui demandais, elle t'épouserait demain. »

Du coup, Blackie s'arrêta net de rire. Emma ne put déchiffrer l'expression énigmatique qui avait pris la place de sa gaieté et ajouta, inquiète :

« Ne lui répète surtout pas ce que je viens de te dire, Blackie ! Elle serait sûrement mécontente que nous parlions d'elle derrière son dos et puis... elle ne m'a jamais dit qu'elle t'aimait. Je t'ai simplement dit ce que je pensais. Tu me promets que tu ne diras rien ? » répéta-t-elle.

Blackie sourit, ses yeux noirs brillant de nouveau d'un éclair malicieux.

« Je te jure que je ne répéterai pas tes élucubrations à âme qui vive, *mavourneen* !

— J'espère que tu tiendras parole... Je vais préparer le thé », dit-elle en s'éloignant vers la cuisine.

Resté seul, Blackie mit des bûches dans le feu qu'il tisonna distraitement. Puis il se carra confortablement dans son fauteuil et alluma une cigarette. Les assertions d'Emma l'avaient d'abord amusé, comme quelque histoire imaginée par une jeune fille romanesque. Mais il ne parvenait pas à les chasser complètement de son esprit et elles éveillaient en lui des réflexions plus troublantes qu'il ne l'aurait voulu. Il avait été sincère en affirmant que jamais il n'aurait pensé que Laura puisse l'aimer. Maintenant que l'idée lui en avait été suggérée, il en éprouvait un véritable choc. Il revit peu à peu ses précédentes rencontres avec Laura, entendit à nouveau des paroles qu'elle avait prononcées depuis les quelques années où ils se connaissaient. Tout ce qui, auparavant, lui avait semblé banal ou insignifiant prenait, à la lueur des révélations d'Emma, une tout autre signification. Emma ne s'était-elle pas trompée, son intuition avait-elle été prise en défaut ? Blackie ne savait plus que penser. Emma se trompait rarement sur le compte des gens et sa sûreté d'appréciation l'avait trop de fois émerveillé pour qu'il rejette son hypothèse...

Intrigué, désorienté, Blackie concentra alors ses pensées sur Laura. Il tenta, sans y parvenir, de sonder la profondeur de ses sentiments pour elle et d'en estimer la vraie nature. Certes, il aimait beaucoup Laura Spencer. Il était impossible de ne pas aimer cette jeune fille si pleine de douceur, au cœur débordant de tendresse. Mais l'aimait-il d'amour ? La voudrait-il pour femme, lui demanderait-il de devenir la mère de ses enfants ? Etait-il prêt à lui offrir de partager son lit et sa vie ? Etait-ce vers une Laura que se dirigeaient ses désirs masculins, dont il connaissait la fougue ? De plus en plus déconcerté, Blackie secoua la tête sans pouvoir décider d'une réponse claire et précise à toutes ces questions troublantes.

Et Emma ? se demanda-t-il. Elle aussi, il l'aimait. Peu à peu, il avait été amené à se demander si l'amitié quasi fraternelle qu'il éprouvait pour elle au début ne s'était pas transformée et s'il ne se leurrait pas en s'efforçant de s'y tenir. Quand, par un réflexe protecteur, il lui avait étourdiment demandé de l'épouser, il avait en fait obéi à un instinct plus profond éveillé par l'éclatante féminité d'Emma et qui répondait si bien aux exigences de sa nature masculine. De plus en plus perplexe, Blackie tenta honnêtement de sonder les replis secrets de son cœur et ne réussit qu'à s'irriter contre lui-même et son impuissance à se comprendre. Un homme, se demanda-t-il avec effarement, peut-il aimer deux femmes à la fois ? Je m'abuse, je m'aveugle, je me trompe...

Il se passa avec exaspération la main dans les cheveux, se retourna dans son fauteuil, alluma nerveusement une cigarette qu'il jeta aussitôt dans le feu. Comment allait-il se sortir de cet inextricable guêpier ? Comment, après s'être posé de telles questions, allait-il pou-

445

voir regarder Laura et Emma du même œil? Aimait-il Laura, aimait-il Emma? La réponse le fuyait obstinément et Blackie sentait confusément qu'il s'en faudrait de longtemps avant qu'il ne vît clair en lui.

27

En ce dimanche d'avril, à deux heures de l'après-midi, la grand-rue de Fairley était déserte. Il faisait frais, presque froid. Le ciel roulait de lourds nuages gris fer qui s'amoncelaient au-dessus de la lande. Le silence était total et le soleil ne parvenait même pas à percer la grisaille uniforme. Sous cette lumière sourde, le village avait une allure rebutante et inhospitalière. Ses murs de pierre grise et ses toits d'ardoise lui donnaient un air de banlieue industrielle où les cheminées de la filature, dans la vallée, semblaient cracher leurs fumées. Le vent de la mer du Nord était chargé d'humidité et l'on sentait qu'il allait pleuvoir. Des averses étaient déjà tombées pendant la nuit et la matinée en laissant une pellicule luisante sur les toits et les pavés. L'ensemble était d'une tristesse que rien ne venait soulager.

Emma gravissait la pente d'un pas vif. Habituée aux vastes perspectives et aux imposants édifices de Leeds, elle trouvait le village comme rapetissé, mesquin. Mais elle remarquait à peine l'aspect déprimant de ce qui l'entourait tant sa joie était grande. A la pensée de revoir enfin son père et son frère Frank, à qui elle n'avait cessé de penser ces derniers jours, elle souriait. Elle ne les avait pas prévenus de son arrivée pour leur en faire la surprise et le plaisir qu'elle anticipait de cette réunion tant désirée se reflétait sur son visage. Depuis dix mois, Frank avait dû grandir. Avait-il beaucoup changé? se demanda-t-elle. Et son père, s'était-il ressaisi, était-il redevenu le colosse souriant dont le souvenir ne l'avait pas quittée? Avant de venir, elle avait passé de longs moments à sa toilette, non seulement pour leur apparaître à son avantage mais surtout pour donner à son père la preuve visible que son départ n'avait pas été inutile et que ses efforts étaient couronnés de succès. Elle portait, pour l'occasion, une robe de soie rouge et un manteau de laine noire ayant appartenu, comme presque toute sa garde-robe, à Olivia Wainright. Elle avait même consenti au sacrifice d'acheter, la semaine passée, une paire de bottines neuves. Le sac qu'elle portait était rempli de cadeaux soigneusement choisis : des chaussettes, une chemise et une cravate pour son père, ainsi qu'une grosse boîte de son tabac préféré; des chaussettes et une chemise pour Frank, à qui elle avait aussi acheté une belle édition de *David Copperfield* et deux cahiers neufs. Elle n'avait pas non plus oublié un bouquet de fleurs destiné à la tombe de sa mère. Ses emplettes avaient sérieusement écorné ses économies. Mais elle avait dépensé avec joie et sans arrière-pensées, tant le plaisir d'offrir à ceux qu'elle aimait compensait cette légère entorse à ses règles de vie. Elle avait même ajouté trois billets d'une livre tout neufs, glissés dans le réticule précieusement serré contre sa poitrine.

La pente était rude mais Emma ne s'en apercevait qu'à peine. Elle marchait d'un pas léger, élastique, portée par la joie de vivre qui l'emplissait. Sa nature optimiste avait chassé toutes ses idées noires et elle n'avait jamais eu autant confiance en l'avenir.

L'avant-veille, elle avait laissé son enfant à Ripon où elle était confortablement installée chez sa cousine Freda. Comme Emma l'avait prédit, Freda avait accueilli la petite Edwina sans hésitation et acceptait de s'en charger aussi longtemps qu'il le faudrait. Elle n'avait rien laissé paraître de sa surprise en voyant Emma arriver à l'improviste et avait écouté sa bouleversante histoire avec compassion. Elle avait tout de suite choyé Emma en lui offrant de rester quelques jours pour se reposer, s'était répandue en compliments extasiés sur la beauté et la sagesse de l'enfant dont elle promettait de s'occuper comme de la sienne. Elle avait également solennellement juré à Emma de ne pas souffler mot de sa situation à John Harte, avec qui elle était d'ailleurs en froid et dont elle n'avait eu aucune nouvelle depuis la mort d'Elizabeth en 1904. En quittant Ripon pour rentrer à Armley, Emma avait retrouvé sa paix intérieure. La tristesse de se séparer de son enfant était grandement allégée par la certitude de la savoir en bonnes mains car sa cousine, elle n'en doutait pas, prodiguerait à Edwina l'affection d'une véritable mère.

Emma fut bientôt à mi-pente et, au moment de dépasser le pub du Cheval-Blanc, pressa le pas. Elle n'avait en effet aucune envie de se trouver nez à nez avec la troupe débraillée des hommes ou des garçons du village venus vider leurs chopes de bière jusqu'à la fermeture avant de rentrer chez eux en retard pour le déjeuner, comme ils le faisaient tous les dimanches. A quelques mètres de là, comme elle le craignait, elle entendit derrière elle la porte du pub qui s'ouvrait pour dégorger dans la rue des buveurs aux voix éraillées par la bière et la fumée. L'air calme retentit de leurs gros rires et du raclement des brodequins.

« Emma! Ho, Emma! »

Son cœur cessa de battre et elle dut faire un effort pour ne pas courir. Ainsi, un de ces ivrognes l'avait reconnue et osait l'interpeller! se dit-elle avec colère. Allait-il falloir qu'elle s'arrête et subisse leurs questions pleines de curiosité malveillante?

« Emma, Emma! Pas si vite, bon sang! C'est moi, Winston! »

Une vague de joie l'envahit et elle pivota sur place, un large sourire aux lèvres. Superbe dans son uniforme, son frère aîné courait pour la rattraper en agitant son bonnet blanc. Derrière lui, ses compagnons de beuverie le suivaient des yeux, bouche bée, et lançaient à Emma des regards lourds de surprise égrillarde.

Elle ne les voyait même pas. Winston venait de la rejoindre, haletant, et ils tombèrent dans les bras l'un de l'autre. Winston la couvrit de baisers en la serrant contre lui à l'étouffer, en bousculant sa coiffure soigneusement échafaudée. Mais elle ne s'en souciait pas, toute au bonheur de retrouver ce frère qu'elle aimait et qui, elle s'en rendait maintenant compte, lui avait si cruellement manqué. Quelques instants plus tard, ils s'arrachèrent à leur étreinte pour mieux se regarder, se reconnaître. Emma laissa échapper un cri admiratif. Au moment de son départ, Winston était déjà beau garçon, mais il avait encore la mièvrerie de l'adolescence. Il était devenu un homme aux traits durcis, à la beauté virile. On sentait qu'il s'était affirmé en mûrissant. L'éclat de ses yeux bleus, dont Emma avait oublié la profondeur, formait un contraste remarquable avec ses sourcils noirs. Son teint clair, pâli par les privations et le travail, était devenu hâlé. Winston avait surtout grandi et forci au point de presque égaler la stature de leur père et sa musculature tendait le gros drap de l'uniforme. Il est trop séduisant pour son propre bien, ne put s'empêcher de penser Emma. Tel qu'il est, il doit traîner derrière lui l'adoration des femmes et la jalousie forcenée des hommes. Combien de victimes consentantes a-t-il déjà accumulées au hasard des escales et des garnisons ? Elle s'émerveilla à la pensée qu'un si rare spécimen masculin puisse être son frère, que cette statue de toutes les séductions viriles ait pu émerger de l'ébauche maigrichonne du gamin irascible toujours à lui tirer les cheveux et à la taquiner mais qui, au moindre prétexte, prenait son parti avec un dévouement aveugle. En fait, elle n'avait jamais cessé d'adorer Winston, malgré leurs querelles. Sa joie de le retrouver était complète.

De son côté, Winston était stupéfait de la transformation d'Emma. Elle avait non seulement embelli au point d'en être méconnaissable, mais il avait tout de suite senti un changement plus subtil et plus profond qui avait modifié sa personnalité même. Emma n'était plus une jeune fille, c'était désormais une femme épanouie, à la féminité provocante. A cette pensée, il eut une bouffée de jalousie possessive. Car aucun homme à ses yeux ne serait jamais digne d'une perfection comme sa sœur. Winston avait toujours éprouvé pour Emma une dévotion égale à celle qu'elle lui vouait. Cet amour fraternel, où ne se glissait nulle équivoque, pesait depuis longtemps sur la vie de Winston. Pourchassé par ses conquêtes, il les rejetait aussitôt séduites car il n'en trouvait jamais une digne d'égaler son Emma et allait de déception en déception.

Emma rompit le silence la première :

« Que je suis heureuse de te retrouver, Winston ! Tu as énormément changé, tu sais.

— Toi aussi, Emma. Tu as embelli au point que j'ai failli ne pas te reconnaître... »

Son sourire se figea soudain à la pensée de Frank, que le départ d'Emma avait rendu inconsolable.

« Dis-moi, où te cachais-tu depuis bientôt un an ? Comment as-tu pu t'enfuir comme tu l'as fait, nous laisser tous ici à nous faire du mauvais sang sur ton compte...

— C'est toi qui me fais des reproches ? répliqua Emma en riant. Tu es bien le dernier à pouvoir m'en faire !

— Moi, ce n'est pas pareil. Je suis un homme. Tu n'avais pas le droit d'abandonner la maison. On avait besoin de toi.

— Ne crie donc pas si fort, Winston ! Papa sait très bien où j'étais, je lui ai écrit régulièrement en lui envoyant de l'argent.

— Belle façon de donner de tes nouvelles, sans jamais mettre d'adresse où on puisse te répondre ! dit Winston en fronçant les sourcils. Ce n'est pas bien ce que tu as fait, Emma ! Tu as eu tort.

— Papa sait que j'ai été tout le temps en voyage avec ma patronne ! s'écria Emma en affectant l'indignation. Arrête de me regarder comme si tu voulais me manger et lâche-moi le bras, Winston, tu me fais mal ! »

Il fit un grognement d'excuse et desserra sa poigne pour prendre la main d'Emma et l'entraîner à sa suite.

« Ne restons pas ici à nous donner en spectacle à tous ces imbéciles », grommela-t-il.

Ils marchèrent quelques instants en silence. Emma s'attendait à des reproches mais était surprise du brusque changement d'humeur de son frère et de son comportement hostile. Il n'a donc pas tant changé, se dit-elle avec dépit. Toujours aussi mauvais caractère...

« Tu dois être embarqué sur un bateau, maintenant ? lui dit-elle d'un ton enjoué.

— Oui.

— Dans quel port ?

— Scapa Flow. »

Emma ne se laissa pas rebuter par la sécheresse taciturne de Winston et continua de déployer son charme :

« Il faut que tu me donnes ton adresse, je t'écrirai toutes les semaines. Tu veux bien, Winston ?

— Oui. »

Emma poussa un soupir agacé. Mais elle n'allait pas se laisser décourager, car il était bien digne du caractère de Winston de lui en vouloir encore pour le mystère dont elle s'était entourée. Son père, elle l'espérait, réagirait différemment. Il n'était pas homme à nourrir longtemps sa rancune et le plaisir de revoir sa fille l'emporterait vite sur les reproches qu'elle méritait.

« Tu dois être heureux dans la marine, Winston ! reprit-elle gaiement. As-tu déjà beaucoup voyagé ? Tu as eu raison de t'engager, tu sais. Tu vas enfin pouvoir visiter le monde, comme tu en rêvais quand nous étions petits... »

Elle crut remarquer que l'expression de son frère s'adoucissait et insista pour renouer le dialogue :

« N'est-ce pas que tu es heureux, Winston ? Réponds-moi ! »

Il était incapable de résister longtemps à Emma. Sa brusquerie si mal venue au moment de leurs retrouvailles, était moins due aux fautes qu'avait pu commettre Emma qu'à son propre état d'esprit. Il se força à sourire et répondit avec un enjouement qu'il était loin de ressentir :

« Tu as raison, Emma, je suis très heureux en ce moment. J'adore la marine et j'y apprends des tas de choses. Pas seulement sur la mer et la navigation, d'ailleurs. Je suis des cours, je fais des études générales qui me passionnent. Si tout va bien, je compte m'y faire une carrière... non, vois-tu, je prends tout cela très au sérieux, maintenant. Pour moi, la marine n'est plus simplement le moyen d'échapper à Fairley, comme je l'avais prise au début.

— Je suis fière de toi, Winston! s'écria Emma. Et je suis sûre que papa l'est aussi.

— Oui, oui, bien sûr, bougonna Winston en perdant son sourire. Allons, dépêchons-nous! Tu traînes... »

Il remarqua du coin de l'œil l'expression de surprise d'Emma et se hâta de reprendre la parole :

« Et toi, que deviens-tu? Tu ne t'habilles pas seulement comme une dame, j'ai remarqué que tu en as pris la voix.

— Et toi aussi, Winston, répondit Emma avec un sourire ironique. Je ne suis pas sourde. Qu'as-tu fait de ton accent?

— Je me suis surveillé, dans tous les sens du terme. Car je me prépare à gagner des galons, annonça-t-il avec fierté. Je vais bientôt passer matelot de première classe, après cela quartier-maître. Ensuite j'espère bien devenir second maître ou même premier maître, pourquoi pas?

— Pourquoi pas amiral? demanda Emma en souriant.

— Quand même pas! répondit Winston en riant. Je connais mes possibilités... »

Il la prit par les épaules en un geste protecteur et la serra contre lui, comme il l'avait si souvent fait quand ils étaient enfants. Touchée de cette marque d'affection venue du passé, Emma se sentit complètement rassérénée. Dans un moment, elle allait enfin embrasser Frank et son père. Il ne manquerait plus rien à son bonheur.

Quelques instants plus tard, ils arrivèrent dans l'impasse et Emma vit enfin se profiler la chaumière. Son cœur battit plus vite quand elle poussa la barrière du jardin. Elle se dégagea de l'étreinte de Winston, sans voir la grimace de tristesse qui lui tordit le visage, fit en courant les derniers pas, ouvrit la porte à la volée et s'immobilisa sur le seuil.

Frank tournait le dos à l'entrée, penché devant le four de la cuisinière à côté de la cheminée.

« Tu es encore en retard, Winston! cria-t-il sans se retourner. Tante Lily était furieuse. J'ai essayé de te garder ton déjeuner au chaud mais il a pris une drôle d'allure. Enfin, c'est de ta faute... Il faudra bien t'en contenter. »

Le jeune garçon se redressa au même moment. A la vue d'Emma, il faillit lâcher l'assiette qu'il tenait à deux mains et resta un instant paralysé de stupeur, bouche bée, les yeux écarquillés. Enfin, il lança plus qu'il ne posa l'assiette sur la table, se précipita à travers la pièce et se rua dans les bras que lui tendait Emma, si fort qu'il faillit la renverser. Ils restèrent ainsi enlacés un long moment. Emma embrassait Frank, lui caressait les cheveux, les joues. Il se mit soudain à pleurer à gros sanglots, le corps secoué de tremblements convulsifs qui laissèrent Emma plus surprise qu'inquiète.

« Allons, mon Frankie, ne pleure pas, voyons... Je suis là, tu le vois bien. Je t'ai même apporté des cadeaux, rien que pour toi, pour te faire plaisir... »

Frank leva vers sa sœur un visage contracté et mouillé de larmes et renifla à plusieurs reprises avant de pouvoir parler :

« Tu m'as tant manqué, Emma... J'ai cru que tu ne reviendrais pas et que je ne te reverrais jamais.

— Tu sais bien que je serais revenue, Frankie. Tu m'as manqué, toi aussi. Allons, ne pleure plus et laisse-moi enlever mon manteau. »

Winston était debout devant la table et contemplait son assiette avec dégoût. On y voyait un magma figé où la purée, le rôti trop cuit et des choux de Bruxelles à demi écrasés se mélangeaient dans de la sauce desséchée.

« Je n'ai vraiment pas faim », murmura-t-il.

Il avait surtout perdu tout courage. Il fallait qu'il parle à Emma mais les mots s'étranglaient dans sa gorge.

« Tante Lily ne va pas être contente si tu ne manges rien, Winston! » dit Frank en reniflant.

Winston haussa les épaules et jeta son bonnet de marin sur une chaise d'un geste rageur. Pendant ce temps, Emma était allée accrocher son manteau à la patère derrière la porte et revenait près de la cheminée avec son sac de cadeaux. Après avoir mis les fleurs dans l'évier pour les garder au frais, elle se tourna vers Frank avec un sourire et commença à sortir les paquets qui lui étaient destinés.

« Tiens, mon chéri, voilà pour toi, dit-elle en les lui tendant. Je suis désolée, Winston, poursuivit-elle, je ne t'ai rien apporté, je ne savais pas que tu serais en permission. Attends, j'ai quelque chose qui te fera autant plaisir, je crois... »

Elle ouvrit son sac à main et en tira un des billets de banque destinés à son père.

« Tiens, prends cela. Tu pourras t'acheter des cigarettes et boire une pinte avec tes amis... »

Frank prit ses cadeaux et commença à les ouvrir avec des cris de joie. Winston accepta la livre en souriant d'un air contraint et s'assit devant son assiette peu appétissante. Pendant ce temps, Emma sortait les cadeaux pour son père et les posait sur le buffet.

« Ceux-ci sont pour papa, annonça-t-elle. Où est-il ? »

Elle se tourna vers ses frères avec un sourire joyeux. Winston reposa ses couverts avec bruit tandis que Frank se figeait et détournait les yeux.

« Eh bien, où est papa ? » insista Emma.

Elle surprit le regard que Winston décochait à Frank, prêt à répondre, et qui pâlit en refermant la bouche.

« Mais enfin, qu'avez-vous, tous les deux ? demanda-t-elle en fronçant les sourcils. Pourquoi ne dites-vous rien ? »

Soudain inquiète, elle agrippa le bras de Winston et le regarda dans les yeux :

« Parle, Winston ! Où est-il ? Pourquoi n'est-il pas à la maison ? »

Winston hésita, se gratta la gorge :

« Il est avec notre mère, Emma.

— Ah ! bon, dit Emma avec soulagement. Tu veux dire qu'il est au cimetière. Si j'étais arrivée plus tôt, j'aurais pu l'accompagner. Mais ça ne fait rien, je vais courir le rejoindre avant qu'il...

454

— Non, Emma! s'écria Winston. Ce n'est pas cela du tout. »

Il se leva, prit Emma par les épaules et la poussa doucement vers une chaise avant de s'asseoir en face d'elle.

« Tu ne m'as pas bien compris, Emma, dit-il en lui prenant la main. Je n'ai pas voulu dire qu'il était sur la tombe de maman. Quand j'ai dit qu'il était avec elle, c'est... c'est parce qu'il y est vraiment, couché lui aussi au cimetière. »

Emma le dévisageait, incrédule, comme si les mots n'arrivaient pas à ses oreilles. Frank intervint avec la brutalité directe de la jeunesse.

« Papa est mort, Emma, dit-il d'une voix sourde.

— Mort? répéta Emma. Papa, mort? Non, c'est impossible. C'est impossible. S'il était mort, je le saurais. Je l'aurais su, je l'aurais senti, là, dans mon cœur. J'aurais su qu'il était mort... Je l'aurais su... »

A mesure qu'elle parlait, la réalité se faisait jour en elle et elle s'effondra sur les derniers mots. Soudain voûtée, tassée, elle était immobile sur sa chaise, comme accablée d'un poids insupportable. Des larmes silencieuses ruisselèrent sur ses joues.

En face d'elle, Winston pleurait aussi comme le jour de la mort de son père. Mais il pleurait cette fois pour Emma, Emma qui avait été plus proche de leur père qu'aucun des deux garçons, qu'il avait aimée plus tendrement que Frank et Winston. Il se força à essuyer ses larmes et se ressaisit de son mieux. Ce n'était pas le moment de se laisser aller lui aussi. Il devait conserver ses forces pour aider Emma à surmonter sa douleur, pour la consoler. Il s'agenouilla devant elle et l'entoura de ses bras. Alors, elle se laissa aller contre lui et s'abandonna à ses sanglots.

« Oh! Winston, murmura-t-elle d'une voix entrecoupée. Quand je pense que je ne l'ai jamais revu... »

Ils restèrent ainsi un long moment, Emma appuyée contre l'épaule de son frère qui faisait de son mieux pour essuyer ses larmes et lui murmurer des paroles consolantes. Peu à peu, les sanglots d'Emma s'apaisèrent, ses pleurs cessèrent et elle parut retrouver son calme.

Pendant ce temps, Frank s'affairait pour préparer du thé en faisant un effort pour ravaler ses larmes. Winston lui avait souvent dit qu'il était un grand garçon et qu'il devait être brave. La douleur d'Emma était cependant trop forte pour qu'il n'en fût pas affecté et, tourné vers l'évier, il dissimulait ses grimaces sans pouvoir cacher ses épaules secouées par les sanglots. Winston finit par le remarquer et lui fit signe de le rejoindre. Le jeune garçon obéit et vint à son tour enfouir son visage dans la poitrine de son frère. Les bras étendus, serrant contre lui son frère et sa sœur, Winston fut pour la première fois pénétré de son nouveau rôle dans la vie. C'était lui, désormais, le chef de famille, il avait la responsabilité de veiller sur ces deux êtres plus jeunes et plus fragiles que lui. Ils restèrent ainsi longtemps, blottis les uns contre les autres, tirant un réconfort de leur unité retrouvée jusqu'à ce que leurs yeux soient secs et leur douleur apaisée. La salle était silencieuse et le ciel gris la plongeait dans la pénombre, que n'éclairaient pas les braises du feu en train de mourir. On n'entendait que le tic-tac régulier de l'horloge et le crépitement doux de la pluie contre les vitres.

Winston se redressa enfin et parla à voix basse pour ne pas éveiller trop brutalement les échos :

« Nous sommes tous les trois seuls, désormais. Il faut que nous restions unis, que nous formions plus que jamais une famille. C'est ce que nos parents attendent de nous. Nous devrons veiller les uns sur les autres, vous m'entendez ?

— Oui, Winston », chuchota Frank.

Emma avait la gorge trop serrée pour répondre. Elle redressa la tête, s'essuya les yeux et fit signe à Winston qu'elle l'approuvait.

« Frank, dit l'aîné, mets le thé sur la table. Cela nous fera à tous du bien. »

Il se releva lourdement et se rassit en face d'Emma en tirant distraitement de sa poche un paquet de cigarettes. Il le contempla tristement avant d'en allumer une. A chacune de ses permissions, son père lui reprochait de laisser ses mégots traîner partout...

Les yeux rouges et gonflés, la bouche encore tremblante, Emma se dominait peu à peu. Elle se redressa enfin et s'adressa à Winston d'une voix redevenue ferme :

« Pourquoi ne m'as-tu rien dit quand nous nous sommes rencontrés devant le Cheval-Blanc, tout à l'heure ?

— Je n'aurais jamais pu, Emma. Pas en plein milieu du village et devant tous ces gens. Et puis, sur le moment, j'ai été si heureux, si soulagé de te revoir que j'ai oublié tout le reste. Ensuite, j'ai eu peur de te parler. Voilà pourquoi j'ai commencé par être si désagréable avant de te raconter n'importe quoi sur la marine. Pour apprendre cette nouvelle, il valait mieux que tu sois ici, seule avec nous.

— Merci, Winston, tu as bien fait. Et quand papa est-il mort ? »

Elle dissimula en hâte son visage dans ses mains pour tenter d'étouffer les sanglots qui la reprenaient. La mort de sa mère l'avait bouleversée sans la surprendre. Celle de son père, qu'elle apprenait brutalement et sans y être préparée, lui causait un choc violent.

« Cinq jours après ton départ, en août dernier. »

D'un coup, Emma devint livide et son visage se durcit. Je ne l'ai jamais senti, jamais deviné, se dit-elle. Pendant tout ce temps, je lui ai écrit, je lui ai raconté ces mensonges. Pendant tout ce temps où je redoutais qu'il me cherche, il était déjà dans sa tombe. Elle fut soudain saisie d'un tremblement qui la secoua de manière incontrôlable.

Winston parvint enfin à la calmer. Frank lui mit de force dans les mains un bol de thé brûlant, qu'elle dut reposer en hâte pour ne pas le répandre. Quand elle se maîtrisa, elle leva les yeux vers ses frères comme pour les rassurer.

« Comment est-il mort ? demanda-t-elle d'une voix à peine audible.

— D'un accident, répondit Winston. J'étais à la base de Scapa Flow. Tante Lily m'a prévenu par télégramme et on m'a donné une permission exceptionnelle. Nous

457

ne savions pas où te trouver, Emma. On pensait que tu reviendrais dans quelques jours, on espérait, mais... »

Emma lui fit signe de se taire. Oui, sa conduite était inexcusable et rien n'adoucirait sa faute. L'estomac noué autant par la douleur que par le sentiment de sa culpabilité, elle dut encore repousser un nouvel accès de tremblements nerveux. Maintenant, il fallait qu'elle sache tout, qu'elle aille jusqu'au bout pour savoir si, vraiment, sa fuite était responsable de cette tragédie. Mieux valait souffrir un instant que toute sa vie.

« Quel genre d'accident ? demanda-t-elle. Frank, tu étais ici avant Winston. Peux-tu m'expliquer ? N'est-ce pas trop dur pour toi d'en parler ?

— Non, Emma. Winston m'a dit qu'il fallait être brave et accepter les épreuves que la vie nous envoie... »

Il dut s'interrompre pour avaler sa salive avant de reprendre :

« Le samedi matin de ton départ, papa et moi sommes allés travailler à la filature, comme tu le sais. Il y a eu un gros incendie et papa a été brûlé au dos, aux épaules et aux jambes. Des brûlures au troisième degré, comme a dit le docteur Malcolm. Il paraît qu'il avait aussi avalé beaucoup de fumée. »

Emma avait de nouveau pâli et frissonna en pensant aux effroyables douleurs que ces blessures avaient dû infliger à son père. Elle se contint toutefois pour ne pas provoquer chez Frank une nouvelle crise de larmes.

« Continue, Frankie », lui dit-elle.

Frank lui fit alors avec gravité une relation détaillée des blessures subies par leur père, des soins qui lui avaient été prodigués, du souci et de la compassion dont avait fait preuve Adam Fairley, du dévouement dont John Harte avait été entouré tant de la part du docteur Malcolm et de sa femme que de celle du personnel de l'hôpital.

Quand il eut terminé, Emma resta un instant sans parler.

« C'est affreux, murmura-t-elle enfin. Notre pauvre père, mourir de manière aussi horrible... Qu'il a dû souffrir ! »

Frank leva sur elle un regard circonspect :

« Tante Lily a dit qu'il n'avait plus la volonté de vivre », dit-il avec simplicité.

Emma sursauta :

« Quoi ? Pourquoi a-t-elle dit cela ? »

Frank consulta Winston du regard avant de répondre :

« Nous sommes allés voir papa tous les jours, dans la voiture du château. Mais papa n'avait pas l'air d'aller mieux. Le mercredi qui a suivi l'accident, tante Lily était venue avec nous et elle lui a dit, à un moment : « Il « ne faut pas te laisser aller, John. Si tu ne fais pas un « effort, tu vas aller rejoindre cette pauvre Elizabeth, « au cimetière. » Alors, papa l'a regardée avec un drôle d'air, comme s'il était très loin, et lui a répondu : « Je « voudrais justement y être, Lily. Avec mon Elizabeth. » Quand nous sommes partis, je l'ai embrassé et il m'a dit : « Adieu, Frankie. Sois toujours un bon garçon. » Comme si c'étaient ses derniers mots. A Winston, il a dit... Dis-le toi-même, Winston. »

Winston tira pensivement sur sa cigarette.

« Voilà ce que papa m'a dit : « Occupe-toi bien des « jeunes, Winston. Restez unis. Quand Emma revien- « dra de Bradford, dis-lui de cueillir un brin de bruyère « là-haut, au Sommet du Monde, pour sa mère et moi, « et qu'elle le garde toujours près d'elle en souvenir. » Ensuite... »

Sa voix se brisa et il dut s'interrompre un instant.

« Ensuite, reprit-il, papa a voulu me prendre la main mais les siennes étaient enveloppées de bandages. Alors, je me suis penché vers lui, nous nous sommes embrassés et il m'a dit : « Je vous aime bien tous, mes « enfants. Mais c'est Elizabeth que j'ai toujours aimée « le mieux et je ne peux plus vivre sans elle. » Je me suis mis à pleurer mais papa souriait d'un air heureux, comme je ne lui en avais jamais vu. Oui, il avait vrai-ment l'air heureux... Il m'a dit qu'il ne fallait pas être triste, parce qu'il allait rejoindre maman et il a conti-nué à parler comme cela pendant plusieurs minutes, si bien que je me suis demandé s'il n'avait pas le délire. A ce moment-là, le docteur est entré et nous a dit de partir. Pendant que nous rentrions à Fairley, tante Lily nous a dit que s'il mourait, ce serait d'un cœur brisé et non pas à cause de ses brûlures, car il ne s'était jamais consolé de la mort de maman. En effet, il est mort dans la nuit, Emma. Dans son sommeil, sans souffrir. Exactement comme s'il s'était laissé mourir, comme s'il avait voulu vraiment aller rejoindre maman.

— A-t-il parlé de moi ? demanda Emma avec effort. A-t-il compris que je n'étais pas près de lui parce que je n'étais pas revenue de Bradford ?

— Oui, Emma. Il ne t'en voulait pas. Il nous a dit qu'il n'avait pas besoin de te voir parce qu'il t'emportait avec lui dans son cœur. »

Emma ferma les yeux sans retenir ses larmes et se laissa aller contre le dossier de sa chaise. Mon père avait besoin de moi et j'étais loin de lui, se dit-elle avec amertume. Si seulement j'avais attendu quelques jours de plus...

Malgré sa répugnance à raviver ces douloureux événements, elle se força à demander de nouveaux détails :

« Grâce à Dieu, tu n'as rien eu, Frank Mais cela a dû être un terrible incendie. Y a-t-il eu beaucoup de blessés ?

— Non, répondit Frank. Quelques hommes légèrement blessés seulement. Papa a été la seule victime.

— Comment cela ? demanda Emma surprise. Si le feu a pris dans les ateliers...

— Non, justement, interrompit Frank, ce ne sont pas les ateliers qui ont brûlé mais le grand entrepôt. Papa traversait la cour quand il a vu les flammes et il n'aurait sûrement rien eu s'il n'y était pas entré. Mais M. Edwin était à l'usine ce matin-là et papa l'a vu qui essayait d'ouvrir la porte. Il a couru pour le prévenir du danger mais M. Edwin était déjà à l'intérieur et papa s'est précipité pour le tirer au dehors. Une balle de laine enflammée est tombée de la galerie juste à ce moment, papa s'est jeté sur M. Edwin pour le protéger, et c'est lui qui a été brûlé à sa place. Il lui a sauvé la vie et le *Squire* a dit que c'était un héros. »

Emma bondit :

« Mon père, sauver la vie d'Edwin Fairley! s'écria-t-elle avec une sauvagerie qui fit sursauter ses frères. Mon père est mort pour sauver la vie d'un Fairley! Il s'est sacrifié pour un de ces... un de ces *gens-là*! » cracha-t-elle avec un mépris haineux.

Elle retomba sur sa chaise, secouée d'un rire hystérique. Inquiet devant cette explosion qu'il ne s'expliquait pas, Winston la dévisageait avec ahurissement. Frank s'était écarté d'elle avec effroi et semblait être au bord des larmes.

« Mais enfin, Emma... hasarda Winston. N'importe qui en aurait fait autant...

— Ah! oui, vraiment! hurla Emma en se levant d'un bond. Crois-tu qu'*ils* l'auraient fait, *eux*? Le grand *Squire* Fairley, ou *Monsieur* Gerald, ou *Monsieur* Edwin? Crois-tu qu'un de ces beaux *messieurs* aurait risqué sa vie pour sauver celle de notre père? Non, jamais, jamais ils n'auraient levé un doigt, tu m'entends? Notre père n'était qu'un ouvrier, lui! Oh! Dieu tout-puissant!... »

Debout au milieu de la salle, tremblante de rage et de haine, les poings serrés, Emma hurlait, crachait ses mots comme des insultes, comme si le venin qu'elle y mettait avait pu foudroyer ses victimes. Frank s'était retiré dans un coin, pâle de frayeur. Winston lui-même regardait sa sœur avec crainte et tenta de la calmer.

« Ne te mets pas dans des états pareils, Emma! Ce qui est fait est fait, nous ne pouvons rien y changer...

— Et tu as tort de dire du mal du *Squire*, ajouta Frank en se rapprochant. Il a été très bon avec nous. Il me verse le salaire de papa, une livre par semaine, et a promis de me payer jusqu'à ce que j'aie quinze ans...

— Oh! oui, quelle bonté! cria Emma, le visage crispé et enlaidi par la haine. Une livre par semaine, quarante-huit livres par an, une vraie fortune! Il te paie *généreusement* cela depuis dix mois et il en a encore pour deux ans. Oh! oui, tu peux le dire, le *Squire* est bien bon et bien généreux. Mais vous ne savez donc pas compter? poursuivit-elle en hurlant de plus belle. C'est

461

tout ce que la vie de notre père représente pour les Fairley ? Cent cinquante livres ! Oui, cent cinquante livres pour la vie d'un homme ! C'est ignoble ! »

Elle s'interrompit, à bout de souffle, tremblante de rage et le visage tordu de tics. Winston profita de l'accalmie pour intervenir d'un ton mesuré, dans l'espoir de la ramener à la raison.

« Tu n'es pas juste, Emma, le *Squire* ne fait pas que cela. D'abord il a enlevé Frank de l'atelier pour le faire travailler dans les bureaux où il fait des écritures et apprend la comptabilité. Tous les dimanches, tante Lily va au château où la cuisinière lui donne un panier de provisions pour toute la semaine. C'est assez pour elle et Frank. J'avais oublié de te dire que tante Lily est venue s'installer ici. A la mort de papa, elle a quitté sa maison pour s'occuper de Frank. Elle ne va d'ailleurs pas tarder à rentrer, elle est partie au château chercher les provisions. Cela rend service, tu sais...

— Un panier de provisions ! interrompit Emma avec un ricanement. Un panier de provisions ! Tu as raison, quel modèle de générosité que notre *Squire* !... »

Elle se tourna brusquement vers Frank qui recula en se protégeant la figure de son bras levé.

« Et tu les manges, ces provisions ? Elles ne t'étranglent pas ? Tu as de la chance. Moi, je ne pourrais même pas les regarder sans avoir envie de vomir... »

Sans plus accorder un regard à ses frères, Emma tourna les talons et traversa la salle, raide, la tête haute. Frank et Winston la suivirent des yeux, échangèrent des regards mi-soucieux mi-étonnés. Ils la virent mettre son manteau, prendre les fleurs qui trempaient dans l'évier et sortir. Sur le pas de la porte, elle se retourna :

« Je vais au cimetière. Ensuite, je monterai au Sommet du Monde. Il n'y a probablement pas de bruyère à cette époque-ci de l'année mais j'en chercherai quand même. De toute façon, j'ai besoin d'être seule. Quand je rentrerai, nous pourrons parler plus calmement et essayer de prévoir l'avenir de Frank. Je serai contente aussi de revoir tante Lily. »

Elle avait parlé d'une voix froide, dure, inexpressive

et hachait ses mots comme s'ils lui blessaient les lèvres. Winston se leva et fit un signe de tête à son frère :

« Nous allons t'accompagner, Emma. N'est-ce pas Frank ? »

Elle coupa net le hochement approbateur du jeune homme.

« Non, dit-elle sèchement. Je vous ai déjà dit que je voulais rester seule. J'ai besoin de réfléchir. »

Avant qu'ils aient pu réagir, elle referma la porte derrière elle et s'engagea lentement dans l'impasse. Elle se sentait épuisée. En allant au petit cimetière, près de l'église, elle n'éprouvait rien d'autre qu'un écrasant sentiment de douleur. Le visage fermé, elle regardait droit devant elle, une lueur inquiétante au fond des yeux.

C'est quand elle se releva pour regagner la lande que sa haine viscérale pour les Fairley refit surface et la posséda tout entière. La mort tragique de son père, ses propres remords, son chagrin, tout fut balayé. Seule, désormais, comptait sa haine, cette bête malfaisante tapie en elle et qui la déchirait de ses griffes, substituait sa volonté à la sienne, lui insufflait une nouvelle énergie.

Seule sur la lande, Emma avançait vers ce Sommet du Monde, cet amas de rochers où reposait désormais tout son passé, tout ce qui lui avait été cher, sa mère, son père, son propre amour détruit... N'y aurait-il jamais de fin aux souffrances que cette famille lui infligerait, à elle et aux siens ? Allait-elle subir éternellement la malédiction des Fairley, sans jamais pouvoir échapper à leur emprise ? Une litanie d'imprécations lui monta aux lèvres, éclata en silence. Que Dieu maudisse les Fairley, tous les Fairley ! Puissent-ils brûler éternellement en enfer ! Qu'ils soient maudits, maudits !

Loin de la soulager, ses cris exacerbaient sa douleur. Elle se laissa tomber sur la terre détrempée, la tête pleine d'un tumulte confus, aveuglée par sa fureur. De l'orage qui l'agitait, une idée se dégagea peu à peu, prit corps, s'imposa avec force en puisant dans le passé les aliments dont elle avait besoin. La vengeance. Il ne suffisait pas de maudire les Fairley. Elle devait s'en venger. Elle s'en vengerait.

28

Et c'est ainsi que tout commença. Le plus insatiable des appétits de fortune et de pouvoir, le plus inhumain des programmes de travail que se soit volontairement imposé une jeune fille de dix-sept ans, tout avait pris naissance dans le désir de vengeance d'une âme blessée, aveuglée par la haine.

Pendant la journée, Emma travaillait à la filature. Le soir, après un repas sommaire hâtivement avalé, elle se retirait dans sa chambre et passait une partie de la nuit à tailler et coudre les toilettes commandées par ses clientes, dont le nombre croissait rapidement. La dévouée Laura se chargeait de faire connaître en ville les talents de son amie et vantait son bon goût et ses prix raisonnables.

Emma passait ses dimanches à la cuisine. Elle y préparait toutes sortes de pâtés, d'entremets et de pâtisseries tirés des recettes d'Olivia Wainright. Elle y cuisinait aussi des repas entiers, d'abord pour des voisins, puis pour la bourgeoisie et la noblesse d'Armley et des environs. Quand sa nombreuse clientèle lui laissait un répit, elle mettait en bocaux des conserves de fruits et de légumes, faisait des confitures et des sauces qu'elle étiquetait ensuite en les datant soigneusement. Ces trésors entassés dans la cave de Laura, formeraient bientôt le fonds du stock de son magasin. Emma vivait scrupuleusement du salaire qu'elle gagnait à la filature. Mais tous ses bénéfices de couturière ou de traiteur étaient réinvestis, jusqu'au dernier sou, dans ce qu'elle appelait déjà « son affaire » et servaient à racheter de la mercerie ou des produits alimentaires.

Aux affectueux reproches de Laura, qui s'inquiétait de son surmenage et la poussait à conserver pour elle un peu de cet argent, Emma répondait qu'il fallait investir pour réussir. Et elle continuait de plus belle, impitoyable avec elle-même, économisant sou par sou, travaillant sans relâche sept jours par semaine et, à quelques heures près, sept nuits. Elle ne pouvait plus se permettre de perdre une minute si elle voulait atteindre l'objectif qu'elle s'était fixé : son magasin. Son premier magasin. Car elle ambitionnait désormais d'en posséder une chaîne, tout comme Michael Marks avait organisé la chaîne de ses bazars. Mais là s'arrêtait le parallèle, car les boutiques d'Emma seraient élégantes. Elle y vendrait non pas des objets de première nécessité au prix uniforme d'un penny, mais des marchandises de luxe destinées à une clientèle aisée. C'est ainsi, estimait-elle, que l'on peut sûrement faire fortune. Tout dépendait donc de cette première boutique et, pour s'y installer, il fallait de l'argent. Le loyer, les aménagements, les vitrines et les comptoirs, la constitution du premier stock, tout cela coûterait cher. Emma amassait donc son capital de départ et rien ni personne ne se mettrait en travers de sa route. Elle n'avait d'ailleurs pas le plus léger doute quant à sa réussite. Le mot, la notion même d'échec étaient irrémédiablement rayés de son vocabulaire. Elle avait en elle-même une confiance absolue, fondée sur sa certitude de posséder le capital le plus précieux de tous : une infatigable, une inépuisable capacité de travail.

Au cours de l'année qui suivit sa visite à Fairley et l'annonce de la mort de son père, Emma ne prit pas une seule journée de repos, à l'exception de sa visite mensuelle à Edwina. Elle regrettait amèrement de n'avoir pas le temps d'aller plus souvent à Ripon, comme elle l'avait promis à Freda. Mais elle s'efforçait de faire taire ses remords en se répétant qu'elle travaillait pour sa fille et lui préparait son avenir.

Pendant cette même période, Emma ne retourna qu'une seule fois à Fairley y voir son frère Frank et fit coïncider sa visite avec une permission de Winston. Ils avaient décidé, en ce sinistre dimanche d'avril, qu'il valait mieux laisser Frank continuer de vivre à la maison avec tante Lily. La sagesse commandait, en effet, de ne rien bouleverser dans la vie du jeune garçon. Il poursuivrait donc son travail aux bureaux de la filature jusqu'à l'âge de quinze ans et déciderait lui-même, à ce moment-là, s'il voulait ou non s'engager dans la carrière littéraire ou journalistique dont il rêvait. Si tel était le cas, Emma et Winston s'efforceraient de l'aider, en le faisant par exemple engager dans l'un des journaux de Leeds où il apprendrait le métier tout en suivant des cours du soir. Ou en se cotisant pour l'envoyer dans une école où il pourrait reprendre ses études.

« Frank a un don qu'il serait criminel de gâcher, Winston, avait dit Emma. Nous avons le devoir de l'aider à le développer, quoi qu'il arrive. »

Winston avait volontiers acquiescé. Emma avait ensuite insisté pour qu'ils procurent régulièrement à leur jeune frère les fournitures nécessaires à ses études. Winston se chargerait du papier et des plumes, « même s'il devait se priver d'une chope de bière ou d'un paquet de cigarettes », lui dit véhémentement Emma. Elle-même lui enverrait un dictionnaire et des livres, car il était essentiel que Frank soit mis en contact avec la vraie littérature. Victor Kallinski, l'intellectuel, saurait utilement la conseiller dans ce domaine. En veine d'autorité ce jour-là, à l'issue de la crise morale qu'elle venait de subir et de surmonter, Emma avait conclu en donnant à son jeune frère des instructions précises qu'il devait suivre à la lettre : il lui faudrait dorénavant se consacrer à l'étude et à la lecture pendant tout son temps libre et tous les soirs jusqu'à une heure raisonnable. Tante Lily, effarée, promit de veiller au respect de ce programme. Pour sa part, Frank avait accepté d'enthousiasme, tant ces obligations correspondaient à ses plus chers désirs.

Emma avait donné à sa famille son adresse à Armley en restant évasive sur les détails de sa vie. Elle se faisait appeler Mme Harte et s'était inventé un mari dans la marine, avait-elle dit, pour se protéger des importuns et ne pas avoir à subir les assauts des soupirants. Winston avait accepté sa version des faits sans manifester de méfiance et l'avait même félicitée de sa ruse. Bien entendu, Emma n'avait soufflé mot de l'existence d'Edwina.

C'est ainsi que sachant Winston occupé de sa carrière navale, Frank à l'abri du besoin et Edwina en sûreté à Ripon, Emma avait pu se consacrer totalement à la réalisation de son Plan. Elle n'avait plus de scrupules à satisfaire ses ambitions ni à se plonger corps et âme dans un travail écrasant pour tout autre qu'elle. Elle en oubliait le passage du temps et tout ce qui l'entourait pour ne plus tourner ses regards que vers l'avenir. Rien de ce qui peuplait les pensées d'une fille de son âge n'avait prise sur elle.

Elle en arrivait même à négliger ses amis. Au début, Blackie l'avait laissée faire, convaincu qu'elle ne pourrait pas soutenir ce train d'enfer, et avait même discrètement conseillé à Laura de ne pas chercher à intervenir. A mesure toutefois que les mois passaient sans qu'Emma fasse mine de ralentir, ils s'en inquiétèrent. David Kallinski, lui-même travailleur acharné et poussé par l'ambition, finit par s'alarmer à tel point du comportement d'Emma qu'il alla un soir trouver Blackie au Cygne-Blanc.

« Emma ne m'écoute même plus, Blackie! s'était-il écrié. La dernière fois que je l'ai vue, je lui ai dit de se ménager un peu plus, de prendre au moins un jour de repos par semaine, comme le font tous les gens sensés. Je lui ai démontré que l'excès ne mène à rien de bon et qu'il faut agir avec modération. Eh bien, savez-vous ce qu'elle m'a répondu? »

Blackie secoua la tête, le front barré par un pli soucieux. L'inquiétude de David faisait écho à la sienne.

« Je n'en ai pas la moindre idée, mon vieux. Depuis quelque temps, il est impossible de prévoir ses réactions.

— Je vous le donne en mille! avait poursuivi David en souriant malgré lui. « A mon avis, David, m'a-t-elle « dit textuellement, la modération est une qualité très « surfaite et que l'on a trop tendance à invoquer, sur- « tout dans le travail. » Hein, que dites-vous de cela?

— Cela ne m'étonne pas d'elle, avait soupiré Blackie. Emma est têtue comme une mule. J'ai moi-même essayé à plusieurs reprises de lui faire entendre raison mais il n'y avait rien à faire. Elle n'écoute plus personne.

— Essayez encore, Blackie! Forcez-la à se reposer, rien que dimanche prochain. Je viendrai à Armley, nous irons nous promener dans le parc, cela lui fera au moins prendre l'air. Vous me promettez d'essayer ?

— Bon sang, oui, j'essaierai, David! avait répondu Blackie avec un coup de poing sur la table. Je lui dirai qu'elle nous rend tous malades, je l'étranglerai, je lui ferai n'importe quoi mais je vous promets qu'elle sera dans ce parc dimanche prochain avec Laura et moi, même s'il faut que je l'y traîne par les cheveux! C'est juré! »

Aussi la déception de David fut-elle extrême quand, au jour dit, Emma ne se présenta pas au rendez-vous. Depuis près d'une demi-heure, en avance sur l'heure prévue, il arpentait les allées du jardin public sous le chaud soleil de juillet. Elégamment vêtu de son meilleur complet, chaussé de bottes éblouissantes, coiffé et rasé de frais, laissant autour de lui des effluves d'eau de Cologne, David Kallinski attirait les regards des promeneuses. Mais il ne jetait qu'un œil distrait sur les massifs de fleurs éclatants de couleurs, il entendait à peine les flonflons de la musique des grenadiers de la Garde, campés dans leurs rutilants uniformes dans le kiosque aux allures incongrues de pagode. Son esprit était ailleurs.

Le spectacle valait pourtant la peine qu'on s'y arrête. En cette année 1907, à l'apogée du règne débonnaire d'Edouard VII, jamais le Royaume-Uni n'avait paru plus aimable, jamais les promesses de paix et de prospérité n'avaient semblé plus grandes. Ce bien-être insouciant des classes dirigeantes, cette joie de vivre satisfaite des classes moyennes se reflétaient typiquement dans la foule qui se pressait à Armley Park ce jour-là. Femmes aux toilettes bigarrées, hommes engoncés dans leurs habits sombres, nurses aux tabliers amidonnés allant et venant gravement en poussant les voitures d'enfant aux immenses roues fragiles, militaires en permission arborant leurs plus beaux uniformes, tout ce microcosme grouillant symbolisait la puissance de l'Empire. Il n'y manquait pas même çà et là, la touche d'exotisme d'un Hindou en turban ou d'une Chinoise en robe de soie. Comme tous ses compatriotes, David Kallinski partageait l'euphorie trompeuse de l'époque. Les années à venir ne pourraient que récompenser les efforts passés. L'air du temps était rempli des promesses du changement et du progrès. Tout irait nécessairement toujours de mieux en mieux et l'horizon du futur s'éclairait des lumières de l'espoir.

Pénétré de ces vérités, David ne se souciait donc pas des progrès de sa carrière ni de l'accomplissement de ses ambitions. Sa mine préoccupée, sa distraction n'étaient dues qu'aux pensées qui l'occupaient entièrement ce jour-là et tournaient toutes autour d'Emma. Il avait dû finir par reconnaître que l'intérêt croissant qu'il lui portait avait peu de rapports avec ses projets d'affaires. En fait, les sentiments tendres et passionnés qu'il lui vouait, nés dès leur première rencontre, n'avaient cessé de se fortifier malgré ses efforts pour les refouler. Il avait été surpris quand ils avaient fini par prendre totalement possession de son cœur et de son esprit. Mais il était trop tard pour les combattre.

Son tourment n'en était que plus grand. Les mêmes questions revenaient l'assaillir : que pensait-elle de lui ? N'éprouvait-elle rien d'autre que de l'amitié ou une affection toute fraternelle ? S'était-elle absorbée dans son travail au point de ne même plus lui accorder la moindre pensée ? Il y avait pire encore : Emma était mariée et David était bien forcé de s'accommoder de ce fait. Un homme amoureux d'une femme mariée ne pouvait guère avoir d'espoir ni se faire d'illusions sur ses chances de succès. Et pourtant, David Kallinski était amoureux d'Emma Harte. Où diable est donc ce satané mari ? se demandait-il avec colère. Jamais encore il ne s'était montré, même pour la naissance de l'enfant. Les marins, même dans la marine de guerre, ont pourtant bien des permissions ! Malgré son envie d'élucider ce mystère, David n'avait pas osé s'en ouvrir à Emma ni même lui demander si elle aimait encore son loup de mer. L'on pouvait à bon droit en douter, car Emma n'en parlait jamais et ne semblait pas souffrir de son interminable absence. Malgré tout, l'existence de ce marin fantôme lui liait les mains et David ne pouvait pas, en conscience, déclarer son amour à Emma tant que sa situation matrimoniale n'était pas éclaircie.

David s'était assis devant le kiosque à musique et il était si bien plongé dans sa rêverie qu'il sursauta en sentant une main se poser sur son épaule. La voix de Blackie résonna à ses oreilles malgré les éclats des cuivres et les roulements des tambours :

« Ah ! vous voilà enfin ! On vous cherchait partout ! »

David leva vivement les yeux et ne put dissimuler sa déconvenue en ne voyant que Laura Spencer. Il se leva néanmoins en souriant, serra la main de Blackie, embrassa Laura sur la joue avec un entrain qu'il était loin d'éprouver. Mais il ne fut pas capable de feindre l'indifférence en demandant pourquoi Emma ne les accompagnait pas.

« Je suis vraiment désolé, David, répondit Blackie. J'ai eu beau faire et beau dire, je ne suis pas arrivé à la décider. Elle avait, paraît-il, à terminer une robe pour une cliente des Towers et n'a rien voulu entendre. Elle m'a quand même dit qu'elle serait enchantée de vous voir pour le dîner... Allons, mon vieux, reprit-il en voyant la mine déconfite de David, ne faites pas cette tête-là ! On va la rejoindre tout à l'heure à la maison. Elle aura peut-être fini sa couture avec un peu de chance... En attendant, profitons du beau temps et allons nous promener. »

Ils se mirent lentement en marche sous les ombrages du parc. Blackie et Laura bavardaient de choses et d'autres tandis que David, toujours si volubile, restait muré dans un silence morose. Sa nervosité n'échappa pas à Laura qui lui jeta à plusieurs reprises des regards pénétrants mais se garda de tout commentaire.

Le hasard de la promenade les amena au bord de la falaise qui domine la vallée de l'Aire. Laura se plaignit de la chaleur et ils s'assirent tous trois sur un banc, à l'ombre d'un saule pleureur. Pendant quelques instants, ils admirèrent en silence le panorama étendu que l'on découvrait du promontoire. Sur la rive opposée, presque en face d'eux, on voyait les ruines enchâssées de lierre de l'abbaye cistercienne de Kirkstall. Au-delà et jusqu'à l'horizon, la masse vert sombre de la forêt de Horsforth montait à l'assaut des coteaux que dominaient les villages de Rawdon et de Whaferdale's Reach. Le soleil de l'après-midi baignait ce paysage paisible d'une lumière dorée qui en adoucissait les contours et le silence n'était troublé que par des chants d'oiseaux.

David offrit une cigarette à Blackie, les deux jeunes gens en tirèrent quelques bouffées. Finalement, David n'y tint plus :

« Je ne comprends pas, Blackie. Qu'est-ce qui pousse Emma à se tuer littéralement au travail ?

— La haine... » commença Blackie.

Il se mordit les lèvres, conscient de son étourderie, et détourna le visage pour cacher sa gêne. Laura poussa un cri de protestation :

« Blackie ! C'est absurde, voyons !

— La haine ? s'écria David. C'est impossible ! Emma est trop douce, trop bonne. Et de la haine pour qui ? »

Blackie se maudissait de sa maladresse et ne répondit pas tout de suite, cherchant désespérément un moyen de réparer sa gaffe. Il n'était évidemment pas question de parler des Fairley à Laura et à David.

« Allons, Blackie, répondez ! insista David. Qu'avez-vous voulu dire ? »

Blackie se tourna vers ses amis et affecta l'innocence :

« En réalité, David, je n'en sais rien... Je n'aurais pas dû parler aussi inconsidérément, c'est vrai. Mais vous savez ce qu'on dit des Irlandais, toujours prêts à raconter n'importe quoi... »

Il marqua une pause, fit un geste désarmant :

« Quand j'ai dit haine, je ne voulais bien entendu parler que de sa haine pour la pauvreté où elle a vécu, pour les injustices de la vie. Voilà ce qui pousse Emma : son ambition, son besoin d'argent. »

David l'avait écouté avec une moue sceptique :

« Je sais aussi bien que vous qu'Emma veut devenir riche. Mais cela n'a rien d'original. Vous aussi, Blackie. Et moi. Nous avons tous de l'ambition et c'est tout à fait légitime. Mais cela ne nous entraîne pas à ne vivre plus que pour amasser de l'argent sou par sou, comme elle le fait. A se retrancher de tout, à vivre dans une idée fixe. »

Blackie se pencha vers lui, le regard soudain grave :

« C'est vrai, mon vieux. Mais nous voulons la richesse pour d'autres raisons qu'Emma. Ce que nous désirons acquérir, vous et moi, c'est une vie meilleure, le confort. Une belle maison, une belle voiture, des beaux costumes. La sécurité pour nos vieux jours. C'est bien cela, n'est-ce pas ?

— C'est exact, approuva David. Mais quelles sont alors les raisons que pourrait avoir Emma ? Que veut-elle faire de son argent ?

— Une arme », répondit Blackie avec un sourire énigmatique.

Pour la deuxième fois, Laura protesta :

« Une arme ? Mais contre qui, grand dieu ?

— Je me suis sans doute mal exprimé », dit Blackie. Il regrettait amèrement d'avoir provoqué par son imprudence une conversation d'où il ne voyait pas le moyen de se sortir sans commettre de nouvel impair. Mais il était trop tard pour reculer et ses deux compagnons le dévisageaient, exigeaient qu'il s'explique. Blackie s'éclaircit la voix :

« Emma elle-même, à mon avis, considère l'argent comme une arme. Je ne crois pas qu'elle ait l'intention de s'en servir contre qui que ce soit en particulier. Non, c'est plutôt une arme contre le monde entier ou, plus précisément, pour se défendre contre ceux qui lui voudraient du mal. Si Emma veut de l'argent, c'est pour protéger Edwina, se protéger elle-même. Elle veut bâtir une véritable forteresse autour d'elle pour se mettre à l'abri avec son enfant et être capable de repousser tous les dangers qui pourraient la menacer. C'est tout ce que j'ai voulu dire, je vous le promets. »

David affichait une incrédulité croissante et avait l'air choqué par les propos de Blackie :

« Vous faites d'Emma un bien curieux portrait, mon vieux Blackie. Vous ne parlez pas du tout de l'Emma que je connais...

— C'est possible, interrompit Blackie. Mais n'oubliez pas que je la connais mieux et depuis plus longtemps que vous. Et je crois aussi mieux comprendre les raisons profondes qui la poussent à agir ainsi, poursuivit-il en revoyant l'état inquiétant des yeux verts lors de leur première rencontre sur la lande. Tant qu'elle n'aura pas cette boutique dont elle nous rebat les oreilles, elle n'aura pas de repos. Après, il lui en faudra une autre, et une autre, et une autre encore... Emma a l'intention de devenir riche, très riche. Elle me l'a toujours dit. Et vous savez quoi, David ? Je suis certain qu'elle y arrivera.

— Oui, mais à quel prix ! Regardez-la, en ce moment. Elle est maigre à faire peur, elle tombe de fatigue. Ses yeux sont cernés de noir du matin au soir... Voyons, Laura, vous vivez avec elle, vous savez bien que ce que je dis est vrai !

— Jusqu'à un certain point, David. Soyons justes : Emma se nourrit et se soigne convenablement...

— En ne dormant pas ?

— Elle dort au moins cinq heures par nuit ! protesta Laura. Il lui faut moins de sommeil qu'à la plupart des gens, c'est tout. Je reconnais cependant que je me fais du souci à son sujet. Il faut lui parler, Blackie, lui faire comprendre qu'elle doit se ménager.

— Cela ne servira à rien, répondit Blackie avec une moue désabusée. Elle n'en fait qu'à sa tête...

— Nous n'allons quand même pas la laisser se tuer sous nos yeux sans rien faire ? » s'écria David avec indignation.

Blackie réprima un rire amusé :

« Si elle vous entendait ! Pour elle, ce n'est pas le travail qui tue mais plutôt la paresse ! Et je ne parle même pas de la modération... Non, David, croyez-moi, on ne peut pas parler d'Emma comme de n'importe qui. Elle est unique, Emma. Unique. »

Décontenancé, David regarda longuement Blackie avant de se détourner pour réfléchir à la portée de ses paroles.

« Vous savez, dit alors Laura, j'ai longtemps cru qu'Emma n'était pas raisonnable de vouloir sa boutique à tout prix. Maintenant, j'ai changé d'avis. Cela aura au moins pour résultat de la sortir de la filature qu'elle déteste.

— J'avais espéré la décider à s'associer avec moi, répondit David. L'année prochaine, à cette époque-ci, j'aurai assez d'argent de côté pour ouvrir mon propre atelier. Je compte lancer une collection de vêtements féminins tout en continuant à prendre des travaux en sous-traitance, comme mon père. Emma a d'ailleurs déjà dessiné la première collection, ajouta-t-il en s'animant. Vous l'avez vue, Laura ?

— Oui, elle m'a montré ses dessins et je les ai trouvés remarquables. Certaines de ses idées sont même révolutionnaires, comme le manteau transformable, la jaquette réversible et tous les vêtements de maternité ajustables. Je n'ai encore jamais vu cela nulle part, n'est-ce pas David ?

— Emma a des années d'avance sur son temps...

— Je suis incapable de discuter de ces choses-là avec vous ! interrompit Blackie. Mais écoutez-moi un peu, tous les deux. Arrêtons de ne regarder que le mauvais côté des choses. Je connais Emma, elle n'a rien à craindre à long terme. Ce n'est pas une femmelette, croyez-moi, elle est faite pour survivre. Maintenant si cela peut vraiment vous tranquilliser, parlons-lui ce soir mais parlons-lui tous ensemble et faisons bien attention de ne pas la braquer. On arrivera peut-être à la faire ralentir un tout petit peu, à condition d'être prudents. D'accord ?

— Bonne idée », approuva David.

Laura hocha la tête et Blackie affecta une confiance qu'il n'éprouvait pas. Il était presque sûr d'avance qu'Emma ne ferait pas plus attention à eux que d'habitude et ne se gênerait pas pour les rembarrer. Son initiative n'avait pour but que de calmer les appréhensions de ses deux amis et surtout celles de Laura.

474

David le regardait comme s'il hésitait à parler et alluma nerveusement une cigarette.

« Dites-moi, Blackie, je me mêle de ce qui ne me regarde pas mais... où diable est donc passé ce fameux mari d'Emma ? C'est quand même bizarre qu'il ne se soit jamais montré, pas même pour une permission de quarante-huit heures ! Elle est venue travailler chez mon père en août 1905 et depuis bientôt deux ans, on n'a pas vu l'ombre de ce personnage ! »

Depuis des mois, Blackie redoutait qu'on lui pose cette question. Il avait prévenu Emma à plusieurs reprises en insistant pour qu'elle prépare une excuse plausible. La semaine passée, elle lui avait enfin annoncé qu'elle s'apprêtait à « révéler » à tous la triste « vérité » : son pseudo-mari l'avait honteusement abandonnée pour sacrifier à son ambition. L'occasion était bonne et Blackie la déchargerait donc de ce mensonge qui, espérait-il, serait le dernier.

« Je suis bien content que vous me le demandiez, David, répondit-il avec aplomb. Autant vaut que tu le saches aussi, Laura, ajouta-t-il en lui prenant la main. Cela fait déjà quelque temps qu'Emma est trop gênée pour vous en parler elle-même. Car, voyez-vous, son vaurien de mari... »

Il s'interrompit, comme accablé par la honte de devoir dévoiler une telle turpitude, et en profita pour constater avec plaisir que son public était suspendu à ses lèvres et avalerait sans discuter tout ce qu'il lui plairait de dire.

« Oui, le vaurien, le misérable, reprit-il en grommelant comme s'il était étouffé par l'indignation. Lui faire cela, à elle, cette pauvre Emma...

— Qu'a-t-il donc fait ? s'écrièrent Laura et David avec ensemble.

— Cela fait bientôt un an, oui un an, qu'il l'a définitivement abandonnée. Vous rendez-vous compte ? Sous prétexte, a-t-il osé lui écrire, qu'il veut faire carrière dans la marine, qu'il veut devenir officier et qu'il n'a pas le temps, vous m'entendez, le temps ! de subir le fardeau d'une femme, d'enfant, de responsabilités qui nuiraient à sa carrière. Une honte! »

Si Blackie avait eu quelque crainte de ne pas jouer sa comédie de manière assez convaincante, les soupirs horrifiés qui échappèrent à ses deux compagnons lui enlevèrent toute inquiétude.

« Dans ces conditions, reprit-il avec assurance, vous pensez bien qu'on ne le reverra pas de sitôt! Non, il n'osera même pas montrer le bout de son nez dans les parages, et Emma en est débarrassée pour toujours, j'en mettrais ma main à couper. »

Laura poussa un cri et sembla se trouver au bord des larmes :

« Oh! Blackie, s'écria-t-elle. Pauvre Emma, pauvre enfant... Abandonnée! »

Blackie se pencha vers elle et lui entoura les épaules d'un bras protecteur :

« Allons, Laura, allons, il ne faut pas prendre cela tellement à cœur! Emma n'en est pas affectée le moins du monde, au contraire. Elle en est contente et soulagée. Quand elle m'a raconté les détails, elle a conclu en disant : « Bon débarras! » Je n'aurais pas trouvé mieux moi-même.. »

Ravi d'avoir épargné cette corvée à Emma tout en mettant aussi brillamment à l'épreuve ses propres talents d'acteur, Blackie eut un sourire épanoui qu'il effaça de justesse. Mais il n'avait rien à craindre. Laura était encore sous le choc de sa révélation. Quant à David, qui l'avait écouté sans mot dire, il sentait son cœur battre plus vite et l'espérance renaître en lui.

« Je suis navré, dit-il en s'efforçant de ne pas trahir sa jubilation. Mais si Emma n'en souffre pas, cela vaut sans doute mieux, en effet... »

Il supputait déjà les frais qu'entraînerait un divorce et les formalités à remplir.

« C'est vrai », approuva Blackie d'un air convaincu.

Sa mélancolie soudain évanouie, David se leva d'un bond :

« Pourquoi restons-nous là sans rien faire? Venez, mes amis, allons écouter la fin du concert avant de rentrer à la maison! »

Ils quittèrent leur banc et reprirent d'un bon pas la direction du kiosque à musique. Laura cherchait le meilleur moyen de se rendre utile à Emma. David se voyait déjà à ses pieds en train de lui demander sa main. Quant à Blackie, un peu inquiet, il se disait qu'il fallait coincer discrètement Emma pour lui apprendre la manière expéditive dont il l'avait débarrassée de son encombrant époux.

Tandis que cette conversation se déroulait sous les arbres d'Armley Park, Emma n'était pas enfermée dans sa chambre en train de coudre comme le croyaient ses amis. Elle était en route pour se rendre chez un certain Joe Lowther, à l'autre tout d'Armley.

A peine avait-elle entendu la porte d'entrée se refermer derrière Laura et Blackie qu'Emma s'était changée prestement pour mettre sa robe de soie noire et coiffer son chapeau de paille. Elle avait ensuite extrait soixante livres de la boîte de fer-blanc où elle gardait ses économies, les avait glissées dans son sac et s'était précipitée dans la rue, la mine plus résolue que jamais.

La veille, en faisant ses courses, elle avait vu par hasard la boutique. *Sa* boutique ! Trois petits magasins contigus avaient été aménagés au rez-de-chaussée d'une maison de Town Street. L'un d'eux était libre. Emma s'était arrêtée net, hypnotisée par ce spectacle. C'était exactement ce qu'il lui fallait. Exactement ! Elle était prête à s'installer, car elle possédait l'argent nécessaire au premier loyer et à l'achat du stock. La boutique était juste assez grande. Dans la vitrine passée au blanc, on avait réservé un rectangle où se voyait la pancarte : A LOUER. Au-dessous, le nom du propriétaire, M. Joe Lowther, et son adresse. Emma l'avait apprise par cœur et s'était hâtée de rentrer dîner. Elle avait déjà décidé d'aller voir ce M. Lowther dès le lendemain et d'être la première à postuler le bail. Que la coutume s'oppose à ce que l'on traite des affaires le dimanche importait fort peu à Emma, pour qui tous les jours de la semaine étaient bons pour faire des affaires.

Elle marchait à grands pas dans le labyrinthe des

rues étroites du vieux village et regrettait d'avoir mis sa robe noire. Il faisait une chaleur accablante. Mais cela ne ralentit pas son allure, et elle se trouva dans la rue de M. Lowther moins d'un quart d'heure après être partie de chez Laura. Elle repéra la maison, gravit résolument les marches du perron, heurta trois fois et attendit. Quelques instants plus tard, un jeune homme vint ouvrir la porte. Il était grand, solidement bâti. Sous ses cheveux blonds ébouriffés, il avait des yeux gris étonnés, un visage ouvert et honnête. En manches de chemise et manifestement surpris de recevoir une telle visite, il dévisagea Emma sans aménité :

« Que voulez-vous, mademoiselle ? demanda-t-il sèchement

— Je voudrais voir votre père, répondit Emma avec son plus beau sourire.

— Mon père ? Vous avez dû vous tromper de maison, il est mort depuis six ans !

— Oh ! je suis désolée, j'ai dû mal lire l'adresse. Je cherche un M. Joe Lowther. Pouvez-vous me dire où il habite ?

— Ici, mademoiselle. Joe Lowther, c'est moi. »

Emma eut un mouvement de surprise :

« Je vous demande pardon, mais vous me paraissiez trop jeune pour être le propriétaire d'une boutique de Town Street. Celle qui est à louer, précisa-t-elle. C'est bien à vous qu'elle appartient ? »

Le jeune homme lança à Emma un regard agacé :

« Oui, en effet. Pourquoi, vous voulez la louer ? Pour le compte de votre mère, sans doute ? »

Emma réprima son envie de rire et se dit qu'il valait mieux adoucir la démangeaison qu'elle avait involontairement infligée à la susceptibilité de son futur propriétaire.

« Non, monsieur, répondit-elle aimablement. C'est pour moi-même.

— Tiens donc ! N'êtes-vous pas un peu trop jeune pour vous lancer dans le commerce ! En avez-vous au moins l'expérience ? »

Emma domina l'irritation qu'elle ressentait à cette

rebuffade et entreprit, en déployant tout son charme, d'expliquer au jeune Joe Lowther qu'elle exerçait depuis plus d'un an à Armley les professions de traiteur et de couturière. La boutique lui permettrait d'étendre ses activités et l'âge, conclut-elle, n'avait rien à voir dans l'affaire.

« Non, non, répondit l'autre d'un air buté. Cela ne marchera jamais. Je ne peux pas vous louer cette boutique, mademoiselle.

— Je suis pourtant disposée à vous débarrasser d'un local vide, monsieur Lowther, d'un capital improductif. Aujourd'hui même si vous voulez... »

Voyant le jeune homme la regarder de haut, elle gravit les deux dernières marches pour se mettre à son niveau. Là, elle déploya de nouveau son charme le plus troublant et le fixa des yeux en ajoutant :

« Nous pourrions peut-être discuter plus commodément à l'intérieur, monsieur Lowther...

— Je n'en vois pas l'intérêt, je n'ai absolument pas l'intention de changer d'avis ! »

En fait la résistance de Joe Lowther faiblissait à vue d'œil. La proximité de cette jeune fille, l'éclat de son regard, les courbes de son visage à quelques centimètres du sien lui donnaient soudain des bouffées de chaleur qui ne devaient rien à la température extérieure.

Emma le comprit et décida alors d'user de l'argument auquel elle savait que rien ne résistait :

« Je peux vous payer un terme d'avance, monsieur Lowther », dit-elle en ouvrant son sac.

Le jeune homme se sentit rougir sous les yeux verts qui le dévisageaient et eut un moment d'affolement. Qu'allaient penser les voisins s'il invitait cette inconnue chez lui ? Il se sentait par ailleurs honteux de son incivilité, peu conforme à son caractère. Encore tiraillé entre ces émotions contradictoires, il dit presque malgré lui :

« Vous avez raison, mademoiselle, entrons. On ne parle pas affaires dans la rue, surtout un dimanche, ajouta-t-il pour bien montrer qu'il ne cédait pas. Je n'ai jamais encore parlé affaires le jour du Seigneur...

— Il faut un début à tout, cher monsieur. »

Emma ponctua ses mots d'un regard coulé sous ses cils à demi baissés. Elle s'était parfaitement rendu compte du trouble qu'elle éveillait chez le malgracieux Joe Lowther et entendait profiter sans vergogne de son avantage.

Le jeune homme en était pantois. L'audace dont sa visiteuse faisait preuve l'exaspérait sans qu'il puisse lui résister comme il l'aurait souhaité. Il la fit entrer sans rien dire, l'introduisit au salon où il l'invita à s'asseoir et s'excusa pour quelques minutes.

Emma resta debout au milieu de la pièce et cligna des yeux pour s'habituer à la pénombre, car on avait fermé les volets contre la chaleur. Quand elle fut capable d'y voir nettement, elle fit une grimace : le salon évoquait irrésistiblement celui de Mme Daniel. C'était un amoncellement de guéridons, de bibelots et d'étagères, de napperons brodés et de plantes en pot au milieu d'un fouillis de meubles capitonnés surchargés de pompons et de passementeries. Elle distingua cependant quelques belles pièces. Au prix d'un nettoyage impitoyable, le salon pourrait être agréable. Elle s'assit sur une chaise de crin et attendit.

Depuis qu'elle était arrivée à Leeds, Emma avait fait une découverte souvent confirmée par la suite : l'argent parle un langage d'une irrésistible persuasion. Bien rares étaient ceux capables de résister à la vision de billets posés sur une table. Un paiement d'avance constituait également une tentation trop forte pour ne pas faire céder les plus intraitables. Enfin, autre leçon bien apprise, il fallait toujours saisir fermement une occasion dès qu'elle se présentait car on ne pouvait savoir si elle se représenterait. Emma hésitait cependant sur la stratégie à mettre en œuvre avec Joe Lowther, car elle n'était pas sûre qu'il fût vulnérable au pouvoir de l'argent.

Elle s'efforça de l'évaluer d'après le peu qu'elle avait vu de lui. Il était certainement timide et sans doute timoré. Pendant leur brève conversation sur le pas de la porte, elle l'avait dérouté et cela lui laissait l'avantage, pour le moment du moins. Car il n'avait toujours pas donné formellement son accord pour lui louer la boutique. Il semblait croire que la jeunesse d'Emma était un inconvénient, alors qu'il ne paraissait pas lui-même beaucoup plus âgé qu'elle, vingt ans peut-être, vingt et un ans tout au plus. Il fallait donc impérativement qu'Emma le convainque qu'elle serait une locataire responsable et digne de foi. Un trimestre d'avance suffirait-il à faire pencher la balance? C'était certainement une somme assez importante pour constituer une garantie et prouver par ailleurs qu'Emma avait su gagner de l'argent grâce à son commerce. Mais là n'était peut-être pas la clef de la négociation, se dit enfin Emma en réfléchissant. Il fallait qu'elle affole Joe Lowther. S'il succombait, ce serait à son charme et à sa douceur. Le charme et l'argent : combinaison imbattable! Ainsi rassérénée, Emma se prépara à l'entrevue, lissa sa robe, rajusta son chapeau.

Joe revint quelques secondes plus tard. Il avait remis sa cravate et s'était recoiffé. Emma baissa précipitamment la tête pour qu'il ne voie pas le sourire de triomphe qui lui avait échappé. Elle l'avait percé à jour et sa capitulation ne faisait plus de doute. Il y aurait des marchandages, des discussions, mais elle aurait sa boutique.

La conversation s'engagea pourtant mal. Lowther s'assit en face d'elle et déclara avec brusquerie :

« J'ai réfléchi, mademoiselle. Je ne peux pas vous louer cette boutique.

— Et pourquoi donc? s'enquit Emma de sa voix la plus mélodieuse.

— Depuis le début de l'année, deux personnes bien plus expérimentées que vous y ont fait faillite. Comprenez-moi, mademoiselle, je ne vous dis pas cela par plaisir. Je ne peux simplement pas me permettre de louer ma boutique à des novices. Il me faut un locataire qui sache faire marcher son commerce pour que je ne me retrouve pas la moitié du temps avec ce local inoccupé sur les bras. »

Emma lui décocha un sourire qui aurait fait fondre la banquise du pôle Nord et darda sur lui ses yeux verts :

« Je vous comprends très bien, monsieur Lowther, et je partage entièrement votre point de vue. J'ai moi-même assez d'expérience, voyez-vous, pour ne pas me lancer à l'aveuglette dans n'importe quel commerce. Laissez-moi, par exemple, vous donner une idée de ce que j'ai vendu et de ma clientèle... »

Pendant un grand quart d'heure, Emma étourdit Joe Lowther sous un déluge de paroles, citant des références prestigieuses qui le laissaient froid, des chiffres qui ne semblaient guère l'impressionner davantage, faisant des promesses, des prévisions qu'il jugeait irréalistes ou trop optimistes. Malgré tout, elle sentait ses défenses tomber l'une après l'autre. Depuis son enfance, Joe Lowther avait toujours été intimidé par les femmes et cette inconnue, plus belle et séduisante que toutes celles qu'il avait rencontrées, le mettait en état d'infériorité et lui causait un malaise de plus en plus difficile à surmonter. Elle n'était pourtant venue que pour discuter d'un bail de boutique...

Le voyant fléchir en se retranchant derrière de nouvelles objections hâtivement mises en avant, Emma interrompit soudain son exposé et lui tendit la main :

« Oh! monsieur Lowther, veuillez pardonner mon impolitesse, je vous prie! Je ne me suis même pas présentée. Emma Harte. »

Le jeune homme lui prit timidement la main, la sentit fraîche et ferme sous le gant de crochet blanc. C'était une poignée de main d'homme.

« Enchanté, mademoiselle...

— Pardon, *madame* Harte, précisa Emma.

— Oh! je vous prie de m'excuser! » bafouilla Joe Lowther, soudain saisi d'une vive déconvenue.

Emma vit la victoire à sa portée et poussa l'offensive finale. Elle allait maintenant lui faire une proposition qu'il ne pourrait pas refuser :

« J'ignore encore le montant du loyer mais, comme je vous le disais il y a un instant, je suis disposée à vous verser une avance substantielle. Cela devrait suffire à vous prouver ma bonne foi et ma confiance dans l'avenir. Disons... six mois. Cela vous convient-il ? »

Joe Lowther ne répondit pas. Ses dernières protections s'écroulaient et plus rien ou presque ne le mettait à l'abri de la personnalité aussi fascinante qu'impérieuse de son interlocutrice. Il se rendait compte, à son vif désarroi, de l'attirance qu'elle exerçait sur lui. Lui, Joe Lowther, jetait les yeux sur une femme mariée ! Horreur ! De fait, sa répugnance à la prendre pour locataire venait de sa crainte à se laisser ensorceler par elle.

Emma avait en main toutes les cartes maîtresses et il lui suffisait d'un peu de patience pour remporter la victoire. Elle ne put cependant résister au plaisir d'abattre son dernier atout et de triompher :

« Bien entendu, dit-elle avec distinction, le bail sera assorti d'un préavis pour vous garantir contre tout départ abusif de ma part. Trois mois, cela me semble raisonnable. Qu'en dites-vous ? »

L'infortuné propriétaire ne pouvait plus rien objecter ni trouver le moindre prétexte pour se débarrasser de cette envahissante jeune femme. Elle venait de lui faire une démonstration irréprochable de son sens des affaires et lui offrait, de plus, des conditions qu'il ne pouvait refuser sans se couvrir de ridicule ou paraître odieux.

« Eh bien... vous avez vraiment confiance en vous, madame Harte, bafouilla-t-il en rougissant. Votre proposition est extrêmement raisonnable. Avant de vous décider, voulez-vous quand même visiter les lieux ? »

Emma fit, de la main, un geste hautain souligné d'un rire dédaigneux :

« Je les connais déjà très bien, cher monsieur. Je ne suis pas surprise que votre dernière locataire ait fait faillite, elle ne connaissait rien aux affaires. Elle n'avait que des marchandises médiocres et vendait beaucoup trop cher, ce qui en dit long sur ses qualités d'acheteuse. J'ai aussi remarqué qu'elle ne connaissait pour ainsi dire pas ses clients. »

Joe Lowther ouvrit la bouche sans pouvoir dire un mot.

« Eh bien, dans ce cas, nous sommes d'accord, déclara Emma d'un ton sans réplique.

— Bon... Oui... Bien sûr... Le loyer est d'une guinée par semaine, ce qui fait quatre guinées par mois. Cela comprend un logement derrière le magasin. Une grande pièce à usage de salon et de cuisine, une chambre à coucher. Il y a aussi une grande cave qui peut servir de réserve. C'est très confortable, vous pourriez y habiter si vous vouliez... »

Le jeune homme reprenait un peu d'assurance en énumérant les merveilles dont il laissait la jouissance à Emma. Celle-ci fit mine de réfléchir à cette suggestion qui, en fait, la comblait d'aise :

« Je ne dis pas non, ce serait peut-être pratique, dit-elle négligemment. Voyons, vous disiez quatre guinées par mois, ce qui nous fait... »

Elle fit un rapide calcul mental et sortit de son sac une épaisse liasse de billets qu'elle se mit à compter avec affectation sous l'œil stupéfait du jeune Lowther.

« Pourriez-vous me préparer un reçu ? » lui dit-elle en tendant la somme requise.

Il hésita et rougit en empochant l'argent.

« Naturellement, c'est la moindre des choses. Je vais vous chercher les clefs. Faut-il établir le bail au nom de votre mari ?

— Non, au mien, je vous prie. Mon mari est dans la marine et vit à l'étranger la plupart du temps. »

Le jeune homme rougit de plus belle et avala sa salive.

« Ah ! bon...

— De mon côté, reprit Emma sans lui laisser le temps de se ressaisir, je vais préparer ma lettre d'accord pour la clause du préavis et je vous la déposerai demain soir, si cela vous convient. Vous pourrez la soumettre à votre notaire afin de l'inclure dans le bail.

— Non, non, ce n'est pas la peine... Enfin, je veux dire, de la montrer au notaire... Demain soir, oui, cela me convient parfaitement... Je vais chercher les clefs. »

Complètement désarçonné, incapable de dissimuler plus longtemps son embarras, Joe Lowther se leva précipitamment en manquant faire tomber sa chaise, buta

contre une table et se dirigea vers la porte. Emma le
héla :
« Vous ne vérifiez pas si le compte y est ? dit-elle avec
suavité.
— Oh! Je vous fais confiance, madame Harte, je vous
fais confiance! »
Il disparut enfin en se cognant contre le montant de
la porte. A peine fut-il hors de vue qu'Emma l'entendit
siffloter gaiement; elle eut le plus grand mal à ne pas
éclater de rire.
Elle tenait sa boutique. Sa première boutique!

29

Les mains enfoncées dans les poches de son épais
manteau, Joe Lowther frissonna et pressa le pas pour
se réchauffer. Un vent glacial balayait la rue et soulevait des tourbillons de neige poudreuse qui s'insi-
nuaient dans son col et ses poignets. Ce soir-là, comme
tous les jours de la semaine, il était encore trempé et
frigorifié. A un automne clément avait succédé un hiver
rigoureux qui avait fait son apparition dès la première
semaine de décembre et semblait vouloir s'installer
pour longtemps. Pour comble de malchance, Joe rentrait chez lui plus tard que d'habitude, ce qui arrivait
trop fréquemment ces derniers temps. Le directeur de
la fonderie, M. Ramsbotham, lui demandait de rester
après les heures normales pour vérifier les comptes et
Joe, qui avait commis l'erreur d'accepter la première
fois, ne pouvait plus maintenant se dépêtrer de cette
surcharge de travail qui ne lui rapportait rien que des
désagréments. Ces retours tardifs l'irritaient, en ce
qu'ils dérangeaient ses habitudes. Mais il y avait une
autre raison à son agacement, plus importante celle-là :
tous les vendredis soir, après dîner, il allait chez Emma
Harte vérifier sa comptabilité. Ce soir, il ne pourrait
pas y aller avant dix heures ce qui, pour un garçon

comme lui, élevé dans les principes les plus rigides de la morale bourgeoise, confinait au scandale. Quoi de plus incorrect, en effet, que d'aller sonner à la porte d'une jeune femme seule à une heure aussi indue ? Il lui avait pourtant promis d'aller la voir et l'honneur lui imposait de tenir sa parole.

Joe Lowther avait appris la comptabilité à Emma. Elle s'était montrée si bonne élève qu'elle le dépassait presque et qu'il devenait inutile, à son avis, de continuer à superviser ses livres. A sa stupeur — mais il avait désormais l'habitude d'aller de surprise en surprise avec sa singulière locataire — Joe avait même découvert qu'elle prenait un réel plaisir à jongler avec d'interminables colonnes de chiffres qui, lui, le rebutaient. A la vérité, Joe Lowther était un comptable qui n'aimait pas la comptabilité et n'aurait jamais choisi cette profession s'il avait eu son mot à dire. Mais on l'avait mis en apprentissage dans les bureaux de la fonderie quand il avait quinze ans et, depuis neuf ans qu'il alignait des chiffres et calculait des soldes, cette habitude exécrée était devenue pour lui une seconde nature. De même qu'il n'aurait pas songé à changer de métier, Joe n'aurait pas non plus osé prendre l'initiative de se chercher un employeur plus conforme à ses goûts. Brave garçon à l'esprit étroit et dénué d'imagination, respectueux de l'ordre établi, il était déjà, malgré sa jeunesse, trop sclérosé dans les habitudes de vieux garçon pour que l'idée lui vînt d'en prendre d'autres. C'est pourquoi, incapable de s'arracher à son ornière, il restait enchaîné aux comptes sans joie de M. Ramsbotham.

Il ne serait jamais non plus venu à l'esprit du prosaïque Joe Lowther qu'il n'avait nul besoin de gagner sa vie et qu'il aurait fort bien pu, s'il l'avait voulu, vivre sans rien faire. S'il s'accrochait à son labeur obscur, c'était en partie parce que l'oisiveté était à ses yeux la mère de tous les vices. C'était surtout parce qu'il avait une terreur panique de l'ennui. Son fastidieux travail à la fonderie occupait ses journées et l'aidait, en quelque sorte, à supporter la pesante solitude de ses soirées dont la théorie implacable s'alignait pour former des mois et des années placés sous le signe du néant.

De fait, il aurait pu arrêter de travailler quatre ans auparavant, à la mort de sa mère. Quand Frederick Ainsley, le notaire de la famille, lui avait fait lecture du testament, Joe avait découvert avec stupeur qu'il était riche.

« Vous héritez un Véritable Patrimoine, mon garçon, avait déclaré l'homme de loi en mettant dans son discours les majuscules qu'exigeaient les circonstances et l'importance de la succession. Cette Fortune témoigne des admirables efforts de votre pauvre mère, aujourd'hui disparue, et de votre grand-mère, une sainte personne qui nous a laissé un exemple édifiant. »

Ayant ainsi rendu hommage aux fondateurs de l'Empire Lowther — dont le père de Joe était notablement absent — le digne notaire entreprit d'énumérer la longue liste des biens échéant à l'Héritier — manifestement indigne — par la grâce de l'économie industrieuse dont s'étaient enorgueillies ses ancêtres maternelles. Le Patrimoine, que Joe ne pouvait plus évoquer sans les emphatiques majuscules de maître Ainsley, comprenait des biens immeubles parmi lesquels huit boutiques dans Town Street même, une rue entière de pavillons également à Armley, plusieurs maisons de rapport à Wortley, banlieue toute proche, et même, à l'effarement de Joe, deux vastes terrains à bâtir dans le centre de Leeds.

« Conservez-les précieusement, lui avait dit sévèrement le notaire. Ils seront amenés à prendre une valeur considérable. »

Paralysé par le choc de cette découverte, Joe avait ensuite appris qu'il se retrouvait à la tête de biens meubles et de valeurs mobilières, dont la plus stupéfiante était une somme de cinquante-cinq mille livres sterling déposées à la *Midland Bank.*

Il avait salué le notaire sans pouvoir proférer un mot et était sorti de son étude en titubant. Un peu plus tard, dans le tramway qui le ramenait à Armley, il avait été saisi d'un accès de rage froide. Depuis son enfance, sa mère l'avait fait vivre dans une sorte de misère sordide, justifiée par l'imminence de la ruine et le spectre du dépôt de mendicité dont elle brandissait à tout propos l'épouvantail. Quant à son pauvre père, homme doux et bon terrorisé par sa redoutable épouse à qui il n'osait pas répondre, il avait été littéralement poussé dans la tombe par un régime impitoyable fait de surmenage, de malnutrition et de manque de soins médicaux « trop coûteux ». Et pendant tout ce temps, les Lowther reposaient sur une véritable fortune ! Pourquoi, se demandait Joe, pourquoi ma mère a-t-elle été si cruelle, si avare ? Depuis cette prise de conscience, Joe avait gardé une rancune tenace à la mémoire de sa mère et soupçonnait volontiers les femmes d'être coupables des plus noires turpitudes. En outre, elles l'intimidaient.

Pendant ces quatre ans, Joe n'avait pas touché à ce capital, qui éveillait en lui des sentiments de crainte et de méfiance. Il s'était contenté, le plus simplement du monde, de l'arrondir en versant les revenus de ses biens immeubles à son compte en banque. L'exemple de sa mère avait donné à Joe l'horreur de l'avarice et il ignorait la cupidité. Mais il avait des goûts simples et l'habitude d'être économe. Tant qu'il avait de quoi satisfaire ses besoins quotidiens, il n'en demandait pas davantage. Malgré son métier, il ne pensait pas même à l'argent et s'apercevait parfois, à sa confusion, qu'il avait les poches vides en allant faire ses courses.

Ce soir-là, pourtant, il y réfléchissait tandis qu'il se hâtait dans les rues glaciales. Quinze jours auparavant, Emma lui avait dit vouloir investir dans la nouvelle usine que montait David Kallinski, pour qui elle dessinait toujours les collections de confection féminine. Malgré l'enthousiasme communicatif avec lequel elle en parlait, Joe avait été étonné quand elle lui avait proposé de mettre lui aussi de l'argent dans l'entreprise :

« Voyons, Joe, l'argent doit travailler ! » lui avait-elle déclaré comme si cela allait de soi.

Elle avait ensuite entrepris de lui démontrer qu'elle comptait bien, de son côté, doubler rapidement sa mise initiale.

De nature prudente, Joe était surtout timide et manquait d'imagination. Son manque d'intérêt pour les problèmes d'argent et la gestion de son patrimoine avait fait que, de guerre lasse, il avait finalement donné son accord d'un haussement d'épaules négligent. Si vraiment David Kallinski voulait bien de lui comme bailleur de fonds...

« Je m'occuperai de tout, avait dit Emma d'un ton péremptoire. A mon avis, deux mille livres suffiraient largement, à ce stade. »

Alors, voyant l'air ahuri de son propriétaire, Emma l'avait tancé :

« Enfin, Joe, vous êtes un homme d'affaires ! Vous devriez savoir, sans que j'aie besoin de vous le dire, que l'argent est un outil, qu'il faut s'en servir pour qu'il en rapporte davantage ! A quoi cela sert-il de le laisser dormir à la banque ? »

Le pauvre garçon se trouvait devant un dilemme. D'un côté, il n'avait aucun besoin de gagner de l'argent en faisant travailler son capital, puisqu'il en possédait déjà plus qu'il ne pourrait en dépenser sa vie durant. De l'autre, la perspective de perdre deux mille livres ne lui souriait guère. Il avait finalement surmonté ses hésitations. Car il avait acquis une confiance quasi aveugle dans l'habileté d'Emma — dont il avait été la première victime ! — et avait dû s'incliner devant son sens des affaires, qu'il n'arrivait pas encore à s'expliquer chez une jeune femme de vingt ans ne possédant aucun des traits d'avarice du caractère de sa mère. En faisant confiance à son jugement, il prenait aussi l'occasion — une fois n'est pas coutume ! — de s'amuser sans grand risque en participant à une entreprise aussi inattendue pour lui qu'une maison de couture. Lui qui n'avait jamais eu d'amis avait appris à aimer David et Emma et à envier leur vie aventureuse, si dissemblable de sa terne routine. La perspective de s'y trouver plus intimement mêlé n'était pas faite pour lui déplaire.

Aussi distrait par ses pensées, Joe Lowther oublia le froid et se retrouva bientôt chez lui. Dès la porte, d'appétissantes odeurs de cuisine et une chaleur bienfaisante le remirent de bonne humeur. Mme Hewitt, sa femme de ménage, l'accueillit avec son affection bourrue. Trois fois par semaine, cette bonne personne donnait à Joe l'illusion d'avoir enfin une mère et dissipait la solitude et la tristesse de la maison.

Ce soir-là, pour régaler Joe, elle lui avait acheté chez Emma Harte une tourte aux rognons et un flan à la vanille qu'aucun cordon-bleu, selon elle, n'était capable d'égaler.

« Pas étonnant qu'elle fasse des affaires d'or ! s'écria Mme Hewitt. Une qualité comme cela, on n'en trouve nulle part. Et avez-vous vu comment elle a transformé ces deux petites souillons de Mme Long pour en faire des vendeuses ? Cette Emma Harte, elle fait des miracles ! Jamais vous n'avez eu meilleure locataire. »

Joe s'installa en souriant devant la cheminée et prit le journal et la bière fraîche que lui tendait sa servante.

« C'est vrai, répondit-il. Je n'aurais jamais cru qu'elle réussirait aussi bien et je suis loin d'être le seul en ville à m'être trompé sur son compte, au début.

— C'est bien simple, elle transforme en or tout ce qu'elle touche ! Tenez, pas plus tard qu'hier, je parlais à Laura Spencer, vous la connaissez, c'est elle qui dirige la boutique de mode. Nous parlions de la robe de mariée que fait faire ma cousine pour sa fille. Eh bien, Laura m'a dit que c'est Mme Harte elle-même qui l'a dessinée et qu'elle crée des robes depuis bientôt trois ans pour une des grosses maisons de Leeds ! Vous vous rendez compte ?

— Oui je le savais, en effet...

— Et vous ne m'avez jamais rien dit ?

— Je ne savais pas que cela vous intéressait, madame Hewitt.

— Tout ce qui concerne Emma Harte intéresse tout le monde, monsieur Joe ! On ne parle que d'elle, de sa gentillesse, de sa dignité. Sans elle, Town Street ne serait pas ce qu'elle est et Armley serait bien triste ! Mais je bavarde, je bavarde alors qu'il faut que je m'en aille. J'ai laissé votre dîner au chaud. Et séchez-vous les pieds, voyons ! Vous ne savez donc pas qu'on attrape mal aux dents à rester assis comme cela avec des chaussures mouillées? »

Joe sourit à l'énoncé de cette superstition mais obéit à l'injonction de Mme Hewitt. Il prit le temps de parcourir son journal et de boire sa bière et s'attabla pour manger de bon appétit les plats laissés dans le four par la femme de ménage.

Il avait à peine fini de dîner que des coups violents à la porte de la rue le firent sursauter. Avant qu'il ait ouvert, il vit apparaître une sorte de furie qui entra suivie d'un tourbillon de flocons de neige et claqua bruyamment la porte. Stupéfait de cette intrusion, Joe reconnut alors une de ses locataires, Mme Minton, dont le teint congestionné n'était manifestement pas dû au froid.

« C'est un crime! hurla-t-elle sans que Joe puisse placer un mot. Un crime, vous m'entendez! Je le sentais venir depuis que cette femme est venue s'installer à côté de chez moi. Elle voulait déjà ma boutique, dès le début. Quand vous lui avez loué la deuxième, celle du coin, j'ai dit à mon mari qu'elle ferait des pieds et des mains pour me chasser de mon magasin...

— Voyons, madame Minton...

— Taisez-vous, vous êtes encore plus coupable qu'elle! Que voulez-vous que je devienne, toute seule comme une malheureuse, coincée entre son espèce d'épicerie et sa friperie! Elle veut me jeter à la rue, à la rue... »

Joe profita de ce que la virago reprenait haleine :

« Calmez-vous, madame Minton! Je ne sais même pas de quoi vous parlez.

— D'Emma Harte, voilà de quoi je parle! Il ne faut pas être bien malin pour le comprendre! Cela fait dix ans que je vous paie un loyer, dix ans, et vous êtes d'accord avec elle pour me voler ma boutique! C'est une honte! Cette petite prétentieuse, elle se met tout le monde à dos, jusqu'aux voyageurs de commerce. Elle ne veut même plus s'abaisser à leur acheter de la marchandise, Madame va directement s'adresser aux fabricants et aux grossistes! Comme cela, elle peut casser ses prix et nous réduire tous à la faillite, cette sale petite garce sournoise !

— En voilà assez, madame Minton ! gronda Joe. Mme Harte ne veut mettre personne en faillite ni vous chasser de chez vous. Elle mène ses affaires avec compétence, ce qui n'est pas le cas de beaucoup d'autres. »

Joe fit une grimace de dégoût à la vue de cette grosse femme vulgaire et négligée, les cheveux en désordre sous le fichu graisseux.

« Je m'attendais à ce que vous voliez à son secours ! répliqua-t-elle en ricanant. Comme je le disais à mon mari, vous ne jurez plus que par cette petite grue ! Parce que vous n'allez pas imaginer qu'on ne sait pas ce que vous fricotez avec elle, tout le monde est au courant, allez ! Vous n'avez même pas honte de vous afficher avec elle, une femme mariée, soi-disant ! Une petite grue, oui, voilà ce que c'est, Emma Harte ! Encore heureux que vous ne lui ayez pas fait un bâtard à la belle *Madame* Harte, avec ses grands airs de sainte nitouche ! »

En entendant les venimeuses calomnies que sa locataire lui jetait au visage, Joe avait tour à tour rougi et pâli. Il fit un pas vers elle, les poings serrés :

« Taisez-vous, horrible vieille sorcière ! cria-t-il. Je vous interdis de proférer vos mensonges devant moi. Et si vous allez les colporter ailleurs, je porterai plainte et je vous poursuivrai en justice, m'entendez-vous ? Je ne tolérerai pas vos ignominies ! »

Interloquée devant cette fermeté inattendue et la colère du paisible Joe, Mme Minton recula, apeurée, et leva instinctivement la liasse du bail qu'elle tenait à la main, comme si elle voulait en porter un coup à son propriétaire. Joe s'était ressaisi :

« Sortez ! dit-il avec froideur. Sortez avant que je ne me mette en colère pour de bon. Je vous ai assez vue. »

L'autre haussa les épaules et se dirigea vers la porte. La main sur la poignée, elle se retourna :

« En tout cas, je ne vous donnerai pas à tous les deux le plaisir de me chasser de chez moi ! Je vous donne mon congé, Lowther. Et votre bail, le voilà ! Vous pourrez vous le... »

Elle ne termina pas son insulte et battit précipitamment en retraite devant les poings levés de Joe et sa colère. Avant de claquer la porte, elle jeta violemment le bail au hasard. La liasse de papiers vola à travers la pièce et atterrit dans le flan à la vanille, que Joe était en train de terminer.

Pétrifié, Joe resta un moment immobile, le regard sur la porte par où Mme Minton avait disparu. Les horreurs qu'elle lui avait débitées le laissaient sans voix. Ces odieuses calomnies sur son compte et celui d'Emma n'étaient-elles que l'expression de sa rage et de sa jalousie ? Ou tout le monde en ville en faisait-il vraiment des gorges chaudes et croyait-on à une liaison coupable entre Emma et lui ? Oser traiter Emma de « petite grue » ! Son succès et sa prospérité éveillaient la malveillance d'une Mme Minton et de ses semblables, ce qui était prévisible. Mais l'accuser, lui Joe Lowther, d'en avoir fait sa maîtresse alors qu'il n'avait jamais osé lever un doigt sur elle !

Le pauvre Joe se sentit rougir de honte et de colère. Il alla machinalement repêcher le bail qui flottait à la surface du flan et le nettoya de son mieux. Cette vieille horreur lui avait « donné congé » alors qu'elle lui devait un mois de loyer ! Il haussa les épaules, écœuré. Ce mois de loyer, il en faisait déjà son deuil. Cela n'avait d'ailleurs aucune importance.

Mais avoir osé dire que... Il eut un nouveau sursaut de colère. Toutes ces nuits qu'il avait passées seul dans son lit, ces nuits interminables où le sommeil le fuyait tant il était étreint, torturé par l'image d'Emma et le désir fou qu'elle lui inspirait. Toutes ces nuits où il s'imaginait en train de la serrer contre lui, de la caresser, de sentir ses mains épouser les courbes de son corps, frémir au contact de sa peau. Toutes ces nuits où il sentait les lèvres d'Emma s'écraser contre les siennes, où il voyait les seins d'Emma...

Avec un frisson, Joe essaya de chasser de son esprit ces images érotiques qui réveillaient des fantasmes auxquels il avait de plus en plus de mal à résister. Oui, il désirait Emma. Avec passion, une passion de plus en plus exigeante et dont l'intensité l'effrayait, lui pourtant si chaste. Au prix d'un grand effort, il parvint enfin à prendre sur lui.

Certes, il avait pour Emma une attirance puissante, née lors de leur première rencontre en ce chaud dimanche de juillet où elle l'avait ensorcelé. Mais entre le rêve et la réalité, il y avait un monde et les propos injurieux de Mme Minton réveillèrent la colère de Joe. La vieille harpie! Bien sûr, Emma était indirectement responsable de ses malheurs. Mais était-ce sa faute si ses boutiques étaient mieux tenues que les autres, si ses marchandises étaient belles et bien présentées, si ses prix étaient plus justes? La réputation de sa boutique d'alimentation était déjà répandue dans toute la région et les élégantes d'Armley ne s'habillaient plus que chez elle. Sa hardiesse jointe à son sens des affaires avait vite fait de ses boutiques les mieux achalandées de Town Street. En à peine trois mois, elle avait amorti son investissement initial et dégageait des bénéfices considérables, comme il s'en était rendu compte à l'occasion de son examen hebdomadaire de la comptabilité. Ils étaient si considérables, en fait, qu'Emma était capable de mettre deux mille livres, comme lui, dans la nouvelle affaire de David Kallinski et de les perdre en cas de malheur sans que cela compromette sa fortune. Dans une bourgade provinciale comme Armley, il était fatal qu'un succès aussi rapide et aussi éclatant provoque des jalousies et alimente la calomnie.

En voilà assez! se dit Joe en se relevant. Je fais trop d'honneur à cette horrible Minton de rester si longtemps à réfléchir à ses mensonges. Ce soir, il devait aller voir Emma et il n'y avait pas de raison de se retarder davantage. Il allait lui apprendre que Mme Minton débarrassait enfin le plancher et que la troisième boutique était à elle. Emma n'avait pourtant jamais abordé le sujet avec Joe. Mais il savait qu'elle guignait depuis longtemps cette possibilité de s'étendre et, surtout, de faire communiquer ses boutiques. Maintenant que ce dernier obstacle avait disparu, Emma disposerait des trois boutiques contiguës et pourrait en faire le grand magasin dont elle rêvait depuis longtemps. Ce soir, Joe allait lui faire une bonne, une excellente surprise.

Il leva les yeux vers l'horloge : il était presque neuf heures et demie. Au diable les voisins, au diable les racontars ! se dit-il avec un haussement d'épaules. Si j'ai envie d'aller voir Emma, personne ne m'en empêchera.

Il monta dans sa chambre, mit une chemise propre et s'attarda à sa coiffure. Ce soir, il voulait être à son avantage.

Debout au milieu du magasin d'alimentation, Emma contempla son œuvre avec satisfaction. Cela valait la peine de s'être levée à quatre heures et demie du matin pour préparer ses étalages de Noël, car l'effet en était superbe et dépassait même ses espérances. Elle fit lentement le tour des comptoirs, épousseta çà et là un grain de poussière invisible, inspecta une dernière fois les vitrines où se reflétait la lumière des appliques au gaz. Tout était parfait, impeccable. Les produits exposés étaient assez appétissants pour induire en tentation le plus intraitable puritain. Elle avait artistement su mettre en valeur les *plum-puddings*, enveloppés de mousseline blanche nouée d'un ruban rouge, les cakes, les tourtes. Les jours précédents, elle avait passé des heures à préparer ces chefs-d'œuvre avec l'aide des sœurs Long, et Emma savait que ses efforts allaient être amplement récompensés. Prévoyante, elle avait constitué d'importantes réserves. Mais elle savait que tout serait vendu, jusqu'à la dernière miette.

Devant les vitrines murales, elle avait disposé une grande table où, sur une nappe blanche, elle avait empilé les friandises étrangères et exotiques qu'elle était la seule d'Armley à avoir osé importer. Il y avait de tout : gingembre confit dans des bols de porcelaine chinoise, fruits confits de France, loukoums turcs, dattes égyptiennes, figues de Grèce, mille autres friandises de

495

tous les pays du monde dont elle vérifia la présentation. Elle avait fait un investissement considérable pour dénicher et faire venir en grandes quantités des produits souvent rares, même dans le Royaume-Uni où le goût de l'exotisme était pourtant répandu depuis longtemps. Mais Emma n'avait pas d'inquiétude : elle vendrait tout dans les jours à venir. C'était sa troisième saison de Noël depuis l'ouverture de sa boutique et sa réputation n'était plus à faire dans la région. Elle allait sans doute recevoir plus de clients qu'elle n'en pourrait satisfaire.

Mais les sucreries n'étaient pas seules à justifier la satisfaction d'Emma. Les étagères qui grimpaient à l'assaut des murs jusqu'au plafond regorgeaient de terrines, de pâtés, de jambons, de boîtes de thé multicolores, de bocaux de conserves, de pots de confitures. A côté du comptoir central, trois tonneaux débordaient de fruits secs. L'arôme des herbes et des épices luttait contre les odeurs des fromages. Ailleurs encore, les biscuits et les petits fours, les viandes froides, les volailles rôties. En contemplant ses trésors, Emma ne put retenir un sourire radieux. Ici, elle était chez elle, dans son domaine, à l'abri des Fairley et de tout ce que le monde comptait d'hostile et de menaçant. Ici, elle décidait, organisait à sa guise et recueillait le fruit de ses efforts. Elle n'avait pas encore gagné la fortune dont elle rêvait. Mais elle s'en rapprochait chaque jour. Cette année encore, ses ventes surpasseraient les précédentes, ses bénéfices croîtraient et elle ferait un pas de plus vers la sécurité.

Il était bientôt huit heures. Emma alla relever les stores de la porte et de la devanture, tira les verrous et se prépara pour la première vague de clients, généralement les cuisinières et intendantes des maisons bourgeoises et propriétés des environs. En les attendant, Emma alla s'asseoir sur un tabouret près du poêle et sortit d'un tiroir le livre de compte du magasin de mode, où elle voulait vérifier un détail.

Elle avait loué cette seconde boutique à Joe Lowther depuis un peu plus d'un an et les résultats dépassaient ses plus folles espérances. Laura, qu'elle avait réussi à convaincre d'en prendre la direction, y faisait preuve de capacités au-dessus du commun. Pendant les six premiers mois d'exploitation, les ventes avaient doublé. Depuis, l'expansion se maintenait à un taux tellement au-dessus de la moyenne qu'Emma eut son deuxième sourire de la matinée. L'avenir d'Edwina et le sien étaient assurés.

Le timbre de la porte lui fit lever la tête et elle reconnut l'intendante de l'une des plus belles maisons du quartier résidentiel des Towers. Emma l'accueillit avec un sourire. Elle fit asseoir sa visiteuse, échangea avec elle les propos d'usage sur le temps froid et lui proposa une tasse de thé, que l'autre accepta avec gratitude. Car, seule de tous les commerçants de Town Street, Emma chauffait son magasin et conservait en permanence sur le poêle une théière dont elle usait avec libéralité pour ses pratiques. Ces marques d'hospitalité ne coûtaient guère mais avaient puissamment contribué à établir sa flatteuse réputation.

« Servez-vous de sucre et de lait, madame Jackson, dit Emma en lui tendant sa tasse. Et comment va votre petit Freddy ? Il se remet de sa rougeole, j'espère. »

Là encore, Emma s'était fait une exclusivité de se tenir au courant des malheurs domestiques de sa clientèle, à qui elle offrait toujours une oreille compatissante. Rayonnante de se voir si bien traitée, Mme Jackson affecta néanmoins de pousser le soupir déchirant des mères accablées de soucis.

« Oh ! j'ai eu bien peur ! déclara-t-elle. Mais il s'en remet, grâce à Dieu. Il devrait pouvoir se lever pour Noël. »

Elle fouilla dans son sac, se moucha bruyamment et tendit enfin une feuille de papier à Emma.

« Voici ma liste, madame Harte. Je crois n'avoir rien oublié mais je vais quand même jeter un coup d'œil pour en être sûre. »

Emma commençait à consulter la commande de l'intendante quand le timbre de la porte résonna. En voyant Blackie, elle lui adressa un sourire épanoui :

« Blackie ! Je ne t'attendais pas avant ce soir ! Viens te servir et attends-moi pendant que je termine avec Madame. »

Blackie embrassa Emma, salua la cliente et passa derrière le comptoir pour aller s'asseoir dans un coin écarté. Pendant ce temps, Emma avait repris sa lecture de la liste.

« Tout me paraît très clair, madame Jackson. Cependant... »

Elle fit une moue pensive et feignit de se replonger dans la consultation de la commande.

« Si je puis me permettre, reprit Emma, je me demande si vous n'avez pas prévu un peu juste pour les tourtes et les bûches de Noël. Vous savez que les enfants en redemandent toujours et les vacances vont être longues, cette année. J'ai déjà tellement de commandes sur ces articles que j'aurais peur de manquer à la fin de la semaine, si vous en vouliez davantage.

— C'est vrai, je n'avais pas pensé à cela ! Vous avez raison, madame Harte, ma maîtresse ne serait pas contente. Ajoutez-en trois de chaque et mettez aussi un pudding, pendant que vous y êtes. Je serai plus tranquille. »

Tout en parlant, Mme Jackson faisait des yeux le tour de la boutique. Son regard se posa sur l'étalage des friandises d'importation et elle se leva, sa tasse de thé à la main, pour aller les regarder de plus près.

« C'est bien joli, tout ça ! » s'écria-t-elle en se penchant vers les boîtes de loukoums.

Elle en prit une avec réticence et examina l'étiquette :

« Exclusivité Emma Harte, quantité limitée », lut-elle d'un ton de surprise.

Emma feignait toujours de vérifier la commande mais, du coin de l'œil, ne perdait pas un geste de sa cliente. Elle ne s'était pas trompée en faisant imprimer ses étiquettes, dont la rédaction était conçue pour attiser la convoitise et le snobisme de la clientèle.

L'intendante avait reposé les loukoums et continuait à admirer les produits exotiques dont elle s'arracha finalement avec un soupir de regret.

« Je ne sais pas trop si je devrais... J'ai bien peur que ce soit trop extravagant... »

Emma se tourna vers elle comme si elle n'avait rien remarqué :

« Vraiment, madame Jackson ? C'est curieux, ma meilleure clientèle est d'habitude très friande de ce genre de choses. En fait, de vous à moi, j'ai bien peur de n'avoir pas vu assez large cette année et de n'en avoir pas assez commandé. Tenez, pas plus tard qu'hier, une de vos voisines des Towers m'a demandé de lui en mettre de côté deux de chaque. Je reconnais toutefois que c'est peut-être un peu cher... »

Vexée, l'intendante se redressa et fusilla Emma du regard :

« Ce n'est pas le prix qui nous arrête, madame Harte ! déclara-t-elle dignement. Et puisque on vous en a retenu deux de chaque, vous m'en mettrez trois de côté. »

Emma s'abstint de sourire au succès de sa ruse élémentaire.

« Très bien, madame Jackson, je vais tout de suite vous les réserver. »

Sa vanité piquée au vif, l'intendante passa en revue les rayons et désigna quelques autres articles en commentant :

« Vous savez, nous attendons de la visite, pendant la période des fêtes. Des gens très bien. Il faut être prêt à les recevoir dignement.

— Vous avez parfaitement raison, madame Jackson. S'il vous manquait quelque chose à la dernière minute, n'hésitez pas à envoyer le jardinier. Pour vous, madame Jackson, je m'arrangerais toujours, même s'il fallait mécontenter une autre cliente.

— Vous êtes trop aimable, madame Harte ! répondit l'intendante en minaudant. Avec vous, c'est un plaisir de faire ses achats. Avez-vous bien vérifié ma liste ? Je connais trop votre expérience pour ne pas me fier à vos conseils et je voudrais que ma maîtresse soit satisfaite de mes menus... »

Avec une bonne foi désarmante, Emma entreprit

alors de doubler, ou presque, les quantités commandées par la crédule Mme Jackson et lui recommanda en outre plusieurs produits auxquels elle n'avait jamais pensé.

Au bout d'une dizaine de minutes et de trois tasses de thé, la digne intendante gratifia Emma d'un sourire soulagé et plein de gratitude :

« Merci, madame Harte, merci mille fois! dit-elle avec effusion. Je suis vraiment confuse que vous vous donniez tout ce mal pour réparer mes étourderies! Ah! depuis que vous êtes ici, je peux dire que vous m'avez simplifié la vie, vous savez! Allons, l'heure tourne, il faut que je m'en aille. Merci encore et joyeux Noël. »

Emma la raccompagna jusqu'à la porte :

« Joyeux Noël, madame Jackson. Et ne vous inquiétez de rien vous pouvez vous fier entièrement à moi.

— La pauvre femme, elle ne sait pas ce qui l'attend! » commenta Blackie en éclatant de rire.

Pendant qu'Emma refermait la porte, il contourna le comptoir et vint s'asseoir à la place qu'occupait la cliente.

« Tu serais capable de vendre un sac de charbon à un mineur du Pays de Galles! reprit-il. Je n'avais jamais vu ça! Ma parole, tu as presque doublé la commande!

— Non, je l'ai triplée, dit Emma avec un sourire ironique.

— Enfin... Réjouis-toi pendant qu'il est temps parce que je suis venu te voir ce matin pour te présenter mes condoléances », dit Blackie avec un air de circonstance.

Le sourire d'Emma s'effaça subitement :

« Quelles condoléances?

— J'ai appris que ton pauvre mari, tu sais, le marin, est mort de la typhoïde dans l'océan Indien il y a près d'un mois. Le malheureux, c'est affreux... »

Incapable de retenir son sérieux, Blackie éclata d'un rire tonitruant. Soulagée, Emma l'imita et ils furent un moment dans l'impossibilité de se parler.

« Tu fais vraiment preuve d'une imagination débordante, dit Blackie en reprenant son sérieux. Dans la famille, c'est toi, pas Frank, qui aurais dû faire une carrière d'écrivain. Où diable as-tu été pêcher cela ? La fièvre typhoïde, et dans l'océan Indien, par-dessus le marché...

— Il fallait bien le faire mourir d'une façon ou d'une autre, il devenait trop encombrant ! Tu sais, c'est dur d'avoir un mari, même invisible et volage. C'est pourquoi j'ai pensé que ce qu'il pourrait lui arriver de mieux était précisément de se faire jeter par-dessus bord avec les honneurs militaires. Au moins, il a disparu pour de bon ! »

Blackie pouffa de rire :

« Très juste ! Mais, dis-moi, poursuivit-il en fixant la robe rouge d'Emma, tu ne portes pas le deuil, à ce que je vois ?

— Vais-je me mettre en noir pour un vaurien qui m'a abandonnée depuis des années ? dit Emma en feignant l'indignation. Comment as-tu appris la nouvelle ? C'est Laura qui t'a mis au courant ?

— C'est elle, en effet. Il paraît même que tu as reçu une lettre officielle de l'Amirauté ! Tu n'y as vraiment pas été de mainmorte, avec cette pauvre Laura !

— Il fallait bien que mon histoire soit plausible, Blackie. Maintenant, au moins, c'en est fini des mensonges. Je vais pouvoir recommencer à dire la vérité.

— Ah ! oui, vraiment ? dit Blackie d'un ton sarcastique.

— Parfaitement ! protesta Emma. Sauf en ce qui concerne Edwina, bien entendu. Elle, il faut la protéger jusqu'au bout. Personne ne doit jamais savoir qu'elle est illégitime.

— Ce n'est pas moi qui te trahirai, Emma, tu le sais bien. Au fait, j'ai rencontré David Kallinski, hier. J'avais été voir la nouvelle usine pour préparer les plans des agrandissements. Je lui ai appris ton « veuvage », j'espère que tu n'y vois pas d'inconvénient.

— Ah ! oui ? dit Emma avec circonspection. Et qu'a-t-il dit à cela ?

— Qu'il était désolé. Il avait plutôt l'air du monsieur à qui on apprend qu'il vient d'hériter un million de livres... Dis-moi, Emma, qu'y a-t-il entre David et toi ?

— Mais, rien ! répondit Emma avec innocence. Je suis son associée, un point, c'est tout...

— Je veux bien... En attendant, il ne me donne pas l'impression de voir les choses tout à fait comme tu le dis.

— C'est idiot, Blackie ! De nous tous, c'est toi qui as l'imagination la plus débordante ! »

Blackie haussa les épaules et préféra ne pas répondre. Il plongea la main dans la poche de son pardessus et en sortit une liasse de papiers qu'il tendit à Emma :

« Je t'ai apporté les plans de rénovation de la boutique du milieu et des aménagements pour réunir les trois magasins, comme tu me l'avais demandé. Tu verras que j'ai prévu de percer les murs pour faire communiquer...

— Je te fais entièrement confiance dans ce domaine, tu le sais bien. J'examinerai les plans ce soir. Quand crois-tu pouvoir commencer les travaux ?

— Attends au moins que les fêtes soient finies ! dit-il en riant. Je te promets que nous travaillerons vite, Emma. Tu auras ton grand magasin avant la fin janvier. Cela te convient ? »

Emma répondit par un sourire.

30

Depuis bientôt une heure, assis dans le salon arrière-boutique d'Emma, David Kallinski souriait de plaisir. Il examinait les dessins de la nouvelle collection d'hiver qu'elle avait préparée et, à la vue de chaque modèle, sentait son enthousiasme renaître. Les mêmes mots lui revenaient : Emma a du génie, ses dessins sont des chefs-d'œuvre.

Il reprit un croquis, puis un autre, un autre encore. Il cligna des yeux en les tenant à bout de bras, les rapprocha. Il leur découvrait chaque fois une nouvelle qualité, un nouveau détail retenait son attention. Les lignes simples et nettes, sans fioritures inutiles, avaient été pensées en fonction des impératifs de la production de série. Mais Emma avait imposé le sceau de son originalité dans la richesse des tissus et la hardiesse des mariages de couleurs. Aux yeux de David, Emma avait du génie, et pas seulement comme styliste. Comment faisait-elle pour prévoir les goûts du public ? Ses dons divinatoires ne s'arrêtaient d'ailleurs pas là et les Kallinski père et fils avaient été vivement impressionnés par la sûreté de son jugement financier, son habileté à interpréter un bilan ou un compte d'exploitation. Rien, se disait David, ne pourra l'entraver dans son ascension et il avait le vertige en imaginant les sommets qu'elle pourrait atteindre. Elle nous dépasse tous déjà, se disait-il avec admiration.

Il n'avait pourtant pas lui-même lieu d'être mécontent. Ses projets se réalisaient comme prévu, selon les délais qu'il s'était imparti. Après son petit atelier, encore artisanal, il avait monté sa manufacture quatre mois auparavant, avec la participation financière d'Emma et de Joe Lowther, et en avait confié la direction à son frère Victor pour se consacrer à la vente où il excellait. Dans un mois, David allait avoir vingt-cinq ans. Il n'avait déjà plus d'inquiétude quant à l'avenir et au développement de son entreprise de confection, pas plus que de sa propre destinée. Bientôt, on parlerait de lui à Leeds et dans toute la région. Il s'était promis de devenir riche et respecté à trente ans et il avait fermement l'intention de tenir cette promesse.

Les précédentes collections conçues par Emma avaient été de brillants succès commerciaux. Celle-ci, se dit-il en feuilletant les croquis, allait être un triomphe ! Il en vendrait à Sheffield, à Manchester et, pourquoi pas, à Londres ! Aucun concurrent ne pourrait rivaliser avec lui. Les commandes allaient pleuvoir, les bénéfices gonfler. Bientôt, l'usine serait trop petite...

Le retour d'Emma interrompit ses rêves. Elle était allée à la cave chercher, dans ses réserves, de quoi confectionner un dîner fin et revenait, les bras chargés de choses appétissantes. Elle s'était aussi changée et

David, en la voyant, en resta béat d'admiration. Elle avait mis en son honneur un des modèles de la collection et il était difficile de savoir si c'était la beauté d'Emma qui mettait la toilette en valeur ou le contraire. C'était une robe à la ligne un peu austère, traitée dans un fin lainage vert bouteille qui faisait ressortir son teint clair et l'éclat de ses yeux. La fine étoffe soulignait les courbes et les contours du corps d'Emma qui, ce soir-là, avait laissé flotter sur ses épaules ses longs cheveux châtains aux reflets roux, retenus par un simple ruban de velours. David, hypnotisé, la dévorait des yeux sans se rendre compte de la fixité de son regard.

Emma, pour sa part, en fut immédiatement consciente et s'immobilisa, sourcils froncés :

« Qu'y a-t-il, David ? Ce modèle a un défaut ? »

Il sursauta, rougit, bafouilla :

« Mais pas du tout, pas du tout... Ce modèle est splendide, comme les autres d'ailleurs. Tes dessins sont des chefs-d'œuvre, Emma, et ta collection fera date, crois-moi. »

Elle sourit à son embarras et alla mettre le dîner à chauffer. Quelques instants plus tard, détendus, ils examinèrent une dernière fois l'ensemble de la collection, commentèrent les particularités de chaque modèle, calculèrent les métrages de tissus, les temps d'exécution et autres postes du prix de revient.

« Il nous reste à prendre une décision importante, dit enfin David. Nous ne pouvons pas garder ma marque, c'est un handicap pour la commercialisation. Des robes pareilles avec « Vêtements Kallinski » sur les étiquettes, cela manque de charme et rebute les acheteurs. Qu'en penses-tu, Emma ?

— Je ne sais pas, répondit-elle en faisant la moue. Demande plutôt à Victor, il a toujours de bonnes idées.

— C'est précisément ce que j'ai fait et il a trouvé une marque. J'avoue qu'elle me plaît : c'est le nom de ta célèbre homonyme, la première Emma Hart qui se soit rendue célèbre.

— Je ne savais même pas que j'avais une homonyme célèbre !

— Moi non plus, j'ai honte de le dire... Celle dont m'a parlé Victor est une Emma Hart, sans e.

— Et qu'a-t-elle donc fait, cette Emma-là ?

— Elle a épousé un certain Sir William Hamilton, qui a donc fait d'elle Lady Hamilton. Cela ne te dit toujours rien ? Lady Hamilton a été la maîtresse de l'amiral Nelson et la grande passion de sa vie, celle qu'il a « léguée à la Nation » dans son testament. Tout cela, c'est Victor qui me l'a dit. Tu n'as donc jamais appris l'histoire, ignorante !

— Non, jamais ! répondit Emma en riant. Mais cela me rappelle en effet quelque chose. Lady Hamilton... Mmm, ce n'est pas mal du tout. Cela donnera de la classe à nos robes. On pourrait faire faire des étiquettes avec une couronne ou des armoiries fantaisistes... « Les robes de Lady Hamilton », pourquoi pas ? Cela devrait impressionner les acheteurs. Excellente idée, David. Félicite Victor.

— Je suis ravi que cela te plaise. Crois-tu qu'il faudrait demander à Joe ce qu'il en pense ? »

Emma rit de plus belle :

« Tu sais bien que c'est inutile, Joe souscrit toujours d'avance à tout ce que nous lui disons. Parle-lui-en si tu veux mais je suis sûre qu'il sera d'accord.

— Eh bien, voilà qui est décidé ! Buvons un bon sherry à la mémoire de cette chère Lady et au succès de la collection qui portera son nom et la rendra doublement célèbre ! »

David se leva et tendit les mains à Emma pour l'aider. Ils se retrouvèrent ainsi face à face, les mains jointes, les yeux dans les yeux, incapables de s'arracher à leur mutuelle contemplation et au désir qui les attirait l'un vers l'autre. Emma frémit, comme elle faisait désormais chaque fois que David la touchait ou se trouvait près d'elle. Son visage se colora, son cœur battit plus vite et son sourire se fit presque une invite.

Rendu lucide par l'amour, David avait depuis longtemps perçu le trouble et les hésitations d'Emma. Son respect pour elle, l'intensité même du sentiment qu'il lui portait lui avaient interdit de la brusquer et de profiter des circonstances. Depuis peu, n'y tenant plus, ils avaient échangé quelques baisers avec une passion qui les laissait insatisfaits et avides d'un assouvissement auquel Emma se dérobait cependant. Cette fois, David ne chercha pas à résister à ses impulsions. L'attirant contre lui, il la serra de toutes ses forces, comme pour se fondre en elle. Ses mains descendirent des épaules, s'attardèrent sur le dos, les reins, remontèrent en une caresse sur sa nuque, ses cheveux.

Vibrante, Emma s'abandonna. Sa sensualité, trop longtemps réprimée par la peur des conséquences, se réveilla avec une ardeur avivée par le contact de l'homme qu'elle aimait. Elle ferma les yeux, sentit David la prendre dans ses bras, la porter sur le grand canapé. A demi consciente, elle l'attira contre elle, gémit de plaisir sous son poids qui l'écrasait. Avec David, elle savait pouvoir se laisser aller sans craindre d'en souffrir. Ils s'aimaient. Il n'était pas l'être faible et pusillanime qu'était Edwin Fairley. Il saurait la protéger, l'entraîner à sa suite dans un monde où elle se sentirait à l'aise et en sécurité. Elle n'avait qu'un mot à dire, un geste à faire...

« Non, David, non, murmura-t-elle. Nous ne pouvons pas. Nous n'avons pas le droit. »

Elle le repoussa fermement et se redressa, meurtrie de cet arrachement alors même qu'elle était prête à céder et le désirait de tout son cœur. Ils restèrent assis longtemps sans mot dire, côte à côte sans oser se regarder pour ne pas réveiller leur désir. David leva enfin la main, prit une mèche des cheveux d'Emma qu'il porta à ses lèvres et laissa retomber d'un geste las.

« Je t'aime, Emma, murmura-t-il. Plus que tout au monde. Tu sais que je ne te ferai jamais souffrir. Pourquoi me repousses-tu encore ?

— Ce n'est pas de toi dont j'ai peur, David, mais de moi. J'ai peur de ce qui arriverait si...

— Chut ! dit-il en posant un doigt sur les lèvres d'Emma. Tu as raison, nous ne pouvons pas continuer ainsi. Mais je ne peux pas, je ne veux plus me séparer de toi. Marions-nous, Emma. Marions-nous le plus tôt possible.

— Nous marier ? s'écria-t-elle.

— Pourquoi cet air étonné ? Tu sais que je t'aime depuis longtemps, que je ne me suis retenu de te le dire que parce que tu n'étais pas libre. Tu sais aussi que je n'ai jamais eu envers toi d'intention malhonnête. Je ne veux pas de toi pour maîtresse, Emma. Je veux que tu sois ma femme... Mais qu'as-tu ? Pourquoi pâlis-tu ainsi ?

— C'est impossible, David. Nous ne pouvons pas nous marier, répondit-elle d'une voix étranglée.

— Pourquoi cela ? s'écria-t-il avec incrédulité. Nous nous aimons, tu es libre désormais. Pourquoi continuer à nous torturer ? Le mariage est la solution toute naturelle. Les gens qui s'aiment se marient, d'habitude ! »

Emma se leva et traversa la pièce d'un pas mal assuré. Elle releva machinalement le rideau et regarda par la fenêtre, dans la nuit, les yeux brouillés de larmes. Elle se sentait incapable de lui répondre, elle n'en avait pas le courage.

David observa un instant sa silhouette raidie, ses épaules qu'agitaient des soubresauts. La réaction d'Emma le plongeait dans l'étonnement.

« Mais enfin, parle ! s'écria-t-il. Pour l'amour du Ciel, explique-moi ce que tu as voulu dire !

— Je ne peux pas t'épouser, David, répondit-elle sans se retourner. Ne m'en demande pas plus, je t'en supplie.

— Et moi, je veux en savoir davantage ! Pourquoi cet entêtement ridicule ? Ton mari est mort, plus rien ne nous sépare. Nous nous aimons, nous avons tout pour être heureux, tu le sais comme moi. Alors, serait-ce... Edwina ? poursuivit-il en hésitant. Tu sais que j'en prendrais avec joie la responsabilité et que je l'adopterais si...

— Non, David, Edwina n'y est pour rien. Il s'agit de tout autre chose. »

Emma se retourna, sans cependant oser se rapprocher :

« C'est à cause de ta mère, David. Jamais elle ne consentira à ton mariage avec une femme d'une autre religion.

— Au diable la religion ! Ce n'est pas avec ma mère que je veux passer ma vie mais avec toi !

— Non, David. J'aime trop ta mère pour vouloir lui infliger une telle blessure. Elle est comme une seconde mère pour moi et je ne ferai rien pour trahir sa confiance. Tu es son fils aîné, tu as des devoirs envers elle. Elle est trop croyante, trop orthodoxe dans sa foi pour ne pas haïr une belle-fille qui la dépouillerait des espoirs qu'elle a mis en toi. Je ne veux pas qu'elle me haïsse. Tout ce que je dis est vrai, David, tu dois en convenir. »

Assis sur le canapé, David accueillit cette déclaration en silence. Accoudé sur ses genoux, les mains serrées, la tête basse, il parla enfin d'une voix sourde :

« Regarde-moi, Emma, regarde-moi bien en face et dis-moi que tu ne m'aimes pas. Alors, je comprendrai. »

Il avait relevé les yeux et la dévisageait. Emma lui rendit son regard :

« Non, David, je ne peux pas te dire cela... »

Elle traversa lentement la pièce et vint s'agenouiller devant lui. En hésitant, elle leva la main, lui caressa le visage du bout des doigts :

« Parce que je t'aime, David. Autant que tu m'aimes. »

David sourit, lui prit la main pour l'attirer contre lui, la serra contre sa poitrine.

« Tu m'aimes, Emma. Rien d'autre ne compte.

— Non, David, ce n'est pas vrai. »

Elle se dégagea doucement et s'assit près de lui.

« Dans la vie, il y a bien d'autres choses qui comptent aussi, reprit-elle. Je ne veux pas être la cause de malheurs et diviser ta famille. Je me mépriserais... Regarde-moi ! poursuivit-elle en voyant son expression de nouveau butée. Nous n'avons pas le droit d'édifier notre bonheur sur le malheur d'autrui. Le regret se glisserait entre nous et finirait par détruire ce que nous aurions voulu bâtir. Nous aurions tort de nous aveugler, de nous obstiner. »

Il lui prit la main qu'il serra convulsivement avant de la porter à ses lèvres. Tant d'inflexibilité sous tant de fragilité apparente, se dit-il en la contemplant. Il se mordit les lèvres, faillit pleurer :

« Je n'en crois pas mes oreilles, Emma... Tu serais donc prête à sacrifier notre bonheur pour quelques croyances religieuses ridicules et plus qu'à demi mortes ? Non, c'est impossible ! Toi, Emma, prête à te battre contre le monde entier pour lui arracher ce dont tu as envie, tu reculerais devant un Dieu auquel tu prétends ne plus croire, devant des rites qui ne sont même pas les tiens ? C'est pire qu'absurde, c'est criminel !

— Peut-être, David. Mais ce n'est pas aussi simple que tu le dis. Essaie au moins de me comprendre... »

Elle s'interrompit, accablée. Elle avait profondément blessé David et sa douleur, qui l'atteignait, aggravait son propre désarroi.

Ils restèrent ainsi un long moment, immobiles, silencieux, l'un près de l'autre mais séparés par un mur. David se passa la main sur le visage, comme pour en effacer les traces d'un cauchemar. Il se sentait oppressé, vidé de ses forces, dépouillé de tous ses rêves et de tout espoir. Les paroles d'Emma, il ne le savait que trop bien, étaient vraies. Il savait aussi que rien ne la ferait changer d'avis, non plus que sa mère. Elles étaient de la même trempe.

Il se leva, arpenta nerveusement la pièce quelques instants, trop désemparé pour prendre une décision. A la fin, il s'arrêta devant Emma, la regarda d'un air implorant :

« Est-ce ton dernier mot ? demanda-t-il.

— Oui, David. J'en souffre autant que toi, sinon davantage. Mais je ne peux pas rendre ta mère malheureuse.

— Je te comprends... Pardonne-moi si je préfère m'en aller tout de suite. Désolé pour ton bon dîner, mais je n'ai plus guère d'appétit... »

Il tourna brusquement les talons et s'éloigna avant qu'elle puisse voir ses yeux se remplir de larmes.

« David! s'écria Emma en se levant. Attends! Ne... »

Le claquement de la porte lui coupa la parole. Restée seule, pétrifiée, Emma fixa longuement l'endroit où David se tenait un instant plus tôt. Elle bougea enfin, ramassa machinalement les dessins de la collection qu'elle rangea dans un tiroir et se laissa tomber sur le canapé. Une odeur de brûlé parvint jusqu'à elle, mais elle était incapable de s'en occuper. Elle pensait, en fait, plus à David qu'à elle-même et se rendait compte qu'elle avait toujours eu le pressentiment de ce qui venait de se produire. Ils resteraient amis, certainement, et rien ne briserait leur association d'affaires. Mais il ne pouvait y avoir entre eux d'amour durable. Emma connaissait trop bien Janessa Kallinski pour ne pas savoir que la mère de David resterait intraitable. Le temps atténuerait leur peine, cicatriserait leurs blessures. Mais le souvenir du bonheur perdu ne les quitterait pas plus qu'Emma ne pourrait sans doute oublier l'expression foudroyée qu'elle avait vue, ce soir, sur le visage de David Kallinski.

Une heure plus tard, Emma était toujours au même endroit quand des coups frappés à la porte la tirèrent de sa prostration. Elle se leva d'un bond : David était revenu! Courant presque, sourire aux lèvres et le cœur palpitant d'impatience, Emma ouvrit et se figea, frappée de stupeur. Ce n'était pas David qui se tenait devant elle. C'était Gerald Fairley.

Passé le premier moment de panique et d'incrédulité, elle voulut claquer la porte au nez de l'intrus. Il était trop tard, Gerald la coinçait du pied.

« Que voulez-vous ? parvint-elle enfin à articuler.

— Eh bien, Emma, ça ne te fait pas plaisir de me revoir ? dit-il d'un air goguenard.

— Non, pas le moins du monde. Partez. »

Gerald était encore plus gras, plus répugnant que dans son souvenir, avec sa taille épaisse et ses doigts boudinés. Ses bajoues tremblotaient comme de la gélatine. Mais sa masse lui donnait une puissance contre laquelle Emma ne pouvait pas lutter. Il repoussa la porte d'un coup d'épaule et la referma derrière lui avant de s'y adosser.

« Je n'ai pas l'intention de partir avant de *vous* avoir dit deux mots, *madame* Harte! répondit-il en ricanant.

— Je n'ai rien à vous dire. Partez immédiatement! »

Gerald lui décocha un regard malveillant :

« Où est l'enfant? »

Emma crut que ses jambes allaient se dérober mais réussit à conserver son air froid.

« Quel enfant?

— Tu me prends pour un imbécile? L'enfant que t'a fait Edwin! Ne me raconte pas d'histoires, il m'a tout avoué la semaine dernière. Quand je lui ai dit que j'avais retrouvé ta trace par hasard, cet imbécile voulait venir te voir, réparer ses torts envers toi et son enfant chéri! J'ai eu toutes les peines du monde à l'en empêcher. »

Gerald se pencha vers Emma, son visage bouffi déformé par un rictus haineux. Livide, Emma recula malgré elle.

« Tu vois, Emma, le monde est petit. Nous avons racheté la filature Thompson la semaine dernière. Imagine ma surprise en trouvant ton nom sur les vieux registres du personnel. Tu n'étais encore qu'une ouvrière, à l'époque, tu n'étais pas devenue commerçante, ajouta-t-il avec un ricanement. Maintenant, assez perdu de temps. Où est l'enfant?

— Je n'en ai pas, dit Emma en serrant les poings.

— Assez de mensonges! gronda Gerald. Il suffit que j'aille à l'hôpital, pauvre idiote! A moi, ils n'oseront pas refuser de consulter les registres. Allez, parle! Edwin n'aurait pas avoué t'avoir engrossée si ce n'était pas vrai, surtout à la veille de se marier avec la fille de Lord Stansby. Tu le savais, n'est-ce pas? »

Il fit un pas, lui agrippa le bras :

« Avoue! reprit-il d'un ton menaçant. Tu caches cet enfant pour faire chanter Edwin plus tard, quand il sera marié! C'est tout ce dont les petites grues dans ton genre sont capables... Mais je ne te laisserai pas faire un scandale! Qu'en as-tu fait, de ton bâtard, hein? Et d'abord, c'est un garçon ou une fille? »

Emma se débattit vainement pour lui échapper et lui jeta un regard chargé de haine et de dégoût.

« Lâchez-moi! Si vous osez lever encore la main sur moi, je vous tuerai, Fairley! »

Gerald éclata de rire. En regardant autour de lui, il remarqua la lueur d'une lampe filtrer dans l'escalier qui menait à la chambre. Il repoussa brutalement Emma pour s'y précipiter, sourd aux menaces qu'elle lui lançait en courant derrière lui. Quand il arriva en haut des marches, Gerald ouvrait déjà les tiroirs et les armoires dont il jetait rageusement le contenu à terre.

« Que faites-vous, misérable? cria Emma.

— Je cherche les preuves de l'existence de cet enfant que tu prétends ne jamais avoir eu. Quand j'aurai trouvé, je saurai te faire passer l'envie du chantage! »

Emma tremblait de fureur mais elle n'avait pas peur. Elle savait que Gerald ne trouverait rien, ici, susceptible de le mener à Edwina, même s'il était capable de conduire sa fouille avec méthode.

Il eut bientôt tout mis sens dessus dessous et ses recherches avaient été infructueuses. Incapable de se maîtriser, il saisit Emma aux épaules et se mit à la secouer avec violence en hurlant :

« Vas-tu enfin parler, petite grue, petite putain! Avoue, parle! Où est-il, cet enfant de malheur?

— Il n'y a pas d'enfant et je vous ordonne de me lâcher! »

Enragé, Gerald la secoua de plus belle, ses doigts s'incrustant dans les épaules d'Emma. Elle eut un cri de douleur et lorsqu'il la lâcha brusquement elle tomba de tout son long sur le lit.

Le visage congestionné, Gerald regarda la forme étendue devant lui. Il vit les cheveux défaits, le visage aux traits animés par la peur et la haine, la robe à demi relevée qui dévoilait les jambes, le corps voluptueux que l'on devinait sous le tissu fin. Son expression changea, une lueur s'alluma dans ses yeux.

« Tu me dois bien une compensation, putain! dit-il en

512

ricanant. Tu ne me refuseras pas ce que tu accordais si généreusement à mon petit frère! Je ne suis pas jaloux et ça restera dans la famille. »

Suffoquée devant cette attaque imprévue, paralysée par la terreur que lui inspirait la physionomie bestiale de Gerald, Emma ne put réagir. Déjà, il s'approchait en dégrafant son pantalon et elle parvint à se reculer au fond du lit, contre le mur qui lui interdisait la fuite. Elle se détourna, se débattit, chercha à échapper à l'immonde contact de ses lèvres. Mais Gerald l'écrasait de sa masse, faisait des efforts malhabiles pour lui arracher ses vêtements et s'agitait en ahanant. Le cœur soulevé de dégoût, Emma sentit soudain qu'il s'affaissait sur elle et restait immobile, avachi, un sourire béat aux lèvres. Elle parvint à le repousser et se leva d'un bond en trébuchant sur les piles de linge répandues sur le parquet. C'est alors, en baissant les yeux, qu'elle vit le devant de sa robe taché d'une souillure gluante.

Un accès de folie meurtrière la saisit. Elle empoigna des ciseaux posés sur sa table à ouvrage et les brandit au-dessus de Gerald :

« Levez-vous et partez, avant que je vous tue! »

Il se retourna d'un bloc, pâlit devant l'expression d'Emma et se releva lourdement en se rajustant de son mieux. A la porte, se sentant à l'abri d'un danger immédiat, il s'efforça de crâner :

« Tu n'oserais jamais...

— Ne me provoquez pas. Dehors! »

Il s'engagea dans l'escalier, suivi d'Emma qui le menaçait toujours de ces ciseaux. Elle le vit s'arrêter à mi-chemin et se tourner vers elle avec un sourire de défi :

« Ce n'est que partie remise, ma belle! La prochaine fois, c'est toi qui en redemanderas, tu verras! »

Cette bravade redonna à Emma son sang-froid. Gerald était un lâche, il venait d'en donner la preuve. Elle le dominait, elle était redevenue maîtresse de la situation. Elle brandit les ciseaux : Gerald dévala le reste de l'escalier. Alors, avec un éclat de rire sarcastique, Emma descendit derrière lui et le rejoignit à la porte. Elle laissa tomber son arme, leva les mains et, d'un geste délibéré où le mépris se mêlait à la haine, elle lui griffa les joues en y laissant des sillons sanglants.

Gerald rugit de douleur :

« Garce ! Attends que je te retrouve !

— Quand vous me retrouverez, vous le regretterez. Car ce sera le jour de votre ruine. Je vous ruinerai, je vous détruirai, vous et les vôtres. Sortez !

— Nous ruiner, toi la bonniche devenue épicière ! Pauvre imbécile ! C'est moi qui t'écraserai, comme une vermine. Et je reviendrai, compte sur moi. A bientôt ! »

Dès que Gerald eut claqué la porte derrière lui, Emma tourna la clef à double tour et poussa les verrous. La nausée au bord des lèvres, elle courut à l'évier nettoyer l'immonde tache de sa robe, faillit vomir en la touchant par inadvertance, regarda autour d'elle, désemparée. Elle vit alors la cheminée, arracha sa robe et la jeta au feu. Maintenant que sa haine ne la soutenait plus, elle se laissa tomber sur une chaise et se mit à trembler.

Pour la première fois depuis son départ de Fairley, Emma avait peur. Gerald ne retrouverait jamais Edwina à Ripon. Mais il était assez stupide et assez vicieux pour revenir la harceler, comme il l'en avait menacée. Emma ne se sentait plus à l'abri des Fairley. Elle n'avait pas encore assez d'argent pour édifier autour d'Edwina et d'elle-même ce mur protecteur dont elle avait désormais le plus pressant besoin. Que faire ? se dit-elle avec désespoir. Que vais-je devenir, seule ?

Si seulement elle avait un mari... Un mari fort et riche, capable de se dresser entre elle et Fairley. Mais David lui était interdit. Quant à Blackie, son ami, son frère, il ne pouvait en être question. Emma pensa alors fugitivement à Joe Lowther. Joe était riche, il était amoureux d'elle et serait trop heureux de l'épouser. Mais Emma n'aimait pas Joe. Elle avait pour lui l'estime et l'affection que commandaient ses qualités, car Joe était bon, honnête et l'on pouvait toujours lui faire confiance. En l'épousant, Emma commettrait une mauvaise action et le priverait de l'amour d'une femme, dont il était digne. Elle se soumettrait surtout à la pénible épreuve de devoir partager son lit et porter ses enfants. A cette idée, elle eut un mouvement de recul. Non, décidément, Joe était à écarter. Comment, d'ailleurs, Emma pourrait-elle envisager de sang-froid de se donner à un autre homme alors que David seul occupait son cœur et ses pensées ?

Pourtant, il n'y avait pas d'autre issue. Elle n'avait pas le choix.

Alors, Emma se mit à pleurer et ses sanglots retentirent tard dans la nuit au milieu du petit salon silencieux. Ce fut le froid, longtemps plus tard, qui lui fit reprendre conscience. Elle se leva, croisa frileusement les bras et adressa à David une prière muette pour qu'il lui pardonne.

Elle avait pris sa décision.

1914-1917

Il est toujours plus difficile de vivre au sommet.
Le froid y est plus vif, les responsabilités plus lourdes.

NIETZSCHE

31

« Voici la dernière épreuve de la une, monsieur. Sauf contrordre, on roule dans cinq minutes.

Adam Fairley hocha la tête. Sous ses yeux, la première page de la *Yorkshire Morning Gazette* était barrée par une manchette :

LA GRANDE-BRETAGNE DECLARE LA GUERRE A L'ALLEMAGNE !

Mêlés à des têtes d'articles ou des clichés photographiques, d'autres titres ressortaient sur la page :

LA BELGIQUE ENVAHIE... UN POSEUR DE MINES BRITANNIQUE COULE EN MER DU NORD... LE GOUVERNEMENT REQUISITIONNE LES CHEMINS DE FER... LA ROYAL NAVY VEILLE.

Depuis le début de la soirée, Adam Fairley avait supervisé dans la fièvre la mise au point de ce numéro historique de son journal. Lord Jocelyn Sydney, son ami d'enfance, était venu le rejoindre et les deux hommes n'avaient échangé que quelques mots au fil des heures. Maintenant, l'irrémédiable était confirmé : la guerre que, depuis quatre jours, l'on espérait éviter en dépit de tout, avait enfin éclaté. Adam avait suivi heure par heure les dépêches de l'agence Reuter et les bulletins de ses correspondants à Londres. A l'optimisme têtu de son ami, il avait toujours opposé un réalisme sombre. Les événements lui donnaient, hélas, raison.

« Croyez-vous sérieusement à ce que vous disiez tout

à l'heure, Adam ? demanda Jocelyn en s'asseyant devant lui.

— Oui, mon ami, j'ai bien peur que nous ne nous engagions dans une guerre très longue et qui dépasse en horreur tout ce que le monde a connu. Je crains surtout que nous ne soyons pas aussi bien préparés que le gouvernement veut nous le faire croire.

— Asquith est pourtant un homme sensé...

— Asquith a les mains liées. Dieu merci, Churchill a eu l'Amirauté depuis trois ans et la marine est prête. Mais c'est bien notre seule force armée qui le soit. Nous n'avons eu que trop peu d'hommes clairvoyants, comme lui, pour prévoir l'inévitable. Moi-même, je l'attendais et je le redoutais depuis bientôt quatre ans.

— Vous exagérez, Adam ! Personne ne pouvait raisonnablement s'attendre à ce qu'une chose pareille se produisît ! L'Europe entière va être à feu et à sang, avec le jeu des alliances.

— C'est exactement ce que Bruce McGill me disait déjà il y a près de dix ans. En 1904, si je ne me trompe.

— Bruce ? Je ne le savais pas devin !

— C'est un homme très riche et qui a des intérêts partout. Il a des amitiés dans le monde entier et bénéficie de renseignements de première main. L'année dernière, quand je l'ai vu à Londres avec son fils Paul, il m'a prédit tout ce qui se passe actuellement et je ne l'ai pas cru... Je ne suis décidément pas plus sensé que les autres, mon cher Jocelyn. A nous cacher ainsi la tête dans le sable, nous nous exposons à de cruels retours à la réalité.

— Kitchener va-t-il être nommé à la Guerre, à votre avis ?

— Espérons-le. Son prestige donnera peut-être du courage à nos troupes, faute de mieux. Car il va falloir lever d'urgence une armée. On parle déjà d'une campagne de recrutement pour enrôler les célibataires.

— Grand Dieu ! Pourquoi donc ?

— Nous n'avons pas de conscription, Jocelyn, et jamais nous ne trouverons assez de volontaires. »

Lord Sydney pâlit :

« Si c'est vrai, Adam... Jamais je ne pourrai empêcher mes garçons de s'enrôler. Vous avez de la chance avec les vôtres. Gerald sera sûrement réformé et Edwin est marié. Il a surtout le sens de ses responsabilités envers Jane et vous.

— Je n'en suis pas si sûr, Jocelyn. Edwin a un caractère très impulsif et je ne pense pas que le fait d'être marié le refroidira. Il est homme à faire passer ses responsabilités envers le roi et la patrie avant sa famille. Comment le lui reprocher, d'ailleurs ? Il a le sens de l'honneur. J'étais comme lui, à son âge...

— Mon Dieu, quelle catastrophe, Adam, quelle catastrophe ! Quand je pense... »

Lord Sydney ne termina pas sa phrase et préféra ruminer en silence ses pensées. De son côté, Adam Fairley était d'humeur trop sombre pour relancer la conversation.

Il releva la tête un instant plus tard :

« Je suppose que vous décommandez vos chasses ? dit-il en se levant.

— Bien entendu, mon cher Adam. Par les temps qui courent, ce n'est pas sur des faisans que l'on aurait envie de tirer des coups de fusil... Vous avez raison, partons. Cette pièce a pris pour moi une allure funèbre. »

Une heure plus tard, la nouvelle Daimler d'Adam Fairley s'arrêtait devant le perron de Fairley Hall. Plus lugubre que jamais, Murgatroyd accueillit son maître dans le hall et commenta les nouvelles du jour d'un ton de circonstance. Adam l'interrompit d'un geste impatient : il avait vu de la lumière filtrer sous la porte de la bibliothèque.

« Madame n'est pas montée se coucher ? demanda-t-il.

— Non, elle attend Monsieur. Je lui ai porté une tasse de chocolat il y a une demi-heure et... »

Adam ne l'écoutait pas. Il traversa le hall à grands pas et ouvrit la porte. Olivia, qui avait entendu sa voix, venait déjà à sa rencontre et tomba dans ses bras, le visage défait :

« Oh! Adam, quelles horribles nouvelles, murmura-t-elle.

— Soyons courageux, ma chérie... »

Il la tint embrassée un long moment, lui caressa les cheveux, la couvrit de baisers.

« Tu n'aurais pas dû m'attendre, reprit-il. Il est tard.

— Je ne pouvais pas dormir sans t'avoir revu, Adam. Tu dois être mort de fatigue. Depuis quatre jours, tu n'as pour ainsi dire pas quitté le journal.

— C'est vrai, admit-il. Je boirais bien quelque chose pour me donner un coup de fouet. »

Pendant qu'il s'asseyait dans un fauteuil devant la cheminée, Olivia alla lui préparer un whisky. Il la suivit des yeux et, comme chaque fois qu'il était avec elle, en oublia sa lassitude et son anxiété. A cinquante-quatre ans, Olivia était aussi belle et d'allure aussi jeune qu'à trente ans. De fait, disait souvent Adam, elle semblait embellir avec l'âge. Son visage était à peine griffé de quelques rides qui rendaient sa beauté plus touchante. Dans ses cheveux noirs, une mèche presque blanche faisait un effet saisissant. Depuis leur mariage, en 1908, ils vivaient un bonheur si complet, leur compagnie les satisfaisait si pleinement qu'ils en oubliaient parfois l'existence de leur entourage.

Olivia revint bientôt et tendit son verre à Adam.

« Edwin a téléphoné, cet après-midi, dit-elle dans la conversation. Je l'ai mis au courant des événements, il ne les connaissait pas encore.

— Comment a-t-il réagi ? demanda Adam avec inquiétude.

— D'une manière étonnamment calme. Jane et lui vont d'ailleurs arriver demain pour passer une semaine ici, comme prévu. Nous pourrons donc en parler à loisir.

— J'en suis ravi et soulagé. Connaissant le caractère d'Edwin, je le voyais déjà se précipiter en ville et faire Dieu sait quel coup de tête... Ils te tiendront au moins compagnie pendant la journée, quand je ne suis pas là.

— Adam, dit Olivia en hésitant, crois-tu qu'ils soient heureux ? »

Adam fronça les sourcils. Il croyait être le seul à avoir remarqué le manque de chaleur entre son fils et sa belle-fille.

« Je n'en ai pas la moindre idée, répondit-il évasivement. Pourquoi me le demandes-tu ?

— Je ne saurais le dire exactement. Ils me paraissent, comment dirais-je ? presque distants. Edwin est toujours charmant et plein de prévenances envers Jane mais on sent que le cœur n'y est pas. Il m'est aussi arrivé de surprendre, dans le regard d'Edwin, une expression de vide ou de détresse. Tu ne t'en étais pas rendu compte ? »

Adam hésita à s'engager dans une conversation qu'il redoutait. Mais, voyant Olivia surprise de son silence, il finit par répondre :

« Puisque tu m'en parles, j'admets m'en être une ou deux fois fait la remarque. A mon avis, s'il y a mésentente dans le ménage, ce ne peut être que la faute d'Edwin. Depuis quelques années, il n'est plus le même. Il consacre ses jours et ses nuits à sa profession, perd intérêt pour tout le reste et semble n'avoir pour seule ambition que de devenir le plus célèbre avocat d'Angleterre avant d'avoir trente ans. J'ai bien peur, en effet, que cela ne l'aveugle et qu'il ne néglige honteusement cette pauvre Jane.

— C'est aussi mon impression.

— Ils ont pourtant tout pour être heureux. Jane est ravissante, charmante, affectueuse... Dommage qu'ils n'aient pas d'enfants, cela les rapprocherait. J'avoue aussi que j'aurais été heureux d'être grand-père... Mais ils ne sont mariés que depuis trois ans, après tout, et je suis sans doute trop impatient. »

Olivia fixait pensivement le feu et ne répondit d'abord pas. Elle releva enfin les yeux et se tourna vers Adam :

« As-tu cru à cette sordide histoire que Gerald t'a racontée il y a quelques années ? Tu sais, cette liaison entre Edwin et Emma Harte ? »

Pour la première fois, Adam mentit délibérément à Olivia. Il ne voulait pas la troubler davantage en exhumant inutilement un souvenir douloureux et qu'il valait mieux oublier.

« Je n'en ai pas cru le premier mot! s'écria-t-il en feignant la conviction. Gerald ment comme il respire et il a inventé n'importe quoi pour nuire à Edwin, dont tu sais qu'il a toujours été maladivement jaloux. »

Olivia fit une moue dubitative :

« Je me rappelle que tu avais quand même fait procéder à une enquête discrète, à l'époque. Es-tu sûr des renseignements que ·tu avais obtenus? Est-ce vrai qu'Emma n'avait pas eu d'enfant d'Edwin?

— Absolument! déclara Adam. Mais pourquoi me parles-tu aujourd'hui de cette vieille histoire? Personne n'y pense plus et mieux vaut la laisser retomber dans l'oubli.

— Je ne sais pas, mon chéri. Elle m'est sans doute revenue en mémoire en parlant du mariage d'Edwin et de son bonheur ou, plutôt, de ses problèmes conjugaux. Si tu m'affirmes qu'il ne s'est rien passé de ce que prétendait Gerald, Edwin n'a donc rien à se reprocher. Et pourtant, je ne puis m'empêcher de croire que sa conscience le tourmente. Sans doute s'agit-il de ces étranges expressions que je lui vois par moments.

— Tu as trop d'imagination, ma chérie. Gerald a menti, un point c'est tout. Quant aux états d'âme que tu crois deviner dans les yeux d'Edwin, ils proviennent tout simplement de ce que son mariage le déçoit, pour des raisons que nous ignorons et qui ne nous regardent pas. Nous sommes, toi et moi, bien placés pour savoir qu'il y a peu de mariages heureux. Le nôtre constitue une rare exception, et à quel prix!

— Tu as sans doute raison, Adam. Pauvre Edwin... Il n'y a rien de pire que de se marier sans amour. Jane doit en souffrir, elle aussi. »

Adam se leva pour couper court à une conversation qui le mettait mal à l'aise.

« Il est très tard, Olivia. Allons nous coucher. »

Elle le suivit docilement. Mais, tandis qu'il regagnait

leur chambre, Adam Fairley ne pouvait chasser de son esprit les inquiétants pressentiments réveillés par les questions d'Olivia. A vrai dire, il ne s'intéressait guère au ménage d'Edwin. Ce qui le souciait, c'était la crainte de voir son fils s'engager dans l'armée et voler au-devant du danger. Car le jeune homme semblait avoir perdu le goût de la vie, voire l'instinct de conservation le plus élémentaire. La mort de John Harte, Adam s'en était aperçu, avait brisé en Edwin quelque chose d'essentiel. Son mépris de la vie et son patriotisme le pousseraient à prendre des risques extravagants, et Adam Fairley pouvait à bon droit redouter de perdre le seul fils qu'il aimait.

« Non, Frank! s'écria Emma en serrant plus fort le combiné téléphonique. Je te le défends! Tu n'as pas de raisons de t'exposer inutilement...

— J'ai des tas de raisons, au contraire! l'interrompit Frank. Ecoute, Emma, l'armée me refuse car je n'ai pas la taille et le poids réglementaires, paraît-il. Mais je suis journaliste et il faut bien qu'il y ait quelqu'un, là-bas, pour rendre compte des événements.

— Pas toi, Frank! Tu es trop jeune.

— J'aurai vingt-trois ans le mois prochain. Et tu ne peux rien me défendre, ma chère sœur! répliqua Frank avec impatience. Mon rédacteur en chef m'y envoie comme correspondant de guerre, c'est un honneur que je ne veux pas refuser.

— Un honneur, tu appelles cela un honneur! Mais tu vas traîner dans les tranchées, au milieu des batailles! Si l'armée ne veut pas de toi, c'est que tu n'es pas capable de supporter des choses pareilles, voyons! Je t'en supplie, Frank, réfléchis encore avant de décider.

— Ma décision est déjà prise, Emma. Je ne t'ai appelée que pour te prévenir de mon départ. Je m'en vais demain, à cinq heures du matin.

— Oh! Frank! Pourquoi ne m'as-tu rien dit avant?

— Ne t'inquiète donc pas tant, tu ne fais que me rendre mon départ plus difficile, protesta Frank avec gentillesse. Allons, il faut que je te quitte. Embrasse tout le monde de ma part et je te donnerai de mes nouvelles. Si tu veux être au courant de mes faits et gestes, lis mes articles dans le *Chronicle*! Au revoir Emma.

— Oh! Frank, Frank... »

Emma ravala ses larmes avec effort.

« N'oublie pas de prendre des vêtements chauds. Et sois prudent, je t'en supplie.

— Mais oui! »

Quelques instants plus tard, Emma tenait encore le combiné silencieux; elle ne raccrocha qu'en entendant les injonctions de l'opératrice. Frank, son petit frère bien-aimé, allait partir pour le front, dans la boue des Flandres où se déroulaient des combats meurtriers. Cela ne suffisait pas que Winston soit quelque part en mer, sans donner de nouvelles. C'était maintenant au tour de Frank... Quel besoin, aussi, avait-il de se jeter ainsi dans une mêlée où il n'avait rien à faire?

Un mouvement de colère succéda à l'angoisse d'Emma. Sans la réputation que Frank s'était faite, il ne serait pas parti. Car elle l'avait d'abord vu avec fierté parvenir au premier rang de sa profession : Frank était le type même du jeune reporter que les rédacteurs en chef sont fiers d'attirer dans leurs équipes. Il écrivait avec virtuosité, était passé maître dans l'art du raccourci qui porte, dans le rendu d'une atmosphère; il savait décrire l'essentiel d'un événement, en dégager les lignes de force, en démonter les causes. Passionné de son métier, Frank n'avait bien entendu pas hésité à accepter le poste de correspondant de guerre qu'on lui offrait, honneur convoité par les journalistes les plus chevronnés. Si seulement il avait échoué, se dit Emma avec colère. Si seulement il était resté obscur. Au moins, il ne serait pas en danger.

Car elle se rendait responsable des périls courus par son jeune frère et ne se pardonnerait jamais s'il lui arrivait malheur. Elle aurait pu le laisser stagner dans ce petit hebdomadaire de Shipley où Frank avait fait ses débuts. Mais l'ambition qu'elle avait pour lui l'avait poussée à intervenir... Elle s'en voulut de cette réflexion injuste : sans son aide, Frank aurait aussi bien percé.

Cela aurait pris un peu plus longtemps, voilà tout, mais rien n'aurait pu étouffer son talent, ni le faire douter de lui. En fait, Emma n'avait rien fait que de lui ménager un entretien avec le rédacteur en chef du *Mercure* de Leeds, dont elle avait fait la connaissance. Une fois engagé au quotidien, Frank avait pu faire ses preuves et sa carrière avait suivi son cours.

Il y avait eu aussi la publication de son livre, qui avait contribué à asseoir son succès et à étendre sa réputation. Là encore, Emma avait pris les choses en main. Un soir, Frank lui avait donné le manuscrit d'un roman sur lequel il travaillait depuis deux ans et dont, disait-il, il n'était pas très content.

« Il y a des choses à reprendre, avait-il dit à Emma, mais j'aimerais que tu me dises ce que tu en penses. »

Elle avait passé sa nuit à le lire et, le lendemain matin, s'était précipitée pour voir Frank au journal :

« Que veux-tu dire par des « choses à reprendre »? s'était-elle exclamée. C'est un chef-d'œuvre et il faut le faire éditer. Laisse-moi faire, je m'en occupe! »

Le jour même, elle invitait le rédacteur en chef à un déjeuner fastueux dans le meilleur restaurant de Leeds, ne lui laissant ensuite ni un jour ni une heure de répit jusqu'à ce que l'infortuné, de guerre lasse, eût envoyé le manuscrit à un de ses amis, éditeur à Londres, avec une chaleureuse recommandation. Bien entendu, le manuscrit fut accepté. Emma avait négocié elle-même le contrat. A la sortie du roman, la critique lui fit un accueil favorable et, plus important encore aux yeux d'Emma, le livre eut un beau succès de librairie. Du jour au lendemain, Frank était devenu connu, sinon célèbre, et il s'était vu offrir peu après un poste à la rédaction du *Daily Chronicle* de Londres. Parti pour Fleet Street sous les bénédictions d'Emma, il y avait fait une brillante carrière et on le donnait désormais pour l'un des jeunes journalistes les plus prometteurs de Grande-Bretagne. Son avenir était assuré... Ou, du moins, l'était-il jusqu'à ce soir.

« Maudite guerre! » s'écria Emma.

Le conflit mettait ses deux frères en danger. Mais il

avait aussi pour conséquence de bouleverser ses projets les plus soigneusement échafaudés. A vingt-cinq ans, alors qu'elle se voyait à la veille de la réussite, tout était brutalement remis en question. Elle eut honte de son mouvement d'humeur : avait-elle le droit de se plaindre d'un ralentissement de ses affaires quand tant de jeunes gens, tant d'innocents perdaient leur vie ? Et puis, se dit-elle avec son pragmatisme coutumier, à quoi bon spéculer sur un avenir incertain, redouter des périls encore hypothétiques ? Elle ne pouvait rien y changer. Elle avait au moins la faculté d'intervenir sur le cours des événements qui la touchaient de près. Mieux valait concentrer exclusivement son attention sur l'immédiat.

Elle se leva après un dernier coup d'œil au téléphone et traversa le hall en faisant claquer ses mules sur le sol de marbre. La grande horloge sonna deux heures comme elle posait le pied sur la première marche de l'escalier. Tout dormait dans la maison. Malgré elle, Emma frissonna et serra contre elle sa légère robe de chambre.

Quelques instants plus tard, elle pénétrait silencieusement dans la chambre à coucher et se glissait dans le grand lit à colonnes. Joe remua faiblement :

« Emma ?

— Pardonne-moi, Joe. Je t'ai réveillé ?

— Non, pas toi, la sonnerie du téléphone. Qui était-ce ?

— Frank. Il est nommé correspondant de guerre et part pour le front tout à l'heure. Je n'ai rien pu faire pour l'en empêcher.

— Pourquoi part-il si vite ? dit Joe d'une voix ensommeillée. Il aurait pu attendre de voir comment les choses tournaient.

— Il n'a rien voulu savoir. Je suis morte d'inquiétude, Joe. Mes deux frères sont à la guerre, maintenant... »

Il s'aperçut du tremblement dans la voix d'Emma et se redressa sur un coude :

« Ne t'inquiète donc pas tant, Emma. Cette fichue

guerre sera terminée dans deux, trois mois au plus. »

Emma répondit par un grognement de mauvaise humeur. Joe n'avait décidément aucun sens des réalités! Quand elle avait essayé de le mettre en garde contre les risques de guerre, il n'avait pas même écouté. Maintenant, il faisait preuve d'un aveuglement exaspérant et croyait les rumeurs les plus fantaisistes, au point qu'Emma ne perdait plus son temps à en discuter avec lui.

Maintenant bien réveillé, Joe contempla la silhouette d'Emma près de lui et sentit son désir renaître. Avec elle, il ne pouvait rien faire pour se contenir et déplorait la froideur qu'elle lui témoignait, toujours assortie de quelque excuse : migraine, fatigue, malaise disparaissant mystérieusement au lever du jour... Il posa timidement une main sur l'épaule de sa femme et l'embrassa sur la joue.

L'haleine de Joe sentait l'oignon, la bière et le tabac froid. Emma se raidit, détourna la tête :

« Je t'en prie, Joe, pas ce soir! dit-elle d'un ton excédé. J'ai eu une longue journée, je suis inquiète du sort de mon frère... Comment peux-tu te montrer aussi égoïste? Tu sais que je ne veux pas me retrouver encore enceinte, surtout en ce moment!

— Je serai prudent, je te le promets. Cela fait des semaines que tu me repousses, Emma. Sois gentille! »

Elle ne répondit pas et Joe prit son silence pour un consentement. Il s'enhardit, entreprit des manœuvres d'approche dont la balourdise ne fit qu'aggraver l'irritation et le dégoût d'Emma. Mais elle ne pouvait ni ne voulait provoquer encore une scène déplaisante en refusant à Joe ses droits conjugaux. En l'épousant, Emma s'était promis d'être pour lui une bonne épouse et elle s'était toujours fait un point d'honneur d'honorer ses promesses. Mais elle n'avait pas compté avec la métamorphose de Joe. Au contact d'Emma, lui, le timide, avait si bien surmonté ses inhibitions que ses appétits tournaient à l'obsession. Combien de temps Emma pourrait-elle encore supporter les « agressions » qu'il lui faisait constamment subir? Car rien ne rebutait Joe

529

qui, aveuglé par sa passion, ne semblait pas même s'apercevoir de la froideur d'Emma.

Résignée, elle se laissa faire passivement sous les frénétiques coups de boutoir de celui dont elle avait fait son mari et pensa à autre chose. Plus tard, au bout de ce qui lui sembla une éternité, Joe se calma enfin et Emma s'écarta avec soulagement pour l'entendre, presque tout de suite, se mettre à ronfler.

« Il aurait au moins pu me dire bonsoir », grommela-t-elle à mi-voix.

Pour sa part, elle avait définitivement perdu le sommeil. Elle se glissa hors du lit, se rendit silencieusement jusqu'à la salle de bain et fit couler dans la baignoire de l'eau brûlante dont elle s'aspergea avant de se plonger dedans, avec l'espoir de calmer ses nerfs à vif. Un long moment plus tard, enfin détendue, elle se frictionna, se sécha, s'attarda sur son reflet dans le miroir. A vingt-cinq ans, et après deux grossesses, elle n'avait pas pris une once de graisse ni perdu sa silhouette juvénile, malgré les fatigues et les soucis. Sur son visage à l'ovale toujours parfait, nulle trace de l'anxiété qui la tiraillait. Blackie lui disait souvent qu'elle était impénétrable comme le Sphinx et cela n'était pas fait pour lui déplaire, car cette impassibilité était l'un de ses meilleurs atouts. Satisfaite de son examen, elle mit une chemise de nuit propre et un léger déshabillé de mousseline et descendit au rez-de-chaussée, dans son cabinet de travail. Pour Emma, le travail avait toujours été un dérivatif, presque un repos. Cette nuit, il lui servirait à oublier les pensées déprimantes ou déplaisantes dont son esprit était rempli.

Mais le clair de lune qui passait par les portes-fenêtres entrebâillées lui fut une distraction si forte qu'elle finit par se lever pour aller s'accouder à la balustrade de la terrasse et contempler le jardin. Il faisait une belle nuit de fin août, chaude et odorante. Dans la légère brise qui la caressait, Emma se sentit soudain délivrée et aspira à pleins poumons l'air chargé du parfum des fleurs. Au-dessus d'elle, dans le ciel pur, la pleine lune répandait une lumière assez vive pour atténuer le scintillement des étoiles. Sous cet éclat, les massifs, les buissons taillés, les arbustes et les pelouses prenaient un aspect quasi irréel. Emma eut soudain l'envie de parcourir les allées, de toucher, de humer chaque fleur, de se plonger dans les plages d'ombre noire que découpaient les buis ou qui prolongeaient les murs couverts de lierre et de vigne vierge. A la vue de ce paisible jardin, il était impossible d'imaginer une guerre sauvage qui, depuis près d'un mois, sévissait de l'autre côté de la Manche; il était révoltant d'accepter comme une fatalité que tant de jeunes hommes sacrifient leur vie à cette absurdité.

A pas lents, Emma descendit dans le fond du jardin, vers un recoin abrité et secret où elle aimait particulièrement se retirer. C'était un bosquet enchâssé dans d'immenses rhododendrons rehaussés de pivoines, dont les roses, les mauves et les blancs alternaient en formant une harmonie pleine de grâce apaisante. Joe avait voulu, à cet endroit, planter une roseraie et Emma s'y était opposée avec une véhémence qui l'avait laissé pantois. Nulle part, en effet, dans ce grand jardin, Emma n'avait consenti à laisser pousser le moindre rosier. Elle s'était bornée à déclarer qu'elle ne pouvait pas souffrir ces fleurs, sans cependant avouer que leur parfum lui donnait de violentes nausées et que leur vue réveillait en elle des souvenirs insupportables.

Sous les basses branches d'un grand hêtre, Emma avait disposé un vieux banc et les enfants avaient baptisé ce bosquet « le coin de maman ». Car c'était toujours là qu'Emma venait chercher le repos quand les responsabilités se faisaient trop pressantes, ou quand elle cherchait un moment de paix pour réfléchir à l'aise. Nul n'osait venir l'y troubler. Aussi, cette nuit-là, vint-elle d'instinct y trouver refuge. Le souvenir de Joe et de ses frénésies amoureuses lui causa un nouvel accès d'irritation. Mais elle le domina bientôt et ressentit envers lui une commisération un peu condescendante. Pauvre Joe, se dit-elle, ce n'est pas sa faute si je l'excite à ce point...

Sa colère ainsi dissipée, Emma réfléchit posément. Tout à l'heure, pendant que Joe haletait sur elle, elle avait sérieusement envisagé de le quitter. Maintenant qu'elle y pensait de sang-froid, elle était incapable de s'y résoudre. D'abord à cause des enfants : ils adoraient Joe qui leur était également attaché et ne consentirait jamais à s'en séparer. Emma avait elle-même encore besoin de lui, pour plus d'une raison. Mais surtout, Joe ne voudrait jamais rendre à Emma sa liberté, tant son amour pour elle tournait à la manie. Il arrivait parfois à Emma de souhaiter qu'il fût volage et qu'il prenne prétexte des humiliantes rebuffades qu'elle lui faisait subir pour aller chercher des consolations dans des bras plus accueillants. Elle avait dû se rendre à l'évidence : Joe n'avait de goût que pour elle et pour elle seule. Aucune autre femme n'existait à ses yeux, Emma était l'unique objet de son désir. Il l'emprisonnait dans la cage de son amour exclusif.

Si elle examinait sa vie conjugale avec objectivité, Emma devait aussi convenir qu'elle aurait tort de vouloir la changer. Elle n'en avait d'ailleurs nullement l'intention. Joe Lowther remplissait à merveille le rôle qu'elle lui avait assigné de tampon entre le monde extérieur et elle. Par ailleurs, et même si elle ne l'aimait pas, elle avait pour lui de l'affection. En dehors de ses fureurs érotiques, il était excellent mari, plein de prévenances et de discrétion. Il ne se mêlait jamais de la conduite des affaires d'Emma. Certes, il n'était pas sans défauts et pouvait, à l'occasion d'une querelle sur un sujet sans importance, se montrer aveuglément opiniâtre ou tomber dans des accès de rage indignes de son âge. En dépit de ses travers, Joe Lowther était finalement un homme plutôt meilleur et sûrement pas pire que les autres.

Il n'était pas non plus dans le caractère d'Emma de nourrir de mesquines rancunes. Joe Lowther avait donc été pour elle un fort bon mari, sinon au lit, du moins pour tout le reste ou presque. Sa générosité n'était jamais prise en défaut. Ainsi, il avait acheté sans discuter cette maison en décembre 1910, à peine quatre mois après leur mariage. Au mois de juin précédent, peu avant la cérémonie, il avait fait un nouvel héritage bien plus considérable que celui de sa mère. Une grand-tante, du côté maternel bien entendu, était morte à quatre-vingt-onze ans sans héritiers directs et ce fut donc à Joe qu'échut une succession considérable — maître Ainsley n'avait su trouver mieux, cette fois — comprenant plus de cent cinquante mille livres en liquide, une propriété de campagne à Old Farnley et un impressionnant ensemble industriel et commercial à Leeds, dont les revenus annuels plongèrent le pauvre Joe dans une stupeur teintée de crainte. Aussi, après avoir estimé à sa juste valeur la véritable fortune dont il se trouvait désormais bénéficiaire, il céda aux instances d'Emma, abandonna son obscur travail de comptable et fit l'acquisition d'une des plus belles maisons des Towers convenant mieux à son standing.

Cette maison, presque un petit château, était située dans un parc aménagé au sommet de ce quartier résidentiel. Enclos de grilles, le parc abritait huit grandes maisons, elles-mêmes entourées de jardins clos de murs. Dès qu'elle y eut jeté les yeux, Emma en tomba amoureuse. L'architecture en était sobre et belle, le jardin agréable, la vue que l'on en découvrait ravissante. Les vastes pièces de réception, hautes de plafond, se prêtaient aux plus luxueux aménagements et l'étage principal ne comportait pas moins de huit chambres et trois salles de bain, espace amplement suffisant pour accueillir la famille, qui allait d'ailleurs s'agrandir, car Emma était enceinte.

La taille imposante de la demeure et les occupations d'Emma, qui voulait moins que jamais interrompre ses activités firent que Joe se retrouva à la tête d'un important personnel domestique, y compris la nièce de sa fidèle Mme Hewitt, Clara, engagée comme nurse pour s'occuper des enfants : Edwina, d'abord, puis Christopher, qui naquit en juin 1911.

Le jour où elle emménagea dans ce petit palais, Emma se sentit enfin en sécurité. Ici, Gerald Fairley n'oserait jamais venir la relancer. Depuis quatre ans, Emma ne pouvait penser sans un frisson à l'odieuse agression qu'il lui avait fait subir en cette nuit d'avril et son appréhension de le voir revenir à la charge avait mis longtemps à s'effacer.

David Kallinski ne s'était pas résigné aussi facilement qu'elle l'avait cru, et il avait fallu plusieurs semaines à Emma pour le convaincre que sa décision était irrévocable. Il s'était finalement incliné, plein de tristesse. C'était lui qui, depuis, limitait sagement leurs rapports aux seules réunions de travail. Malgré sa propre peine et son désir de renouer avec lui les longues conversations amicales où elle puisait tant de réconfort, Emma n'avait pas insisté pour ne pas aggraver la peine qu'ils ressentaient tous deux.

Rassurée quant à l'évolution de ses relations avec David, Emma avait alors lancé sa campagne matrimoniale, pour prendre Joe Lowther dans ses filets. Elle n'eut pas grand mal à remporter la victoire. Follement amoureux d'elle, paralysé en sa présence et rendu sot par sa beauté, émerveillé par son intelligence, Joe fut pour elle une proie facile et consentante. Emma se contenta d'accroître la fréquence de leurs rencontres « d'amitié » et de ne pas décourager ses avances. D'abord furtives, elles perdirent peu à peu de leur timidité puis, voyant qu'on ne le repoussait pas, Joe s'enhardit enfin au point de demander la main d'Emma en bafouillant. En l'entendant dire oui, l'innocent Joe fut plongé dans de telles extases qu'il ne se rendit jamais compte qu'il avait été manœuvré.

Le lendemain, Emma lui avoua la naissance illégitime d'Edwina. Elle le fit avec une sincérité si désarmante que Joe ne songea pas à mettre en doute sa version des faits, la même dont elle s'était servie des années auparavant auprès de Blackie. Il admira sa franchise, s'émut devant le courage dont elle avait fait preuve en supportant seule un si lourd fardeau. Il lui déclara noblement que le passé n'existait pas à ses yeux, ce qui était d'ailleurs vrai. Emma l'avait si bien ensorcelé qu'il ne voyait rien d'autre que l'infini bonheur d'avoir été admis à devenir son mari. Il ne tiqua même pas quand Emma lui fit des « révélations » sur son « mariage ». Car il fallait, pour éviter le désastre, qu'elle prépare ses proches à la réapparition d'un marin du nom de Winston Harte qui serait son frère, et non son imaginaire mari. David et Laura, à qui elle dit la même fable, l'acceptèrent en toute bonne foi et n'y virent pas malice.

Le moment le plus pénible fut, pour Emma, la présentation à Winston et à Frank d'une fillette de trois ans, qui ne pouvait manifestement pas avoir été engendrée par Joe Lowther. Encore sous le charme de sa grande sœur, Frank n'osa rien dire; s'il avait des doutes ou des critiques, il s'abstint de les formuler. Winston réagit tout différemment. Il avait toujours placé Emma sur un piédestal et sa faute lui fit l'effet d'une trahison. Il fit à sa sœur une scène violente où il l'accabla de reproches. Plus tard, il se convainquit lui-même qu'elle avait été la victime d'un individu sans scrupules et fut ainsi capable, pour sa propre tranquillité, de l'absoudre, de la plaindre et de lui redonner son lustre. Mais Joe ne pouvait évoquer sans une crainte rétrospective, et Emma avec une forte envie de rire, les chapelets de jurons et les épithètes de corps de garde dont Winston avait usé pour maudire le voyou qui avait osé violer sa sœur. Ainsi, sans incidents graves, Emma avait été capable de faire table rase de ses dissimulations passées et d'entrer dans sa nouvelle vie avec une conscience nette.

Et Joe, dès le début, avait été à la hauteur, Emma ne pouvait pas le nier. Il avait adopté Edwina, lui avait donné son nom. Il avait surtout manifesté d'emblée un amour sincère pour cette enfant. Emma se demandait parfois s'il n'avait pas pour elle plus d'affection que pour Christopher, son propre fils.

Assise sur son banc, entourée des rhododendrons qui luisaient doucement sous la lune, Emma en arriva à vivement regretter son accès de mauvaise humeur contre Joe. En toutes circonstances, il s'était conduit avec noblesse et dignité, il avait toujours fait preuve de générosité. Comment, pourquoi lui en voulait-elle alors qu'il lui donnait des preuves d'amour dont n'importe quelle femme serait comblée? Le don qu'elle lui faisait de son corps était un prix minime pour tout ce qu'il lui avait offert sans compter...

Emma se leva en soupirant et regagna la maison à pas lents. Ce ne serait pas toujours facile, mais elle saurait désormais faire taire ses dégoûts. Avec la même détermination qu'elle mettrait à décider d'un achat de stock ou négocier un marché de fournitures, Emma résolut de devenir une épouse attentive et aimante.

32

Le lendemain matin, plus tôt encore que d'habitude, Emma était à son bureau dans la toilette élégante mais sévère que Joe appelait son « uniforme », simple robe de soie noire ornée d'un rang de perles. Absorbée dans l'étude de deux gros registres comptables, elle n'entendait pas les bruits du magasin qui ouvrait, ni de la circulation sous ses fenêtres. Elle examinait, en effet, les derniers résultats du grand magasin qu'elle avait acheté vers la fin de 1912 et inauguré en janvier 1913, après l'avoir fait transformer de fond en comble par l'entreprise de Blackie O'Neill.

Le succès en avait été immédiat. Intrigué par la campagne de publicité qu'avait lancée Emma, le public était venu en foule louer, dénigrer ou simplement contempler les surprenantes innovations de cette ambitieuse jeune femme, que l'on ne se gênait pas pour traiter de parvenue. Elle avait racheté le plus ancien, mais aussi le plus démodé, des grands magasins de Leeds pour y déployer avec ostentation un luxe et une originalité propres à ébahir les badauds. Bientôt, cependant, les détracteurs se turent, conquis à leur tour par l'atmosphère douillette, le confort et le prestige de ce temple du commerce. La décoration raffinée, les tapis moelleux, les lustres et les miroirs, sans oublier les parfums discrètement vaporisés par des orifices invisibles, tout cela eut sur les premiers visiteurs un effet magique.

Venus en curieux, les promeneurs restèrent en clients pour palper, admirer, comparer des marchandises qu'ils finissaient par acheter. Car ils étaient, à leur insu, soumis à une véritable mise en condition dont Emma, longtemps avant l'apparition des techniques modernes du « merchandising », avait intuitivement jeté les bases et codifié les principes.

Tout y concourait : l'ambiance, la sélection des marchandises, l'éventail des prix ainsi qu'une rigoureuse formation des vendeuses à la technique de la « vente persuasive » qu'Emma était seule à mettre en œuvre, tant cette mentalité était contraire aux habitudes de l'époque. Elle n'en eut que plus de succès et l'on venait de Leeds et de toutes les villes des environs faire ses achats chez Emma Harte et y dépenser sans vraiment s'en rendre compte.

Emma n'avait rien négligé pour assurer à son magasin une popularité durable. Parmi ses innovations les plus spectaculaires figurait un salon de thé, installé au troisième étage et décoré dans le style d'une *garden-party*, à grand renfort de papiers peints de scènes champêtres, de tonnelles et de meubles de jardin en rotin. Le charme de ce lieu, où les robes des serveuses ajoutaient des tons pastel, fit sensation tant il tranchait sur la lourdeur et la pompe victoriennes encore si fort en vogue. En quelques jours, il devint le rendez-vous obligé des élégantes de la ville. On s'y retrouvait pour un petit déjeuner tardif, un lunch léger ou le thé de l'après-midi. Rares étaient les visiteuses qui, au passage, ne se laissaient pas tenter à quelque rayon et repartaient du magasin les mains vides. Les concurrents d'Emma furent forcés de suivre son exemple, sans cependant la détrôner.

Elle avait aussi lancé d'autres nouveautés qui révolutionnèrent les habitudes commerciales de la région, car Emma ne négligeait aucun détail pour s'attacher la fidélité de sa clientèle. Parmi ces innovations qui firent fureur, la pratique de l'emballage cadeau dont l'idée, peu coûteuse au demeurant, lui était venue au souvenir de la joie ressentie devant le présent offert par Blackie pour ses quinze ans. Très vite, son papier argenté au semis de violettes devint le symbole du cadeau de prestige que l'on aime offrir autant, sinon plus, que recevoir. Son portier en uniforme bleu galonné d'or portait les paquets des clientes, ouvrait les portières des voitures et rendait mille menus services fort appréciés. Enfin, le magasin se chargeait de livraisons et de commandes à domicile. Ce service eut un tel succès qu'Emma dut, en six mois, doubler sa flotte de fourgons et ses équipes de livreurs.

C'est pourquoi, vingt mois à peine après son ouverture, le magasin dégageait-il déjà des bénéfices croissants. En examinant les chiffres, Emma se rendit compte ce matin-là que sa trésorerie lui permettait de fonctionner plusieurs années si nécessaire. Ce n'était toutefois qu'avec la plus vive répugnance qu'elle allait se résoudre à retirer cinquante mille livres de son compte en banque. La guerre était à peine commencée mais Emma, avertie par son intuition, craignait qu'elle ne soit longue. Si les restrictions devenaient sévères ou si, plus simplement, le public se laissait gagner par un esprit d'austérité et n'achetait plus que l'indispensable, elle risquait d'en souffrir gravement. En une telle conjoncture, il lui fallait agir avec la plus extrême prudence et résister à la tentation de gonfler exagérément ses stocks ou de s'agrandir à l'excès.

Après avoir passé en revue les comptes d'exploitation du grand magasin, Emma tourna son attention vers les livres des Magasins Gregson, entreprise de fournitures en gros dont elle avait acquis le contrôle. Les réserves liquides en étaient largement supérieures à celles du magasin proprement dit, car Emma, sous ce couvert, fournissait d'importantes quantités de marchandises diverses à la plupart des grands magasins du Royaume-Uni, avec des marges bénéficiaires confortables et des frais généraux extrêmement réduits. Gregson, par ailleurs, possédait des stocks assez importants pour que les besoins de réapprovisionnement ne se fassent pas sentir avant plusieurs mois. Il n'y avait donc pas de dépenses à prévoir de ce côté-là. En examinant ensuite les chiffres des facturations à recouvrer, dont le total atteignait environ cent quatre-vingt mille livres, elle constata que si, pour la plupart, ses débiteurs jouissaient d'un excellent crédit et régleraient à l'échéance, un certain nombre de clients, petits et moyens commerces, étaient notablement en retard. Elle prit note des noms et des raisons sociales des créanciers douteux dont elle allait exiger le paiement de leurs dettes. Dans l'ensemble d'ailleurs, elle était décidée à supprimer dorénavant tout crédit et ne consentirait exceptionnellement trente jours qu'aux clients les plus fidèles. Autant Emma compatissait aux problèmes personnels, autant elle se montrait insensible et même impitoyable dès qu'ils s'agissait d'affaires et son cœur n'intervenait jamais dans ses décisions. A Joe qui, un jour, lui reprochait d'avoir dans les veines de l'eau glacée à la place du sang, elle avait répondu froidement : « Ni plus ni moins qu'un banquier. Ne t'en étais-tu pas encore aperçu ? »

Pensive, elle referma les livres et reprit un numéro du *Financial Times* du début de la semaine. Au 31 juillet, la Banque d'Angleterre avait décidé de faire passer le taux de l'escompte de 4 à 8 p. 100, mesure qui avait provoqué de vifs remous, encore aggravés par la fermeture de la Bourse de Londres. L'annonce de la guerre avait engendré une panique boursière qu'il fallait enrayer et la suspension des séances du *Stock Exchange* avait déjà permis une substantielle remise en ordre. Le spectaculaire doublement du taux de l'escompte avait pour objectif, de son côté, de prévenir la fuite de l'or à l'étranger. Dès ce jour-là, il ne faisait déjà plus de doute que la guerre allait éclater, malgré les démentis officiels.

Ces inquiétants événements auraient dû décourager Emma de se lancer dans une nouvelle entreprise. Après mûre réflexion, elle avait au contraire décidé d'en hâter l'exécution. Le relèvement du loyer de l'argent l'avait fait renoncer aux crédits bancaires dont elle usait d'habitude. Elle allait donc financer son projet à l'aide de ses fonds propres. Et c'est pourquoi elle examinait ses comptes avec une attention particulière ce matin-là.

Cet examen l'avait entièrement rassurée. Les cinquante mille livres dont elle avait besoin se trouvaient, et au-delà, dans les disponibilités de sa filiale Gregson qui bénéficiait par ailleurs de valeurs exigibles à court terme plusieurs fois supérieures. Ce fut donc sans la moindre hésitation qu'elle prit dans un tiroir le carnet de chèques au nom de cette entreprise, y inscrivit la somme requise et glissa le chèque dans une enveloppe à l'adresse de maître Frederick Ainsley. Elle décrocha ensuite son téléphone pour appeler Vince Hartley, directeur de Gregson. Elle lui donna d'abord ses instructions pour faire immédiatement rentrer les créances en retard et ne plus désormais consentir le moindre crédit sans son autorisation. En outre, il fallait appliquer le taux d'intérêt légal de 8 p. 100 à tous les débiteurs négligents, ce qui attira un cri de protestation de la part de Hartley :

« C'est un peu dur, madame ! Ils ne vont plus nous passer de commandes...

— Aucune importance, interrompit sèchement Emma. Je serais au contraire ravie qu'ils ne nous commandent plus rien.

— Mais les entrepôts sont pleins à craquer ! Tout cela nous restera sur les bras, si nous ne...

— Réfléchissez un peu avant de parler, Hartley ! La guerre a éclaté et qui dit guerre dit restrictions. Tout va devenir rare et beaucoup d'industries, pour ne pas dire toutes, vont tourner presque exclusivement pour la défense nationale. Les stocks que nous avons et qui vous font si peur vaudront bientôt leur poids d'or. Conservons-les, est-ce clair ?

— Oui, madame, vous avez raison. Autre chose, nos deux représentants sur l'Ecosse ont donné leur démission. Ils s'engagent dans l'armée. Nous allons être à court de personnel. Combien puis-je en engager ?

— Aucun. Nous partagerons le territoire entre les autres, ce n'est pas le moment de pousser les ventes, comme je viens de vous le dire. Occupez-vous d'urgence de faire rentrer les créances, je compte sur vous. A lundi. »

540

Après avoir raccroché, Emma réfléchit. Il vaudrait sans doute mieux congédier tous les représentants, ne plus vendre qu'au compte-gouttes quand on ne pourrait pas faire autrement et réserver les marchandises entreposées chez Gregson pour le grand magasin... Sa secrétaire l'interrompit en annonçant maître Ainsley.

Emma se leva, rectifia d'un geste machinal les plis de sa coiffure et l'apparence de sa robe. Sourire aux lèvres, elle se leva et contourna son bureau pour accueillir son visiteur. Aussi fut-elle surprise et contrariée de voir apparaître sur le seuil non pas le notaire lui-même mais son fils Arthur.

Arthur Ainsley était un grand jeune homme blond, à l'élégance affectée du dandy trop sûr de son charme. Il n'avait rien de la tournure d'esprit cérémonieuse de son père et, loin de s'exprimer en majuscules, préférait l'aparté et le ton de la confidence propres selon lui, à favoriser les propos amoureux. Emma réprima une grimace en le voyant entrer, ignora son allure conquérante et se força à être aimable.

Cela lui fut difficile. Le beau jeune homme lui saisit la main, la porta à ses lèvres avec les apparences de la ferveur, débita incontinent de plates fadaises sur la beauté rayonnante d'Emma et tenta de l'éblouir de son sourire dévoilant ses dents blanches. Emma coupa court à ses marivaudages :

« Monsieur votre père va bientôt nous rejoindre, je pense », déclara-t-elle avec froideur.

Car Arthur avait beau être principal clerc dans l'étude de son père, à qui il était appelé à succéder, Emma n'avait jamais pu le considérer autrement que comme un saute-ruisseau.

L'Adonis fit son plus suave sourire :

« Hélas ! non, chère madame ! Mon pauvre père est cloué au lit depuis hier soir par une mauvaise grippe. Je suis donc venu vous voir en ses lieu et place.

— J'en suis navrée, répondit Emma sans préciser si son regret s'appliquait à la maladie du père ou à la présence du fils.

— Cependant, se hâta de préciser Arthur, mon père

541

m'a instruit de votre affaire. Il m'a recommandé de vous dire que vous n'hésitiez pas à lui téléphoner si vous me jugiez mal qualifié pour résoudre votre problème. »

Il avait prononcé ces derniers mots avec la fatuité de celui qui se sait amplement qualifié et attend qu'on le lui dise. Emma le détrompa sèchement :

« Je n'ai aucun « problème ». Il s'agit simplement de conclure une transaction dont j'ai abondamment discuté avec monsieur votre père. Le travail étant déjà fait, j'espère en effet que vous serez capable de vous en charger. »

Arthur Ainsley ne put réprimer une grimace. Depuis un an, il se dépensait pour se faire bien voir d'Emma Harte et ses efforts étaient de plus en plus mal récompensés. Chipie, se dit-il en faisant son plus beau sourire.

« Je ferai de mon mieux, chère madame, dit-il en s'inclinant. Vous savez que mon plus cher désir est toujours de vous satisfaire...

— Venons-en aux choses sérieuses, interrompit Emma avec un geste de la main. Je m'étonne que monsieur votre père vous ait mis au courant de mon affaire, comme vous dites, car je ne lui ai pas dit pourquoi je souhaitais le voir aujourd'hui. »

Le bel Arthur se troubla, rougit et se décroisa nerveusement les jambes. Emma le fusilla d'un regard froid et poursuivit :

« Permettez-moi donc de vous expliquer rapidement ce dont il s'agit. J'ai engagé, depuis quelques semaines, des pourparlers avec M. William Layton, des filatures Layton à Armley. Il se fait vieux, son affaire périclite et il désire vendre pour échapper à la faillite. Nous nous étions mis d'accord sur la somme de cinquante mille livres, ce qui est raisonnable compte tenu de la valeur des installations. Il n'y a en effet presque aucun autre actif. La clientèle a virtuellement disparu et les stocks consistent en tissus de mauvaise qualité, pratiquement invendables...

— Ça ne me paraît pas une bien bonne affaire, chère madame, intervint Arthur en faisant l'important.

— Laissez-moi finir, je vous prie, dit Emma d'un ton

glacial. Les bâtiments et les machines sont en bon état, disais-je, et ne nécessitent que de menus travaux de modernisation. La filature possède surtout des stocks très importants de laine brute qui m'intéressent au premier chef. Venons-en maintenant à l'objet de notre entretien. Dans le compromis de vente que nous avons signé, M. Layton était d'accord sur mes conditions de règlement, qui étaient de quinze mille livres à la signature de l'acte et le solde au bout de six mois, délai suffisant pour remettre l'entreprise sur pied. Nous étions sur le point de conclure quand, il y a quelques jours, M. Layton m'a fait savoir qu'il changeait d'avis et ne désirait plus vendre. J'ai eu du mal à le croire mais je n'ai pu que m'incliner.

— Vous auriez été en droit de le forcer à respecter sa promesse de vente, dit Arthur en se rengorgeant. Mon père n'a pas oublié de vous le dire, j'espère?

— Je lui en avais parlé, en effet, et il me l'a confirmé, répondit Emma en contenant mal son exaspération. Mais j'ai préféré ne rien faire sur le moment. M. Layton est un homme âgé, je ne voulais pas le mettre dans une situation délicate. J'ai donc informé monsieur votre père que je chercherais une autre filature. Or j'ai appris récemment de source sûre que la volte-face de M. Layton était due au fait qu'il avait reçu une autre proposition, à des conditions plus favorables que les miennes, bien que la somme totale soit identique. Le manque de correction de M. Layton à mon égard m'a d'abord irritée, car il aurait au moins pu m'informer de cette proposition pour me permettre soit de l'égaler soit de lui en faire une supérieure. J'ai cependant réfléchi et j'ai décidé de lui verser la totalité du prix qu'il demande en un seul règlement, payable dès lundi. »

Arthur Ainsley se redressa, se frotta le menton de l'air pensif du tabellion qui soupère les intérêts de son client et mesure l'étendue de ses responsabilités, et parla enfin en s'efforçant d'imiter son digne père :

« Je vois... En d'autres termes, vous ne lui soumettez pas de proposition plus favorable, vous modifiez simplement l'échelonnement des paiements pour en faire

543

un règlement au comptant. Cela me paraît risqué, chère madame. Votre concurrent pourra se contenter d'en faire autant et vous vous retrouverez dans une impasse si Layton décide en fin de compte de ne pas vous vendre sa filature. Savez-vous où en sont ses pourparlers avec l'autre partie ?

— Ils n'ont encore rien conclu. Je sais par ailleurs que mon concurrent est incapable en ce moment de payer cette somme comptant, car il vient d'effectuer d'importants achats de machines pour ses propres filatures. Il hésitera sans doute à faire appel à une banque, du fait des taux d'intérêt actuels et il aura probablement du mal à obtenir du crédit, car il est fortement endetté. Tout ceci m'a donc amenée à penser que je puis m'en débarrasser sans mal en agissant vite auprès de Layton.

— C'est bien possible », admit Arthur qui ne pouvait rien dire de mieux.

Emma préféra ne pas relever l'ineptie de cette interruption et conclut son exposé :

« Je sais enfin que M. Layton est pressé de signer. Ses créanciers le harcèlent et il a besoin d'argent très rapidement. Vis-à-vis de lui, je suis donc dans une position de force. »

Arthur hocha la tête, visiblement impressionné par la logique imperturbable d'Emma. Sa dignité ne lui permettait cependant pas de la laisser triompher sans qu'il soulève des objections. Chargé de veiller aux intérêts de ses clients, un notaire a le devoir de les sauver de leur propre folie.

« Avez-vous bien réfléchi, chère madame ? demanda-t-il avec une gravité comique. Engloutir une pareille somme en temps de guerre dans une affaire chancelante représente un risque considérable.

— Je ne prends aucun risque, répondit Emma en haussant les épaules. Je compte précisément obtenir des marchés de l'Etat pour la fourniture d'uniformes. L'affaire est donc aussi peu chancelante que possible. »

Arthur Ainsley ne s'avoua pas battu :

« Vous pensez à tout, chère madame ! s'exclama-t-il

avec admiration. Vous me permettrez cependant de vous faire observer que vous serez bien loin d'être la seule à solliciter de tels marchés. Les filateurs de la région sont établis depuis longtemps, possèdent des contacts au ministère...

— Moi aussi, cher monsieur, dit Emma avec un sourire froid. Je n'ai aucune inquiétude à ce sujet.

— Dans ce cas... Dans quel sens désirez-vous que nous intervenions auprès de M. Layton ?

— Appelez-le par téléphone lundi matin à la première heure et faites-lui part de ma proposition. Prenez rendez-vous avec lui pour lundi après-midi à votre étude. J'y viendrai et nous signerons l'acte sur-le-champ. Assurez-vous aussi qu'il viendra avec son notaire et que l'acte sera prêt pour la signature, je ne veux aucune perte de temps. Est-ce clair ? »

Chipie, se répéta Arthur Ainsley. Elle s'y entend à donner des ordres... Il lui fit son sourire le plus soumis :

« C'est parfaitement clair, chère madame. Il en sera fait selon vos désirs. Cependant... »

Emma ne lui laissa pas le temps de finir :

« Voici un chèque de cinquante mille livres à l'ordre de votre père, dit Emma en lui tendant l'enveloppe. Vous pourrez ainsi dire à M. Layton, quand vous l'appellerez, que vous avez véritablement la somme entre les mains. »

Emma ne put s'empêcher de sourire en voyant la mine ébahie du jeune homme.

« Rassurez-vous, cher monsieur, reprit-elle. Vous n'aurez aucun mal à régler ce petit problème. Je vous répète que M. Layton est aux abois et que mon concurrent ne dispose pas des fonds nécessaires. Nous jouons sur le velours. »

Le ton subitement charmeur d'Emma, le « nous » qu'elle venait d'employer pour le hisser, croyait-il, à son niveau et, surtout, la brillante démonstration qu'elle venait de faire de ses qualités de femme d'affaires, tout cela balaya le dépit d'Arthur Ainsley qui se reprit à espérer :

« Avec vous, chère madame, aller au bout du monde serait facile! Oserais-je vous prier à déjeuner lundi? Je pourrais ainsi vous informer du résultat de ma conversation avec M. Layton et nous pourrions mettre au point...

— Je suis navrée! l'interrompit Emma. J'ai justement un déjeuner lundi, que je ne puis décommander. Mais j'arriverai à l'étude à quatorze heures, si vous voulez. Nous pourrons ainsi jeter un dernier coup d'œil sur l'acte et vérifier que vous n'avez rien oublié. »

Arthur ravala son dépit de se voir une fois de plus dédaigné et, pis encore, rabroué sans subtilité. Il gaspillait décidément les trésors de sa séduction avec Emma Harte et ferait mieux de les répandre ailleurs...

« Soit. Je n'oublierai rien, n'ayez crainte, dit-il d'un ton vexé.

— Allons, tant mieux! dit Emma en se levant. Au revoir, cher monsieur. Et n'oubliez pas de transmettre à votre père tous mes vœux de rétablissement. »

Arthur espérait s'incruster. Pris au dépourvu, il se leva précipitamment, son porte-document d'une main et son chapeau de l'autre, trébucha sur le tapis, salua gauchement de la tête puisque ses mains étaient prises et se retrouva à la porte sans avoir pu prononcer un seul de ses inoubliables compliments. Il se recoiffa rageusement sous l'œil narquois de la secrétaire et s'en fut à grands pas, rouge de confusion.

Emma referma la porte avec un sourire ironique. Ce pauvre Arthur se croit toujours aussi irrésistible, se dit-elle. Il va falloir lui faire perdre ses illusions une bonne fois... Quelques instants plus tard, elle avait oublié jusqu'à son existence.

Elle s'était à peine replongée dans son travail quand elle entendit la porte s'ouvrir et leva les yeux, excédée par cette intrusion. En reconnaissant Joe, elle se souvint de sa résolution de la veille au soir et l'accueillit avec tous les égards affectueux d'une épouse aimante et attentionnée. Mais Joe paraissait de mauvaise humeur et, avant qu'Emma ne lui en demande la cause, il laissa éclater sa colère :

« Que diable fabriquait encore ici Arthur Ainsley ? »

Emma le dévisagea, stupéfaite :

« Mais, Joe... C'est notre notaire ! Ne me dis pas que tu l'as oublié.

— C'est son père qui est le notaire, grommela Joe.

— Frederick Ainsley est au lit avec la grippe. J'avais une affaire urgente à régler avec lui et il a envoyé Arthur à sa place. C'est pourtant simple !

— Je ne peux pas supporter cet individu ! »

De plus en plus ébahie devant l'attitude de son mari, Emma hésita à répondre :

« Qu'as-tu, Joe ? Arthur Ainsley est un jeune homme de bonne compagnie, même s'il est un peu fat. Et je le crois capable.

— Capable ! Capable de te faire la cour, oui ! Cette espèce de don Juan de pacotille se croit obligé de séduire tous les jupons qu'il rencontre ! »

Emma ne put retenir son rire.

« Tu es trop drôle, Joe ! Arthur peut faire ce qu'il veut, sa vie privée le regarde, voyons...

— C'est possible, mais je n'aime pas le voir te tourner autour comme il le fait. Et cela me regarde, Emma ! Ma parole, on ne voit que lui ! Pour qui se prend-il, je te le demande ! Casanova ? »

Emma se força à reprendre son sérieux. Pour la première fois depuis leur mariage, Joe laissait paraître sa jalousie, ce qui était amusant et flatteur. Elle ne lui avait pourtant jamais donné prétexte à l'être. En fait, Emma avait autre chose en tête que la galanterie.

« Tu t'énerves pour rien, Joe, lui dit-elle calmement. Je n'encourage pas les assiduités d'Arthur Ainsley, crois-moi, et je n'y fais aucune attention. Ce n'est pas ma faute si son père l'envoie quand il est indisposé. Allons, mon chéri, ne fais pas de caprice enfantin, c'est indigne de toi. »

Joe convint de bonne grâce s'être montré ridicule et présenta ses excuses. Quelques instants plus tard, il demanda :

« Qu'avais-tu donc de si urgent à régler pour le faire venir un samedi matin ?

Emma lui expliqua alors pourquoi elle voulait hâter l'acquisition de la filature Layton. Joe l'écouta en silence.

« Tu me fais peur, Emma, dit-il enfin d'un air pensif. Tu ne connais donc pas le proverbe : « Qui trop embrasse mal étreint »? Entre le magasin, Gregson et Lady Hamilton, il y a déjà de quoi occuper six personnes vingt-quatre heures par jour. Quel besoin as-tu de te mettre cette filature sur le dos?

— Rassure-toi, ce n'est pas moi qui m'en occuperai! répondit-elle en riant.

— Te connaissant comme je te connais, tu voudras y fourrer ton nez! L'usine a grand besoin d'être réorganisée, d'après ce que j'ai entendu dire.

— Certainement. C'est bien pour cela que j'ai pris mes précautions en engageant un directeur à la hauteur. Ben Andrews est d'accord pour...

— Ben Andrews? Tu plaisantes! Cela fait des années qu'il est chez Thompson, il ne voudra jamais le quitter.

— C'est ce qui te trompe, Joe. Depuis que Thompson a été racheté, il y a quatre ans, Ben Andrews ne s'entend pas avec les nouveaux propriétaires et désire changer de situation. De plus, il n'a pas pu refuser les conditions que je lui ai proposées...

— Tu choisis décidément tes collaborateurs aussi bien que tes marchandises, Emma! dit Joe en riant. Entre nous, cela a dû te faire plaisir d'avoir Andrews comme employé alors que tu as travaillé sous ses ordres.

— Peut-être. Mais il n'y a pas que cela. »

Non contente de rafler à Thompson son directeur, Emma avait en effet débauché les trois meilleurs contremaîtres et une vingtaine d'ouvriers triés sur le volet. Ainsi privée de l'élite de son personnel, la filature serait paralysée longtemps et n'arriverait probablement pas à s'en remettre. Emma s'abstint cependant de préciser à son mari qu'elle éprouvait une véritable jouissance chaque fois qu'elle y pensait. Car elle portait ainsi ses premiers coups aux Fairley, qui avaient racheté la filature au moment où Gerald lui avait fait subir sa répugnante agression.

Joe l'avait écoutée en silence et se rembrunissait à mesure que progressait le récit des prouesses d'Emma.

« Félicitations, dit-il enfin. Une fois de plus, tu obtiens ce que tu veux. Il n'y a jamais moyen de t'arrêter, n'est-ce pas ? Tu choisis ton objectif, tu fonces et tu bouscules les obstacles au passage, sans te soucier des souffrances que tu peux causer... »

Emma releva vivement les yeux, alertée par le ton amer et ironique qu'avait pris Joe.

« Tu fais de moi un bien vilain portrait, celui d'un monstre froid et sans scrupules. Tu sais pourtant que ce n'est pas vrai ! Je suis une femme d'affaires, j'en conviens. Mais personne ne m'a jamais rien donné pour rien. Tout ce que j'ai, je l'ai gagné par le travail...

— Je ne le sais que trop, Emma ! Ton travail, ton travail, il n'y a que cela qui compte, pour toi ! Es-tu donc incapable de penser à autre chose ? »

Devant le regard désabusé et accusateur de son mari, Emma se détourna et fouilla dans ses dossiers avec impatience. Elle n'était pas d'humeur à se justifier d'un trait de caractère dont on devrait la louer, encore moins à se lancer dans une discussion qu'elle jugeait inutile. Pour ne pas froisser la susceptibilité de Joe qui, ce matin avait l'air à cran, elle releva les yeux et demanda avec douceur :

« Comment se fait-il que tu sois en ville d'aussi bonne heure ?

— Je voulais passer quelques heures au bureau. Depuis quelque temps, je néglige mes affaires, moi... Au fait, je déjeune au Métropole avec Blackie, tout à l'heure. Tu sais que je voulais lui confier la surélévation et le renforcement de la tannerie. Mais il a tellement de travail qu'il prend du retard. Je voudrais un peu le houspiller.

— Donne-lui mes affections et dis-lui que j'irai voir Laura sans faute dimanche prochain. Tu sais, poursuivit-elle avec une moue soucieuse, je suis inquiète pour elle. Elle n'a pas l'air de se remettre de sa dernière fausse couche et je ne sais vraiment pas ce que je pourrais faire...

« — Tu n'y peux rien ! s'écria Joe. C'est à Blackie de se dominer, bon sang ! Il se conduit comme un... »

Il se mordit les lèvres pour retenir l'inconvenance qui allait lui échapper. Emma lui décocha un regard sarcastique :

« Tu es mal placé pour lui donner des leçons. »

Joe rougit et se renfrogna :

« Ce que je voulais dire, c'est que tu en fais déjà trop pour Laura. A te voir avec elle, on dirait qu'elle est ta sœur.

— Elle l'est ! répliqua Emma. Je ferais n'importe quoi pour Laura, tu m'entends ? N'importe quoi !

— Oui, je ne le sais que trop bien... Allons, il vaut mieux que je m'en aille. À ce soir, Emma. »

Il se leva avec un soupir de lassitude. Emma le suivit des yeux et fixa longtemps la porte qu'il avait bruyamment claquée derrière lui. Quelle mouche a bien pu le piquer, ce matin ? se dit-elle. Mais sa perplexité ne dura guère. Elle avait mieux à faire qu'à se soucier des caprices enfantins dont Joe était coutumier. Elle rangea ses livres de comptes dans le coffre et regagna son bureau d'un pas léger, la tête haute. Elle était sur le point de devenir industrielle, propriétaire d'une filature. Bientôt, elle allait lancer son premier coup d'aiguillon dans la graisse de Gerald Fairley. Cette pensée lui donna un petit frisson de plaisir. En faisant elle-même une bonne affaire, elle causait du tort aux Fairley ! La situation était savoureuse, il fallait en convenir.

Sur son bureau, dans un cadre d'argent, la photographie d'Edwina lui souriait. Emma fixa le portrait de sa fille, la mine soudain sérieuse :

« C'est ce qu'on appelle la justice immanente, ma chérie, murmura-t-elle. Nous serons vengées, toi et moi. Et ce n'est encore que le début... »

Mais ses réflexions l'entraînaient déjà vers des idées plus constructives et Emma se détendit dans son fauteuil pour mieux méditer. Avant la visite du sémillant Arthur Ainsley, elle avait fugitivement pensé à quelque chose qui méritait d'être approfondi : cesser de vendre ses stocks de Gregson et se les réserver pour son propre magasin. Réduire, sinon suspendre, l'activité des représentants. Décourager les acheteurs en leur imposant des conditions draconiennes.

Elle se redressa, sonna sa secrétaire pour se faire apporter les états d'inventaire et sélectionner soigneusement les marchandises à conserver. Décidément, Gregson avait été l'un de ses plus beaux coups et, jusqu'à présent, son meilleur investissement. Une vraie mine d'or...

En 1910, peu après son mariage, Emma avait appris que les Magasins Gregson, entreprise de vente en gros, battaient de l'aile et pouvaient être rachetés pour une bouchée de pain. Elle en eut tout de suite envie, car elle avait vite compris l'énorme potentiel que cela lui offrirait en prolongeant ses activités. Elle disposerait ainsi d'une arme à double tranchant : d'une part, le moyen de s'assurer une croissance rapide de son chiffre d'affaires pour un investissement minime et, d'autre part, la possibilité d'acheter en grandes quantités des marchandises de bonne qualité à des prix réduits. Elle négocia et acheta Gregson pour la somme de deux mille livres, vite récupérée quand elle solda les stocks démodés ou médiocres qui encombraient les entrepôts.

En fait, cette vente lui laissa un bénéfice confortable qui lui permit de passer des commandes, pour lesquelles elle obtint en outre des conditions de paiement extrêmement avantageuses. Elle conclut également des marchés avec plusieurs petits confectionneurs, dont elle s'assurait l'exclusivité de la production. Ainsi assurée de ses approvisionnements, et capable de lancer sur le marché des produits supérieurs à des prix raisonnables, elle engagea quatre voyageurs de commerce chevronnés et se mit à prospecter les détaillants de Londres, d'Ecosse et du nord de l'Angleterre. Elle s'était offert du même coup la possibilité d'approvisionner ses propres magasins à des prix de revient imbattables.

Gregson devint rentable dès 1911 et fonctionna sans problèmes. Emma demanda alors à Joe de lui vendre les trois boutiques qu'elle lui louait encore et de lui céder les cinq autres dont il était toujours propriétaire. Joe refusa, malgré les cinq mille livres que lui proposait Emma :

« Je ne veux pas faire un bénéfice sur ton dos! » avait-il prétexté.

Ils discutèrent, ergotèrent, se fâchèrent, tant et si bien qu'ils firent appel à Frederick Ainsley pour arbitrer leur différend. A la surprise d'Emma, le notaire prit immédiatement son parti et entreprit de démontrer à Joe l'inanité de sa position :

« Par ses Admirables Efforts, Emma a fait de ces boutiques ce qu'elles sont. Elles étaient le plus souvent vides et ne vous rapportaient presque rien. Ne mérite-t-elle donc pas de posséder ce qu'elle a si bien su revaloriser? Cela lui constituera un Patrimoine pour l'avenir et vous n'avez rien à y perdre, mon cher Joseph, bien au contraire. Les cinq mille livres qu'elle vous offre généreusement pourront plus utilement être investies dans de Meilleurs Placements. C'est la sagesse même et votre Pauvre Mère n'aurait pas hésité un instant, j'en suis convaincu. »

Sans remarquer la grimace de Joe devant cette référence importune, le notaire l'avait ensuite attiré dans un coin :

« Entre nous, Joseph, lui dit-il d'un ton sévère, je m'étonne que vous n'ayez pas pensé à lui offrir les titres de propriété de ces malheureuses boutiques à titre de cadeau de mariage... »

Joe en était resté bouche bée. Emma, quand elle fut mise au courant de l'initiative de l'homme de loi, explosa :

« Non, je ne veux pas de cadeau! Je veux les lui acheter, pour qu'elles soient vraiment à moi sans qu'on puisse jamais le contester! »

Convaincu, maître Ainsley poursuivit ses bons offices. Il fit miroiter à Joe, qui n'en avait cure, des placements mirifiques pour le réemploi de ses cinq mille livres, si bien que le dépositaire du Patrimoine Lowther finit, de guerre lasse, par signer l'acte de vente. Sans qu'il

552

sache pourquoi, cette opération lui laissait un vague malaise. »

Pour le payer, Emma avait pris une hypothèque sur Gregson. Six mois après, elle remboursa son emprunt. Un an plus tard, elle était prête à passer au deuxième stade de son plan de campagne, dont l'achat des boutiques de Joe ne constituait qu'un épisode préparatoire : elle fit l'acquisition de son grand magasin de Leeds.

Pour financer ce projet grandiose, elle commença par revendre ses huit boutiques d'Armley pour la somme de vingt mille livres. Joe en fut horrifié. Il reprocha à son entreprenante épouse d'avoir usé de manœuvres douteuses pour gonfler la valeur de ses locaux au-delà des limites permises et de détruire sa réputation. Emma balaya dédaigneusement ses objections : il lui avait vendu les murs, elle revendait des fonds de commerce, avec les stocks, la clientèle et les aménagements.

« Si j'avais pris le temps, j'en aurais même tiré bien davantage! » avait-elle conclu.

Joe avait haussé les épaules et dissimulé sa réprobation derrière une façade d'indifférence. Il faisait la découverte d'une Emma inconnue et qui lui faisait peur, ce qu'il n'osait pas avouer.

Son mari s'était désintéressé de l'affaire. Emma ne lui en demandait pas davantage, car elle s'était déjà lancée dans une voltige financière qui aurait terrorisé le timoré Joe Lowther. Pour compléter ses vingt mille livres, elle avait repris une hypothèque sur Gregson et contracté des emprunts bancaires en donnant son grand magasin en garantie. Maître Ainsley lui-même, pourtant admirateur inconditionnel d'Emma, avait froncé les sourcils et prédit le pire. En à peine plus d'un an, Emma avait déjà tout remboursé. Elle était désormais seule propriétaire d'un ensemble qui faisait d'elle l'une des personnes les plus riches de Leeds.

Avec un sourire satisfait, Emma reposa l'inventaire de Gregson. Il y avait dans les entrepôts de quoi fournir son grand magasin jusqu'à la fin de la guerre, même si celle-ci devait durer deux ou trois ans comme le prévoyaient les plus pessimistes.

Mais c'était moins cela qui causait sa bonne humeur que la perspective de sa prochaine acquisition. La filature était un placement en or, certes. Mais aucun bénéfice ne vaudrait jamais la joie d'imaginer la tête de Gerald Fairley quand il verrait son directeur et la crème de son personnel le quitter. Pour lui, le châtiment allait bientôt commencer.

33

Debout devant une vitrine qu'il feignait de regarder, bousculé par les passants, Edwin Fairley s'efforçait en vain de trouver le courage de passer la porte. Il en était toujours de même : une fois sur le seuil du magasin, il faisait demi-tour et fuyait. Parfois, il n'osait pas même s'aventurer jusque-là et poursuivait son chemin sans s'arrêter.

Cela faisait bientôt un an que, de passage à Leeds, il avait remarqué une nouvelle enseigne dans l'une des principales rues commerçantes du centre. En lettres d'argent sur fond bleu, il avait vu avec incrédulité se détacher le nom : HARTE. Croyant d'abord à une coïncidence, il ne s'était pas arrêté mais sa curiosité finit par être la plus forte. Un instant plus tard, revenu sur ses pas, il avisa un portier en uniforme et se renseigna sur le propriétaire de l'établissement.

L'homme lui avait appris que le magasin appartenait à Mme Harte dont la description, faite en termes excessivement louangeurs, n'avait néanmoins laissé aucun doute dans l'esprit d'Edwin. Il en fut assommé : ce luxueux magasin était celui d'Emma et Emma était à Leeds, à quelques pas de lui... Un peu plus tard, Gerald le lui confirma volontiers et lui fit une mise en garde obscène soulignée d'un rire gras. Edwin s'était détourné, rougissant de colère et de honte, en se retenant pour ne pas envoyer un coup de poing dans la figure de son frère.

Depuis, chaque fois qu'il revenait à Ledds, Edwin allait rôder autour du magasin qui l'attirait comme un aimant. Il trouvait toujours un prétexte pour laisser Jane faire seule ses courses et allait arpenter les trottoirs, le cœur agité de mille émotions contradictoires. Une fois seulement il avait surmonté ses craintes et osé entrer. L'élégance qui régnait à l'intérieur lui fit une profonde impression et il en conçut une vive admiration pour Emma. A part cette unique incursion, il s'était contenté de tourner autour du bâtiment, espérant et redoutant à la fois d'apercevoir Emma. Il ne l'avait naturellement jamais vue et il se maudissait chaque fois de se laisser ainsi aller à un comportement aussi puéril. Mais il avait beau se jurer qu'il ne reviendrait plus et ne s'infligerait pas davantage des tortures inutiles, il y revenait à la première occasion.

C'est ainsi qu'en ce chaud samedi du mois d'août 1914, alors même qu'il aurait dû être à Fairley Hall avec son épouse et le reste de sa famille, Edwin se retrouvait devant une vitrine du grand magasin HARTE, partagé entre une envie irraisonnée d'y pénétrer dans l'espoir d'y entrevoir Emma, et la peur panique d'être par hasard nez à nez avec elle. Finalement, il se décida. Il rajusta machinalement son nœud de cravate, respira un grand coup et poussa la double porte. Mal à l'aise au milieu de la clientèle féminine, il se fraya un chemin jusqu'au rayon de la chemiserie, sans même prêter attention aux regards admiratifs qu'il récoltait sur son passage.

A vingt-six ans, Edwin Fairley était en effet un fort séduisant jeune homme. Grand, élancé mais solidement bâti, il avait hérité les traits virils et mélancoliques de son père, ainsi que sa distinction innée et son élégance vestimentaire. L'état d'esprit où il se trouvait ce jour-là ajoutait à son regard une touche d'égarement romantique qui ne laissait pas indifférentes les belles qui s'écartaient à regret pour le laisser passer.

Il s'arrêta au premier rayon qu'il trouva à peu près vide, comme pour y chercher refuge. Une vendeuse souriante lui proposa des cravates, qu'il fit semblant d'examiner sans cesser de regarder autour de lui à la dérobée. Finalement, gêné d'importuner davantage par ses caprices la jeune fille que paraissait désespérer ce client difficile, il en acheta deux ou trois au hasard et s'éloigna avec son paquet. Mais ce court répit lui avait permis de se ressaisir et Edwin décida d'acheter deux bouteilles des meilleurs parfums français, pour sa femme, et sa tante Olivia, qu'il ne parvenait pas à appeler sa belle-mère, et demanda, pour gagner du temps, qu'on lui emballe séparément les deux flacons. En attendant, il s'accouda négligemment au comptoir et fit des yeux le tour du rez-de-chaussée. Quand il en arriva au grand escalier, il eut un sursaut.

Emma en descendait lentement les marches. En la voyant, Edwin se sentit pâlir et rougir tour à tour. Jamais elle ne lui avait paru plus belle, plus épanouie, plus pleine d'une aisance souveraine. Sur un palier, où elle s'était arrêtée pour échanger quelques mots avec une cliente, elle s'anima, sourit. Des lueurs s'allumèrent dans ses inégalables yeux verts. Edwin la contemplait, hypnotisé. Il était incapable de détacher son regard de l'ovale parfait du visage d'Emma. Il était incapable de réprimer les mouvements désordonnés de son cœur.

Cela faisait neuf ans qu'il ne l'avait pas revue et il avait l'impression que leur dernière rencontre datait de la veille. Hier encore, il la tenait dans ses bras, au fond de leur caverne secrète au plus haut de la lande. Hier encore, elle l'aimait, il l'aimait... Il faillit presque céder à l'instinct qui le poussait vers elle, à ses pieds; au besoin qu'il éprouvait de lui parler, de la toucher, de demander des nouvelles de leur enfant; à l'envie folle de sentir, pour une fraction de seconde, les yeux verts se poser sur lui, la paume d'Emma lui effleurer la joue. Il n'osa pas et se retint. Car il savait, avec une affreuse certitude, qu'elle le repousserait, le rejetterait, l'annihilerait aussi sûrement et aussi complètement qu'elle l'avait fait, neuf ans auparavant, dans la roseraie. Pour elle, il n'existait plus.

Emma finit de descendre l'escalier et Edwin la vit

s'avancer entre les rayons d'un pas sûr, aussi maîtresse d'elle-même qu'elle l'était des lieux. C'est alors qu'il s'aperçut avec effroi que ses pas l'amenaient directement vers lui. Paralysé, le cœur battant la chamade, il fut incapable de faire un geste. Il eut un bref moment de soulagement en la voyant s'arrêter à un comptoir et parler avec une des vendeuses. Mais sa panique revint quand Emma tourna la tête et parut le dévisager. Il n'en était rien, heureusement. La mine absorbée, elle regardait quelque chose au rayon de la bijouterie, non loin derrière Edwin, et reprit sa discussion. Edwin respira. L'avait-elle ou non remarqué ? L'avait-elle, plus simplement, vu sans le reconnaître ? Non, se dit-il, c'était impossible. Il n'avait pas tellement changé et, de plus, sa ressemblance avec son père était trop frappante pour que l'on s'y méprenne. Alors, que faire ? S'éclipser, rester, risquer un face à face, une scène ?

Derrière lui, la voix de la vendeuse le fit sursauter. Avec effort, Edwin prit les paquets, répondit, tira son portefeuille pour payer en s'efforçant de ne pas montrer qu'il tremblait. Du coin de l'œil, il voyait Emma se remettre en marche et s'approcher à nouveau. Affolé, Edwin baissa la tête et attendit.

Elle passa si près qu'il entendit le doux froissement de sa robe et sentit une bouffée de son parfum. Pris d'un vertige, il crut tomber à ses pieds. Puis l'idée folle lui vint de la prendre dans ses bras, de la serrer sauvagement contre lui et de la couvrir de baisers. Il laissa couler un instant, se retourna.

Elle était passée, déjà loin. Immobile, Edwin la suivit des yeux et la vit se fondre dans la foule. Une fois ou deux, il reconnut le sourd éclat de ses cheveux châtain roux qui se détachaient brièvement, quand elle inclinait la tête en un salut. Puis il n'y eut plus rien que le moutonnement de la foule anonyme.

Edwin prit la monnaie qu'on lui rendait, bafouilla quelques mots à la vendeuse étonnée et se hâta vers la sortie. Il se sentait malade, défait, vidé. Debout sur le trottoir, respirant à pleins poumons l'air étouffant et poussiéreux, il retrouvait l'horrible sentiment de déroute et de désarroi qui l'envahissait si souvent depuis neuf ans.

Plus tard, il n'aurait su dire quand, il se mit à marcher, sourd et aveugle à ce qui l'entourait. Il ne voyait qu'Emma, son visage dont les traits étaient gravés en lui comme un poinçon s'imprime dans l'acier encore tendre. Bousculé, coudoyé, il avait la démarche hésitante d'un homme ivre. Peu à peu, cependant, il se ressaisit, son pas s'affermit, son esprit se dégagea du brouillard. La vue d'un bâtiment public le ramena à la réalité avec une brutalité salutaire. Edwin s'arrêta un instant et prit alors une décision sur laquelle il savait que rien ne le ferait revenir.

Peu après, ses démarches effectuées, il retourna près de la gare où attendait la limousine du château et s'affaissa sur les coussins. Pendant tout le trajet, il ne put penser qu'à Emma. Le choc de l'avoir revue avait été si violent qu'il comprenait, maintenant, pourquoi il l'avait si longtemps souhaité autant que redouté. Sa vue avait réveillé en lui des passions oubliées, un amour qu'il avait tout fait pour tuer. Elle lui avait aussi fait mesurer le vide effrayant de sa vie. Elle avait enfin, et surtout, ravivé la brûlure de sa honte, l'amertume de son sentiment de culpabilité, remords qui étaient toujours restés vivaces.

Depuis neuf ans, le souvenir d'Emma torturait Edwin. Il n'avait jamais pu trouver le plaisir dans les bras d'une autre femme, encore moins l'oubli. En avait-il pourtant connu, ces dernières années! Pourquoi fallait-il aussi qu'il se complaise dans la compagnie de celles qui, de près ou de loin, ressemblaient à Emma ou évoquaient quelque vague souvenir d'elle? Pourquoi, après avoir lâchement abandonné Emma, fallait-il continuellement qu'il cherche à lui trouver un simulacre de remplaçante, qui bien entendu le décevait aussitôt qu'approchée? De jour, de nuit, Emma le hantait sans que jamais le spectre de leur amour gâché lui laisse de répit.

Edwin était aussi rongé de l'incessant désir de

558

connaître leur enfant. Il devait avoir près de huit ans. S'il vivait, à qui ressemblait-il? Etait-ce un garçon, une fille? A chaque fois qu'il y pensait, Edwin ressentait de l'amertume. Emma lui avait donné un enfant illégitime, un enfant auquel il n'avait pas droit alors que Jane, son épouse légitime, n'avait jamais pu ou su lui offrir ce descendant dont il rêvait. Leur union en serait peut-être devenue plus supportable... Emma, Jane. Pourquoi l'avait-il épousée? Il aurait dû, encore une fois, faire preuve de caractère, résister aux pressions que lui avait fait subir sa famille. Maintenant, par faiblesse, il traî-nait Jane comme un boulet. Cette pauvre fille insipide et stérile était la croix qu'il devrait porter jusqu'à sa mort... Non, se reprit-il, c'est inutilement injuste et méchant. Pour d'autres que lui, Jane avait sans doute du charme et des qualités. Ce n'était pas sa faute s'il n'avait rien à lui offrir, s'il était incapable de lui rendre son amour muet et timide. Ce n'était pas la faute de Jane si Edwin Fairley appartenait à Emma Harte d'un amour sans espoir qui durerait autant que sa vie.

L'humeur d'Edwin dura jusque dans la soirée. Il fit un effort pour paraître au dîner de famille, plus inter-minable que jamais, et participer du bout des lèvres à la conversation. C'est avec soulagement qu'il entendit son père lui proposer d'aller fumer un cigare dans la bibliothèque. Heureusement, Gerald était absent et Edwin, depuis le début de son séjour au château, atten-dait l'occasion d'être seul avec son père pour lui parler.

Après qu'ils eurent bavardé quelques instants de cho-ses et d'autres, Edwin prit enfin le courage d'aborder le sujet qui lui tenait au cœur :

« Je voudrais vous parler, père... » commença-t-il.

Adam se tourna vers lui et l'observa avec attention :

« Qu'y a-t-il, Edwin? J'ai remarqué depuis tout à l'heure ton air morose. As-tu des ennuis?

— Non, tout va bien... Je voulais simplement vous annoncer que j'ai pris aujourd'hui une décision que j'avais trop longtemps retardée. Je me suis engagé dans l'armée. »

Adam Fairley pâlit et reposa lentement son verre de cognac sur la table basse.

« N'est-ce pas un peu hâtif, Edwin ? Nous n'en sommes qu'aux premières semaines de la guerre. Attends au moins de voir comment les choses vont évoluer. Et puis pourquoi te porter volontaire ? L'on n'incorpore encore que les célibataires.

— Je le sais, père. Mais ma décision est prise et je n'y reviendrai pas. Il est inutile, je pense, que je vous lise ceci », dit-il avec un sourire.

Il se pencha et prit le numéro du matin de la *Yorkshire Morning Gazette*, dont la première page repliée laissait apparaître les gros caractères d'un appel aux volontaires.

« Depuis près d'une semaine que vous le publiez tous les jours, je pense que vous le savez par cœur », reprit-il en dépliant le journal.

Il le laissa retomber sur la table basse. Encadré d'un épais filet, l'appel commençait par un titre : LE ROI ET LA PATRIE ONT BESOIN DE VOUS ! pour se terminer par cet impératif : ENGAGEZ-VOUS AUJOURD'HUI MEME, C'EST VOTRE DEVOIR !

Adam secoua la tête avec lassitude :

« Je sais, Edwin, je sais. Tu n'as pas besoin de faire appel à mon patriotisme pour te justifier. La patrie est en danger. Mais le gouvernement est assez sage pour ne pas exiger le sacrifice des hommes mariés. Je t'en conjure, Edwin...

— C'est trop tard, père, j'ai signé mon engagement cet après-midi et je dois être incorporé lundi. Je vous demande simplement de me comprendre et de me pardonner la peine que je vous cause, car je ne voudrais pas vous quitter en colère contre moi. »

Adam ne répondit d'abord pas. D'un geste instinctif, il prit son fils par les épaules et le serra contre lui, tellement ému qu'il craignit un moment de pleurer. Quand il fut sûr de parler sans chevroter, il le regarda dans les yeux :

« Je ne serai jamais en colère contre toi en de telles circonstances, mon garçon. Tu partiras avec ma bénédiction. J'aurais souhaité que tu attendes un peu, mais puisque ta décision est prise, nous n'y reviendrons pas.

— Merci, père. »

Les deux hommes se turent un instant. Adam se leva et, pour se donner une contenance, alla remplir les verres. Quand il revint, il resta adossé à la cheminée, dans sa posture favorite, et regarda son fils avec une affection mal déguisée.

« J'aurais sans doute fait de même à ton âge, dit-il, et je suis sûr que mon père aurait réagi comme je le fais aujourd'hui. Mais tu es si jeune, Edwin...

— Pas plus que tous les jeunes gens qui vont partir pour le front, père. »

Adam soupira et but une gorgée d'alcool.

« As-tu prévenu Jane? demanda-t-il.

— Oui, avant le dîner. Elle m'a compris, je crois. Elle vient d'ailleurs d'une famille d'officiers et elle a le sens du devoir. Son frère compte lui aussi signer son engagement la semaine prochaine.

— Quand nous retournerons à Londres, il vaudrait mieux qu'elle vienne vivre avec nous plutôt que de rester seule dans cette grande maison d'Eaton Square. Je le lui dirai demain.

— Je ne sais pas si elle compte rester à Londres. Elle va sans doute préférer tenir compagnie à son père qui va se retrouver seul. Jane a toujours aimé la campagne, vous le savez.

— Bien sûr. Mais nous serons toujours heureux de l'accueillir. Nous serons bien seuls, nous aussi... »

Adam Fairley se détourna et s'absorba tristement dans la contemplation de la cheminée vide. Au bout d'un moment de silence, Edwin se gratta la gorge pour attirer son attention :

« J'ai ici quelque chose que j'aimerais vous donner avant de partir, père. »

Il sortit de sa poche un objet enveloppé d'un mouchoir de soie et le tendit à Adam qui le prit distraitement.

« Je l'ai trouvé il y a quelques années et cela a sans doute dû vous appartenir, c'est pourquoi il est normal que je vous le rende. Est-ce vous qui l'avez peint? Ce portrait ressemble étonnamment à tante Olivia. »

Adam défit le mouchoir et contempla avec surprise un galet plat dont l'une des faces était peinte. Il passa machinalement le doigt sur le beau visage, comme pour le caresser.

« Tu l'as verni? demanda-t-il.

— Oui, pour empêcher les couleurs de passer au jour. »

Adam Fairley hocha la tête et baissa les yeux vers ce portrait qui réveillait tant de souvenirs. Il l'avait peint quand il avait dix-sept ans. En le regardant, les années s'effacèrent. Il *la* revit, debout à l'ombre des rochers, au Sommet du Monde. Ses cheveux flottaient dans le vent, ses yeux étaient d'un bleu plus profond que le ciel. Sa voix résonna à nouveau à ses oreilles : « J'attends un enfant, Adam... »

Etonné, inquiet de l'expression de son père, Edwin insista :

« De qui est ce portrait, père? C'est bien celui de tante Olivia, n'est-ce pas? »

Adam ne l'entendit pas. Il était si bien emporté par ses souvenirs qu'un sourire apparut sur ses lèvres. Avait-il jamais vraiment oublié? Avec des gestes presque tendres, il renveloppa le galet et le tendit à Edwin :

« Garde-le, mon petit, dit-il à voix basse. C'est toi qui l'as retrouvé, il t'appartient. Un jour, je t'en raconterai l'histoire. Mais pas maintenant... »

Il s'interrompit pour jeter à Edwin un regard chargé de curiosité :

« Je suppose que tu as trouvé cette pierre dans cette caverne près de Ramsden Crags, n'est-ce pas? »

— C'est exact », répondit Edwin.

Déconcerté par les réactions inattendues de son père, il leva les yeux vers lui et hésita avant de poursuivre :

« Ce n'est pas tout, père. Depuis des années, je recule le moment de vous parler de quelque chose qui... Le courage m'a toujours manqué et pourtant, cela empoisonne ma conscience. Avant de partir, il faut que je me confie à vous. »

Adam hocha la tête et s'assit dans une bergère, en face d'Edwin. Il lui fit un sourire, s'efforça par son comportement de le mettre en confiance et de lui rendre la confession moins pénible.

« Je t'écoute, mon garçon.

— Eh bien... »

Il s'interrompit, se leva nerveusement :

« Il vaut mieux que je me serve d'abord à boire. »

Adam le suivit des yeux pendant qu'il allait remplir son verre. Le cœur serré, il alluma une cigarette, s'appuya la tête au dossier de la bergère et ferma les yeux. Edwin ne sait pas à quel point il me ressemble, se dit-il avec un mélange de tristesse et d'attendrissement. Il n'a pas seulement mes traits, il a aussi mon caractère et mes faiblesses...

Et Adam Fairley s'apprêta à écouter son fils lui faire l'aveu de ses amours passées avec Emma Harte et lui parler de l'enfant qu'ils avaient eu.

34

Le premier appel lancé par Lord Kitchener, le nouveau ministre de la Guerre, avait permis de lever une armée de cent mille volontaires. Winston Churchill, Premier Lord de l'Amirauté, avait déjà mis la Royal Navy sur le pied de guerre. Ainsi, entre le 16 et le 20 août 1914, la marine put-elle assurer le transport des quatre premières divisions du corps expéditionnaire britannique à travers la Manche sans y perdre une barge ni la vie d'un mousse. Au début de septembre, deux autres divisions prirent le même chemin. Le succès complet de ces opérations constitua un triomphe personnel pour Churchill, dont les efforts incessants en faveur de la marine portaient des fruits que l'on appréciait enfin à leur juste valeur.

Les canons de l'été ne cessèrent plus de tonner. Dès le début de 1915, la guerre dépassait en horreur tout ce que le monde avait connu jusqu'alors. Par centaines de milliers, les jeunes hommes tombaient sur les champs de bataille de Belgique et de France, ensevelissant avec eux dans la boue l'espoir des générations futures. Pour les Alliés, l'enjeu était désormais la survie ou l'anéantissement. Il ne s'agissait plus, comme naguère, de se disputer la possession de quelques places fortes ou de provinces. L'on combattait pour défendre le droit des peuples à vivre sous les lois qu'ils s'étaient choisies.

Des événements aussi graves donnaient à réfléchir à tous et Emma pensait souvent elle aussi aux conséquences de la guerre, à l'état du monde et de la société après ces hécatombes et aux bouleversements qui en résulteraient. Mais il n'était pas dans son caractère de spéculer sur un avenir incertain au détriment du présent et des problèmes immédiats. Elle était bien forcée de voir les chances que lui offrait la conjoncture et n'avait jamais éprouvé la moindre répugnance, au contraire, à gagner de l'argent. Quand, par extraordinaire, il lui venait un scrupule à l'impression de profiter de la guerre, elle le chassait par la raison : les uniformes qu'elle fournissait aux forces armées, celles-ci en avaient besoin. Si ce n'était pas elle qui en bénéficiait, quelqu'un d'autre le ferait nécessairement à sa place. De fait, beaucoup d'autres s'étaient précipités sur cette manne et l'on ne voyait plus guère que du kaki ou du bleu marine sortir des ateliers de confection du Yorkshire. Quant aux filatures, elles produisaient du drap au kilomètre pour satisfaire aux besoins du Royaume-Uni et des Alliés.

Il arrivait aussi à Emma d'éprouver un remords en constatant qu'elle se dévouait presque exclusivement à ses affaires et négligeait sa famille. Mais sa honte était vite balayée par les exigences professionnelles et la certitude de ne pouvoir y échapper sans manquer gravement à d'autres devoirs. Jour après jour, elle volait du magasin Harte aux entrepôts Gregson, de la filature Layton aux ateliers Kallinski, soutenait seize heures par jour un train d'enfer, vérifiait tout, tranchait ici pour convaincre là, organisait, redressait, expédiait sans se rendre compte du passage du temps ni de l'épuisement de ceux qui tentaient de la suivre.

Ses efforts incessants étaient récompensés. Le grand magasin ne souffrait pas trop, bien que son chiffre d'affaires eût sensiblement décru. Mais cela permettait de faire durer les stocks entreposés chez Gregson, auxquels Emma avait réussi à adjoindre de nouveaux approvisionnements. Sous la direction éclairée de Ben Andrews, la filature Layton tournait à plein rendement et parvenait même à garantir des délais légèrement meilleurs que ceux de ses concurrents. David et Emma avaient par ailleurs temporairement suspendu la production des robes sous la griffe « Lady Hamilton », et l'usine de York Road se consacrait exclusivement à la confection d'uniformes. Ainsi, Emma n'avait pas lieu de se plaindre. Des quatre entreprise dont elle s'occupait, deux se maintenaient tandis que les deux autres opéraient à pleine capacité et, malgré les bas prix imposés par les marchés de l'Etat, dégageaient des bénéfices considérables.

En ce froid après-midi de décembre 1915, cependant, elle ne pensait pas aux affaires. Elle avait l'esprit occupé des préparatifs des fêtes de Noël auxquelles elle voulait donner, cette année, un éclat particulier. Edwina et Christopher avaient été trop délaissés. Elle attendait surtout avec impatience son frère Frank qui devait séjourner chez elle plusieurs semaines. Il avait été légèrement blessé au mois de novembre et allait passer sa convalescence en Angleterre. Il ne manquait que Winston pour que la fête soit complète, mais son frère aîné était au plus fort des batailles navales de l'Atlantique et de la mer du Nord. Malgré l'inquiétude que lui causait l'absence de nouvelles et la tristesse de ne pas l'avoir revu depuis le début de la guerre, Emma ferait tout pour que les fêtes soient joyeuses. Elle avait déjà prévu le sapin, la dinde et le plum-pudding. Les souliers seraient remplis de cadeaux. Et Frank, ce qui importait davantage, retrouverait la chaleur d'un foyer et le calme nécessaire à sa guérison.

Ce matin-là, David lui avait fait transmettre un message lui demandant de passer d'urgence le voir à l'usine. Emma avait profité de livraisons à effectuer dans le quartier pour sauter dans un de ses fourgons automobiles et, arrivée devant l'usine, dit au chauffeur de l'attendre. En pénétrant dans le bureau de David, elle eut l'agréable surprise d'y voir Abraham Kallinski qui se leva pour l'accueillir avec un sourire joyeux.

« Chère petite ! s'écria le vieux monsieur en la serrant dans ses bras. Je croyais ne jamais vous revoir. Janessa ne cesse de demander de vos nouvelles.

— Je vous ai tous bien négligés, admit Emma avec un sourire contrit. Mais les affaires me prennent tout mon temps...

— Je sais, je sais, notre petite Emma est devenue une grande femme d'affaires, répondit Abraham avec fierté.

— Ne vous l'avais-je pas toujours dit, papa ? » intervint David en riant.

Il était assis à son bureau, derrière une masse de papiers. Avant qu'Emma prenne un siège, il se leva pour aller l'embrasser sur les joues. Ils se serrèrent en une longue étreinte où passa tant de chaleur mal réprimée que ce geste révélateur n'échappa pas à Abraham Kallinski. Mon Dieu, se dit-il, pourvu que Rebecca et Joe ne les voient pas ainsi !

Il se gratta la gorge avec affectation pour les rappeler aux convenances :

« Venez ici, Emma, asseyez-vous à côté de moi. Et toi, paresseux, retourne à ton bureau ! » dit-il à son fils.

Emma et David se séparèrent à regret.

« Pourquoi voulais-tu me voir ? demanda Emma. Il ne s'agit pas d'un problème avec l'usine, j'espère ?

— Non, au contraire. Mais j'ai quelque chose à te proposer et je voulais t'en parler de vive voix. »

David expliqua alors que son père, se sentant vieillir et surmené par la direction de son atelier, était décidé à s'en séparer. Sa mère, inquiète pour la santé d'Abraham dont le cœur avait toujours été délicat, pesait de toute son autorité pour hâter cette retraite et David avait offert à son père de lui racheter son affaire.

« C'est une excellente idée que j'approuve sans

réserve, s'écria Emma. Pourquoi m'as-tu demandé mon avis, David ? Tu es majoritaire dans la société et c'est toi le patron...

— J'ai trop peur de toi pour prendre seul des décisions de cette importance ! répondit David en riant. Je suis ravi que tu sois d'accord, nous pourrons faire faire les papiers par Ainsley dès la semaine prochaine. »

Quelques minutes plus tard, après qu'ils eurent mis au point les détails de la transaction, Emma se leva :

« Excusez-moi de vous quitter si vite, mais j'ai promis aux enfants d'être rentrée de bonne heure pour les aider à décorer l'arbre de Noël.

— Vous avez raison, Emma. Il ne faut jamais décevoir les enfants. Les promesses qu'on leur fait sont sacrées, dit Abraham en tournant vers David un regard chargé de reproches. J'en connais au moins un qui n'en est guère convaincu...

— C'est le travail, papa ! protesta David.

— Le travail a trop bon dos, mon garçon. Dieu sait que je ne suis pas paresseux, mais il y a un temps pour tout. »

Emma ne put s'empêcher de rougir, tant ce reproche la touchait de près. Gêné lui aussi, David lui prit le bras et l'entraîna avec autorité vers la porte.

L'arbre de Noël était parfait. Le matin même, la femme de chambre l'avait planté dans un pot à côté de la cheminée du salon et avait posé devant la boîte pleine de décorations. Emma venait de s'agenouiller pour les déballer quand Joe ouvrit la porte.

« Emma ? s'écria-t-il avec surprise. Tu rentres tôt, aujourd'hui !

— J'avais promis à Edwina de l'aider à décorer l'arbre », répondit-elle en se tournant vers lui.

Tout en défaisant les guirlandes, Emma raconta alors à Joe son entretien avec les Kallinski et la décision qu'ils venaient de prendre d'absorber l'atelier d'Abraham. Joe l'écoutait en fronçant les sourcils.

« Cela ne me paraît pas une aussi bonne idée que tu le dis. Tu vas encore avoir des responsabilités, du travail en plus du tien. Comme si tu n'en avais pas assez...

— Mais non, c'est David qui s'en occupera, voyons!

— Vous avez tous les deux les yeux plus grands que le ventre et tu es presque pire que lui, grommela Joe. Pourquoi le vieux Kallinski n'a-t-il pas tout simplement vendu son affaire à quelqu'un d'autre?

— Pourquoi ne pas la laisser dans la famille? rétorqua Emma. De plus, il a toujours été bon pour moi et je suis ravie de lui rendre ce service.

— Passons, passons, dit Joe avec agacement. Je ne te disais cela que pour ton bien, Emma. De toute façon, ce n'est pas moi qui oserais critiquer tes brillantes initiatives. David et toi n'en faites qu'à votre tête.

— Nous t'avons toujours tenu au courant de nos projets!

— Oui, après coup, dit-il avec un ricanement désabusé.

— Oh! Joe, je t'en prie! Ne nous disputons pas, c'est bientôt Noël et...

— Qui se dispute? coupa Joe. C'est vraiment le comble! Je ne peux plus ouvrir la bouche sans que tu m'accuses de... »

Joe s'interrompit brusquement, son visage s'éclaira et il reprit tendrement:

« Ah! te voilà, ma chérie! Entre, voyons, ne reste pas à la porte. »

Surprise, Emma tourna la tête. Debout sur le seuil, Edwina hésitait à s'avancer. A l'invite de Joe, elle se précipita dans les bras qu'il lui tendait et ils s'embrassèrent avec des cris de joie. Sans la lâcher, Joe la fit tournoyer et la petite fille se mit à rire aux éclats, sa robe de velours bleu et ses longs cheveux blonds flottant autour d'elle comme une auréole. Un instant plus tard, il la reposa délicatement à terre et se pencha avec sollicitude:

« Tu n'es pas étourdie au moins, mon ange?

— Oh! non, papa! »

Emma s'était approchée en souriant et s'accroupit pour embrasser sa fille:

568

« Bonjour, ma chérie. Tu vois, je suis rentrée de bonne heure comme je te l'avais promis. Je t'attendais pour décorer l'arbre de Noël.

— Bonjour, maman », répondit Edwina distraitement.

Elle se dégagea avec impatience pour reprendre la main de Joe, vers qui elle leva un visage radieux :

« Papa, papa, venez m'aider à décorer l'arbre ! Oh si ! si !, insista-t-elle en le voyant hésiter. Je veux que ce soit vous qui m'aidiez ! »

Le sourire d'Emma s'était à peine terni. Edwina grimpa sur une table avec l'aide de Joe.

« Où veux-tu que j'accroche cette cloche ? » demanda Emma en montrant un ornement.

« Où croyez-vous qu'elle fera joli, papa ? lui demanda-t-elle.

— Eh bien, je ne sais pas moi... Tiens, pourquoi pas là ? » dit-il en montrant une branche.

Edwina se tourna alors vers Emma :

« La cloche, s'il vous plaît, maman », dit-elle froidement.

Emma lui tendit l'objet, qu'Edwina donna immédiatement à Joe :

« C'est vous qui l'accrocherez, papa. Où vous voulez. »

Le manège se répéta : chaque fois qu'Emma voulait donner un ornement à Edwina ou suggérait un endroit où l'accrocher, la petite fille faisait mine d'ignorer ce que lui disait sa mère pour ne suivre que les idées de son beau-père. Emma ne put feindre plus longtemps d'ignorer ces rebuffades. Aux yeux de sa fille, c'était elle l'intruse, l'indésirable. Elle recula de quelques pas, les regarda rire ensemble, repoussa l'accès de jalousie qui lui serrait la gorge. Pourquoi se formaliserait-elle de l'adoration que se vouaient sa fille et son mari ?

Ils ne s'aperçurent même pas du départ d'Emma. Elle referma doucement la porte du salon et s'y appuya, soudain épuisée. Les yeux lui piquaient, ses jambes menaçaient de se dérober. Au bout d'un moment, quand elle eut repris sur elle, elle traversa silencieusement le hall, décrocha son manteau et se glissa presque furtivement hors de la maison.

La nuit était froide et sombre et la neige tombait en rafales. L'avenue n'était que chichement éclairée par les réverbères disposés dé loin en loin, devant les entrées des propriétés, mais la lumière reflétée par la neige qui s'accumulait suffisait à guider les pas d'Emma. Edwina aurait son Noël tout blanc, comme elle en rêvait, se dit Emma en se mordant les lèvres. Mais Noël avait perdu pour elle toute la joie qu'elle s'en promettait. Depuis bientôt deux ans, la froideur et l'indifférence d'Edwina s'aggravaient et lui causaient des blessures de plus en plus douloureuses. Ce soir, la petite fille lui avait fait un affront délibéré, comme pour lui signifier qu'elle la rejetait définitivement. Peut-être l'avait-elle mérité, après tout? Il n'était sans doute pas trop tard pour rentrer dans ses bonnes grâces...

Elle était encore plongée dans ses tristes réflexions quand elle atteignit la grille de la dernière maison, où vivaient les O'Neill. Blackie l'avait achetée en 1913, deux ans après son mariage avec Laura. Ce n'était pas le gracieux manoir du XVIIIe qu'il avait rêvé de se construire, mais l'édifice était imposant et de lignes assez sobres pour ne pas être de mauvais goût. Blackie y avait apporté des aménagements qui l'avaient grandement amélioré.

Une jeune servante irlandaise répondit à son coup de sonnette et la débarrassa de son manteau. Emma allait demander si Madame pouvait la recevoir quand Blackie apparut en haut de l'escalier.

A vingt-neuf ans, Blackie O'Neill était plus séduisant que jamais et avait gagné avec le temps la prestance que donne la sûreté de soi. La modeste entreprise artisanale fondée avec son oncle Pat avait prospéré pour devenir l'une des plus importantes de la région. Sans être encore le millionnaire qu'il se vantait de devenir, il avait acquis une fortune assez solide pour se permettre de sacrifier à son goût pour les signes extérieurs de la richesse. Avec doigté, Laura avait peu à peu réussi à le détourner des cravates trop voyantes, des gilets chamarrés et des bijoux scintillants qu'il affectionnait avec excès. Elle avait fait disparaître le plus choquant de sa vulgarité hâbleuse et de sa jovialité souvent tonitruante, si bien que Blackie faisait en fin de compte une assez belle figure de *gentleman*. Il avait perdu son rocailleux accent irlandais, qui ne reparaissait plus que dans les grandes occasions, beuveries ou accès de désespoir. Il avait en revanche conservé, ce qui faisait partie de son charme, le cabotinage instinctif du comédien dont il usait avec succès dans ses affaires. Le goût qu'il avait toujours eu pour les meubles anciens et les objets d'art s'était affiné et la demeure avait aussi grande allure que son propriétaire.

En voyant Emma, il eut un sourire épanoui et dévala l'escalier pour la rejoindre et la serrer dans ses bras.

« Tu en fais une tête, ma parole ! s'exclama-t-il après les premières embrassades. Tu n'es pas malade, au moins ?

— Non, Blackie. Un peu fatiguée, c'est tout...

— Fatiguée, toi, l'inusable Emma ? Je n'en crois pas mes oreilles ! Mais j'en crois mes yeux, poursuivit-il en l'examinant avec un peu d'inquiétude. Es-tu sûre que tout va bien ?

— Mais oui, Blackie, tout va bien. Et Laura ?

— Elle est au salon. Elle va être ravie de te voir. »

Laura était assise devant la cheminée et tricotait un pull-over kaki. Elle le laissa tomber pour embrasser son amie et Emma se sentit déjà mieux en sa compagnie. Quand tout le monde se fut installé, Laura reprocha à Emma de ne pas être venue depuis plus d'une semaine.

« Je suis débordée, en ce moment, s'excusa-t-elle. J'ai quand même pensé à t'apporter ce que tu m'avais demandé pour la vente de charité. Ta femme de chambre l'a pris quand je suis arrivée. J'y ai ajouté quelques petites choses pour ton œuvre des colis aux combattants. »

Voyant que la conversation s'établissait entre les deux femmes qui l'excluaient de leur intimité, Blackie se retira bruyamment en promettant de revenir. Elles le regardèrent s'éloigner en souriant et Emma s'abandonna à la sensation de paix qu'elle ressentait toujours en compagnie de Laura.

Tandis que celle-ci parlait de sa prochaine vente de charité pour les enfants nécessiteux et des autres œuvres dont elle s'occupait activement, Emma l'observait avec affection. La jeune femme était plus gracieuse et plus jolie encore que lors de leur première rencontre. Malgré sa santé délicate et les deux fausses couches qui l'avaient affaiblie, elle semblait reposée et heureuse. Elle aimait profondément Blackie et le bonheur de son mariage avec lui n'était terni que par sa déception de n'avoir pu encore lui donner d'enfant.

Laura en était à décrire l'arbre de Noël qu'elle comptait préparer le lendemain au patronnage quand elle remarqua que le visage d'Emma s'assombrissait.

« Qu'y a-t-il, Emma ? demanda-t-elle avec sollicitude. Quelque chose te trouble, je le sens. Pourquoi ne te confies-tu pas à moi ? »

Emma hésita avant de répondre :

« C'est vrai, Laura. T'entendre parler de l'arbre de Noël a réveillé une peine que j'aurais préféré garder pour moi. »

Elle raconta alors l'incident qui venait de se produire avec Edwina.

« Il est normal que les filles soient attirées vers leur père, dit Laura. Tu sais bien que cela ne dure pas, il ne faut pas t'en faire une montagne.

— Je sais, Laura. Edwina a toujours mieux aimé Joe que moi et il l'adore. J'en suis sincèrement très heureuse. Aussi, ce n'est pas cela qui me gêne, mais la froideur d'Edwina à mon égard. Je crois pourtant faire tout pour mériter son affection.

— C'est vrai, Emma, mais tu ne peux pas empêcher les enfants d'être ce qu'ils sont. Ils se montrent parfois cruels sans en être conscients. Edwina est sage et douce...

— Trop sage, au point qu'elle m'effraie par moments. Elle vit trop repliée sur elle-même, comme à l'écart du monde.

— Ce n'est que de la réserve, de la timidité. »

Elles parlèrent ainsi longtemps, sans que Laura parvienne à réconforter Emma. Celle-ci accueillait avec une moue sceptique les tentatives de son amie pour lui remonter le moral. Laura, de son côté, n'osait pas dire à Emma qu'Edwina n'avait pas tous les torts.

Le retour de Blackie ramena la bonne humeur. Il servit le sherry, leva son verre en l'honneur de Noël, les força à boire elles aussi en les étourdissant d'anecdotes. Plus tard, avant de raccompagner Emma, il la regarda d'un air ironique :

« Dis-moi, j'ai entendu dire en ville que Thompson bat de l'aile, en ce moment. Il paraît que son drap est de mauvaise qualité et qu'il ne tient pas ses délais. Serait-ce vrai ? »

Emma réprima un sourire :

« C'est ce qu'on raconte », dit-elle d'un ton évasif. Et elle se hâta de détourner la conversation.

Le Nouvel An n'apporta aux Alliés que des nouvelles désastreuses. L'hécatombe se poursuivait dans les tranchées à un rythme effrayant. Les offensives et les contre-offensives se succédaient sans autre résultat que de regagner ou reperdre quelques mètres de boue rendue à jamais stérile par le fer et le feu. Le 4 janvier 1916, le Premier ministre Henry Asquith présenta à la Chambre des Communes un projet de loi tendant à instituer la conscription obligatoire pour tous les célibataires et les hommes mariés sans enfants. Ardemment combattue, cette loi fut finalement votée le lundi 24 janvier par 347 voix contre 36. Elle fut promulguée et mise en application immédiatement le 2 mars 1916.

Emma avait suivi avec alarme les débats parlementaires car, elle n'en doutait pas, la conscription serait inéluctablement étendue aux pères de famille en âge de porter les armes. Quelques semaines plus tard, les événements lui donnèrent raison.

Un matin de mai, la lecture du *Times* lui confirma

ce qu'elle redoutait : le Premier ministre demandait au Parlement que soient incorporés pour le service armé tous les hommes de dix-huit à quarante ans. En face d'elle, à la table du petit déjeuner, Joe lui répondit :

« Ce n'est pas étonnant, Emma. Kitchener réclame des hommes depuis déjà des mois. »

Elle essaya en vain de sourire :

« Tu n'as pas de raison cachée pour être réformé, je suppose ?

— Non, ma chérie, aucune raison. »

L'extension de la conscription fut votée et promulguée le 27 mai. Ce soir-là, assise au salon avec Frank, dont la blessure infectée prolongeait la convalescence, Emma lui demanda ce que signifiait la formule « avec assentiment royal » qui figurait au bas du texte de la loi.

« Cela veut dire que nous en revenons à une coutume datant des Saxons et des Normands. Le roi avait alors le droit d'exiger que soient mis à sa disposition tous les hommes, les navires, les chevaux, les armes, bref, toutes les ressources nécessaires à la défense du pays. A l'époque, ils n'avaient pourtant pas à faire face à des périls aussi terribles que ceux d'aujourd'hui. Pouvons-nous faire moins que nos ancêtres ? »

Emma hocha la tête mais ne répondit pas. Cette explication ne faisait rien pour apaiser ses craintes, au contraire.

Si souvent exaspérée par les lenteurs de la bureaucratie, Emma en maudissait pour une fois la célérité qui lui arrachait les trois hommes qui comptaient le plus dans sa vie. David partit le premier dans un régiment d'infanterie. Joe et Blackie suivirent ensemble peu après. Dès la fin mai, ils s'étaient enrôlés sans attendre qu'on les y force dans le *Seaforth Highlanders*, l'ancien régiment de John Harte, qui avait la faveur des hommes du Yorkshire.

« Sauf que je n'ai rien à y faire ! avait déclaré Blackie en riant. Me voilà, moi, un Irlandais marié à une

Anglaise, embarqué dans un régiment écossais où, pour tout arranger, on me fait porter une jupe! C'est un comble, non? »

Laura et Emma avaient dû rire à sa boutade, mais le cœur n'y était pas.

Joe et Blackie avaient été immédiatement envoyés à Ripon pour faire leurs classes, car cette vieille ville de garnison avait repris de l'activité pour la circonstance. Quinze jours après leur incorporation, ils revinrent à Armley passer quarante-huit heures de permission avant leur embarquement pour la France. Ces deux jours passèrent vite.

Un matin de juin humide et brumeux, Emma fut seule à les accompagner à la gare de Leeds. Laura était de nouveau enceinte et Blackie avait dû l'empêcher de force d'y aller elle aussi. Elle avait su faire appel à tout son courage au moment de la séparation et ils avaient vu sa silhouette se détacher derrière la vitre et leur faire des signes tandis qu'ils descendaient l'allée du jardin avant de disparaître.

Le trajet jusqu'à Leeds s'effectua en silence. Une foule immense se pressait à la gare, où plusieurs régiments s'apprêtaient à embarquer. Les mères, les épouses, les filles et les fiancées étaient venues accompagner ceux qui allaient risquer leur vie. Insensibles à la bousculade, Emma et Joe passèrent les derniers instants sur le quai, la main dans la main.

« Ne t'inquiète pas pour moi, ma chérie, dit Joe. Ne te fatigue pas trop et prends bien soin des enfants. »

Emma avait du mal à retenir ses larmes. Ces derniers temps, Joe s'était montré exceptionnellement aimant et compréhensif, comme s'il se doutait de leur prochaine séparation. Jamais, depuis le jour de leur mariage, ils ne s'étaient sentis aussi proches l'un de l'autre.

Trop émue pour parler, elle l'embrassa avec une tendresse dont elle ne lui avait encore que rarement donné la preuve. Blackie les rejoignit quelques instants plus tard, après avoir mis les paquetages dans le train. Ils s'efforcèrent tous trois de plaisanter, mais Blackie lui-même n'y mettait aucun entrain. Quand le sifflet retentit et qu'ils se virent enveloppés d'un nuage de vapeur, Blackie serra Emma dans ses bras :

« Au revoir, *mavourneen*, et à bientôt. Je compte sur toi pour prendre soin de Laura à ma place.

— Je te le promets, Blackie. »

Ils s'aperçurent sans honte qu'ils avaient tous deux les joues humides et Blackie s'éloigna vivement pour monter dans le wagon. Joe attira alors Emma à lui.

« Tu as été la meilleure femme dont je pouvais rêver, ma chérie, lui dit-il à l'oreille. C'est pour cela que tu peux compter que je reviendrai, ajouta-t-il en se forçant à sourire.

— Je compte sur toi, répondit-elle d'une voix tremblante. Je ne voudrai jamais d'autre mari que toi, Joe. »

Ils restèrent enlacés, sans pouvoir ajouter un mot, jusqu'à ce que le train s'ébranle. Joe sauta sur le marchepied sans lâcher la main d'Emma, qui le suivit en courant le long du quai tandis que la locomotive accélérait en haletant. Alors, jaillie d'on ne sait où, une voix s'éleva, un soldat se mit à chanter une complainte populaire. Un autre se joignit à lui, puis un autre jusqu'à ce que les hautes verrières de la gare retentissent d'un chœur majestueux où disparut le bruit du train. Dominant toutes ces voix de son timbre riche et vibrant, Emma reconnut le baryton de Blackie.

Le train avait pris de la vitesse et Emma était arrivée au bout du quai. La main levée, les oreilles encore pleines de ce chant d'adieu, Emma regarda s'éloigner ces deux hommes auxquels elle tenait tant. Ce ne fut qu'en se retrouvant ballottée au cœur de la foule qu'elle se demanda si elle les reverrait jamais.

« Oh si, maman, encore une histoire ! »

Assise au pied du lit de Christopher, Emma referma le livre et se leva en souriant.

« Non, mon chéri, je t'en ai déjà lu deux de plus que d'habitude. Il est tard et il faut te coucher. »

Elle regarda son fils avec attendrissement. A cinq ans, avec ses yeux noisette et son visage tout rond criblé de taches de rousseur, Kit était étonnamment sérieux pour son âge. Mais il avait hérité de son père le caractère facile et un peu timoré, porté parfois aux caprices coléreux des timides. Emma se pencha pour l'embrasser et lui ébouriffa affectueusement les cheveux.

« Bonne nuit, mon chéri. Dors bien.

— Bonne nuit, maman. Mmm, comme vous sentez bon ! On dirait un bouquet de fleurs. »

Emma sourit à ce naïf compliment et lui rendit ses baisers. Elle se releva enfin, éteignit la lampe et sortit de la chambre. Dans le couloir, elle hésita devant la porte d'Edwina et se décida finalement à entrer. La fillette était assise dans son lit, en train de lire. Au bruit de la porte, elle leva vers Emma ses yeux gris et froids où s'exprimait l'irritation de cette intrusion. Emma réprima une grimace.

« Je suis venue te dire bonsoir, dit-elle. Ne te couche pas trop tard, n'est-ce pas ?

— Non, maman. »

Edwina posa son livre à l'envers sur sa couverture et dévisagea Emma avec la mine patiente du martyr attendant la fin de ses tourments. Emma s'approcha du lit à pas lents.

« Notre petit dîner impromptu t'a plu ? demanda-t-elle avec une gaieté forcée.

— Oui, maman. »

Déconcertée, Emma resta là sans savoir quoi dire pour enchaîner. Ce fut Edwina qui rompit le silence :

« Quand donc oncle Winston va-t-il arriver ?

— Bientôt, j'espère. Dans sa dernière lettre, il n'était pas encore sûr de la date de sa prochaine permission.

— J'aime beaucoup oncle Winston, déclara Edwina. Je suis contente qu'il vienne. »

Surprise de cette démonstration d'affection inattendue, Emma s'enhardit jusqu'à s'asseoir au pied du lit. Le léger mouvement de recul d'Edwina ne lui échappa pas : depuis longtemps, la fillette marquait un singulier dégoût pour tout contact physique avec qui que ce soit.

« Ce que tu dis me rend très heureuse, Edwina. Ton oncle Winston t'aime beaucoup, lui aussi.

— Oncle Frank compte venir en même temps?

— Je l'espère bien. Nous passerons de bonnes soirées, tous ensemble, tu verras. On s'amusera bien.

— Oh! oui. »

Edwina gratifia sa mère d'un sourire dont Emma avait perdu l'habitude et qui amena un soupçon de chaleur dans son regard distant.

« Demain, dit Emma en souriant, nous ferons des projets pour préparer le retour de ton oncle, n'est-ce pas?

— Oui, maman. »

Edwina avait repris son expression indifférente. Le cœur serré, Emma se leva et lui effleura la joue d'un baiser. Elle n'osait pas en faire plus de peur de se voir encore repoussée.

« Bonsoir, ma chérie. Dors bien, dit-elle en s'éloignant.

— Bonsoir, maman. »

Elle était déjà replongée dans sa lecture sans accorder un regard à sa mère. Pour cette fillette de dix ans, cette jeune femme belle, célèbre et dont tout le monde chantait à l'envie les louanges avait cessé d'exister. Edwina passait le plus clair de son temps dans la solitude d'un monde clos où nul n'avait le droit d'entrer à sa suite. Elle n'avait aucune des spontanéités, des joies ou des colères d'un enfant, et les seuls sentiments sincères qu'elle éprouvât étaient son amour pour Joe et sa cousine Freda qui, à Ripon, avait été sa mère nourricière.

Depuis qu'elle l'avait reprise avec elle, Emma était déroutée par sa fille. De plus en plus inquiète, aussi. Car, tandis qu'elle descendait l'escalier, le bref sourire dont elle venait d'être témoin éveillait en elle trop de souvenirs. N'était-ce qu'une simple ressemblance physique, où était-ce une résurgence d'un courant plus profond?

Les dossiers qu'Emma s'était promis d'étudier ce soir-là restèrent intouchés sur son bureau. Détendue dans son fauteuil, les yeux clos, elle était incapable de se concentrer. Etait-ce la fatigue, la tension nerveuse, une autre inquiétude? Depuis ce matin, elle renâclait devant le travail. Distraite, énervée, elle avait quitté le magasin plus tôt que d'habitude. Pour la première fois, elle avait un besoin physique de s'arracher aux contraintes des affaires et de se retrouver chez elle, seule avec ses enfants. C'était le jour de sortie de la cuisinière et Emma avait préparé elle-même le dîner, qu'elle avait ensuite monté dans la *nursery* pour le partager avec Edwina et Kit. Ce moment paisible et joyeux lui avait procuré un tel sentiment de paix et de sérénité qu'il en avait effacé ses préoccupations comme par magie.

Le souvenir de cet intermède ranima son plaisir et Emma se promit de ne plus priver ses enfants de sa présence, comme elle l'avait trop fait depuis trop longtemps. Les conseils de sagesse ou les mouvements d'humeur de Joe et d'Abraham Kallinski étaient parfaitement justifiés : Emma accordait à ses affaires une importance indue. A ce stade de leur croissance, ses enfants avaient particulièrement besoin d'elle. Edwina elle-même, ce soir pendant le dîner, avait fait preuve d'une sorte de bonne humeur inhabituelle et d'autant plus précieuse, et, tout à l'heure encore, sa démonstration d'affection pour son oncle Winston avait causé à Emma une surprise où elle trouvait une raison d'espérer. Reprise en main et replongée dans une atmosphère d'affection et d'intimité familiale dont elle avait été sevrée trop tôt, Edwina s'amenderait sûrement. Cette « renaissance » de son âme enfantine dépendait du bon vouloir d'Emma, elle ne devrait plus l'oublier sans gravement manquer à ses responsabilités.

Et pourtant... se dit Emma en repensant à sa fille. Edwina est bien une Fairley, l'on ne peut s'y tromper. Par moments, la fillette devenait le portrait vivant de sa grand-mère Adèle et son sourire absent, son regard vide et froid ne pouvaient pas ne pas réveiller une angoisse au cœur d'Emma. Winston et Frank l'ont-ils déjà remarqué? se demanda-t-elle avec inquiétude. Ils n'avaient, en tout cas, rien dit qui puisse embarrasser leur sœur. Quant à Blackie, Emma le soupçonnait d'avoir depuis longtemps deviné la vérité. Il avait cependant toujours fait preuve d'une discrétion exemplaire et n'avait rien laissé paraître de ses sentiments.

D'Adèle, Emma en vint tout naturellement à évoquer le souvenir d'Edwin. Si elle lui vouait toujours la même haine, celle-ci avait changé de nature. Ce n'était plus la passion irraisonnée qui lui avait rongé le cœur, c'était désormais un sentiment froid, calculé et, en conséquence, infiniment plus redoutable car il s'appuyait sur une certaine objectivité. Même si Emma avait voulu enterrer ses vieilles rancœurs et oublier l'existence des Fairley, la simple lecture de la *Yorkshire Morning Gazette* l'en aurait empêchée. Le nom d'Adam Fairley figurait toujours ostensiblement à la tête de la rédaction du journal et celui-ci se faisait trop souvent l'écho des faits et gestes de la famille. Soit, avant la guerre, dans la rubrique mondaine ou les nouvelles financières soit, depuis le début des hostilités, dans les informations générales et locales. C'est ainsi qu'Emma avait appris qu'Edwin, engagé volontaire dès le mois d'août 1914, avait gagné ses galons de capitaine dans un régiment d'infanterie et qu'il avait mérité plusieurs citations, lui valant dernièrement la *Victoria Cross,* la plus haute distinction britannique, pour des faits d'armes héroïques. Lui, un héros! avait dit Emma avec un ricanement de mépris. Les Allemands doivent être de bien piètres soldats... Elle avait aussi lu le faire-part de la naissance de son fils, baptisé Roderick-Adam en l'honneur de ses deux grands-pères. La mère, Lady Jane Fairley, née Stansby et fille du comte de Carlesmoor, ainsi que l'enfant se portaient bien, selon la formule rituelle.

Mais ces menus potins n'intéressaient désormais pas plus Emma qu'Edwin lui-même, pour le moment du moins. Ses objections, son gibier, c'étaient Adam et Gerald, car c'étaient eux et eux seuls qui détenaient la fortune de la famille. Dès le début, Emma avait compris que sa vengeance passait par leur ruine. Elle leur avait porté les premiers coups en s'attaquant à la filature

Thompson dont elle avait désorganisé la production en débauchant un personnel que Gerald n'avait jamais pu remplacer. Depuis, à force de ruse et de patience, Emma avait accumulé une somme considérable de renseignements très précis sur les intérêts des Fairley, au point d'en savoir presque plus qu'eux-mêmes. Grâce à ces informations confidentielles, elle avait défini un plan de campagne et elle savait où, dorénavant, elle porterait ses coups.

Car les Fairley étaient vulnérables, Emma en avait acquis la preuve. Déjà négligent dans la conduite de ses affaires, Adam s'en désintéressait presque totalement depuis peu. Olivia avait contracté récemment une étrange maladie de langueur et son mari ne la quittait plus. Cela faisait plusieurs mois qu'on ne l'avait presque pas revu dans le Yorkshire et Gerald avait pris les rênes à sa place. Or, Emma était particulièrement bien placée pour le savoir, Gerald était un incapable. Le maillon rouillé de la chaîne qu'elle voulait briser, c'était lui. L'objet de son dégoût, de sa haine, la victime de sa vendetta, c'était avant tout Gerald. Aucune femme ne peut jamais oublier l'effroi et l'horreur d'un viol, ni chasser de sa mémoire l'exécration qu'elle ressent pour celui qui l'a soumise à cette ultime humiliation. Emma ne faisait donc pas exception à cette règle. Gerald tomberait et les autres avec lui. Il suffisait de le faire trébucher, de le pousser à peine. Emma n'avait plus aucun doute sur l'issue, elle entrevoyait déjà le moyen. Il ne lui restait qu'à savoir le moment. Elle l'attendrait. Au besoin, elle le hâterait.

Le bruit de la sonnette la fit soudain sursauter. Etonnée, elle se leva et traversa rapidement le hall en se demandant qui pouvait bien venir à une heure aussi tardive. Un télégraphiste se tenait sur le seuil et lui tendit un pli. Emma en oublia sa brève inquiétude : c'était sûrement de Winston qui lui annonçait la date exacte de son arrivée.

Avec un sourire, Emma s'arrêta sous le lustre pour décacheter l'enveloppe. Le télégramme émanait d'un service du ministère de la Guerre. En hâte, elle en parcourut le texte, incrédule. Elle ne comprit pas pourquoi sa vue se brouillait et lui interdisait de déchiffrer plus de quelques mots :

... *Le ministre... pénible devoir de vous informer... soldat 1ʳᵉ classe Joseph Daniel Lowther, 3ᵉ bataillon, régiment Seaforth Highlanders... tombé à l'ennemi 16 juillet... La Marne... condoléances attristées...*

Emma n'eut pas conscience de faire deux pas et se laissa lourdement tomber sur une banquette. Assommée, elle fixait le mur sans le voir, la tête vide. Le contact d'un papier froissé dans son poing serré la surprit. Elle le déplia, le lut en fronçant les sourcils, sans comprendre.

Non, ce devait être une erreur. Ils se sont trompés de nom, de matricule. Pas Joe, non pas Joe, cet homme doux qui n'avait jamais fait, jamais voulu de mal à personne. Joe ne pouvait pas être mort. Elle avait mal lu...

Elle voulut remettre le télégramme sous ses yeux, y renonça et le laissa glisser à terre. Immobile, insensible, elle ne pouvait plus faire un geste. Joe était mort.

Elle resta ainsi longtemps, une seconde peut-être ou une éternité. Elle eut l'impression de se lever, de marcher en vacillant. Elle monta l'escalier en se cramponnant à la rampe, se retrouva dans sa chambre sans savoir comment elle y était parvenue et se laissa tomber sur son lit. Elle ne pleurait pas, ne gémissait pas. Elle était foudroyée.

Joe était mort. Joe était mort. Au bout de quelques semaines à peine. C'était absurde, injuste. Pourquoi Joe, pourquoi justement lui ? Il ne reviendrait plus jamais. Les enfants ne le reverraient plus. Les enfants, paisiblement endormis alors que leur père gisait, mort, dans la boue d'un champ de bataille. Comment leur annoncer ?

Dans ses yeux secs et brûlants, des larmes revinrent sans adoucir la sensation de feu. Comment avait-il été tué ? Etait-il déjà enterré ? Où ? Soudain, Emma fut saisie de l'envie absurde de reprendre le corps de Joe, de lui donner les derniers honneurs auxquels il avait droit.

Une atroce image de Joe sanglant, désarticulé dans un trou d'obus, comme sur une photographie vue récemment dans un journal, la fit soudain trembler. Il lui fallait Joe. Elle l'avait négligé dans la vie, elle voulait au moins le soigner dans la mort.

Les heures passèrent. Emma était étendue dans sa chambre obscure, cette chambre où Joe ne reviendrait plus. Dans la penderie, ses costumes étaient encore alignés. Dans la salle de bain, il y avait encore des affaires, un flacon de lotion, une brosse à cheveux. Il avait de petits travers, certes. Mais il l'avait rendue heureuse. Emma oublia ses dégoûts, ses agacements injustes pour ne plus se rappeler que les bons moments qu'ils avaient passés ensemble. Et maintenant, Joe était mort. Joe était mort...

Les larmes vinrent enfin, consolantes et libératrices. Et Emma resta jusqu'à l'aube à pleurer la mort inutile d'un homme que, elle le comprenait pleinement trop tard, elle avait aimé.

C'était un dimanche de la fin octobre, une de ces radieuses journées où l'automne sur sa fin prodigue ses trésors. Sous le ciel bleu, le jardin baignait dans une lumière dorée où les arbres et les haies resplendissaient d'ocres et d'orangés comme la nature seule ose en offrir. Il faisait doux. Des oiseaux chantaient.

Assise sur une chaise longue, à l'ombre du parasol, Laura O'Neill voyait à peine ces splendeurs. Elle n'avait reçu aucune nouvelle de Blackie depuis plusieurs semaines mais, grâce à Dieu, le télégramme tant redouté n'était pas venu lui non plus. Inquiète de ce manque de nouvelles, Laura gardait quand même l'intime conviction que Blackie serait protégé du danger et qu'il reviendrait sain et sauf à la fin de la guerre. Laura avait fondé sa vie sur le roc de sa foi en Dieu et la protection du Tout-Puissant s'étendait à son mari. Depuis le départ de Blackie, elle allait tous les matins à la messe, malgré les protestations d'Emma qui voulait la forcer à prendre du repos et rester au lit. Elle prolongeait volontiers ses dévotions par une prière, allumait des cierges, implorait la bénédiction divine pour ceux qui lui étaient chers et tous les combattants. Son cœur prompt à la compassion s'émouvait à chaque deuil. Elle avait éprouvé une profonde douleur au veuvage d'Emma, survenu depuis quatre mois déjà.

A l'autre bout du jardin, Emma cueillait des chrysanthèmes. En la regardant, Laura se sentit une fois de plus émue. Elle est trop maigre, se dit-elle, au point d'être émaciée. Elle se surmène, elle supporte des responsabilités qui écraseraient toute autre qu'elle. Mais la mort de Joe paraissait l'avoir dotée d'une résistance surnaturelle. Outre la conduite de ses propres affaires, elle assurait dorénavant la gestion des propriétés de son défunt mari et participait activement à l'administration des entreprises de David Kallinski, toujours au front. Malgré cela, elle consacrait plus de temps que jamais à ses enfants, qu'elle entourait de soins et d'un amour maternel par lequel elle tentait de leur faire oublier la disparition de leur père. Il semblait impossible de ne pas succomber sous un tel fardeau. Et pourtant, Emma le supportait. Sans doute était-ce là, se dit Laura, le seul moyen qu'elle connaissait pour surmonter sa peine et proclamer que la vie continuait.

Pour Laura aussi, la vie affirmait ses droits. L'enfant qu'elle portait à terme pour la première fois la remplissait de bonheur et de fierté. Elle allait enfin, avec la bénédiction de Dieu, donner à Blackie l'enfant dont elle s'était désespérée de le priver. Le Seigneur avait exaucé ses prières.

Sa cueillette terminée, Emma revenait vers elle. Elle posa son panier à terre, enleva ses gants de jardinage et s'assit sur un banc, à côté de Laura.

« Il va falloir rentrer, j'ai peur que tu aies froid, lui dit-elle avec sollicitude. Tu n'en as plus que pour deux mois, ce serait trop bête d'attraper mal.

— Mais non, Emma, restons encore un peu. Il fait si bon. »

Elles parlèrent quelques instants à bâtons rompus. La conversation en arriva aux enfants.

« Comment va Edwina ? demanda Laura. Je ne voulais pas t'en parler, ces derniers temps, pour ne pas te faire de la peine.

— Un peu mieux... Si seulement elle pleurait, si elle se laissait aller à piquer des crises, n'importe quoi. Non, elle se contracte, elle garde tout pour elle-même. Ce n'est pas sain. Elle me fait peur, par moments.

— Pauvre Edwina. Elle avait une véritable adoration pour Joe.

— J'ai passé des heures à lui parler, reprit Emma. J'ai tout essayé, en vain. Elle veut garder son chagrin pour elle seule et je ne sais plus quoi faire. »

Emma garda le silence, l'air pensif.

« Pauvre Joe, dit-elle enfin à mi-voix. De son vivant, j'ai souvent été injuste et méchante avec lui. Maintenant, j'ai parfois peur de mal traiter les enfants...

— Que veux-tu dire ?

— Tu connais les termes du testament de Joe, n'est-ce pas ? Je m'attendais à ce qu'il fasse de Kit son légataire universel. C'est son fils unique, après tout. Or, il m'a tout laissé et a constitué une rente pour Edwina.

— C'est normal, Emma. Joe connaissait trop bien ton sens des affaires. Il savait que sa fortune, entre tes mains, prospérerait bien mieux que confiée à quelque tuteur jusqu'à la majorité de Kit.

— Il n'empêche que j'ai parfois l'impression de les avoir en quelque sorte spoliés... Leur père, leur fortune. Pauvres enfants ! Si tu savais les remords que j'ai de ne pas avoir mieux aimé Joe.

— Tu dis des bêtises, Emma ! répondit Laura avec fermeté. Tu as été une bonne épouse et une bonne mère. Les rapports entre les êtres évoluent, la vie bouleverse parfois tout. A ta manière, tu as rendu Joe heureux, je le sais. Et les enfants sont les tiens. Comment peux-tu penser à des idées pareilles ? Les spolier ! Tu travailles pour eux, au contraire, pour leur avenir ! »

Emma ne répondit pas. Pour la première fois depuis qu'elle la connaissait, Laura la vit courbée, comme accablée sous un poids écrasant. Elle lui prit la main, la serra :

« Reprends-toi, Emma. Moi aussi j'ai besoin de toi.

Tu es ma seule amie. Aide-moi à me lever, veux-tu, et rentrons. »

« Ah! vous êtes ici, madame Lowther! dit le docteur Stalkey. Mme O'Neill vous demandait, justement. »

Emma se leva et lança au médecin un regard inquiet.

« Comment va-t-elle, docteur? Que s'est-il passé? »

Le docteur Stalkey affecta l'optimisme et donna une tape protectrice sur l'épaule d'Emma :

« Rien de bien sérieux, chère madame. Il a simplement fallu faire subir à Mme O'Neill une césarienne.

— Répondez-moi, docteur! Comment va Laura?

— Bien, bien, répondit-il en détournant les yeux. Un peu affaiblie, c'est normal...

— Et l'enfant?

— C'est un superbe gros garçon. »

Emma dévisageait le médecin qui se troubla :

« Vous me cachez quelque chose, docteur. Laura est-elle en danger?

— Je vous l'ai dit, chère madame. Elle est fatiguée, c'est normal après une telle opération. Mais ne restons donc pas à bavarder ainsi dans le couloir. Elle a hâte de vous voir. Par ici, je vous prie. »

Emma s'engagea à sa suite dans un dédale de couloirs, s'efforçant en vain de deviner la vérité et la gravité de la situation. Elle avait tout de suite senti que le médecin se dérobait, et les implications de cette attitude lui faisaient peur.

Le docteur Stalkey s'arrêta enfin devant la porte. En posant la main sur la poignée, il dit sans se retourner :

« Au fait, nous avons prévenu un prêtre.

— Un prêtre? s'écria Emma. Mais pourquoi?

— C'est Mme O'Neill elle-même qui l'a demandé, répondit-il avec un haussement d'épaules. Elle est encore très faible, ne la fatiguez pas, je vous en prie. »

Emma eut un haut-le-corps :

« Elle n'est pas...?

— Non, chère madame. Mais il lui faut du calme, je vous le répète. »

Emma entra dans la chambre le cœur battant et courut

vers le lit où Laura reposait. Son aspect lui donna un choc. Elle avait les traits tirés, le teint plombé. Des cernes violets lui entouraient les yeux et toute son attitude trahissait une extrême faiblesse. Bouleversée, Emma parvint à ne pas perdre son sourire joyeux et se pencha pour embrasser son amie qui, à sa vue, s'anima légèrement.

« Tu sais ? C'est un garçon ! » annonça Laura d'une voix faible.

Emma s'assit au chevet du lit, avala avec effort :

« Blackie sera si heureux... Comment vas-tu l'appeler ?

— Bryan, c'est un nom que Blackie et moi aimons beaucoup. » Elle s'interrompit et fit signe à Emma de se pencher vers elle.

« Approche-toi, je te vois mal. Le jour baisse, n'est-ce pas ?

Emma se mordit les lèvres. On était au début de l'après-midi et il faisait une lumière vive et froide qui inondait la pièce. Elle se borna à hocher la tête.

« Je voudrais que Bryan soit élevé chrétiennement, reprit Laura. Tu connais Blackie, ce n'est pas un modèle de dévotion. Me promets-tu d'y veiller pour moi, Emma ?

— Que veux-tu dire ? demanda Emma en dissimulant son désarroi. C'est toi qui va élever ton fils, voyons.

— Non, Emma. Je vais mourir...

— Je t'interdis de...

— Laisse-moi parler, Emma. Ecoute-moi, je t'en prie. Je sais que je n'en ai plus pour longtemps. Jure-moi que tu demanderas à oncle Pat de faire baptiser Bryan à l'église catholique et de lui faire donner une éducation religieuse tant que son père ne sera pas revenu. Jure-moi aussi que tu veilleras sur Blackie à ma place. »

Emma ne répondit pas. L'émotion, la douleur, la révolte la rendaient muette.

« Je te le jure », murmura-t-elle enfin.

Elle leva la main, caressa avec douceur le visage émacié de son amie. Elle avait de plus en plus de mal à retenir ses larmes.

« A ton tour de m'écouter, Laura, reprit-elle d'une

voix mal assurée. Il faut vivre. Il faut te battre, il faut vouloir, tu m'entends? Si ce n'est pas pour toi ni pour Blackie, tu as le devoir de vivre pour Bryan. Laura, je t'en supplie... »

Incapable de se dominer plus longtemps, Emma se jeta sur le corps frêle de Laura et le serra contre elle, pour lui insuffler la vie, l'énergie dont elle débordait. Comme elle l'avait déjà fait en vain bien des années auparavant, avec sa mère qui se mourait...

« C'est trop tard, Emma », chuchota Laura.

Le bruit de la porte tira Emma de sa protration. Elle vit entrer un prêtre en surplis et s'en écarta avec horreur. Debout à la fenêtre, le dos tourné, elle entendait le murmure de Laura qui se confessait, celui du prêtre qui l'absolvait de ses péchés. De ses péchés! se dit Emma avec rage. Quels péchés Laura a-t-elle jamais commis? Quelle miséricorde implorer d'un Dieu injuste et cruel qui permet chaque jour la mort d'innocents?

Frémissante de douleur et de rage, aveuglée par ses larmes, Emma attendit que se terminent les rites de l'extrême-onction. Elle ne cessait de maudire ce Dieu en lequel elle ne voulait plus croire, sans se demander pourquoi Laura, qu'elle aimait, avait en Lui une foi si profonde, ni pourquoi les prières qu'elle murmurait lui offraient un tel réconfort.

La voix du prêtre à son oreille la fit sursauter :

« Mme O'Neill veut vous voir, madame. »

Elle le bouscula en se précipitant près du lit et s'agenouilla pour approcher son visage de celui de Laura.

« Que veux-tu, ma chérie? demanda-t-elle à mi-voix.

— Un dernier service, Emma. Annonce ma mort à oncle Pat avec beaucoup de ménagements et sois brave pour deux. Il est si vieux, le pauvre...

— Tu ne mourras pas, Laura. »

Un sourire paisible se dessina sur ses lèvres et elle tourna vers Emma un regard où brillait une lueur inconnue :

« Tu as raison, Emma, la mort n'existe pas. Tant que tu vivras, tant que Blackie vivra, je ne serai pas morte sur terre car je vivrai dans vos mémoires. Plus tard, quand vous mourrez à votre tour, nous nous rejoindrons tous, dans l'au-delà... Dis à Blackie que je l'aime.

— Laura, Laura... Qu'allons-nous devenir sans toi ?

— Tu es brave, tu es bonne. Souviens-toi que Dieu ne donne jamais à ses enfants un fardeau qu'ils ne peuvent porter. Tu seras heureuse, je le sais. »

Emma pencha la tête et se mit à sangloter. Laura lui posa une main sur la tête.

« Ne pleure pas, Emma. N'oublie pas de prendre dans ma chambre les cadeaux de Noël pour les enfants. Tu trouveras aussi quelque chose pour toi. Prie pour moi, Emma... »

La main de Laura glissa et retomba sur le drap, inerte.

Un instant plus tard, elle n'aurait pas su dire quand, Emma sentit qu'on défaisait de force ses doigts crispés sur les mains de Laura, qu'on la soulevait, qu'on la portait presque jusque dans le couloir. Plus tard encore, comme dans un cauchemar, le docteur Stalkey lui disait que l'enfant pourrait quitter la pouponnière dans quelques jours et qu'il serait confié à sa garde, conformément aux dernières volontés de Mme O'Neill.

« ... Rentrez chez vous... ambulance... air malade... » entendit-elle la voix du docteur lui dire de très loin.

Elle se détourna et quitta la salle d'attente sans même le saluer. Elle n'était pas pleinement consciente de ce qu'elle faisait.

Elle se retrouva dans la cour de l'hôpital, poussa le portillon de la grille et s'avança dans l'avenue comme une somnambule, les joues couvertes de larmes.

Emma enfouit sa douleur au plus profond d'elle-même. Derrière sa façade d'impassibilité, elle connut des moments de doute, des reculs, des révoltes. Au fil des semaines, puis des mois, elle apprit cependant à s'accommoder de son chagrin et à supporter sa solitude.

Blackie avait obtenu une permission exceptionnelle qui lui permit de venir brièvement pour l'enterrement de Laura. Il avait confié son fils à Emma plutôt que de le laisser chez son oncle Pat vieillissant à la garde d'une nurse. Il était reparti pour le front dans un état à faire pitié, laissant Emma angoissée sur son sort.

Les premiers temps, Emma avait été tentée de rendre Bryan responsable de la mort de Laura. Elle avait fini par se rendre compte de l'injustice de son attitude. En n'aimant pas le bébé, elle trahissait la confiance que son amie lui avait faite sur son lit de mort. Elle reniait surtout l'amour que Laura lui avait inspiré. Car cet enfant était le fils dont elle avait si longtemps rêvé et pour qui elle avait donné sa vie. Depuis cette prise de conscience, Emma aima l'enfant autant, sinon davantage, que les siens. Le petit Bryan était d'ailleurs un bébé que l'on ne pouvait s'empêcher d'aimer. Doux comme sa mère, dont il avait les yeux noisette, il avait hérité les cheveux noirs et le caractère rieur de Blackie. Emma le serrait désormais sur sa poitrine avec des sentiments véritablement maternels et savait qu'elle lui vouerait toujours l'amour dont la mort de Laura l'avait à jamais privé.

Longtemps après cette tragédie, il arrivait encore souvent à Emma d'oublier que Laura n'était plus. Parfois, pensant à une confidence à faire, une joie à partager, sa main se tendait machinalement vers le téléphone ou, rentrant le soir chez elle, elle faisait le léger détour l'amenant à la porte de la grande maison vide. Elle sombrait alors dans un de ses rares accès de tristesse. Assise dans le noir, jusque tard dans la nuit, les yeux humides et les traits contractés, elle revoyait dans sa mémoire les jours heureux ou difficiles que Laura, Joe, son père même avaient vécus et partagés avec elle. Mais elle ne permettait jamais à son abattement d'empiéter sur ses journées. Plus que jamais, les enfants avaient besoin d'elle et elle leur prodiguait ses soins avec une joie qui dissipait ses peines. De temps en temps, Winston venait pour une brève permission, Frank faisait des apparitions irrégulières, toujours débordant de nouvelles. Ainsi, jusqu'à la fin de la guerre et durant ce qui était l'une des périodes les plus noires de sa vie, Emma trouva le réconfort et l'énergie de vivre au sein de sa famille.

1918-1950

*Celui qui conquiert les montagnes trouve souvent
les cimes cachées dans les nuages ou sous la neige.
Celui qui l'emporte sur les hommes et les domine
doit dédaigner la haine de ceux qui s'agitent sous lui.*

Lord Byron, *Childe Harold's Pilgrimage*

35

« Pour l'amour du Ciel, Frank, arrête de te fâcher ! »

Emma regarda son frère avec agacement. Ils étaient en train de dîner dans la grande salle à manger du Ritz, à Londres. Depuis le début du repas, qu'elle aurait voulu joyeux et détendu, Emma se trouvait en butte aux reproches du jeune journaliste de passage dans la capitale.

Frank prit un air contrit et tendit le bras pour serrer la main de sa sœur à travers la table :

« Je ne me fâche pas, Emma. Je m'inquiète...

— Et surtout, tu m'énerves ! répondit Emma. Je suis parfaitement guérie de ma pneumonie et je ne me suis jamais sentie aussi bien. Combien de fois faut-il te le répéter ?

— Ta santé est peut-être rétablie, je l'admets. C'est pour ta vie en général que je me fais du souci.

— Ma vie ? Qu'a-t-elle donc qui ne va pas ?

— Trop de choses, répondit Frank avec un hochement de tête attristé. Voyons, Emma, regarde-toi ! Tu mènes une vie de forçat. Je me dis parfois que tu es plus esclave maintenant que quand tu étais à Fairley Hall...

— C'est absurde ! interrompit Emma avec sévérité.

— Tu ne frottes plus les parquets, soit. Mais tu mènes une vie d'esclave, d'esclave de luxe à la rigueur, mais d'esclave quand même. N'arriveras-tu donc jamais à secouer tes chaînes ? Libère-toi, que diable ! »

Interloquée, Emma éclata bientôt d'un rire de bonne humeur.

« Je n'ai pas la moindre envie de me « libérer », comme tu dis ! Ne t'est-il jamais venu à l'esprit que je pouvais prendre plaisir à mon travail ?

— Ton travail ! s'exclama Frank avec véhémence. Voilà précisément où je voulais en venir. Tu ne vis que pour ton travail, Emma. C'est malsain ! Il est grand temps que tu te distraies un peu, pendant que tu es encore jeune pour le faire. Et puis, ajouta-t-il d'un ton prudent, tu vas bientôt avoir vingt-neuf ans. Il ne serait pas mauvais que tu songes à te remarier. »

Emma pouffa de rire :

« Tu en as de bonnes ! Me remarier, avec qui ? La guerre n'est pas finie, si tu ne le savais pas. Où as-tu vu des hommes ailleurs qu'au front ?

— La guerre sera finie d'ici la fin de l'année, répondit Frank en fronçant les sourcils, et tu cherches de mauvaises excuses. Depuis l'arrivée des Américains, la situation évolue très vite. L'Allemagne demandera l'armistice d'ici l'automne.

— Comme nous ne sommes qu'en janvier, cela me laisse le temps de la réflexion. D'ici là, je ne vois guère de prétendants !

— Et pourquoi pas Blackie O'Neill ? Il a toujours été en adoration devant toi, vous êtes libres tous les deux. En plus, c'est toi qui élèves son fils.

— Ne dis pas de bêtises, Frank, dit Emma avec un geste de la main. Blackie est un frère pour moi, j'aurais l'impression de commettre un inceste. En tout cas, je ne sais pas si j'ai tant que cela envie de me remarier. Je m'aperçois que j'aime mon indépendance et je n'ai nulle envie de voir un homme fourrer son nez dans mes affaires.

— Tes maudites affaires, nous y voilà encore ramenés ! s'écria Frank, excédé. Non, vraiment, je ne te comprends plus. Enfin, Emma, sois honnête ! Tu ne peux plus prétexter l'insécurité. Tu as déjà une fortune plus que confortable et Joe t'a légué la sienne. Combien d'argent te faut-il encore amasser ? Quand seras-tu enfin rassasiée ?

— Ce n'est pas vraiment l'argent qui me fait envie, si tu veux la vérité. En réalité, Frank, j'aime faire des affaires, je n'ai pas honte de l'avouer. Il se trouve aussi qu'en me faisant plaisir j'assure l'avenir des enfants. Et je suis plus à mon aise seule qu'avec quelqu'un qui me gênerait ou me mettrait des entraves, même s'il croyait bien faire. Me comprends-tu ?

— La question n'est pas là, Emma. Je t'ai simplement dit de te ménager davantage, de profiter de la vie. Ce n'est pas un crime...

— Non, mais cela tourne chez toi à l'idée fixe et je commence à en avoir assez ! s'écria Emma avec colère. Si tu continues, je reprends le train pour Leeds et je... »

Elle s'interrompit brusquement et détourna les yeux en rougissant. Intrigué, Frank se pencha vers elle :

« Que se passe-t-il ?

— Rien. Ou plutôt, si. Ces deux hommes, là, à la table en face de moi. Ils n'ont pas arrêté de nous regarder comme des bêtes curieuses.

— Je vois qui tu veux dire. Je les ai remarqués en arrivant, le maître d'hôtel leur faisait des tas de courbettes. Je ne crois pas les connaître. Tout ce que je peux te dire, c'est que le plus jeune, le beau garçon en uniforme avec des galons de commandant, doit être australien si j'en crois ses écussons.

— Australien ? ça ne m'étonne pas ! s'écria Emma d'un ton rageur.

— Qu'est-ce qui ne t'étonne pas ?

— Qu'il se conduise comme un mufle. Chaque fois que je lève les yeux, il me regarde comme s'il voulait me déshabiller. C'est insupportable, à la fin !

— Allons, Emma, ne joue pas l'innocente ! Ne te rends-tu vraiment pas compte de l'effet que tu fais ? Tu es sensationnelle et il n'y a pas un homme normalement constitué qui pourrait s'empêcher de te dévorer des yeux. »

Avec la moue d'un connaisseur, Frank jaugea la robe de velours vert au profond décolleté, les perles qui reposaient sur la peau crémeuse, les cheveux châtain-roux roulés en torsade.

« Comme tu es ce soir, reprit-il, tu parais à peine dix-huit ans. D'autant plus que tu as le bon goût de ne pas t'enlaidir avec les saletés que les femmes se croient obligées de se mettre sur la figure. »

Emma rosit de plaisir. Elle allait parler quand un serveur s'approcha de Frank pour lui dire qu'on le demandait au téléphone.

« J'en ai pour une minute. En attendant, choisis les desserts, je te fais confiance. »

Avec un sourire, Emma le suivit des yeux. La mince silhouette de son frère s'était étoffée et, dans son smoking impeccablement coupé, il avait une élégance dont elle était fière. Elle l'était encore plus de ses succès professionnels et du renom que ses reportages lui avaient acquis. Mais qu'il était agaçant de vouloir ainsi lui faire la morale ! Et encore, il ne savait pas tout... Si Emma lui avait parlé de sa dernière création, *M.R.M. Ltd.*, il lui aurait sans doute fait un nouveau sermon sur les dangers du surmenage. Emma savait pourtant qu'elle tenait, avec cette société holding, la clef de la fortune, la vraie. Elle l'avait fondée onze mois auparavant en vendant deux des propriétés industrielles que Joe possédait à Leeds, une tannerie et une usine de chaussures. Baptisée d'un jeu de mots phonétique, par la conjonction d'*émer*aude et d'*Em*ma, la société avait été ostensiblement dotée d'un conseil d'administration et de porteurs de part alors qu'Emma en était seule actionnaire. Ses hommes de paille faisaient ce qu'elle voulait et, à l'abri de cette fiction, Emma préparait la stratégie de ses acquisitions futures. Elle comptait transformer un jour *M.R.M.* en *Harte Enterprises*. Pour le moment, elle préférait rester dans l'ombre.

Perdue dans ses projets et ses calculs, elle releva distraitement les yeux pour se heurter au regard insistant de l'officier australien et fut la première surprise de ne pouvoir détourner le sien. D'un coup d'œil, elle vit les cheveux très noirs rejetés en arrière, la moustache, le visage hâlé aux traits irréguliers mais expressifs. Elle vit le sourire provocant, trop sûr de soi, exaspérant. Mais elle était fascinée par les yeux du jeune homme, des yeux d'un bleu si intense qu'ils en prenaient des reflets violets et se posaient sur elle avec une autorité possessive qui finit par la faire rougir.

Furieuse, gênée, Emma voulut prendre son verre de vin pour se donner une contenance et le renversa d'un geste maladroit. Un serveur empressé vint réparer le dommage. Mais quand il se fut éloigné, Emma se retrouva à découvert, sous le feu des yeux bleus du major. Elle lui jeta un bref coup d'œil, vit son sourire ironique, le défi muet qu'il lui jetait et chercha précipitamment un refuge derrière le menu déployé. Enragée, le cœur battant, Emma feignit de s'y absorber tout en maudissant l'effronterie scandaleuse de ce rustre de colonial des antipodes et en voulut à Frank qui, par son interminable coup de téléphone, la livrait sans défense à l'indécence du premier venu.

Bruce McGill s'amusait ferme au manège de son fils. Un éclair malicieux dans le regard, il le héla à travers la table :

« Paul ! Si tu consentais un instant à t'arracher à la contemplation de cette troublante créature, nous pourrions peut-être parler intelligemment. »

Paul sursauta légèrement et se tourna vers son père avec un sourire d'excuse.

« Vous avez raison, père. Je me conduis comme un goujat, ce soir. Mais vous avouerez qu'il y a de quoi être distrait.

— C'est vrai et je t'ai malheureusement légué mon goût pour les jolies femmes... Pour une fois, fais l'effort de refréner tes instincts, veux-tu ? Nous n'avons pas si souvent l'occasion de nous voir, ces temps-ci.

— Vous en aurez bientôt assez de ma compagnie. Cette fichue blessure met un temps invraisemblable à se cicatriser.

— Tu ne souffres pas trop, au moins ? demanda Bruce avec sollicitude.

— Non, tout irait bien sans cet abominable climat de l'Angleterre... Je ne devrais pas me plaindre, je sais ! J'ai déjà eu une chance insensée de revenir des Dardanelles sans une égratignure. Mais pourquoi a-t-il fallu que je me fasse moucher en France ? C'est trop bête.

— Cela ne te servira pas de leçon, par hasard ? J'espérais que tu reviendrais avec moi à Coonamble...

— La guerre n'est pas encore finie, père. Mais n'en parlons pas ce soir, voulez-vous ? Je compte bien profiter de ma convalescence pour m'amuser.

— Je suis heureux de te l'entendre dire. Mais ne te déchaîne quand même pas trop ! dit Bruce en riant. Cette fois, pas de scandale, hein ? Cette chère Dolly ne perd pas une occasion de me parler de tes exploits avec son amie...

— Je vous en prie, ne remuez pas le couteau dans la plaie ! A chaque fois que j'y pense, je me jure de ne plus toucher aux femmes. Au fait, à quelle heure devons-nous aller chez Dolly, ce soir ?

— N'importe quelle heure après le dîner. Tu connais Dolly et ses réceptions « intimes » ! Elles ne se terminent jamais avant l'aube. De toute façon, je crois que je te laisserai y aller seul, pour une fois. Je voudrais bien passer par Audley Street dire bonsoir à mon vieil ami Adam Fairley.

— Comment va-t-il, ces temps-ci ? demanda Paul avec un regain d'intérêt.

— Pas très fort, le pauvre, répondit Bruce en soupirant. C'est vraiment trop triste de le voir ainsi... La mort d'Olivia lui a porté un coup dont il ne s'est pas remis. Et maintenant, son attaque. Le pauvre Adam, cloué dans une chaise roulante, lui toujours si actif...

— De quoi est-elle donc morte ?

— Leucémie, je crois. Une femme si jolie, si vive... Je me souviens encore de la première fois où je l'ai vue, c'était il y a quatorze ans, déjà. Elle m'avait tapé dans l'œil, je peux bien te le dire. Ravissante. Elle avait une robe et des saphirs de la couleur de ses yeux... »

Paul ne l'écoutait plus. Emma et Frank étaient en train de quitter la salle et il avait les yeux rivés sur Emma, ne perdant pas un de ses gestes. D'un signe, il appela le maître d'hôtel :

« Dites-moi, Charles, qui est donc le monsieur qui

vient de sortir en compagnie de la jeune femme en robe verte ?

— Comment, Monsieur ne le connaît pas ? C'est Frank Harte, oui, le Frank Harte du *Chronicle*. On dit que M. Lloyd George veut le faire entrer dans son cabinet.

— Et la jeune femme ?

— Je suis désolé de ne pouvoir renseigner Monsieur, je ne l'ai encore jamais vue. »

Quand le maître d'hôtel se fut éloigné après une série de respectueuses courbettes, Bruce McGill se pencha vers son fils, l'air soucieux :

« Ecoute-moi bien, Paul. Je suis trop mêlé aux milieux politiques pour te laisser faire n'importe quoi. Si ce garçon est bien en cour avec Lloyd George, tu devrais réfléchir avant de te jeter à la tête de sa petite amie. C'est peut-être même sa femme. Ne joue pas à des jeux dangereux, comprends-tu ?

— Ne vous inquiétez pas, père, répondit Paul en riant. Je serai prudent et je ne vous causerai pas d'ennuis cette fois-ci. Mais j'ai quand même envie de savoir qui est cette mystérieuse et « troublante créature », comme vous l'appeliez. Il n'y a rien de répréhensible là-dedans. »

Paul McGill alluma une cigarette et suivit pensivement des yeux la fumée qu'il exhalait. La fortune et les relations de son père lui ouvraient toutes les portes. Il ne s'agissait donc que de savoir à laquelle frapper pour organiser une rencontre avec ce Frank Harte dont le maître d'hôtel parlait avec tant de respect.

Quand Frank et Emma entrèrent dans le salon de Dolly Mosten, ils n'y trouvèrent qu'une douzaine de personnes. Il était encore tôt et la foule arriverait probablement vers minuit, à la sortie des théâtres. A peine avait-elle fait trois pas qu'Emma s'arrêta net et agrippa le bras de son frère en se penchant à son oreille :

« Allons-nous-en immédiatement, Frank ! souffla-t-elle.

— Qu'est-ce qui te prend ? Nous arrivons... »

Emma l'interrompit en lui enfonçant ses ongles dans la peau :

« Je t'en prie, Frank, ne discute pas. Partons !

— Ne sois pas ridicule, Emma. Ce serait surtout impoli vis-à-vis de Dolly, ce qui serait pire que tout. Tu ne la connais pas, elle se prend pour une comédienne de génie et elle a une langue de vipère. Elle m'a quand même beaucoup aidé et je ne veux pas lui faire un affront pareil, elle ne me le pardonnerait jamais. Qu'as-tu, quelle mouche t'a piquée ? Tout à l'heure, c'est toi qui voulais m'accompagner.

— Je ne me sens pas bien, mentit Emma. Veux-tu que je m'évanouisse sur le tapis ?

— Retiens-toi, ma vieille, c'est trop tard, murmura Frank. Dolly nous a repérés. »

De l'autre bout de la pièce, en effet, un tourbillon de crêpe jaune et de diamants fondait sur eux, surmonté d'une crinière rousse indisciplinée comme les flammes d'un bûcher. Dans le sillage de ce cataclysme naturel se profilait une silhouette que Frank reconnut instantanément : c'était le major australien du Ritz... Il se tourna vers Emma avec un sourire ironique :

« C'est donc cela, ta maladie ? Rassure-toi, il ne te mordra pas... »

Emma haussa les épaules mais n'eut pas le temps de répondre. Frank et elle étaient déjà enveloppés, embrassés, bousculés dans un déluge de parfum et de paroles de bienvenue déclamées comme sur la scène d'un théâtre de plein air. Rebutée par ce déploiement d'amitié artificielle, Emma répondit du bout des lèvres. Elle était surtout consciente du regard qui ne la lâchait pas et dont elle pouvait presque sentir la caresse sur ses épaules.

Elle allait se détourner d'une manière discrète quand elle sentit sa main saisie par une main puissante. Elle baissa les yeux, vit des phalanges couvertes de poils noirs qui emprisonnaient les siennes et n'osa pas relever la tête.

« Enchanté de faire votre connaissance, dit près de son oreille une voix grave teintée d'accent australien. Je ne m'attendais pas si vite à ce plaisir. J'avoue toutefois que j'étais prêt à tout faire pour le provoquer. »

Emma sentit renaître la colère et la gêne éprouvées pendant son dîner au Ritz. Elle réprima une forte envie de gifler cet odieux personnage et se décida à relever les yeux. Elle eut alors l'impression de se heurter à l'intensité du regard dont le jeune officier la couvrait. A la vue du sourire ironique avec lequel il semblait l'inviter à répondre, elle ouvrit la bouche, ne put proférer un mot. La main de Frank, sur son épaule, la poussait discrètement à réagir. Alors, elle s'entendit déclarer sans pouvoir se retenir :

« Je ne sais si vos déplorables manières viennent de votre éducation, major, ou si tous vos compatriotes se conduisent ainsi avec les femmes. Sachez que je ne les apprécie pas. Nous sommes à Londres, pas dans la brousse. »

Le cri de surprise horrifié que poussèrent Dolly et Frank fut noyé sous l'éclat de rire de Paul McGill. Emma s'efforça en vain de dégager sa main, qu'il serrait toujours, et se tourna vers son hôtesse :

« Pardonnez mon incorrection, Dolly, mais il vaut mieux que je me retire. J'ai eu au dîner quelque chose qui ne passe vraiment pas. »

Paul rit de plus belle et resserra son étreinte :

« Bravo, chère madame! Vous avez cent fois raison, je me suis conduit comme le dernier des mufles et je mériterais des claques. Voulez-vous en profiter? » dit-il en se penchant pour offrir sa joue à Emma.

Il lui avait aussi lâché la main et Emma, rouge de confusion devant la tournure inattendue des événements, fit vivement un pas en arrière. Paul McGill la rattrapa et la tira fermement vers lui :

« Allons boire un verre de champagne, déclara-t-il. J'en profiterai pour tenter de démontrer à Mme Lowther que les gens de la brousse savent parfois être civilisés. Veuillez nous excuser », dit-il en souriant à Frank et à la maîtresse de maison.

Emma eut beau résister, il lui avait pris le bras et l'entraînait à sa suite d'un pas vif, sans cesser de sourire et de saluer à la ronde les gens de connaissance qui commençaient à affluer.

Les joues écarlates, Emma était forcée de le suivre. Elle se rendait aussi compte, malgré ses efforts, qu'elle était sensible à la personnalité et à la présence de son ravisseur. Paul McGill était plus grand et plus imposant qu'elle ne l'avait d'abord cru en le voyant assis. Il émanait de lui une puissance dominatrice qui lui donnait une sorte de vertige et elle frémissait au contact de son bras sur ses épaules nues. Son cœur battait trop vite, elle sentait ses nerfs tendus et essayait de se convaincre que ce n'était que sous l'effet de la colère.

La marche forcée où l'entraînait Paul McGill lui parut soudain interminable, comme si le salon de Dolly Mosten avait décuplé de longueur. Etourdie, Emma tenta de s'arrêter :

« Il faut que je m'asseye...

— Plus loin !

— Mais où donc m'emmenez-vous ? »

Paul s'arrêta net et, sans lâcher Emma, la dévisagea longuement d'un air soudain sérieux qu'il s'efforça de démentir par l'ironie de son ton :

« Où voudriez-vous aller ? Il y a des tas d'endroits auxquels je pense... Rassurez-vous, poursuivit-il en riant de la mine alarmée d'Emma, je n'ai pas l'intention de vous séquestrer. Je veux simplement vous emmener à l'écart de votre frère et de tous ces importuns. Tenez, là-bas, cela me paraît très confortable. »

Il désigna du menton un canapé dans un renfoncement et manœuvra habilement pour vaincre la résistance d'Emma et la faire asseoir. Soulagée d'être enfin débarrassée de sa poigne, elle accepta d'assez bonne grâce la coupe de champagne qu'il lui tendit après l'avoir prise sur le plateau que lui passait un serveur. Emma se dit qu'il valait mieux faire contre mauvaise fortune bon cœur. Elle devait à Frank de ne pas l'embarrasser davantage par un nouvel éclat et resterait donc le temps que la stricte politesse imposait. Mais elle était résolue à ne rien céder à cet arrogant Australien ni à épargner sa susceptibilité.

Elle but une gorgée de champagne et dit ironiquement :

« C'est sans doute ainsi que vous vous y prenez pour isoler un mouton que vous voulez tondre, major. J'ai bien peur que cette brillante technique ait moins de succès avec les femmes.

— Détrompez-vous, elle marche fort bien. J'y ai trouvé bien des satisfactions.

— Pas avec moi, en tout cas ! Je ne suis pas comme les autres qui...

— Je m'en étais déjà rendu compte, l'interrompit Paul. C'est même cela qui m'a tout de suite intéressé en vous, sans parler bien entendu de votre éblouissante beauté, ajouta-t-il avec un sourire sarcastique. Vous m'avez paru, comment dirais-je ? Comme une banquise en flammes. Cette image vous convient-elle ?

— Je ne suis rien d'autre qu'une banquise.

— La glace peut fondre...

— C'est alors qu'elle devient dangereuse, vous ne le saviez pas ?

— J'aime le danger. Il excite mon imagination et me pousse à me surpasser. J'adore relever les défis. Pas vous ? »

Furieuse de se sentir de nouveau rougir, Emma se détourna et fit mine de chercher Frank des yeux. En dépit d'elle-même, elle éprouvait un étrange intérêt pour cet homme. Son arrogante assurance, sa présence dominatrice, son apparence physique, tout le différenciait des autres et, quoi qu'elle en eût, cela attisait sa curiosité. Elle détestait le major pour sa suffisance, qui lui faisait croire que toute femme était prête à se rouler à ses pieds, mais elle avait reconnu en lui un caractère inflexible, voire impitoyable, qui provoquait en même temps son estime.

Appuyé au dossier, les jambes négligemment croisées, Paul McGill étudiait le profil d'Emma en se félicitant de l'incroyable coup de chance qu'il avait eu de la retrouver le soir même. Plus il la voyait, plus il la découvrait, plus son désir croissait. Il était stupéfait de l'intensité des sentiments qu'elle éveillait en lui et qu'il n'avait encore jamais éprouvés pour aucune femme. A trente-six ans, pourtant, Paul McGill avait déjà derrière lui une carrière de séducteur jalonnée d'innombrables victimes. Ses conquêtes trop faciles lui avaient laissé le détachement blasé d'un don Juan au cœur endurci mais toujours en quête de l'impossible absolu.

C'est alors qu'il devina cet absolu chez Emma. Foncièrement différente de toutes les femmes qu'il avait connues, elle était la première à ne pas céder à son charme. S'il la voulait, il lui faudrait la conquérir à force de patience, de compréhension, de lucidité, voire de ruse. A la traiter comme il le faisait, il ne réussirait qu'à la braquer contre lui. A situation nouvelle, décidat-il, moyens nouveaux. Il se pencha, lui fit un sourire plein de sincérité :

« Cessons ces escarmouches et pardonnez-moi, dit-il. Nous sommes en train de tout gâcher.

— Gâcher quoi ? demanda Emma froidement.

— Notre rencontre. Notre première soirée ensemble.

— Notre dernière soirée, voulez-vous dire ? »

Paul McGill se contint :

« J'aime les femmes difficiles. M. Lowther a les mêmes goûts que moi, j'imagine ? » dit-il sans pouvoir retenir un ricanement.

Emma le dévisagea, sidérée. C'est non seulement un goujat mais un imbécile, se dit-elle. Elle lui lança un regard glacial :

« Je suis veuve, major. Mon mari est mort il y a dix-huit mois. Il a été tué sur la Marne. »

Paul McGill rougit, furieux de la gaffe impardonnable qu'il venait de commettre étourdiment.

« Je vous prie d'accepter toutes mes excuses, dit-il à mi-voix. Je suis un imbécile et vous aurez raison de m'en vouloir... Je vous demande sincèrement pardon. »

Voyant Emma rester silencieuse et figée dans son attitude réprobatrice, il reprit :

« Je voudrais aussi vous présenter mes plus plates excuses pour la manière inqualifiable dont je me suis conduit tout à l'heure au Ritz. Me ferez-vous la grâce de les accepter ? »

Emma n'avait pas pu ne pas remarquer le changement de ton et la contrition sincère qui, chez son voisin,
avaient remplacé la moquerie et la fatuité. Surprise,
touchée, elle hocha la tête.

Il y eut entre eux un silence gêné que brisa l'apparition de Frank. Il portait une canne qu'il tendit à Paul :

« Dolly m'a chargé de vous donner ceci. Comment te
sens-tu, Emma ? dit-il en se tournant vers sa sœur. Ton
« malaise » est passé ?

— Oui, merci... Pardonne-moi, Frank. Cela m'a
échappé, tout à l'heure.

— Tout était de ma faute, intervint Paul. C'est à moi
de vous présenter mes excuses, Frank. Sans rancune ?

— Naturellement, Paul ! répondit Frank en lui tendant la main. Je vous quitte, je n'ai pas fini mes
mondanités... »

Avec un sourire, il s'éloigna pour aller rejoindre un
Secrétaire d'Etat ministrable qui tenait sa cour dans un
coin du salon.

Voyant Emma regarder sa canne avec curiosité, Paul
lui dit en souriant :

« Oui, une petite blessure. Vous n'aviez pas remarqué
que je boitais, n'est-ce pas ? Je fais de mon mieux pour
ne pas avoir l'air d'un infirme...

— Vous y réussissez à merveille. »

Cette marque d'amour-propre faisait voir Paul McGill
sous un jour différent et Emma ne put retenir un sourire indulgent.

« J'espère que votre blessure ne vous fait pas trop
souffrir, reprit-elle.

— Presque plus. Je compte d'ailleurs bientôt retourner en France. Ma permission de convalescence doit
encore durer une quinzaine de jours, tout au plus... »

Conscient d'avoir un peu remonté dans l'estime
d'Emma, il hésita cependant avant de poursuivre :

« Pourrions-nous nous revoir ? J'ai tout fait pour que
vous me jugiez sévèrement mais je ne suis pas aussi
mauvais que je m'en donne l'air, vous savez... Si nous
déjeunions ensemble demain, pour que je vous présente encore mes excuses ?

— Je suis déjà prise. En fait, je dois déjeuner avec Frank. Nous nous voyons si rarement qu'il serait très déçu que je me décommande.

— Alors, sans vouloir m'imposer, puis-je me joindre à vous ? Laissez-moi vous inviter tous les deux. Vous ne risquerez rien, votre frère vous servira de chaperon ! »

Amusée, Emma sourit :

« Je le lui demanderai... »

Remplissant ses devoirs de maîtresse de maison, Dolly s'approcha alors, sans remarquer la grimace irritée que son arrivée arrachait à Paul.

« Alors, vous voilà réconciliés, tous les deux ? s'écriat-elle de sa voix la plus perçante. J'en suis ravie. Il faut bien soigner nos héros blessés, n'est-ce pas Emma ? Allons, je vois que vous êtes en bonnes mains, mon cher Paul, je vous laisse. A demain, nous déjeunons chez votre père, n'est-ce pas ?

— Désolé de vous manquer, mais je n'y serai pas.

— Mon dieu, comment cela ?

— Un rendez-vous fixé depuis très longtemps dont il n'est pas question que je me dégage.

— Quel dommage ! »

Quand Dolly se fut éloignée dans un grand envol de voiles et d'exclamations, Emma se tourna vers Paul avec un sourire ironique :

« Un engagement de longue date ? Je croyais que vous deviez déjeuner avec Frank et moi... »

Devant la mine soudain sérieuse de Paul, elle n'insista pas.

« Mais enfin, Emma, quelle mouche t'a encore piquée ? s'écria Frank.

— De quoi parles-tu ?

— Tu le sais parfaitement. Pourquoi quittes-tu Londres, comme cela, sans prévenir ?

— Quand je suis venue, je ne comptais rester que deux ou trois jours et cela en fait bientôt quinze ! Je ne peux pas me permettre de pareilles fantaisies, Frank, il faut que je rentre m'occuper...

— De tes affaires, je le sais ! Il n'empêche que c'est la première fois de ma vie que je vois ma sœur prendre la fuite.

— Quelle idée ! Je ne prends pas la fuite.

— Si. C'est Paul McGill, n'est-ce pas ? »

Emma ouvrit la bouche pour protester, se ravisa et poussa un soupir.

« Oui, admit-elle avec dépit.

— Je m'en étais douté. Mais je ne comprends quand même pas pourquoi tu files de cette manière.

— Parce qu'il devient littéralement insupportable et que je n'ai jamais fait grand cas des individus de son espèce.

— Emma, pour qui me prends-tu ? s'écria Frank en riant. Si tu ne peux vraiment pas le souffrir, dis-moi alors pourquoi tu as passé ton temps avec lui ! En fait, si je ne me trompe, vous avez passé toutes vos soirées ensemble, et je ne parle même pas des déjeuners, spectacles et autres cocktails et expositions. Je n'ai jamais pu te voir seule et j'avais l'impression que tu étais littéralement hypnotisée par ce garçon...

— Ce n'est pas vrai, Frank ! »

Frank haussa les épaules et se détourna pour regarder, par la vitre d'un taxi, l'animation de la rue.

« Lui, en tout cas, il ne cherche pas à le cacher. Tu l'as ensorcelé...

— Arrête de dire des insanités, Frank !

— Allons, Emma, je ne suis pas aveugle ! Tous ceux qui vous voient ensemble s'en rendent compte, tant cela crève les yeux. Paul est littéralement béat d'admiration devant toi. Et ne me dis pas qu'il te déplaît, tu mentirais.

— C'en est assez, Frank.

— Soit, je me tairai. Donne-moi au moins une bonne raison pour expliquer ton départ. Pourquoi ne veux-tu plus le voir ?

— Parce que... Parce qu'il est trop beau garçon. Parce qu'il a trop de charme. Parce que je ne me sens pas de taille à lutter avec lui. Et puis parce que je préfère couper court avant que les choses dégénèrent...

607

— Tu veux dire avant de tomber vraiment amoureuse de lui ? »

Emma hocha la tête sans répondre. Frank hésita à triompher devant cette preuve de sa perspicacité, referma la bouche et prit la main d'Emma :

« L'as-tu au moins prévenu de ton départ ?

— Non. J'ai laissé un mot à la réception du Ritz. Il le trouvera quand il viendra me chercher ce soir...

— Le procédé manque d'élégance !

— C'était la seule chose à faire... Mais qu'a donc ce taxi, il se traîne ! Frank, dis-lui de se dépêcher, sinon je vais manquer mon train ! »

Frank regarda sa sœur avec un sourire mi-ironique, mi-attendri, se pencha vers la vitre de séparation et dit au chauffeur d'accélérer.

36

Froide et calculatrice en affaires, Emma pouvait être impulsive et passionnée dans ses sentiments. C'était bien poussée par la panique, comme Frank l'avait deviné, qu'elle avait quitté Londres pour fuir Paul McGill et se soustraire à l'attirance qu'il exerçait sur elle.

Depuis longtemps, Emma était persuadée qu'elle jouait de malchance avec les hommes. Les uns l'avaient fait souffrir, elle en avait blessé d'autres sans avoir jamais eu avec aucun des rapports harmonieux et équilibrés. Fort de son assurance, invulnérable à la douleur, un Paul McGill constituait donc pour Emma une véritable menace. A s'abandonner, elle risquait de détruire le précaire équilibre auquel elle avait eu tant de mal à parvenir; elle ne voulait pas non plus s'exposer à un bouleversement de sa vie affective. Joueuse, elle ne l'était qu'en affaires.

Elle était pourtant intriguée : rentrée à Leeds depuis deux jours, elle n'avait eu aucune nouvelle de Paul.

Etonnée, secrètement déçue, il lui arrivait de jeter des regards impatients vers son téléphone. Le soulagement qu'elle affectait n'était pas exempt d'amertume. Ce Paul dont elle se faisait une montagne l'avait bel et bien rayée de sa mémoire!

Durant les quinze jours de son séjour à Londres, Paul avait pourtant été le plus attentif des chevaliers servants. Débordant de charme et de galanterie, spirituel, en tout point le parfait *gentleman*, il n'avait cessé de l'entourer de prévenances. Au bout de quelques jours, certes, il avait pris Emma dans ses bras et les longs baisers qu'ils avaient échangés leur avaient permis de mesurer l'étendue et l'intensité de leur désir. Mais Paul avait su se dominer. Il n'avait fait aucune proposition équivoque, n'avait rien tenté pour la séduire par la force ou la ruse. Le soulagement d'Emma n'avait eu d'égal que son étonnement devant ce déploiement d'esprit chevaleresque assez inattendu chez un personnage tel que lui.

Cette évocation lui donna un frisson de plaisir et de regret, qu'elle maîtrisa avec une sorte de rage. Pourquoi se souviendrait-elle de lui alors qu'il l'avait oubliée dès l'instant où elle avait tourné les talons? Peut-être aussi s'agissait-il, plus simplement, d'une réaction d'orgueil blessé, chez un homme à qui nulle femme n'avait encore résisté. Car Emma était convaincue d'avoir été la première à se soustraire à l'irrésistible Paul McGill. Mieux valait donc faire une croix définitive sur le trop séduisant major australien, dont le souvenir la troublait indûment.

Gênée de ses inconséquences, Emma se replongea dans les dossiers étalés devant elle. Elle avait à peine réussi à leur accorder une attention encore chancelante qu'on frappa à la porte. Sa secrétaire, Gladys, passa la tête et entra en hésitant, les joues rouges et la mine effarouchée :

« Il y a quelqu'un qui veut vous voir, madame.

— Je n'ai pourtant pas de rendez-vous, ce matin. Mais qu'avez-vous, Gladys? Je ne vous ai jamais vue énervée comme cela... »

609

Emma s'interrompit et réprima un sourire. Elle venait de comprendre qui était ce visiteur inattendu : seul un Paul McGill pouvait faire un tel effet sur une femme qui le voyait pour la première fois. Gladys le confirma d'ailleurs sans attendre :

« C'est un certain major McGill, madame. Il m'a dit qu'il n'avait pas prévenu mais que vous le recevriez. »

Emma hocha la tête, le visage de nouveau impassible :

« Faites entrer, Gladys. »

La secrétaire avait à peine disparu que Paul entra, referma la porte et s'y adossa. Il était en uniforme, la casquette inclinée avec désinvolture, et portait un gros panier de pique-nique. Emma remarqua machinalement qu'il n'avait plus sa canne.

Il dévisagea longuement Emma en silence, le regard dur. Elle sentit son cœur battre à tout rompre et n'osait pas se lever de peur que ses jambes tremblantes ne la portent pas.

« Froussarde ! lâcha-t-il enfin.

— Que faites-vous donc à Leeds ? demanda Emma d'une voix mal assurée.

— Je suis venu déjeuner avec vous. Je sais ! dit-il en levant la main pour prévenir l'objection. Vous allez me dire que vous déjeunez toujours au bureau. C'est bien pourquoi j'ai apporté ce pique-nique, ainsi vous n'aurez aucune excuse pour vous dérober et me flanquer à la porte. Si ce n'est pas bon, prenez-vous-en au Métropole. Ils ont heureusement du dom pérignon, cela fera passer le reste.

— Vous ne doutez vraiment de rien ! dit Emma qui retrouvait son assurance.

— Je n'ai jamais su ce que ce mot voulait dire. »

Avec un éclat de rire, il jeta sa casquette à la volée sur une chaise, posa son panier et traversa la pièce en boitant, sans jamais quitter des yeux Emma, encore pâle d'émotion.

« Vous avez fui lâchement, déclara-t-il en se plantant devant son bureau. Vous aviez peur. »

Emma se sentit rougir et ne répondit pas.

« De qui aviez-vous peur ? reprit-il. De moi ? N'est-ce pas plutôt de vous-même ?

Il avait parlé d'une voix rude, accusatrice. Emma baissa les yeux :

— Je ne sais pas... De vous, sans doute.

— Idiote ! Vous n'aviez donc pas compris que je vous aime ? »

Avant qu'elle ait pu faire un geste, il contourna le bureau, la prit par les bras et la souleva pour la serrer contre lui. Au contact de ses lèvres sur les siennes, Emma ne résista plus. Elle l'étreignit de toutes ses forces, s'abandonna à ses baisers qui éveillaient en elle une passion trop longtemps contenue, les lui rendit avec une fougue débridée. Brûlante, étourdie, elle se laissa emporter sans plus réfléchir aux conséquences.

D'un geste qu'elle connaissait déjà bien, Paul l'écarta soudain en la tenant à bout de bras, lui prit le menton pour lui relever le visage et la regarda dans les yeux, soudain grave.

« Vous avez cru me décourager en mettant entre nous quelques malheureuses centaines de kilomètres ? Vous oubliez que je suis Australien ! ajouta-t-il en riant. Pour nous autres sauvages, les distances ne comptent pas. Et vous me connaissez encore bien mal, Emma. Je suis tenace, vous savez. On ne m'a encore jamais fait lâcher prise... »

Il la serra de nouveau contre lui à l'étouffer, lui donna un long baiser, l'écarta encore pour mieux la dévisager. Dans son regard, il y avait de l'attendrissement amusé.

« Que vais-je faire de vous, insupportable Emma, adorable Emma ? Il faudrait vous dresser. Mais j'ai peur que vous ne soyez trop rétive pour supporter la bride. »

Emma restait accrochée à ses épaules et serrait convulsivement le drap de l'uniforme. Muette, l'esprit en tempête, elle ne pouvait penser qu'à une chose. Tout à l'heure, il avait dit qu'il l'aimait. Qu'il l'aimait... Elle préférait ne rien dire car, si elle ouvrait la bouche, elle lui avouerait son amour et se rendrait sans condition. Un dernier réflexe de prudence la retenait.

Paul ne semblait pas se soucier du silence prolongé d'Emma. Sans la lâcher, il reprit la parole avec bonne humeur :

« Nous allons d'abord déjeuner, car je meurs de faim. Ensuite, vous allez me faire visiter votre magasin, votre filature, vos entrepôts. Après cela, vous allez me présenter vos enfants et j'espère que vous aurez suffisamment le sens des convenances pour me rendre mon invitation et me demander de rester dîner ! Vous n'oseriez pas abandonner un pauvre soldat à son triste sort dans ce trou sinistre, où il n'y a même pas d'endroit convenable pour passer la soirée ! »

Emma hocha la tête.

« Dois-je comprendre que vous êtes d'accord ?

— Oui, Paul », répondit Emma d'une voix à peine audible.

Paul McGill resta trois jours. A la faveur de ce séjour, Emma découvrit tout un côté de sa personnalité dont elle n'avait pas eu le soupçon. A Londres, déjà, elle avait cru deviner en lui une certaine profondeur qui, pensait-elle, ne devait cependant pas résister à son manque de sérieux. Secrètement ravie, elle vit un Paul McGill radicalement différent se révéler à elle. Doué d'une intelligence vive, il se montrait réfléchi, plein de bon sens et d'intuition. Attentionné envers elle, il captiva les enfants. Il sut écouter attentivement les bavardages d'Edwina, qui n'avait jamais tant parlé depuis le départ de Joe, répondit à ses innombrables questions sur l'Australie ou la guerre. Il traita Kit comme un homme et le petit garçon en conçut une véritable adoration pour Paul, qui lui faisait faire de la luge dans les allées du jardin couvertes d'une mince couche de neige, ou jouait avec lui dans la salle de jeux. Mieux encore que Joe, Paul sut éveiller chez les enfants ce qu'ils avaient de meilleur. Sous son influence, Edwina sortit de sa coquille et retrouva la vivacité de son âge.

Dans sa joie, Emma restait assez lucide pour étudier le caractère de Paul. C'est ainsi qu'elle remarqua à plusieurs reprises les regards pensifs et chargés d'un étrange regret qu'il lui arrivait de poser sur les enfants quand il ne se croyait pas observé. Elle chercha en vain à en deviner la cause et sa curiosité ne fit que l'attacher davantage à cet homme, dont la personnalité déroutante et pleine de contradictions la fascinait.

Le jour de son départ arriva trop vite.

« Il ne me reste plus beaucoup de temps à passer en Angleterre, dit-il à Emma. Viendrez-vous me voir à Londres ?

— Oui, répondit-elle sans hésiter. J'ai des rendez-vous demain matin, je pourrai donc venir après-demain, vendredi. »

Il sourit, lui caressa la joue :

« Faites un effort, Emma. Pourquoi pas demain après-midi ?

— Si vous voulez, Paul », dit-elle en lui rendant son sourire.

Il lui prit le menton, lui releva le visage et la regarda dans les yeux, l'air soudain grave :

« Ce n'est pas si je veux, Emma. Le voulez-vous, vous ?

— Oui, Paul ».

En le disant, Emma savait qu'elle prenait un engagement solennel.

Le lendemain soir, par un temps froid et pluvieux de février, Emma descendit du train à la gare de King's Cross. Elle le vit tout de suite, debout à l'extrémité du quai, engoncé dans un trench-coat au col relevé, sa casquette galonnée inclinée sur l'oreille. Le cœur battant, Emma se mit à courir sans même voir les regards surpris ou choqués des voyageurs. Elle ne s'arrêta que quand elle fut dans ses bras, hors d'haleine et riant de bonheur.

Paul retrouva bientôt son aisance et son autorité habituelles. Il fit signe au porteur chargé des bagages d'Emma, lui fit traverser la gare et la poussa dans la limousine Daimler de son père, dont le chauffeur démarra immédiatement. Tandis que la voiture avançait lentement dans la circulation dense, Emma se rendit compte d'une altération dans le comportement de Paul. Assis côte à côte, ils se tenaient la main et bavardaient d'un ton léger. Emma discerna pourtant comme une inquiétude ou une tension, qu'il s'efforçait de contrôler sans y parvenir tout à fait.

Paul fit arrêter la voiture à quelque distance du Ritz, où Emma avait retenu un appartement.

« Je descends ici, lui dit-il. Je finirai le chemin à pied.

— Pourquoi donc ? demanda Emma, étonnée.

— Je connais trop bien votre souci des convenances, ma chère, répondit-il en souriant. Je ne veux pas vous compromettre aussitôt arrivée. De toute façon, vous avez sûrement envie d'un peu de tranquillité pour prendre un bain et vous changer. Je viendrai vous rejoindre dans une heure pour les cocktails, d'accord ? »

Cette nouvelle preuve de galanterie la toucha. Mais à peine Paul eut-il claqué la portière qu'Emma, en le voyant disparaître dans la foule, se sentit oppressée par un douloureux sentiment de solitude. Il lui fallut faire un effort et se dire que leur séparation n'allait durer qu'une heure pour retenir les larmes qui, déjà, lui venaient aux yeux. Elle s'en voulut de cette réaction puérile.

Dans le salon, où flambait un bon feu, elle fut accueillie par d'innombrables bouquets et gerbes de fleurs rares qui, comme elle le constata à la lecture des bristols, avaient tous été envoyés par Paul. Déjà rassérénée, Emma défit rapidement ses valises et se plongea avec délices dans l'eau brûlante du bain. Réchauffée, détendue, déjà impatiente de le revoir, elle mit son peignoir de soie blanche et s'assit à la coiffeuse. Elle n'avait jamais éprouvé une telle sensation de bonheur.

Quelques minutes plus tard, alors qu'elle posait la dernière épingle dans ses cheveux savamment torsadés, Emma eut l'impression qu'elle n'était pas seule. Elle tourna lentement la tête et sursauta en poussant un cri. Nonchalamment appuyé contre le montant de la porte, un verre à la main, Paul la regardait en souriant.

« Je suis navré de vous avoir fait peur, j'aurais dû

frapper avant d'entrer, dit-il. Mais je ne regrette pas d'avoir surpris un si ravissant tableau, ma chère.

— Comment êtes-vous entré? dit Emma d'un ton indigné.

— Par la porte, bien entendu! Tenez, essayez cela. »

Il traversa la chambre et posa sur la coiffeuse un petit écrin qu'Emma ouvrit après une légère hésitation. Deux superbes émeraudes, montées en boucles d'oreilles, scintillaient sur le velours noir. Emma ne put retenir un cri :

« Oh! Paul, quelle splendeur! Mais je ne peux pas accepter un pareil cadeau...

— Mettez-les! » ordonna-t-il.

D'une main tremblante, Emma obéit et vissa les boucles. Elle s'admira un instant dans le miroir et releva les yeux pour jeter à Paul un regard de gratitude.

« Ce sont les plus belles émeraudes que j'aie jamais vues, Paul. Comment avez-vous deviné que c'étaient mes pierres préférées?

— Ce n'est pas bien difficile, répondit-il en souriant. Il suffit de voir vos yeux pour comprendre que vous ne pouvez porter que des émeraudes... »

Il se pencha, lui releva le menton d'une main et posa un baiser sur son front :

« Si vous les refusez, reprit-il, je considérerai cela comme une grave injure et je ne vous reparlerai jamais.

— Dans ce cas, je n'ai pas le choix. Mais je suis confuse, Paul. C'est trop beau. Merci... »

Il l'interrompit d'un geste.

« Allons, venez au salon boire quelque chose.

— J'enfile une robe et j'arrive.

— Pas la peine, vous êtes très bien ainsi. Je voudrais vous parler. »

Emma se leva en rajustant son peignoir et le suivit. La gravité avec laquelle il avait dit ces derniers mots lui donna une soudaine bouffée d'inquiétude. Devait-il partir pour la France plus tôt qu'il ne l'avait prévu? Etait-ce là la raison du malaise qu'elle avait observé dans la voiture, en revenant de la gare? Quand elle arriva dans le salon de son appartement, elle comprit d'un coup d'œil pourquoi Paul était entré aussi silencieusement et l'avait surprise à sa toilette. Au bout de la pièce, la porte de communication avec l'appartement contigu était ouverte et révélait un salon identique. Elle s'arrêta sur le seuil, stupéfaite de l'audace dont il avait fait preuve et troublée de ce qu'impliquait cette intimité inattendue.

« Ainsi, dit-elle avec une colère contenue, c'est par là que vous êtes passé ?

Il fit mine de n'avoir pas entendu.

« J'ai fait monter du scotch mais je crois que vous préférez le champagne, dit-il calmement. En voulez-vous un verre ? Je vais le chercher. »

Sans attendre de réponse, il passa dans son propre appartement. Emma le suivit des yeux, effarée de son assurance et enragée de sa prétention. Pour qui la prenait-il ? Avait-il cru qu'il suffisait d'ouvrir une porte pour...

Emma se mordit les lèvres, consciente de l'inconséquence dont, une fois de plus, elle faisait preuve. Quand elle était montée dans le train, tout à l'heure, elle savait fort bien qu'elle franchissait un pas sur lequel on ne revient pas. Le spectacle de cette porte ouverte n'avait rien qui puisse la choquer à moins de se rendre coupable d'hypocrisie. Quand Paul lui avait demandé de venir le rejoindre à Londres, quand elle avait accepté, la situation présente était implicitement décidée entre eux. Avait-elle rien fait pour l'en détromper ?

Paul revint, lui tendit sa flûte et s'assit devant elle. Il la regarda comme s'il devinait ses pensées :

« Je ne vous reproche pas d'être furieuse contre moi, Emma. Je vous ai mise dans une situation gênante sans même vous demander votre avis. »

Pour cacher sa nervosité, Emma baissa les yeux et but une gorgée de champagne.

« Je vous demande humblement pardon de me montrer si présomptueux. Que voulez-vous, cela fait des semaines que je rêve de vous voir enfin succomber à mon charme, dit-il avec un sourire d'excuse. Mais je manque vraiment par trop de subtilité. Aussi, pour vous montrer ma bonne foi et ma contrition, je vous propose ceci. Je vais finir de boire ce verre, je vais repasser cette porte et vous la fermerez à clef derrière moi. Quand vous serez habillée, je reviendrai par le couloir et nous sortirons dîner. Je ne vous impose aucune condition, ni maintenant ni plus tard. D'accord ? »

Emma le regarda dans les yeux :

« Bien sûr, Paul. Mais... pourquoi avez-vous changé d'avis ?

— Etonnant, n'est-ce pas ? dit-il avec un rire ironique. A vrai dire, je suis le premier surpris de me voir dans le rôle du pécheur repentant...

— De quoi vous repentez-vous, Paul ? »

Il haussa les épaules.

« De rien, Emma. Mais je vous aime trop pour persister à vouloir vous imposer mon seul bon plaisir sans vous laisser la chance d'exprimer vos propres sentiments.

— Je ne vous suis pas.

— C'est simple, Emma. Il faut que vous m'aimiez et me désiriez autant que je vous aime et je vous désire. Sans cela, il n'y a aucune raison de continuer... »

Il finit son verre d'un trait et se leva brusquement :

« Allons, dépêchez-vous et allez vous habiller. Quand vous serez prête, téléphonez-moi et nous descendrons dîner. »

Arrivé à la porte de communication, il se retourna :

« La clef est sur la serrure. A tout à l'heure. »

Emma se leva. Elle hésita brièvement et donna un tour de clef, la mine aussi grave que celle de Paul. Elle retourna ensuite à pas lents s'asseoir sur le divan. Elle se sentait désemparée et ne savait plus que faire. Paul l'aimait. Elle aimait Paul. Elle était venue à Londres pleinement consciente qu'ils avaient tacitement pris un engagement mutuel, et maintenant c'était elle qui revenait sur la parole donnée et se conduisait en hypocrite. Si elle se jugeait avec objectivité, sa conduite était absurde et illogique, jusqu'à un certain point méprisable. De quel droit jouait-elle la vertu effarouchée ?

Elle ferma les yeux, imagina Paul derrière cette porte

617

fermée, en train de l'attendre pour aller dîner. En train surtout d'attendre sa décision, une décision lourde de conséquences et dont dépendrait l'avenir de leurs rapports. S'en était-il déchargé sur elle pour éviter de porter le poids de cette responsabilité? Non, Paul n'était pas homme à fuir devant ses actes et, s'il rusait parfois, ne pouvait être taxé de duplicité. Alors, se dit Emma, de quoi ai-je peur? Pourquoi ce recul devant un pas déjà plus qu'à moitié franchi? Pourquoi?

La réponse lui apparut soudain dans toute sa clarté. Ce devant quoi elle reculait, c'était l'amour, l'amour physique dont elle avait été dégoûtée par les dramatiques conséquences de son aventure avec Edwin, par les balourdises maladroites de Joe. Ce dont elle avait peur, c'était de se montrer insuffisante, de blesser Paul par un mouvement de recul instinctif, de souffrir elle-même de ce qu'elle considérait encore comme une agression. Peut-être, si elle le lui expliquait, Paul comprendrait-il...

Elle se leva d'un bond, ouvrit la porte et s'immobilisa sur le seuil. Paul était debout devant la cheminée et lui tournait le dos, la tête baissée, comme accablé.

« Paul! »

Il se redressa et se retourna lentement, la regarda avec incrédulité.

« Il faut que je vous parle », dit-elle.

Elle s'approcha pas à pas. Paul hésitait à parler, le regard assombri.

« Je vous ai laissée seule porter le poids de cette décision, Emma. Ne vous méprenez pas : je ne l'ai fait que pour être sûr de vous, pour que vous soyez surtout sûre de vous-même et...

— Je sais, Paul. »

Elle le rejoignit, posa la main sur sa poitrine en caressant machinalement la soie du revers du smoking. D'un seul coup, elle avait perdu tout courage et n'arrivait pas à dire les mots que, tout à l'heure, elle croyait devoir prononcer pour expliquer ses hésitations. Paul lui prit la main, la porta à ses lèvres. Quand il la serra dans ses bras, elle se laissa faire, soulagée d'un poids qui l'étouffait.

L'expression de son visage en dit plus à Paul qu'il ne rêvait d'en entendre. Désormais sûr de lui comme il était sûr d'elle, il la souleva de terre, l'emporta dans la chambre, l'étendit sur le lit et s'agenouilla :

« J'ai vu tes yeux, mon amour, dit-il d'une voix enrouée par l'émotion. Mais je veux te l'entendre dire.

— Je t'aime, Paul. Je t'aime et... j'ai envie de toi.

— Je le savais, Emma. Je savais que nous étions destinés l'un à l'autre. Mais il fallait que tu l'admettes de ton plein gré. Je ne t'aurais jamais forcée à me le dire. Je voulais simplement que tu viennes à moi sans contrainte, comme je me suis livré à toi. »

Il se pencha vers elle. Leurs lèvres se joignirent.

Longtemps après, ils reposaient l'un près de l'autre, nus, comblés d'une révélation mutuelle dépassant l'idée même qu'ils se faisaient du bonheur et qui les laissait cependant inassouvis et impatients. Pour la première fois, Emma était en paix, une paix profonde, émerveillée, faite de son amour pour Paul et du sentiment de sa propre métamorphose. Paul aussi savait qu'il n'était plus le même, que rien ne serait jamais semblable dans sa vie. La touchante inexpérience dont Emma avait fait preuve l'avait bouleversé. En la révélant à elle-même, il s'était révélé. Sa longue, sa déprimante recherche était finie, il avait touché au but. Aucune femme n'existerait plus pour lui qu'Emma. Ils s'étaient trouvés ou, plutôt, retrouvés. Ils étaient, l'un pour l'autre, leur destin.

En baissant les yeux, il vit la main d'Emma posée sur sa poitrine et la prit avec douceur. Son regard se voila d'une recrudescence de l'angoisse qui, depuis plusieurs jours, le tenaillait. Il hésita, détourna les yeux :

« Emma, mon amour...

— Oui, Paul ?

— Je... je suis marié. »

La main d'Emma ne bougea pas. Elle resta elle-même parfaitement immobile dans les bras de Paul. Mais elle avait l'impression d'avoir reçu un coup violent dans la poitrine.

« Tu as choisi un bien mauvais moment pour me l'annoncer », dit-elle enfin à mi-voix.

Paul la serra plus fort contre lui, rapprocha sa tête.

« Je l'attendais au contraire pour te l'apprendre.

— Pourquoi ?

— Parce que je voulais que tu sois dans mes bras. Parce que je voulais que tu saches l'importance que tu as pour moi avant de t'expliquer que mon mariage n'en est pas un. Parce que je voulais pouvoir t'aimer encore et te prouver, autrement que par des mots, que toi seule comptes dans ma vie. »

Il s'interrompit, scruta anxieusement le visage d'Emma et le vit impénétrable.

« Je n'essayais pas de te mentir, reprit-il. Tu l'aurais appris tôt ou tard au hasard d'une conversation et je préférais que tu l'entendes de ma bouche. Si j'ai attendu, c'est uniquement parce que je craignais de te perdre avant de t'avoir trouvée. C'est parce que j'avais peur que tu disparaisses ou ne me chasses avant que nous n'ayons fait...

— C'est ignoble ! »

Elle se débattit, voulut sauter du lit. Paul la reprit fermement et l'immobilisa sous lui, ses yeux plongeant dans les siens.

« Non, Emma, ce n'est pas de la ruse ni de la déloyauté de ma part, je te supplie de me croire. Si j'ai choisi d'attendre ce moment, ce n'était pas pour ajouter une conquête de plus à mon tableau de chasse. C'était pour être sûr que notre amour nous liait irrévocablement l'un à l'autre. Car plus rien, désormais, ne pourra nous séparer. Je t'aime , Emma. Tu es tout ce que j'ai de plus cher au monde.

— Et ta femme ? »

Elle avait essayé, sans succès, de prendre un ton amer ou ironique.

« Nous n'avons plus aucun rapport depuis sept ans. Nous vivons séparés depuis six.

— Depuis combien de temps êtes-vous mariés ?

— Neuf ans, Emma. Un mariage de convenance, s'il a même le droit de s'appeler un mariage. Je suis encore lié à elle pour... des raisons disons juridiques et financières. J'avais de toute façon l'intention de régulariser cette situation absurde après la guerre. Car c'est avec toi, avec toi seule que je veux passer le reste de ma vie, Emma. Si tu veux encore de moi... Tu es ma vie. Il faut que tu me croies, je t'en supplie. Me crois-tu ? »

Les pensées contradictoires qui se bousculaient dans sa tête avec violence s'apaisèrent peu à peu et Emma retrouva assez de lucidité pour observer Paul. Elle pouvait sentir, presque toucher, l'anxiété qui l'étreignait. Son visage était à nu, livré sans défense à l'examen auquel elle le soumettait, et n'exprimait qu'une sincérité bouleversante. Il était vulnérable, offert à sa clémence ou à sa condamnation. Emma comprit que Paul avait véritablement mis son sort entre ses mains.

Elle leva lentement la main, dessina d'un doigt hésitant le contour des lèvres de Paul, regarda une dernière fois son visage pâle, crispé, rempli d'espérance et de crainte.

« Je te crois, Paul, murmura-t-elle. Oui, je te crois. »

Les jours qui suivirent se fondirent en un enchantement ininterrompu, les jours et les nuits baignés de la lumière du rêve. Dans un paroxysme de bonheur qui ne faisait que croître, Emma et Paul se lièrent indissolublement. Leur désir renaissait aussitôt assouvi, leur amour se fortifiait de lui-même.

Le monde n'existait plus. Ils étaient dans une planète isolée de tout, ne vivaient que l'un pour l'autre, l'un par l'autre, n'avaient chacun besoin que de l'autre. Enfermés dans leurs appartements contigus du Ritz, ils n'en sortaient que pour de rares promenades ou un dîner en tête-à-tête dans quelque restaurant intime, à l'écart des foules mondaines. Ils étaient si passionnément, si exclusivement amoureux l'un de l'autre qu'ils refusaient de distraire une seule minute pour tout autre qu'eux-mêmes. Barricadés derrière un mur d'intimité infranchissable, ils annulèrent des réceptions ou des réunions d'affaires prévues de longue date et ne reçurent ni visites ni appels. Paul ne vit même pas son père, Emma son frère Frank. Ils étaient seuls au monde. Quand ils avaient été séparés pour un instant, ils se contemplaient, émerveillés d'être les acteurs d'un tel miracle. Un regard valait un baiser, un simple geste une étreinte. Le moindre mot était chargé d'un sens secret intelligible à eux seuls et lourd de développements infinis. Ils s'aimaient.

Emma s'abandonnait à ce bonheur que, pour une fois, son esprit se refusait à analyser. Ses amertumes passées, ses rancœurs, ses humiliations, ses projets mêmes, tout était oublié, balayé par la tempête qui la soulevait hors d'elle-même et au-delà. Le masque de froideur impassible qui durcissait ses traits avait été arraché. L'armure qu'elle s'était forgée autour du cœur avait fondu dans ce brasier. Au contact de Paul, Emma était née à une vie neuve. L'amour dont il lui donnait cent fois la preuve, la compréhension qu'il manifestait de ses pensées les plus secrètes avaient fait disparaître la méfiance dont sa nature, croyait-elle, lui faisait une protection alors qu'elle la paralysait. Elle était, et elle se découvrait, enfin elle-même, comme jamais encore elle ne l'avait été avec quiconque. Elle s'était donnée à Paul sans la moindre réserve et elle s'émerveillait de se sentir enfin libre et légère.

Sa découverte de Paul ne la ravissait pas moins. Sa façade d'ironie blasée avait depuis longtemps volé en éclats et Emma était la première femme à le voir sous son vrai jour. Sous son intelligence brillante et encore volontiers caustique se cachait un esprit sensible, réfléchi, volontiers introspectif. L'étendue de ses connaissances, l'élévation de son jugement ne cessaient d'étonner Emma. Intelligent, cultivé, doté de qualités de cœur trop longtemps masquées ou réprimées, Paul était un homme exceptionnel. Elle en était littéralement ensorcelée.

Paul n'était pas moins épris d'elle et son amour pour Emma était, comme elle l'avait compris, le premier sentiment sincère et profond qu'il ait éprouvé depuis son enfance. Son expérience lui avait fait deviner, au premier coup d'œil, qu'Emma était un être unique, inégalable par la beauté, la présence et l'intelligence. La richesse de sa personnalité la mettait à part, loin au-dessus des autres femmes et de la plupart des hommes. Dès le début, il avait vu en elle une flamme dont la lueur assourdie franchissait malgré tout les obstacles volontairement dressés par Emma en guise de défenses. Celles-ci abattues, plus rien n'en voilait un éclat dont Paul était constamment ébloui. Son amour pour elle était une véritable adoration et, en homme supérieur, il n'avait aucune honte à se mettre aux pieds de son idole.

Ainsi passèrent les jours, à la lumière d'un coup de foudre sans cesse renouvelé, sans cesse plus puissant. Chaque instant leur faisait découvrir en l'autre un recoin encore inexploré et qui le rendait plus cher. Etroitement unis de corps et de cœurs, ils l'étaient dorénavant par l'âme. Ils étaient déjà fondus en un seul être et pensaient à l'unisson.

Un après-midi, repus mais non assouvis, ils se reposaient un instant dans les bras l'un de l'autre quand Paul se tourna vers Emma avec un sourire contrit :

« Me pardonneras-tu si je te laisse seule ? J'ai deux ou trois choses à régler, que j'ai trop négligées ces derniers temps.

— Je te pardonne si tu me promets de revenir vite.

— Tu sais que rien ne peut me séparer de toi long-temps ! Je serai de retour dans une heure, à quatre heures au plus tard. »

Après son départ, Emma passa plusieurs coups de téléphone chez elle pour s'assurer que les enfants allaient bien, au magasin pour donner ses instructions. Rassurée, elle fit ensuite demander Frank à son bureau du *Chronicle*.

Frank s'exclama sur le miracle d'entendre enfin la voix de sa sœur. Emma et lui se lancèrent dans une conversation à bâtons rompus, tout au plaisir d'échanger des nouvelles et des boutades. Frank rapporta qu'on ne parlait, dans les salons, que de la disparition du séduisant major australien, dont l'absence faisait pousser bien des soupirs. D'autant, dit Frank non sans

623

malice, que l'immense fortune McGill excitait bien des convoitises chez les jeunes filles à marier.

En raccrochant, Emma était pensive. Cette allusion à la famille de Paul l'avait, malgré elle, ramenée à la personne de la mystérieuse Mme Paul McGill, cette épouse dont Paul ne lui avait plus jamais soufflé mot et dont Emma n'avait pas voulu évoquer le spectre. Une vive curiosité la saisit soudain et les questions se pressèrent dans son esprit. Comment était-elle, quel âge avait-elle, pourquoi leur mariage avait-il échoué, avaient-ils eu des enfants? Pourquoi, surtout, Paul n'avait-il jamais divorcé s'ils étaient séparés depuis si longtemps? Il avait mentionné, sans plus de précision, des raisons « juridiques et financières ». Y avait-il quelque secret, quelque lien puissant qui le retenait encore à cette femme? S'en dégagerait-il jamais, comme il avait affirmé en avoir l'intention?

Emma préféra chasser de son esprit ces interrogations qui la mettaient mal à l'aise. Elle connaissait maintenant assez bien Paul, dont elle avait su apprécier la droiture, pour savoir qu'il lui en parlerait de lui-même le moment venu. En attendant, il ne servait à rien de ternir, ne serait-ce qu'imperceptiblement, les quelques heures si précieuses qu'ils avaient à se consacrer. Elle ferma les yeux pour ne plus y penser.

Quand elle les rouvrit, elle s'aperçut qu'elle s'était assoupie et consulta la pendule posée sur la cheminée. Surprise et inquiète, elle se rendit compte alors que Paul était parti depuis plus de deux heures. Que lui était-il arrivé? Elle eut un instant de panique, les nerfs soudain tendus. Un pressentiment lui vint, qui ne fit qu'aggraver son malaise : Paul allait partir. Il s'était soigneusement abstenu d'y faire la moindre allusion mais Emma, malgré l'enchantement où elle avait vécu, n'avait pas perdu toute notion du temps et s'était rendu compte que le moment de son retour au front se rapprochait inexorablement. En la quittant à Leeds, il lui avait dit : « Il ne me reste plus beaucoup de temps... » Ce temps était-il maintenant irrévocablement écoulé?

Pour se distraire et s'occuper, elle décida de faire une

624

longue toilette, se plongea dans un bain chaud qui ne la calma guère. Elle se brossa longuement les cheveux, se maquilla, se parfuma, mit une robe d'intérieur que Paul aimait particulièrement. Après une hésitation, elle sortit les boucles d'oreilles de leur écrin et les fixa à ses lobes. A sept heures, Paul n'était toujours pas rentré et Emma se sentit céder à l'affolement. Après avoir écarté les idées d'accident, de fuite et quelques autres notions plus folles les unes que les autres, la réalité s'imposa peu à peu, plus pénible encore à envisager. Paul avait dû aller au ministère y prendre ses ordres. Il allait repartir. La guerre, qu'elle avait oubliée, lui reprenait l'homme qu'elle aimait. Il risquait sa vie, elle ne le reverrait peut-être jamais plus...

La figure dans les mains, les épaules déjà secouées de sanglots, elle entendit soudain un bruit de porte, bondit et se précipita dans les bras que Paul lui tendait.

« Je croyais qu'il t'était arrivé quelque chose ! dit-elle en se serrant contre lui.

— Il ne peut rien m'arriver, mon amour. J'ai encore devant moi des années et des années de bonheur avec toi, l'aurais-tu déjà oublié ? répondit-il en souriant. Mais il faut que j'aille me changer, je suis trempé. Attends-moi dix minutes, nous prendrons le champagne chez moi. J'ai commandé le dîner pour neuf heures. »

Quand il revint, il s'était habillé en civil et Emma ne pouvait détacher ses yeux de son élégante silhouette. Chaque fois qu'elle se séparait de lui, même brièvement, elle éprouvait le même choc émerveillé en le revoyant. Paul finit de déboucher le champagne, fit à Emma une moue amusée en surprenant son regard et vint vers elle pour lui donner sa flûte.

« Rassure-toi, je ne t'ai pas fait d'infidélités », dit-il en souriant.

Emma essaya vainement de se mettre au diapason, mais son inquiétude fut la plus forte :

« Tu es parti bien longtemps.

— Il fallait que j'aille voir mon père, nous avions des affaires à régler. Je l'ai bien négligé ces derniers temps, le pauvre...

— C'est ma faute. Je t'ai empêché de le voir, de retrouver tes amis...

— Pas du tout. C'est moi qui ai choisi de nous isoler. Je ne voulais pas d'intrusions dans notre bonheur, pas d'étrangers dans notre planète de rêve.

— J'espère ne pas retomber sur terre et m'apercevoir que nous n'avons vécu qu'un rêve, Paul, dit Emma avec un frisson.

— Ce n'était qu'une façon de parler ! Tu sais bien que tu es ma seule réalité, que notre amour n'est pas un rêve... Mais qu'as-tu ? Je te vois toute triste.

— Oui, Paul, je le suis. Tu étais au ministère de la Guerre, n'est-ce pas ? Et tu as été voir ton père pour lui faire tes adieux. Tu dois t'en aller bientôt, n'est-ce pas, Paul ? » dit-elle d'une voix mal assurée.

Il redevint grave, baissa les yeux :

« Oui, Emma.

— Quand cela ?

— Demain. »

Elle voulut parler. Il se pencha en hâte pour prendre le verre de champagne de sa main tremblante et s'assit contre elle en la serrant dans ses bras.

« Quand je faisais mes études à Oxford, il y a bien longtemps, j'y ai lu quelque chose dont je n'ai jamais oublié le sens, bien que je ne puisse plus le citer textuellement. Ce passage, le voici : « Ceux qui s'aiment ne « sont jamais séparés, car ils restent unis par la pensée « qui est le plus puissant des liens. Hier encore, je te « parlais raison. Aujourd'hui, je te demande d'avoir la « foi. »

Il se pencha pour sécher d'un baiser les yeux d'Emma qui commençaient à se mouiller de larmes.

« Ne pleure pas, mon amour. Il faut être brave. N'oublie pas les mots que je viens de te dire. Il faut croire en notre amour, Emma, et nous ne serons jamais séparés. Je t'aimerai toujours, aussi longtemps que je vivrai. »

Elle s'enfouit la tête dans son épaule, incapable de dissimuler plus longtemps son chagrin.

« Je t'aime tant, Paul... Comment vivre sans toi, loin de toi ? »

Il lui prit le menton et la força à le regarder :

« Cessons de nous tourmenter, Emma. Oublions ce qui n'est pas le présent. Car il y a encore le présent, ajouta-t-il avec un sourire, de longues heures de plaisir et de bonheur. Toute une nuit, en fait ! Viens... »

Elle se força à sourire à travers les larmes. Un instant plus tard, leurs lèvres jointes, leurs corps prêts à s'assouvir, Emma ferma les yeux, éblouie.

37

Emma pâlit. Une affreuse angoisse l'empêcha un moment de parler.

« L'amputer ! s'écria-t-elle enfin d'une voix altérée. C'est impossible ! Il allait si bien, ces derniers temps...

— Détrompez-vous, madame. Votre frère vous cachait la vérité sur son état. Malgré nos instances, il refuse l'opération et ne veut pas entendre raison. Il n'est pourtant plus temps de tergiverser. La gangrène risque de le tuer, à très brève échéance. »

Emma chancela et se laissa tomber sur une chaise.

« Il n'y a pas d'autre choix, docteur ?

— Hélas ! non, répondit le chirurgien. Dans son cas, c'est vraiment devenu une question de vie ou de mort... Je suis sincèrement navré d'être aussi brutal, mais les circonstances exigent de regarder la vérité en face. Il n'y a plus une heure à perdre.

— Expliquez-moi ce qui s'est passé. Je croyais que vous aviez pu extraire les éclats de son mollet et de sa cheville.

— C'est exact. Mais la plaie était déjà infectée et la gangrène s'est manifestée sans que nous puissions l'enrayer. Elle a gagné rapidement du terrain et se trouve maintenant jusque au-dessus du genou. J'estime qu'il est de votre devoir de signer à sa place l'autorisation d'opérer. Sinon...

— Non, docteur ! C'est à Winston seul de prendre cette décision.

« — Ne comprenez-vous pas la situation, madame? Votre frère n'est pas en état de décider, il n'a pas toute sa lucidité. Vous êtes sa plus proche parente, c'est à vous qu'incombe cette responsabilité. Il faut faire vite, dans l'heure. Ce soir ou demain, il risque d'être trop tard. »

Emma baissa la tête, se mordit les lèvres pour ne pas pleurer.

« C'est bien docteur. Donnez-moi ce papier. »

Le chirurgien poussa vers elle, à travers son bureau, un formulaire et une plume. Emma le parcourut rapidement.

« C'est la seule chose à faire, madame, reprit le praticien. Plus tard, votre frère vous saura gré de lui avoir sauvé la vie. »

Emma ne répondit pas. Le visage sombre, les lèvres serrées, elle signa le document et le rendit au chirurgien.

« Puis-je voir mon frère, maintenant?

— Bien entendu. Je vais vous accompagner. »

Winston avait été installé dans une petite salle, avec une douzaine de marins blessés. Les lits étaient séparés par des paravents formant des sortes de cellules. Quand Emma pénétra dans celle où se trouvait Winston, elle vit tout de suite sa pâleur, son regard vitreux, la sueur qui lui perlait au front. Elle se pencha pour l'embrasser, recula en l'entendant pousser un cri de douleur.

« Tu as secoué le lit! dit-il d'une voix étouffée. Je ne peux pas supporter le moindre choc. Fais attention, je t'en supplie! »

Emma s'assit avec précaution sur un tabouret placé au chevet du lit et regarda son frère avec tristesse.

« Pourquoi m'as-tu caché que tu avais la gangrène? »

Winston retrouva un instant le regard de défi bravache des querelles de leur enfance:

« On ne me coupera pas la jambe, Emma! Je refuse de finir mes jours impotent, comme un infirme!

— Préfères-tu mourir?

— Oui, qu'on me laisse crever! Plutôt mourir que n'avoir qu'une seule jambe. Je suis encore jeune,

Emma, et ma vie est déjà finie. Finie ! A quoi bon vivre diminué ? »

Il avait les yeux brillants d'un éclat fiévreux, les traits tordus par une douleur mal contenue. Emma frissonna devant ces indices trop éloquents.

« Tu ne sais pas ce que tu dis ! dit-elle avec fermeté. Mieux vaut être handicapé un certain temps et vivre. As-tu peur de souffrir ? Es-tu devenu une chiffe ?

— Je ne veux pas qu'on me coupe la jambe...

— Il le faut, Winston ! Fais-le pour Frank, pour les enfants. Pour moi. Nous t'aimons, nous avons besoin de toi. Il faut vivre, Winston ! Ecoute... »

Elle dut s'interrompre. Sa voix se brisait.

« J'ai subi trop de pertes, reprit-elle. J'ai vu mourir trop de ceux que j'aimais. Maman, papa, Joe, Laura... Et tante Lily, pas plus tard que la semaine dernière. C'en est assez, Winston, assez ! Tu n'as pas le droit d'allonger cette liste de deuils à cause de ton entêtement et de ta vanité. En te laissant mourir, tu me tueras, tu tueras ceux qui t'aiment. Tu n'en as pas le droit... »

Emma ne put davantage se retenir de pleurer. Désemparé devant cette douleur, stupéfait de voir Emma, toujours si solide, vaciller devant lui, Winston ne sut que répondre. Le visage couvert de sueur, les traits tirés par la souffrance, il fit enfin un effort pour parler :

« Ne pleure pas, Emma. Fais comme tu veux, dis-leur de me charcuter. A vrai dire, je ne suis plus capable de supporter la douleur beaucoup plus longtemps. Alors, dans ces conditions, mourir ou perdre la jambe... Signe l'autorisation.

— C'est déjà fait », dit Emma en se mouchant.

Un sourire fugitif apparut sur les lèvres de son frère :

« J'aurais dû m'en douter... Tu restes pour attendre la fin de l'opération ?

— Bien sûr. Croyais-tu que j'allais t'abandonner dans de pareilles circonstances ? »

Elle se leva et, n'osant plus s'approcher du lit, lança un baiser du bout des doigts. Quelques instants plus tard, les infirmiers vinrent chercher Winston sur une civière.

Seule dans une salle d'attente de l'hôpital militaire, Emma regardait distraitement par la fenêtre. La cour était parcourue par un flot incessant d'ambulances, traversée par des groupes de médecins, d'infirmières ou de convalescents appuyés sur des béquilles qui donnaient une animation presque gaie, car ils étaient les symboles de la guérison. Certes, se dit Emma, Winston avait lieu d'être effrayé devant l'affreuse mutilation qu'il allait subir. Mais il devait aussi remercier le Ciel du miracle qui lui avait sauvé la vie. Son navire avait été durement touché au cours de la bataille dans la mer du Nord. La coque déchirée, faisant eau de toutes parts, les machines à demi démantelées, il avait réussi à se traîner dans le port de Hull, son équipage mort ou blessé aux deux tiers. On avait pu transférer en hâte les plus grièvement atteints à l'hôpital militaire de Leeds. Une journée de plus en mer et c'en était fait de Winston, comme de la plupart de ses camarades.

Le front appuyé à la vitre, Emma pliait sous le poids de la lassitude. A vingt-neuf ans, elle se sentait comme une vieille femme, usée par les chagrins et les responsabilités qui l'accablaient de plus en plus lourdement. Une infirmière compatissante vint lui donner une tasse de thé et la faire asseoir. Emma se laissa faire et poursuivit son attente. Ces derniers temps, il lui semblait qu'elle ne faisait rien d'autre qu'attendre. Le plus souvent, elle attendait les lettres de Paul, déchirée par l'angoisse quand il y avait du retard, transportée de joie en reconnaissant son écriture.

Elle ouvrit son sac, en sortit la dernière missive, aux plis prêts à se déchirer d'avoir été trop défaits, aux mots à demi effacés par ses larmes. Il avait regagné le front au milieu de février. On était au début d'avril et ses nouvelles étaient réconfortantes. Mais Emma, sans lui, était inerte, dépouillée de la moitié de son âme.

Les minutes s'écoulaient, interminables. Winston était depuis deux heures en salle d'opération et Emma ne pouvait rien faire pour dominer son anxiété. Enfin, au moment où elle allait céder à l'affolement, la porte s'ouvrit et le chirurgien entra. Il s'approcha d'elle avec un sourire :

« C'est fini, il va bien », dit-il en posant la main sur l'épaule d'Emma.

Elle poussa un profond soupir et ferma les yeux.

« En êtes-vous sûr, docteur ?

— Absolument certain. Il est jeune, il a une robuste constitution et il se remettra très vite, vous verrez. Une chose, cependant... »

Emma sentit son cœur s'arrêter et regarda le médecin avec un sursaut d'angoisse.

« Nous avons dû amputer assez haut, reprit-il. Il se peut que... qu'il soit difficile de lui adapter un membre artificiel.

— Mon frère ne passera pas sa vie avec des béquilles ou dans un fauteuil roulant, docteur ! cria Emma, hors d'elle. Il portera une jambe artificielle, même s'il faut que vous en conceviez une spécialement adaptée, m'entendez-vous ? Je veux qu'il marche et il marchera ! »

Le chirurgien hocha la tête, sans pouvoir dissimuler une moue dubitative.

Et pourtant, Winston fut capable de marcher. Mais sa rééducation fut une période presque insoutenable, pour Emma plus même que pour lui. Tout ce que son caractère avait d'excessif et d'incontrôlé dans sa jeunesse refit surface en s'exacerbant. Il allait de l'abattement quasi suicidaire à la fureur, accablant ceux qui l'approchaient de reproches et d'injures, puis passait sans transition à un optimisme injustifié dont l'euphorie était plus dangereuse encore que ses accès de mélancolie. Mieux placée que quiconque pour comprendre son frère et combattre ses sautes d'humeur propres à décourager les meilleures volontés, Emma mit tout en œuvre, de la cajolerie aux menaces, des pleurs aux promesses, usant de tous les subterfuges pour faire sortir Winston d'un état d'esprit où il se détruisait. Avec une infinie patience, elle parvint peu à peu à lui insuffler sa propre volonté et à briser l'égarement malsain où il semblait se complaire.

Le service des prothèses de l'hôpital de Leeds était

déjà renommé dans tout le Royaume-Uni pour les miracles accomplis depuis le début de la guerre. Winston bénéficia des soins de spécialistes chevronnés, résolus à redonner une vie normale aux jeunes gens mutilés par les combats. Deux mois après son opération, il pouvait déjà se déplacer sur des béquilles. Quand son moignon fut préparé à recevoir sa jambe artificielle, il alla passer sa convalescence chez Emma, faisant des visites périodiques au centre de rééducation pour l'adaptation de sa prothèse et l'apprentissage indispensable. Lorsqu'il fut capable de se tenir debout et de supporter l'effort de porter sa jambe une heure d'affilée, on lui fit alors entreprendre le long processus de la rééducation proprement dite.

Un jour d'octobre, huit mois après avoir été amputé, Winston entra dans le bureau d'Emma. Il marchait d'une allure dégagée, sourire aux lèvres, la démarche parfaitement normale à l'exception d'une boiterie presque imperceptible. En le voyant, Emma sentit une bouffée de joie l'envahir. Ses épuisants efforts n'avaient pas été vains.

« Tu vois, dit Winston triomphalement, je peux tout faire, sauf danser... Et encore, je crois que je vais m'y mettre. Tiens, regarde... »

Il posa sa canne sur une chaise et fit quelques évolutions pour prouver son agilité.

« Je peux marcher au pas de course, monter et descendre les escaliers. Je peux même nager ! L'hôpital m'a définitivement donné décharge aujourd'hui. Il ne me reste donc qu'un problème à résoudre : trouver du travail.

— Je t'ai dit, il y a des mois, que tu n'avais pas de souci à te faire. Ta place est ici, voyons !

— Qu'est-ce que je ferais au magasin ? dit Winston avec un haussement d'épaules.

— Il est évident que je ne vais pas te nommer chef de rayon. Mais tu étais doué pour les chiffres, si je ne me trompe. Au début, tu pourrais passer quelques mois à la comptabilité, ce qui t'apprendrait le fonctionnement de l'affaire. Ensuite, je te prendrai comme adjoint. J'ai besoin précisément de quelqu'un en qui je puisse avoir toute confiance, car j'ai d'autres affaires que le magasin, tu le sais. Ainsi, dit Emma avec un sourire, il y a *M.R.M. Ltd.* »

Winston jeta à sa sœur un coup d'œil intrigué :

« Qu'est-ce encore que *M.R.M.*? Tu ne m'en avais jamais parlé.

— C'est une société holding que j'ai fondée en 1917 et dont je suis seule actionnaire. A part son directeur et les administrateurs, personne ne sait que je suis derrière cette raison sociale. Maintenant, tu es toi aussi au courant et j'espère que tu sauras être discret. Je ne veux même pas que tu en parles à Frank.

— Tes affaires ne me regardent pas, Emma, et je suis le dernier à bavarder inutilement. Mais pourquoi tout ce secret ? »

— En grande partie parce que les hommes n'aiment pas faire des affaires avec une femme. En partie pour des raisons personnelles qui sont sans intérêt pour le moment.

Winston éclata de rire :

« Ma petite sœur transformée en redoutable capitaine d'industrie et qui part à l'assaut de la finance avec un manteau couleur de muraille ! On aura tout vu... Ce que tu me dis me plaît, Emma. En fin de compte, je crois que je vais accepter ta proposition.

— Tu me fais grand plaisir et bien de l'honneur, répondit Emma avec un sourire ironique. Tu es donc embauché à partir de lundi, si cela te convient. Mais il faut tout d'abord que je te mette au courant de certains traits de mon caractère que tu ne connais pas mieux que mes affaires, si tu veux que nous nous entendions. En premier lieu, j'ai horreur des surprises, surtout si elles sont mauvaises. Je te demanderai donc de ne rien me cacher. Si tu commets des erreurs, ce qui est normal, ne cherche pas à les dissimuler. On peut toujours les rattraper si on en est informé. Deuxièmement, et ceci est essentiel, je ne traite jamais en position de faiblesse. Si, par hasard, je m'engage dans une négociation où je ne suis pas la plus forte, je fais toujours en

633

sorte qu'on croie le contraire. Il faut donc que tu apprennes à te comporter ainsi si, par la suite, tu me représentes ou agis en mon nom. Te crois-tu capable de le faire ?

— Oui.

— Bon. Je crois, enfin, et j'ai payé cher pour l'apprendre, que le succès ne s'obtient qu'au prix de la discipline, de la concentration et de la persévérance. Aussi je ne puis me permettre de tolérer les caprices et les sautes d'humeur. Je ne veux pas dire que tu en es coutumier, ajouta-t-elle en levant la main pour stopper l'interruption de Winston, mais je veux simplement te prévenir. Fais ce que tu voudras mais, en affaires, sache toujours garder la tête froide et dominer tes sentiments. As-tu des questions à poser, mon cher frère ? conclut-elle avec un sourire.

— Oui, énormément ! dit Winston en riant. Mais elles peuvent attendre à lundi. Pour le moment, je dois me rendre à un rendez-vous qui ne souffre aucun retard.

— Tiens, avec qui ? demanda-t-elle avec curiosité.

— Une des infirmières qui m'a soigné. Tu la connais, c'est la jolie brune qui s'appelle Charlotte. Nous devons aller prendre le thé. Après, ma foi... »

Emma pouffa de rire :

« Je vois avec plaisir que tu es vraiment redevenu toi-même ! »

En exposant à son frère les grandes lignes de ses principes, Emma ne lui avait pas tout dit. Au fil des années et des luttes, elle s'était forgé une armure dont l'essentiel pouvait se résumer à trois points : ne jamais dévoiler sa faiblesse, ne jamais perdre la face, ne jamais se confier à quiconque. Paradoxalement, son intransigeance, tout entière appliquée aux fins, l'avait amenée à se doter d'une très grande souplesse en ce qui concernait les moyens. Elle était passée maître dans l'art du compromis et manœuvrait habilement face à des adversaires paralysés par leur rigidité ou aveuglés par le sentiment fallacieux de leur supériorité sur elle. Son aversion pour les conflits et les épreuves de force lui faisait toujours préférer de contourner l'obstacle, plutôt que de l'attaquer de front. Le maniement de la surprise, du calcul ou de la ruse entrait pour beaucoup dans le succès de sa stratégie.

Après le départ de Winston, cet après-midi là, Emma entreprit les manœuvres d'approches finales d'une offensive lancée longtemps auparavant contre les Fairley, à qui elle s'apprêtait à porter un rude coup. Sa tactique avait été bien simple. Emma avait manipulé un homme faible qui, par son manque de jugement, lui avait livré Gerald Fairley comme elle rêvait de le voir, pieds et poings liés.

L'une des premières acquisitions réalisées par *M.R.M. Ltd* en 1917 avait été celle de *Proctor & Proctor*, une maison de tissus en gros de Bradford. Emma l'avait fait parce que l'opération constituait un bon investissement. Mais elle avait surtout appris qu'Alan Proctor, le propriétaire de l'entreprise, était un camarade de Gerald Fairley. Par lui, avait-elle pensé, elle pourrait acquérir des renseignements sur son ennemi et, le cas échéant, lui porter des coups.

Malgré sa déplorable gestion et le montant de ses dettes, provoquées pour la plupart par sa passion du jeu, Alan Proctor avait résisté aux offres alléchantes que lui faisait *M.R.M.* Habilement provoqués, ses créanciers se firent si pressants que le grossiste finit par céder. Les conditions offertes par les hommes de paille d'Emma étaient d'ailleurs telles qu'il n'aurait pu les repousser sans mauvaise foi. On lui versait un prix d'achat qui, sans être excessif, était fort honorable. On lui laissait la direction de son entreprise, en lui payant un salaire supérieur à ce qu'il gagnait en restant à son compte. On ne lui imposait qu'une seule clause, un peu étrange à première vue, celle de ne révéler sous aucun prétexte que son entreprise avait changé de mains.

Voyant ainsi ses problèmes s'évanouir comme par miracle, Alan Proctor n'avait pas discuté. Le secret dont s'entourait la transaction le servait, au contraire, en lui permettant de payer ses dettes tout en restant ostensiblement à la tête de son entreprise et de sauver la face. En signant le contrat et sa clause secrète, sanctionnée par la résiliation immédiate en cas d'infraction, Alan Proctor ne s'était cependant pas rendu compte qu'il s'était littéralement vendu à Emma Harte dont il devenait le jouet. Dès le lendemain, d'ailleurs, Emma avait donné des instructions très nettes au directeur de *M.R.M.* :

« Faites le nécessaire pour empêcher Proctor de continuer ses bêtises et de mettre la maison en faillite. Assignez un employé chargé de représenter nos intérêts et dites-lui bien qu'il doit tout faire pour se mettre en excellents termes avec Alan Proctor et, si possible, devenir son confident. »

C'est, point par point, ce qui arriva. L'employé de *M.R.M,* devenu directeur général adjoint de l'affaire, sut si bien s'insinuer dans les bonnes grâces d'Alan Proctor, à qui il offrait généreusement des déjeuners copieusement arrosés et des parties fines, qu'il fut très vite en mesure de communiquer une mine de renseignements échappés à son commensal écervelé. C'est ainsi que, vers le début de 1918, Emma apprit que Gerald Fairley subissait de graves déboires avec la filature Thompson et était prêt à vendre.

Emma, alias *M.R.M. Ltd*, se porta acquéreur par l'intermédiaire de *Proctor & Proctor.* Croyant céder son affaire à son vieux camarade et compagnon de beuveries, Gerald Fairley fut trop heureux de se débarrasser d'une usine qui lui coûtait cher et la vendit au quart de sa valeur. Emma en éprouva une assez vive satisfaction.

Peu avant la visite de Winston, Emma avait reçu une autre information qui, celle-là, lui avait fait un plaisir infiniment plus vif. La semaine précédente, Gerald Fairley avait subi des pertes considérables au jeu. Pensant Proctor renfloué et prospère, il s'était précipité vers lui pour solliciter un prêt de deux cent mille livres. Devant l'importance de la somme, Proctor avait confié son embarras à son fidèle adjoint en lui demandant si la société ne pouvait pas consentir ce prêt à Gerald Fairley, qu'il était personnellement hors d'état de tirer de ce mauvais pas.

Emma avait réfléchi et sa décision avait été vite prise. Elle décrocha le téléphone et appela le directeur de *M.R.M.*, dont les bureaux avaient été transférés à Londres plusieurs mois auparavant pour détourner l'attention.

« Vous pouvez consentir le prêt en question à M. Fairley.

— A quelles conditions, madame ?

— Par billet à ordre irrévocable à cent quatre-vingts jours. Comme il n'aura pas d'aval, nous exigerons une garantie.

— Certainement. De quel ordre ?

— Contentons-nous des titres de propriété des filatures Fairley d'Armley et de Stanningley. »

Elle entendit son interlocuteur pousser un cri de stupeur.

« C'est dur ! s'écria-t-il.

— C'est à prendre ou à laisser, dit Emma froidement. Je sais que Gerald Fairley ne trouvera pas un sou ailleurs. Il est en retard sur le remboursement de ses crédits bancaires, il est personnellement endetté jusqu'au cou. Il a même été jusqu'à emprunter de l'argent à des amis de son père. S'il refuse, il saute ou il est forcé de vendre bien plus que ce que nous lui demandons.

— J'ignorais ces détails, madame. C'est incroyable ! Il faut du génie pour perdre de l'argent dans une conjoncture comme celle-ci où ses confrères et concurrents s'enrichissent.

— J'ai toujours su que Gerald Fairley avait en effet une sorte de génie de la bêtise et de l'incapacité », commenta Emma.

Quand elle eut raccroché, elle médita quelques instants, un inquiétant sourire aux lèvres. La fin approchait plus tôt et plus vite qu'Emma ne l'espérait. Elle n'avait en fin de compte pas même besoin de ruiner les Fairley, Gerald s'en chargeait à sa place ! Depuis la congestion cérébrale qui avait frappé Adam, Gerald avait pris la direction de toutes les affaires de la famille. Le résultat ne se faisait pas attendre.

Quant au billet à ordre que son « ami » Alan Proctor allait lui faire accepter, Gerald serait naturellement incapable de l'honorer à l'échéance. Emma s'offrirait alors le luxe de se montrer généreuse. Elle le ferait renouveler pour de nouvelles périodes de quatre-vingt-dix jours, donnant ainsi à Gerald un sentiment de sécurité trompeuse. Pour prolonger le répit, il serait prêt à offrir d'autres garanties. Le moment venu, il suffirait d'exiger... Et l'imbécile ne se doutait de rien ! Emma eut un petit rire sans gaieté.

Elle eut une légère surprise quand le billet à ordre fut présenté à la signature de Gerald Fairley. Comme elle s'y attendait, il s'indigna, refusa. Mais sa résistance fut plus longue que prévu. Pendant quatre jours, il courut désespérément de Leeds à Bradford, de banque en banque, d'ami en relation. Enfin convaincu qu'il n'obtiendrait pas un sou, terrifié devant les exigences de ses créanciers, il signa en offrant la garantie exigée. Il ne l'avait fait, toutefois, que convaincu qu'il traitait avec un ami, dur en affaires sans doute, mais de qui il n'avait à redouter aucun coup déloyal pouvant le mettre sérieusement en danger.

Une semaine plus tard, Emma enfermait précieusement dans son coffre le billet à ordre et les titres de propriété des filatures. Son sourire, cette fois, n'était altéré par aucune arrière-pensée.

38

David Kallinski arrêta sa voiture devant la grille d'Emma et se tourna vers elle :

« Te voilà chez toi. Merci d'être venue travailler un dimanche matin. J'ai des scrupules de t'avoir arrachée à tes enfants...

— Mais non, David. J'ai été contente, au contraire, de

faire ces retouches à la collection d'été avant que les modèles soient lancés en fabrication. Veux-tu entrer une minute ? dit-elle en ouvrant la portière.

— Non, merci, il faut que je passe voir mon père comme je le lui ai promis. Emma ! dit-il en la retenant par le bras. Reste un instant, veux-tu ? Je voudrais te parler.

— Qu'y a-t-il, David ? Rien de grave, j'espère ?

— Non... Je crois que je vais divorcer. »

Emma le regarda avec ahurissement.

« Grand dieu ! s'écria-t-elle. Je ne me doutais pas... Les choses ne vont donc pas entre Rebecca et toi ?

— Pas mieux qu'avant la guerre, dit-il avec un geste désabusé. Depuis que je suis revenu, je ne peux même plus la supporter. Mais ce n'est pas tout, Emma... Je t'aime toujours comme au premier jour. Quand je serai libre... »

Il hésita, rougit, s'éclaircit la voix :

« J'espérais que nous pourrions peut-être nous marier. »

Stupéfaite, Emma réfléchit avant de répondre. Elle posa doucement la main sur celle de David, qui étreignait le volant.

« Tu sais que c'est impossible, dit-elle à voix basse. Rien n'a changé entre nous, au contraire. Tu as deux enfants, moi aussi. Les choses sont plus compliquées et nous rendrions malheureux plus de gens encore qui...

— Ne parlons pas des autres, Emma ! Je te parle de nous deux, toi et moi ! »

Elle se tourna vers lui, l'air grave :

« Ai-je rien fait pour t'encourager, David ?

— Hélas ! non... Mais écoute-moi encore un peu, Emma. Si je t'en parle aujourd'hui, ce n'est pas faute de m'être posé mille questions. J'étais toujours convaincu que tu m'aimais encore, même quand tu étais mariée à Joe. C'est cette pensée qui m'a soutenu au front et qui m'a sans doute sauvé la vie. Mes sentiments pour toi n'ont pas changé. Ai-je eu tort de supposer qu'il en était de même pour toi ? M'aimes-tu encore ?

— Oui, David. Comme un frère. Je t'aimais encore

quand j'ai épousé Joe. Maintenant, mon amour pour toi a évolué, comme tout dans la vie...

— Tu en aimes un autre, n'est-ce pas ? »

Emma ne répondit pas et baissa la tête.

« Je ne t'en veux pas, reprit-il. Neuf ans, c'est trop long pour espérer l'impossible... Comptes-tu l'épouser ?

— Non, David. Il est parti, il vit à l'autre bout du monde. Je ne le reverrai sans doute jamais. »

La peine qu'il distingua dans la voix d'Emma toucha David. Il lui prit la main et la serra.

« Pauvre Emma... murmura-t-il.

— Ne me plains pas ! dit-elle en redressant la tête. Ma blessure est déjà presque guérie. Cela passera, comme le reste... j'espère.

— Mais tu l'aimeras encore assez pour que je n'aie plus aucune chance, n'est-ce pas ?

— Je ne t'ai jamais menti, David, et ce n'est pas sur un sujet si sérieux que je commencerai. Pardonne-moi si je te fais mal.

— Tu n'as pas à demander pardon, Emma. Je ne peux pas t'en vouloir de ne plus m'aimer... Je te souhaite maintenant de trouver le bonheur et la paix de l'âme. Du fond du cœur.

— Merci, David. Non, ne descends pas », dit-elle en retenant son geste.

Elle se pencha, lui donna un baiser sur la joue.

« Réfléchis soigneusement à ce que tu vas faire avec Rebecca, reprit-elle. Elle t'aime et tu la feras souffrir. Quant à toi, tu sais que tu pourras toujours compter sur mon amitié, David. Toujours. »

Elle remonta l'allée du jardin sans se retourner. La tête penchée, elle pensa à David, à la peine qu'il allait éprouver. Elle pensait surtout à Paul et dut s'arrêter un instant avant d'ouvrir la porte de la maison. Les souvenirs étaient trop lourds à porter...

C'était la semaine de Noël 1919. Douze mois plus tôt, presque jour pour jour, Paul McGill était là, dans cette maison où Emma était entourée de l'homme qu'elle aimait, de ses enfants et de ses frères. La guerre était enfin finie, depuis à peine plus d'un mois, et Paul était venu passer quelques jours à Armley avant de retourner en Australie où il devait être démobilisé. Ce Noël 1918 avait été le plus joyeux de tous. Emma était étourdie de bonheur, plus amoureuse de Paul que jamais. Tout ce dont elle avait rêvé, elle l'obtenait enfin et elle le garderait toujours. Toujours...

Aujourd'hui, un an plus tard, elle n'avait déjà plus rien qu'un cœur en miettes et la solitude. Comment avait-elle été assez sotte, assez folle pour croire qu'il en serait jamais autrement? Elle était condamnée à ne jamais connaître le bonheur, dans sa vie privée tout au moins. Il fallait pourtant, cette année, faire un effort, sourire aux enfants.

Elle avait monté l'escalier. Devant la porte de la salle de jeux, elle hésita, poursuivit son chemin. Non, elle n'était pas capable d'affronter Kit, son sourire, ses innocentes questions sur « oncle Paul » et son absence. Elle n'avait pas le courage de subir les regards froids, les mines fermées d'Edwina. Il fallait qu'elle soit seule pour se ressaisir.

Elle entra dans sa chambre et remarqua à peine les rayons de soleil qui l'inondaient et donnaient au décor subtil une atmosphère chaleureuse et reposante. Debout devant la cheminée, elle se frottait les mains en s'efforçant en vain de faire disparaître le froid qui la faisait frissonner jusqu'aux os. Une migraine était en train de serrer son crâne dans un étau. Elle avait le cœur lourd.

La déclaration d'amour de David n'avait fait que souligner la douleur qu'elle ressentait à l'inexplicable abandon de Paul McGill. Elle hésita, se dirigea vers une commode, ouvrit un tiroir. Sous une pile de linge, elle prit un cadre qu'elle avait mis là quelques semaines auparavant, quand elle n'avait plus été capable de supporter la vue de la photographie. Ce portrait de Paul ne l'avait pas quittée, allant de sa coiffeuse à sa table de chevet. Elle contempla longuement le visage qu'elle aimait et dont elle connaissait chaque trait et les moindres expressions. Soudain, une vague de fureur la submergea et elle jeta l'objet de toutes ses forces à travers la pièce.

À peine l'avait-elle lâché qu'elle regretta son geste puéril. Elle courut le ramasser : le cadre d'argent était tordu, le verre brisé. Mais la photographie n'avait pas été endommagée. Emma s'agenouilla pour ramasser les éclats de verre puis, serrant le cadre contre sa poitrine, alla s'asseoir sur une chaise basse devant la cheminée. Ce portrait avait été fait en janvier dernier, juste avant le départ de Paul pour l'Australie, pendant leur dernier séjour au Ritz. Emma n'eut pas besoin de fermer les yeux pour le revoir, debout sur le quai de la gare où elle l'avait accompagné. Du geste familier qu'elle aimait tant, il lui avait pris le menton pour relever son visage vers lui, et l'avait regardée dans les yeux :

« Je reviendrai, lui avait-il dit. Je reviendrai avant que tu ne te sois aperçue de mon départ, je te le jure. »

Aveuglément, bêtement, Emma l'avait cru.

« Pourquoi n'es-tu pas revenu, Paul ? murmura-t-elle. Pourquoi ? Tu m'avais promis... »

La question resta sans réponse et ne fit qu'élargir le gouffre de désespoir où elle se sentait plonger. Après son départ, Paul lui avait écrit deux fois et elle lui avait répondu par retour. A sa surprise, il n'y avait pas eu de réponse à sa seconde lettre et, pensant qu'elle s'était peut-être égarée, Emma avait écrit de nouveau, sans plus de succès. Surmontant son amour-propre, elle avait envoyé une nouvelle missive et avait attendu. Les semaines avaient passé sans qu'il y ait un mot de Paul. Stupéfaite d'abord, puis accablée, Emma n'avait rien fait de plus. Elle en était arrivée à se résigner au fait qu'elle s'était méprise sur son compte et que Paul avait rompu de cette manière inélégante parce qu'il n'osait pas le lui annoncer franchement. Leur aventure était finie, et bien finie. Paul n'avait plus rien à faire d'elle, et c'était bien normal : il était déjà marié !

Glacée en dépit des flammes tout près d'elle, le visage figé, le corps raidi, Emma pensait. Elle ne pouvait plus pleurer. Ses larmes, elle les avait épuisées au cours de ses innombrables nuits d'insomnie. Elle ne pouvait plus rien faire, plus rien dire. Elle avait perdu Paul. A jamais...

« Maman, je peux entrer ? »

Emma sursauta et glissa la photographie sous sa chaise. Edwina était entrée sans frapper et hésitait sur le seuil.

« Bien sûr, ma chérie. Viens, approche-toi. »

Edwina vint s'asseoir en face de sa mère, la mine sérieuse comme à l'accoutumée.

« Tu ne m'as pas encore dit ce que tu voulais pour Noël, reprit Emma en se forçant à sourire. Veux-tu venir avec moi au magasin la semaine prochaine, ma chérie ? Tu pourras choisir ce qui te fera plaisir.

— Je ne sais pas encore, répondit Edwina. Mais ce n'est pas pour cela que j'étais venue. Je voudrais avoir mon acte de naissance. »

Emma sursauta. Au prix d'un effort, elle parvint à garder un visage inexpressif :

« Pourquoi veux-tu donc ton acte de naissance ?

— Pour faire une demande de passeport. Notre professeur veut emmener la classe en Suisse, au printemps prochain. »

Emma fronça les sourcils, partagée entre l'effroi causé par la demande d'Edwina et la colère devant l'insolence dont elle faisait preuve.

« Tu comptes aller en Suisse ? dit-elle sèchement. Je ne me souviens pas que tu m'aies demandé la permission.

— Je vous la demande maintenant.

— Je te la refuse. Tu n'as que treize ans et tu es beaucoup trop jeune pour entreprendre un tel voyage sans moi.

— Presque toutes les filles de la classe vont y aller ! Et nous serons accompagnées par notre professeur. Pourquoi pas moi ?

— Je viens de te le dire, Edwina, parce que j'estime que tu es trop jeune. Je suis également surprise d'apprendre que « presque toutes » tes camarades de classe y vont. Combien seront-elles, dans ce groupe ?

— Huit, répondit Edwina en hésitant.

— C'est bien ce que je pensais! Huit sur une classe de vingt-quatre élèves. Tu as parfois tendance à exagérer, Edwina, et je n'aime pas cela.

— Cela veut dire que je ne peux pas y aller?

— Pas cette année, en tout cas. Dans deux ans, peut-être. Tu es déçue, je le vois bien. Mais tu as eu tort de ne pas m'en parler plus tôt. Tu sais aussi que je ne reviens jamais sur mes décisions. »

Comprenant que toute discussion était inutile, Edwina poussa un soupir mélodramatique et se leva, le visage plus fermé que jamais. Elle haïssait cette femme de tout son cœur! Si son père avait été là, il lui aurait donné la permission, lui!

Elle affecta un sourire et se tourna vers sa mère :

« Aucune importance, laissa-t-elle tomber avec une froideur dédaigneuse. Cela ne m'amusait pas tellement, après tout. »

Pour se donner une contenance et éviter de paraître battre en retraite, elle s'approcha de la coiffeuse et se mit à brosser ses cheveux blonds, dont elle était très fière. Agacée, Emma ne put s'empêcher d'observer :

« Je n'ai jamais vu personne passer autant de temps devant un miroir, Edwina! Tu es d'une vanité inconcevable. »

Elle regretta aussitôt la dureté de son ton et se hâta de poursuivre :

« Ton oncle Winston vient prendre le thé, cet après-midi. Cela te fera plaisir de le voir.

— Mmm, oui, répondit Edwina du bout des lèvres. Il n'est plus le même depuis que cette femme lui a mis le grappin dessus. »

Amusée malgré elle par cette nouvelle impertinence de sa fille, Emma réprima un sourire :

« Ta tante Charlotte ne lui a pas mis le « grappin » dessus, Edwina! Tu emploies de ces expressions! Ne dis pas cela, elle est charmante et elle t'aime beaucoup, elle aussi.

— Il n'empêche qu'oncle Winston n'est plus le même. Excusez-moi, maman, il faut que j'aille finir mes devoirs avant le déjeuner. »

Edwina fit une sortie pleine de dignité compassée. De nouveau seule, Emma remit la photographie de Paul dans le tiroir où elle était cachée. La demande d'Edwina l'avait complètement prise au dépourvu et cette nouvelle préoccupation avait effacé les autres. Elle descendit en hâte dans son cabinet de travail, dont elle ferma soigneusement la porte, et appela Blackie à Harrogate, où il s'était récemment installé.

Quand il eut appris ce dont il s'agissait, Blackie poussa une série d'exclamations qu'Emma interrompit :

« Je t'en prie, Blackie, ce n'est pas le moment d'ajouter à la confusion ! J'ai réussi à le lui refuser cette fois-ci, mais il viendra un moment où je ne pourrai plus reculer. Que faire ? Elle est persuadée que Joe était son père.

— Attends qu'elle soit en âge de supporter le choc de savoir que c'est moi. A moins que tu ne préfères lui dire la vérité, mais je n'en ai pas l'impression... »

Emma hésita :

« Tu as deviné, bien entendu ?

— Edwina ressemble tellement à Adèle Fairley que ce n'était pas bien difficile. C'est Edwin, n'est-ce pas ?

— Oui, Blackie. Mais Edwina ne le saura jamais. Il faut la protéger contre les Fairley. A tout prix.

— Dans ce cas, Emma, tu n'as pas le choix. Dis-lui que je suis son père, je n'y vois aucun inconvénient ! Allons, ne t'énerve pas. Il fallait bien que cela arrive tôt ou tard et je te fais confiance pour que cela soit le plus tard possible. Tu es assez habile pour retarder la minute de vérité jusqu'à ce qu'elle ait dix-sept ou dix-huit ans.

— Je ferai de mon mieux, dit Emma avec un soupir.

— Ne parlons plus du passé, Emma, tu sais mieux que moi que c'est inutile et nuisible. Tu n'as pas oublié ma petite réception la veille du Nouvel An, au moins ? Tu sais que je pends la crémaillère. La maison est une vraie merveille, exactement celle que je te décrivais il y a quinze ans !

— Je n'oublierai certainement pas un événement pareil, Blackie ! Frank compte venir entre Noël et le

Jour de l'An et il m'a promis de m'accompagner. J'ai hâte de voir cette fameuse maison. Tu as fait tant de secrets en la construisant !

— Tu la reconnaîtras pourtant du premier coup d'œil. C'est exactement le manoir XVIIIe dont je t'ai si souvent rebattu les oreilles, jusqu'au dernier bouton de porte !

— Toi, au moins, tu as réalisé un de tes rêves...

— Il faut que je te quitte, interrompit Blackie pour couper court à la mélancolie qu'il sentait revenir. Je vois mon Bryan qui revient avec sa nurse, il est l'heure de m'occuper de mon fils ! Et ne pense plus à cette histoire d'acte de naissance. Il sera toujours temps de s'en soucier quand Edwina t'en reparlera. »

Quand elle eut raccroché, Emma se laissa aller à de sombres réflexions sur sa fille. De jour en jour, à l'exception de trop rares moments de bonne humeur, Edwina se repliait sur elle-même et devenait plus froide, plus distante. Emma ne savait plus comment la prendre. Et maintenant, ceci... Comment aurait-elle jamais le courage d'apprendre la vérité à cette enfant ? Edwina avait déjà bien peu d'affection pour sa mère, si même elle en avait. Ce lui serait prétexte à la haïr et à rompre les derniers liens qui les rattachaient.

Pour la première fois depuis le départ de Paul McGill, Emma faisait face à un problème qui requérait toute son attention et la forçait à oublier sa peine.

Un bras sur l'épaule de Winston, Blackie traversa le hall d'entrée de son château de Harrogate. Il fit entrer son ami dans la bibliothèque et referma soigneusement la porte.

« Que se passe-t-il, Blackie, un enlèvement ? demanda Winston en riant. Je croyais que nous ne venions ici que pour boire un cognac.

— Pour le boire tranquillement et sans craindre d'interruption pendant que nous bavardons.

— Je vois, dit Winston avec un sourire. Tu veux parler de ma chère sœur, n'est-ce pas ?

— Exactement. Assieds-toi, Winston, mets-toi à l'aise. »

Il alla vers une console pour verser l'alcool et, après avoir donné son verre à Winston, se posta devant la cheminée. La mine solennelle, il coupa le bout de son cigare, huma son verre ballon et prit une pose théâtrale.

« Et maintenant, mon cher Winston, quand va-t-elle se décider à cesser ses folies ? commença-t-il.

— Quelles folies ?

— Tu sais de quoi je parle ! Depuis plus de six mois elle jette l'argent par les fenêtres, elle engloutit des sommes fabuleuses à la Bourse...

— Elle y a gagné une fortune ! protesta Winston.

— Qu'elle aurait pu perdre en une heure ! De plus habiles qu'elle y ont laissé leur chemise...

— Elle s'est complètement retirée de la Bourse. Et elle y aurait plutôt pris la chemise des autres.

— Je suis heureux de l'apprendre. Mais ce n'est pas tout. Elle se lance dans une expansion beaucoup trop rapide, si tu veux mon avis. Passe encore pour les magasins qu'elle a achetés à Bradford et Harrogate, elle ne les a pas payés cher. Mais elle me demande d'y faire des travaux qui vont coûter les yeux de la tête ! Voilà maintenant que j'apprends qu'elle compte en acheter un à Londres ! C'est de la folie, Winston. Avec quoi va-t-elle payer toutes ces dépenses ?

— Allons, Blackie, soyons sérieux, répondit Winston. Tu sais très bien qu'Emma n'a jamais fait de dépenses inconsidérées. Si elle les engage, c'est qu'elle a de quoi les payer. Je viens de te dire qu'elle a gagné énormément d'argent à la Bourse en se retirant à temps. Elle a dégagé des capitaux en vendant presque toutes les propriétés foncières héritées de Joe. Le magasin de Leeds rapporte des bénéfices énormes, les filatures n'arrivent pas à fournir aux demandes, Gregson tourne à plein rendement et n'oublie pas qu'elle est de moitié avec David Kallinski. Cela ne te suffit pas ? »

Voyant la mine encore sceptique de Blackie, Winston reprit :

« Emma est très riche, Blackie. Plus que tu ne le crois. Elle vaut largement... »

Il s'interrompit, dépité de s'être laissé aller à trop en dire. Mais il ne pouvait plus reculer :

« Au moins un million de livres, ajouta-t-il. Plutôt que de la dénigrer et de s'inquiéter sur son sort, nous devrions lever nos verres à sa santé et souhaiter qu'elle continue. »

Winston n'avait au moins rien laissé soupçonner de la valeur des participations et acquisitions de *M.R.M. Ltd.*, qui décuplaient cette somme. Blackie n'avait toujours pas l'air impressionné comme il aurait dû l'être.

« Sa fortune, Blackie, Emma la doit à des qualités qui n'ont rien de secret et que tu connais comme moi. Elle est habile, courageuse, ambitieuse...

— Trop habile, trop ambitieuse et travailleuse à l'excès ! intervint Blackie. Elle se tuera au travail.

— Elle en tuera surtout d'autres, répondit Winston avec un sourire ironique. Par moments, elle me fait peur. Elle a des dents de fauve dont elle hésite de moins en moins à se servir...

— Tu exagères, Winston ! interrompit Blackie, l'air sincèrement choqué. Emma n'est pas un de ces requins sans scrupules...

— Non, sans doute. Mais elle en serait capable s'il le fallait. Je ne dis pas cela comme un reproche, remarque bien. Je voulais simplement te faire comprendre qu'elle est la dernière sur qui j'aurais des inquiétudes. Les tiennes sont sans fondement, je te prie de le croire.

— J'aime autant l'avoir appris de ta bouche, Winston. J'étais sincèrement inquiet de ses coups de Bourse, pour te dire la vérité. Et quand j'ai vu le montant des devis de travaux... Pourtant, je devrais être le dernier à m'en plaindre, ajouta-t-il en riant. Allons, maintenant que me voilà tranquillisé, retournons nous joindre aux autres.

— Une seconde, je veux finir mon verre. Ce cognac est délicieux. En parlant de requins, notre don Juan de service est en chasse, ce soir, as-tu remarqué ? Il dévore littéralement Emma des yeux.

— Tu veux parler d'Arthur Ainsley, le héros de la Grande Guerre, à l'entendre ? Il est ridicule. Je croyais qu'Emma ne pouvait pas le souffrir ?

— J'ignore ce qui s'est passé en mon absence, avant et pendant la guerre. Mais si j'en juge d'après ce que je vois ce soir, elle n'a pas l'air de repousser ses avances. »

Blackie fronça les sourcils et reposa son verre avec brusquerie.

« Je n'ai pas remarqué, dit-il sèchement. Allons-y, on va finir par s'apercevoir de notre absence. »

De retour dans le grand salon, Winston alla rejoindre Charlotte et Frank pendant que Blackie s'accoudait au piano à queue. Tout en affectant de jeter sur l'assistance le regard du maître de maison soucieux de s'assurer que ses invités ne manquent de rien, il observait attentivement Emma qui était engagée dans une conversation animée avec Frederick Ainsley et son fils Arthur.

Il la trouva particulièrement belle, ce soir, malgré sa pâleur et ses traits tirés que ne dissimulait aucun maquillage. Sur sa robe de velours blanc, elle avait épinglé la broche ornée d'émeraudes que Blackie lui avait offerte pour son trentième anniversaire. C'était la copie exacte du bijou de pacotille dont il lui avait fait cadeau pour ses quinze ans et qu'il lui avait promis, un jour, de remplacer par de l'or et de vraies pierres. La surprise d'Emma lui avait fait profondément plaisir. Mais il était dépité de voir que son coûteux bijou avait l'allure d'une simple babiole à côté des somptueux pendentifs qui étincelaient aux oreilles d'Emma.

D'un geste machinal, Blackie tâta au fond de sa poche le petit écrin qu'il y avait mis au début de la soirée. Il contenait une bague de diamants, achetée quelques jours auparavant dans l'intention de l'offrir à Emma en lui demandant de l'épouser. Leur récente conversation au sujet de l'acte de naissance d'Edwina et ses propres réflexions l'avaient amené à prendre une décision qui le laissait hésitant depuis plusieurs mois. Blackie n'aimait pas Emma avec la ferveur que lui avait inspirée Laura, mais il l'aimait. Il ressentait pour elle une affection profonde et indissoluble, née en ce petit matin de brouillard où, pour la première fois, il avait aperçu sa silhouette fragile sur la lande. Depuis, leurs liens s'étaient renforcés par la confiance et l'admiration mutuelle qu'ils se vouaient. Blackie ne pouvait pas non plus ignorer que son fils Bryan adorait Emma comme une mère. Et si Blackie l'épousait maintenant, il pourrait amortir le rude coup que porterait à Edwina la nouvelle de sa naissance illégitime. Ses parents, après tout, seraient officiellement mariés quand elle l'apprendrait.

Les révélations que venait de faire Winston changeaient toutefois la situation du tout au tout. Blackie ne pouvait plus regarder Emma du même œil, maintenant qu'on la lui avait dépeinte sous son vrai jour de femme d'affaires impitoyable et immensément riche. Il la savait fortunée, certes, mais manquait de l'objectivité et du recul qu'il fallait pour la juger à sa valeur. Il pouvait lui-même se vanter d'une belle réussite et d'une fortune respectable. Mais Emma le dépassait de si loin et évoluait à un tel niveau que Blackie, qui ne connaissait pourtant qu'une fraction de la vérité, avait compris une chose essentielle : jamais Emma ne pourrait redevenir la simple épouse et mère de famille qu'il croyait encore voir. Rien ni personne ne pourrait l'arracher à ses affaires car, en un sens, elles faisaient partie intégrante de sa personnalité et elle s'identifiait à elles. Aussi, Blackie comprenait avec lucidité qu'il avait bien peu de chances de se faire accepter par Emma comme mari. Il doutait aussi de sa propre capacité à vivre et à s'affirmer face à une telle force de la nature qui, au demeurant, lui était devenue étrangère. A trente-trois ans, riche, beau et sûr de lui, Blackie O'Neill se sentait soudain intimidé comme un enfant devant l'éblouissante Emma Harte et ses millions.

Son regard insistant finit par attirer l'attention d'Emma qui s'excusa auprès des Ainsley et vint le rejoindre. Ils bavardèrent gaiement, avec l'abandon de leur vieille amitié. Les yeux d'Emma avaient retrouvé leur éclat, son sourire tout son charme. Au bout d'un moment, voyant Arthur Ainsley les dévisager, Blackie fronça les sourcils :

« Je croyais que tu ne pouvais pas sentir le fils Ainsley, dit-il en baissant la voix. Ce soir, pourtant, on dirait que c'est toi qui lui fais du plat.

— Allons, il n'est pas si mal que cela ! dit Emma en riant. En fait, je lui découvre même un certain charme.

— S'il suffit de raconter des fadaises...

— J'admets qu'il est parfois pénible, répondit Emma en pouffant de plus belle. Mais, au moins, il est distrayant. Avec lui, on ne s'ennuie pas.

— Tu le vois donc souvent ? dit Blackie en dissimulant la pointe de jalousie qui perçait dans son regard.

— Pas du tout ! Quand j'ai des conseils à lui demander ou quand je vais à l'étude. Pourquoi me demandes-tu cela ?

— Oh ! pour rien... Parlons d'autre chose. As-tu trouvé le terrain que tu cherchais à Londres ?

— Oui, je crois avoir mis la main sur ce qu'il me fallait. C'est en plein Knightsbridge, admirablement situé. Veux-tu venir le voir avec moi, la semaine prochaine ?

— Avec plaisir. Si tu te décides, je pourrai tout de suite commencer les plans. Tu verras, Emma, je te bâtirai le plus beau magasin de Londres ! »

Ils parlèrent quelques minutes du projet de magasin londonien, pour lequel Emma insuffla à Blackie son enthousiasme. De fil en aiguille, Blackie s'assit au piano, se mit à fredonner une gigue, passa à une ballade, allant tour à tour d'un rythme endiablé à des mélodies où il déploya les séductions de sa voix de baryton. Les invités s'agglutinèrent autour de lui. Les applaudissements et les encouragements fusaient. Amusée, Emma se revit au Cygne-Blanc où Blackie, trônant dans l'estaminet, tenait la clientèle sous son charme des heures durant. Ce soir, dans ce luxueux salon, entouré d'hommes et de femmes en tenue de soirée, Blackie avait réussi à recréer la même ambiance.

Le sourire d'Emma se figea soudain. Blackie plaquait les accords qui préludaient à son chef-d'œuvre, la complainte de *Danny Boy*. Quand il entama les premières mesures et détailla les couplets mélancoliques, dont les paroles familières évoquaient si bien la tristesse qui l'étreignait, elle ne put y tenir. Les yeux pleins de larmes, la gorge serrée, elle battit en retraite et quitta précipitamment la pièce.

Frank et Winston, qui se tenaient derrière elle et avaient été témoins de sa fuite, échangèrent un coup d'œil inquiet. Winston fit mine de s'élancer à sa suite.

« Je vais la rejoindre, dit Frank. Reste avec Charlotte. »

Il rattrapa Emma dans le hall, la prit par le bras et la poussa fermement dans la bibliothèque. Quand il l'eut fait asseoir dans un canapé, il s'installa près d'elle et la prit par les épaules.

« Reprends-toi, Emma. Il ne reviendra pas, autant te résigner une fois pour toutes.

— Je le suis déjà, Frank.

— Tu sais que ce n'est pas mon habitude de me mêler des affaires des autres. Mais je ne peux plus supporter de te voir te ronger comme tu le fais. J'ai appris certaines choses, il faut que je te les dise. »

Emma leva sur lui un regard las :

« Quoi donc ?

— Paul McGill est marié.

— Je le savais depuis le début, dit-elle avec un haussement d'épaules. C'est cette peste de Dolly Mosten qui s'est empressée de te le raconter ?

— C'est moi qui l'ai forcée à me dire ce qu'elle savait. Je suppose que Paul t'a aussi promis qu'il divorcerait ?

— Il m'a dit qu'il régulariserait sa situation après la guerre... »

Emma était si étonnée de la fureur mal contenue que trahissait la voix de Frank qu'elle en oubliait sa peine.

« T'a-t-il aussi « avoué » qu'il est marié à la fille de l'ancien Premier ministre australien qui, par sa mère, appartient à l'une des familles les plus riches de Sydney ?

— Non, répondit Emma d'une voix éteinte. Nous n'avons jamais parlé de sa femme...

— Je m'en doute un peu! C'est d'ailleurs pourquoi tu ignores sans doute qu'ils ont un enfant. Un fils, si tu veux savoir. Mais ce n'est pas le genre de renseignement que l'on communique à sa folle maîtresse, n'est-ce pas? »

Accablée, Emma ne releva pas le propos. Elle aurait pu, à la rigueur, lutter contre une épouse délaissée. Mais pas contre un enfant, un fils. Chez un homme aussi riche que Paul McGill, la dynastie devient une notion sacrée. Jamais sans doute il n'abandonnerait son fils, le dépositaire du patrimoine, pour une femme. Même s'il l'aimait.

Frank se leva, contempla un instant sa sœur :

« J'ai besoin de boire quelque chose, dit-il. Toi aussi, d'ailleurs, si j'en crois la tête que tu fais. »

Il alla au bar, se versa un cognac et remplit une flûte de champagne qu'il donna à Emma. En quelques instants, elle s'était ressaisie et la détresse qui avait ému Frank semblait effacée de son visage.

« Je suis plus désolé que tu ne peux le croire de t'avoir brusquée comme je viens de le faire, dit Frank en se rasseyant. Je crois quand même qu'il fallait te mettre au courant.

— Tu as bien fait, Frank, répondit-elle avec un rire amer. Tu as dû faire subir un interrogatoire en règle à Dolly pour lui arracher toutes ces confidences, j'imagine.

— Sur l'oreiller, on n'a pas besoin de violence...

— Quoi? Toi et... Dolly Mosten? Tu te moques de moi!

— Une simple aventure.

— Mais elle a des années de plus que toi!

— Dix, pour être exact. Et une foule de relations. Mais nous ne sommes pas venus ici discuter de mes rapports avec Dolly Mosten.

— C'est exact. Comment en sait-elle autant sur la famille McGill?

— Elle a été la maîtresse de Bruce, le père de Paul, il y a quelques années.

— Décidément, la séduction est une tradition familiale, chez eux! Qu'a-t-elle raconté d'autre? Autant tout me dire.

— Pas grand-chose d'autre. Dolly m'a surtout parlé de leur fortune, de leurs relations. En fait, elle ne savait presque rien sur la femme et le fils de Paul, à part le fait qu'ils existent. J'ai même eu l'impression qu'il règne une sorte de mystère autour de sa femme. Paul, semble-t-il, apparaissait toujours seul en public, même avant la guerre. D'après Dolly, il aurait depuis longtemps la réputation d'être un redoutable coureur de jupons.

— Cela ne constitue pas une surprise boule-versante », dit Emma avec un rire acerbe.

Frank avala son verre d'un trait et se leva pour aller vers la console qui servait de bar.

« J'en suis malade! lança-t-il par-dessus son épaule. Que tu te sois laissée prendre ainsi... »

Il revenait vers le canapé avec les deux bouteilles et remplit le verre à moitié vide que lui tendait Emma.

« Et pourtant, reprit-il, j'aimais bien Paul. Jamais je n'aurais pensé qu'il était aussi salaud. Ce qui prouve combien on peut se tromper sur les gens... Mais toi, Emma, parle-moi. Je suis ton frère, après tout. Cela t'aidera peut-être de te confier, de te décharger de tout ce que tu as sur le cœur.

— J'en doute, Frankie. Mais je vais quand même te dire ce que je sais. Tu pourras peut-être m'expliquer sa conduite, me dévoiler les secrets de la nature masculine... »

Pendant qu'elle faisait ses confidences, Emma vida la bouteille de champagne tandis que Frank se contentait d'écorner le flacon de cognac. Pour la première fois de sa vie, elle s'enivrait de propos délibéré. Quand Winston, inquiet de ne pas les revoir, apparut sur le seuil une heure plus tard, il poussa une exclamation de surprise à l'aspect de sa sœur. Affalée sur le canapé, elle brandissait son verre dont elle renversait le contenu sur elle et hoquetait en dévidant des propos inintelligibles d'une voix pâteuse.

« Comment as-tu pu la laisser se mettre dans un tel

état ? s'écria-t-il. Elle va avoir une de ces gueules de bois, demain matin...

— Quelle importance ? dit Frank calmement. Cela lui a fait infiniment plus de bien que tu ne le crois. Pour la première fois de sa vie, Emma avait besoin de se laisser aller. Pouvions-nous lui refuser ce luxe ? »

Winston hocha tristement la tête.

39

La mine sévère, Edwin Fairley écouta son frère sans interrompre ses explications embarrassées.

« Je ne puis absolument rien faire pour toi, Gerald, dit-il quand celui-ci s'arrêta enfin. Tu as tressé toi-même la corde pour te pendre. »

Gerald étouffa une exclamation de colère et d'incrédulité. Dans son visage bouffi, ses petits yeux lui donnaient véritablement le faciès d'un porc.

« Tu prétends que Proctor a légalement le droit de me spolier ?

— Il a le droit de prendre ce qui lui appartient, un point c'est tout. Un billet à ordre irrévocable est précisément cela. Du moment que tu es incapable de le rembourser et que tu as eu la sottise criminelle de lui donner les filatures en garantie, tu ne peux plus reculer. Pourquoi diable as-tu fait une chose pareille ?

— J'avais besoin d'argent, balbutia Gerald en détournant les yeux.

— Pour payer tes dettes de jeu, une fois de plus ! Que t'est-il donc passé par la tête pour engager les filatures sans même demander auparavant conseil à un homme de loi ?

— Je n'avais pas le temps de me retourner et Proctor n'a pas voulu en démordre. Consulter un avocat n'y aurait rien changé... Je croyais au moins qu'Alan serait raisonnable, qu'il me laisserait le temps de le rembourser. Le salaud, l'ignoble salaud ! Il m'a trahi, il me vole les filatures !

— Ne dis donc pas de bêtises, Gérald ! s'écria Edwin, excédé. Alan Proctor ne t'a rien volé, c'est toi qui lui as fait cadeau des usines. Ton aveuglement est inconcevable ! De plus, si j'en crois ce que tu m'as dit, Alan a été plus que raisonnable à ton égard. Il a prorogé trois fois ton billet à ordre, pour une durée totale de dix-huit mois, ce qui aurait dû amplement te suffire pour rassembler les fonds. Compte tenu des circonstances, j'estime qu'il a fait preuve d'une générosité que tu ne méritais pas. Ce prêt ne sortait pas de sa poche mais des caisses de sa société, et il doit rendre des comptes à ses administrateurs ! C'est insensé de te faire encore de telles illusions. »

Gerald baissa la tête, écrasé par l'injustice dont il croyait être l'innocente victime. Il releva les yeux quelques instants plus tard et regarda son frère d'un air implorant :

« Ecoute, Edwin... Il faut que tu me prêtes cet argent.

— Tu plaisantes ! Je ne possède pas une somme pareille.

— Notre père t'a légué un capital. Refuserais-tu d'aider ton propre frère ?

— Parlons-en, de mon « capital » ! s'écria Edwin avec une rage contenue. Notre père, et c'était son droit le plus strict, a toujours vécu largement, surtout depuis son mariage avec tante Olivia. Mais ce qu'il m'a laissé est négligeable, par comparaison avec ce que tu as hérité et que tu es en train de scandaleusement gaspiller ! Les revenus de mon prétendu « capital » sont minimes et j'en ai absolument besoin. Je te rappelle que je suis marié, moi. J'ai une femme et un enfant à faire vivre, un train de maison à soutenir.

— Tu gagnes bien ta vie...

— Peut-être. Mais je n'ai nullement l'envie ni les moyens de t'entretenir et de financer tes frasques. »

Gerald ne s'avoua pas vaincu et jeta à son frère un regard haineux :

« Tu as aussi hérité la majorité des actions du *Yorkshire Morning Gazette*. Il te serait facile d'emprunter...

— Non et non ! Je te répète que je n'ai pas l'intention

de gaspiller un sou pour toi. Par ailleurs, j'ai promis à notre père de conserver ces actions pour prendre plus tard un intérêt actif à la marche du journal. Mais enfin, grand dieu, comment as-tu pu te mettre dans une situation aussi...

— Je t'en prie, pas de sermons! cria Gerald en se levant d'un bond. J'en ai par-dessus la tête de tes leçons de morale! »

Gerald se mit à arpenter la bibliothèque, les mains derrière le dos, la taille voûtée. Edwin le suivit des yeux avec dégoût. Un imbécile et un lâche, se dit-il en regardant son frère. Un instant plus tard, il détourna les yeux, écœuré. Au comble de l'énervement, Gérald s'arrêta devant le bahut où étaient disposés les carafons et se versa un gobelet de whisky pur.

« Veux-tu boire quelque chose? dit-il à Edwin sans se retourner.

— Non, merci. Il faut d'ailleurs que je m'en aille. »

Avant qu'Edwin ait pu se lever, Gerald vint se rasseoir en face de lui. Penché en avant, les coudes sur les genoux, il fixa son frère de ses yeux porcins :

« Tu te prends pour le génie de la famille, dit-il avec un ricanement. Alors, vas-y, petit frère, dis-moi ce qu'il faut faire pour me sortir de ce pétrin.

— Il te restera encore la filature de Fairley et la briqueterie, tu n'es donc pas tellement à plaindre. Serre-toi la ceinture, cesse de jouer, mets tes revenus de côté au lieu de les jeter par la fenêtre. Consacre-toi entièrement à la gestion de ce qui te reste. Jamais le marché du textile n'a été aussi florissant! Explique-moi pourquoi, dans ces conditions, tu serais incapable de remonter la pente.

— Les choses ne sont plus comme du temps de notre père! répondit Gerald d'un ton geignard. Tu n'as pas idée des charges que je dois supporter, de la concurrence... Tiens, un exemple. Thompson fabrique les mêmes draps que nous. Eh bien, il s'arrange je ne sais comment pour casser les prix. Ce n'est pas étonnant qu'il me rafle mes clients! C'est comme ta maudite Emma Harte, qui a racheté Layton si tu ne le savais pas. Elle aussi, la garce, elle casse le marché à tout va ! C'est même elle, si tu veux la vérité, qui est la cause de tous mes ennuis. En 1914, elle m'a littéralement volé Ben Andrews et les meilleurs ouvriers de Thompson, et l'usine ne s'en est jamais remise... Ah ! tu peux en être fier de ton espèce de petite putain...

— Assez ! cria Edwin, pâle de colère. Que je ne t'entende plus jamais traiter Emma Harte de la sorte, ignoble porc ! »

Gerald éclata d'un rire vulgaire.

« Tiens, tiens, toujours amoureux de la petite bonne, à ce que je vois ! C'est cette chère Lady Jane qui sera contente de savoir que son distingué juriste de mari rêve encore de se rouler dans la fange prolétaire...

— Assez, ai-je dit ! » hurla Edwin.

Livide, tremblant de rage, il se leva d'un bond. Les poings serrés, se retenant de toutes ses forces pour ne pas cogner, il écrasa Gerald d'un regard dégoûté.

« Répugnant personnage ! reprit-il, les dents serrées. J'étais venu à Fairley plein de bonnes intentions et décidé à t'aider de mes conseils, à te rendre service dans toute la mesure de mes moyens. Mais je ne suis pas venu t'entendre débiter tes obscénités sur Emma Harte, m'entends-tu ? »

Edwin s'interrompit. Malgré lui, Gerald se tassa sur son siège, apeuré par la colère qui étincelait dans les yeux de son frère.

« Emma a au moins réussi sa vie. Elle a bâti une fortune en partant de zéro, alors que tu n'es bon qu'à dilapider le patrimoine de ta famille, misérable incapable... Adieu, poursuivit Edwin en se détournant. Je n'ai pas l'intention de revenir ni de te revoir d'ici très longtemps, je te prie de le croire. »

Voyant son frère s'éloigner, Gerald reprit courage et lança une dernière provocation.

« Tu ne sais vraiment pas mentir, Edwin ! Autant avouer franchement que tu l'as dans la peau, ton Emma Harte. Seigneur, elle doit en avoir des dispositions cachées pour tenir encore un homme dans ses griffes quinze ans plus tard ! J'avais d'ailleurs bien cette impression, quand j'ai tenté ma chance, le jour où j'ai remis la main dessus à Armley.

— Tu as... quoi ? »

Edwin était déjà presque arrivé à la porte. Il pivota sur place et bondit sur Gerald qu'il empoigna par les revers de sa veste et secoua de toutes ses forces :

« Si jamais j'apprends que tu as osé seulement lever les yeux sur elle, Gerald, je te tuerai de mes propres mains, tu m'entends ? De mes propres mains ! Je le jure... »

Edwin s'était penché, le visage proche de celui de Gerald à le toucher. Les traits déformés par la haine et la rage, il fit reculer le gros Gerald, terrifié de l'éclat meurtrier qu'il voyait luire dans les yeux de son frère.

Ils restèrent ainsi face à face, les yeux dans les yeux. Un moment plus tard, Edwin se redressa, lâcha Gerald et s'essuya ostensiblement les mains sur son pantalon.

« Je ne veux plus me salir en te touchant, laissa-t-il tomber avec mépris. Mais n'oublie pas ce que je t'ai dit. Je tiendrai ma promesse. »

Et il quitta la pièce sans se retourner.

40

Emma fit glisser ses chaussures, ôta sa robe d'« uniforme » et ses bijoux et enfila le peignoir que sa femme de chambre avait disposée sur une chaise devant la coiffeuse.

Enfin seule dans sa salle de bain, elle lui accorda le regard satisfait qui lui venait malgré elle à chaque fois. De son nouveau « palais », c'était devenu sa pièce préférée. Comme le reste de la maison, la salle de bain était d'une opulence qui lui avait fait pousser les hauts cris en voyant les plans que Blackie avait dessinés à son intention.

« C'est ridicule ! s'était-elle exclamé. On dirait la galerie des Glaces à Versailles ! »

Elle avait en effet été frappée par la splendeur du palais des rois de France, qu'elle avait visité avec Arthur Ainsley à l'occasion de leur voyage de noces, trois ans auparavant. Mais ce qui était bon pour des rois ne l'était pas pour elle, avait-elle protesté. Blackie s'était entêté et l'avait adjurée de lui faire confiance. A sa surprise, Emma était finalement convenue que la pièce, toute en miroirs encadrés d'or et de marbre rose, avait un charme reposant, en dépit de sa magnificence. Elle était de vastes proportions, meublée d'un lit de repos et de plantes vertes près d'une grande fenêtre ouvrant sur le jardin, et Emma y passait de longs moments au calme.

Elle se dévêtit, se coula voluptueusement dans le bain déjà prêt et réfléchit aux derniers détails du dîner dansant qu'elle allait donner ce soir-là. Depuis son mariage avec Arthur, Emma recevait fréquemment et de manière somptueuse. Mais la réception de ce soir revêtait à ses yeux une importance particulière, car elle était organisée pour les fiançailles de son frère Frank avec Nathalie Stewart, fille de l'un des hommes politiques les plus en vue de Grande-Bretagne. Emma avait d'emblée approuvé cette union et tout fait pour la favoriser. Nathalie était ravissante, amoureuse de Frank dont elle servirait la carrière par ses relations de famille. Les fiançailles venaient à point nommé pour hâter la rupture de Frank avec Dolly Mosten qui, se sentant vieillir, s'accrochait désespérément à lui. Enfin, la beauté blonde et délicate de Nathalie dissimulait une fermeté de caractère qui n'était pas sans rappeler à Emma le souvenir de Laura.

L'on n'avait rien épargné pour donner à la soirée un éclat exceptionnel. Décorations florales dans les pièces de réception, dîner raffiné sorti tout droit des cuisines de *HARTE'S* — dont la réputation de traiteur égalait celle des autres départements du magasin. Les quelque cent invités allaient dîner par petites tables et danseraient dans la grande galerie aux sons d'un des meilleurs orchestres de Londres, engagé tout exprès pour la circonstance et que l'on entendait déjà répéter en sourdine. Tout à l'heure, Arthur avait complimenté Emma en comparant la maîtrise qu'elle avait déployée à celle d'un général en chef responsable d'une armée. Elle n'avait pas su distinguer si l'image était sincère ou ironique...

Pendant qu'Emma se détendait dans son bain, Arthur Ainsley dans l'appartement contigu mettait la dernière main à sa toilette. Ce n'était pas une mince affaire car, pour lui, son apparence comptait autant, sinon davantage, que pour Emma l'organisation de la soirée tout entière.

« A trente-deux ans, Arthur Ainsley avait su conserver un physique juvénile, qu'il prenait plaisir à accentuer par l'élégance affectée de sa mise et l'afféterie quasi efféminée de ses manières. Debout devant son miroir, il rectifia pour la centième fois l'alignement de ses manchettes, le pli de sa coiffure ou l'ajustement de ses boutons de plastron. Absorbé dans la contemplation du ravissant spectacle qu'il s'offrait, il fit un sourire de gratitude à son miroir, qui avait le bon goût de lui renvoyer de lui une image irréprochable.

Son caractère, qui n'était visible qu'à ses proches, suscitait moins d'admiration. Le narcissisme qu'il cultivait depuis son enfance l'avait retenu de chercher à développer les ressources de son esprit. Son adolescence, période formatrice entre toutes, lui avait laissé l'esprit en friche, au mieux recouvert d'une vague teinture de connaissances lui permettant de briller en société. Mannequin séduisant mais creux, il ne s'attachait qu'aux apparences et n'emmagasinait que le superflu. Eduqué dans les meilleurs collèges, doué d'une certaine intelligence naturelle atrophiée par sa faute, Arthur avait si bien laissé le champ libre à son hédonisme indolent qu'il en était devenu moralement handicapé. Epris de la richesse et des plaisirs qu'elle procure, il était incapable de l'acquérir par ses propres moyens, à peine davantage de conserver l'acquis. Sa paresse, au fil des ans, prenait de manière de plus en plus alarmante l'allure d'une véritable aboulie.

A regret, Arthur s'arracha à son miroir et consulta sa

montre. Toujours soucieux de perfection, il s'y était pris beaucoup trop tôt pour s'habiller et il s'en fallait encore d'une grande heure avant que les invités n'arrivent. Avec une légère hésitation, il alla ouvrir un tiroir de sa commode, en sortit une bouteille de whisky et commença à s'en verser un verre. Mais il s'interrompit au milieu de son geste avec une grimace d'ennui en pensant à la scène que lui ferait Emma.

Car Arthur Ainsley cherchait, depuis dix-huit mois, refuge dans la boisson. Il s'était mis à boire en constatant qu'il était devenu impuissant et, par un tortueux processus, croyait moins s'enivrer pour noyer sa honte que pour excuser sa déficience par l'ivresse. Il était en effet infiniment plus facile à sa vanité de trouver à ses troubles physiques une explication extérieure que de s'en blâmer lui-même. La vérité, qu'Arthur s'était toujours refusé à admettre ouvertement, était qu'il en voulait à Emma d'être tout ce qu'il n'était pas. Il se fermait également les yeux sur ses tendances, soigneusement refoulées, à l'homosexualité.

Emma n'avait pourtant rien fait pour l'émasculer ni étouffer sa personnalité. Le simple fait d'être ce qu'elle était avait suffi à traumatiser Arthur. A titre de compensation, il se cherchait des succès faciles auprès de midinettes ou de barmaids, éblouies par son élégance et qui parvenaient à ranimer sa virilité chancelante.

Ses sentiments envers Emma évoluaient dans une constante ambiguïté. Il la désirait encore fréquemment, mais il n'osait plus s'en approcher de peur d'essuyer un nouvel et humiliant échec. Il avait souvent besoin de se réconforter au contact de sa vitalité et de sa sagesse, tout en n'éprouvant pour ces mêmes qualités que rancœur et amertume. Il chantait ouvertement les louanges de sa femme et se récriait devant ses succès, pour mieux les jalouser en secret et en vouloir aigrement à Emma de l'éclipser et de le rejeter dans l'ombre. A sa manière malsaine, Arthur aimait pourtant Emma. Mais son admiration, sincère au début, était désormais viciée par toutes les mesquines rancunes qu'il remâchait contre elle, issues du sentiment de sa profonde incapacité à l'égaler jamais. Ces conflits intérieurs éclataient parfois en crises de rage trop vite réprimées et il arrivait à Arthur d'éprouver pour sa femme une véritable haine.

Il avait été vivement attiré par Emma quand elle était encore mariée avec Joe Lowther et avait préféré ignorer ses constantes rebuffades. Après la guerre, la trouvant veuve, il avait repris espoir et l'avait à nouveau poursuivie de ses assiduités. Un beau soir, à la réception donnée par Blackie O'Neill au Nouvel An 1919, Emma avait paru s'amadouer. Sans chercher à comprendre les causes de ce revirement, Arthur avait poussé son avantage avec une détermination aiguillonnée par ses parents, qui avaient de l'ambition à sa place. Trois mois plus tard, au printemps 1920, il obtenait enfin sa main.

Aveuglé par sa vanité, Arthur était persuadé qu'Emma était aussi éprise de lui qu'il l'était d'elle. En fait, elle n'avait consenti à l'épouser que pour des raisons fort éloignées de l'amour. Elle voulait d'abord trouver une échappatoire à sa solitude et à la douleur que lui causait encore l'abandon de Paul McGill. Réaliste, Emma avait vite compris qu'il ne servait à rien de nourrir plus longtemps ses illusions et que, même si Paul lui revenait, il n'y avait aucun avenir à bâtir sur une situation fausse. Mieux valait donc prétendre que Paul était mort pour elle et s'efforcer de mener, pour ses enfants plus encore que pour elle, une vie normale. Certaine qu'elle ne trouverait jamais plus l'amour fou qu'elle avait connu avec Paul, et qu'il était donc inutile de le chercher, elle préféra refaire sa vie avec un compagnon agréable et facile à vivre, capable de jouer le rôle de père auprès des enfants et de maître de maison vis-à-vis d'elle. Elle voyait autour d'elle bien des ménages heureux sans amour. Pourquoi, se dit-elle, ne pas transiger ?

Agacée puis amusée par les avances inlassables d'Arthur Ainsley, elle en vint à le considérer comme un candidat possible. Il était bien élevé, de bonne famille, apparemment amoureux d'elle, et savait se tenir dans le monde. En outre, il était beau et cela satisfaisait les goûts esthétiques d'Emma, toujours attirée par les belles choses. S'il n'éveillait en elle aucune passion, il ne lui déplaisait pas et serait probablement supportable dans l'intimité physique du mariage. Lucide, Emma savait qu'il était faible et vain. Mais il ne la menaçait en rien. Indolent, Arthur ne se mêlerait jamais des affaires de sa femme. Indulgent envers lui-même, il serait tolérant pour les autres et n'empêcherait pas Emma de mener sa vie comme elle l'entendait. En cas de crise ou de conflit, elle était la plus forte et saurait l'emporter sans mal sur son mari ou l'adversité. Enfin, et ce n'était pas le moins important, Arthur avait su d'emblée conquérir les enfants, qu'il traitait avec un naturel et une maturité qui, par ailleurs, lui faisaient cruellement défaut.

Ayant ainsi franchi, à son insu, les épreuves de cet examen de passage, Arthur Ainsley fut acheté comme une vulgaire usine. Emma mit à appliquer sa décision la même diligence qu'elle mettait dans ses affaires. Cette imprudence sans précédent scandalisa ses frères et Blackie, qui lui firent les plus vifs reproches. Elle les rembarra avec une telle hauteur qu'ils n'insistèrent pas, sachant trop bien que rien ne pouvait faire revenir Emma sur ses décisions.

Il ne lui fallut pas plus de quelques semaines pour le regretter amèrement et se maudire de sa précipitation. Dès son voyage de noces, elle prit conscience du caractère factice des charmes d'Arthur, des raffinements malsains de ses habitudes sexuelles et de la nature essentiellement caustique et destructrice de son humour, qui ne la faisait plus rire. Loin de lui faire oublier Paul, ce mariage le lui faisait regretter plus profondément encore.

Assez honnête pour reconnaître que la faute lui en incombait à elle seule, Emma décida de sauvegarder les apparences. Les premiers temps de son mariage eurent donc l'aspect du bonheur conjugal paisible. Parfaitement ignorant des véritables sentiments de sa femme, Arthur baignait dans l'euphorie de ce mariage inespéré avec une femme jeune et belle, dont la fortune et le prestige rejaillissaient sur lui et lui procuraient mille avantages. Cependant, dès après la naissance des jumeaux, Robin et Elizabeth, en 1921, Arthur commença à changer. Trop sûr de sa situation acquise, convaincu qu'Emma était plus que jamais en adoration devant lui, il se relâcha et la négligea.

Pendant la grossesse d'Emma, en effet, il avait voulu se distraire et l'aiguillon des amours illicites lui était devenu indispensable. Quand il voulut reprendre l'intimité conjugale avec Emma, il s'aperçut alors que celle-ci l'inhibait au point qu'il en perdait tous ses moyens. Au bout de quelques essais infructueux et profondément humiliants, il battit en retraite dans sa propre chambre et n'en sortit plus. Emma ne lui posa jamais de question ni n'insista pour qu'il revienne dans son lit. Soulagé, Arthur préféra croire qu'elle ne s'était refroidie qu'à cause du fardeau de ses affaires, des enfants à élever, de la maison à mener ou même de sa crainte de se retrouver trop tôt enceinte. Il ne lui vint jamais à l'idée qu'Emma ait pu souhaiter l'écarter de son intimité ni qu'elle aime un autre que lui. Ainsi, à mesure que les mois passaient, Arthur s'endurcissait dans sa suffisance et son arrogance. Ses sordides escapades, son impuissance avec Emma ne lui donnaient pas le moindre trouble de conscience, au contraire. Emma était seule responsable de tout, il avait cent fois raison de lui en vouloir. Et de boire trop.

Tandis que son mari hésitait encore à se verser le whisky dont il avait si fort envie, Emma sortit de son bain. Les miroirs qui tapissaient les murs lui renvoyèrent son image qu'elle observa un instant avec détachement. Dans un mois, elle aurait trente-quatre ans. Elle avait cependant gardé sa silhouette de jeune fille, seins hauts et fermes, cuisses rondes et ventre plat. Peut-être le devait-elle au régime spartiate, à la constante activité qu'elle s'imposait par plaisir. Sa nouvelle coiffure, en tout cas, l'enchantait. Cédant à la mode, elle avait fait couper ses longues mèches châtain-roux pour adopter les courtes franges qui faisaient fureur et allaient si bien avec ses robes de chez Vionnet et ses tailleurs Chanel.

Elle venait d'enfiler son peignoir et commençait à se brosser quand un coup frappé à la porte lui fit tourner la tête. A la vue d'Arthur, elle fit une grimace d'impatience.

« Que me veux-tu ? Tu vois bien que je suis en retard... Tu commences un peu tôt, ce soir », ajouta-t-elle en désignant d'un mouvement de menton le verre qu'Arthur tenait à la main.

Arthur haussa les épaules et alla s'écrouler gracieusement sur un canapé.

« Sais-tu que tu deviens ennuyeuse comme la pluie ? dit-il de sa voix la plus flûtée. Une vraie mère rabat-joie !

— Nous avons une longue soirée devant nous, Arthur, et plus de cent personnes à recevoir. Je ne veux pas...

— Que je m'enivre et te fasse honte, n'est-ce pas ? Dieu te préserve d'un pareil scandale ! Alors, que préfères-tu que je fasse, ce soir ? Que je me mette à quatre pattes et te suive en jappant ? Ce serait pourtant pire ! »

Emma préféra ne pas répondre. Quand Arthur commençait à boire, mieux valait ne pas le provoquer et laisser son accès de colère s'apaiser de lui-même, ce qui ne tardait jamais beaucoup. Elle feignit donc de s'absorber dans sa coiffure, prit ensuite un flacon de parfum dont elle se mit quelques gouttes derrière les oreilles. Dans le miroir, elle vit Arthur boire une longue gorgée de whisky. Elle reprit alors la parole pour détourner le cours de cette conversation si mal commencée.

« Il y avait une lettre de Kit, aujourd'hui. Je te la montrerai tout à l'heure. Il est ravi d'être à Rugby et a vraiment l'air dans son élément.

— L'y envoyer était une de mes brillantes idées, ma chère. J'en ai beaucoup, tu sais, bien que tu affectes de ne pas en faire grand cas. C'est sans doute plus amusant de me traiter comme un simple d'esprit. »

Emma ferma les yeux et ne releva pas cette nouvelle

provocation. Si Arthur voulait une scène, elle ne lui donnerait pas cette satisfaction.

Au bout d'un instant, comme le silence s'éternisait, Emma se tourna vers lui :

« Il faut que je finisse de me préparer, dit-elle calmement. Etais-tu venu simplement me rendre visite ou voulais-tu me demander quelque chose de particulier ?

— Ah ! oui, c'est vrai ! As-tu la liste des invités ? Je voulais y jeter un coup d'œil pour me rafraîchir la mémoire et ne pas faire d'impairs.

— Sur mon secrétaire. »

Arthur examina la liste, à la recherche de noms de conquêtes possibles ou de relations à nouer. Apparemment satisfait, il partit aussitôt après un salut plein de cordialité.

Après son départ, Emma se remit à ses préparatifs, la tête pleine de pensées déprimantes. Par quelle fatalité, elle qui pouvait se vanter de ne jamais commettre deux fois la même erreur en affaires, s'obstinait-elle à les répéter dans sa vie privée ? Elle avait aimé David Kallinski et avait épousé Joe Lowther. Elle aimait toujours Paul McGill, mais s'était précipitée dans les bras d'Arthur Ainsley. Certes, dans les deux cas, les circonstances différaient et, en quelque sorte, expliquaient sinon justifiaient ses erreurs. Mais pourquoi choisissait-elle toujours les maris qui ne lui convenaient pas ? Joe, au moins, était foncièrement bon et honnête tandis qu'Arthur ne valait rien... Les avertissements de ses frères lui revinrent en mémoire. Qu'y faire ? Il était trop tard... Sa maudite obstination n'avait pas fini de la faire souffrir. Quel serait le prochain avatar du mari idéal sélectionné par Emma Harte parmi les plus inadaptés ? Sa mauvaise boutade ne la fit même pas sourire.

Elle s'ébroua, se leva. Ce soir, elle ne pouvait pas se permettre de s'appesantir sur ses erreurs ni de s'apitoyer sur les malheurs qu'elle avait elle-même provoqués. Demain, peut-être, ou le mois prochain... A quoi bon revenir sur ce qui est fait ?

Elle enfila sa robe, un long fourreau de soie turquoise parsemé de paillettes qui scintillaient au moindre de ses mouvements. Avec ses diamants, ses perles, sa silhouette svelte et toujours jeune, Emma était l'image même de l'élégance innée et du bonheur sans nuages. Pour qui ne voyait que les apparences, elle avait tout. La fortune, un mari séduisant, de beaux enfants. On pouvait à bon droit l'envier.

La pendule sur sa cheminée sonna dix coups. Emma se leva, quitta sa chambre. Debout sur la plus haute marche de l'escalier qui descendait, en une courbe gracieuse, jusqu'au hall de marbre où ses invités commençaient à se presser, elle marqua une pause, imprima sur ses lèvres son fameux sourire, prit d'une main sa traîne.

Ceux qui la virent tournèrent vers elle des regards admiratifs. Ils ne pouvaient pas savoir que se cachait en elle un cœur paralysé par le froid et, déjà, à demi mort.

41

Le majordome qui les accueillit à Fairley Hall était un homme entre deux âges qu'ils ne connaissaient pas.

« Bonjour, dit Blackie. Je suis M. O'Neill et j'ai rendez-vous avec M. Gerald Fairley.

— Veuillez entrer, Monsieur vous attend. »

Le domestique s'inclina, ouvrit la porte toute grande et guida les visiteurs vers la bibliothèque où il les introduisit en les priant d'attendre un instant.

Quand il se fut retiré, Blackie se tourna vers Emma.

« Murgatroyd a donc pris sa retraite?

— Non, il est mort depuis deux ans, répondit-elle.

— Vraiment? Et la cuisinière, cette bonne Mme Turner?

— Elle vit toujours, mais elle est trop vieille pour travailler. Elle habite le village, je crois. »

Blackie se releva, arpenta un instant la pièce et alla se poster devant la cheminée, le dos au feu.

« Alors, Emma, quel effet cela te fait-il de revenir ici, au bout de tout ce temps? »

Emma haussa les épaules avec indifférence.

« Bizarre, sans plus... Sais-tu combien de fois j'ai épousseté ces boiseries, battu ces tapis et ciré ces meubles ? demanda-t-elle avec un rire amer.

— Si souvent que tu en as sans doute perdu le compte.

— Je n'oublie jamais rien et je ne perds aucun compte, Blackie. Tu le sais, pourtant. »

Elle se leva à son tour et parcourut lentement la pièce en regardant attentivement les meubles. Tout cela, jadis, l'avait impressionnée. Maintenant, tout paraissait vieilli, usé, négligé. Le soleil d'avril ne faisait qu'accentuer cette impression. Les tapis persans montraient leur trame entre les dessins aux couleurs passées. Les rideaux de velours étaient élimés et poussiéreux. La tapisserie des fauteuils était éraillée, le cuir des canapés craquelé. Il y avait encore plusieurs beaux meubles anciens de valeur, des reliures de prix sur les rayonnages, des gravures intéressantes aux murs. Mais il se dégageait de l'ensemble une impression d'abandon qui enlevait toute beauté à ce qui en possédait encore.

Devant la fenêtre, Emma s'arrêta pour regarder dehors. A l'horizon, la ligne de crête se découpait en noir sur le ciel bleu. Derrière, il y avait la lande. Emma fut soudain prise d'une folle envie d'y aller, de suivre le sentier si familier qui lui ferait traverser le champ du Baptiste pour l'emmener à Ramsden Crags et au Sommet du Monde, cet endroit que sa mère avait tant aimé, où l'air est plus vif, où les couleurs sont plus belles... Mais c'était impossible. Aujourd'hui du moins. Il y avait trop de souvenirs, dans ces replis de terrain, dans les moindres brins de bruyère. Des souvenirs qui la tiraient en arrière, vers ce passé déjà si lointain mais toujours aussi douloureux. Emma ferma les yeux. Elle entendait encore le chant des alouettes. Elle sentait l'odeur de la bruyère après la pluie. Elle frissonna au contact des ajoncs contre ses mollets, du vent sur son visage...

Toujours debout devant la cheminée, Blackie l'observait, pris lui-même par le flot des souvenirs. Il n'eut pas grand effort à faire pour revoir la mince silhouette de la fillette en tablier, ployant sous les balais et les ustensiles, qu'il avait vue rudoyée par Murgatroyd lors de sa première visite à Fairley Hall. Y avait-il encore un point commun entre cette ombre pitoyable et la jeune femme resplendissante et impérieuse qu'il voyait, découpée à contre-jour devant la fenêtre? Blackie hocha la tête, partagé entre l'incrédulité et l'admiration. A trente-quatre ans, Emma était à l'apogée de sa beauté. Dans sa robe à l'élégance discrète, parée des rares bijoux qu'autorisait le bon goût, elle irradiait puissance et assurance.

Emma sentit le regard de Blackie posé sur elle et se tourna vers lui en souriant :

« Pourquoi me regardes-tu aussi fixement? Ma robe est dégrafée?

— Non, Emma. Je ne faisais que t'admirer en évoquant quelques vieux souvenirs...

— Moi aussi... Il est difficile de se retrouver ici sans remuer le passé. »

Elle fit quelques pas vers le bureau, disposé en angle, et y posa son sac. Blackie alluma une cigarette.

« Cet animal de Fairley prend son temps, dit-il avec agacement. Espère-t-il nous impressionner en nous faisant attendre?

— Qu'il fasse ce qu'il veut, répondit Emma avec un geste désinvolte. Nous ne sommes pas pressés. »

Elle s'assit au bureau qui, naguère, avait été celui d'Adam Fairley, se carra dans le fauteuil. Elle ôta ses gants, examina ses mains avec un sourire. C'étaient de petites mains fortes, aux doigts courts, qui déparaient peut-être sa beauté pleine de finesse. Mais elles étaient blanches et douces, avec des ongles longs et laqués. Elles n'avaient plus rien de commun avec les mains rougies et crevassées de celle qui astiquait, lavait, balayait — y avait-il si longtemps? — cette grande maison lugubre. Cette esclave-là était bien morte...

La porte s'ouvrit soudain et Gerald Fairley parut. Il ne vit d'abord pas Emma, et se dirigea vers Blackie la main tendue et le sourire aux lèvres.

« Content de vous voir, monsieur O'Neill, dit-il en l'observant avec curiosité. Il me semble que votre nom ne m'est pas inconnu et, maintenant que je vous vois, je crois me rappeler que vous avez fait des travaux dans cette maison quand j'étais petit.

— C'est exact », répondit Blackie en lui rendant sa poignée de main.

Il était difficile de croire que Gerald Fairley avait jamais été « petit », tant son obésité était choquante. Blackie, qui ne l'avait pas revu depuis plus de quinze ans, ne put retenir une grimace de dégoût.

« Puis-je vous offrir quelque chose à boire? dit Gerald.

— Non, merci.

— Si vous n'y voyez pas d'inconvénient, je prendrai un cognac. Je prends toujours un digestif après le déjeuner. »

Gerald alla d'un pas lourd vers le buffet où étaient disposés les carafons et se versa un plein verre d'alcool. C'est en se retournant qu'il vit enfin Emma assise au bureau. Ses petits yeux s'agrandirent de stupeur :

« Qu'est-ce que vous faites ici, vous? s'écria-t-il.

— Je suis avec M. O'Neill, répondit Emma calmement.

— Je n'ai encore jamais vu un pareil sans-gêne! Comment osez-vous vous asseoir à mon bureau? »

Emma ne cilla pas et continua de dévisager Gerald avec calme et froideur.

« A *mon* bureau, vous voulez dire...

— Votre bureau? Vous êtes folle! »

Gerald fit quelques pas en direction de Blackie, rouge de fureur.

« Que veut dire cette comédie, O'Neill? Qu'est-ce que cette femme vient faire ici, quelles sornettes est-elle en train de me débiter? J'ai vendu Fairley Hall à une société immobilière qui s'appelle *Deerfield Estates*. Au téléphone, vous m'avez dit que vous la représentiez et que vous étiez chargé des travaux de rénovation. De quel droit avez-vous amené cette sorcière ici! Dehors! hurla-t-il en se tournant vers Emma. Sortez, vous m'entendez? Je ne tolérerai pas votre présence durant cette conversation qui ne vous regarde pas! »

Emma était restée parfaitement impassible pendant

l'explosion de fureur de Gerald Fairley. Elle lui répondit sans même élever la voix :

« Je n'ai nullement l'intention de sortir et j'ai tous les droits d'être ici, *monsieur* Fairley. *Deerfield Estates*, voyez-vous, c'est moi. »

Il fallut un long moment pour que les paroles d'Emma pénètrent dans l'esprit troublé de Gerald. Il la contempla en silence, les yeux exorbités, comme s'il voyait un spectre.

« Vous... vous... êtes *Deerfield*... bafouilla-t-il.

— Oui. »

Elle ouvrit son sac, en sortit une feuille de papier qu'elle parcourut rapidement avant de relever les yeux sur Gerald.

« Comme je le pensais, reprit-elle sèchement, ce bureau figure à l'inventaire. Vous avez déjà encaissé le chèque de *Deerfield Estates* et ce meuble m'appartient donc, comme le reste. »

Gerald se laissa lourdement tomber dans un fauteuil. Il vivait un véritable cauchemar et n'arrivait pas encore à se pénétrer de sa réalité. La petite bonne, la fille de cuisine, chez elle à Fairley Hall ! Assommé, il leva des yeux hagards vers Blackie, toujours debout devant la cheminée, les mains dans les poches, un sourire amusé aux lèvres.

« Est-ce vrai ? balbutia-t-il. Ce qu'elle a dit...

— C'est la stricte vérité », répondit Blackie.

Il avait le plus grand mal à retenir son sérieux. Il n'aurait pas voulu manquer cette scène pour un million de livres.

« Pourquoi ne m'avez-vous pas dit qu'elle viendrait ? » demanda Gerald d'un ton où revenait la colère.

Blackie prit posément une cigarette dans son étui et l'alluma avant de répondre :

« Je n'avais pas d'instructions dans ce sens. »

Gerald baissa les yeux vers son verre de cognac dont, dans son agitation, il avait renversé la moitié sur lui. S'il avait su que cette petite garce était derrière *Deerfield Estates*, jamais il n'aurait vendu le château. Il fallait faire annuler la vente, les chasser...

672

Les paroles d'Emma lui revinrent en mémoire. Il avait déjà encaissé le chèque, dépensé l'argent pour payer ses dettes les plus criantes. Il était pris au piège. Il ne pouvait plus rien faire, rien. D'une main tremblante, il porta le verre à ses lèvres et le vida d'un trait..

Emma l'avait observé en silence. Elle lança à Blackie un coup d'œil ironique, se leva et vint s'asseoir sur le canapé dans une pose pleine de dignité.

« Selon les conditions de la vente, dit-elle à Gerald, vous auriez déjà dû libérer les lieux. Je veux bien vous accorder une semaine de plus...

— Ce n'est pas assez! protesta Gerald en faisant trembler ses bajoues. Donnez-moi au moins...

— Une semaine, est-ce clair? Par ailleurs, je constate que vous avez toujours des objets personnels dans votre ancien bureau de la filature Fairley. Ils devront en être retirés aujourd'hui même, à dix-sept heures au plus tard. Sinon, ils seront emballés dans des caisses qui seront placées dans la cour de l'usine jusqu'à ce que vous procédiez à leur enlèvement. »

Bouche bée, muet de stupeur, Gerald ne répondit pas.

« Si je ne me trompe pas, reprit Emma froidement, vous avez vendu la filature il y a près de trois semaines à la *General Retail Trading Company*. Vous occupez donc indûment ces locaux. »

Ces mots tirèrent enfin Gerald de son hébétude :

« De quoi encore vous mêlez-vous? La *General* est une filiale de *Proctor & Proctor*, qui appartient à mon ami Alan.

— Je suis parfaitement au courant des liens qui existent entre la *General Retail Trading Company* et *Proctor & Proctor*. Vous commettez cependant une légère erreur en croyant que votre ami Alan Proctor en est toujours propriétaire. Sa société a été acquise, il y a déjà plusieurs années, par une autre société, *M.R.M. Ltd*, dont M. Proctor n'est que l'employé.

— Alan Proctor ne m'en avait jamais parlé... »

Gerald s'interrompit brusquement. Le cauchemar s'épaississait, car il venait d'entrevoir la vérité.

« A qui appartient cette *M.R.M. Ltd*? demanda-t-il d'une voix à peine audible.

— A moi, répondit Emma froidement. C'est donc à moi qu'appartiennent désormais vos usines et votre château.

— Vous... Vous... »

Haletant, congestionné, Gerald tenta de se lever et retomba lourdement dans son fauteuil. Le corps agité d'un violent tremblement, il sentit une intolérable douleur lui lacérer la poitrine comme un coup de poignard et lui couper le souffle. A demi inconscient, les mains sur le cœur, il se força à combattre la crise prête à le terrasser. Ce fut sa rage, qui le sauva. Cette Emma Harte! Elle lui avait tout pris, tout volé, jusqu'à la demeure de ses ancêtres. Il ne lui restait, pour toute pitance, qu'une poignée des actions du journal et de la briqueterie, que l'apparition généralisée du béton et des techniques modernes rendait agonisante. Il était désormais seul, dépouillé de tout, irrémédiablement ruiné. Avec un sanglot, il se cacha la tête dans les mains.

Blackie avait observé la scène en sentant son envie de rire faire place au dégoût. Il était impossible d'éprouver de la compassion pour cet homme brisé dont l'arrogance et les vices s'étalaient sur sa personne comme sur une caricature. En face de lui, assise sur le canapé dans la même pose calme et froide, Emma n'avait pas bougé. En la regardant, Blackie sentit la crainte lui donner la chair de poule. Car il régnait dans cette pièce une atmosphère de mise à mort, de violence débridée. Et cette violence n'émanait que d'Emma et d'elle seule. Elle l'entourait d'ondes presque visibles, tangibles. Blackie détourna les yeux et avala péniblement sa salive. Il venait de comprendre ce qu'était vraiment Emma. Un fauve.

Gerald releva enfin la tête, les yeux injectés de sang, les traits déformés par un rictus.

« Garce! murmura-t-il entre ses dents. Misérable garce! C'est vous qui étiez derrière tout ce qui m'est arrivé. C'est vous qui m'avez volé, ruiné... »

Emma l'interrompit d'un éclat de rire qui arrachait

674

enfin le voile de sa froideur et de sa dignité pour laisser éclater l'intensité de sa haine envers Gerald Fairley.

« Oui, c'est moi ! Vous ne m'avez pas prise au sérieux, il y a treize ans, quand vous vous êtes introduit chez moi pour me violer ! Je ne fais jamais de menaces en l'air, moi. Votre ignoble agression, je ne l'ai jamais oubliée, de même que je ne vous permettrai jamais de l'oublier, jusqu'à votre dernier souffle ! »

Elle s'interrompit pour se ressaisir. Quand elle reprit la parole, elle avait retrouvé son calme glacé :

« Oui, j'ai entrepris de vous ruiner comme je vous l'ai annoncé. Mais je n'y ai pas eu grand mal. C'est vous qui vous êtes ruiné et je n'ai eu, de temps en temps, qu'à vous pousser un peu. Car vous êtes avant tout un imbécile. »

A cette nouvelle humiliation, Gerald perdit la raison. Il se leva d'un bond, vacilla, tendit les mains vers le cou d'Emma, prêt à serrer. Un voile rouge devant ses yeux l'empêchait de rien voir d'autre que ce cou qu'il fallait serrer pour étrangler, détruire cette femme qui le tuait.

Blackie était encore sous le coup de ce qu'il venait d'entendre. Emma, victime d'une tentative de viol ? D'abord incrédule, il devint enragé en voyant Gerald la menacer. Il bondit sur lui, agrippa un poignet, tira, tordit, poussa. Gêné par sa corpulence, aveuglé par son obsession, l'autre voulut se débattre et échapper aux mains de Blackie. Alors, celui-ci n'hésita plus et assena un formidable coup de poing à la mâchoire de son adversaire, qui s'écroula sur le tapis en entraînant un guéridon dans sa chute.

« Il l'aura voulu ! » s'écria Blackie.

Il contempla avec colère la masse étalée à ses pieds et se tourna vers Emma :

« Pourquoi ne m'as-tu rien dit de cette histoire, sur le moment ? Je lui aurais donné une correction dont il ne se serait jamais remis, je te prie de le croire ! On aurait été débarrassé de ce porc une fois pour toutes.

— C'est bien pour cela que j'ai préféré le garder pour moi. Ma vie était assez difficile, à l'époque, pour que je ne crée pas de complications inutiles. Merci d'être intervenu maintenant, Blackie. J'ai bien l'impression qu'il voulait me frapper. »

Blackie lui décocha un regard stupéfait :

« Tu plaisantes ? Il voulait te tuer, oui ! Tu n'as décidément aucune notion du danger...

— Le problème est réglé, grâce à toi, l'interrompit Emma avec un geste de la main. Qu'allons-nous en faire ? On ne peut pas le laisser comme cela. »

Blackie retrouva son sourire amusé :

« Il y a des tas de choses que j'aimerais lui faire ! Mais il ne mérite pas qu'on se donne du mal... »

Blackie avisa une carafe d'eau au milieu des flacons d'alcool et en répandit le contenu sur Gerald.

« Voilà de quoi le ressusciter », dit-il d'un air satisfait.

Quelques secondes plus tard, en effet, Gerald s'ébroua et se rassit tant bien que mal en s'essuyant avec sa manche. Blackie l'attrapa sous les bras, le releva sans douceur et le traîna jusqu'à son fauteuil où il le jeta comme un paquet.

« Que ceci vous serve de leçon, Fairley. Ne recommencez pas, sinon je ne réponds plus de mes actes. Nous avons assez perdu de temps, nous sommes ici pour visiter les lieux... »

Mais Gerald n'écoutait pas et dardait sur Emma un regard haineux.

« Vous ne vous en tirerez pas comme ça ! dit-il en grondant. Je vous aurai au tournant, petite garce...

— Soyez poli ! » l'interrompit Blackie en lui donnant une bourrade sur l'épaule.

Emma s'était levée et prenait calmement ses gants et son sac à main. Elle jeta à Gerald un regard froid :

« Veuillez nous laisser. Vous avez des choses urgentes à faire, comme d'aller enlever vos affaires du bureau. Je vous conseille également de commencer à préparer vos bagages. Si vous n'avez pas déguerpi d'ici une semaine, je vous ferai expulser. »

Gerald se leva, vacilla et dut s'accrocher au dossier du siège.

« Je vous préviens, je ne vais pas me laisser faire comme cela... » commença-t-il.

Blackie le prit par le bras et le poussa vers la porte :
« Vous entendez ce qu'on vous dit ? Allez faire vos
caisses, si vous ne voulez pas les retrouver dans la cour
de l'usine. Ce serait gênant vis-à-vis des ouvriers. »

Gerald se dégagea d'un geste furieux et partit en claquant si fort la porte qu'il en fit trembler les appliques.
Emma poussa un soupir de soulagement. Si bref qu'il
eût été, ce déploiement de violence l'avait mise mal à
l'aise.

« Encore un peu et il me faisait presque pitié, dit-elle
calmement.

— Viens, Emma, allons faire notre visite domici-
liaire. C'est bien pour cela que nous sommes ici, n'est-ce
pas ?

— Oui, entre autres choses... »

Blackie la regarda pensivement. Il comprenait, certes,
la vengeance d'Emma et les motifs qui l'y avaient poussée. Mais de quel prix payait-elle cette satisfaction illusoire ? Profondément marqué du mysticisme celte, Blackie voyait dans la vengeance une divinité maléfique,
prête à détruire le vengeur avec sa victime. N'aurait-il
pas mieux valu abandonner le maudit à son destin et
laisser Dieu le punir ?

Un éclat de rire d'Emma lui fit comprendre qu'il
avait, sans s'en rendre compte, pensé à haute voix.

« Je t'en prie, Blackie, ne viens pas me dire cela à
moi ! D'abord, tu sais que je ne crois pas en Dieu. Je
n'avais surtout pas le temps d'attendre son bon plaisir.

— Dis plutôt que tu ne voulais pas te priver de voir
la tête de Gerald Fairley quand il apprendrait que tu
avais été la cause de sa déchéance...

— C'est lui-même qui l'a provoquée, Blackie. Il m'a
épargné tout souci de ce côté-là. Et quand bien même ce
serait vrai, pourrais-tu me le reprocher ?

— Non, sans doute pas... »

Il s'interrompit et jeta un long regard pensif sur
Emma.

« Tu as gagné, Emma. Tu as obtenu ce que tu voulais.
Quel effet cela te fait-il ?

— Me croiras-tu ? Je suis heureuse, Blackie. Merveilleusement heureuse. Cela fait près de vingt ans que j'attends ce moment. Vingt ans! La vengeance est douce, tu sais. »

Blackie ne répondit pas. Il prit Emma aux épaules et la dévisagea longuement. A sa surprise et à son soulagement, il vit alors que le masque de dureté implacable qui, depuis tout à l'heure, défigurait Emma avait disparu. L'éclat métallique de ses yeux avait fait place à un pétillement de gaieté. Cette métamorphose lui parut presque plus inquiétante.

« Et Edwin? demanda-t-il malgré lui. Lui réserves-tu quelque tour, à lui aussi?

— Patience, tu verras. D'ailleurs, ajouta-t-elle avec un sourire, Edwin déteste son frère. Mais ne crois pas que ce qui arrive lui fera plaisir, au contraire. D'abord, à cause du scandale. Et puis, la ruine de Gerald affectera sérieusement les ressources d'Edwin, à qui son père avait légué une part d'intérêts dans les filatures. Et je ne parle même pas du château... Tout cela, tu vois, évanoui. En fumée! conclut-elle avec un geste expressif de la main.

— N'y a-t-il donc rien que tu ignores encore des Fairley?

— Rien, absolument rien. »

Blackie secoua la tête et soupira.

« Tu es une femme étonnante, Emma...

— Il m'arrive encore de m'étonner moi-même, figure-toi! dit-elle en riant. Allons! Comme tu l'as dit, nous sommes ici pour faire le tour du propriétaire. Viens, je te servirai de guide. En avant pour la visite du château! »

Ils sortirent de la bibliothèque, négligèrent les grands salons et traversèrent le hall d'entrée vers l'escalier. Le palier du premier étage était baigné de la lumière irréelle qui tombait des vitraux. Ils s'engagèrent dans les longs couloirs, où régnait toujours une vague odeur de cire et de poussière. Mais elle était rendue plus âpre par l'humidité qui imprégnait les murs. Les planchers craquaient sous leurs pas, le vent gémissait sous la toiture et à travers les fenêtres vermoulues. Au hasard des portes qu'ils poussaient, on ne voyait que les fantômes des meubles couverts de housses où s'amoncelait la poussière. Emma réprima un frisson, comme si elle sentait la maison rendre autour d'elle son dernier soupir.

Dans le couloir des chambres principales, Emma posa la main sur un bouton de porte en hésitant et se tourna vers Blackie :

« L'appartement d'Adèle Fairley... »

Elle dut se forcer à entrer. Des tourbillons de poussière se soulevèrent à son passage en dansant dans les rayons du soleil et il était manifeste que la pièce n'avait pas servi ni n'avait été entretenue depuis des années. Emma n'avait jamais aimé ce lieu mais, jeune, était éblouie par le luxe apparent des meubles et de certains bibelots. Maintenant qu'elle les revoyait avec l'œil du connaisseur, elle fit la grimace. Et c'était ici, dans ce cadre au luxe dérisoire, qu'avait vécu cette pauvre Adèle, enfermée dans son cauchemar, à l'écart des vivants, n'ayant pour seul secours que le goulot de son flacon en verre de Venise...

Emma avait très vite compris qu'Adèle était devenue alcoolique. Mais avait-elle vraiment été folle ? Cette question, qu'elle se posait souvent avec la même crainte en évoquant les dangers de l'hérédité, elle préféra la chasser de son esprit. Elle traversa le salon et poussa la porte de la chambre pour s'arrêter un instant près du grand lit à colonnes enveloppé de soie verte comme d'un suaire. Blackie était resté à côté et, dans le silence complet qui régnait, Emma eut soudain l'impression d'entendre le froissement du peignoir d'Adèle, sentit une bouffée de son parfum lui monter aux narines. Elle frissonna, s'en voulut et quitta précipitamment la chambre comme si elle prenait la fuite.

Blackie examinait soigneusement les objets et regardait autour de lui.

« Ce sont de belles pièces, bien proportionnées, dit-il. A condition de faire disparaître toutes ces horreurs, on pourrait en faire quelque chose... »

Emma passa ensuite les autres chambres en revue sans s'y attarder. Elle s'arrêta cependant un instant dans celle qu'avait occupée Olivia Wainright et sentit renaître le sentiment d'affection reconnaissante qu'elle avait éprouvé pour cette femme. Malgré sa haine pour les Fairley, Emma ne pouvait y englober Olivia qui avait été si bonne pour elle. La sympathie instinctive qu'elle avait inspirée à Emma venait-elle de sa ressemblance avec Elizabeth Harte? Pensive, Emma quitta la chambre. Il lui était impossible de répondre à cette question.

Son visage se durcit de nouveau en entrant dans l'ancienne chambre d'Adam Fairley. D'un coup, toute sa vie à Fairley Hall lui revint, les humiliations, le travail épuisant, les brimades de Gerald, les mauvais traitements de Murgatroyd... Non, elle ne regrettait rien de ce qu'elle leur avait fait. Sa vengeance valait largement ses soins et sa patience.

Durant toute la visite, Blackie n'avait cessé de parler joyeusement des rénovations qu'il se proposait de faire pour transformer le sinistre Fairley Hall en une élégante demeure digne d'Emma. Elle l'avait écouté sans rien dire, se contentant de hocher parfois la tête. Quand ils furent redescendus pour parcourir les pièces de réception, Emma s'arrêta soudain au milieu du grand salon et regarda autour d'elle.

« Pourquoi cette maison me faisait-elle si peur, Blackie?

— Ce n'était pas la maison, Emma, c'étaient ceux qui l'habitaient. Maintenant, ce ne sont plus que des fantômes et la maison n'est rien d'autre qu'une maison, qui ne fait de mal à personne.

— Peut-être... Sortons, c'est déprimant, ici, dit-elle en l'entraînant par le bras. Il fait d'ailleurs plus chaud dehors. »

Une fois sur la terrasse, qu'ils longèrent lentement, Emma observa pensivement la façade. Elle éprouvait la même répulsion que vingt ans auparavant. Cet édifice l'oppressait, comme le symbole d'un univers mort, d'une puissance évanouie, d'une classe et d'un système social impitoyables et qui l'avaient fait souffrir.

« Mon père l'appelait la « Folie Fairley », murmura-t-elle.

680

— C'en est bien une, en effet. »

Emma s'arrêta, regarda une dernière fois le château gris et triste qui l'écrasait de sa masse.

« Détruis-le, dit-elle froidement.

— Quoi ? Que veux-tu dire ?

— J'ai dit de le détruire. De le démolir pierre par pierre jusqu'à ce qu'il n'en reste plus une trace. Plus un pan de mur. Plus une dalle de la terrasse. Rien. »

Blackie la dévisagea un instant, effaré :

« Je croyais que tu voulais l'habiter !

— Franchement, je n'en ai jamais eu l'intention. La première fois que tu l'as vu, tu as dit toi-même que c'était une horreur. Il y a trop d'horreurs dans ce monde pour y laisser subsister celle-ci. Supprimons-la.

— Et les meubles ?

— Vends-les, donne-les, fais-en n'importe quoi mais je ne veux rien de ce qu'il y a là-dedans. Garde tout si cela te fait plaisir. Je te signale quand même que le bureau d'Adam Fairley a de la valeur », ajouta-t-elle avec un sourire.

Blackie se frottait le menton avec perplexité.

« As-tu bien réfléchi, Emma ? Tu l'as payée cher, cette bâtisse...

— C'est tout réfléchi, Blackie. »

Emma continua jusqu'au bout de la terrasse, trébucha sur l'une des marches qui descendaient au jardin et se retrouva à l'entrée de la roseraie.

Elle n'eut pas à fermer les yeux pour se revoir, sur le banc là-bas, tremblante de désespoir, quand Edwin l'avait froidement chassée de sa vie le jour où elle lui avait annoncé qu'elle était enceinte. La scène lui revint en mémoire aussi clairement, aussi douloureusement que si elle s'était déroulée la veille. Certaines répliques remontèrent à ses lèvres.

Elle se reprit, consciente du regard de Blackie.

« Tu feras raser cette roseraie, dit-elle avec une rage contenue. Je ne veux plus voir un bourgeon pousser ici. »

La nouvelle qu'Emma Harte, la fille du Grand Jack, était maintenant la propriétaire du château et de la filature provoqua un vif émoi au village. Il parut d'abord inconcevable aux habitants qu'une des leurs ait pu accomplir un tel tour de force. Mais il y eut ensuite une explosion de fierté à la pensée que les règles les mieux établies avaient pu être victorieusement défiées. On avait éprouvé du respect pour Adam Fairley. Mais Gerald était si unanimement détesté et méprisé que sa déconfiture apparut comme un juste châtiment.

Le lendemain de ce coup de tonnerre, les ménagères passèrent des heures à commenter l'événement par-dessus les haies qui séparaient leurs jardinets. Au Cheval-Blanc, l'unique pub local, il se vida d'innombrables chopes de bière au milieu des cris de joie. On se demandait toutefois, et non sans une certaine inquiétude, ce qu'il adviendrait de la filature et de ses travailleurs.

Emma attendit que Gerald eût débarrassé la région de sa présence pour faire son apparition. Deux jours plus tard, sa Rolls-Royce gris argent s'arrêta dans la cour de l'usine. Elle se rendit immédiatement dans le grand atelier où tout le personnel avait été convoqué. Avant de prendre la parole, Emma serra des mains et échangea quelques mots avec ceux qu'elle avait connus dans son enfance. Elle s'adressa ensuite aux visages anxieusement tournés vers elle.

Son allocution fut simple et brève. La déplorable gestion du précédent propriétaire avait entraîné le licenciement d'un certain nombre de travailleurs. Elle verserait désormais une retraite à ceux qui étaient trop âgés pour reprendre un emploi et une allocation aux chômeurs jusqu'à ce qu'ils retrouvent du travail. La réorganisation de la production allait entraîner de nouvelles compressions de personnel : elle accorderait donc une retraite anticipée à ceux qui feraient la demande et qui en avaient l'âge et proposerait aux plus jeunes du travail dans ses autres entreprises, s'ils consentaient à quitter Fairley. Enfin, pour assurer le redémarrage, elle allait étudier de nouvelles gammes de tissus qui, espérait-elle, permettraient de s'attaquer à certains marchés d'exportation.

« Avec un peu de chance et, surtout, avec votre coopération, j'espère être en mesure de surmonter les difficultés et de rendre cette filature à nouveau rentable et prospère, dit-elle en conclusion. Laissez-moi enfin vous redire que je n'ai pas l'intention de fermer l'usine et que vous n'avez donc pas lieu de vous inquiéter pour vos emplois. Je serais la dernière à vouloir que mon village natal soit réduit à la famine ! »

Ils lui firent une ovation. Un par un, leur casquette à la main, les ouvriers vinrent la saluer. On entendait de temps à autre fuser une exclamation : « Merci de nous avoir débarrassé le plancher du gros Gerald ! » ou encore : « Le Grand Jack peut être fier de sa gamine ! »

Enfin à l'issue d'une brève réunion de travail avec le directeur et les chefs d'atelier, Emma remonta dans sa Rolls-Royce et se fit conduire à Fairley Hall. Les équipes de Blackie O'Neill étaient déjà à l'ouvrage. Partout, des compagnons dressaient des échelles, commençaient à dégarnir les toitures, à démonter les fenêtres, à abattre les cheminées. Satisfaite, Emma donna à son chauffeur l'ordre de la ramener à Leeds.

Au début, on crut au village que ces travaux avaient pour but de restaurer le château. La population enthousiaste s'apprêta donc à faire à sa nouvelle châtelaine un accueil triomphal. Quelle ne fut donc pas la stupeur, puis la perplexité, quand on se rendit compte une semaine plus tard qu'il s'agissait bel et bien d'une démolition et que Fairley Hall disparaissait à vue d'œil. Que diable Emma Harte avait-elle donc en tête ? se demandait-on par-dessus les haies ou devant le comptoir du Cheval-Blanc.

Emma fit sa deuxième apparition à Fairley Hall vers le milieu de mai. Elle arpenta la terrasse, où subsistaient encore quelques dalles et contempla le vaste rectangle de terre nue qui s'étendait sous ses yeux, là où se dressaient les corps de logis, les écuries et les dépendances. Ses instructions avaient été suivies à la lettre. Il ne restait pas une pierre, pas une brique, pas un pavé. La roseraie n'était plus même un souvenir et Emma eut du mal à en deviner l'ancien emplacement.

A cet instant, elle se sentit soulevée par une vague de joie et de soulagement. Fairley Hall, théâtre des humiliations et des peines de sa jeunesse, n'était plus. C'était comme s'il n'avait jamais existé. Rien, dans ce lieu désert, ne pouvait plus la blesser en éveillant des souvenirs douloureux ou importuns. Elle avait enfin exorcisé ses démons. Elle était délivrée des Fairley.

Blackie vint la rejoindre quelques instants plus tard.

« Tu vois, *mavourneen*, l'horreur a disparu. Mais, pour ne rien te cacher, je suis dévoré de curiosité, comme tous les gens du village. Que comptes-tu faire du terrain ? »

Emma leva les yeux vers lui et dit avec un sourire apaisé :

« Je veux en faire un parc, Blackie. Un parc pour tous les gens du village de Fairley. Et je veux qu'il porte le nom de ma mère. »

42

Une semaine plus tard, environ, par une belle soirée, Emma descendit d'un taxi devant l'hôtel Savoy, à Londres. Elle traversa le hall à pas pressés en direction du bar et parcourut la salle des yeux. Frank l'attendait, assis à une table non loin de l'entrée. Il avait l'air pensif et contemplait son verre sans y toucher.

Emma s'approcha silencieusement de lui :

« Quoi que tu penses, dit-elle joyeusement, ce ne peut pas être aussi sérieux que cela ! »

Frank sursauta et sourit en la reconnaissant :

« Ah ! te voilà. Toujours plus ravissante, ma parole ! »

Il se leva galamment et lui avança une chaise. Emma s'assit, lissa d'imaginaires faux plis à sa robe, enleva ses gants.

« Toujours aussi adorable, mon cher petit frère ! »

Avant de répondre, Frank commanda la consomma-
tion d'Emma.

« Navré de t'avoir fait venir aussi loin, dit-il, mais il
faut que je retourne bientôt au journal.

— Alors, éclaire au plus vite ce mystère. Qu'as-tu de
si urgent à me dire ? A vrai dire, j'étais un peu inquiète
en t'entendant au téléphone, tout à l'heure.

— Il n'y avait quand même pas de quoi. Non, ce n'est
rien de grave mais je voulais te parler...

— Et de quoi ? insista Emma, agacée par les réticences de Frank.

— D'Arthur Ainsley.

— Arthur ? Seigneur, je ne vois vraiment pas ce
qu'on peut dire d'intéressant sur son compte !

— Eh bien... Winston et moi sommes très préoccupés
à ton sujet, Emma. Nous savons très bien que ton
mariage est un échec, que tu n'es pas heureuse... En
fait, nous nous demandons si tu ne devrais pas divorcer. J'ai promis à Winston de t'en parler.

— Divorcer ? s'écria Emma en riant. Pour quoi faire ?
Arthur ne me dérange pas.

— Il ne t'arrange pas non plus, tu le sais bien.
D'abord, il boit de plus en plus. Et puis, la manière
dont il se conduit avec...

— Les autres femmes, dit Emma en finissant la
phrase. Je suis parfaitement au courant, imagine-toi. Tu
n'as pas à faire d'efforts pour ménager ma
susceptibilité. »

Frank parut choqué :

« Et cela ne te fait rien ?

— Arthur m'intéresse si peu que je ne vois pas en
quoi ses faits et gestes me feraient quelque chose.

— Dans ce cas, pourquoi ne pas divorcer ?

— Pour les enfants, en grande partie...

— C'est absurde ! Edwina et Kit sont pensionnaires
et...

— Oui, mais les jumeaux vivent toujours à la maison. Ils ont besoin de leur père.

— Quel exemple peut bien leur donner Arthur ? Tu
appelles cela un père ? »

685

Le serveur qui venait apporter les consommations empêcha Emma de répondre.

Comme son silence se prolongeait, Frank insista :

« Pas de faux-fuyants, Emma ! Parle.

— C'est une présence près d'eux...

— Quand il est sobre, ce qui est de plus en plus rare ! »

Emma soupira et avala une longue gorgée de son gin fizz.

« C'est vrai, admit-elle. Mais je n'ai aucune envie de divorcer, malgré les bonnes raisons que tu me donnes. Quand les enfants auront grandi, nous en reparlerons peut-être. D'ici là... Arthur, au moins, ne se mêle pas de mes affaires.

— Tes affaires, encore elles ! Tu ne couches pas avec tes livres de comptes, que diable ! Ce n'est pas eux qui te réchauffent quand tu as froid, qui te tiennent compagnie quand tu es seule, qui t'aiment quand tu as besoin d'affection ! A ton âge, comment peux-tu supporter cette vie, toujours seule, sans homme, sans personne que tes employés pour...

— Je n'ai pas le temps de me sentir seule, l'interrompit Emma. Tu sais comment se passent mes journées. Allons, Frank, assez perdu de temps avec Arthur et ces histoires de divorce. Donne-moi plutôt des nouvelles de Nathalie et parle-moi de ta nouvelle maison de Hampstead. »

Frank se résigna à abandonner le fil de la conversation et se lança bientôt avec enthousiasme dans la description de la maison qu'il projetait d'acheter, du parfait amour qu'il filait avec Nathalie. Soudain, il vit Emma changer de couleur. Les yeux fixés sur la porte du bar, d'où l'on voyait une partie du hall d'entrée de l'hôtel, elle regardait deux hommes en train de parler près de la réception.

Frank la dévisagea d'un air mi-amusé, mi-inquiet.

« Que se passe-t-il ? » demanda-t-il d'un ton prudent.

Emma se tourna vers lui. Elle était livide.

« C'est Paul McGill, là... Oh ! grand dieu, non. Il vient par ici ! Frank, il faut que je m'en aille immédiatement. Y a-t-il une autre sortie ? Je ne veux pas qu'il me voie. »

Frank la retint par le bras alors qu'elle se levait déjà.

« Calme-toi, Emma, tout va bien. Reste donc. »

Elle darda sur son frère un regard furieux :

« Tu savais qu'il était à Londres ?

— Euh... oui.

— Tu n'aurais quand même pas... Tu as osé lui dire de venir nous rejoindre ? »

Frank baissa piteusement la tête et ne répondit pas.

« Tu... Tu l'as fait ? C'est inqualifiable ! Comment as-tu pu me faire une chose pareille, toi ?

— Allons, Emma, je t'en prie, reste, dit-il en la forçant une nouvelle fois à se rasseoir.

— Tous tes boniments sur Arthur, ce n'était qu'une ruse pour me faire venir et attendre, n'est-ce pas ? »

Devant la fureur de sa sœur, Frank reculait malgré lui.

« Non, Emma, je te jure que Winston et moi en parlons constamment et que nous avions décidé de tenter une intervention pour t'ouvrir les yeux. Quant à cette rencontre avec Paul, j'avoue l'avoir organisée.

— Mais que veux-tu que je fasse ? Que vais-je lui dire ? »

A mesure qu'elle voyait Paul se rapprocher, Emma passait de la colère au désarroi. Agitée, tour à tour pâlissant et rougissant, elle se croisait et se décroisait les jambes. Frank eut pitié d'elle et s'en voulut de ne l'avoir pas mieux préparée à ce choc.

« Ecoute, ressaisis-toi, tu en es parfaitement capable, lui dit-il d'un ton apaisant. Ensuite, vous allez boire un verre et bavarder comme les personnes civilisées que vous êtes, ou comme deux vieux amis qui se retrouvent et qui...

— Non ! J'en suis incapable. Tu ne comprends pas ? Je m'en vais. Il faut que je m'en aille ! »

Mais il était déjà trop tard pour battre en retraite. Paul était en train de gravir les marches du bar et, une seconde plus tard, s'arrêtait devant la table. Emma leva lentement les yeux vers lui et manqua défaillir.

« Bonjour, Emma, dit Paul en lui tendant la main.

— Bonjour, Paul. »

Elle lui avait machinalement serré la main. Mais elle avait la gorge si nouée qu'elle parvint à peine à articuler les mots. Le contact des doigts de Paul sur sa peau lui fit palpiter le cœur. Elle se sentit devenir cramoisie, se dégagea précipitamment et baissa les yeux pour fixer obstinément le napperon de papier placé sous son verre.

Pendant ce temps, Frank et Paul se saluaient comme de vieux amis tout à la joie de se revoir. Paul s'assit avec sa nonchalance coutumière, commanda un whisky-soda, alluma une cigarette et se tourna enfin vers Emma avec l'aisance de retrouvailles mondaines entre relations longuement perdues de vue.

« Cela fait plaisir de vous revoir, Emma. Toujours la même, à ce que je vois, encore plus jolie si c'est possible. Quant à votre magasin de Knightsbridge, permettez-moi de vous en féliciter, c'est une merveille. Vous pouvez en être fière. »

Emma garda les yeux baissés et rougit de plus belle.

« Merci, parvint-elle à balbutier.

— Et toi, mon vieux Frank, il faut que je te félicite de ton nouveau roman. Merci de m'en avoir envoyé un exemplaire, j'ai passé la moitié de la nuit à le lire.

— Je suis ravi qu'il te plaise, répondit Frank avec un sourire heureux. Je dois dire d'ailleurs qu'il a un beau succès de librairie.

— Amplement mérité. C'est un des meilleurs livres de ces dernières années. Ah ! voici mon scotch ! Eh bien, je lève mon verre à vos succès à tous deux et à ton prochain mariage, mon cher Frank. »

Emma était muette de stupeur, et n'en croyait pas ses oreilles. Frank et Paul se conduisaient comme de vieux amis qui se voient fréquemment. Elle n'aurait jamais cru son frère capable de dissimulation et de ruse, mais il fallait bien qu'elle se rende à l'évidence : il avait manifestement machiné ce guet-apens. Frank était d'ailleurs en train de dire en souriant :

« Je suis ravi que tu sois encore à Londres en juillet,

Paul. Tu pourrais venir à notre mariage. Nathalie aurait été navrée que tu ne te joignes pas à nous... »

Il vit du coin de l'œil les regards furieux que lui décochait Emma, affecta de ne rien remarquer et poursuivit, sans plus cacher son amusement :

« Au fait, merci de ton invitation à dîner pour cette semaine. Nathalie m'a chargé de te demander si vendredi te convenait.

— Avec plaisir, répondit Paul à qui le manège n'avait pas échappé. Seriez-vous libre pour vous joindre à nous, Emma ?

— Non, répondit-elle sans lever les yeux.

— Tu ferais mieux de vérifier ton carnet de rendez-vous, suggéra Frank avec un sourire.

— C'est inutile. Je sais parfaitement que j'ai un dîner prévu pour vendredi. »

Elle expédia à Frank un nouveau regard menaçant que celui-ci fit mine d'ignorer. Mais Paul reconnut l'expression butée qu'avait pris le visage d'Emma et comprit qu'il valait mieux ne pas insister. Il se tourna vers Frank et dit la première chose qui lui passa par la tête :

« Avez-vous déjà des projets pour votre voyage de noces ?

— Nous pensons aller dans le midi de la France mais, à vrai dire, nous n'avons encore rien décidé... »

Emma ne les écoutait déjà plus. Complètement désarçonnée par l'apparition inopinée de Paul McGill, elle aurait pu tuer son frère qui l'avait placée, de propos délibéré, dans une situation aussi pénible que ridicule. Elle ne savait que faire ni que dire. Le choc d'avoir revu Paul, d'entendre sa voix, de le sentir près d'elle la laissait pantelante. Elle ne parvenait pas à croire que c'était vraiment lui, là, à quelques centimètres, qui était en train de parler, de boire, de sourire comme s'il n'y avait jamais rien eu entre eux. Elle revivait avec une douloureuse intensité les moindres détails des derniers jours qu'ils avaient passés ensemble au Ritz. Elle se rappelait surtout les moments de désespoir qu'elle avait vécus, seule, ses regrets, ses désirs si souvent revenus la tenailler. Il lui fallait faire un réel effort pour résister à l'envie de tendre la main pour le toucher, s'assurer qu'il était bien là, en personne, et qu'il ne s'agissait pas d'un rêve. Elle se hasarda à couler un regard vers lui, puis un autre. Il était toujours aussi élégant, aussi plein d'aisance. Au début de février, il avait eu quarante ans et il n'avait pourtant pas changé depuis 1919, à l'exception de lignes presque imperceptibles autour des yeux et d'un hâle plus prononcé, dû au climat de l'Australie. Elle reconnut son rire, ce rire grave, profond, capable d'exprimer toutes les nuances de la gaieté, de l'ironie ou du sarcasme.

Une subite vague de colère la submergea. Comment osait-il reparaître ainsi et espérer, non, exiger, qu'elle le traite poliment après qu'il lui eut causé tant de souffrances ? Comment osait-il faire preuve d'une telle audace, d'une telle inconscience ? Pourquoi était-il imbu d'un sentiment aussi démesuré de sa supériorité, pourquoi ne faisait-il pas le moindre effort pour feindre la contrition ? La colère étouffa bientôt ses autres sentiments et Emma se crut prête à résister au charme dont il allait s'efforcer d'user pour l'anesthésier.

Elle entendit Frank dire au revoir, leva les yeux, le vit qui se levait. Il allait partir, la laisser seule avec Paul. Une terreur panique la paralysa un instant.

« Il faut que je parte ! » dit-elle en se levant d'un bond.

Elle ramassa maladroitement son sac et ses gants, se maudit de son manque de sang-froid.

« Restez, Emma. Restez un instant, je vous en prie, dit Paul à voix presque basse. Il faut absolument que je vous parle. »

Il hésitait, pris entre son désir impérieux de retenir Emma à tout prix et la crainte de la faire fuir en faisant preuve de trop d'insistance. Frank lui jeta un regard complice.

« Je suis terriblement en retard et je ne pourrais pas te raccompagner, Emma. Excuse-moi. »

Il l'embrassa et partit avec une telle hâte qu'elle n'eut pas même le temps de le suivre. Elle pâlit et se rassit, les genoux tremblants.

Avant de prendre la parole, Paul fit signe au serveur de renouveler leurs consommations. Quand elles furent apportées, il se pencha par-dessus la table et regarda Emma avec gravité.

« Il ne faut pas en vouloir à Frank, Emma. C'est moi qui l'ai poussé à vous attirer ici ce soir.

— Pourquoi, je vous prie? »

Elle avait suffisamment repris sur elle pour oser enfin le regarder en face et substituer la froideur à la colère et au désarroi. Paul réprima une grimace. Il savait que l'explication serait difficile et qu'il n'aurait pas trop de tout son pouvoir de persuasion pour la convaincre.

« J'avais désespérément besoin de vous voir et de vous parler.

— Désespérément! s'écria-t-elle avec un ricanement amer. Etrange façon de montrer son désespoir, que de ne pas donner signe de vie pendant des années!

— Je ne comprends que trop bien ce que vous devez ressentir, Emma. C'est pourtant la stricte vérité. J'ai vraiment été désespéré, pendant plus de quatre ans.

— Et c'est votre « désespoir » qui vous empêchait de m'écrire? »

Elle se mordit les lèvres, furieuse de sentir sa voix se briser malgré elle alors qu'elle voulait rester impassible.

« Je vous ai souvent écrit, Emma. Je vous ai même envoyé trois télégrammes », dit-il d'un ton égal.

Elle le dévisagea avec une incrédulité méprisante :

« Et toutes vos lettres ont été égarées par la poste? Et tous vos télégrammes se sont évanouis dans les airs? Allons, Paul, un peu de sérieux. Vous n'espérez quand même pas me faire avaler cela!

— Non, Emma mes lettres et mes télégrammes n'ont pas été égarés. Ils ont été volés. Tout comme les lettres que vous m'aviez écrites. »

Il avait parlé avec tant de sincérité apparente qu'Emma hésita avant de lancer :

« Volés, voyez-vous cela! Et par qui donc?

— Par ma secrétaire.

— Vous choisissez bien mal vos collaborateurs! dit Emma avec une ironie qui manquait de conviction. Pourquoi votre secrétaire aurait-elle fait cela? Cela me paraît une bien curieuse histoire!

— C'est une longue et pénible histoire, répondit Paul sérieusement. Et c'est précisément pour vous la raconter que je voulais vous voir. Me ferez-vous au moins la grâce de l'écouter? »

Emma hésita. Sa curiosité la poussait à rester, sa dignité à partir. Que risquait-elle, après tout, à écouter des balivernes auxquelles elle savait d'avance qu'elle ne croirait pas? Elle haussa les épaules.

« A votre aise... »

Paul avala une gorgée de whisky et se carra dans son fauteuil.

« Quand je suis rentré en Australie, en 1919, je voulais voir mon père, régler quelques affaires et revenir le plus vite possible près de vous. En fait, je trouvai en arrivant à Sydney une situation extrêmement embrouillée dont je vous parlerai plus tard si vous le voulez bien. Mais venons-en tout d'abord aux lettres. Il y a quelques années, mon père avait eu... des faiblesses, dirons-nous, pour une jeune employée de nos bureaux de Sydney dont, pendant mon absence, il avait fait sa secrétaire personnelle. Après ma démobilisation, mon père est tombé gravement malade et il a fallu que je prenne immédiatement la direction des affaires. J'ai donc tout naturellement hérité de la secrétaire, qui s'appelle Marion Reese, et je n'ai eu qu'à m'en louer. C'est elle qui m'a mis au courant des affaires, m'a aidé, guidé les premiers temps. J'en étais venu à compter énormément sur elle. Mes responsabilités étaient écrasantes et j'avais trop longtemps perdu le contact pour m'y jeter à l'aveuglette. Franchement, sans elle je ne m'en serais pas sorti. »

Paul s'interrompit pour allumer une cigarette. Emma n'avait pas bougé et conservait sa mine impénétrable.

« Dès avant la guerre, reprit-il, Marion faisait pratiquement partie de la famille. Mon père et elle n'avaient plus guère de rapports coupables, si je puis dire, mais il avait conservé pour elle de l'affection et de l'estime. Pour moi, elle avait été une sorte de sœur aînée, car elle avait quatre ans de plus que moi. C'est ainsi que, un soir où nous étions restés tard pour travailler, je l'ai emmenée dîner et je lui ai fait des confidences. Je lui ai parlé de vous, de mes projets d'avenir, de mon intention de vous épouser dès que j'aurais pu régler mes problèmes conjugaux. »

Paul eut un sourire mélancolique et hocha la tête d'un air désabusé. Emma restait de glace.

« Cela a constitué ma première et ma plus grossière erreur. Car il m'est arrivé plusieurs fois, par la suite, de me confier à Marion, surtout quand j'avais bu un verre de trop et que je me sentais trop triste. Naturellement, je ne pouvais pas encore me rendre compte de l'erreur que je commettais. Marion paraissait pleine de compréhension, elle me promettait de tout faire pour aplanir les difficultés, régler les affaires en cours et me permettre de reprendre le bateau pour Londres le plus tôt possible et d'y rester plusieurs mois d'affilée.

— Alors, en quoi était-ce une erreur ? demanda Emma en fronçant les sourcils.

— Tout simplement parce que Marion, comme je l'ignorais encore, était amoureuse de moi depuis longtemps. Il n'y avait pourtant jamais rien eu entre nous, je n'avais jamais rien fait d'équivoque ni qui puisse lui donner quelque espoir... Quoi qu'il en soit, elle ne voulait surtout pas me voir quitter l'Australie, encore moins pour aller rejoindre une autre femme. Pendant ce temps, je travaillais d'arrache-pied pour tout organiser et je vous écrivais régulièrement pour vous tenir au courant de tout cela, sans me douter bien entendu que ma dévouée secrétaire confisquait mes lettres au lieu de les mettre à la poste. Quand j'ai vu que, après votre première réponse, vous ne m'écriviez plus, j'ai d'abord été surpris, puis inquiet, à tel point que je vous ai expédié coup sur coup deux télégrammes vous suppliant de me dire au moins si vous étiez toujours en bonne santé. Ces télégrammes n'ont bien entendu pas été plus envoyés que les lettres qui les avaient précédés. En dépit de cet étrange silence, qui me semblait totalement incompréhensible, j'étais plus que jamais déterminé à vous revoir. Aussi ai-je pris le bateau pour l'Angleterre dès que j'ai pu me libérer quelques semaines. »

Emma ne pouvait plus se méprendre, tant la sincérité de Paul éclatait. L'incroyable histoire qu'il lui racontait ne pouvait être que vraie. Troublée, elle le regarda sans colère :

« Quand avez-vous fait ce voyage ? demanda-t-elle.

— A peu près un an après mon retour, au printemps 1920. Avant de partir, j'avais rédigé un télégramme pour annoncer mon arrivée et je l'avais, comme d'habitude, confié à Marion. Je vous y demandais de venir m'attendre au port, ce que vous n'avez pas fait pour la bonne raison que ce télégramme ne vous est jamais parvenu. A peine débarqué, j'ai téléphoné à Frank. Il m'a appris que vous étiez en voyage de noces... Vous aviez épousé Arthur Ainsley une semaine auparavant.

— Oh ! mon Dieu... »

Emma était complètement désemparée par ce qu'elle venait d'entendre. Le cœur battant, la tête bourdonnante, elle regardait Paul comme si elle le voyait pour la première fois.

« Oui, il ne s'en est fallu que d'une semaine, dit-il avec un sourire triste.

— Mais pourquoi ne pas être revenu plus tôt ? s'écria Emma. Pourquoi avoir attendu un an ?

— Il m'était impossible de me libérer, Emma. Mon père est tombé malade dès mon retour et il est mort huit mois plus tard. J'étais seul à m'occuper de lui, et il fallait reprendre les affaires en main...

— Je ne savais pas, Paul. Je suis désolée.

— Sa mort m'a fait beaucoup de peine et il n'était pas question de l'abandonner le derniers mois... J'espérais pouvoir retourner en Angleterre aussitôt après son enterrement. C'est alors que Constance, ma femme, précisa-t-il avec une moue, est tombée malade à son tour, ce qui m'a retardé. Elle était à peine remise que Howard a, lui aussi, eu de graves ennuis de santé. Howard est mon fils...

— Je le savais, Paul. Pourquoi ne m'en avoir rien dit ?

— J'aurais dû, Emma, c'est vrai. Mais il m'est difficile de parler de Howard. C'est un enfant qui a, comment dirais-je, des problèmes... »

Paul s'interrompit, soudain rembruni. Il détourna les yeux pour ne pas trahir le voile de tristesse qui y était soudain apparu et affecta de boire une gorgée de whisky.

« Il a donc fallu que je subisse tous ces retards avant de pouvoir enfin partir pour l'Angleterre, reprit-il.

— C'est à ce moment-là que vous avez revu Frank ?

— Ça n'a pas été sans mal. Frank ne voulait pas me voir et m'a fait comprendre qu'il ne me tenait pas en haute estime. Mais il a senti quel coup m'avait porté la nouvelle de votre mariage et il a fini par avoir pitié de moi, surtout quand je lui ai dit au téléphone que je n'avais pas cessé de vous écrire tout au long de cette année-là. C'est quand il m'a appris que vous n'aviez jamais reçu mes lettres et que, de votre côté, vous m'aviez écrit sans avoir de réponse que je me suis douté de quelque chose d'anormal.

— Comment avez-vous deviné que cette correspondance avait été subtilisée ?

— C'était la seule explication logique. Qu'une lettre s'égare, deux à la rigueur, c'est possible. Mais pas deux douzaines. Il fallait donc que quelqu'un les ait supprimées et il ne m'a pas fallu longtemps pour démasquer la coupable. Car Marion était la seule à s'occuper de mon courrier tant à Sydney qu'à l'élevage de Coonamble. »

Emma poussa un soupir.

« Dommage que vous n'ayez pas eu l'idée de les poster vous-même, dit-elle à mi-voix.

— C'est vrai, ma négligence est impardonnable. Mais je n'avais alors aucune raison de me méfier de Marion. Et j'étais écrasé de travail à ce moment-là. Je ne suis sans doute pas aussi doué que vous, Emma, pour organiser mon temps... »

Elle eut un sourire sans gaieté.

« Et comment a réagi votre chère secrétaire ? dit-elle.

— Elle a commencé par tout nier, bien entendu. Mais elle a finalement craqué et m'a avoué qu'elle avait fait cela pour nous forcer à rompre et m'empêcher de partir.

— Elle a assez bien réussi, murmura Emma, un pli amer autour de la bouche à la pensée des années gâchées qu'elle venait de vivre.

— Hélas ! oui. Jusqu'à un certain point... »

Paul sortit de sa poche une enveloppe qu'il tendit à Emma. Elle la prit d'un air interrogateur.

« Voici une lettre de ses avocats, dans laquelle ils reconnaissent sa culpabilité, sous réserve que je n'engagerai pas de poursuites contre elle, comme j'en aurais le droit, pour détournement de correspondance. J'ai fait rédiger ce document dans l'espoir que j'aurais un jour la possibilité de vous le montrer et vous prouver que je ne suis pas aussi abject que vous avez dû le penser... Ils m'ont également rendu mes lettres et les vôtres.

— Elle avait gardé toutes nos lettres ? s'écria Emma. Quelle curieuse idée !

— C'est le moins qu'on puisse dire. Lisez, Emma. Ce que je viens de vous raconter est si invraisemblable que vous seriez en droit de ne pas me croire sur parole. »

Emma ouvrit l'enveloppe en hésitant et jeta brièvement les yeux sur le document avant de le rendre à Paul avec un mince sourire.

« Je vous aurais cru même sans cela, Paul. Personne ne pouvait inventer une pareille histoire. Qu'est-il advenu de cette Marion Reese ?

— Je l'ai congédiée sur-le-champ et j'ignore où elle se trouve. »

Emma baissa les yeux et contempla ses mains comme pour y découvrir une inspiration. Elle releva finalement la tête et regarda Paul fixement :

« Pourquoi ne m'avoir pas attendue il y a quatre ans, pour me dire tout ce que vous venez de me raconter, Paul ?

Il eut un léger mouvement de surprise :

« A votre retour de voyage de noces ? N'était-ce pas

un peu tard, Emma ? Comment aurais-je pu venir briser votre mariage ? Vous ne m'auriez d'ailleurs sans doute pas cru. Je n'avais pas encore les preuves que j'ai acquises à mon retour à Sydney.

— Vous avez sans doute raison... Mais je m'étonne que Frank ne m'en ait jamais rien dit.

— Pour être honnête, il voulait que je reste à ce moment-là pour vous voir. Il a ensuite voulu vous en parler et c'est moi qui lui ai demandé de n'en rien faire. J'avais l'impression que ç'aurait été inutile et que je vous avais définitivement perdue... Sur le moment, la meilleure solution me semblait être de disparaître le plus discrètement et le plus complètement possible.

— Alors, pourquoi venez-vous me dire tout cela maintenant ?

— Dès le début, je voulais vous expliquer, me justifier. Le remords de vous avoir fait souffrir m'obsédait. A chacun de mes voyages à Londres, je voyais Frank qui me tenait au courant de ce que vous deveniez et, malgré mon envie folle de vous revoir, je m'en suis toujours abstenu. La semaine dernière, j'ai déjeuné avec Frank le lendemain de mon arrivée. Il m'a tout de suite appris que votre mariage allait de mal en pis, c'est pourquoi j'ai finalement décidé de vous revoir. C'est moi qui ai insisté auprès de Frank pour qu'il organise ce traquenard... »

Il se pencha en souriant, mais son regard était grave :

« Je me doute du choc que je vous ai causé, Emma, et je sais que je n'aurais jamais dû vous surprendre ainsi. Mais je ne voyais pas comment m'y prendre. Ne m'en veuillez pas trop, Emma. N'en veuillez surtout pas à Frank, il n'y est pour rien.

— Non, Paul, je n'en veux à personne et je suis contente que nous nous soyons revus. »

Elle baissa les yeux, réfléchit profondément pendant quelques instants. Quand elle releva la tête pour regarder Paul en face, il vit qu'elle avait les yeux humides.

« Quand je suis restée sans nouvelles de vous, dit-elle, j'en ai eu le cœur brisé. J'avoue que cela fait du bien d'apprendre la vérité, même si longtemps après...

Nous pouvons dire que nous avons été victimes des circonstances ou, plutôt, de la jalousie d'une femme, ajouta-t-elle avec un sourire amer. Nos vies auraient pu être si différentes, si elle ne s'en était pas mêlée ! Pourquoi les gens veulent-ils toujours jouer au Bon Dieu ?

— Une sorte de démence, sans doute... Me haïssez-vous encore, Emma ? »

Elle le regarda avec surprise :

« Moi, Paul ? Je ne vous ai jamais haï... Enfin cela m'est arrivé de temps en temps, quand je me laissais emporter par mes émotions et qu'il me fallait trouver un bouc émissaire. Vous ne pouvez pas me le reprocher...

— Je ne vous reproche rien, Emma. Au contraire... »

Il hésita, changea nerveusement de position, alluma une cigarette.

« Je me demandais si... Pouvons-nous au moins rester amis ? Maintenant qu'il n'y a plus de malentendu entre nous. Est-ce trop demander ? »

Emma baissa de nouveau les yeux. Comment pourrait-elle rester avec lui sur le seul plan de l'amitié ? Depuis tout à l'heure, elle n'était que trop sensible à son attrait. Allait-elle se jeter encore dans la gueule du loup, risquer d'être de nouveau déçue, de souffrir ?

« Oui, Paul, répondit-elle à regret. Si vous voulez.

— Je ne veux rien d'autre ! » répondit-il en souriant.

Le menton posé sur ses mains jointes, il dévisagea Emma longuement, avec une sorte de gourmandise. Elle était toujours aussi belle, plus encore peut-être. Depuis plus de quatre ans, le temps n'avait laissé aucune trace de son passage, à l'exception d'une ombre de tristesse qui lui voilait le regard quand elle n'y prenait pas garde. Il lui fallait faire un terrible effort pour ne pas céder à l'envie de la prendre dans ses bras et de l'embrasser avec passion. Mais il fallait, plus que jamais, faire preuve de la plus extrême prudence s'il ne voulait pas l'effaroucher et risquer de la perdre définitivement. Leurs rapports étaient encore fragiles, précaires, à la merci d'un mot de trop, d'un geste maladroit...

698

En la voyant consulter sa montre, Paul sentit son cœur manquer un temps.

« Emma, venez dîner avec moi ! dit-il très vite.

— Mais non, je ne peux pas...

— Pourquoi ? Vous avez déjà un rendez-vous ?

— Non, mais...

— Alors, dites oui, Emma, je vous en prie ! En souvenir du bon vieux temps, dit-il avec son sourire le plus engageant. Vous n'avez pas peur du passé, au moins ?

— Pourquoi aurais-je peur ? répondit-elle, sur la défensive.

— En effet, il n'y a aucune raison, je vous le garantis. »

Ils sourirent tous deux, la tension se dissipa. Paul reprit son aisance coutumière.

« Alors, c'est entendu. Où voudriez-vous aller ? »

Emma se sentit incapable de réagir et d'opposer un nouveau refus à une invitation qu'elle n'avait pas acceptée et qu'elle redoutait.

« Je ne sais pas...

— Il y a un vieux restaurant, en face de Covent Garden, dont on dit beaucoup de bien. Allons-y, d'accord ? »

Emma hocha la tête. Pendant que Paul réglait l'addition elle sentait son calme lui échapper pour ne plus revenir.

Ils en étaient à la moitié du dîner et bavardaient de choses et d'autres d'un ton insouciant quand Paul posa, sans transition, une question qui fit sursauter Emma :

« Pourquoi votre mariage ne marche-t-il pas ? »

Parce que je n'aime encore que toi, faillit-elle répondre.

« Parce qu'il doit y avoir une incompatibilité entre Arthur et moi, répondit-elle sans élever la voix.

— Comment est-il, cet Arthur ? demanda Paul en cédant plus à la jalousie qu'à la curiosité.

— Il est beau, plein de charme, de bonne famille. Il est malheureusement aussi sans caractère et plutôt fat. Le genre d'homme avec qui vous vous sentiriez peu d'affinités. »

Comme toi, mon amour, dit Paul en son fort intérieur. Il se força à éteindre son regard, où brillait de la colère, avant de poursuivre :

« Allez-vous demander le divorce ?

— Non, pas pour le moment. Et vous ? »

Emma se mordit les lèvres et regretta sa question aussitôt posée. Paul accusa le coup. Le front plissé de rides soucieuses, il se rembrunit, hésita :

« Je ne l'ai sans doute pas volé... Vous avez raison de me le demander, Emma. Cela fait des années que je veux le faire. Mais Constance me pose de graves problèmes... »

Il s'interrompit, le regard vague, se lissa machinalement la moustache, en proie à un trouble dont Emma ne comprenait pas la cause. Il reprit enfin, comme on se jette à l'eau :

« Constance est alcoolique. Elle s'était mise à boire bien avant la guerre et c'est ce qui a provoqué notre séparation. Elle est intoxiquée au point qu'on n'espère plus l'en sortir. Elle s'est enfuie de la clinique, où je l'avais fait entrer, peu après l'enterrement de mon père. Il m'a fallu cinq semaines pour la retrouver, dans un état de délabrement physique et mental effrayant. Voilà la raison de mon retard à retourner en Angleterre. J'ai si souvent essayé de lui redonner un peu de dignité que j'en suis profondément écœuré...

— C'est affreux, Paul... Est-elle toujours dans cette clinique ?

— Oui. Ils ont réussi à l'empêcher de boire mais elle est incapable désormais de vivre seule et je pense qu'elle restera hospitalisée toute sa vie. Comme, en plus, elle est catholique, cela vous explique les difficultés que je rencontre à divorcer. Je ne désespère cependant pas de retrouver un jour ma liberté. »

Paul s'interrompit pour boire une gorgée de vin, le front toujours creusé de plis soucieux.

« Pendant que j'y suis, Emma, autant vous parler aussi de Howard, mon fils. Howard est... retardé. Voilà ce que, tout à l'heure, je décrivais sous l'euphémisme de problèmes. »

700

Bouleversée par cet aveu, Emma ne put rien dire tant le visage de Paul semblait tout à coup ravagé. Des larmes de compassion lui vinrent aux yeux.

« Paul, Paul, murmura-t-elle, pourquoi ne m'en avoir rien dit ? Pourquoi ne pas partager un tel fardeau avec... »

Elle avait failli dire avec quelqu'un qu'on aime et s'interrompit à temps. Paul était trop abîmé dans ses pensées pour l'avoir remarqué.

« C'est vrai, Emma, j'aurais peut-être dû vous en parler plus tôt. Mais à vrai dire, j'avais honte de vous avouer la vérité, surtout quand j'ai fait la connaissance de vos enfants. Et puis... il m'est difficile de parler de Howard. Je l'aime, bien sûr, j'éprouve pour lui de la pitié, je me sens coupable de ce qu'il est, de ce qu'il souffre peut-être... Mais j'ai encore plus honte d'admettre qu'il m'arrive de le haïr. Je n'y peux rien, Emma, ne me méprisez pas.

— Je ne vous méprise pas, Paul. Il arrive que les parents d'enfants retardés croient ressentir de la haine, alors qu'il s'agit de frustration, de désespoir. C'est un sentiment parfaitement compréhensible. Pauvre Paul... »

Elle tendit la main d'un geste impulsif et la posa sur le bras de Paul. Il releva les yeux, lui fit un sourire de gratitude :

« Le désespoir, oui, il y a de cela. Il a douze ans, il est beau comme un ange. Mais il a l'esprit d'un enfant de quatre ans et il restera ainsi toute sa vie. Il y a de quoi être frustré, en effet... »

Paul se passa la main sur la figure, d'un geste las.

« Je l'ai installé à Coonamble avec un infirmier et des domestiques. Il est heureux, il joue. Je reste avec lui le plus que je peux quand je vais là-bas. Mais je ne crois pas qu'il s'aperçoive de ma présence ni même qu'il sache qui je suis... Pardonnez-moi, Emma, je n'avais pas l'intention de vous assommer avec mes problèmes. Je n'en ai d'ailleurs encore jamais parlé à personne. Merci de m'avoir écouté avec tant de patience.

— Ne me remerciez pas, Paul. Je sais que la vie est

parfois difficile. La mienne n'a pas été toujours plaisante. Mais il faut affronter l'adversité quand elle survient, ne jamais perdre courage ni confiance... Nous deux, nous avons de la chance, par rapport à tant d'autres, vous ne trouvez pas ? Nous avons la santé, notre travail. La fortune, ce qui n'est pas à dédaigner, ajouta-t-elle avec un sourire.

— C'est vrai, Emma. Et cela m'a fait du bien de parler de Constance et de Howard.

— A moi aussi », dit-elle avec une moue énigmatique.

Il lui jeta un coup d'œil curieux, sourit et remplit leurs verres avant de lever le sien :

« A notre nouvelle amitié, Emma ! Et parlons de choses plus réjouissantes, voulez-vous ?

— Bien volontiers ! Vous me parliez, tout à l'heure, de ces gisements de pétrole que vous venez d'acheter au Texas. J'ignore tout du pétrole et cela me passionnera de m'instruire... »

Après le dîner, Paul raccompagna Emma en taxi jusqu'à la petite maison qu'elle avait achetée à Wilton Mews derrière Belgrave Square. Ils s'embrassèrent sur les joues, elle le remercia de l'excellente soirée, ils se séparèrent enfin sur de vagues promesses de se revoir bientôt.

Mais quand, plus tard, Emma se retrouva seule dans son lit, elle fut incapable de trouver le sommeil. Le subit retour de Paul McGill dans sa vie était comme un ouragan qui balayait son précaire équilibre et posait infiniment plus de questions qu'il ne résolvait de problèmes. *Si* Paul n'était pas l'homme qu'il était, une Marion Reese ne se serait pas amourachée de lui au point de provoquer sciemment son malheur. *Si* Paul avait eu plus tôt l'idée d'écrire directement à Frank, *si* elle ne s'était pas bêtement précipitée, par un dépit puéril, dans les bras d'Arthur Ainsley... Que de *si*, que de questions inutiles !

La plus inutile de toutes, la plus insidieuse aussi, la plus dangereuse dans ses implications était de se demander si elle aimait toujours Paul et si elle était prête à succomber une fois de plus à sa séduction. Consciemment, Emma s'endormit en s'étant forcée à y répondre par la négative.

Au plus profond d'elle-même, elle n'en était pas si sûre.

43

Winston observa un instant le comportement de Paul et s'approcha de lui avec un sourire amusé :

« Ne vous occupez donc pas de cet imbécile, dit-il en lui donnant une tape amicale sur l'épaule. Il n'en vaut vraiment pas la peine. »

Paul détourna d'Arthur Ainsley son regard encore brillant de colère et de mépris.

« Avez-vous vu la manière dont il se conduit depuis le début de la réception ? Un ivrogne, aussi incapable de boire décemment que de se tenir avec les femmes... On dirait qu'il fait tout pour humilier Emma.

— C'est vrai. Elle a beau faire semblant de ne pas le remarquer, vous savez comme moi que rien ne lui échappe. J'ai hâte de voir Frank et Nathalie mariés la semaine prochaine, nous serons enfin débarrassés de ces réceptions et, du même coup, de l'intolérable Arthur Ainsley.

— Le répugnant personnage ! s'écria Paul. Je sais que les Anglais de son milieu affectionnent les manières efféminées, mais il exagère ! Je jurerais qu'il est homosexuel au dernier degré.

— Je me le demande depuis un bout de temps, dit Winston avec une grimace de dégoût. Depuis quelques mois, il évolue dans ce sens, sans cesser de courir après les femmes. Si seulement Emma n'avait pas fait la bêtise de se marier avec cet individu ! Nous avons tout tenté pour l'en empêcher, mais têtue comme elle est... Vous savez qu'elle ne l'a fait que par dépit. »

Paul baissa les yeux sur le verre qu'il tenait à la main.

« Je ne le sais que trop, Winston. Inutile de retourner le fer dans la plaie. »

Winston l'entraîna à l'écart, dans un coin du grand salon de Lionel Stewart, le père de Nathalie, chez qui avait lieu la réception. Les deux hommes avaient sympathisé dès leur première rencontre. Au cours de leurs longues conversations, car ils s'isolaient volontiers dans les réunions mondaines où ils se retrouvaient, cette amitié s'était renforcée. Ils s'étaient reconnus de la même trempe.

Dans l'embrasure d'une fenêtre, Winston se pencha vers Paul et lui parla sur le ton de la confidence.

« Frank m'a dit que vous revoyez beaucoup Emma, depuis quelque temps. J'en suis enchanté, Paul... »

Devant la mine stupéfaite de son interlocuteur, il poursuivit en souriant :

« Je sais, on me prend volontiers pour le grand frère rétrograde, du genre à défendre farouchement la vertu de son innocente petite sœur. Emma n'est pas innocente et vous êtes tous les deux assez grands pour vous débrouiller, bien que vos vies respectives me paraissent d'une incroyable complication. Mais c'est vous que cela regarde, et je vous donne ma bénédiction pour ce qu'elle vaut, c'est-à-dire peu de chose... Voyez-vous, Paul, reprit-il d'un air sérieux, Emma a besoin de vous. Vous êtes sans doute le seul qui soit capable de lui tenir tête, de l'empêcher de faire n'importe quoi. Elle a du charme et des qualités mais elle n'est pas facile à vivre et elle fait peur à presque tous les hommes. Pour être heureuse, il lui faut un homme plus fort qu'elle. Je crois que vous êtes celui-là. Me suis-je bien exprimé ? »

Touché de cette « bénédiction » inattendue, Paul sourit.

« Oui, mon vieux Winston, et je vous en remercie... Mais ce n'est pas à moi que vous devriez le dire ! Votre chère petite sœur ne veut pas bouger d'un pouce et j'aurais besoin d'un sérieux coup de main.

— Frank et moi nous tuons à le lui dire, avec autant de succès que si nous parlions à un mur... Je crois pouvoir vous dire que son inflexibilité vient de ce qu'elle vous croit toujours sur le point de repartir en Australie. Ce serait normal, après tout, vous avez vos intérêts là-bas.

— Je lui ai pourtant expliqué que je comptais rester, que je m'étais organisé pour tout diriger d'ici en retournant en Australie peut-être une ou deux fois par an, au plus. Elle fait la sourde oreille, au point que je n'ose même plus lui en parler.

— Vous êtes trop subtil, Paul, et c'est là votre erreur. Sans avoir votre expérience dans ce domaine, dit-il avec un sourire ironique, je connais assez les femmes pour savoir qu'il faut souvent les bousculer, les prendre par la main pour les emmener là où on veut.

— Emma n'est pas comme les autres...

— Pas possible ? s'écria Winston en éclatant de rire. Il n'empêche que vous devriez réfléchir à ce que je vous dis, Paul. Enfoncez-lui dans la tête que vous n'allez plus disparaître au premier courant d'air, elle finira par comprendre. »

Paul hocha la tête pensivement et regarda autour de lui. Emma était en train de parler avec Frank et Nathalie et les parents de celle-ci. Il faisait une chaleur accablante de juillet et la plupart des invités paraissaient en souffrir à l'exception d'Emma qui, par un de ses miracles coutumiers, semblait sortir d'une boîte. Fraîche, radieuse, d'une élégance irréprochable, elle éclipsait toutes les autres. Comment fait-elle, se dit Paul avec admiration, pour rester ainsi digne et calme après les avanies qu'Arthur lui a infligées depuis plus de deux heures ?

Surpris, il la vit soudain s'éloigner du petit groupe et traverser le salon comme si elle partait. Paul tendit précipitamment son verre à Winston :

« Gardez-le moi une minute, mon vieux. Je reviens. »

Il rattrapa Emma dans le vestibule et la prit par le bras avec autorité :

« Où allez-vous si vite ? Je croyais être le seul à savoir fuir lâchement !

— Mes pieds me trahissent ! répondit-elle en riant. J'ai pensé qu'il valait mieux m'éclipser discrètement pour ne pas donner le signal du départ. Il faut aussi que je passe par le magasin avant la fermeture... »

Et échapper le plus vite possible à son mufle de mari, se dit Paul.

« Alors, venez, dit-il. Je vais vous conduire. »

La voiture avançait lentement dans les embouteillages de ce samedi après-midi. Emma fit un effort pour bavarder mais tomba vite dans un silence maussade et Paul comprit qu'elle fulminait intérieurement. Les motifs n'en étaient guère difficiles à deviner. Arthur s'était couvert de ridicule et son inqualifiable conduite avait rejailli sur Emma qui, d'habitude, n'en avait cure. Cette fois, cependant, son mari avait dépassé la mesure et Emma était résolue à ne plus jamais se montrer en public avec lui. Elle était surtout mortifiée que cela se soit passé en présence de Paul.

Elle lui jeta un regard de côté mais ne put rien deviner de ce qu'il pensait. Depuis leurs retrouvailles, ils étaient régulièrement sortis ensemble à chacun des voyages d'Emma dans la capitale. Paul l'emmenait au restaurant, au théâtre, à des réceptions. Il était toujours courtois et plein de charme mais semblait étrangement détaché, comme s'il ne faisait qu'accomplir des devoirs mondains. Emma s'attendait à ce que, passé les premières soirées, il s'enhardisse et tente de la reconquérir. Etonnée et vaguement soulagée, elle constatait qu'il n'en était rien et se trouvait partagée entre le plaisir de le voir et la crainte de succomber à l'attirance qu'il exerçait toujours sur elle. Car si son mariage était un désert, elle avait réussi à organiser le reste de sa vie et redoutait d'y voir apporter de nouveaux bouleversements. Seul Paul était capable de faire voler en éclats la relative tranquillité d'esprit qu'elle avait si chèrement acquise. Emma ne voulait plus l'aimer pour ne plus risquer de souffrir. Mais elle était consciente de se priver d'un bonheur pour préserver une tranquillité qui, au fond, ne la satisfaisait pas.

L'absurdité de sa position la plongea dans un nouvel accès de mélancolie. Elle feignit de consulter sa montre et se tourna vers Paul en se forçant à sourire :

« Il est plus tard que je ne pensais et je n'arriverai jamais à temps au magasin. Déposez-moi plutôt à la maison, voulez-vous ?

— Comme vous voudrez. »

Il n'avait cessé de l'observer discrètement et la mine pensive d'Emma l'avait ému. Tout en conduisant, Paul s'efforçait de deviner les sentiments qu'Emma éprouvait pour lui. Quand ils sortaient ensemble, elle était toujours gaie, charmante mais distante, et il s'était résigné à penser qu'elle était devenue insensible à sa séduction. Il ne savait que trop combien son apparente trahison avait détruit la confiance qu'elle lui faisait naguère et il croyait la rassurer par un comportement irréprochable. Mais ses efforts restaient vains et la conversation avec Winston lui avait ouvert les yeux. N'avait-il pas emporté Emma de haute lutte, précisément, par la fougue de son offensive à la hussarde ? Cette technique, qui lui réussissait à coup sûr avec les autres, avait porté ses fruits avec Emma elle-même, au prix d'une apparente retraite. N'attendait-elle pas de lui qu'il prenne l'initiative, pour la décharger consciemment ou non du poids d'une décision paralysante ? Elle avait été trop blessée pour faire les premiers pas ou même encourager ceux de Paul. Par excès de prudence, il se condamnait à la défaite. D'ailleurs, il ne s'agissait plus d'une simple entreprise de séduction. Il était question de leur bonheur à tous deux, de leurs vies mêmes. Que lui était-il arrivé, à lui l'irrésistible don Juan, pour se montrer si timoré ?

En arrivant dans Belgrave Square, la décision s'imposa à lui. Il dépassa Wilton Mews, fit le tour de la place et repartit en direction de Mayfair.

Emma leva les yeux, plus étonnée qu'alarmée :

« Où allez-vous ? Je croyais que vous me rameniez à la maison ?

— C'est bien ce que je fais. A la mienne.

— Mais...

— Pas de mais, Emma ! » dit-il d'un ton sans réplique.

Elle se raidit, serra son sac à main contre sa poitrine. La protestation qui lui montait aux lèvres resta dans sa gorge soudain sèche et cette subite initiative de Paul la laissa sans réaction. C'était la première fois qu'il l'emmenait chez lui et la perspective d'être seule avec lui la terrifiait. Elle, qui n'avait peur de rien ni de personne, avait peur de Paul McGill! Elle, une adulte parfaitement capable de se défendre, avait peur d'un homme qui avait été son amant et qu'elle aimait avec passion! C'était non seulement ridicule, c'était puéril. Aurait-elle peur de prendre un risque qui n'en était pas un?

Paul avait l'air encore plus troublé qu'elle. Le visage figé, les muscles tendus, il serrait si fort le volant que ses jointures blanchissaient. En le voyant ainsi, Emma sentit son cœur battre plus vite. Elle n'était donc pas seule à redouter cette confrontation. Fallait-il y trouver un réconfort ou un motif d'inquiétude?

La voiture s'arrêta dans un crissement de pneus devant un immeuble de Berkeley Square. Paul alla ouvrir la portière d'Emma et la prit par le bras pour lui faire traverser le hall et monter dans l'ascenseur. Elle sentait ses doigts qui s'incrustaient dans sa chair mais elle aurait été incapable de se passer de ce soutien, tant ses jambes se dérobaient. Paul ne la lâcha pas, même après qu'ils furent entrés dans l'appartement. Il claqua la porte et tira violemment Emma pour la serrer contre lui. Alors, il leva sa voilette de sa main libre, la dévisagea un instant et écrasa ses lèvres contre les siennes. Emma tenta d'abord de se dégager, mais elle n'était pas de force à desserrer l'étreinte de Paul. Elle sentait trembler les bras qui la broyaient. Le cœur de Paul battait à tout rompre contre sa poitrine et se mêlait au tumulte du sien. Reprise par une faim qu'elle ne parvenait plus à tromper, elle entrouvrit les lèvres et s'abandonna à ce baiser si longtemps attendu, si passionnément désiré. Le corps soudé à celui de Paul, elle se laissait submerger par un flot de sensations qu'elle avait cru oubliées et qui revenaient l'assaillir avec une netteté et une force décuplée par une trop longue absence.

Cette étreinte dura une éternité, à peine interrompue de loin en loin par un regard, un souffle, un sursaut de désir exacerbé par l'attente. Emma sentait ses craintes s'évanouir, ses défenses se volatiliser. Elle était prête à se donner, elle ne voulait plus que céder au raz de marée de sa sensualité trop durement frustrée.

C'est alors que Paul s'arracha soudain à leur embrassement et la repoussa contre le mur en la tenant à bout de bras. Il approcha son visage de celui d'Emma et elle eut l'impression d'être brûlée par la flamme de son regard.

« Ose dire que tu ne m'aimes pas, chuchota-t-il. Ose dire que tu ne me désires pas... »

Ils haletaient tous deux. Avant qu'elle réponde, il reprit :

« Non, ne me dis rien, je le vois, je le sais. Viens. »

Il la lâcha et lui prit doucement la main pour la guider vers la chambre. Une fois là, il alla tirer les rideaux et la pièce fut plongée dans une pénombre fraîche. Emma resta immobile, les yeux fixés sur la silhouette de Paul, admirant la souplesse féline de sa démarche, la puissance virile qui émanait de lui. Sa présence l'enveloppait d'ondes de désir, de plaisir. De tout son cœur, de tout son corps, elle l'appelait.

Il revint vers elle. Il lui ôta son chapeau, qu'il jeta négligemment sur une chaise. Il fit lentement glisser ses gants. Il déboutonna sa robe de soie jaune, qui tomba à ses pieds comme une flaque de soleil. Sans cesser de la regarder en souriant, il finit de la dévêtir à gestes lents et doux. Quand il eut lui-même arraché ses vêtements, il la fit asseoir sur le lit, s'agenouilla devant elle, enfouit sa tête au creux de ses cuisses. D'un geste si familier qu'elle ne l'avait jamais oublié, Emma caressa ses cheveux drus, sa nuque, son dos où elle sentait les muscles rouler sous ses doigts.

« Je n'ai jamais cessé de penser à toi, murmura-t-il. Pas un jour où je ne t'ai désirée, où je n'ai eu besoin de ta présence, besoin de toi. Je n'ai jamais cessé de t'aimer.

— Je n'ai jamais cessé de t'aimer, Paul. Pas un jour où je ne t'ai désiré, où je n'ai pleuré d'être loin de toi. »

Un instant plus tard, ils étaient étendus l'un contre l'autre, dans les bras l'un de l'autre comme si le temps écoulé avait miraculeusement disparu. Les caresses intimes se refirent d'elles-mêmes, avec les mêmes gestes sûrs et tendres dont ils savaient faire monter leur désir en le retardant, pour mieux en accroître l'intensité.

Haletante, les yeux clos, le corps tendu comme une harpe, Emma avait encore assez de lucidité pour comprendre la nature unique du moment qu'elle vivait. Elle n'avait jamais aimé que Paul. Rien ni personne n'avait jamais compté autant que lui, ni ne compterait jamais davantage. S'il devait partir maintenant, si elle ne devait jamais le revoir, l'instant qu'ils partageaient valait largement des jours, des années de souffrance. Elle en garderait le souvenir ébloui jusqu'à son dernier souffle. Avec lui, et lui seul, elle avait connu cette extase. Lui, et lui seul, la comblait d'un tel sentiment de plénitude...

Quand il la prit enfin, incapables l'un et l'autre de retarder plus longtemps l'assouvissement d'un désir prêt à devenir douloureux, plus rien n'exista. Le passé redevint le présent, les souvenirs la réalité. La peine se transmua en bonheur, la tristesse en plaisir. Fondus l'un en l'autre, ils communièrent à cette source qu'ils avaient crue tarie. Naguère, ils croyaient s'aimer. Aujourd'hui, ils atteignaient l'impossible, le dépassaient, le sublimaient. Ils ne formaient plus qu'un en embrassant l'univers dans leur étreinte.

Longtemps plus tard, apaisés, épuisés mais incapable de se séparer, ils continuaient à se vivifier au contact de leurs corps nus.

« Jamais plus je ne te quitterai, Emma. Aussi longtemps que je vivrai, je ne me séparerai plus jamais de toi. Tu crains encore que je ne te fasse du mal, je le sais. Mais il ne faut pas avoir peur.

— Je n'ai plus peur, Paul. Je te crois et je sais que nous vivrons toujours ensemble. Et puis... »

Elle eut un sourire un peu triste.

« Te souviens-tu de ce texte que tu m'avais récité, avant de partir pour le front ? Il était d'Abélard à Héloïse, je crois. Ce qui est arrivé n'est arrivé que par ma faute. Tu me demandais d'avoir la foi. Si je l'avais

710

gardée, quand tu es parti en 1919, nous aurions tous deux évité bien des souffrances. Jamais plus je ne perdrai la foi, Paul. Désormais, je croirai toujours en toi. En notre amour. »

Il la serra plus fort contre lui, embrassa une mèche de ses cheveux.

« Le temps perdu peut se rattraper, dit-il avec un sourire confiant. Nous le rattraperons, Emma. Nous le rattraperons. »

44

Par une froide soirée de décembre, Emma referma en frissonnant la porte de sa grande maison des environs de Leeds. Elle enleva son manteau de zibeline, cadeau de Paul lors de leur voyage à New York l'hiver précédant, et traversa le hall d'un pas vif en pensant à lui. Elle voulait lui téléphoner tout de suite, avant d'être absorbée et retardée par des tâches domestiques, pour le prévenir qu'elle serait à Londres le lendemain.

Parvenue à la porte de la bibliothèque, elle s'arrêta sur le seuil, stupéfaite.

« Edwina ? Quelle surprise ! Je croyais que les vacances de Noël ne commençaient que la semaine prochaine.

— C'est exact. »

Assise sur un canapé, la jeune fille était pâle, les traits tirés. Elle avait répondu avec une sécheresse hargneuse qui n'échappa pas à Emma. Celle-ci s'approcha, voulut se pencher pour l'embrasser, mais Edwina détourna la tête. Emma s'assit en face de sa fille et l'observa attentivement.

« Qu'as-tu ma chérie ? Es-tu revenue en avance à la maison parce que tu étais malade ?

— Non, je suis ici parce que je voulais vous voir. Vous parler de ceci, dit-elle en jetant à Emma une enveloppe qu'elle venait de sortir de sa poche.

— Je ne sais pas ce qu'on t'apprend à ton pensionnat, gronda Emma, mais sûrement pas les bonnes manières ! »

Elle ramassa l'enveloppe tombée à ses pieds. Edwina la regardait avec hostilité.

« Inutile de l'ouvrir, c'est mon acte de naissance. Comme vous vous obstiniez à me le refuser, j'ai écrit moi-même pour en avoir la copie. Je comprends, maintenant, pourquoi vous me le cachiez ! »

L'enveloppe se mit à trembler dans la main d'Emma. Elle se sentit pâlir et fut incapable de répondre.

« Ne faites donc pas cette tête-là, mère ! C'est plutôt à moi d'être choquée. C'est moi qui suis une bâtarde ! »

Elle avait prononcé ce dernier mot sur un tel ton qu'Emma eut un mouvement de recul.

« Comment avez-vous pu me faire croire si longtemps que j'étais la fille de Joe Lowther ! Blackie O'Neill, votre cher vieil ami, parlons-en ! Toujours à vous suivre comme un toutou, sans même se dégoûter de vous avoir déjà vue avec deux maris... C'est du propre ! Vous me révoltez. Pendant des années, j'ai pleuré la mort de Joe et vous ne m'avez rien dit ! C'est pire que de la méchanceté, c'est de la cruauté !

— Cela aurait-il diminué ta peine que je te dise la vérité, Edwina ? répondit Emma d'une voix tremblante. Joe était vraiment ton père, dans le meilleur sens du terme. Il t'aimait autant, sinon davantage, que son propre fils. Tu l'aimais toi aussi et tu l'aurais autant pleuré en sachant la vérité. Si tu n'étais pas sa fille par le sang, il t'a considérée comme son enfant pour tout le reste et c'est ce qui compte.

— Vous ne m'avez menti que pour protéger votre précieuse réputation ! Menteuse ! Ma mère n'est qu'une menteuse ! »

Emma ne savait que répondre à ces accusations lancées par cette jeune fille de dix-huit ans dont elle était incapable de comprendre la colère. Elle ne savait comment calmer ou détourner ce torrent d'accusations.

« Quel nom dois-je porter dorénavant, ma très chère mère ? reprit Edwina. O'Neill ? Ou peut-être Harte ? Ai-je même un nom, vais-je encore découvrir d'autres mensonges ? De quel droit osez-vous me reprocher mes manières, vous qui me donnez l'exemple de la débauche et du mensonge ?

Emma sursauta, comme sous l'effet d'une gifle. Mais elle préféra ne pas relever les insultes qu'Edwina venait de lui jeter au visage.

« Tu t'appelles Lowther, Edwina. Joe t'a adoptée, tu es donc officiellement sa fille et tu portes son nom.

— C'est tout ce que je voulais savoir, dit Edwina en se levant. Rendez-moi ce papier, j'ai eu assez de mal à l'obtenir. Adieu, je m'en vais. »

Elle arracha l'enveloppe des mains d'Emma qui se leva à son tour et voulut la retenir par le bras.

« Ne me touchez pas ! hurla Edwina en se dégageant.

— Je t'en prie, Edwina, reviens et assieds-toi, dit Emma avec calme. Tu es en âge de discuter raisonnablement et de manière sensée. Je sais que tu es bouleversée, je sais ce que tu dois penser, mais donne-moi au moins une chance de t'expliquer, de te dire...

— Ce que vous avez à dire ne m'intéresse pas. Je pars.

— Où cela ? Où veux-tu aller ? Non, Edwina, dit Emma en tendant la main, l'air implorant. Ne pars pas, je t'en supplie. Parlons d'abord, laisse-moi t'expliquer, tu me pardonneras peut-être de t'avoir caché la vérité. Je ne l'ai fait que pour ton bien. Reviens, ma chérie. Reviens...

— Je vous ai déjà dit que cela ne m'intéresse pas. Je quitte cette maison pour ne plus y remettre les pieds, est-ce clair ?

— Mais... Où vas-tu aller ? »

Emma dut faire un effort pour ne pas pleurer. Edwina lui lança un regard froid.

« Je vais passer les fêtes de Noël chez la cousine Freda, à Ripon. Ensuite, je compte aller en Suisse, dans cette école où vous aviez refusé de m'envoyer. Veuillez faire le nécessaire pour mon inscription. Vous êtes assez riche pour tirer les ficelles qu'il faut, ajouta-t-elle avec un sourire de mépris, et me faire inscrire au milieu de l'année. Je compte également que vous réglerez les frais d'internat et que vous continuerez à me verser de l'argent de poche.

— T'ai-je jamais privée de quelque chose, Edwina ? Mais je t'en prie, ne pars pas comme cela. Parlons de...

— Je n'ai plus rien à vous dire. »

Edwina tourna le dos et traversa la pièce. Arrivée à la porte, elle s'arrêta, se retourna et darda sur sa mère un regard de ses yeux gris que la haine et le mépris rendaient froid comme un couperet.

« Je vous hais, déclara-t-elle posément. Aussi longtemps que je vivrai, je ne veux plus jamais vous revoir. »

Emma contempla longtemps la porte qu'Edwina avait fait claquer derrière elle. Elle finit par se laisser tomber dans un fauteuil et se cacha le visage dans les mains pour pleurer en silence. Depuis des années, elle s'était efforcée d'éviter l'horrible scène qui venait de se dérouler. Elle ne savait pas, elle n'avait jamais su comment prendre Edwina et redoutait de rompre les derniers liens, même ténus, les derniers soupçons d'affection qui l'unissaient encore à sa fille. Car Edwina, elle ne le savait que trop, n'avait jamais aimé Joe et Freda et les marques d'affection qu'Emma lui avait prodiguées, souvent avec maladresse, n'avaient jamais éveillé le moindre écho dans son cœur sec. Emma eut l'envie fugitive d'aller la retrouver dans sa chambre et de lui révéler le nom de son vrai père. Mais cela ne servirait à rien qu'aggraver un peu plus son désarroi et sa rancœur.

Un flot de souvenirs envahit son esprit. Ses luttes, ses sacrifices, tout cela avait-il été vain, inutile, nuisible ? Des années durant, Emma avait tout fait pour protéger sa fille. Contre qui, en fin de compte, et contre quoi ? Ce n'est pas des Fairley qu'elle avait eu à souffrir... Emma avait toujours cru faire de son mieux. Pourquoi avait-elle échouée ?

Elle essuya ses larmes, et son optimisme reprit le dessus. En ce moment, Edwina était encore sous le choc. Dans quelques semaines, quelques mois tout au plus, elle serait calmée et entendrait raison. Elles pourraient se réconcilier. Elle allait la persuader de revenir après Noël, avant de partir pour la Suisse. A ce moment-là, elles pourraient au moins conclure un armistice...

Ranimée par cette pensée, Emma monta vivement l'escalier, déjà souriante. Mais Edwina n'était nulle part. Stupéfaite, Emma resta plantée au milieu de sa chambre déserte, contemplant les armoires où ne pendaient plus que des cintres, les commodes aux tiroirs vides, les rayons de bibliothèque désertés, la coiffeuse où ne s'alignaient plus brosses et flacons. Prise d'un pressentiment, Emma alla à la fenêtre. La Rolls-Royce n'était plus devant la porte. Edwina avait sans doute ordonné au chauffeur de la conduire à la gare.

Le front appuyé à la vitre froide, Emma sentit alors son courage l'abandonner. Elle avait compris qu'il n'y aurait sans doute plus de réconciliation et qu'elle avait définitivement perdu sa fille. Pâle, les jambes flageolantes, elle alla dans sa chambre et tendit la main vers le téléphone pour appeler Blackie et le mettre au courant de ce qui s'était produit. Mais elle se souvint que Blackie était en Irlande jusqu'après les fêtes. Quant à Paul... Non, il ne fallait pas en parler à Paul. Pas encore.

Emma resta longtemps prostrée sur une chaise. Elle pensait moins à sa propre peine qu'à celle que sa fille était en train d'éprouver et qu'elle était impuissante à soulager. Elle se leva enfin, alla s'asperger le visage à l'eau froide dans la salle de bain, refit soigneusement son maquillage. Quand elle eut suffisamment repris sur elle pour être certaine que sa voix ne tremblait pas, elle retourna près du téléphone et appela Arthur à son étude.

« Comptes-tu rentrer dîner ce soir ? demanda-t-elle.

— Euh... non. Pourquoi ?

— Il faut que je te voie. C'est même urgent, car je compte partir pour Londres demain matin. Je n'en aurai pas pour longtemps, une demi-heure tout au plus. »

Arthur accepta de mauvaise grâce d'être là dans une vingtaine de minutes.

Quand il entra dans la bibliothèque, où Emma l'attendait, il leva les sourcils avec surprise.

« Mon Dieu, qu'as-tu donc ? demanda-t-il avec curiosité. Tu as une tête à faire peur. »

Emma se recomposa une expression impassible pendant qu'il allait se verser à boire. Arthur revint s'asseoir en face d'elle.

« Je suis tout oreilles, ma chère, dit-il avec un sourire ironique. Qu'as-tu de si urgent à me dire ?

— J'attends un enfant », dit Emma calmement.

Arthur était en train de porter son verre à ses lèvres et, pour la première fois sans doute, ne termina pas son geste. D'une main mal assurée, il le reposa sur la table basse, dévisagea Emma, les yeux écarquillés par l'incrédulité, et finit par éclater de rire.

« Oh ! non, c'est trop drôle ! Il y a donc sur terre un homme assez courageux ou assez inconscient pour coucher avec toi ! Qui est donc ce héros, que je le félicite ?

— Je ne t'ai pas appelé pour te le dire. J'avais simplement l'intention de t'apprendre que je suis enceinte de quatre mois, que je compte garder cet enfant et que tu le reconnaîtras quand il sera né. »

Arthur sursauta :

« Quoi ? Il n'est pas question que je reconnaisse un de tes bâtards ! Je préfère demander immédiatement le divorce.

— Je ne pense pas, Arthur, répondit Emma avec un sourire froid. Il ne me convient pas de divorcer pour le moment.

— Et si cela me convient, à moi ? »

Emma ne répondit pas. Elle alla déplacer une étagère qui dissimulait un petit coffre-fort, qu'elle ouvrit pour en sortir un dossier. Revenue s'asseoir en face d'Arthur, elle le regarda froidement.

« Ton père est un monsieur fort respectable, Arthur, et il a les idées strictes de sa génération. J'ai beau éprouver pour lui une sincère affection, je suis forcée de constater qu'il a l'esprit étroit et un tempérament coléreux, ce sur quoi tu seras d'accord, je pense. C'est pourquoi je ne doute pas un instant qu'il te déshérite-

716

rait jusqu'au dernier sou et sans la moindre hésitation si les documents que voici lui étaient mis sous les yeux... C'est exactement ce que j'ai l'intention de faire si tu persistes à vouloir demander un divorce maintenant ou à tenter quelque démarche inopportune. Lis donc, c'est fort intéressant... »

Elle tendit le dossier à Arthur, qui le prit en fronçant les sourcils.

« Ton père, reprit Emma, ne sera pas plus surpris que tout le Yorkshire et la moitié de Londres au récit de tes innombrables infidélités, de ton ivrognerie et de la passion que tu as depuis peu pour le jeu le plus crapuleux. Mais je crois qu'il sera choqué d'apprendre que son fils et unique héritier entretient des rapports que je qualifierai de coupables, pour être polie, avec de beaux jeunes gens d'une moralité infiniment plus douteuse que leurs penchants sexuels. »

Arthur l'avait écoutée en silence, mais il était devenu blême.

« C'est un mensonge! hurla-t-il. Un ignoble mensonge!

— Non, Arthur. Vois-tu, je te fais surveiller depuis plusieurs années déjà. Je n'ignore rien de ta vie privée ni de tes débauches que tu crois secrètes mais qui, je le déplore, font trop souvent scandale.

— C'est faux! dit-il en s'étranglant. Tu bluffes.

— Lis donc, tu le verras bien. »

Il baissa les yeux sur le dossier, qu'il feuilleta rapidement en changeant de couleur. Alors, après avoir jeté à Emma un regard de défi, il se mit à en déchirer posément les feuilles qu'il jetait l'une après l'autre dans la cheminée. Emma le regarda faire sans rien dire.

Quand il eut terminé, elle éclata de rire.

« Tu es comique, mon pauvre Arthur! Tu t'es donné tout ce mal pour détruire des copies. Me croyais-tu donc assez bête pour ne pas en avoir conservé les originaux?

— C'est un chantage éhonté!

— C'est bien possible. Il n'empêche que ce dossier sera remis à ton père.

— Il sera ravi quand il apprendra ton adultère!

— Je supporte les tiens depuis des années. Ne joins pas la bêtise au mauvais goût et à la mauvaise foi, je te prie. »

Temporairement accablé, Arthur eut le réflexe de vider son verre d'un trait. Cela ne le réconforta pas. Tremblant, le visage couleur de cendre, il dévisageait Emma avec haine.

« Sale garce! murmura-t-il entre ses dents. Tu as gagné cette manche, mais pas la partie, tu verras... »

Toujours impassible, Emma soutenait son regard. Arthur hésitait. Il se leva enfin et traversa la pièce à grandes enjambées. Arrivé à la porte, il s'arrêta, la main sur la poignée, se retourna pour faire face à Emma.

« Je te hais! dit-il d'une voix de fausset. Je te hais et je ne veux plus jamais te revoir. »

Emma resta un moment immobile, les yeux fixés sur la porte qu'il venait de claquer derrière lui.

Cela faisait la deuxième fois de la soirée qu'on lui disait les mêmes mots au même endroit.

45

Le dos rond, les mains dans les poches, Paul McGill arpentait nerveusement le salon d'Emma. Il s'arrêta un instant à la fenêtre, regarda distraitement Wilton Mews où ne passait qu'un gros chat. Le grondement de Londres ne venait pas troubler le calme de la petite rue, où les arbres dénudés d'un jardin tendaient leur branches noires.

Paul se retourna enfin pour regarder Emma.

« Je ne te comprends pas, dit-il. Pourquoi n'as-tu pas demandé le divorce? Nous étions pourtant d'accord pour que tu reprennes ta liberté. Pourquoi attendre? Est-ce parce que Constance me refuse le divorce? Est-ce parce que tu n'as toujours pas confiance en moi, parce que tu crains que je ne te quitte? Explique-moi tes raisons!

— Arrête de tourner en rond et viens t'asseoir près de moi, calmement. »

Quand Paul l'eut rejointe, Emma lui prit la main.

« J'ai entièrement confiance en toi, Paul, et ma décision n'a rien à voir avec ta propre situation. Je sais que tu t'efforces toujours de la régulariser, comme je sais que je me séparerai d'Arthur. Mais pas avant la naissance du bébé. Je veux que cet enfant ait un nom, Paul, comprends-tu? Je me refuse absolument à ce que sa naissance illégitime figure à son état civil. »

Paul sursauta:

« Tu veux que mon enfant porte le nom d'Ainsley? Non, Emma, je ne le tolérerai pas! »

Emma eut un mouvement de surprise. C'était la première fois que Paul lui parlait aussi durement. Tout en comprenant les motifs de sa révolte, il fallait qu'elle lui fasse partager ses raisons à elle. Elle reprit d'un ton persuasif:

« Il ne suffit pas de penser à nous, Paul. Il faut avant tout penser à cet enfant qui...

— C'est précisément à lui que je m'intéresse! l'interrompit-il avec impatience. Je veux pouvoir lui donner ma protection, mon affection, tout ce que je possède. Je me refuse à ce qu'il grandisse sans me connaître! Est-ce trop demander que de vouloir élever cet enfant plutôt que de le laisser vivre sous le toit d'un Ainsley? Tu sais pourtant ce que je pense de cet individu...

— Je le sais encore mieux que toi, Paul. Notre enfant ne vivra jamais chez Arthur. Il sera élevé à Londres, avec toi, avec nous. Mais il faut aussi le protéger du monde et ne pas lui faire porter toute sa vie le poids de l'illégitimité.

— J'ai assez d'argent pour le protéger de ce genre de choses, Emma! dit Paul avec un claquement de langue impatient. Je t'ai dit par ailleurs que je comptais l'adopter immédiatement après sa naissance. C'est pourquoi je veux être inscrit comme son père sur les registres d'état civil. Je le veux, Emma! »

« — Et moi, je m'y refuse absolument! » s'écria-t-elle.

Il distingua sur son visage les traces d'une souffrance qu'il n'avait encore jamais vue. Soudain déconcerté, Paul prit la main d'Emma qu'il porta à ses lèvres avec un regard à la fois tendre et interrogateur.

Emma le dévisagea intensément, encore hésitante. A la fin, elle prit une profonde inspiration et commença à parler. Elle lui dit tout, depuis sa scène de la veille avec Edwina. Elle remonta le cours du temps en dépeignant son enfance dans la chaumière de Fairley, son adolescence désespérée au château. Elle lui parla d'Edwin, de son premier amour terminé dans le naufrage de ses illusions et sa fuite angoissée à Leeds. Elle lui décrivit sa vie laborieuse, ses luttes, ses privations, son travail incessant pour amasser sou par sou le dérisoire capital qui devait la sauver. Elle parla de la tentative de viol et des menaces de Gerald Fairley, et de la vengeance qu'elle en avait tiré. Elle ne laissa dans l'ombre aucun détail, déroula sans passion ni regret, sans l'embellir ni le noircir, le cours de son existence. Simplement, objectivement, sans s'apitoyer, elle fit à Paul l'inventaire émouvant de tout ce qui peut se glisser dans l'espace d'une vie.

Paul l'avait écoutée en silence, captivé, bouleversé comme il ne l'avait encore jamais été. Quand elle eut terminé, il la prit dans ses bras, la serra contre lui avec une tendresse protectrice, un amour encore plus profond s'il se pouvait. Longuement, incapable de rien dire, il lui caressa les cheveux.

« Qui est assez fou pour croire ce monde civilisé? murmura-t-il enfin à son oreille. Emma, mon amour, laisse-moi te donner ce que tu n'as jamais eu, te guérir des peines que personne n'a soignées... »

Il la sentit trembler contre lui, l'écarta pour la regarder dans les yeux :

« Pourquoi ne m'avoir rien dit plus tôt! Croyais-tu que ton passé changeait l'amour que j'avais pour toi? Tu me connais bien mal... Savoir que tu as subi tant d'épreuves, surmonté tant d'adversités, bâti ta vie avec tant de courage te rend encore plus irremplaçable!

— Je n'ai jamais cherché à te cacher ma vie, Paul. L'occasion ne s'en était pas encore présentée, voilà tout! Comprends-tu, maintenant, pourquoi je ne veux pas encore divorcer? Je ne peux plus supporter l'idée qu'un de mes enfants, le nôtre surtout, puisse un jour me jeter au visage les reproches qu'Edwina m'a faits hier soir. »

Paul hocha la tête sans répondre.

Leur enfant, une fille, naquit au début de mai 1925 dans une clinique de Londres. Paul arpenta nerveusement la salle d'attente, comme tous les pères. Il serra dans ses bras une Emma encore dolente et pleura de joie. S'il fit inscrire le nom d'Ainsley sur le certificat de naissance, il choisit le prénom de Daisy, qui avait été celui de sa mère.

Le lendemain, il arriva dans la chambre d'Emma, le visage épanoui et les bras pleins de fleurs. Il s'assit sur le lit, embrassa Emma. Ils se regardèrent longuement, trop émus pour parler.

Finalement, sous le regard ébahi d'Emma, Paul lui prit la main, en ôta l'alliance et alla la jeter par la fenêtre. Toujours sans un mot, il sortit de sa poche un anneau de platine qu'il glissa à l'annulaire de la jeune femme. Il prit ensuite un écrin où se trouvait une autre bague. C'était une émeraude d'une taille et d'un éclat uniques, qui appartenait à sa famille depuis plusieurs générations et que sa mère et sa grand-mère avaient portée.

Quand il l'eut passée au doigt d'Emma, il sourit comme un enfant :

« Voilà! La cérémonie manquait peut-être de solennité et de la présence du clergé, mais elle a la même valeur à mes yeux. Tu es désormais ma femme, Emma. Et rien jusqu'à la mort ne pourra nous séparer. »

Depuis son installation en Angleterre, en 1923, Paul McGill affichait constamment ses sentiments envers Emma. Il n'avait pas honte de laisser voir qu'il était passionnément amoureux d'elle, et cet amour imprimait sa marque sur toutes ses actions. Cette passion s'intensifia encore avec la naissance de leur fille : Emma et l'enfant devinrent le pivot autour duquel tourna sa vie entière, et sa seule raison d'être. Leur existence influençait jusqu'à la manière dont Paul menait ses affaires. Les déceptions, les revers, les craintes qu'il avait pu connaître furent balayés au profit d'un espoir indéfectible en l'avenir. Il n'importait guère à Paul que Daisy ne portât pas son nom. Elle n'en était pas moins son enfant, son sang. C'est par elle qu'allait se perpétuer la lignée fondée par son grand-père, capitaine au long cours écossais établi à Coonamble en 1852.

Aussi, en dépit des obstacles que dressaient les complications de leurs vies conjugales respectives, Paul entendait ne plus se séparer de ces deux êtres qui comptaient pour lui plus que tout. Au début de l'automne 1925, il fit l'acquisition au nom d'Emma d'un hôtel particulier de Belgrave Square qu'il fit aménager de façon singulière. Au rez-de-chaussée, il se garda un petit appartement de célibataire. Les trois étages supérieurs, luxueusement installés, furent réservés à Emma, Daisy et au personnel. En apparence, la maison comportait deux parties nettement séparées, chacune dotée de son entrée. En fait, elles communiquaient par un ascenseur dissimulé dans l'épaisseur des murs.

Ils vivaient donc ensemble, mais dans la plus grande discrétion. Car Emma répugnait à afficher trop ouvertement leur liaison, à cause de ses enfants. Paul ne se privait pas de la taquiner sur cette dichotomie de son caractère, sans aller jusqu'à la taxer d'hypocrisie. Intrépide en affaires, montrant le plus souverain mépris pour l'opinion d'autrui, elle se montrait en effet étrangement timorée en ce qui concernait les racontars que pourrait provoquer sa vie privée. « Quand je serai divorcée, cela n'aura plus aucune importance », disait-elle quand Paul la poussait dans ses retranchements. Il se contentait de sourire avec indulgence, car il comprenait que les réticences d'Emma dans ce domaine avaient leurs racines dans les préjugés tenaces hérités de son enfance.

Ce divorce, dont on parlait tant sans plus guère y croire, survint en fin de compte plus tôt qu'on ne s'y attendait. Au mois de juin 1925, un mois après la naissance de Daisy, Paul avait accordé à Emma la satisfaction de la faire baptiser à Leeds — formalité jugée indispensable par Emma pour assurer la légitimité de la naissance. Paul avait toutefois insisté pour être présent et s'était rendu dans le Yorkshire en compagnie de Frank et Nathalie. En tant que vieil ami de la famille, sa présence était assez naturelle pour ne pas faire jaser. Les choses voulurent qu'elle passât inaperçue. Quelques jours avant le baptême, en effet, la mère d'Arthur Ainsley était morte subitement. Survenant si peu de temps après les obsèques, le baptême se déroula donc sans faste. Encore sous le coup de leur deuil, Frederick Ainsley et son fils Arthur ne prêtèrent aucune attention aux faits et gestes des invités et Arthur, en tout cas, se désintéressa totalement de cette cérémonie où il savait n'avoir aucune part. Daisy avait donc été baptisée et regagna Londres dès le lendemain avec sa mère. Moins de six mois plus tard, âgé et affaibli, Frederick Ainsley rejoignait son épouse dans la tombe et léguait à son fils le Patrimoine familial. C'est alors qu'Arthur, dans un accès imprévu de galanterie dont on ne le croyait pas capable, consentit à accorder le divorce à Emma en prenant à sa charge tous les torts. Les frères et les proches d'Emma en restèrent stupéfaits. Emma garda son calme : elle avait discrètement provoqué le geste « chevaleresque » de son ex-mari au prix d'un généreux cadeau de vingt mille livres...

Dès que le jugement fut signifié, Emma tint parole et modifia sa vie du tout au tout. Elle fit venir les jumeaux, Robin et Elizabeth, pour vivre avec elle à Londres sans qu'Arthur, comme elle s'en doutait, songeât à élever la moindre protestation. Emma avait ainsi fait coup double. Elle était enfin débarrassée de l'insupportable présence de son mari. Elle soustrayait ses enfants à sa déplorable influence.

Toujours pensionnaire, Kit vint désormais passer toutes ses vacances scolaires avec sa mère et ne cacha jamais qu'il approuvait sans réserve sa liaison avec Paul, pour qui il éprouvait une sincère admiration. Le jeune garçon ne versa pas non plus de larmes sur la soudaine disparition de son beau-père, avec qui il ne s'était jamais entendu. Quant à Emma, fait sans précédent, elle consentit à réorganiser sa vie professionnelle de manière à passer la plus grande partie de son temps à Londres. Elle nomma Winston directeur général des magasins et des filatures du Yorkshire, qu'elle se contentait de superviser depuis son quartier général installé dans son grand magasin de Knightsbridge. Elle n'allait désormais à Leeds qu'une fois par mois, parfois moins souvent encore, pour régler avec Winston les affaires les plus importantes.

Paul et Emma continuaient cependant à observer une certaine prudence dans leurs rapports, pour ne pas choquer inutilement les enfants. Mais, à mesure que le temps passait, personne ne songea plus à s'étonner de leur singulière cohabitation, ni même de l'étrange maisonnée d'Emma où vivaient en bonne intelligence des enfants tous nés de pères différents. Dès le début, Paul avait pris en main son rôle de chef de famille et s'y était affirmé. Sa fermeté et sa bonté lui permettaient de le tenir sans contestation et les enfants éprouvaient pour lui une véritable affection. Ainsi, Emma finit par oublier graduellement ses inquiétudes. Avec patience, Paul lui faisait comprendre que leur fortune, qui les plaçait au-dessus des conventions qui régissent le commun des mortels, les rendait quasi invulnérables à la médisance et à la censure de la société. Elle finissait par l'admettre et vivait désormais sans plus apporter de restrictions à son bonheur.

Ainsi libérés des dernières contraintes, Paul et Emma étaient inséparables. Paul la couvrait de bijoux, de toilettes et de fourrures. Il recevait somptueusement, Emma à ses côtés. On les voyait partout, au théâtre, à l'opéra, dans les dîners et les bals. Ils fréquentaient la meilleure société britannique et internationale qui, en cette époque brillante, se pressait à Londres et leur faisait fête comme aux meilleurs d'elle-même. Paul ne faisait plus un voyage, d'affaires ou de plaisir, sans emmener Emma. Elle l'accompagnait régulièrement à New York et au Texas, où ses affaires pétrolières se développaient, et alla même plusieurs fois avec lui en Australie, à l'occasion des voyages qu'il y faisait annuellement.

Fidèle à sa promesse, Paul s'efforçait sans trève de se libérer de son mariage. Mais Constance s'obstinait à lui refuser le divorce et c'était là la seule ombre à son bonheur. Il avait légalement adopté Daisy et pris ses dispositions pour que la mère et la fille soient définitivement à l'abri du besoin. Mais ce n'était pour lui qu'un pis-aller, car il aurait désespérément souhaité épouser Emma et mettre de l'ordre dans sa vie de manière définitive. C'était Emma, curieusement, qui manifestait le plus de calme à ce sujet et qui, sûre désormais de la fidélité de Paul, ne cessait de le réconforter en lui répétant que les choses s'arrangeraient tôt ou tard. L'ironie de ce renversement d'attitudes ne lui échappait pas et elle parvenait à l'en faire rire.

La vie d'Emma aurait été sans nuage si elle avait réussi à se réconcilier avec Edwina. Mais celle-ci se refusait obstinément à tout rapprochement. Les seuls rapports entre la mère et la fille passaient par l'intermédiaire de Winston, qui se chargeait de veiller à l'entretien d'Edwina pour le compte d'Emma. La jeune fille était restée deux ans en Suisse avant de s'installer dans un appartement à Mayfair où elle menait une vie mondaine dans un tourbillon de fêtes et de sorties. Elle profitait de tous les avantages de la fortune de sa mère à qui elle refusait tout autre privilège, sans pour autant se priver d'en éblouir les riches oisifs dont elle faisait sa compagnie exclusive. Emma n'avait pas voulu restreindre les dépenses folles d'Edwina et lui garantissait une rente annuelle qui aurait fait l'aisance d'une famille entière. Elle espérait toujours ramener Edwina au sein de sa famille, mais se montrait assez avisée pour ne plus lui faire d'ouvertures de paix. Le premier pas, s'il devait y en avoir un, devait être le fait de la jeune fille elle-même et avoir été motivé par son propre désir de réconciliation.

Ainsi, à l'exception de ce nuage qui l'assombrissait, la vie d'Emma était heureuse, illuminée de l'amour de Paul et de celui non moins intense qu'elle lui vouait. En grandissant, Daisy lui réservait des joies de plus en plus vives et Emma s'avouait parfois qu'elle aimait sa dernière-née davantage que les autres. Car Daisy était véritablement l'enfant de l'amour, la seule qu'elle ait conçue et portée avec une joie sans arrière-pensée. Il existait entre la mère et la fille une intimité qu'Emma n'avait connue avec aucun de ses autres enfants et que renforçait le temps. Daisy lui était chère, aussi, par sa ressemblance frappante avec Paul. De son père, qui l'adorait sans la gâter, elle prenait instinctivement des attitudes ou des intonations qui faisaient battre le cœur d'Emma. Gaie, vive, pleine d'affection envers tous ceux qui l'approchaient, Daisy avait également pris à sa mère ce qu'elle avait de meilleur. Pour Paul et Emma, l'enfant était un continuel émerveillement.

Quand Daisy eut cinq ans, Paul l'emmena avec Emma en Australie. Après avoir passé une semaine à Sydney, ils allèrent séjourner un mois à Coonamble, où vivait toujours Howard. Avec une surprise attendrie, Emma et Paul furent témoins de l'entente qui s'établit d'emblée entre la petite fille et son demi-frère. Daisy, en effet, communiquait avec lui comme personne n'y était jamais parvenu. L'affection qu'elle lui portait, le besoin qu'Howard avait de sa présence touchèrent leurs parents, au point que Paul ne voulut plus priver son fils de la joie que Daisy mettait dans sa vie et emmena celle-ci dorénavant tous les ans à Coonamble.

Les années passèrent, si vite qu'Emma en perdait le compte. Elle voyait les enfants grandir et quitter la maison de Belgrave Square où, hier encore semblait-il, ils jouaient avec insouciance. Kit était devenu un beau jeune homme et faisait ses études à l'université de Leeds. Les jumeaux étaient partis au pensionnat en se plaignant amèrement d'être séparés pour la première fois de leur vie. Emma en éprouva elle-même un vif chagrin. Car si Daisy était la préférée de tous ses enfants, Robin était incontestablement celui de ses fils qu'elle aimait le mieux. Il n'avait hérité aucun des défauts de son père et ressemblait physiquement à Winston. C'était un jeune garçon plein de vie, à l'intelligence pénétrante, doué d'humour. Il se révéla excellent élève et Emma se consola de ses longues absences, pendant l'années scolaire, en fondant sur lui de grands espoirs pour l'avenir.

Elizabeth, sa sœur jumelle, avait également beaucoup plus pris aux Harte qu'aux Ainsley. Il arrivait parfois qu'Emma, en la surprenant dans certaines attitudes, réprime un cri tant elle voyait de ressemblance avec sa propre mère. Dès son plus jeune âge, Elizabeth avait toujours été ravissante. Son visage aux traits fins et expressifs était comme nimbé d'une opulente chevelure noire. Elle avait un charme naturel dont elle savait user, parfois abuser. Emma avait malheureusement remarqué, au fil des ans, quelques traits de caractère qui l'inquiétaient. Elizabeth trahissait parfois un naturel violent qu'elle ne savait pas maîtriser et Paul était d'accord avec elle pour convenir que la discipline du pensionnat saurait seule mater ce tempérament rebelle.

Plus vite encore que sa famille, les affaires d'Emma n'avaient fait que croître. Le magasin de Knightsbridge était connu dans le monde entier, tandis que ceux du nord de l'Angleterre se contentaient plus modestement d'une flatteuse réputation dans tout le pays. Les filatures, sagement gérées, prospéraient à un rythme moins soutenu, cependant, que les usines de confection des vêtements Kallinski, où se fabriquaient toujours les robes *Lady Hamilton*. Mais c'était du côté de *M.R.M. Ltd*, désormais rebaptisée *Harte Enterprises,* que se trouvait la source de la véritable puissance d'Emma. Le holding s'était sans cesse enrichi de nouvelles prises de participation qui s'étendaient maintenant au monde entier. En suivant ses propres intuitions, en écoutant les conseils expérimentés que Paul lui prodiguait, Emma avait si sagement investi qu'elle avait triplé sa fortune — ainsi d'ailleurs que celle de ses frères qui lui en avaient confié la gestion. A quarante-six ans, Emma était plusieurs fois millionnaire en livres sterling. Elle était devenue une puissance financière avec qui il fallait compter à Londres comme sur les principales places européennes et même mondiales.

Le bonheur de sa vie de famille avec Paul, la conduite absorbante de ses affaires n'avaient pas affaibli l'intérêt que portait Emma à la famille Fairley. Après sa ruine, consommée en 1923, Gerald avait liquidé les dernières miettes de sa fortune et mené une existence misérable dépendant exclusivement des subsides de son frère Edwin. Il était mort en 1926, consumé par les excès auxquels il s'était toujours adonné, et sans laisser de regrets derrière lui. Le regard froid d'Emma se posait désormais sur le seul Edwin, dont elle suivait attentivement la carrière. Elle aurait éprouvé une grande joie à le voir échouer, mais cette satisfaction lui était refusée. Edwin s'était acquis une réputation flatteuse d'avocat pénal et l'on parlait déjà de lui pour un poste de Conseiller de la Couronne. Tout en résidant à Londres, où il avait son cabinet, il n'avait pas rompu tous ses liens avec le Yorkshire. Il se rendait régulièrement à Leeds où il s'occupait attentivement de la *Yorkshire Morning Gazette*, dont il était le président et l'actionnaire majoritaire, selon les désirs d'Adam, son père, qui avait occupé les mêmes fonctions avec le même dévouement.

Il ne manquait plus à Emma que d'acquérir ce journal pour être pleinement satisfaite et elle était résolue à mettre tout en œuvre pour arriver à ses fins. Winston, Blackie, Frank lui-même avaient beau lui répéter qu'elle en avait assez fait aux Fairley pour considérer sa vengeance comme assouvie, Emma refusait d'en démordre. Il restait ce dernier bastion Fairley dans le Yorkshire et, si modeste fût-il, il fallait qu'elle l'emporte.

Peu à peu, avec un luxe de précautions, Emma fit procéder à l'acquisition des actions du journal qui se trouvaient à vendre et attendit le moment de porter l'estocade. Elle savait que le journal s'il jouissait d'une assez large diffusion, bouclait difficilement son budget et tournait parfois à perte. Mais Edwin réussissait à le maintenir à flot et, au vif dépit d'Emma, ne se dessaisissait d'aucune de ses actions pour faire rentrer des capitaux frais. Emma avait beau détenir une forte minorité, elle ne pouvait toujours rien contre lui. Elle devait donc se contenter encore de rêver au jour où elle pourrait enfin chasser Edwin. Ce jour-là, et ce jour-là seulement, sa vengeance serait complète.

Un jour de l'été 1935, durant une de leurs réunions quotidiennes, Winston apprit à Emma qu'il venait de recevoir une offre permettant de prendre le contrôle du *Sheffield Star.* Le visage d'Emma s'éclaira d'un sourire de joie. Une semaine plus tard, elle réalisait une opération similaire en devenant propriétaire du *Yorkshire Morning Observer* concurrent direct de la *Gazette,* qui rencontrait de grandes difficultés.

« Nous tenons notre cheval de Troie contre Edwin Fairley! s'écria-t-elle. Puisque je n'arrive pas à m'introduire dans son conseil d'administration, pénétrons, en force, dans son domaine. Avec ces deux journaux et les quelques autres que nous allons bien trouver, il faudra désormais qu'il compte avec la concurrence! »

Avec enthousiasme, Emma et Winston esquissèrent le plan de campagne. Il fallait de l'argent frais. Emma en avait. Une direction énergique, Emma n'avait qu'à puiser dans les rangs de ses collaborateurs. De la publicité, Emma n'aurait pas de peine à faire négocier des contrats. Enfin, et surtout, une équipe rédactionnelle de valeur, et Frank était parfaitement bien placé pour recommander des journalistes compétents. Il ne restait plus qu'à nommer cette nouvelle branche de *Harte Enterprises,* ce qui fut fait sur-le-champ. Avec la *Yorkshire Consolidated Newspaper Co Ltd,* Emma prenait pied dans le monde de la presse et se dotait d'une arme redoutable contre Edwin Fairley.

Depuis quelques instants, Winston arpentait pensivement la pièce. Il s'approcha d'une fenêtre et regarda dehors. Leur conversation avait lieu, ce jour-là, dans le petit salon au premier étage de Pennistone, une grande demeure à allure de château qu'Emma avait achetée près de trois ans auparavant non loin de Ripon. La maison était ancienne, de lignes simples et belles. Sous le soleil éclatant de ce dimanche d'août, le jardin était particulièrement beau. Les gazons de haies taillées, les massifs de fleurs formaient un ensemble à la fois somptueux et plein d'intimité, comme les jardins anglais savent seuls le faire. On entendait le choc assourdi de balles de tennis, indiquant que Paul se livrait à son sport favori, et Winston se demanda comment il avait le courage de jouer par une telle chaleur.

Son sourire le quitta vite, car il était porteur d'une nouvelle qu'il ne savait comment présenter à Emma. Il réfléchit encore et se dit que le mieux était sans doute de la lui apprendre sans détours.

Il se retourna et vit qu'Emma le regardait, intriguée par son long silence. Winston prit un ton dégagé :

« Au fait, j'ai eu Edwina au téléphone, hier. Elle se marie.

— Edwina se marie ? s'écria-t-elle en sursautant. Avec qui ?

— Jeremy Standish.

— Le comte de Dunvale ? Impossible !

— Si, Emma. Le mariage doit avoir lieu dans quinze jours, en Irlande bien entendu, dans son château de Clonloughlin.

— Winston, tu plaisantes ! s'écria Emma. Il est infiniment plus âgé qu'elle ! Ce mariage est ridicule, voyons !

— Qu'y pouvons-nous, Emma ? Edwina a vingt-neuf ans, elle devrait être assez grande pour savoir ce qu'elle fait. En outre, si tu veux mon avis, ce mariage lui mettra peut-être dans la tête le plomb dont elle a grand besoin... Standish a une grosse fortune, ce qui n'est pas non plus à dédaigner... »

L'énoncé de cette dernière qualité du futur fit faire à Emma un geste désinvolte. Il en fallait davantage pour l'impressionner.

« Je suppose qu'elle n'invite personne de la famille ? demanda Emma.

— Non, en effet. Sauf moi... répondit Winston en

hésitant. Elle m'a demandé de la conduire à l'autel.

— J'en suis ravie, Winston! s'écria Emma, l'air sincèrement heureux. Au moins, cela prouve qu'elle t'aime et ta présence représentera dignement la famille. Elle n'a... elle n'a pas parlé de moi ?

— Non, Emma... »

Il y eut un bref silence. Emma détourna les yeux.

« Je vais lui envoyer un beau cadeau, tu m'aideras à le choisir, n'est-ce pas ? »

Elle avait parlé très vite, pour changer le sujet d'une conversation qui devenait pénible. Quelques instants plus tard, elle avait recommencé à parler affaires, au vif soulagement de son frère.

Quand Winston revint d'Irlande, Emma lui posa mille questions sur Edwina, son mari et la cérémonie. Winston y répondit de son mieux et calma comme il put les craintes que ressentait Emma à la pensée de voir sa fille mariée à un homme de vingt ans son aîné. Selon toutes les apparences, Edwina rayonnait de bonheur, sans toutefois que l'on puisse savoir si c'était parce qu'elle se retrouvait comtesse de Dunvale, et membre désormais d'une des plus vieilles familles d'Irlande, ou parce qu'elle aimait son mari. Celui-ci, de son côté, semblait avoir une passion pour Edwina et la sincérité des sentiments de l'époux était sûrement moins sujette à caution que celle de la nouvelle comtesse.

Un an plus tard, l'union porta ses fruits et Emma se trouva grand-mère pour la première fois. Edwina donna naissance à un fils qui fut baptisé Anthony George Michael et qui, en qualité d'aîné, eut droit au titre de Lord Standish en attendant d'hériter la couronne comtale de son père. Emma écrivit à sa fille une lettre de félicitations accompagnée d'un cadeau royal. Elle reçut, en retour, une note de remerciements aussi froide qu'elle était courte, mais où Emma vit un nouvel espoir de réconciliation avec Edwina. Kit, de son côté, ne se gêna pas pour exprimer son scepticisme. Vexé de n'avoir pas été invité à l'aristocratique mariage de sa sœur, il en prit prétexte pour la bombarder de remarques désobligeantes sur le peu d'égards qu'elle avait pour sa famille, sur son snobisme et autres défauts qu'il clamait à tout venant à la première occasion. Excédé de l'entendre, Paul en arriva à lui interdire de parler de sa sœur en présence de sa mère. Car Paul comprenait le prix qu'attachait Emma à ce dernier espoir de ne pas perdre sa fille aînée et, bien que sans illusion lui-même, refusait de l'en priver.

Emma finit par se résigner et affecta d'oublier Edwina. Sa vie était plus prenante que jamais et, à l'exception de cette douloureuse épine enfoncée dans son flanc, elle n'avait autour d'elle que des sujets de satisfaction. Kit travaillait dans les filatures où il s'initiait aux affaires. Robin, qui terminait sa dernière année de collège, se préparait à entrer à Cambridge pour y faire des études de droit. Elizabeth, aussi mondaine de tempérament que sa sœur Edwina, était en Suisse. Le jour arriva enfin où Daisy, à son tour, s'apprêta à quitter la maison pour aller au pensionnat. Pour la première fois, Emma et Paul se retrouvèrent seuls dans la grande maison de Belgrave Square.

« Ma pauvre chérie, dit Paul en souriant, j'ai bien peur que tu ne sois désormais condamnée à ma seule compagnie.

— Ne dis pas cela, Paul! Bien sûr, les enfants me manquent, et surtout Daisy. Mais je suis heureuse que nous ayons enfin un peu de temps à nous deux.

— Un peu de temps? Enormément, veux-tu dire! Des années et des années devant nous... Je ne sais pas ce que tu en penses, mais la perspective de vieillir avec toi ne me déplaît pas du tout », lui dit-il avec un sourire attendri.

On était dans les premiers jours de septembre 1938. Et tandis qu'elle était assise dans le confort douillet de sa bibliothèque, que les derniers rayons du soleil baignaient d'ombres dorées, Emma ne pouvait rien imaginer qui puisse compromettre son bonheur et sa sécurité. Paul et elle s'aimaient comme au premier jour. Ils étaient en paix avec eux-mêmes et le monde qui les entourait. Ils discutèrent longuement de leurs projets d'avenir, des prochaines vacances de Noël à Pennistone, de leur voyage aux Etats-Unis après le Jour de l'An. Puis ils allèrent dîner chez Quaglino, un restaurant italien à la mode, et s'y conduisirent en jeunes mariés, se tenant par la main et riant aux éclats sous les regards amusés des dîneurs. Ce fut l'une des soirées les plus gaies, les plus insouciantes qu'ils aient passées depuis des mois.

Pourtant, l'ombre du nazisme ne cessait de s'allonger sur l'Europe. Depuis sa prise du pouvoir, cinq ans auparavant, Hitler lançait ses troupes fanatisées à l'assaut des pays voisins. On savait que la guerre devenait inévitable. Ce n'était plus qu'une question de temps.

46

« Une guerre dans le Pacifique me semble aussi inévitable que celle qui va éclater en Europe, dit Paul McGill. Les faits sont ce qu'ils sont et le Japon s'est industrialisé au même rythme que l'Allemagne. Les deux pays ont les mêmes ambitions impérialistes. L'Amérique ferait bien de se préparer, Dan, car l'Europe, hélas ne l'est guère.

Daniel P. Nelson hocha la tête pensivement. Il était l'un des hommes les plus puissants des Etats-Unis, héritier d'une énorme fortune édifiée par son illustre grand-père, avec des méthodes jugées depuis discutables.

« Je partage votre opinion, Paul, répondit-il. Je l'ai exprimée pas plus tard que la semaine dernière au Président. Roosevelt n'est pas aussi aveugle qu'on veut bien le dire. Mais le pays se remet encore mal de la dépression et il est normal de porter plus d'attention aux problèmes intérieurs. Savez-vous qu'il y a encore dix millions de chômeurs ?

— Je sais. Mais je sais aussi, et c'est ce qui m'inquiète, que le Congrès en est toujours à la mentalité qui prévalait, il y a quelques années, au moment du vote de la loi de neutralité. Ce serait du suicide. Les Etats-Unis ne peuvent pas rester neutres dans un conflit mondial.

— Roosevelt fera peut-être contrepoids, car il n'est pas foncièrement partisan de l'isolationnisme et se rend compte que la chute de l'Europe entraînerait à terme celle de l'Amérique... Mais assez parlé de choses aussi déprimantes devant Emma !

— Je suis concernée comme tout le monde par les événements actuels, Dan, dit Emma avec gravité. Mon frère est journaliste politique, à Londres et il nous a toujours dit que Hitler était un illuminé, prêt à tout pour assurer son empire sur le monde. Malheureusement, comme son ami Winston Churchill, mon frère Frank prêche dans le désert. Quand donc le monde ouvrira-t-il les yeux ?

— La perspective d'une nouvelle guerre mondiale est trop effrayante pour que les gens veuillent la voir, ma chère amie. L'opinion publique a toujours eu de la méfiance pour les Cassandre et préfère s'enfouir la tête dans le sable. C'est plus commode. »

Paul fit à Emma un discret signe de la tête et elle comprit qu'il voulait parler affaires avec Dan Nelson.

« Je vous quitte, messieurs, dit-elle en souriant. Vous me monopolisez depuis trop longtemps et je néglige mes autres invités à cause de vous. »

Elle s'éloigna sous le regard admiratif de Dan Nelson et les deux hommes allèrent s'enfermer dans le petit salon.

Tandis qu'elle passait de groupe en groupe, Emma ne pouvait chasser de son esprit les pensées déprimantes que cette conversation avait ravivées. La foule élégante rassemblée dans son luxueux appartement de la Cinquième Avenue, à New York, affectait la gaieté et l'insouciance. Mais il était manifeste que tout le monde pensait aux menaces de guerre qui se précisaient de jour en jour. En ce 3 février 1939, les esprits avertis rendaient compte que la capitulation de Munich, quelques mois auparavant, n'avait pas sauvé la paix, bien au contraire. Ce matin même, Emma avait reçu une longue lettre de Frank, pleine de prédictions pessimistes. Selon lui, la guerre éclaterait avant la fin de l'année et Emma savait que son frère, particulièrement bien informé, ne parlait pas à la légère.

La pensée de ses fils lui causa un serrement de cœur, car ils étaient tous deux en âge d'être mobilisés. Allait-il encore y avoir une génération entière sacrifiée au monstre de la guerre? Malgré la chaleur qui régnait dans la pièce, Emma frissonna. Elle revit trop clairement Joe et Blackie partant pour la Grande Guerre, Winston mutilé. Ces vingt dernières années n'avaient donc été qu'un armistice au milieu d'un conflit permanent? Quand donc cette horreur cesserait-elle?

Paul revenait au grand salon et Emma le contempla avec admiration. Il était, et de loin, le plus beau de tous les hommes présents. La réception était donnée en l'honneur de son cinquante-neuvième anniversaire et il était encore aussi jeune d'allure que vingt ans auparavant. Dans sa chevelure noire, que le temps n'avait pas raréfiée, quelques mèches argentées ajoutaient à sa séduction. Le regard de ses yeux bleus était toujours aussi vif et si ses paupières étaient marquées de quelques rides, le reste de son visage en était toujours dépourvu. Dans son habit, qui soulignait sa silhouette athlétique, il irradiait la puissance et la sûreté de soi.

Il l'aperçut et, de loin, lui fit un clin d'œil complice. Emma se sentit presque rougir. Elle allait avoir cinquante ans en avril et cela faisait vingt et un ans qu'elle connaissait Paul, seize ans qu'elle vivait avec lui. Les seize années les plus extraordinaires de sa vie, les plus enrichissantes, les plus totalement heureuses. Elles avaient connu des nuages, certes. Par moments, Paul pouvait se montrer aussi autoritaire et inflexible qu'elle-même et leurs personnalités s'étaient déjà heurtées avec fracas. Mais Emma avait volontiers cédé à l'autorité masculine de Paul, tandis qu'il avait toujours eu la sagesse de ne pas se mêler des affaires d'Emma, où elle régnait sans partage. Emma savait aussi que Paul, à l'occasion de ses voyages, avait du mal à ne pas exercer ses pouvoirs de séduction sur des femmes promptes à céder à son charme. Mais il ne lui avait jamais donné le moindre prétexte à se plaindre, n'avait jamais causé la plus petite humiliation à Emma, qu'il aimait toujours aussi profondément. Et celle-ci lui pardonnait d'autant plus volontiers ses passades qu'elle n'éprouvait aucune jalousie, tant elle était sûre de la fidélité de Paul. Elle savait que, avec lui, elle avait eu la chance unique de rencontrer un homme exceptionnel. Le bonheur de partager sa vie était trop grand pour l'amoindrir par des mesquineries.

Pendant les jours qui suivirent, Paul ne reparla plus de la guerre menaçante et Emma évita soigneusement d'aborder ce pénible sujet. Ils allèrent, comme prévu, au Texas où était le siège de la *Sydney-Texas Oil Co,* rebaptisée *Sitex* depuis quelques mois. Paul profita de ce voyage pour acquérir de nouveaux permis de forage dans la région d'Odessa, ce qui entraîna de vives discussions avec Harry Marriott, son associé. Emma ne l'aimait pas et ne s'en était pas cachée quand elle avait fait sa connaissance, quelques années auparavant. Elle fit à nouveau part de ses réticences à Paul pendant leur retour à New York et lui demanda pourquoi Marriott avait soulevé des objections aux acquisitions de Paul.

« Parce qu'il n'aime pas prendre des risques, l'imbécile ! répondit Paul en riant. Ce pauvre Harry a de bonnes intentions, j'en conviens, mais il manque totalement d'imagination. Ces permis de forage seront un jour les plus riches de ceux que nous détenons, j'en ai la conviction.

— Il est heureux que tu détiennes la majorité, répondit Emma. Sinon, Marriott mettrait des bâtons dans les roues et compromettrait l'expansion de l'entreprise.

— C'est bien pour cela que j'ai pris mes précautions ! Je suis assez avisé pour ne pas investir des millions de dollars sans en garder le contrôle. »

Emma devint pensive :

« Ne t'arrive-t-il pas de regretter que Daisy ne soit pas un garçon, demanda-t-elle en hésitant.

— Grand dieu, non ! Pourquoi me dis-tu cela ?

— Howard n'est pas capable de prendre ta suite, le pauvre. Et tu pourrais à bon droit être déçu de n'avoir pas eu de fils pour continuer la dynastie McGill.

— Pourquoi Daisy n'en serait-elle pas capable ? répondit Paul sérieusement. Si elle hérite du caractère de sa mère, cette chère enfant peut fort bien devenir une des plus redoutables femmes d'affaires du siècle ! poursuivit-il avec un sourire. Un jour, elle se mariera, elle aura des enfants. Ce seront mes petits-enfants, Emma. Où vois-tu la fin de la dynastie, comme tu dis ? »

Une fois de plus, se dit Emma, Paul avait raison.

Un jour, vers la fin de février, Paul revint à la maison si préoccupé qu'Emma comprit tout de suite qu'il avait dû se produire quelque chose de grave. Ses soupçons se précisèrent quand il l'embrassa distraitement avant de se verser à boire, ce qui ne lui arrivait jamais d'aussi bonne heure dans l'après-midi.

« Qu'y a-t-il, Paul ? demanda-t-elle en hésitant. Tu as l'air d'avoir rencontré un fantôme.

— On ne peut décidément rien te cacher, ma chérie ! » répondit-il avec un rire forcé.

Il prit le temps d'allumer une cigarette et de s'asseoir avant de poursuivre :

« J'ai retenu pour toi une cabine sur le *Queen Mary* qui part jeudi prochain. »

Emma réprima un cri de surprise mais eut du mal à cacher l'inquiétude qui la saisissait.

« Tu ne m'accompagnes donc pas ? demanda-t-elle. Il était pourtant prévu que nous rentrerions ensemble...

— C'est malheureusement devenu impossible. Il faut d'abord que je retourne passer quelques jours au Texas régler des questions urgentes et enfoncer mes instructions dans le crâne de Harry. Ensuite, je partirai directement pour l'Australie.

— Mais tu ne devais pas y aller avant la fin de l'année !

— A la fin de l'année, Emma, il sera sans doute trop tard. C'est pourquoi je dois absolument y partir le plus tôt possible pour m'occuper de mes affaires. Tu sais ce que je pense des Japonais et de la menace qu'ils vont bientôt faire peser sur tout le Pacifique. Je ne peux pas me permettre de traiter cela à la légère. »

Emma pâlit. Elle se leva et vint impulsivement se mettre aux pieds de Paul en levant vers lui un regard implorant :

« Ne pars pas, je t'en supplie ! J'ai peur... Si la guerre éclate, tu seras coincé là-bas, nous serons peut-être séparés des années... Non, Paul, je t'en conjure, ne me laisse pas ! »

« Il faut pourtant que j'y aille, Emma, tu le sais. Mais je te promets de ne pas rester longtemps, deux mois tout au plus. Si la guerre devait éclater, c'est alors que je serais bloqué en Angleterre et que je ne pourrais pas y retourner de longtemps. Allons, souris ! Deux mois, ce n'est pas si long, après tout. »

Emma ravala ses larmes, se força à sourire et n'insista pas, car elle savait que Paul — comme elle — ne pouvait être fléchi quand il avait pris une décision. Les intérêts énormes qu'il avait en Australie entraînaient pour lui de très lourdes responsabilités. Et Emma comprenait parfaitement les motifs impérieux qui provoquaient son départ malgré la conjoncture internationale inquiétante.

C'est pourquoi elle se força, pendant les quelques jours qui restaient, à se montrer gaie et insouciante. Mais la perspective de cette séparation l'angoissait plus que de raison et les pressentiments les plus sombres ne cessèrent de la hanter pendant sa traversée pour l'Angleterre. Ils ne la quittèrent pas même quand elle se fut réinstallée dans la maison de Belgrave Square, où tout lui rappelait Paul et évoquait les jours heureux qu'ils y avaient coulés ensemble.

47

Quand Paul sortit de la clinique, aux environs de Sydney, il pleuvait à torrents. Il releva le col de son imperméable et courut à sa voiture. Mais il était trempé en se glissant à l'intérieur.

Il se débarrassa de son vêtement, qu'il jeta d'un geste rageur sur la banquette arrière, et épongea tant bien que mal son visage ruisselant avec son mouchoir. Au moment de mettre le contact, il se ravisa et alluma d'abord une cigarette. Ses mains tremblaient, la colère l'aveuglait. Il avait dû, quelques instants plus tôt, faire appel à toute sa volonté pour ne pas frapper Constance, et la violence des émotions qui l'agitaient encore l'effrayait. De sa vie il n'avait levé la main sur une femme. Jamais il n'avait été emporté par une telle vague de fureur et de haine.

Mécontent de lui-même, il jeta sa cigarette à peine entamée par la vitre entrouverte et manœuvra lentement pour sortir du parking. Il y avait longtemps que sa patience et sa pitié envers Constance s'étaient évanouies. Il en était arrivé à la détester. A la haïr. La simple pensée d'être encore lié à elle un seul instant le révoltait. Il n'y avait plus à hésiter, plus le moindre scrupule à avoir. Demain, non, tout à l'heure, il allait conférer avec ses hommes de loi. Il était inconcevable qu'on ne puisse trouver un moyen quelconque d'obtenir le divorce. Il était impensable que lui, Paul McGill, avec la fortune et la puissance dont il disposait, puisse depuis vingt-sept ans se trouver enchaîné à cette folle qui ne s'accrochait plus à lui que pour le faire souffrir. Que lui avait-il donc fait pour qu'elle veuille le punir, pour qu'elle consacre ses brefs éclairs de lucidité à le traîner dans son enfer? Au début, Paul avait été un mari irréprochable. Ce n'est que quand Constance s'était mise à boire et à le tromper qu'il s'était éloigné d'elle. Maintenant, cette sinistre plaisanterie n'avait que trop duré. Il lui fallait sa liberté. A tout prix. Pour Emma, pour Daisy. Cette liberté, Paul allait désormais tout mettre en œuvre pour l'obtenir. Il ne reculerait plus devant rien. Rien.

Les mains crispées sur le volant, il quitta le parking pour s'engager sur la route de Sydney. Pris par ses pensées, les nerfs tendus, il accéléra, sentit avec une joie sauvage la lourde Daimler lui obéir docilement et bondir, comme un prolongement de lui-même. La pluie redoublait de violence, projetant de véritables paquets d'eau sur le pare-brise que les essuie-glaces étaient impuissants à dégager. Paul aborda trop vite le virage, vit trop tard le camion qui approchait en tenant le milieu de la chaussée. Ses réflexes le trahirent : il freina brutalement, donna un coup de volant trop brusque. Emportée par son élan, déséquilibrée par la fausse manœuvre, la voiture continua sur sa lancée, dérapa, glissa. Paul tenta désespérément d'en reprendre le contrôle. Mais il était trop tard. Après un tête-à-queue la Daimler franchit le talus, parut s'envoler, retomba dans un champ en contrebas et fit plusieurs tonneaux avant de s'immobiliser en s'écrasant contre un arbre. Juste avant de perdre conscience, Paul sentit le volant lui écraser la poitrine et le tableau de bord lui fracasser les jambes.

Ce fut le chauffeur du camion qui parvint à l'extraire de l'amas de tôles déchiquetées une fraction de seconde avant que le réservoir d'essence ne prenne feu. Paul était toujours inconscient quand, près de deux heures plus tard, une ambulance le déposa enfin à l'hôpital de Sydney. Il lui fallut près de quatre jours pour sortir du coma. De l'avis unanime des médecins, c'était un véritable miracle qu'il ait survécu.

En manœuvrant avec habileté son fauteuil roulant, Paul traversa le cabinet de travail pour s'installer à son bureau. Il voulait se plonger une dernière fois dans les documents que Mel Harrison, son avocat, avait préparés sur ses instructions et qu'il lui avait remis une semaine auparavant, à sa sortie de l'hôpital. Depuis, Paul les avait lus et étudiés maintes fois. Il n'y avait trouvé aucune omission, aucune ambiguïté. Satisfait, il voulait néanmoins les revoir avant d'y apposer sa signature. Trois heures plus tard, convaincu que ses intentions étaient clairement exprimées et ses volontés à l'épreuve des procès, Paul sourit de contentement. C'était la première fois depuis des mois qu'il manifestait un certain plaisir.

Il était près de six heures du soir et Mel Harrison

n'allait sans doute plus tarder à arriver. Depuis son accident, trois mois auparavant, Paul avait trouvé en lui un ami d'un dévouement et d'une fidélité exemplaires, toujours là quand il avait besoin de lui, toujours prêt à offrir son aide. Il avait pris soin des affaires de Paul, réglé les problèmes délicats ou confidentiels, passé de longues heures à remonter son moral chancelant. En fait, à l'exception de rares et très proches collaborateurs, Paul n'avait voulu recevoir personne en dehors de Mel Harrison. Car il ne voulait ni ne pouvait offrir en spectacle son visage ravagé, qu'il avait découvert avec horreur quand on lui avait enfin retiré ses pansements. Il se sentait incapable de subir la pitié ou le dégoût des autres.

Combien de temps tiendrait-il encore ? Il ferma les yeux et s'efforça de combattre le désespoir qui revenait l'étouffer. Vivre ainsi diminué lui était insupportable et il regrettait amèrement de n'avoir pas écouté Emma qui, à New York, l'avait suplié de ne pas partir. Son obstination avait causé sa perte. Car c'était bien ainsi qu'il se voyait, perdu. Un infirme enchaîné à son fauteuil roulant, dépendant des autres pour les choses les plus insignifiantes de la vie, lui qui avait toujours plié les événements à son gré. C'était intolérable, avilissant. Il se sentait réduit à l'impuissance d'une vie végétative contre laquelle ni sa fortune ni sa volonté ne pouvaient quelque chose. Valait-il la peine de vivre dans de telles conditions ? Question lancinante.

Un coup frappé à la porte l'arracha à sa sombre méditation. Smithers, le valet de chambre qui le servait depuis de longues années, annonça Mel Harrison et se retira après avoir servi aux deux hommes leur whisky habituel. Ils choquèrent leurs verres, échangèrent quelques propos plaisants, parlèrent des documents à signer.

« J'ai beaucoup pensé à Emma, ces derniers temps, dit Harrison quelques instants plus tard, et j'en ai même parlé à ma femme. Ne crois-tu pas que nous devrions lui demander de venir ?

— Non ! s'écria Paul. Il n'en est pas question ! »

Il fit pivoter son fauteuil roulant pour faire face à son ami, qu'il dévisagea avec colère.

« J'interdis qu'on la prévienne ! reprit-il. Je refuse absolument de me montrer à elle dans cet état. En plus, ce serait de la folie de la faire venir. Les nouvelles ne cessent de s'aggraver et la guerre peut éclater d'un jour à l'autre. Il serait absurde de lui faire traverser la moitié du monde dans de telles conditions.

— Bien sûr, Paul... Il n'empêche que je redoute sa réaction quand elle finira par apprendre la vérité. Tu as pu user de ton influence pour empêcher les journaux de parler de ton accident, j'ai pu lui mentir dans mes lettres. Mais n'est-il pas grand temps que tu la mettes au courant ? Elle y a droit.

— Non, Mel ! En aucun cas il ne faut qu'elle sache... Pas pour le moment, du moins, poursuivit-il en s'adoucissant. Plus tard, peut-être... Et puis, comment annoncer à une femme comme Emma, pleine de vie, passionnée, qu'elle se retrouve désormais avec un infirme sur les bras, un impotent cloué dans une petite voiture, défiguré, impuissant... Oui, Mel, définitivement impuissant. Comment lui dire cela, je te le demande ? C'est impossible. Je ne peux pas. »

L'avocat dut se lever précipitamment pour dissimuler à Paul l'émotion que provoquait cet aveu. Il affecta d'aller remplir son verre avant de revenir s'asseoir en face de son ami.

« Tu la sous-estimes, Paul, dit-il après avoir bu une gorgée de whisky. Tu sais mieux que moi combien Emma a de force de caractère, combien elle t'aime. Elle voudrait au contraire se trouver près de toi en ce moment, pour t'aider, pour te manifester son amour. Crois-moi, préviens-là. »

Paul secoua la tête avec lassitude.

« Non, Mel, ne revenons plus là-dessus. Je refuse absolument de l'encombrer d'un poids mort. Je ne suis plus bon à rien pour elle. A vrai dire, je ne suis plus bon à rien pour moi non plus.

— Que tu refuses de la faire venir, insista Harrison, je le comprends encore. Mais pourquoi n'irais-tu pas toi-même en Angleterre ? La traversée ne dure qu'un mois et...

— C'est impossible. Tu sais que je dois aller presque quotidiennement à l'hôpital pour y recevoir des soins que je ne trouverais jamais à bord d'un navire, si moderne soit-il. Et puis, ce n'est pas tout, Mel. »

Il s'interrompit brièvement avant de reprendre avec calme :

« Je suis condamné, Mel. Les paraplégiques meurent généralement d'une infection rénale. Dans mon cas, on s'efforce encore de la combattre, c'est tout. »

Mel Harrison pâlit.

« Et... combien de... ? »

Il fut incapable de terminer sa question.

« Six mois, neuf tout au plus.

— Il doit bien y avoir des spécialistes qui...

— Non, Mel, il n'y a rien à faire. La moelle épinière a été complètement écrasée et aucun médecin au monde ne sait comment s'y prendre pour réparer ce genre de dégâts. »

Paul avait parlé avec ironie et Mel Harrison détourna les yeux pour regarder le feu. Il ne trouvait pas de mots pour exprimer ce qu'il ressentait ni, à plus forte raison, pour réconforter son ami. L'accident de Paul avait été grave mais ses amis croyaient qu'il pourrait vivre encore de longues années, même handicapé et cloué dans un fauteuil roulant. Pas plus que les autres, l'avocat ne s'attendait à un tel verdict.

« Allons, mon vieux, reprends-toi ! dit Paul avec bonne humeur. J'ai plus que jamais besoin de ton optimisme et de ta gaieté. Comme, en plus, tu es devenu mon bras droit et que je ne peux rien faire sans toi, je n'ai pas la moindre envie d'avoir toute la journée une tête d'enterrement sous les yeux. Buvons plutôt encore un verre. Avec le dîner, je te ferai goûter aux excellents bourgognes que m'a légués mon cher père qui, comme tu le sais, avait autant de goût pour les bons vins que pour les jolies femmes. Autant en profiter, n'est-ce pas ? »

Paul prit les verres vides et les posa sur ses genoux pour manœuvrer son fauteuil roulant. Incapable de répondre, Mel le suivit des yeux et se moucha bruyamment pour dissimuler son émotion. Les larges épaules de son ami, qui dépassaient du dossier, soulignaient de manière tragique la paralysie qui le frappait. Comment un corps si plein de vie pouvait-il être à jamais réduit à l'immobilité, un visage tellement attirant si affreusement défiguré ? Paul supportait pourtant son épreuve avec un stoïcisme qui fit de nouveau l'admiration de Mel. Oui, se dit-il, Paul méritait qu'on l'aide et qu'on lui donne sans réserve tout ce dont il aurait besoin pendant les derniers jours de sa vie.

Plus tard, ce même soir, longtemps après le départ de Mel Harrison, Paul se retrouva seul dans son cabinet de travail. Il avait posé devant lui un ballon de cognac et fumait sans arrêt tout en réfléchissant calmement à la longue conversation qu'il avait eue avec son ami. Mel avait sans doute raison : il était de son devoir d'écrire à Emma et de lui dire la vérité. Dans ses lettres précédentes, Paul avait minimisé son accident en s'excusant, sous prétexte d'un surcroît de travail, d'avoir tardé à écrire. Il avait trouvé d'autres mauvaises raisons pour expliquer qu'il ne pouvait pas encore rentrer en Angleterre. Mais il ne pouvait désormais plus mentir. S'il y avait une personne au monde envers qui il ne pouvait se permettre une tromperie, si minime soit-elle, c'était bien Emma. Au nom de leur amour, de ce qu'ils avaient été, de ce qu'ils étaient encore l'un pour l'autre, il lui devait la vérité. Toute la vérité.

Il écrasa sa cigarette dans un cendrier, vida d'un trait son verre, alla s'installer à son bureau et commença d'écrire :

Sydney, le 24 juillet 1939
Emma mon très cher amour,
Tu es ma vie...

Il leva les yeux, tendit la main et prit le cadre d'or posé devant lui. C'était une photo d'Emma. Elle avait été prise quelques jours après la naissance de Daisy et jamais Emma n'avait éclaté d'une beauté plus radieuse, le visage illuminé de ce sourire dont seule elle avait le secret. Paul la contempla longuement, intensément, le cœur battant à se rompre. Il ne se rendit même pas compte que des larmes lui brouillaient la vue et coulaient sur ses joues. D'un geste impulsif, il serra le portrait sur sa poitrine, comme s'il avait pu tenir Emma elle-même dans ses bras.

Il s'absorba alors dans une longue réflexion. Il se rappela le passé, il tenta d'évoquer l'avenir. Et il ne continua pas sa lettre.

48

Songeur, Frank Harte sortit du bar où il venait de passer une heure et descendit Fleet Street en direction du *Daily Express*. L'éditorial qu'il avait écrit le matin était encore sur son bureau et il avait voulu s'en éloigner pour mieux y réfléchir et le voir avec du recul. Mais sa méditation avait été difficile, sinon impossible. Le bar était plein de journalistes et Frank n'avait entendu que des conversations alarmistes, vu que des visages soucieux. L'angoisse était générale, les bruits de guerre de plus en plus menaçants. N'avait-il pourtant pas été trop violent dans son article ? L'opinion avait beau amorcer un revirement contre ce triste imbécile de Neville Chamberlain, Frank avait-il le droit d'exiger le congédiement du Premier ministre ? Lord Beaverbrook, le « Vieux », était de cet avis et le magnat de la presse anglaise, ami intime de Winston Churchill, pesait d'un grand poids. Mais irait-il jusqu'à soutenir son trop fougueux collaborateur qui osait s'attaquer ainsi au gouvernement ? Etait-il même opportun, en ces temps de crise, de compromettre l'unité nationale ?

Encore indécis, Frank poussa la porte de l'immeuble de verre et d'acier qui faisait scandale dans Fleet Street, mais où le « Vieux » avait exprimé sa foi dans l'avenir de l'Empire et dans le pouvoir de la presse. Arrivé dans son bureau, Frank jeta négligemment son chapeau sur une chaise, s'assit dans son fauteuil, posa les pieds sur sa table et prit le texte de son éditorial qu'il relut sans complaisance. Il fut convaincu : ce qu'il disait était juste et l'article était bien écrit. Il n'allait donc pas y changer un mot avant de le donner à Arthur Christiansen, son rédacteur en chef.

Quand Frank lui fit part de ses hésitations, ce dernier endossa sans réserve la teneur de l'éditorial et le fit immédiatement porter à la composition. Satisfait, Frank s'attarda un instant dans la grande salle de rédaction avant de quitter le journal. Il était tard, en ce dimanche soir, et la première édition du lundi allait tomber dans quelques heures à peine. L'agitation frénétique, le bruit assourdissant, l'odeur de l'encre fraîche étaient pour Frank une drogue dont il ne pouvait plus se passer. Il était devenu, depuis quelques années, un romancier aux succès flatteurs et aurait pu vivre confortablement et avec honneur la vie d'un homme de lettres. Mais il avait trop le journalisme dans le sang pour se priver longtemps de ce sentiment unique de participer à la vie du monde entier. Autant se priver de respirer.

Par habitude autant que par curiosité, il s'arrêta devant les téléscripteurs des agences de presse. Celui de *Reuter* cliquetait furieusement et Frank eut le temps de parcourir la dernière dépêche avant qu'un grouillot ne l'arrache en courant pour la porter à la rédaction. Les nouvelles s'assombrissaient d'heure en heure, la guerre était désormais imminente. Frank allait s'éloigner quand la machine se remit en marche. Dès les premiers mots, il resta figé, le regard collé à la bande de papier qui se déroulait devant lui. Atterré, il fit un pas de côté pour vérifier si la nouvelle apparaissait sur les téléscripteurs des autres agences. *Associated Press* terminait sa transmission en termes presque identiques. *United Press* avait une phrase de retard. Il ne pouvait plus y avoir aucun doute. La nouvelle tombait partout, de toutes les sources. Ce n'était ni une erreur ni une méprise.

Frank arracha la dépêche du téléscripteur *United*

Press, la fourra dans sa poche et quitta la salle de rédaction. Il fut à peine conscient de prendre l'ascenseur et de héler un taxi dans la rue. En dépit de la chaleur de ce mois d'août, il se sentait glacé et ses mains tremblèrent quand il voulut allumer une cigarette. Affalé sur la banquette, il ne put que se demander où il allait puiser le courage de parler.

En arrivant chez Emma, il la trouva en compagnie de Winston, de passage à Londres pour quelques jours. Ils avaient fini de dîner et prenaient le café au salon. Emma se leva et vint embrasser son frère avec un sourire joyeux :

« Nous t'avons attendu aussi longtemps que nous avons pu ! Nous n'espérions même plus te voir ce soir. Où étais-tu ?

— J'ai été retardé au journal, je suis désolé.

— Cela ne fait rien, puisque tu es là. Veux-tu boire quelque chose ?

— Oui, volontiers. Un grand cognac, s'il te plaît. Tu comptes rester à Londres quelques jours, Winston ? ajouta-t-il en se tournant vers son frère aîné.

— Sans doute jusqu'au milieu de la semaine. Veux-tu que nous déjeunions ensemble demain ?

— Avec plaisir. »

Frank s'était assis dans un fauteuil. Quand Emma vint lui tendre son verre et s'asseoir devant lui, elle le dévisagea un instant et fronça les sourcils.

« Tu es pâle comme un linge, Frank. Qu'y a-t-il ? Es-tu malade ?

— Non, fatigué, c'est tout... »

Il avala son verre d'un trait et se leva aussitôt :

« Je peux m'en servir un autre ? demanda-t-il. Ce soir, j'en ai vraiment besoin. »

Emma hocha la tête. Pendant que Frank allait remplir son verre, elle échangea avec Winston un regard plein de surprise inquiète.

« C'est vrai, Frank, tu n'as pas l'air dans ton assiette, intervint Winston. Pour que tu boives autant, tu dois avoir quelque chose.

— Mais non, je n'ai rien, dit Frank en se rasseyant.

747

La situation devient intenable, c'est suffisant je crois. Les nazis vont envahir la Pologne d'un jour à l'autre et il n'y a vraiment pas de quoi se réjouir... »

Emma et Winston l'assaillirent de questions sur la situation internationale, auxquelles Frank s'efforça de répondre de manière cohérente.

« Grand dieu, et les enfants ! s'exclama Emma en portant la main à son cou. Kit et Robin vont être mobilisés. Et ton Randolph, Winston ! Il a l'âge, lui aussi.

— Je ne le sais que trop, répondit Winston d'un air sombre. Il parle de s'engager dès cette semaine. Dans la marine. Je ne pourrai rien faire pour l'en empêcher. »

Emma lança à son frère aîné un regard angoissé.

« Au moins, Simon est encore trop jeune, dit-elle en se tournant vers Frank.

— Cette année, oui. Mais si la guerre dure... »

Frank se leva et alla remplir un verre de cognac qu'il apporta à Emma.

« Tiens, reprit-il, bois cela. Tu vas en avoir besoin.

— Moi ? Et pourquoi donc ? D'ailleurs, tu sais que j'ai horreur du cognac et des liqueurs fortes.

— Bois-le quand même. »

Surprise de cette insistance inattendue, Emma porta le verre à ses lèvres et en avala quelques gouttes avec une moue de dégoût. Elle le reposa tout de suite sur une petite table devant elle et leva vers son frère un regard inquiet. La pâleur de Frank se doublait de plis d'anxiété au coin des lèvres et Emma fut soudain frappée du pressentiment d'un drame. Elle serra convulsivement ses mains l'une contre l'autre :

« Qu'y a-t-il, Frank ? Pourquoi tous ces mystères ? Il s'est passé quelque chose, n'est-ce pas ?

— Oui, Emma, répondit-il en avalant sa salive. J'ai de mauvaises nouvelles à t'annoncer... »

Malgré ses efforts, la voix de Frank se brisa et il dut s'interrompre. Winston intervint, sourcils froncés :

« Parle, voyons ! S'agit-il du journal, as-tu des ennuis d'argent ?

— Non, non, il ne s'agit pas de cela du tout. C'est au sujet de... de Paul.

« — Tu as de mauvaises nouvelles de Paul ? s'écria Emma.

— Oui. Et ce n'est pas facile à dire, crois-moi. Paul... Paul est mort. »

Il avait dit ces derniers mots d'une voix presque inaudible. Emma le dévisageait avec stupeur.

« Quoi, qu'as-tu dit ? Je n'ai pas compris. J'ai reçu une lettre de lui pas plus tard qu'avant hier et... »

Elle s'interrompit soudain et se mit à trembler, livide. Frank vint s'agenouiller à ses pieds et lui prit la main :

« Oui, Emma, Paul est mort. La nouvelle est tombée sur les téléscripteurs au moment où je quittais le journal pour venir ici.

— Non, non, c'est impossible, il doit y avoir une erreur. Cela ne peut être qu'une affreuse erreur, voyons !

— Non, Emma, dit Frank avec douceur. Les dépêches étaient toutes identiques. Il n'y a pas d'erreur. »

Emma semblait foudroyée. Immobile, blanche, les yeux exorbités, elle paraissait ne plus rien voir ni rien entendre. Incapable de poursuivre, Frank cherchait désespérément ses mots, sachant bien que rien ne pourrait amortir la force du coup qu'il avait porté à sa sœur.

Elle sursauta soudain, serra convulsivement la main de Frank.

« De quoi est-il mort ? Est-ce des suites de ses blessures ? M'avait-il caché la vérité sur son état ?

— J'ai bien peur que oui, Emma... »

La sonnerie stridente de la porte d'entrée l'interrompit. Emma lança un regard désemparé vers Winston qui se levait déjà. Quand il arriva dans le vestibule, il vit que la femme de chambre faisait entrer Henry Rossiter, banquier de Paul en Grande-Bretagne et devenu celui d'Emma. D'un regard, les deux hommes comprirent qu'ils étaient au courant de la même tragique nouvelle.

« Comment le prend-elle ? demanda le banquier en serrant la main de Winston.

« Elle n'a pas encore pleinement compris, je crois. La réaction se fera sentir plus tard et je frémis en y pensant.

« — Pauvre Emma... Par qui l'a-t-elle appris ? »

Winston le lui expliqua en quelques mots. Au salon, Henry Rossiter se pencha pour embrasser Emma.

« Je suis venu aussi vite que j'ai pu... commença-t-il.

— Vous a-t-on appelé de Sydney ? l'interrompit Emma. Qui vous a parlé ? Que savez-vous ?

— Mel Harrison essayait de me joindre depuis le déjeuner mais j'étais malheureusement à la campagne...

— Pourquoi n'a-t-il pas pris contact avec moi ?

— Il préférait ne pas vous savoir seule, Emma.

— Quand Paul est-il mort ?

— On a trouvé son corps dimanche soir. Vous savez qu'à Sydney il est déjà lundi matin et Mel a commencé de m'appeler dès qu'il est arrivé de chez Paul. Il ne pouvait pas retarder beaucoup plus longtemps l'arrivée des journalistes, à partir du moment où la police...

— La police ? s'écria Emma. Qu'a donc à faire la police dans la mort de Paul ? »

Henry Rossiter jeta à Frank un regard perplexe. Frank avait bien pensé cacher à Emma une partie de la vérité mais il se rendait maintenant compte de l'inutilité de ce pieux mensonge. Elle l'apprendrait tôt ou tard par les journaux ou une indiscrétion et mieux valait la mettre au courant avec ménagement que risquer, plus tard, un choc imprévu et infiniment plus brutal. Frank se décida donc à répondre :

« Paul s'est suicidé.

— Tu mens ! Jamais Paul n'aurait fait cela. C'est impossible, impossible !

— Si Emma, c'est vrai. »

Elle dévisagea son frère, qui lui avait entouré les épaules d'un bras protecteur. Soudain hagarde, le visage défait, elle se mit à secouer violemment la tête comme pour nier la réalité des mots qu'elle venait d'entendre. Autour d'elle, les trois hommes la regardaient avec une gravité douloureuse, comme pour confirmer la véracité de la nouvelle.

« Non ! Vous mentez ! Cela ne peut pas être vrai ! » hurla-t-elle d'un ton hystérique.

Elle se débattit pour échapper à Frank qui voulait la

750

retenir, se leva d'un bond et courut vers le milieu de la pièce en poussant des cris inarticulés où le nom de Paul revenait en leitmotiv. Les bras tendus comme pour le serrer contre elle, elle ne pouvait que refermer ses mains sur le vide. Elle s'arrêta brusquement, vacilla en gémissant. Winston la retint au moment où elle allait tomber et la guida fermement vers le canapé où il la fit rasseoir. Frank lui tendit son verre encore plein :

« Bois cela, Emma.

— Nous sommes avec toi, Emma, nous ne t'abandonnerons pas », dit Winston.

Elle prit machinalement le verre qu'elle faillit répandre, le porta en tremblant à ses lèvres et le vida d'un trait. Un instant suffoquée par l'alcool, elle parut enfin se calmer et se redressa.

« Je veux tout savoir, Frank, dit-elle d'une voix rauque. Si tu ne veux pas me rendre folle, ne me cache rien. »

Frank consulta du regard les deux autres, sortit de sa poche la dépêche *United Press* et en entreprit la lecture avec lenteur :

Le célèbre industriel Paul McGill a été trouvé dimanche soir chez lui, mort d'un coup de feu en plein cœur. Il y a quatre mois, M. McGill avait été victime d'un grave accident d'automobile qui l'avait laissé paralysé des jambes et partiellement défiguré. Ses médecins estiment que M. McGill a attenté à ses jours dans un moment de dépression vraisemblablement causée par son état de santé. Les enquêteurs n'ont trouvé aucun écrit justifiant ou annonçant son geste fatal. Fils de Bruce McGill et petit-fils du capitaine Andrew McGill, Paul McGill était considéré comme l'un des hommes les plus riches du monde et occupait le premier rang de l'économie australienne. Ses intérêts allaient de...

Frank interrompit sa lecture et releva les yeux :

« Le texte continue en donnant le détail des affaires de Paul, de ses états de service pendant la guerre, de l'histoire de sa famille. Il est inutile que je continue, n'est-ce pas ? »

Emma ne répondit pas. Prostrée, le corps secoué d'un tremblement nerveux, elle baissait la tête et regardait fixement un dessin du tapis. Au bout d'un long silence, elle se tourna enfin vers Henry Rossiter :

« Pourquoi ne m'avoir rien dit ? Pourquoi m'avoir caché qu'il était paralysé et défiguré ? J'aurais immédiatement été auprès de lui. Ma place était avec lui. Je l'aimais... »

Elle dut s'interrompre, étouffée par les larmes.

« Mel Harrison voulait vous prévenir dès le début, répondit le banquier. C'est Paul qui s'y est toujours catégoriquement opposé. Il ne voulait pas que vous le voyiez dans cet état, ni devenir pour vous un fardeau. »

Emma ouvrit la bouche pour répondre mais ne put articuler aucun son. Un fardeau ! Paul, un fardeau... Ce mot lui tournait dans la tête comme un croc qui lui arrachait ce qui lui restait de lucidité. Comment, pourquoi Paul avait-il refusé de la laisser venir à lui quand il avait le plus besoin d'elle ? A la seule évocation de ses souffrances, du désespoir qui l'avait mené à la mort, Emma se sentait sombrer dans un océan de folie. Elle n'entendait, ne voyait plus rien. Le monde avait cessé d'exister. Sans comprendre, elle voyait de grosses larmes tomber sur l'émeraude qu'elle portait au doigt, sur l'alliance que Paul lui avait donnée, le lendemain de la naissance de Daisy, en prononçant la formule rituelle : « Jusqu'à ce que la mort nous sépare. » La mort était venue et les avait séparés. Paul était mort et elle était seule.

Elle releva la tête, regarda autour d'elle sans rien voir qu'une brume opaque. Elle sentait son corps engourdi, glacé, saisi lui aussi par la paralysie. Jamais plus elle ne pourrait bouger, marcher, vivre. La douleur qui commençait à l'étreindre, Emma comprit en un éclair qu'elle ne la quitterait plus. Sans lui, elle ne pourrait plus vivre. Elle n'avait plus rien. Devant elle s'alignaient des années vides, froides, noires qui dureraient, interminables, jusqu'à ce qu'elle meure à son tour. Irait-elle rejoindre Paul, alors ?

Henry Rossiter s'était discrètement retiré. Winston et Frank observaient leur sœur avec désespoir. Un moment plus tard, n'y tenant plus, Winston appela son médecin qui arriva peu après. On administra un calmant à Emma, on la porta au lit. Il fallut la déshabiller en luttant contre ses membres raidis et glacés. Deux heures durant, des sanglots et des râles la secouèrent. Il fallut doubler la dose des calmants pour qu'elle sombrât finalement dans un sommeil qui ressemblait à la mort.

Winston, Frank et le médecin restèrent à son chevet jusqu'à ce qu'ils la vissent dormir. En refermant la porte, Winston s'essuya furtivement les yeux et soupira.

« Ce n'est encore que le début », dit-il à mi-voix.

La vie d'Emma Harte avait été traversée de tragédies. Sous les coups de l'adversité, il lui était arrivé de chanceler sans que rien cependant ait jamais pu la faire plier. La mort de Paul McGill l'abattit comme un chêne frappé par la foudre.

En apprenant la nouvelle, ses enfants — à l'exception d'Edwina — se hâtèrent de venir près d'elle. Ils avaient pour Paul une affection aussi profonde que s'il avait été leur père, et Daisy, sa propre fille, plus que les autres. Mais ils surent tous prendre sur eux pour offrir à leur mère le réconfort dont elle avait tant besoin. En vain.

A leur tour, Natalie, la femme de Frank, et Charlotte, celle de Winston, vinrent se joindre à la famille. Blackie O'Neill et Bryan, son fils, David Kallinski et ses deux fils, Ronnie et Mark, arrivèrent en renfort. Aucun d'entre eux ne parvint à percer l'inconscience où Emma était murée. Après chacune de leurs brèves visites dans sa chambre, ils se retrouvaient au salon ou dans la bibliothèque et passaient de longues heures silencieuses, le visage figé par l'angoisse.

Avec son robuste optimisme, Blackie s'efforçait de les rassurer. Il évoquait les épreuves qu'Emma avait victorieusement surmontées, il répétait que rien ne pouvait la terrasser. Mais les jours se succédaient et Emma restait couchée, immobile, comme morte. Elle passait par des alternances de prostration complète et de délire incohérent où l'équilibre de sa raison donnait les plus vives inquiétudes. Se refusant à prendre toute nourriture, elle devint si affaiblie que Winston envisagea de la faire hospitaliser. Au premier mot qu'on lui en dit, elle retrouva assez de force pour refuser de telle manière qu'on n'osa plus en parler de peur d'aggraver son état.

De toutes les heures de la journée, celles de l'aube étaient les pires. A demi morte, à demi folle de douleur, elle restait immobile dans son lit, les yeux fixés sur la lueur grise qui filtrait par les fenêtres, le regard vitreux comme celui d'une aveugle. Mais, derrière cette apparente inconscience, son esprit bouillonnait de pensées insoutenables. Pourquoi Paul l'avait-il rejetée ? ne cessait-elle de se répéter. Pourquoi n'avait-elle pas réussi à lui faire pleinement mesurer la profondeur et la solidité de l'amour qu'elle avait pour lui ? Elle s'en voulait amèrement de n'être pas partie pour l'Australie dès quelle avait appris la nouvelle de son accident « sans gravité ». Elle aurait dû deviner, elle aurait dû sentir que Paul était en danger. Peut-être aurait-elle été capable de détourner de son cœur le canon de l'arme. Si elle avait fait preuve de plus de courage, de plus d'amour, elle aurait volé à son chevet même s'il n'avait subi que quelques égratignures. Elle l'aurait peut-être sauvé, elle aurait sûrement adouci ses souffrances. Plus elle y pensait, plus sa responsabilité la torturait. Paul était mort par sa faute à elle. Elle avait failli à son devoir. Elle l'avait tué.

Dans un des rares moments de lucidité d'Emma, Henry Rossiter lui avait appris l'évolution fatale des blessures de Paul, que les médecins avaient condamné. Cette idée fit peu à peu son chemin dans l'esprit embrumé d'Emma qui en arriva, non sans rechutes et sans longs débats intérieurs, à admettre qu'un homme comme Paul, si actif et si amoureux de la vie, puisse préférer abréger ses jours que les finir misérablement. Petit à petit, sa culpabilité finit par lui apparaître comme une manifestation d'apitoiement sur son propre sort et une lâcheté. Mais cette évolution s'accompagnait d'accès d'une étrange colère mêlée à un sentiment d'impuissance. Il était en effet incompréhensible que Paul soit mort sans lui avoir écrit, sans un dernier adieu. Or, elle devait reconnaître les faits, les jours passaient sans que lui parvînt la moindre lettre.

Winston était resté à Londres et avait pris en main la direction du magasin de Knightsbridge tout en faisant office de maître de maison à Belgrave Square. Après le départ des autres membres de la famille, il avait préféré garder Daisy à la maison plutôt que de la renvoyer à son pensionnat. Ce fut elle qui réussit finalement là où les autres avaient échoué et qui parvint à percer le brouillard de démence où disparaissait sa mère. Car, à quatorze ans, Daisy avait une maturité assez exceptionnelle pour savoir surmonter sa propre douleur et tourner tous ses efforts vers la guérison d'Emma. A force de patience, elle réussit à l'alimenter, à lui parler, à faire cesser les crises de larmes qui l'épuisaient. Emma fixait longuement le visage de sa fille et croyait y voir les traits de Paul. Au début, ces semi-hallucinations déclenchaient une crise de désespoir plus vive que les précédentes. Peu à peu, elles se calmèrent. Daisy redevenait elle-même aux yeux d'Emma, sa fille, la fille de Paul dont elle était le vivant prolongement.

Un soir, plus de quinze jours après avoir recommencé à s'alimenter, Emma s'endormit enfin d'un sommeil naturel. Daisy l'avait bercée dans ses bras, comme si elle avait été son enfant, lui avait prodigué les consolations, les paroles apaisantes. Quand elle se réveilla quelques heures plus tard, Emma se sentit reposée, rafraîchie et redevenue presque normale. Son regard tomba tout de suite sur la silhouette de Daisy, recroquevillée dans un fauteuil à son chevet et cette vision lui fit un choc salutaire. Pour la première fois, elle se vit avec lucidité, comprit objectivement le rôle que sa fille avait assumé auprès d'elle et en eut honte. Elle, l'indomptable Emma Harte, s'était lamentablement affalée comme une chiffe. Elle avait fait porter à sa fille, une enfant, tout le poids de sa douleur alors que Daisy avait elle-même tant besoin d'amour et de réconfort pour supporter son propre chagrin. Elle s'était abandonnée à ses fantasmes, elle avait failli à ses devoirs de mère. Elle était impardonnable.

Au prix d'un violent effort, elle parvint à se lever. Ses muscles affaiblis et ankylosés manquèrent la trahir mais elle réussit à faire les quelques pas jusqu'au fauteuil. En sentant sa mère penchée sur elle, Daisy se réveilla instantanément, le regard plein d'inquiétude. Elle saisit la main d'Emma, se leva pour la soutenir :

« Maman ! Qu'avez-vous ? Vous sentez-vous plus mal ? »

Emma prit Daisy dans ses bras, la serra contre elle.

« Non, ma chérie. Je crois au contraire que je vais mieux. Beaucoup mieux... »

Chancelante, s'appuyant contre Daisy dont elle caressait tendrement les cheveux, Emma poursuivit d'une voix qui allait en s'affermissant :

« Pardonne-moi, Daisy. J'ai eu tort de t'accabler ainsi de mon chagrin sans penser au tien. Je te demande pardon du fond du cœur. Maintenant, tu vas quitter ce fauteuil et aller te coucher dans ton lit. Tu n'as plus à t'inquiéter pour moi, je vais mieux et demain je serai guérie. La semaine prochaine, tu pourras retourner au pensionnat, revoir tes amies. »

Daisy considéra sa mère avec stupéfaction. Elle fit une moue chagrinée, ses yeux bleus déjà pleins de larmes :

« Mais, maman, je ne veux pas vous quitter ! Je veux m'occuper de vous, comme Paul l'aurait voulu. Il ne faut pas que vous restiez seule... »

Emma l'interrompit d'un sourire attendri :

« Tu t'es déjà occupée de moi bien mieux que tous les médecins de la terre, ma chérie. Maintenant, c'est à mon tour de te soigner. Va dormir, Daisy. Tu en as bien plus besoin que moi. »

Daisy ne fut pas capable de retenir plus longtemps ses larmes et enfouit son visage au creux de l'épaule d'Emma.

« Allons, allons, mon enfant, murmura Emma. Il faut que nous soyons braves toutes les deux, tu m'entends ? »

Daisy continuait de pleurer, le corps secoué de gros sanglots où l'on devinait plus de soulagement que de peine.

« J'ai eu si peur, maman, parvint-elle à murmurer. Si peur... J'ai cru que vous alliez mourir.

— Non, ma Daisy, je ne mourrai pas. Il faut que je vive au contraire. Que je vive pour toi. »

Par un bel après-midi ensoleillé de la fin septembre, Emma traversa le salon d'un pas encore dolent pour aller s'asseoir devant la cheminée où flambait un grand feu. Elle n'arrivait plus à se réchauffer. La guerre avait été déclarée le 3 septembre, près de trois semaines auparavant et, malgré la douleur qui l'occupait encore tout entière, Emma ne pouvait ignorer la situation tragique où le monde s'enfonçait. La mobilisation générale s'était effectuée avec infiniment plus de rapidité que dans sa jeunesse et nul ne pouvait se dissimuler que les hostilités seraient longues et les épreuves sans commune mesure avec ce que l'on avait connu.

Pelotonnée frileusement dans son fauteuil, Emma n'était plus que l'ombre d'elle-même. Sa maigreur, sa pâleur étaient soulignées par une simple robe noire que n'égayait aucun bijou. Elle se refusait à porter autre chose que l'émeraude et l'alliance de Paul. Mais sa chevelure souple et brillante laissait présager son rétablissement.

Un soudain appel à la porte la fit se retourner avec un sursaut. Blackie, souriant comme à l'accoutumée, entrait d'un pas vif. Emma se leva avec effort pour l'accueillir. Après les premières effusions, ils s'assirent devant la cheminée et parlèrent quelques instants de la guerre, de la mobilisation, des plus jeunes qui voulaient s'engager. Ils parlèrent de David Kallinski, veuf depuis peu, et dont les deux fils étaient déjà sous les drapeaux. Emma dit à Blackie que, malgré l'avis des médecins, elle comptait reprendre son travail la semaine suivante :

« Cela te fera du bien, *mavourneen*, approuva Blackie. Le travail te changera enfin les idées.

— Comment vraiment les changer, Blackie ? répondit Emma avec tristesse. Comment peut-on continuer à vivre seul, après avoir perdu un être qu'on aime plus que soi-même? Je me suis souvent demandé comment tu avais fait après la mort de Laura.

— Je me le suis souvent demandé moi-même, vois-tu. Il y faut du temps, je crois. De la patience... Après l'enterrement, quand je suis retourné au front, j'ai tout fait pour me trouver sur le passage des balles. Mais elles n'ont pas voulu de moi. Ou bien je suis trop mécréant, ou bien Dieu a voulu me protéger à cause des prières de ma Laura. Me protéger contre ma propre folie, ai-je compris après la guerre. Car j'ai mis du temps à me pardonner d'avoir voulu mourir quand j'avais la responsabilité de mon fils à élever. C'est lui qui m'a aidé, Emma. C'est à Bryan que je dois d'avoir vécu et d'être redevenu un homme. Toi, tu as Daisy.

— Je sais, murmura Emma. Mais je me demande encore comment je pourrai longtemps vivre sans Paul...

— Tu le pourras, Emma. L'âme est plus forte qu'on ne le croit. Te souviens-tu de ce que Laura disait au sujet de la mort?

— Je me rappelle ses paroles comme si elle les avait dites hier. La mort n'existe pas tant que l'on vit dans la mémoire des vivants. Elle a dit aussi que Dieu ne donne jamais à ses enfants de fardeau trop lourd pour eux... Parfois, je me demande ce qu'elle voulait dire. »

Devant l'amertume dont Emma avait ponctué ses derniers mots, Blackie fit une brève grimace.

« Tu as tort, *mavourneen*. Laura était aussi sage que bonne et elle ne parlait jamais pour ne rien dire. Nous ne sommes pas seuls, Emma. Nous avons toujours Dieu pour nous soutenir, nous accompagner... Pourquoi n'essaies-tu pas de prier?

— Parce que je ne crois pas en Dieu », répondit Emma sèchement.

Blackie préféra sagement ne pas poursuivre la discussion et parla d'autre chose.

Mais quand il fut parti, à la nuit tombée, Emma resta longtemps assise devant sa fenêtre à ruminer les paroles de Laura que Blackie lui avait remises en mémoire. Le ciel, ce soir-là, était d'une pureté et d'une profondeur exceptionnelles et les étoiles scintillaient par centaines en un spectacle qui évoquait l'infini. Peu à peu, Emma se sentit envahie d'un sentiment inconnu. Ce Dieu auquel elle refusait de croire existait-il vraiment ? A peine s'était-elle posé la question qu'une voix presque imperceptible, au tréfonds d'elle-même, se fit entendre pour répondre par l'affirmative. Emma, cette fois, fut incapable de la faire taire. Une paix inhabituelle s'insinuait en elle.

Soudain, elle sursauta. Elle sentait la présence de Paul dans la pièce. Il était là, près d'elle, en elle. Elle eut un sourire heureux, le premier depuis la mort de Paul. Bien sûr, se dit-elle, Laura avait raison. Paul est avec moi, en moi puisque je le porterai dans mon cœur tant que je vivrai. Quand je mourrai à mon tour, peut-être alors nous retrouverons-nous si ce Dieu de Laura existe vraiment...

Malgré ses derniers doutes, Emma dormit cette nuit-là plus paisiblement que depuis des semaines. Le lendemain, elle reçut une lettre de Paul. Elle avait été postée la veille de sa mort et avait mis près de six semaines pour parvenir à destination. Emma la contempla longuement avant d'avoir le courage de l'ouvrir.

Emma, mon amour,

Tu es ma vie. Je ne peux pas vivre sans ma vie et pourtant je ne peux pas non plus vivre avec toi. Il faut donc mettre fin à une existence qui ne nous donne plus l'espoir de vivre ensemble. Ne va surtout pas croire que mon suicide soit le fait d'un accès de lâcheté. C'est au contraire le dernier acte de ma volonté. Je reprends ainsi le contrôle de mon destin, que j'avais perdu ces derniers mois. Infirme, j'étais enchaîné. En me tuant, je reprends ma liberté et je retrouve ma dignité. Je n'avais pas d'autre choix.

Je mourrai avec ton nom sur mes lèvres, ton visage devant mes yeux, mon amour pour toi plus vivant que jamais dans mon cœur. Nous avons eu de la chance, tu sais. Nous avons vécu ensemble tant de moments inoubliables, partagé tant de choses merveilleuses. Leur souvenir ne m'a jamais quitté, comme il ne te quittera

*jamais tant que tu vivras. Jamais je ne pourrai te
remercier assez de m'avoir donné les plus belles années
de ma vie.*

*Si je ne t'ai pas fait venir près de moi, c'est parce que
je ne voulais pas que tu sois enchaînée, si peu de temps
que cela dure, à un impotent. J'ai peut-être eu tort, j'en
conviens. Mais je voulais aussi que tu te souviennes de
moi tel que j'ai été et non tel que je suis devenu après
cet accident. Orgueil mal placé, simple vanité ? Peut-
être. Je te supplie quand même d'essayer de comprendre mes raisons. Je te supplie surtout de me pardonner.*

*J'ai foi en ton courage, Emma. Tu continueras à vivre,
tu poursuivras ton chemin. Il le faut. Tu le dois. Car sur
toi seule repose désormais l'avenir de notre enfant. Elle
est l'incarnation de notre amour et je sais que tu l'élè-
veras aussi brave, aussi bonne, aussi forte que tu l'es. Je
te la confie, elle est mon bien, notre bien le plus précieux.*

*Quand tu recevras cette lettre, je serai déjà mort.
Mais je continuerai à vivre en Daisy. C'est elle, Emma,
qui est désormais notre avenir et le tien.*

*Je t'aime de tout mon cœur et de toute mon âme. Et
je prie Dieu, s'Il veut bien m'écouter, que nous soyons
un jour réunis pour l'éternité.*

Paul

Quand elle eut fini sa lecture, Emma resta longtemps
immobile. Des larmes silencieuses ruisselaient sur ses
joues. Devant elle, sous ses yeux, elle voyait Paul
comme s'il vivait encore, grand, fort, élégant, irrésistible. Elle voyait l'éclat de ses yeux bleus, entendait sonner son rire. Elle s'en souviendrait à jamais comme il
avait voulu qu'elle le revoie. Avec l'image parfaite de
celui qu'elle aimait, Emma voyait défiler les années de
bonheur qu'ils avaient vécues, goûtait encore les instants les plus beaux de leur amour.

C'est ainsi qu'elle lui pardonna. Paul ne l'avait pas
repoussée, ne l'avait pas trahie. Ce qu'elle avait d'abord
pris pour une dérobade était la plus belle preuve de son
amour et il la lui faisait parvenir de l'au-delà.

Vers le début d'octobre, Mel Harrison réussit à embarquer dans un hydravion pour Karachi d'où, à bord d'un transport militaire, il parvint à gagner Londres. Son premier soin fut, en arrivant, de prendre contact avec Emma. Il avait accompli ce long et périlleux voyage pour faire enregistrer en Grande-Bretagne le testament de Paul McGill.

Pâle, frêle d'allure dans ses vêtements de deuil, Emma manifesta sa surprise en arrivant chez les hommes de loi londoniens chargés des affaires de Paul. Son étonnement redoubla quand on l'informa que M. McGill l'avait nommée exécutrice testamentaire.

Ne sachant que dire, elle s'assit pour écouter la lecture du document. Il débutait par une assez longue liste de legs à des vieux serviteurs et à des proches collaborateurs de Paul. Il était ensuite stipulé qu'un capital inaliénable de deux millions de livres était affecté en usufruit à Constance et Howard. A la mort du dernier survivant, cette somme devait être distribuée à des œuvres de bienfaisance.

Mais c'était Emma qui était instituée légataire universelle de l'énorme fortune de Paul, à seule charge pour elle de la léguer intégralement à Daisy et à sa descendance. Muette de stupeur, Emma écouta le notaire énumérer d'une voix monotone la litanie des actions, des propriétés et des entreprises de toutes natures disséminées dans le monde entier et qui faisaient d'elle une femme fabuleusement riche.

Ce n'est pas cela, toutefois, qui toucha le plus Emma. En la traitant ainsi, Paul avait fait d'elle sa femme légitime et non quelque maîtresse, même tendrement aimée. Après sa mort autant que dans la vie, Paul faisait preuve envers elle d'égards, de tendresse, d'estime dont Emma pouvait se sentir fière. Le simulacre de mariage célébré dans sa chambre de clinique avait été aussi indissoluble que si leur union avait été bénie par Dieu et par les hommes. En elle, Paul avait trouvé le dépositaire de sa dynastie et le proclamait hautement. Emma avait désormais le devoir de ne pas le décevoir.

49

Sans que son deuil s'adoucisse, sans que l'absence de Paul la fasse moins souffrir, Emma apprit peu à peu à dominer ses émotions et accepter la constante compagnie de sa douleur. Au fil des semaines, elle redevint elle-même, en apparence du moins. La gravité de la situation internationale était telle qu'Emma finit par fondre dans l'angoisse générale ses souffrances particulières.

L'entrée en guerre de la Grande-Bretagne lui posait par ailleurs des problèmes suffisants pour détourner son esprit de la perte qu'elle avait subie et la forcer à sortir de l'hébétude où elle était encore tentée de se réfugier. Ses deux fils étaient sous les drapeaux, Kit dans l'infanterie et Robin dans la R.A.F. Elizabeth, qui était entrée au Conservatoire royal d'art dramatique au début de l'été 1939, venait de se marier avec un ami de Robin, lui aussi pilote dans la R.A.F., Tony Barkstone. Emma avait retenu les objections qui lui venaient devant le jeune âge d'Elizabeth, qui n'avait que dix-huit ans, et son caractère primesautier qui semblait mal la destiner au mariage. Mais les jeunes gens avaient l'air éperdument amoureux et Tony, qui risquait sa vie comme ses camarades, avait tant insisté qu'Emma n'avait pas voulu troubler le bonheur du jeune couple. En janvier 1940, d'ailleurs, Elizabeth céda à l'esprit patriotique qui emportait le pays et abandonna ses études dramatiques pour s'engager comme infirmière dans la Croix-Rouge, à la vive surprise de sa mère. Devant le sérieux avec lequel la plus fantasque de ses enfants semblait prendre ses nouvelles responsabilités, Emma en arriva à penser que le mariage l'avait transformée. Quant à Daisy, qu'Emma avait un moment envisagé d'envoyer aux Etats-Unis pour la mettre en sûreté, elle était toujours pensionnaire à Ascot.

Emma s'était surtout plongée dans le travail qui restait le meilleur dérivatif à ses soucis. Par Henry Rossiter, devenu son conseiller financier, elle correspondait régulièrement avec Mel Harrison en Australie et Harry Marriot au Texas; la surcharge de responsabilités qui lui étaient échue, bien loin de l'accabler, la régénérait. Au début du printemps 1940, Emma avait retrouvé le dynamisme de sa jeunesse, le même que durant la Grande Guerre, lorsqu'elle était seule à mener ses affaires.

La tragédie de Dunkerque épargna sa famille. Du 1er au 3 juin 1940, Emma vit revenir ses enfants. Mais la chute de la France laissait la Grande-Bretagne seule face à l'ennemi. Et Winston Churchill, le Premier Ministre, ne pouvait promettre à ses compatriotes que « de la sueur, du sang et des larmes ».

Cet été-là fut le pire qu'Emma se souvint avoir vécu. La bataille d'Angleterre faisait rage et la R.A.F. ne pouvait opposer aux vagues inépuisables des bombardiers allemands qu'une poignée d'appareils et l'héroïsme de ses pilotes. Durant les interminables nuits d'alerte, contemplant par la fenêtre le ciel noir sillonné de projecteurs ou embrasé par l'explosion des bombes, Emma ne pouvait penser sans angoisse à ces jeunes hommes qui ne reviendraient peut-être plus et dont certains étaient ses propres fils. Elle n'avait pas de mots pour réconforter Elizabeth, qui était revenue vivre avec elle et dont l'angoisse était aussi forte pour le sort de Tony, son mari, que de Robin, son frère jumeau.

Emma avait pris l'habitude d'aller tous les jours à pied à son magasin de Knightsbridge. Elle n'y voulut rien changer et parcourut Londres tout l'été dans le fracas des explosions, des sirènes et des immeubles qui s'écroulaient. Parfois, à la vue d'un monument familier réduit en un tas de décombres ou d'une rue rayée de la carte, Emma faisait une grimace de douleur. Car, souvent, ces lieux l'avaient vue avec Paul et ces destructions effaçaient un peu de ses souvenirs. Mais en dépit des dévastations qui s'accumulaient journellement et de l'expression harassée des passants croisés dans la rue, Emma ne pouvait s'empêcher d'éprouver de la fierté devant l'héroïsme tranquille de ses compatriotes. Rien ne paraissait pouvoir les abattre. Parfois, une voix à l'accent cockney lançait un lazzi qui faisait rire et détendait un moment l'angoisse. Souvent, une chanson jaillissait spontanément des lèvres de sauveteurs couverts de plâtras ou de rescapés de l'enfer. Oui, se disait-elle, Churchill avait raison en proclamant : « Nous ne nous rendrons jamais. » Participer à ces humbles exploits quotidiens allégeait ses soucis et ravivait son énergie.

L'été se termina. En septembre, les docks de l'East End furent presque entièrement rasés par les bombes. Les attaques ennemies s'intensifièrent, forçant les as de la R.A.F. à des prodiges comme s'il s'agissait de manœuvres de routine. Il n'était bien entendu plus question de permissions et Emma ne revit ni Robin ni son gendre pendant de longues semaines. Dès le mois d'octobre, cette prodigieuse résistance commença de porter ses fruits. Hitler avait tenté de briser le moral des Anglais avant d'envahir leur île : il avait essuyé sa première défaite.

Le *Blitz* sévissait toujours et la guerre semblait devoir s'éterniser, avec son cortège de destructions, de privations et de deuils. Mais la vie continuait. En 1942, June, la femme de Kit, donna naissance à une fille, Sarah. La même année, Daisy quitta son pensionnat pour revenir vivre avec Emma et Elizabeth dans la grande maison de Belgrave Square qui résonna à nouveau de rires et de joyeuses conversations. Robin venait souvent pour de brèves permissions, non sans amener avec lui deux ou trois camarades. « Tous les hôtels sont pleins ou démolis, vous n'allez pas leur refuser l'hospitalité! » disait-il chaque fois en embrassant sa mère. Emma ne leur refusait ni l'hospitalité ni l'admiration.

A Noël, bénéficiaire d'une permission inattendue, Robin arriva, escorté comme d'habitude de trois amis. Dès l'instant où David Amory passa le seuil de son salon, Emma sentit son cœur s'arrêter de battre. Il était grand, brun et beau, avec des yeux bleus, un sourire éblouissant et une aisance pleine de charme qui évoquaient irrésistiblement Paul McGill. Sans doute, David ne possédait-il pas l'ensemble des traits de caractère qui rendaient Paul unique. Mais son apparition inattendue éveilla en Emma des échos doux-amers de sa première rencontre avec Paul dans la salle à manger du Ritz, au début de 1918. A vingt-quatre ans, David Amory était déjà considéré comme un as entre les as, ainsi que l'attestaient glorieusement les nombreuses décorations sur sa poitrine.

Ce Noël-là fut particulièrement joyeux. La maison résonnait sans cesse des rires, de la musique que déversait le phonographe, du cliquetis des verres et des propos moqueurs qu'échangeaient les jeunes pilotes avec les filles de leur hôtesse. Emma avait retrouvé la gaieté de sa vie avec Paul, elle qui n'avait jamais eu de jeunesse et ignorait ce qu'était l'insouciance. Mais, soit qu'elle se mêlât aux fêtes ou qu'elle se retirât calmement dans un coin du salon en feignant de s'absorber dans un tricot, elle ne cessait d'observer attentivement David Amory et Daisy. Comme Emma vingt-trois ans plus tôt, Daisy était littéralement ensorcelée par le jeune pilote qui ressemblait si fort à son père. David, de son côté, semblait avoir eu le coup de foudre pour Daisy qu'il ne quittait jamais. Mi-attendrie, mi-inquiète, Emma les voyait tomber amoureux en sachant qu'elle ne pourrait pas intervenir. Pourquoi, d'ailleurs, aurait-elle voulu les en empêcher? Daisy était pourtant si jeune...

A la fin de ces trop brèves vacances, David Amory revint aussi souvent à Belgrave Square qu'il lui fut possible, soit en compagnie de Robin, soit même seul quand il s'enhardit assez pour le faire. Emma ne fut pas longue à l'adopter. Le jeune homme était d'une vieille famille du Gloucestershire et poursuivait de brillantes études de droit à la déclaration de guerre. Il était doué d'une intelligence vive et tempérée par la raison, d'une grande droiture de caractère, d'une gentillesse et d'un charme si irrésistibles qu'Emma ne put que donner son approbation quand Daisy lui demanda enfin la permission de l'épouser. Ils se marièrent en mai 1943, quelques jours à peine après le dix-huitième anniversaire de la jeune fille.

La cérémonie se déroula sans faste, comme le

mariage d'Elizabeth près de trois ans auparavant. Winston l'accompagna à l'autel, Robin fut le garçon d'honneur. Les parents et la jeune sœur de David vinrent à Londres pour la circonstance et les jeunes mariés passèrent leur nuit de noces au Ritz. Dès le lendemain, David retournait à la base aérienne et Daisy réintégrait la maison maternelle.

A son tour, Robin se maria en janvier 1944 avec Valérie Ludden, une amie d'Elizabeth et infirmière comme elle. Quelques semaines plus tard, Elizabeth donnait naissance à un fils, qui fut nommé Alexandre. Elle alla peu après s'installer dans une maisonnette non loin de la base où Tony, son mari, était cantonné.

Ainsi, Emma se retrouva de nouveau seule dans sa grande maison. Tous ses enfants étaient mariés, elle était trois fois grand-mère. Mais sa beauté et sa vivacité étaient revenues, plus éclatantes que jamais et elle ne paraissait pas ses cinquante-cinq ans. Winston et Frank, à qui la solitude de leur sœur faisait une peine sincère, se dépensaient discrètement pour lui présenter des prétendants. Emma les éconduisait régulièrement. Jamais personne ne pourrait remplacer Paul dans sa vie.

En janvier 1945, Daisy donna naissance à une fille. A cette nouvelle, Emma se précipita à la clinique en dissimulant de son mieux l'émotion qui l'étreignait.

« Comment vas-tu l'appeler ? » demanda-t-elle à sa fille après les premières effusions.

Daisy eut un sourire amusé :

« Paula. Comme mon père. »

L'impassibilité proverbiale d'Emma ne résista pas à cette déclaration. Devant sa mine effarée, Daisy éclata de rire :

« Voyons, maman, ne faites pas cette tête-là ! Pour une femme aussi évoluée que vous, vous faites parfois preuve d'une surprenante naïveté. Vous ne vous doutiez donc pas que j'étais au courant ? »

Emma avala sa salive sans pouvoir répondre.

« J'ai compris que Paul était mon père quand j'étais déjà toute petite, reprit Daisy d'un air attendri. D'abord parce qu'il vivait toujours avec nous. Et puis parce que ma ressemblance avec lui était trop frappante pour être ignorée. Quant à Arthur Ainsley, dont je porte le nom, je ne l'avais jamais vu... De toute façon, poursuivit-elle en redevenant sérieuse, Paul me l'a dit lui-même quand j'avais douze ans.

— Paul te...Non! s'exclama Emma. Il n'a pas pu faire une chose pareille!

— Mais si. Il m'a dit que j'étais assez grande pour le comprendre. Il a même ajouté que c'était un secret que nous devions garder entre nous pour ne pas vous faire de peine. Et il m'a tout expliqué, pourquoi vous ne pouviez pas vous marier, comment il m'avait légalement adoptée...

— Et cela ne t'a rien fait d'apprendre que ta naissance était illégitime?

— Maman, de grâce, ne soyez pas si vieux jeu! Je préfère mille fois être la fille illégitime de Paul McGill que la fille légitime d'un Arthur Ainsley, croyez-moi! »

En voyant Emma pleurer, Daisy se pencha pour la serrer dans ses bras.

« Je vous aime, dit-elle tendrement. Et j'aimais Paul autant que vous. Vous avez été les meilleurs parents dont on puisse rêver.

— Pourquoi ne m'as-tu rien dit plus tôt? Pourquoi ne m'en as-tu pas parlé quand Paul est mort?

— Vous aviez trop de chagrin pour que j'y ajoute un souci bien inutile. »

Emma ne pouvait rien répondre. Quand une infirmière apporta, quelques instants plus tard, la petite fille emmaillotée dans ses langes, Emma la prit dans ses bras, bouleversée. Elle tenait le premier petit-enfant de Paul, le premier maillon de cette lignée dont elle avait assuré la pérennité. Seule la pensée que Paul n'était plus là pour voir sa petite-fille assombrit son bonheur et sa fierté.

Une semaine plus tard, Daisy et Paula vinrent s'installer à Belgrave Square et la petite fille devint immédiatement pour Emma le centre du monde, au point qu'elle usurpait à Daisy son rôle de mère. Mais la jeune femme la laissait faire avec indulgence, trop heureuse de voir sa mère redevenir joyeuse et souriante. Ensemble, elles passaient de longues heures à échafauder des projets d'avenir pour Paula.

L'avenir, en ce début de 1945, retrouvait des couleurs d'espoir, comme si la naissance de Paula avait été un heureux présage, disait souvent Emma. L'invasion du Reich amena enfin la capitulation des nazis et le 8 mai marqua la défaite de la tyrannie qui avait voulu s'approprier le monde. Ce jour-là, Emma était à Leeds et but le champagne avec Winston et Charlotte. Mais elle ne ressentit pas la jubilation éprouvée en 1918 et la joie de tous était teintée de tristesse, tant la lutte avait été âpre et les pertes cruelles. Cette fois, cependant, Emma et ses proches avaient été épargnés. Peu à peu, ses fils et ses gendres revinrent au foyer. Blackie O'Neill retrouva son Bryan, David Kallinski ses deux fils. Pour eux, le sort avait été clément.

En cette belle fin de matinée d'août 1950, le petit salon de Pennistone était inondé de lumière quand Blackie O'Neill y entra de son pas toujours vif.

« Félicitations, Emma ! s'écria-t-il dès la porte. Winston vient de m'apprendre que tu as emporté ta dernière victoire. La *Yorkshire Consolidated Newspaper Company* a, paraît-il, pris le contrôle de la *Yorkshire Morning Gazette*. Ainsi, tu as définitivement gagné, n'est-ce pas ? »

Emma rendit à son vieil ami son baiser affectueux.

« Oui, répondit-elle avec un sourire ironique. Mais tu n'en avais jamais douté, je pense ?

— Non, en effet. Comment as-tu fait ? Je serais curieux de le savoir.

— Rien de très mystérieux. Il m'a suffi d'avoir de la patience. Et j'avais devant moi un adversaire qui n'était plus à la hauteur. Depuis des années, mes journaux grignotaient peu à peu le tirage de la *Gazette*. Edwin Fairley n'a jamais été un homme d'affaires et il aurait mieux fait de se cantonner à ses plaidoiries. Dernièrement, il a commis des erreurs qui lui ont été fatales, comme par exemple de vendre un gros paquet d'actions. Il a perdu la majorité il y a près de deux ans.

— Il était quand même resté président du conseil d'administration, si je ne me trompe ?

— Peut-être. Mais sa position était devenue précaire et ne reposait que sur le vote de quelques autres actionnaires. Depuis longtemps, ils étaient préoccupés des pertes du journal. Il a donc suffi de leur faire des offres alléchantes pour les parts qu'ils détenaient. Edwin a simplement été chassé de son poste par le vote de la dernière assemblée générale. J'avoue quand même avoir été surprise quand, à son tour, il a consenti à me vendre ce qui lui restait d'actions.

— Bien joué, approuva Blackie. Mais ce qui m'étonne c'est que tu n'aies pas assisté à cette fameuse séance pour voir de tes yeux la défaite d'Edwin. C'est Winston qui t'y a représentée, m'a-t-il dit. Pourquoi ? »

L'expression d'Emma se durcit brusquement, comme si elle s'était appliqué un masque sur le visage.

« Il y a quarante-cinq ans, presque jour pour jour, j'ai dit à Edwin Fairley que je ne poserais jamais plus les yeux sur lui. J'ai tenu parole jusqu'à présent. Pourquoi changer ? »

Blackie haussa les épaules d'un geste résigné.

« Bien sûr... Winston t'a-t-il dit comment Edwin avait réagi en apprenant que tu avais provoqué sa chute ?

— En apparence, il est resté impassible. Les avocats sont généralement de bons acteurs, tu sais. Mais Winston m'a quand même dit avoir remarqué dans ses yeux comme du soulagement et même du plaisir. Je me demande bien pourquoi, ce journal appartenait à sa famille depuis trois générations... Il était sans doute soulagé d'être débarrassé d'un fardeau devenu trop pesant et qu'il était incapable de porter.

— Oui, sans doute... »

Blackie hocha pensivement la tête. Edwin Fairley devait, en effet, avoir éprouvé un certain soulagement et même une sorte de plaisir à voir ainsi consommer sa défaite. Mais il s'agissait probablement de motifs bien différents de ceux auxquels Emma, à l'esprit toujours positif, avait fait allusion.

Elle n'avait pas remarqué le changement d'attitude de Blackie et se leva avec vivacité :

« Il faut que j'aille chercher Paula, c'est l'heure de son déjeuner, dit-elle en s'éloignant. Attends-moi un instant, Blackie, je ne serai pas longue. »

Blackie se leva à son tour pour aller sur la terrasse, par la porte-fenêtre grande ouverte. Accoudé à la balustrade, il la suivit des yeux pendant qu'elle descendait les marches et s'engageait dans l'allée qui menait à la pièce d'eau. Paula jouait sur la pelouse et Emma se pencha pour lui parler et la prendre dans ses bras. La main en visière pour se protéger du soleil, Blackie continuait à l'observer.

Dans la distance, découpée contre la masse plus sombre des haies taillées, la silhouette d'Emma était restée d'une sveltesse juvénile. Avec sa légère robe d'été et la masse opulente de sa chevelure, qu'elle teignait désormais dans le châtain-roux de sa jeunesse, elle avait l'allure de la jeune adolescente que Blackie avait rencontrée par hasard sur la lande. Attendri, il revoyait la jeune servante de Fairley Hall.

En près d'un demi-siècle, que d'événements s'étaient produits dans la vie de cette femme hors du commun ! Elle avait résisté à tout et elle était toujours là, prête à poursuivre son chemin avec la même énergie.

Déjà, elle se rapprochait d'un pas alerte de jeune fille en tenant Paula par la main.

« Cette petite est comme ton ombre, dit Blackie en souriant.

— Nous formons une curieuse paire, n'est-ce pas, la vieille dame et la petite fille de cinq ans ! répondit-elle en riant. Mais nous nous comprenons sans doute mieux que si nous avions le même âge... »

Elle baissa les yeux vers Paula et lui posa la main sur la tête, en un geste plein de douceur protectrice.

« Vois-tu, Blackie, cette enfant représente désormais tous mes espoirs, tous mes rêves. Mon avenir, c'est elle. Et je n'en veux plus d'autre. »

EPILOGUE
1968

Je suis seul. Autour de moi, le phari-saïsme a tout envahi. Vivre sa vie jus-qu'au bout n'est pas un jeu d'enfant.

Boris PASTERNAK, *Docteur Jivago*

50

EMMA ne mourut pas.

Tout le monde, dans son entourage, s'accorda pour dire qu'il était miraculeux de voir une femme de soixante-dix-huit ans survivre aux complications d'une pneumonie aussi sévère. On s'émerveilla d'une capacité de récupération qui lui permit de quitter la clinique au bout d'à peine trois semaines. Quand on lui rapporta ces propos, Emma ne répondit rien. Elle se contenta de sourire : ces gens ne savaient donc pas que l'envie de vivre est plus forte que tout, plus puissante même que la mort ? Certains, pourtant, auraient dû mieux la connaître. Il en fallait davantage pour abattre Emma Harte.

Elle passa deux jours de « convalescence » chez elle, à Belgrave Square. C'en était déjà trop pour son impatience. Au matin du troisième jour, se sentant complètement rétablie, elle se leva, s'habilla et se fit conduire à son bureau. Ses employés lui firent une ovation : ils n'avaient jamais douté de la voir revenir aussi vite et aussi vaillante. Paula fut la seule à afficher son inquiétude, vite dissipée quand elle vit sa grand-mère, qui allait fêter son soixante-dix-neuvième anniversaire dans à peine plus d'un mois, escalader les marches à une allure qu'elle avait peine à suivre. Elle eut quand même un mouvement de surprise quand Emma lui annonça calmement, vers la fin de l'après-midi, qu'elle comptait passer le week-end suivant à Pennistone.

« Toute la famille sera là, ajouta-t-elle avec un sourire.

— Que voulez-vous dire, grand-mère ?

— De qui crois-tu donc que je parle ? De tes oncles et tantes, de tes cousins... »

Le sourire de Paula s'effaça définitivement :

« Moi qui espérais que vous y alliez pour vous reposer ! Pourquoi inviter tous ces gens-là ? Passe encore pour mes cousins et cousines, ils vous adorent. Mais leurs parents ! Ils s'arrangent toujours pour faire des scènes. Et vous n'êtes pas encore assez remise pour supporter le remue-ménage d'une maison pleine.

— C'est ce qui te trompe, ma petite, je suis au mieux de ma forme. Je puis également te garantir qu'ils seront tous d'une sagesse exemplaire. Et j'ai aussi pensé qu'il serait bienséant de réunir ces « gens-là », comme tu dis, après ma maladie. Ils sont quand même ma famille et je n'ai guère l'occasion de les voir, tu ne crois pas ? »

Le ton franchement sarcastique de sa grand-mère fit lever les yeux à Paula, et sa curiosité se transforma vite en inquiétude en reconnaissant l'éclat belliqueux des yeux d'Emma. La jeune fille eut un léger frisson de crainte et se borna à hocher la tête.

Les jours suivants, Paula s'abstint prudemment d'aborder de nouveau le sujet. Malgré les airs innocents et la bonne humeur qu'elle affectait, Emma mijotait manifestement quelque chose et Paula avait surpris des bribes de conversations téléphoniques qui ne faisaient qu'aggraver sa curiosité inquiète. Quel motif impérieux, se demandait-elle, pouvait bien pousser sa grand-mère à réunir ainsi tout le monde à Pennistone ? Ses enfants ne l'aimaient pas et n'en faisaient pas mystère. Entre eux, ils étaient désunis. Leurs propres enfants n'entretenaient avec leurs parents que des rapports de convenance et Paula était la seule à éprouver pour ses parents, David et Daisy Amory, une sincère affection. Le seul véritable amour qui existât dans la famille sautait une génération et régnait entre Emma et ses petits-enfants. Alors, à quoi bon s'imposer cette épreuve et l'infliger, du même coup, aux plus jeunes qui auraient cent fois préféré, comme Paula, passer seuls le week-end avec Emma dans cette grande maison chaleureuse, en fait leur vrai foyer ?

La semaine passa sans que Paula trouve de réponse à ses questions. Le vendredi matin, Emma et elle quittè-rent Londres sous une bruine glaciale mais, à mesure que la Rolls-Royce progressait sur l'autoroute, le temps s'éclaircissait sans pour autant apaiser les pressenti-ments de Paula. Elle jetait de temps à autre un regard perplexe sur Emma, qui dormait paisiblement. Le ron-ronnement régulier du moteur, la chaleur, le déroule-ment monotone du paysage finirent par avoir raison des appréhensions de la jeune fille qui s'assoupit à son tour. Peut-être s'était-elle trompée et ce week-end, dont elle se faisait une montagne, n'apporterait-il d'autre surprise — elle serait de taille, il est vrai — que celle d'une simple réunion de famille.

Quand la limousine stoppa, vers midi, dans la cour de Pennistone, le soleil brillait dans un ciel sans nuages, un soleil de mars éclatant mais froid, comme le York-shire en a le secret au début du printemps. Une forte brise soufflait de la lande et faisait frissonner les jon-quilles, dont l'or tranchait sur le vert sombre des pelou-ses. Il avait plu pendant la nuit et les branches dénu-dées des arbres chatoyaient sous la lumière crue. Ragaillardie par ces retrouvailles avec son pays natal, Emma sauta allègrement de voiture avant que le chauf-feur n'ait eu le temps d'ouvrir la portière. Elle resta un long moment à respirer avidement l'air vivifiant, chargé des fortes senteurs de la lande et où perçait déjà l'acidité du renouveau tout proche. Ici, elle était heu-reuse, elle était chez elle, aux racines de sa vie et de sa puissance. Elle contemplait avec un sourire la longue façade de pierre grise à l'austérité adoucie par les petits carreaux des fenêtres, où jouaient les reflets du soleil et du ciel. Pour Emma, Pennistone avait toujours été un refuge et une source de réconfort et ce jour-là elle en ressentit, plus que jamais, l'effet bienfaisant.

Mais elle ne put s'attarder davantage car Paula la tirait par le bras en la grondant de son imprudence à s'exposer au froid. Emma la suivit avec un sourire indulgent. Les deux femmes gravirent d'un pas rapide les marches de la terrasse. Elles n'avaient pas fini de la traverser quand la lourde porte de chêne s'ouvrit toute grande et Hilda, la gouvernante, se précipita à leur rencontre en leur souhaitant joyeusement la bienvenue.

Les effusions durèrent longtemps car Hilda, une femme du pays au service d'Emma depuis que celle-ci avait acheté et restauré Pennistone, faisait virtuellement partie de la famille. La gouvernante éprouvait une véritable dévotion pour Emma, qu'elle décrivait à tout venant comme « une grande dame pas fière et si bonne qu'on dirait un ange du Paradis ». Emma jouissait d'une réputation légendaire dans toute la région, moins pour sa fortune que pour ses innombrables bonnes actions accomplies avec une générosité discrète. Ainsi, se plaisait à clamer Hilda, Madame avait payé les études universitaires de son fils Peter et accordé des bourses d'études à de nombreux garçons de Pennistone et de Fairley. Elle avait également institué une fondation pour distribuer des secours aux nécessiteux, donné du travail aux enfants du pays victimes du chômage et répandu ses largesses tant et si bien que Hilda aurait étranglé de ses propres mains quiconque se serait permis devant elle la moindre remarque désobligeante envers sa patronne, qu'elle vénérait comme une sainte.

Le grand hall resplendissait, les coupes et les vases regorgeaient de fleurs champêtres. Emma et Paula parvinrent enfin à s'arracher aux embrassades d'Hilda et, avant le déjeuner prévu pour une heure, allèrent se rafraîchir. Quand Emma eut abandonné son tailleur de voyage pour une confortable robe de laine et refait sa coiffure, elle s'installa dans le petit salon contigu à sa chambre, la pièce de la maison qu'elle préférait entre toutes.

Elle avait accordé tous ses soins à sa décoration et à son ameublement. C'était une grande pièce, rendue plus lumineuse encore par la peinture claire légèrement dorée des murs, qui réfléchissait le soleil. Les beaux meubles anciens, les cristaux et l'argenterie disposés dans des vitrines ou sur des guéridons, les tableaux de maître créaient un cadre à la somptuosité discrète où l'on se sentait à l'aise. Au-dessus de la cheminée, un grand paysage de Turner faisait resplendir son ciel bleu comme une fenêtre ouverte sur le rêve. Tout, dans ce décor, reflétait la personnalité et le goût d'Emma.

Quand elle se fut réchauffée devant la cheminée, Emma alla remplir deux verres de sherry qu'elle apporta devant un canapé disposé en face de l'âtre et attendit Paula. Sur la table basse, elle prit le numéro du jour de la *Yorkshire Morning Gazette* qu'elle parcourut d'un œil appréciateur. Depuis qu'elle en avait nommé Jim Fairley rédacteur en chef, le quotidien du matin — tout comme le *Yorkshire Evening Standard*, journal du soir qui faisait aussi partie du groupe que dirigeait le jeune homme — avait subi une remarquable transformation. Modernisé dans sa présentation et sa typographie, étoffé par la collaboration de journalistes de qualité, le journal avait presque doublé son tirage et, grâce à l'augmentation de ses ressources publicitaires, avait dorénavant une exploitation largement bénéficiaire. Elle pouvait se féliciter d'avoir laissé carte blanche à Jim, qui n'avait cessé de faire preuve de qualités dignes d'admiration. Mais il y avait Paula. Il était impossible à Emma de penser à Jim sans l'associer à Paula dans son esprit. Sa petite-fille et le petit-fils d'Edwin mêlaient leurs destins au sien, leur avenir à son passé d'une manière désormais inextricable.

L'arrivée de Paula la tira de ses réflexions. Emma lui fit un sourire affectueux que la jeune fille lui rendit. Elle était déterminée à faire dès maintenant bonne figure, puisque de toute façon il lui fallait se résigner à l'inévitable et subir la présence de ses oncles et tantes, et elle ne pouvait faire moins pour sa grand-mère. Elle alla s'asseoir à côté d'elle et les deux femmes trempèrent leurs lèvres dans le sherry.

« Il fait si beau, aujourd'hui, que je pensais aller faire une promenade à cheval dans la lande, dit Paula quelques instants plus tard. Quand les autres doivent-ils arriver ?

— Certains dès ce soir, probablement, le reste demain.

— Tante Elizabeth va-t-elle amener son mari ?

— Elle en a donc un, en ce moment ? répondit Emma avec un rire sarcastique.

— Vous êtes méchante, grand-mère ! dit Paula avec un sourire amusé. Vous savez bien, Gianni, le comte italien.

— Il est comte comme je suis le pape ! Il m'a plutôt l'air d'un maître d'hôtel. »

Paula rit de bon cœur.

« Je le trouve très gentil, dit-elle. Bien trop, si vous voulez mon avis, pour supporter tante Elizabeth.

— C'est en effet étonnant qu'il dure aussi longtemps, celui-là. Elizabeth aurait déjà dû changer de mari depuis plus d'un an, pour respecter son rythme habituel !

— Vous êtes mauvaise langue, grand-mère ! dit Paula en s'esclaffant. Après tout, vous avez eu plusieurs maris, vous aussi.

— Pas autant qu'elle et ils ne rajeunissaient pas systématiquement à mesure que je vieillissais. Pauvre Elizabeth, je suis peut-être méchante, c'est vrai. Il est quand même incroyable, à son âge, qu'elle soit encore sentimentale comme à seize ans et s'imagine trouver chaque fois l'amour parfait. Je me demande si elle aura du plomb dans la tête un jour ou l'autre... »

Jusqu'à la fin du déjeuner, elles passèrent en revue les membres de la famille. Pour chacun, Paula trouvait un commentaire où Emma reconnaissait l'esprit mordant et lucide qu'elle n'avait jamais elle-même perdu.

Pendant que Paula galopait sur la lande, Emma se retira dans son petit salon pour donner un dernier coup d'œil aux documents signés la veille de sa maladie. Elle passa ensuite quelques coups de téléphone à Londres pour régler les derniers détails de son opération et vérifia une dernière fois le plan de la table et le menu du dîner du lendemain soir. Satisfaite, elle alla ensuite s'étendre dans sa chambre car, même rétablie, elle sentait le besoin de repos. Le week-end allait être rude. Elle s'y préparait pourtant sans appréhension ni inquiétude, avec simplement l'anticipation de l'ennui et du dégoût que lui causeraient les scènes déplaisantes qui ne manqueraient pas de se produire à l'issue du grand dîner de famille.

Emma avait toujours eu horreur des drames. Leur violence lui répugnait autant que leur inutilité et elle faisait tout pour les éviter, particulièrement avec ses enfants. Elle savait pourtant que, en dépit du calme qu'elle affectait vis-à-vis de Paula, il fallait s'attendre à des querelles plutôt sordides au cours des prochaines quarante-huit heures. Aussi était-ce moins par fatigue que pour mieux se préparer à subir ces pénibles assauts qu'elle prenait du repos et se détendait. A l'exception de Daisy, elle ne croyait aucun de ses enfants capable de faire face avec courage et dignité à une crise imprévue. S'ils s'en révélaient dignes, ce qui constituerait sa plus grande et sa plus heureuse surprise, peut-être alors éviterait-on en partie l'ignoble étalage du linge sale de la famille. Elle craignait cependant que son espoir ne soit une fois de plus déçu.

Car Emma connaissait assez ses enfants pour prévoir leurs réactions à la bombe qu'elle s'apprêtait à faire exploser. Elle n'éprouvait pourtant aucun remords, aucune pitié car c'était eux-mêmes, par leur bassesse, qui la forçaient à leur porter ce rude coup pour se défendre. Elle ne ressentait, finalement, que de la tristesse, une tristesse mêlée de dépit, au spectacle de ses enfants qui trahissaient tous les espoirs qu'elle avait placés sur eux. Depuis longtemps, Emma avait renoncé à se faire aimer d'eux et avait appris à se passer de leur avis et même de leur intérêt pour tout ce qui la concernait. Elle n'avait pourtant jamais encore eu l'occasion de douter de leur fidélité et la découverte de leur complot lui avait porté un coup très dur. Devant tant de duplicité et de vilenie, son abattement avait toutefois vite fait place à la colère et au mépris : ils n'avaient pas même fait preuve de quelque habileté dans leurs machinations. Ils n'étaient pas plus capables de trahir qu'ils ne savaient aimer. Et c'étaient là ses enfants!

Emma se força à abandonner ces désagréables réflexions, qui l'agitaient malgré elle, et retrouva la paix en évoquant ceux qu'elle aimait et qui s'en montraient dignes, Daisy, Paula, ses autres petits-enfants. Elle s'endormit alors calmement jusqu'à ce que Hilda vienne la réveiller pour le thé.

Paula était revenue de sa promenade et attendait sa grand-mère dans le petit salon. Emma s'arrêta un instant sur le seuil pour l'admirer avec émotion. Elle évoquait tellement le souvenir de Paul, elle avait en même temps su prendre à Emma tant de traits et d'attitudes que celle-ci fut un moment tentée d'en verser des larmes d'attendrissement. Mais déjà la jeune fille l'accueillait avec joie et la détournait de ce bref moment de faiblesse.

« Depuis que je suis rentrée, j'ai reçu un tas de coups de téléphone, s'écria-t-elle. Tante Elizabeth arrivera demain matin avec son mari et les jumelles. Emily m'a tenue au bout du fil pendant un quart d'heure, comme d'habitude, pour me dire qu'elle arrive ce soir avec Sarah pour le dîner mais qu'Alexandre sera sans doute en retard parce que oncle Kit lui fait reprendre des tas de chiffres pour de nouvelles machines ou je ne sais quoi d'autre. Jonathan va arriver par le train sans encore savoir quand et Philip viendra peut-être avec lui ou avec Emily. Vous voyez, tout se passe comme d'habitude, dans le plus grand désordre! Les autres appelleront probablement d'ici ce soir pour prévenir.

— Hilda leur préparera un dîner froid, ils pourront manger à n'importe quelle heure. Sers donc le thé, ma chérie. Regarde encore ce monceau de victuailles que nous a préparé cette pauvre Hilda! Elle nous prend pour des ogres!

— Rassurez-vous, grand-mère, je meurs de faim et j'en viendrai à bout. »

Elles bavardèrent quelques instants pendant que Paula faisait honneur aux préparations de la cuisinière.

« Au fait, ma chérie, dit Emma en souriant. J'ai vérifié le plan de table pour demain soir. Veux-tu y jeter un coup d'œil, voir si rien ne m'a échappé? J'ai fait de mon mieux pour séparer ceux qui ne s'entendent pas et rapprocher ceux qui ont envie de l'être mais tu remarqueras peut-être des choses que je n'aurais pas vues. »

Avec une hésitation imperceptible, Emma prit la feuille de papier pliée et la tendit à Paula. Elle retint malgré elle sa respiration et observa sa petite-fille avec une curiosité qui n'était pas exempte d'une certaine inquiétude.

La jeune fille parcourut rapidement le papier des yeux, s'arrêta soudain, bouche bée, regarda sa grand-mère avec incrédulité et baissa de nouveau les yeux vers le plan avec une stupeur croissante. Elle rougit, pâlit et la feuille échappa à ses doigts tremblants.

« Pourquoi m'avoir fait cela, grand-mère? demanda-t-elle d'une voix étouffée. Vous n'aviez pas le droit d'inviter Jim sans me prévenir, ni surtout de le placer à côté de moi... »

Incapable de se dominer plus longtemps, Paula courut à la fenêtre pour dissimuler son émotion. Emma regarda un instant sa silhouette qui se détachait à contre-jour, ses épaules secouées par des sanglots mal réprimés. Il était grand temps de faire cesser ce chagrin, qui lui faisait autant de mal qu'à Paula elle-même.

« Viens ici, ma chérie. Assieds-toi et parlons calmement. »

Paula se retourna avec répugnance et revint lentement s'asseoir sur le bord de son siège. Jamais sa grand-mère ne s'était encore montrée inutilement cruelle, avec elle moins qu'avec tout autre. Elle s'apprêta donc à écouter l'explication, car il devait y avoir une raison impérieuse qui exigeait qu'elle sacrifiât pour quelques heures la paix de son esprit.

« J'ai invité Jim en partie parce qu'il joue un rôle dans les affaires de la famille, Paula, et que l'objet de la réunion de demain soir est précisément d'en parler. Mais je l'ai aussi et surtout invité pour toi et il a été enchanté d'accepter, je m'empresse de te le dire. »

La stupeur de Paula était si totale, son trouble si touchant qu'Emma ne put retenir un léger sourire.

« Pour moi ? Que voulez-vous dire, pour moi ? dit enfin Paula en balbutiant. Je ne comprends plus. Vous qui avez haï les Fairley toute votre vie.. »

Emma se leva et vint s'asseoir à côté de sa petite-fille. Elle lui prit la main, la dévisagea longuement, émue par la détresse qui transparaissait sur son visage.

« Je suis une vieille dame, ma chérie, dit-elle à voix basse. Une vieille dame fatiguée d'avoir lutté toute sa vie. J'ai été amère, j'ai été rancunière, c'est vrai. Mais j'ai réussi à acquérir un peu de sagesse, tout au long de ces années. Maintenant, sans avoir honte de tout ce que j'ai fait, j'ai appris à ouvrir les yeux, à voir les choses sous un jour différent. Et je me suis demandé de quel droit les rancunes d'une vieille dame avec un pied dans la tombe pouvaient empêcher d'être heureuse la personne que j'aime le plus au monde. Je me suis soudain rendu compte combien j'étais égoïste, vaniteuse, méchante en un mot, de permettre à des vengeances vieilles de soixante ans de venir encore m'aveugler. »

Paula écoutait en secouant la tête, les yeux écarquillés par l'incompréhension et l'incrédulité. Emma reprit en souriant :

« Tout ce que j'essaie de te dire, ma chérie, c'est que je ne vois plus aucun inconvénient à ce que tu recommences à voir Jim Fairley. J'ai eu hier avec lui une longue conversation d'où j'ai déduit que ses sentiments à ton égard n'ont pas changé. Il m'a confirmé ses intentions et c'est pourquoi je lui ai dit que je lui donnais volontiers mon autorisation s'il voulait t'épouser. En fait, ma chérie, je vous donne ma bénédiction à tous deux. Soyez heureux, vous me rendrez heureuse. »

Paula était toujours muette. Les paroles de sa grand-mère ne parvenaient pas à pénétrer dans son esprit ou, plutôt, elle se refusait encore à les comprendre. Pendant des mois, elle s'était forcée à ne plus penser à Jim, à se faire à l'idée qu'ils ne pouvaient bâtir leur avenir ensemble. Elle s'était jetée dans le travail comme seul dérivatif à son chagrin, sans arriver à le surmonter. A travers ses larmes, elle voyait le visage brouillé d'Emma, cette grand-mère que depuis l'enfance elle aimait, en qui elle croyait. Et ce visage lui souriait avec tendresse. Fallait-il vraiment croire ce qu'elle venait d'entendre?

« Mais alors, dit-elle d'une voix entrecoupée, vous avez changé d'avis?

— Oui, ma chérie. J'ai changé d'avis. »

Ces mots brisèrent enfin les dernières barrières dont Paula avait tenté de protéger son esprit encore endolori. D'un seul coup, comme un barrage qui cède, elle pleura à gros sanglots et se jeta dans les bras d'Emma qui la serra contre elle en lui caressant la joue pour sécher ses larmes.

« Je ne veux plus jamais te voir malheureuse, ma chérie, murmura Emma à son oreille. Plus jamais. Et je te demande pardon de t'avoir fait souffrir.

Paula ne répondit pas. Elle pleurait de plus belle, mais c'était par excès de bonheur. Emma la lâcha, lui caressa la joue en souriant.

« Ne pleure plus, ma chérie. Va te refaire une beauté et appelle Jim. A cette heure-ci, il est encore au bureau. A ta place, j'irais le rejoindre à Leeds, vous pourriez dîner tranquillement tous les deux. Emily et Sarah me tiendront compagnie, les autres vont arriver, ne t'inquiète surtout pas pour moi. Je peux très bien me passer de toi une soirée, j'ai d'autres petits-enfants! »

Paula l'embrassa avec fougue et sortit en courant. Pensive, mélancolique, Emma resta longuement auprès du feu, l'esprit occupé de Paula et de Jim Fairley. Le dernier de la lignée allait-il, indirectement, lui apporter au soir de sa vie cette paix de l'esprit qu'elle avait si longtemps et si vainement cherchée? Allait-elle enfin exorciser une fois pour toutes les fantômes qui revenaient la hanter?

« Pourquoi faire porter aux vivants le poids des péchés des morts? » murmura-t-elle.

En s'entendant, elle eut un sursaut. Cette phrase, ne l'avait-elle pas prononcée dans son délire, le jour où elle avait cru mourir, où elle avait revu Edwin et un cortège de fantômes surgis de son passé?

Mourir... Emma se redressa avec un sourire. Il n'en

était pas davantage question que de s'attendrir inutilement. Elle avait encore bien trop à faire.

51

Le lendemain soir, alors que le jour déclinait, Emma se prépara à son dernier combat. Elle avait depuis longtemps perdu le goût de la lutte et avait cru enterrer à jamais la hache de guerre le jour où, en emportant la *Yorkshire Morning Gazette*, elle avait parachevé sa vendetta contre les Fairley. Devoir la déterrer pour s'en servir contre ses propres enfants lui répugnait. Mais il fallait préserver le patrimoine, résultat de soixante ans d'efforts incessants, et le transmettre intact à ceux qui y avaient droit. Cette pensée balaya ses dernières hésitations.

Les acteurs du drame qui allait se jouer étaient tous arrivés, certains la veille au soir, les autres dans le courant de la journée. Elle était prête, elle aussi. Elle s'assura d'un coup d'œil que son porte-documents était bien posé derrière son bureau. Un regard dans un miroir lui confirma l'ordonnance de sa toilette et de sa coiffure. Ce soir, elle avait voulu paraître imposante et y était admirablement parvenue. Une robe de soie noire sortie de chez un grand couturier, ses cheveux gris argent roulés en une simple torsade, sa parure d'émeraudes pouvaient inspirer le respect aux plus blasés. Avec un sourire satisfait, Emma Harte alla s'asseoir devant le feu et but une gorgée de sherry. Ses petits-enfants étaient venus, à son invitation, avec la joie qu'ils manifestaient toujours. Les autres, à l'exception de David et Daisy, n'étaient là que par curiosité, pour voir si leur vieille mère était aussi gâteuse qu'ils l'espéraient, si elle avait résisté aussi victorieusement qu'on le disait à la maladie qui aurait dû l'emporter. Car elle allait avoir soixante-dix-neuf ans dans un mois et elle avait beau ne pas porter son âge, il devenait indécent de la voir narguer ainsi la mort! S'ils s'attendent à me trouver agonisante, se dit Emma avec un sourire sardonique, ils vont avoir une surprise...

Paula entra à ce moment-là et s'arrêta sur le seuil. Ses pressentiments de la semaine précédente revinrent l'assaillir. Sa grand-mère avait pu protester qu'il ne s'agissait que d'une simple réunion de famille, à la faveur de laquelle elle comptait aborder certaines affaires sans importance, Paula ne pouvait pas s'y tromper. Cette lueur dans le regard, ce pli de la bouche proclamaient manifestement qu'Emma Harte s'apprêtait à livrer bataille. Mais contre qui?

A l'arrivée de sa petite-fille, l'expression belliqueuse s'effaça si soudainement que Paula douta de ce qu'elle venait de voir.

« Tu es ravissante, ma chérie! s'écria Emma. Viens boire un sherry, nous avons bien le temps. Les autres sont au salon, j'imagine?

— Ils y arrivent un par un. Oncle Blackie tient admirablement son rôle de maître de maison. A-t-il vraiment quatre-vingt-deux ans? Cela me paraît incroyable!

— Blackie est un homme incroyable, répondit Emma avec un soupir attendri. Cela va faire soixante-quatre ans que nous sommes amis... Jim est-il arrivé?

— Oui, et son entrée a fait sensation! Les oncles et tantes n'en croyaient pas leurs yeux de voir un Fairley dans cette maison, et pour une réunion de famille par-dessus le marché! Si vous aviez vu la tête d'oncle Robin!

— Il ne peut pas souffrir Jim. Depuis qu'il est député de Leeds, il s'imagine, je me demande pourquoi, que mes journaux devraient être entièrement consacrés à sa propagande pseudo-socialiste. Il tient Jim pour seul responsable de ce que nous fassions régulièrement campagne pour ses adversaires.

— Si ses électeurs voyaient comment il vit! s'esclaffa Paula. Lui, le défenseur des travailleurs exploités... »

Les deux femmes rirent de bon cœur.

« Mais assez parlé de Robin. Jim a-t-il déjà vu ton père?

— Ils sont ensemble en ce moment dans la bibliothèque. Jim aimerait vous voir seule avant le dîner, grand-mère. Cela vous convient-il?

— Bien sûr. Tu lui diras de monter quand j'en aurai fini avec ta tante Edwina. Es-tu heureuse, maintenant, ma chérie?

— Follement, grand-mère. Vous avez changé ma vie.

— Ton bonheur compte plus pour moi que mes rancunes de vieille folle. Vois-tu, les Fairley m'ont rendue très malheureuse depuis que j'ai eu quatorze ans. Il y a une sorte de justice à ce que le dernier d'entre eux soit la cause du dernier bonheur de ma vie...

— Si vous les détestiez tant que cela, pourquoi avoir confié vos journaux à Jim? demanda Paula avec curiosité.

— Je me le demande encore, figure-toi! répondit Emma en riant. En fait, c'est très simple. Quand j'ai cherché un candidat à ce poste, Jim s'est présenté. J'ai été tellement surprise de voir son nom que je l'ai convoqué et il a bien fallu que je fasse taire mes préjugés. Il était le meilleur, de très loin, et j'aurais été idiote de me priver de lui. Et puis, poursuivit-elle avec un sourire ironique, j'ai aussi dû éprouver sur le moment un certain plaisir à avoir un Fairley pour employé... Mais je n'aurais jamais pensé que vous vous rencontreriez. Peux-tu me dire, à ton tour, ce qui s'est passé? Je me suis souvent posé la question.

— Ce n'est pas à Leeds que j'ai fait sa connaissance, si cela peut vous rassurer. Nous nous sommes rencontrés par hasard dans l'avion. Je revenais de Paris, où j'avais été pour les inventaires, et il rentrait de vacances, je crois. Il m'a vue dans l'aérogare et s'est arrangé pour se faire attribuer le siège à côté du mien. Il m'a tout de suite plu. Quand il s'est présenté, j'ai failli m'évanouir! Connaissant votre histoire, je savais qu'il ne fallait pas le revoir.

— Ce qui ne t'a pas empêchée de le faire. Tu es décidément aussi têtue que moi! »

Parce que c'est vous qui m'avez élevée, faillit répondre Paula. Elle se contenta de sourire.

« Nous avons dîné ensemble le lendemain, reprit-elle, et je ne pouvais plus me cacher que je l'aimais. De son côté, Jim n'avait pas fait le rapprochement et ne savait pas qui j'étais, car mon nom ne lui disait rien. C'est le maître d'hôtel qui a vendu la mèche en venant chanter vos louanges et en me demandant pourquoi il ne vous avait pas revue depuis plus d'un mois. Ce pauvre Jim s'en est presque étranglé sur son rôti ! Ensuite, nous avons quand même continué à sortir ensemble jusqu'au moment où j'ai senti qu'il valait mieux rompre. Vous connaissez la suite. »

Emma avait écouté pensivement le récit de Paula.

« Ainsi, c'est le hasard... murmura-t-elle.

— Disons plutôt le destin », corrigea Paula.

Emma releva vivement les yeux et pâlit. Avant qu'elle ne réponde, on frappa à la porte et Edwina fit une entrée légèrement vacillante. Elle portait un verre plein de whisky et décocha à Paula un regard venimeux.

« Vous vouliez me voir, mère ? demanda-t-elle d'un ton aigre.

— Oui, Edwina. Viens t'asseoir. Je vois que tu as déjà un verre, il est donc inutile que je t'offre à boire. Laisse-nous, Paula, et dis à Jim que je le verrai dans cinq minutes. »

Edwina, comtesse douairière de Dunvale, traversa majestueusement le petit salon et vint s'asseoir en face de sa mère sans chercher à dissimuler son antipathie. Emma l'observa un instant avec attention. Voilà, se dit-elle, de quoi aurait eu l'air Adèle Fairley si elle avait vécu jusqu'à cet âge. A soixante-deux ans, Edwina n'avait pas aussi bien vieilli que sa mère. Sa délicate beauté blonde s'était évanouie pour faire place à la couperose, aux fards et aux teintures. Quant à la lumière froide de ses yeux gris, elle était depuis longtemps brouillée par les vapeurs du whisky.

Emma termina son examen et but posément une gorgée de son sherry.

« Tu as une très jolie robe, ce soir, se força-t-elle à dire aimablement.

— Je ne pense pas que vous m'ayez fait venir pour

me complimenter sur ma mise, répliqua Edwina. Pourquoi vouliez-vous me voir, mère? Avez-vous l'intention de me le dire?

— Certainement. Laisse-moi quand même te poser d'abord une question. Pourquoi as-tu accepté mon invitation?

— Votre invitation? Disons plutôt vos ordres, comme d'habitude... »

Elle s'interrompit pour avaler une rasade de whisky.

« Si vous voulez vraiment le savoir, reprit-elle aigrement, je ne suis venue que sur l'insistance de mon fils et de mon mari. Anthony vous adore. Ni les désirs de sa mère ni sa passion pour les chevaux ne l'empêchent de venir se jeter aux pieds de sa chère grand-mère. Quant à Jeremy, il a tellement le sens de la famille qu'il espère toujours nous rabibocher, vous et moi. Franchement, je me serais volontiers passée de venir s'ils n'avaient pas insisté au-delà du supportable.

— Quand ton oncle Winston a négocié notre réconciliation en 1951, j'espérais mettre fin à cette guerre froide... Enfin, trêve de querelles inutiles. Je voulais te voir pour te parler d'un sujet qui t'intéresse, j'espère. Il s'agit de ton père. »

Le visage d'Edwina se durcit.

« Cela ne m'intéresse en rien! Il est en ce moment en train de faire le pitre au beau milieu du salon... Je me demande vraiment comment vous pouvez manquer de tact au point de m'imposer sa présence! Cela vous amuse sans doute de manipuler les gens comme des pions, n'est-ce pas?

— Tu ne m'as jamais très bien connue, Edwina, répondit Emma calmement. La présence ici de Blackie O'Neill n'a rien qui puisse te choquer. D'abord parce que c'est un homme hautement respectable. Ensuite parce qu'il n'est pas ton père. »

La stupeur d'Edwina donna presque envie de rire à Emma.

« Alors, pourquoi son nom figure-t-il sur mon acte de naissance? parvint-elle enfin à balbutier.

— Quand j'avais seize ans et que je t'attendais, j'étais

seule au monde et sans un sou. Blackie a proposé de m'épouser, par amitié et par compassion. J'ai refusé, bien entendu. Il a quand même insisté pour assumer ta paternité, pensant qu'il valait mieux avoir à l'état civil le nom d'un homme honorable que la mention « née de père inconnu ». Il l'a également fait pour nous protéger, toi et moi, contre certaines tentatives de chantage, qui n'ont d'ailleurs pas manqué de se produire par la suite... »

Le souvenir de Gerald Fairley fit apparaître une crispation sur le visage d'Emma. Edwina en oubliait de boire.

« Alors, qui était mon père ? Vit-il encore ?

— Il est mort. C'était Edwin Fairley. »

Edwina en eut un haut-le-corps et répandit quelques gouttes de scotch sur sa robe.

« Edwin Fairley ? Vous voulez parler de Sir Edwin Fairley, conseiller de la Couronne, le célèbre avocat mort l'année dernière et dont tous les journaux ont parlé ? Grand Dieu ! »

Edwina s'effondra sur un fauteuil et avala précipitamment une gorgée de whisky pour reprendre ses esprits. Emma l'observait, en partie soulagée d'avoir enfin dit la vérité à sa fille, en partie attristée et écœurée de sa réaction. Au bout d'un instant de silence, Edwina se redressa, plus comtesse douairière que jamais :

« Pourquoi ne pas me l'avoir dit le soir où je vous ai montré mon acte de naissance ?

— Tu ne m'en avais guère laissé le temps, si tu t'en souviens, répliqua Emma sèchement. Tu as fui sans me laisser placer un mot et je ne t'ai plus revue pendant des années. De toute façon, je ne crois pas que je te l'aurais dit ce soir-là. Tu étais encore trop jeune, les Fairley trop proches de moi pour que j'accepte de gaieté de cœur de te jeter à leur tête.

— Alors, pourquoi me le dire maintenant ? A quoi rime cet accès de franchise posthume ?

— Parce que je vais annoncer ce soir les fiançailles de Paula avec Jim Fairley. Tu es sa tante et sa seule parente, son père et sa mère étant morts dans un accident d'avion en 1948. L'occasion me paraît donc bonne de rapprocher la famille. Je ne veux pas non plus qu'il reste des secrets ou des mensonges entre Jim et Paula. Il faut qu'ils entrent dans la vie sans rien qui puisse les séparer. Je voulais également te dire la vérité avant de mourir. C'est bien la moindre des choses, n'est-ce pas ? »

Edwina réprima un ricanement méprisant à cette dernière déclaration et marqua un temps avant de répondre, le regard perdu dans le vague.

« Ainsi, je suis la fille d'Edwin Fairley. Il était d'une excellente famille et je n'aurai pas honte de dire qu'il était mon père, lui au moins. Je ne vois aucun inconvénient à ce que vous en parliez à Jim, au contraire.

— Je t'en sais gré, Edwina », dit Emma avec ironie.

La comtesse de Dunvale se leva, rayonnante malgré ses efforts pour garder l'air désagréable.

« Je regrette que vous ne m'ayez pas dit la vérité plus tôt, mère. Les choses auraient été différentes entre nous. »

Emma se retint pour ne pas répondre qu'elle en doutait sérieusement. Elle fit un sourire, hocha la tête.

« C'est possible », dit-elle.

Elle suivit des yeux sa fille qui se dirigeait vers la porte en titubant avec distinction. Pauvre Edwina, se dit-elle. Son snobisme est tel qu'elle est prête à oublier sa bâtardise, qu'elle me jetait au visage, du moment qu'elle se sait la fille d'un gentilhomme... Si Edwin avait été duc et pair, elle aurait donné un bal pour célébrer l'événement.

Arrivée à la porte, Edwina se retourna en hésitant :

« Une dernière chose, mère. Si les Fairley vous ont causé tant de torts, comme vous le répétiez sans cesse, pourquoi m'avoir donné le prénom de mon père ? »

Emma ne put retenir un sourire sarcastique.

« Un simple lapsus, j'en ai peur... Mais ceci est une autre histoire qui ne regarde que moi. A tout à l'heure. »

Edwina haussa les épaules et disparut. Quelques instants plus tard, Jim entrait à son tour. Emma l'observa tandis qu'il traversait la pièce et se dirigeait vers elle.

A trente ans, James Arthur Fairley avait une taille élevée, de larges épaules, un corps mince et de longues jambes qui lui donnaient une allure remarquablement élégante. Son visage aux traits austères, presque ascétiques par moments, était étrangement adouci par une bouche généreuse et sensuelle et des yeux gris-bleu expressifs. Ses cheveux châtain clair un peu longs étaient négligemment coiffés. Mais il n'y avait aucun laisser-aller dans sa tenue, à l'élégance impeccable et discrète. Ce soir, il portait un smoking à la mode victorienne, alors fort en vogue, avec une chemise au plastron ruché rehaussé de boutons de saphir. On l'aurait dit descendu d'un portrait ancien et Emma, en le voyant s'avancer, fut ramenée soixante ans en arrière, à ce grand dîner donné à Fairley Hall par Olivia Wainright un soir de 1904. C'était Adam Fairley qu'elle voyait brusquement surgir devant elle. Jim était le portrait de son arrière-grand-père et Emma laissa échapper un léger cri de surprise vite corrigé par un sourire de bienvenue.

« Je suis heureuse de vous accueillir dans la famille, mon cher Jim, dit-elle en lui tendant la main.

— C'est pour moi un honneur et une joie, madame, répondit-il, en s'inclinant respectueusement. J'aime Paula profondément et je ferai tout pour la rendre heureuse.

— Je vous crois, Jim, je vous crois. Servez-vous donc à boire et venez vous asseoir. »

Le jeune homme alla se verser un verre de vin à la console qui servait de bar et Emma, en le voyant évoluer avec aisance et distinction, se demanda comment cette ressemblance avec le *Squire* ne l'avait pas frappée plus tôt. Etait-ce le costume qu'il portait ce soir ? N'était-ce pas plutôt son propre aveuglement, né de ses préjugés tenaces ? Jim revenait déjà et, d'un geste qu'Emma avait si souvent vu faire à Adam, s'accouda à la cheminée.

« Paula m'a dit que vous vouliez me parler ? dit-elle en levant les yeux vers lui.

— Oui, madame. Mais auparavant je voulais vous donner quelque chose. »

Il posa son verre et sortit de sa poche une petite boîte qu'il tendit à Emma. Elle la prit avec un regard étonné et l'ouvrit avec curiosité.

Elle vit d'abord un mouchoir de batiste jauni par le temps. Il était replié de telle sorte que les initiales brodées E.F. apparaissaient au-dessus. Quand elle le déplia, elle ne put retenir un léger tremblement. Un galet peint reposait dans les plis de l'étoffe. C'était le galet qu'elle avait trouvé avec Edwin dans la caverne au Sommet du Monde et sur lequel était peint un portrait de femme. Les couleurs étaient parfaitement préservées, aussi vives que lorsqu'elles y avaient été posées, plus de trois quarts de siècle auparavant. Emma le contempla longuement, avec émotion, avant de lever vers Jim un regard interrogateur.

« Avant de mourir, dit-il gravement, mon grand-père me l'a confié en me disant de vous le donner, car il devait vous appartenir, a-t-il dit. »

Emma serra les lèvres, plus bouleversée qu'elle ne voulait l'admettre. Ainsi, Edwin Fairley avait pensé à elle jusque sur son lit de mort...

« Pourquoi ? demanda-t-elle à mi-voix.

— Permettez-moi d'abord de revenir un peu en arrière. Mon grand-père savait que Paula et moi nous voyions car, dès les premiers temps, je l'avais emmenée à Harrogate pour la lui présenter. Je n'avait pas compris, ce jour-là, pourquoi mon grand-père avait pâli comme s'il avait vu un fantôme. Par la suite, il s'est pris d'une très vive affection pour Paula et se réjouissait à la perspective de notre mariage. C'était son vœu le plus cher et cela paraissait lui redonner l'énergie de sa jeunesse. Peu après, Paula a rompu brutalement avec moi en m'expliquant que vous n'accepteriez jamais de faire entrer un Fairley dans la famille et que vous aviez pour nous une haine dont elle ne comprenait pas elle-même les causes. Elle m'a cependant expliqué qu'elle ne voulait rien faire qui puisse vous blesser, car vous aviez déjà subi trop de peines dans votre vie. J'ai eu beau faire, beau dire, j'ai tenté de plaider ma cause, de la supplier de me laisser vous en parler, elle n'a rien voulu entendre. J'ai alors compris qu'il valait mieux ne pas insister, la laisser se calmer et changer d'avis, ce qu'elle n'a d'ailleurs jamais fait de son plein gré comme vous le savez maintenant. »

Emma hocha la tête avec un sourire triste.

« Vous en avez donc parlé à votre grand-père à ce moment-là ? demanda-t-elle.

— Oui, en l'adjurant de m'expliquer les raisons de l'incompréhensible comportement de Paula. Au début, il a obstinément refusé de répondre. Comme je savais que vous lui aviez arraché le contrôle de la *Gazette* en 1950, je lui ai demandé si cette querelle entre nos familles provenait de conflits d'intérêts et il n'a pas voulu s'en expliquer davantage. Quand Paula a cessé de me voir, cela lui a fait un tel choc qu'il a commencé à décliner. Vous savez peut-être que c'est lui qui m'a élevé. Mais nous avions beau être plus proches l'un de l'autre que si j'étais son fils, j'étais totalement impuissant à vaincre sa résistance. Finalement, il a dû se sentir près de mourir car il m'a appelé près de lui en décembre dernier...

— Et c'est alors qu'il vous a donné ce galet et qu'il vous a tout raconté, compléta Emma d'une voix sourde. Il vous a dit ce qui s'était passé entre nous pendant notre jeunesse, n'est-ce pas ?

— Oui, madame, il m'a tout dit. Il espérait que vous finiriez par plier et nous donner votre bénédiction, à Paula et à moi. Si vous persistiez à refuser, je devais alors aller vous voir avec ce portrait. Car il fallait, pensait-il, que vous sachiez qu'il s'agissait de votre mère et non d'Olivia Wainright, comme il l'avait d'abord cru.

— Je m'en doutais, dit Emma. C'est Adam qui l'a peint, n'est-ce pas ?

— En effet. Après la mort d'Olivia, grand-père a voulu le rendre à son père, pensant qu'il y serait attaché pour des raisons sentimentales, et Adam l'a refusé en lui expliquant pourquoi. Mon arrière-grand-père et votre mère avaient eu... une liaison quand ils étaient très jeunes.

— Je m'en doutais aussi, sans jamais avoir voulu y croire. Etes-vous sûr de ce que vous dites, Jim ?

— Oui, madame. Mon grand-père m'a rapporté en détail la conversation qu'il avait eue avec son père. Adam et Elizabeth étaient extrêmement amoureux l'un de l'autre. Quand elle s'est aperçue qu'elle était enceinte, elle s'est enfuie de Fairley. Adam l'a retrouvée quelques semaines plus tard à Ripon. Il était alors décidé à abandonner sa carrière militaire, à rompre avec son père s'il le fallait et à émigrer en Amérique avec votre mère. Mais il était déjà trop tard. L'enfant est né avant terme et Adam n'a jamais su s'il s'agissait d'un accident naturel ou provoqué par quelque charlatan. Elizabeth a été gravement malade à la suite de cette fausse couche et ne voulut pas accepter de prendre la fuite avec Adam. Quand elle a été guérie, elle est retournée à Fairley où elle a épousé John Harte, votre père. Depuis, elle n'a jamais plus adressé la parole à Adam Fairley. »

Emma avait écouté ce récit en silence, le visage toujours impassible mais le cœur agité de violentes émotions. Voilà sans doute la raison pour laquelle j'ai toujours éprouvé une haine instinctive envers Adam, se dit-elle avec amertume. Mais pourquoi ? Comment l'aurais-je su ? Elle fouilla sa mémoire en vain. Peut-être avait-elle assisté, toute petite, à une querelle entre ses parents. Peut-être avait-elle, inconsciemment, prêté l'oreille à des ragots de village, enfouis au plus profond de sa mémoire. Peut-être était-ce une simple intuition...

Jim voyait les yeux de la vieille dame s'assombrir et, d'un geste impulsif, vint s'asseoir près d'elle pour lui prendre la main :

« J'espère ne pas avoir rouvert de vieilles blessures, madame. Il fallait, je crois, que je vous rapporte les confidences de mon grand-père. Je voulais aussi vous remettre ce portrait, bien que vous ayez accepté mon mariage avec Paula.

— Non, Jim, vous n'avez pas rouvert de blessures et

je suis contente que vous m'ayez dit tout cela. J'aimais beaucoup ma mère et il ne me restait rien d'elle, pas même une photographie. Ce portrait me cause une grande joie. Mais poursuivez, vous avez sûrement autre chose à me dire.

— En effet, madame. Quand il m'a donné ce portrait, grand-père a fait une réflexion qui m'a beaucoup touché. Il m'a dit que les Fairley avaient toujours été attirés par les femmes de votre famille mais que leurs amours avaient été malheureuses. « Dis à Emma, m'a-« t-il dit, qu'elle mette fin à cette malédiction. Dis-lui « qu'elle accorde à la génération présente le bonheur « que les hasards de la naissance avaient refusé à celles « qui l'ont précédée. Dis-lui que c'est elle, et elle seule, « qui détient désormais le pouvoir d'unir nos familles « si longtemps séparées et qui se sont si longtemps « cherchées. » Il pleurait en disant ces mots et je lui ai juré que je vous rapporterais ses paroles. »

Emma leva vers Jim un regard troublé par les larmes. Elle prit la main du jeune homme et la serra avec force.

« Pourquoi ne pas être venu plus tôt, Jim ? Votre grand-père est mort à la fin de l'année dernière, il y a plus de trois mois.

— Je comptais vous voir en janvier, mais vous étiez avec Paula aux Etats-Unis. Vous êtes tombée malade dès votre retour et je ne voulais pas vous troubler pendant votre convalescence. J'allais désespérer, poursuivit-il en souriant, quand c'est vous qui avez fait le premier pas en me disant que vous approuviez notre mariage.

— C'est un pas que je suis bien contente d'avoir fait, mon cher Jim. Votre grand-père avait raison, dit-elle avec un soupir. Trois générations de Harte et de Fairley ont été malheureuses en amour, près de cent ans... Il était grand temps que cela cesse, en effet. »

Alors, à sa stupeur, Emma vit Jim Fairley se mettre à genoux devant elle.

« Ce n'est pas tout, madame. Juste avant de rendre son dernier soupir, grand-père m'a demandé une der-

nière chose. « Quand tu auras rapporté à Emma ce que
« je viens de te dire, m'a-t-il dit, tu t'agenouilleras
« devant elle et tu imploreras son pardon pour tout ce
« que les Fairley lui ont fait subir, tu lui demanderas
« surtout de me pardonner. Dis-lui que je n'ai jamais
« cessé de l'aimer, que ma vie sans elle ne valait pas la
« peine d'être vécue. Je suis à moitié mort le jour où
« Emma m'a rejeté, dans la roseraie, et j'ai chèrement
« payé tout le mal que je lui ai fait ce jour-là. » Il a
beaucoup insisté pour que je vous rapporte textuellement ses paroles et m'a fait jurer de vous transmettre
sa prière, car il ne pourrait reposer paisiblement dans
sa tombe, disait-il, s'il n'avait pas votre pardon. Il a
alors perdu conscience et ne s'est réveillé, quelques
heures plus tard, que pour se dresser assis sur son lit.
Je l'ai entendu crier d'une voix forte : « Emma, attends-
« moi ! Je te rejoindrai au Sommet du Monde ! » Puis il
est mort paisiblement dans mes bras. »

Emma ne faisait plus d'effort pour cacher ses pleurs.
Un long moment plus tard, elle s'essuya les yeux et
serra la main de Jim.

« Pauvre Edwin, murmura-t-elle. Pauvre Edwin... De
nous deux, c'est encore lui qui aura le plus souffert. Que
son âme repose en paix, mon petit. Je lui pardonne de
grand cœur, à lui et à tous les Fairley. Avant de me
rendre malheureuse, voyez-vous, Edwin m'avait donné
tant de bonheur... »

Elle dut s'interrompre, de nouveau étouffée par ses
larmes. Celui qu'elle voyait agenouillé devant elle
n'était plus Jim mais Edwin, son Edwin qu'elle avait
tant aimé et qu'elle aimait peut-être encore pour le bonheur innocent et tout neuf qu'ils avaient connu. Oui,
pauvre Edwin, se dit-elle avec un serrement de cœur.
Toute ma vie, j'ai cherché à me venger de lui alors que
sa conscience l'avait déjà durement puni. Si j'avais su,
que de souffrances auraient pu être évitées, que d'efforts inutiles épargnés. C'est lui, Edwin, qui m'a aidée à
parfaire cette revanche. Voilà l'explication de l'éclair de
soulagement et de joie que Winston a vu dans ses yeux
le jour où j'ai pris la *Gazette*. Ce jour-là, Edwin avait

compris, lui, que ma vengeance était terminée, qu'elle n'avait plus de raison d'être. Et maintenant, par-delà la tombe, il me donne son petit-fils...

« Madame, madame ! »

Jim l'appelait, inquiet. Emma se força à sourire.

« Rassurez-vous, Jim, je vais bien. Soyez gentil, prêtez-moi votre mouchoir. Le mien est déjà trempé et je n'ai pas le courage d'aller en chercher un autre. Vieille bête que je suis... Je ne peux quand même pas descendre au salon annoncer vos fiançailles avec des larmes plein les yeux ! »

Quand elle eut repris contenance, Emma fit relever le jeune homme, qui l'aida à se mettre debout.

« Une dernière chose, dit-elle en souriant. J'ignore si votre grand-père était au courant, mais son enfant a vécu. C'est ma fille aînée, Edwina, la comtesse de Dunvale, précisa-t-elle avec une emphase moqueuse. Elle est à la fois votre tante par alliance et votre grand-tante par le sang. »

Jim eut un sourire amusé :

« Je m'en étais douté en la voyant. Elle ressemble de manière étonnante aux portraits que j'ai vus de mon arrière-grand-mère, Adèle. Mais, depuis qu'elle vit en Irlande, elle paraît avoir pris goût aux boissons locales... »

Emma pouffa de rire.

« Vous êtes observateur, mon jeune ami ! Et maintenant, donnez-moi le bras, voulez-vous ? Je vais vous imposer la corvée de me conduire au salon.

— Je n'aurais pu souhaiter plus grand honneur, madame. »

52

Le dîner touchait à sa fin. Emma présidait, entourée de ses enfants, de leurs maris et femmes, de ses petits-enfants et de ceux qui lui étaient chers. Le repas avait été exquis, les vins irréprochables. L'ambiance était maintenant détendue, et les jalousies, les rancœurs et les haines disparaissaient derrière les propos de bonne compagnie et les sourires à l'apparence sincère. Et cependant, Emma sentait encore subsister des traces de la tension et du malaise qui l'avaient accueillie quand elle était entrée au salon au bras de Jim Fairley. Cela ne venait pas de ses petits-enfants qui, à son apparition, l'avaient immédiatement entourée de la joyeuse affection qu'ils lui manifestaient toujours. De leur côté, ses enfants s'étaient montrés civils, sinon aimables. Mais Emma avait vite senti que, à la seule exception de Daisy et de son mari, les autres faisaient preuve d'une courtoisie forcée où perçait la prudence cauteleuse ou l'hostilité mal voilée. Amusée plus qu'écœurée, Emma leur avait offert sa grâce habituelle et son charme plein d'aisance, avec l'impassibilité qui la rendait toujours indéchiffrable. Eux, elle les lisait à livre ouvert.

Elle avait été amusée de voir que les quatre conspirateurs s'évitaient avec une ostentation presque risible. Les regards inquiets que se lançaient parfois Kit et Robin ne lui avaient cependant pas échappé, alors même qu'ils affectaient de ne pas se parler. Elizabeth elle-même, toujours si attachée à son frère jumeau, faisait ce soir comme si elle ne le connaissait pas et flirtait outrageusement avec Blakie, qui accueillait ses attentions et ses flatteries avec une bonne humeur blasée. Quant à Edwina, elle n'avait pas quitté son fils d'une semelle depuis qu'elle était redescendue de chez Emma. Celle-ci avait annoncé officiellement les fiançailles. On avait sablé le champagne, porté des toasts, souhaité aux jeunes gens beaucoup de bonheur, comme il est d'usage en pareilles circonstances. A aucun moment, malgré l'évidente stupeur de ses enfants en voyant qu'Emma faisait entrer un Fairley dans sa famille, il n'y avait eu un mot déplacé ou une attitude inconvenante, ce qui était déjà remarquable.

Et maintenant, tandis qu'elle grignotait distraitement son dessert, Emma observait une dernière fois sous ses paupières mi-closes les quatre conspirateurs à qui elle allait donner le coup de grâce. Car c'en serait fini des frictions, des jalousies, des vains projets capables d'échauffer leur imagination. Emma exerçait moins une vengeance qu'elle ne faisait œuvre de salubrité et déblayait le terrain pour ses petits-enfants.

Elle posa brièvement les yeux sur Kit, qui ressemblait de plus en plus à Joe Lowther. Pompeux, balourd, totalement dénué d'imagination, il n'avait pris de son père que les défauts, qu'il exagérait comme à plaisir, plutôt que de cultiver ses qualités d'honnêteté, de droiture et de bonne humeur. Comment avait-il été assez naïf pour faire confiance à Robin qui, en bon politicien qu'il était, l'aurait trahi au premier prétexte? En regardant son second fils, Emma eut un bref serrement de cœur. Robin était particulièrement beau et séduisant, ce soir, et Emma avait toujours eu un faible pour lui. Le savoir l'instigateur de cet ignoble complot lui causait une peine plus profonde qu'elle ne l'avait cru d'abord. Elle le voyait maintenant sans illusions, tel qu'il était vraiment, volubile, charmeur, politicien jusqu'au bout de ses ongles manucurés, toujours prêt à promettre et compromettre... Quelle dommage, se dit-elle, qu'il ait hérité d'Arthur Ainsley, son père, cette vanité démesurée qui avait fini par l'aveugler et le priver de tout jugement.

Elizabeth, sa sœur jumelle, était en un sens beaucoup plus intelligente et plus fine qui lui, mais elle se donnait rarement la peine d'exercer ses dons. Eblouissante dans une robe de lamé et couverte de diamants, Elizabeth donnait d'elle-même l'image de ce qu'elle était : un miroir aux alouettes, un leurre. A quarante-sept ans, elle était encore belle à tourner les têtes. Mais elle était restée impulsive, fantasque, puérile parfois. Et ce qui était pardonnable chez une jeune fille devenait détestable chez une femme de son âge. En fait, se dit Emma en l'observant, Elizabeth n'est pas heureuse. Elle ne l'a sans doute jamais été. Combien de maris avait-elle collectionnés depuis son divorce d'avec Tony Barkstone, le séduisant pilote de la R.A.F. dont elle avait eu Alexandre et Emily? Emma elle-même en avait perdu le compte. Voyons, s'amusa-t-elle à énumérer, il y avait d'abord eu ce Michael Villiers, qui se disait descendant d'un compagnon de Guillaume le Conquérant, puis Derek Linde, héritier d'une grosse fortune du marché noir et qui avait été le père des jumelles, Amanda et Francesca. Après cela, Elizabeth avait perdu le goût des Britanniques et il lui avait fallu chercher ses maris à l'étranger. Elle avait commencé par un prince polonais au nom imprononçable, suivi assez vite par une série où figuraient un Belge, un Suisse ou peut-être un Français. Maintenant, ce pseudo-comte italien, qui avait une bonne quinzaine d'années de moins que sa trop séduisante épouse. Croyait-elle vraiment ce gigolo amoureux de ses charmes ? se demanda Emma avec une ironie amère.

Ledit comte faisait d'ailleurs des frais à la comtesse Edwina, à côté de qui il était assis, et celle-ci jouait son rôle de douairière avec une condescendance méprisante à donner la nausée. Maintenant qu'elle se savait née Fairley, elle allait s'empresser de snober le monde entier...

Avec un soupir, Emma se détourna de la galerie de portraits qu'elle venait de peindre. Ce n'était pas d'eux qu'elle pouvait attendre un réconfort dans sa vieillesse. Elle leur gardait quand même une profonde reconnaissance, car ils lui avaient donné ses petits-enfants, et cela valait bien quelques désillusions. Sans quitter son sourire énigmatique, elle continua de faire des yeux le tour de la table. A l'autre bout, assis en face d'elle à la place du maître de maison, trônait Blackie O'Neill, plus imposant, plus plein de dignité que jamais. Ses cheveux étaient devenus blancs comme la neige, mais toujours aussi drus et bouclés. Son teint hâlé resplendissait de santé, ses yeux charbonneux étincelaient toujours de malice et de joie de vivre. Octogénaire, il n'avait rien perdu de sa carrure athlétique et s'était à peine alourdi à la ceinture, tandis que son esprit fonctionnait avec la même clarté et la même détermination qui avaient fait de lui l'un des premiers entrepreneurs du Royaume-Uni. C'était lui le seul survivant de « ses hommes », comme disait parfois Emma. Car Winston et Frank, ses deux frères, étaient morts à quelques mois l'un de l'autre en 1962, et David Kallinski avait lui aussi disparu en 1967. Emma et lui restaient donc seuls témoins de leur jeunesse, aussi indestructibles que les rochers de la lande.

Emma remarqua alors Emily qui lui faisait des signes désespérés de sa place. D'un signe de tête, elle lui indiqua de venir la rejoindre.

« Qu'as-tu donc ? Tu t'agites comme si tu avais été piquée par la tarentule. Si tu continues, tu vas faire scandale. »

La jeune fille se pencha pour chuchoter à l'oreille de sa grand-mère :

« C'est tante Edwina qui fait scandale ! Elle est complètement partie, avec ses quatre whiskies, ses six flûtes de champagne et les deux bouteilles de vin qu'elle a bues pendant le dîner. Elle est en train de martyriser ce pauvre Gianni, qui n'est pourtant pas méchant et à qui maman en fait déjà voir de toutes les couleurs. D'ailleurs, maman ne vaut guère mieux. Je ne sais pas ce qu'elle a, ce soir, elle ne boit pourtant pas tant que cela, d'habitude... On ferait peut-être mieux de sortir de table, vous ne croyez pas ? »

Emma eut un sourire amusé : elle se doutait fort bien de ce qui causait la nervosité inhabituelle de ses filles.

« Merci de m'avoir prévenue, ma chérie. Rends-moi service, veux-tu ? File dans mon petit salon, tu y prendras mon porte-documents et tu le mettras discrètement derrière le petit bureau de la bibliothèque.

— Bien sûr, grand-mère. Mais il faut d'abord que je fasse quelque chose. »

Emily retourna à sa place et, sans se rasseoir, prit son verre en se grattant bruyamment la gorge pour imposer le silence. Le brouhaha des conversations cessa brusquement et les regards étonnés des convives se tournèrent vers elle. Avec son aplomb coutumier, Emily fit taire d'un geste les derniers murmures et prit la parole :

« Il ne m'appartient peut-être pas de faire des reproches à mes aînés. Mais je tiens à exprimer ma surprise que personne n'ait encore pensé à porter un toast à grand-mère, qui vient de sortir d'une grave maladie. Je propose donc que nous levions nos verres à sa santé, car nous l'aimons tous et toutes de tout notre cœur... »

Elle s'interrompit pour mieux ménager ses effets et darda un regard furieux sur Kit et Robin, qu'elle détestait cordialement. En cet instant, l'éclat de ses yeux verts rappelait irrésistiblement celui d'Emma dans ses mauvais moments et les deux hommes baissèrent instinctivement la tête.

« Je lève donc mon verre, reprit-elle, à Emma Harte, à qui nous devons tous tant de choses et, surtout, tant de bonheur. Que Dieu nous la garde encore de longues années !

— A Emma Harte ! » répondirent les autres à l'unisson.

Profondément touchée par le geste inattendu de sa petite-fille, Emma était plus encore fière d'elle. A vingt et un ans, Emily n'avait peur de rien ni de personne, pas même de ses redoutables oncles. En voyant leur expression rageuse, Emma réprima un sourire et se leva :

« Merci, Emily, merci à vous tous, mes enfants. Et maintenant je vous propose d'aller à la bibliothèque y prendre le café et les liqueurs. »

Et jouer le dernier acte de cette tragi-comédie, se retint-elle d'ajouter. D'un geste plein de majesté, elle leva son verre, fit mine d'y boire avant de le reposer. Alors, elle quitta la première la salle à manger, dans un grand envol de soie noire, ses yeux aussi étincelants que les émeraudes qu'elle portait à son cou et à ses doigts, la démarche aussi ferme et alerte qu'elle l'avait toujours été. Médusés, admiratifs, attendris, ils lui emboîtèrent tous le pas.

Moins majestueuse que le grand salon, la bibliothèque était une pièce noblement proportionnée, avec un haut plafond aux poutres apparentes et des boiseries de chêne ciré. Les belles reliures anciennes, les tapisseries, les meubles simples et accueillants lui donnaient une atmosphère intime et chaleureuse. Emma s'installa comme à son habitude devant la cheminée dont la hotte montait jusqu'au plafond, et elle ne put retenir un sourire ironique en la voyant. Le haut-relief qui l'ornait représentait le jugement de Salomon. Elle ne l'avait pourtant pas prémédité...

Emily vint la rejoindre après avoir déposé le porte-documents à l'endroit convenu. Sarah, la fille unique de Kit, vint augmenter leur petit groupe et Emma la détailla avec plaisir. Dieu merci, se dit-elle, elle n'a rien pris à son grand-père ni surtout à son père. Sarah, mince et vive, avait la chevelure châtain-roux de sa grand-mère et la laissait retomber autour de son visage fin aux traits un peu anguleux, qui s'en trouvaient adoucis.

Elle prit avec autorité le bras d'Emma :

« Je ne sais pas ce qu'a papa ce soir, dit-elle sur le ton de la confidence. Il a été énervé toute la soirée et je viens juste de le voir dans le hall avec oncle Robin. Ils avaient l'air furieux l'un contre l'autre. J'espère qu'ils ne vont pas encore tout gâcher avec une de leurs scènes !

— Rassure-toi, ma chérie, ce n'est sûrement rien de grave », répondit Emma en souriant.

Mais cette nouvelle l'amusait. Les conspirateurs étaient déjà en train de s'empoigner à la gorge, en voyant leur victime prête à leur échapper. S'ils savaient...

« C'est vrai ce que dit Sarah, intervint alors Emily. J'ai remarqué moi aussi que les parents ont tous l'air d'être dans leurs petits souliers, ce soir. Qu'est-ce qui leur arrive ? Maman est un paquet de nerfs et elle boit comme un trou. Oh ! et puis, tant pis pour eux, après tout ! Nous, au moins, on s'amuse bien !

— Absolument, ma chérie », approuva Emma.

Pendant qu'elles bavardaient toutes trois, les autres arrivèrent peu à peu dans la grande pièce. Ils s'assirent çà et là ou restèrent debout en petits groupes, selon leurs affinités. On servit le café, on passa les liqueurs et les cigares. Blackie, un cognac à la main et un énorme cigare à la bouche, s'approcha d'Emma en lui faisant un sourire épanoui.

« Tu es plus éblouissante que jamais, *mavourneen*! Si j'avais seulement deux ans de moins, je te jure que je demanderais ta main! déclara-t-il en retrouvant l'accent rocailleux de son Irlande natale.

— Il n'y a décidément pas d'âge pour faire des bêtises! répondit Emma en riant. A propos de bêtises, tu ferais bien de ne pas tant abuser de cela », dit-elle en désignant le cognac et le cigare.

Blackie éclata d'un rire sonore :

« Que veux-tu qu'il m'arrive? Que je meure subitement? J'ai déjà assez vécu pour me permettre de l'envisager sans m'en inquiéter! D'ailleurs, je plais encore aux jeunes femmes, regarde... »

Elizabeth, qui ne semblait pas soumise aux affres de ses complices, venait de surgir à côté de lui, plus séduisante que jamais, et se pendait à son bras pour l'entraîner à l'écart en lui chuchotant à l'oreille des paroles mystérieuses auxquelles Blackie réagissait en riant de bon cœur. Emily et Sarah avaient profité de l'aparté entre leur grand-mère et son vieil ami pour s'éclipser et Emma se retrouva seule devant la cheminée. Elle n'en éprouva nulle peine et profita de ce moment de calme pour observer autour d'elle et jeter des regards pleins d'affection sur ses neuf petits-enfants qui lui donnaient tant de joie. Comme attirés par un aimant, ils vinrent un à un la rejoindre et Emma fut bientôt entourée d'un bruyant essaim de jeunes gens et de jeunes filles dont le bavardage lui réchauffait le cœur.

Philip, qu'elle avait fait revenir d'Australie le semaine précédente, dévidait des anecdotes épiques sur ses chevauchées à Coonamble et éveillait en Emma le souvenir nostalgique des séjours heureux avec Paul. Il pouvait être fier de ses petits-enfants, pensa-t-elle en regardant Philip et Paula. A eux deux, l'avenir de la lignée McGill était en bonnes mains.

Paula n'écoutait pas son frère. Légèrement à l'écart, au bras de Jim Fairley, elle semblait boire ses paroles et les deux jeunes gens échangeaient des regards chargés de passion. Malgré elle, Emma en revint à penser aux Fairley. Elle avait passé le plus clair de sa vie à provoquer leur ruine. A quoi bon, en fin de compte ? Elle n'en avait tiré aucun plaisir durable, plutôt de l'amertume. Sa haine l'avait durcie et lui avait fait manquer d'innombrables plaisirs. Mais il était stérile de s'abandonner aux regrets. Paul lui avait dit une fois que le succès constitue la meilleure des vengeances et c'était vrai. Son ascension irrésistible aurait suffi à rejeter les Fairley dans l'ombre et elle y serait aussi bien parvenue sans l'aiguillon de sa haine. La fortune tant convoitée dans sa jeunesse, elle ne l'avait finalement acquise, aux prix de lourds sacrifices, que pour la léguer à ses descendants sans jamais en avoir pleinement profité. Cela aussi était sans doute une forme de justice.

Le brouhaha des conversations la ramena à la réalité, et Emma consulta sa montre. Il s'était écoulé une heure depuis qu'on était sorti de table et il était temps de lever le rideau sur le dernier acte. Elle se dégagea discrètement du groupe des jeunes qui l'entouraient, se glissa derrière la grande table-bureau dans l'angle de la pièce et cogna plusieurs fois sur le sous-main avec un presse-papier. Le silence se fit, les regards étonnés ou inquiets convergèrent sur elle.

« Installez-vous tous confortablement, dit-elle. J'aimerais vous entretenir de certaines affaires qui concernent la famille. »

Des quatre coins de la pièce, les aînés se consultèrent des yeux, alarmés. Les autres prirent place sur les canapés ou dans les fauteuils. Quand tout le monde fut assis, Emma s'installa au bureau, ouvrit son porte-documents et, en comédienne qui sait ménager ses effets, disposa soigneusement devant elle les divers documents qu'elle sortait un à un. Sentant son auditoire en haleine, elle chaussa ses lunettes, prit une liasse de feuillets et en commença la lecture d'une voix haute et claire.

« Je soussignée, Emma Harte Lowther Ainsley, domiciliée au château de Pennistone à Pennistone, comté du

Yorkshire, étant reconnue saine de corps et d'esprit, déclare que les présentes constituent mon testament établi dans les formes légales et qu'il annule et remplace tous autres testaments et codicilles que j'aurais pu précédemment établir. »

Un concert d'exclamations étouffées salua ce préambule. Il fut suivi d'un silence si total qu'on n'entendait plus même le souffle d'une respiration. Emma sourit en voyant la physionomie des quatre coupables, mais la dureté de son regard démentait sa mine enjouée.

« Je sais qu'il est peu courant de lire son propre testament, reprit-elle. Mais il n'existe aucune loi qui s'y oppose et vous savez tous, je pense, que je ne me suis jamais beaucoup encombrée des usages...

— Je trouve cela morbide, mère ! s'écria Elizabeth.

— Cela n'a rien de morbide et je te prie de ne pas m'interrompre, répliqua Emma. Je ne vais cependant pas vous infliger la lecture mot à mot de ce document qui comporte une centaine de pages et qui est rédigé en un jargon juridique que j'ai parfois moi-même du mal à comprendre. Je vais vous en résumer l'essentiel en termes intelligibles à tous et vous exposer comment j'ai décidé de disposer de ma fortune. »

Emma marqua une nouvelle pause et regarda lentement autour d'elle. Les quatre conspirateurs étaient pétrifiés. Elle reposa lentement le testament, s'accouda à la table en joignant les mains, du geste familier de l'orateur qui se prépare à une longue période, et reprit :

« Avant d'aborder mon testament proprement dit, je tiens toutefois à préciser que je n'ai pas recueilli la succession de Paul McGill sans conditions et qu'il ne m'est pas loisible, par conséquent, d'en disposer à ma guise. Le testament de Paul prévoyait que je devrais transmettre intégralement sa fortune à sa fille Daisy qui, à sa mort, devra la diviser également entre ses deux enfants, Philip et Paula. Je me suis donc conformée à ces dispositions, étant entendu que Daisy sera usufruitière sa vie durant de l'ensemble des revenus de cette succession. Par ailleurs, j'ai désigné Paula pour prendre ma place au conseil d'administration de *Sitex Oil Corporation*, où elle agira aux nom et lieu de sa mère. Philip, pour sa part, prendra en charge la totalité des intérêts McGill en Australie. Je les ai tous deux formés à cet effet et je ne doute pas qu'ils se montrent capables de faire face à ces responsabilités. Aucun autre de mes enfants et petits-enfants ne peut donc prétendre bénéficier de la succession McGill. Tout ceci est-il clair ? »

Il y eut des hochements de tête mais personne ne dit mot. Satisfaite, Emma reprit :

« Je vais maintenant aborder les principales clauses de mon propre testament... »

Elle s'interrompit un instant, dans un silence épais, et posa les yeux sur le fils unique d'Edwina qui, à trente-deux ans, portait le titre de comte de Dunvale.

« Anthony, lui dit-elle, viens près de moi. »

Intimidé, le jeune homme rougit, hésita et traversa enfin la pièce pour se placer à la droite de sa grand-mère qui lui fit un sourire affectueux.

« Je commence par toi car tu es l'aîné de mes petits-enfants, dit-elle. Anthony aura sa vie durant l'usufruit d'un capital de deux millions de livres placé par mes soins. Il héritera en toute propriété de la maison que je possède à la Jamaïque, avec tout ce qu'elle contient. »

Elle leva vers Anthony un regard amical avant de continuer d'un ton familier.

« Je ne te laisse aucun intérêt dans mes affaires, mon cher petit, car tu n'y as jamais travaillé et surtout parce que la gestion de tes propriétés d'Irlande te prend tout ton temps. Tu hériteras par ailleurs de ton père une fortune assez considérable. J'espère que tu comprends mes raisons et que tu ne te sens pas lésé. »

Anthony rougit de plus belle :

« Pas le moins du monde, grand-mère ! s'écria-t-il. Vous êtes si généreuse que je ne sais que dire ni comment vous remercier. »

Il fit mine de regagner sa place. Emma le retint d'un geste :

« Non, reste ici, derrière moi. Maintenant, au tour des deux plus jeunes, Amanda et Francesca. »

Les deux jumelles, filles d'Elizabeth et petites-filles d'Arthur Ainsley, étaient assises par terre, aux pieds de Blackie. Elles se levèrent, l'air effaré, et s'approchèrent en se tenant la main.

« Allez vous mettre à côté de votre cousin, mes enfants, leur dit Emma en souriant. Je vous laisse à chacune l'usufruit d'un capital de deux millions de livres, dont vous commencerez à toucher les revenus quand vous atteindrez vos dix-huit ans. Vous ne comprenez peut-être pas encore très bien ce que cela veut dire mais je vous l'expliquerai plus tard.

— Vous n'allez pas mourir, grand-mère? demanda Francesca, d'une voix tremblante.

— Non, ma chérie, répondit Emma avec un sourire rassurant. Je vous préviens seulement de ce que j'ai préparé pour votre avenir.

— Alors, on peut venir vivre ici, avec vous? intervint Amanda, l'air plein d'espoir.

— Nous en reparlerons demain. Allez, mettez-vous ici et soyez bien sages. Et maintenant... »

Emma fit une pause, se redressa avec solennité et poursuivit d'une voix plus forte :

« Voici comment j'entends disposer des actions de *Harte Enterprises*, ma société holding qui, comme je vous le rappelle, coiffe la totalité de mes entreprises en Grande-Bretagne et possède de nombreuses participations en Europe et en Amérique. Il est inutile que je les énumère toutes, vous les connaissez bien et elles figurent en détail dans mon testament. »

Elle posa alors son regard sur Kit et sur Robin qui la dévisageaient, hypnotisés.

« Je lègue à mon petit-fils Alexandre Barkstone 52 p. 100 de mes actions de *Harte Enterprises*... »

Kit eut un gémissement de douleur et Robin lâcha un juron en se levant à demi. Emma les foudroya du regard pour les réduire au silence et continua :

« Je lègue de même à mes petits-enfants Sarah Lowther, Jonathan Ainsley et Emily Barkstone le solde de ces actions qu'ils se partageront également à raison de 16 p. 100 chacun. Venez ici, tous les quatre. »

Quand les quatre légataires furent alignés devant elle, la mine sérieuse, Emma les regarda en souriant :

« J'espère que vous comprenez, mes enfants, les motifs auxquels j'ai obéi en prenant ces dispositions. La seule manière de préserver l'intégralité de la société était d'en confier la majorité à une seule personne. J'estime qu'Alexandre est le plus qualifié, mais cela ne veut pas dire que je vous juge mal, loin de là. Vous continuerez donc à travailler dans les filiales dont vous prendrez la direction effective à ma mort. Vos salaires et les dividendes de vos actions dans la société-mère vous mettront à l'abri du besoin, je crois. J'ai cependant prévu un capital de un million de livres pour chacun de vous. J'espère que vous ne vous sentirez pas lésés les uns par rapport aux autres et que vous ne m'accuserez pas d'avoir fait du favoritisme. »

Ils assurèrent Emma qu'ils avaient parfaitement compris ses raisons et qu'ils l'approuvaient sans réserve, manifestèrent leur gratitude et allèrent se placer derrière elle, sur sa gauche. Sarah regardait fixement la cheminée, car elle était incapable de soutenir le regard furieux de son père, Kit, dont elle savait qu'il comptait sur la moitié de ces actions. Jonathan gardait les yeux baissés, pour éviter de subir la colère de Robin. Seuls, Alexandre et Emily restaient souverainement indifférents aux réactions de leur mère : Elizabeth affichait une stupeur qui aurait été comique en d'autres circonstances.

Emma énuméra ensuite les dispositions qu'elle avait prises concernant les résidences qu'elle possédait un peu partout dans le monde, les tableaux et objets d'art dont elles étaient remplies. Elle laissait ses bijoux, à l'exception des émeraudes McGill, à Sarah, Emily, Amanda et Francesca, sa collection de tableaux à Philip Amory, qui vint rejoindre ses cousins et cousines déjà alignés derrière Emma.

« Je ne te laisse rien d'autre, Philip, car la part qui te reviendra de la fortune de ton grand-père fera de toi un milliardaire. J'espère que tu me comprends. »

Le jeune homme hocha la tête, trop ému pour répondre.

« Daisy, viens ici », dit Emma en faisant un signe à sa plus jeune fille.

Sous les regards haineux de ses frères et sœurs, Daisy vint se placer à côté de son fils.

« Je lègue à Daisy la parure d'émeraudes que m'avait donnée son père. Je lui laisse aussi Pennistone avec tout ce qu'il contient, à seule charge pour elle de la transmettre à Paula après sa mort. »

Un concert de murmures s'éleva et Emma faillit grimacer sous les regards hostiles dont l'accablaient ses quatre autres enfants. Sans se départir de son impassibilité, elle se tourna alors vers Jim Fairley et lui fit signe de venir à son tour. Elle prit sur sa table un document plié et le lui tendit :

« Voici pour vous, Jim... »

Elle sourit devant la mine incrédule du jeune homme :

« Ce n'est pas un cadeau, mon cher Jim, une simple régularisation, sans plus. C'est votre nouveau contrat de directeur général de la *Yorkshire Consolidated*. Je l'ai établi pour dix ans, avec une clause d'indexation de vos salaires. Montrez-le à vos hommes de loi et rendez-le-moi signé, avec vos observations éventuelles, la semaine prochaine.

— Je ne sais comment... commença le jeune homme.

— Plus tard ! interrompit Emma. Venez vous mettre ici, avec les autres. »

Pendant que Jim Fairley prenait place, Emma but lentement un verre d'eau et se redressa, encore plus imposante.

« J'en arrive maintenant à la chaîne des grands magasins Harte », dit-elle avec solennité.

Elle fit une nouvelle pause, leva les mains qu'elle regarda un instant l'air pensif.

« Ces magasins, reprit-elle, je les ai créés à partir de rien, avec mes seules mains. Ils m'ont demandé une vie entière de travail pour devenir ce qu'ils sont, l'une des plus grandes chaînes au monde. Sortis de mes mains, ils doivent passer à d'autres mains, des mains capables de les tenir, de les diriger comme je l'ai fait moi-même. Entre les mains de quelqu'un qui me comprenne et sache appliquer les principes dont j'ai usé toute ma vie avec le succès que vous connaissez tous. C'est pourquoi... »

Emma s'interrompit, en une pause pleine d'un suspense qu'elle laissa volontairement croître jusqu'à devenir presque insoutenable.

« C'est pourquoi, reprit-elle, je lègue la totalité de mes actions Harte à ma petite-fille Paula Amory. »

Sa déclaration tomba dans un silence total. En entendant son nom, Paula se leva machinalement et vint vers sa grand-mère d'un pas mal assuré. Ses pressentiments ne l'avaient donc pas trompée et cette innocente réunion de famille cachait bien quelque chose. Mais elle ne s'était pas attendue à une telle succession de coups de théâtre, plus spectaculaires les uns que les autres. Dès les premiers mots d'Emma, elle avait commencé à frémir en prévoyant les répercussions que cela aurait dans la famille. Maintenant, elle se rendait compte que ses jambes la portaient à peine.

Elle parvint enfin à traverser la bibliothèque sans trébucher et s'arrêta en face d'Emma :

« Je ferai tout pour me montrer digne de votre confiance, grand-mère, dit-elle à mi-voix.

— Je le sais, ma chérie », répondit Emma en souriant.

Paula alla se placer à côté des autres. Elle comprit d'un coup d'œil la raison de ce rassemblement. La pièce, la famille plutôt, était divisée en deux camps. Derrière Emma, les fidèles qu'elle aimait et récompensait. De l'autre... Avec un regain d'inquiétude, Paula attendit qu'explose la prochaine bombe.

Emma affectait de consulter distraitement les documents étalés devant elle. Elle déclara enfin sans même relever les yeux, comme s'il s'agissait d'une dernière formalité :

« Pour conclure, ma fille Daisy et mon vieil ami et

banquier Henry Rossiter sont nommés exécuteurs testamentaires. »

Le silence retomba. Emma leva la tête, ôta ses lunettes et regarda. Edwina, Kit, Robin et Elizabeth semblaient paralysés et la dévisageaient fixement. Emma attendit qu'éclate enfin la rage qu'elle lisait dans les regards de ses quatre enfants. Elle s'était préparée à la subir, à la mater. Mais le silence durait et Emma se demandait avec étonnement s'ils n'allaient pas finalement se révéler encore plus vils qu'elle ne les avait jugés, trop lâches pour oser protester et la défier ouvertement.

Robin réagit le premier. Rouge de colère, il se leva d'un bond et prit d'instinct la pose, comme s'il était à son banc de la Chambre :

« Ce que vous venez de faire est indigne! s'écria-t-il. Je comprends que vous ayez été forcée de respecter les clauses du testament McGill. Mais votre fortune personnelle devait nous revenir de droit! De plein droit! Nous sommes vos héritiers légitimes et je n'ai nullement l'intention d'accepter ce testament inique! Je n'hésiterai pas, et mes frères et sœurs m'approuvent, à porter l'affaire devant les tribunaux. Il est manifeste que vous avez été scandaleusement influencée et que vous n'étiez pas en possession de votre raison quand vous avez rédigé cet invraisemblable testament. Nous le ferons casser, nous vous ferons interdire! Et ce n'est pas tout...

— Silence, et assieds-toi! »

Emma l'avait interrompu d'une voix si coupante, d'un ton si impérieux que Robin, malgré lui, dut se taire et retomba sur sa chaise. Emma s'était dressée et, appuyée des deux mains au bureau, l'écrasait de son mépris.

« Je vous ai en effet volontairement déshérités tous les quatre. J'avais pour cela d'excellentes raisons. Car je sais que vous conspiriez tous les quatre, pour m'arracher ma fortune, pour vous l'approprier aux dépens de vos propres enfants. C'est cela qui est indigne! »

Elle leur assena un regard froid, marqua une nouvelle pause pour donner de l'emphase à ce qui allait suivre. Les quatre coupables ne soufflaient mot.

« Vous avez fait preuve de tant de bêtise, de tant de bassesse que je ne peux plus vous respecter. C'est navrant, c'est surtout pénible de devoir mépriser ses propres enfants. Mais je ne suis ni aussi méchante que vous le croyez, ni aussi vindicative que quiconque l'aurait été à ma place. Je ne toucherai donc pas aux revenus que je vous verse déjà depuis votre majorité, ce qui, je vous le rappelle, remonte à de longues années. Ils sont assez importants pour que vous en viviez et vous le savez. Quant à vouloir contester mon testament, Robin, je m'y attendais et j'ai pris mes précautions. »

Elle ouvrit un dossier, en sortit quatre rectangles de papier qu'elle agita devant elle :

« Voici des chèques, établis à l'ordre de chacun d'entre vous. Ils sont d'une valeur de un million de livres chacun. Ce n'est qu'une goutte d'eau par rapport à ce que vous auriez hérité si vous ne m'aviez pas trahie. C'est néanmoins une somme assez considérable pour exciter l'envie de bien des gens. N'allez surtout pas vous imaginer que je compte vous en faire cadeau. Non, avec cet argent, je vous achète. Comme tout le monde, vous avez un prix, je le sais. »

Elle posa les chèques, sortit d'autres documents :

« Voici des « contrats de vente » en bonne et due forme, poursuivit-elle d'un ton sarcastique. Pour encaisser mes chèques, qui sont payables dès lundi matin je vous le signale, il faut auparavant signer ceci. Il s'agit d'un engagement à respecter mon testament. Tu as pratiqué le droit jusqu'à ce que tu te lances dans la politique, Robin, tu peux donc comprendre ce que je dis. En signant ce papier, en encaissant l'argent, vous ne pourrez plus rien contre les dispositions que j'ai prises. »

Emma sourit devant la stupeur des autres.

« Vous allez vous demander si ce n'est pas la preuve de ma folie, reprit-elle. Pourquoi, en effet, vous faire cadeau d'une telle somme si j'ai pris, par ailleurs, toutes mes précautions pour que mon testament ne puisse être attaqué ? La réponse est fort simple : en aucun cas, sous aucun prétexte je ne tolérerai que vous jetiez le trouble dans mes affaires ni, surtout, que vous empêchiez mes petits-enfants, vos enfants, de jouir paisiblement de ce que je leur lègue. Vous perdriez votre procès à coup sûr. Mais entre-temps vous auriez soulevé tant de boue que je refuse d'en prendre le risque. En vous achetant, je prends une assurance, un point c'est tout. »

Emma se rassit et regarda les quatre accusés. Kit s'était tassé dans son fauteuil, rouge de honte et de colère, n'osant plus lever les yeux vers sa mère. Elizabeth se tordait nerveusement les mains, en proie à une indécision visible. Robin, le chef de bande, affectait de crâner. Seule de ses complices, Edwina restait parfaitement calme, comme si rien de tout cela ne la concernait.

Emma n'avait pas encore prêté attention à ses belles-filles et au comte italien, le seul de ses gendres présent. Elle se tourna vers eux, leur fit un sourire engageant :

« Et vous, qu'en pensez-vous ? Un million de livres, cela mérite que vous en parliez à vos conjoints. Vous avez votre mot à dire. »

June et Valérie, les femmes de Kit et de Robin, entretenaient avec leur belle-mère des rapports qui, sans être chaleureux, avaient toujours été excellents. Horrifiées au récit de la trahison manquée de leurs époux, elles se contentèrent de secouer la tête négativement. Conscient de són statut transitoire dans la famille, le séduisant Gianni refusa en termes fleuris de se mêler à cette sombre affaire. Emma se tourna alors vers les autres :

« Décidez-vous, dit-elle sèchement. Je n'attendrai pas toute la nuit.

Voyant qu'ils ne bougeaient pas, elle se leva et se mit à ranger ses dossiers dans le porte-documents.

« A votre aise, dit-elle avec un haussement d'épaules. Vous faites une bêtise de plus, ce qui, hélas ! ne me surprend pas. Vous laissez cet argent vous filer sous le nez, sans que vous puissiez faire quoi que ce soit contre mon testament. »

Elizabeth se leva d'un bond. Sous les regards courroucés de son frère jumeau, elle courut vers la table :

« Un stylo! » dit-elle avec un geste impatient.

Elle avait à peine signé qu'Edwin la suivit, imité par Robin qui tremblait de rage. Kit fut le dernier à se présenter. Il était à peine capable de signer son nom et n'osa pas lever les yeux vers sa mère.

Emma les regarda s'éloigner en empochant leurs chèques. Son sourire méprisant s'adoucit tandis qu'elle bouclait son porte-documents et elle se tourna vers les autres :

« Maintenant que nous en avons terminé avec les affaires, mes enfants, amusons-nous! »

Il y eut un instant de silence complet. Puis, comme Emma s'y attendait, un tumulte de rires, de questions, d'exclamations se mit à fuser. En un clin d'œil, elle se trouva entourée, pressée, bousculée par les jeunes qui l'acclamaient. Elle essuya la première vague, se dégagea et fit signe à Paula :

« Viens me rejoindre avec Jim dans mon petit salon et prends donc mon porte-documents. »

Elle traversa ensuite la pièce et glissa son bras sous celui de Blackie :

« Accompagne-moi donc là-haut. Nous prendrons tranquillement un dernier verre, dit-elle en souriant.

— Rien ne me fera plus de plaisir, *mavourneen!* Quelle représentation tu nous as donnée! Dommage que tu n'aies pas fait carrière au théâtre, tu es douée, et je m'y connais... »

Ils quittèrent la bibliothèque, traversèrent le grand hall d'entrée et s'engagèrent dans l'escalier de pierre, que Jim et Paula gravissaient déjà. Au premier palier, Emma s'arrêta brièvement, se retourna pour regarder au-dessous d'elle. Massés à la porte de la bibliothèque, Edwina, Kit, Robin et Elizabeth la suivaient des yeux, le visage encore rouge ou contracté, la fureur et le dépit si clairement imprimés sur leurs traits qu'ils ressemblaient à des masques de théâtre. Emma leur jeta un dernier regard froid, leur tourna le dos avec un haussement d'épaules dédaigneux qui les gommait de son existence et reprit son ascension au bras de Blackie, avec la dignité d'une reine.

Quand elle entra dans son petit salon, elle fit signe aux autres de s'installer confortablement sur les canapés devant la cheminée et entra un instant dans sa chambre. Elle en ressortit quelques instants plus tard en portant un petit écrin et se posta devant la cheminée, le dos au feu.

« Mon cher Jim, avez-vous raconté à Paula ce que vous m'aviez dit avant le dîner ?

— Non, madame. J'ai pensé que c'était à vous de le faire.

— Je vous délègue ce soin. C'est une histoire aussi extraordinaire qu'émouvante qu'il faut que tu connaisses, Paula. Mais puisque cette soirée semble consacrée aux remises en ordre et que chacun reçoit ce qui lui revient, il me restait une dernière chose à faire, et c'est pourquoi je vous ai demandé de venir tous les deux. »

Elle ouvrit l'écrin, en sortit un médaillon d'or et le tendit à Paula.

« J'avais trouvé ce bijou dans les affaires de ma mère, après sa mort. Sur l'une des faces, il y a une inscription gravée : *De A à E — 1895*. Je suis sûre, désormais, qu'il avait été donné à ma mère, ton arrière-grand-mère, Paula, par Adam Fairley, l'arrière-grand-père de Jim. C'est à toi que ce souvenir revient. Prends-le, ma chérie. »

Intriguée, Paula prit le médaillon et l'examina avec curiosité.

« Tu me raconteras cette histoire, n'est-ce pas, Jim ? Elle me semble en effet extraordinaire. J'ignorais que nos deux familles se connaissaient depuis si longtemps. »

Emma fit un sourire énigmatique et se tourna vers Jim.

« J'avais aussi trouvé ceci, dit-elle. C'est une épingle de cravate, que ma mère gardait avec le médaillon. Appartenait-elle à votre arrière-grand-père Adam ? »

Le jeune homme prit l'objet qu'il examina attentivement.

« Mais oui ! s'écria-t-il. Dans les affaires de mon grand-père, j'avais retrouvé une photo de son père, encore très jeune. Il était en tenue de chasse et il me semble bien qu'il portait cette épingle à sa cravate !

— Gardez-la, Jim. Elle est à vous. »

Il se leva et prit la main d'Emma qu'il porta à ses lèvres en s'inclinant.

« Je ne sais comment vous exprimer mon émotion et ma gratitude, madame. Quant au contrat...

— N'en parlons plus. C'est bien le moins que je puisse faire pour vous, dit-elle avec un sourire triste. Et maintenant, allez, mes enfants, amusez-vous avec vos cousins et cousines. Blackie et moi avons à peine eu le temps de nous dire deux mots de toute la soirée et vous savez combien les vieux sont bavards. »

En embrassant sa grand-mère, Paula lui glissa à l'oreille :

« Depuis huit jours, je me doutais que vous mijotiez quelque chose. Mais je ne m'attendais pas à une pareille bombe ! Vous nous surprendrez toujours, grand-mère.

— Et j'espère bien que ce n'est pas fini ! répondit Emma en riant. J'ai encore quelques tours dans mon sac, tu verras ! »

Elle regarda les deux jeunes gens s'éloigner, la main dans la main. Son cœur se serra brièvement de joie et de mélancolie. Blackie l'observait avec attendrissement. Depuis soixante-quatre ans, il connaissait Emma et l'aimait d'un amour plus que fraternel. Ensemble, ils avaient parcouru une longue route, depuis la lande baignée de brouillard, une route jalonnée de joies et de peines, de succès et d'échecs. Jamais Emma n'avait cessé de le surprendre et de l'émerveiller.

« Ainsi, dit-il enfin avec un sourire, tu as mis un point final à ta vengeance en réunissant les deux familles. Tu sais, j'en arrive à me demander si tu n'es pas devenue sentimentale, sur tes vieux jours... »

Emma sourit et vint s'asseoir près de lui, en tirant pensivement sur sa robe pour en faire disparaître un imaginaire faux pli.

« C'est sans doute vrai, Blackie... Te rends-tu compte que je ferai un jour sauter sur mes genoux des enfants, mes arrière-petits-enfants, qui s'appelleront Fairley ?

Hier encore, c'était inimaginable. Demain, ce sera vrai... Il ne faut jamais jurer de rien, vois-tu. »

Elle s'interrompit, pensive :

« Ce soir, Blackie, je suis heureuse. Heureuse d'avoir enfin eu la sagesse de céder au cœur et à la raison avant qu'il ne soit trop tard. Le bonheur de ces enfants me récompense de tout. C'est sur eux, désormais, que repose l'avenir.

— Oui, Emma. Et cela mérite un toast ! »

Blackie versa à boire et revint s'asseoir près d'elle. Ils levèrent leurs verres gravement, les choquèrent :

« Je bois à ceux que nous avons aimés et qui ne sont plus, à ceux que nous aimons et qui sont toujours près de nous, dit-il. Je bois surtout à ceux qui vont naître et que nous aimerons. Aux générations futures, Emma !

— Buvons à l'avenir, Blackie ! »

Bercés par leurs souvenirs, ils se laissèrent aller à une longue méditation silencieuse. Ils se connaissaient assez pour se communiquer leurs pensées sans avoir besoin de les dire. Blackie, à un moment, prit la main d'Emma et se tourna vers elle, sa mine sérieuse démentie par l'éclair malicieux de ses yeux noirs :

« Satisfais ma curiosité, *mavourneen*. Ta vie a été semée d'événements extraordinaires. Tu as toujours été droit devant toi, tu as franchi tous les obstacles à la poursuite de la fortune et de la puissance et tu les as obtenues. Sans vraiment chercher le bonheur, je crois que tu l'as trouvé parfois. Alors, dis-moi : aurais-tu découvert autre chose, quelque trésor caché, quelque secret magique dont tu pourrais faire profiter ton vieil et fidèle ami ? »

Emma lui fit un sourire ironique :

« Oui, Blackie, je crois avoir découvert quelque chose : le secret de la vie. Ou, du moins, l'un d'entre eux.

— Et quel est-il, ce secret ? »

Emma redevint grave, parut réfléchir. Puis sourit, de ce sourire unique, radieux qui l'illuminait et qui n'appartenait qu'à elle.

« Il est simple, Blackie, et il tient en deux mots : durer et tolérer. »

Elle fronça soudain les sourcils, comme si elle avait oublié quelque chose d'essentiel. Son visage s'éclaira de nouveau :

« Il y a plus simple encore, et c'est un secret qui tient en un mot. Bien peu de gens le connaissent, beaucoup le cherchent sans jamais le trouver. Il donne à la fois la puissance et la joie. Il ouvre toutes les portes, car il constitue la clef de l'univers. Ce mot, Blackie, tu le connais depuis longtemps, bien plus longtemps que moi : c'est *aimer.* »

Table

Prologue 1968 9

1904 41

1905 179

1905-1910 349

1914-1917 517

1918-1950 591

Epilogue 1968 771

Les femmes
au Livre de Poche

Autobiographies, biographies, études...
(Extrait du catalogue)

Arnothy Christine
J'ai 15 ans et je ne veux pas mourir.

Badinter Elisabeth
L'Amour en plus.
Emilie, Emilie. L'ambition féminine
   au XVIIIe siècle *(vies de Mme du Châtelet, compagne
   de Voltaire, et de Mme d'Epinay, amie de Grimm)*.
L'un est l'autre.

Bellemare Pierre et **Antoine** Jacques
Quand les femmes tuent, t. I et II.

Bergman Ingrid et **Burgess** Alan
Ma vie

Bodard Lucien
Anne Marie *(vie de la mère de l'auteur)*.

Boissard Janine
Vous verrez... vous m'aimerez.

Boudard Alphonse
La Fermeture — 13 avril 1946 : La fin des maisons closes.

Bourin Jeanne
La Dame de Beauté *(vie d'Agnès Sorel)*.
Très sage Héloïse.

Brossard-Le Grand Monique
Chienne de vie, je t'aime !
Vive l'hôpital !
A nous deux, la vie !

Buffet Annabel.
  D'amour et d'eau fraîche.

Carles Emilie
  Une soupe aux herbes sauvages.

Champion Jeanne
  Suzanne Valadon ou la recherche de la vérité.
  La Hurlevent (*vie d'Emily Brontë*).

Charles-Roux Edmonde
  L'Irrégulière (*vie de Coco Chanel*).

Chase-Riboud Barbara
  La Virginienne (*vie de la maîtresse de Jefferson*).

Darmon Pierre
  Gabrielle Perreau, femme adultère (*la plus célèbre affaire d'adultère du siècle de Louis XIV*).

Delbée Anne
  Une femme (*vie de Camille Claudel*).

Desroches Noblecourt C.
  La Femme au temps des pharaons.

Dietrich Marlène
  Marlène D.

Dolto Françoise
  Sexualité féminine. Libido, érotisme, frigidité.

Dormann Geneviève
  Le Roman de Sophie Trébuchet (*vie de la mère de Victor Hugo*).
  Amoureuse Colette.

Guitton Jean
  Portrait de Marthe Robin.

Jamis Rauda
  Frida Kahlo.

Keuls Yvonne
  La Mère de David S.

Lacarrière Jacques
  Marie d'Égypte.

Lever Maurice
  Isadora (*vie d'Isadora Duncan*)

Maillet Antonine
   Pélagie-la-Charrette.
   La Gribouille.

Mallet Francine
   George Sand.

Mansfield Irving et **Libman Block** Jean
   Jackie, la souffrance et la gloire (*vie de la romancière
      Jacqueline Susann*).

Martin-Fugier Anne
   La Place des bonnes (*la domesticité féminine en 1900*).
   La Bourgeoise.

Mathieu Mireille
   Oui, je crois.

Nin Anaïs
   Journal, t. 1 *(1931-1934)* et t. 2 *(1934-1939)*.

Pernoud Régine
   Héloïse et Abélard.
   La Femme au temps des cathédrales.
   Aliénor d'Aquitaine.
   La Reine Blanche (*vie de Blanche de Castille*).
   Christine de Pisan.

Régine
   Appelle-moi par mon prénom.

Rihoit Catherine
   Brigitte Bardot, un mythe français.

Rousseau Marie
   A l'ombre de Claire.

Sibony Daniel
   Le Féminin et la séduction.

Simiot Bernard
   Moi Zénobie, reine de Palmyre.

Spada James
   Grace (*vie de Grace Kelly*)

Stéphanie
   Des cornichons au chocolat.

Suyin Han
Multiple Splendeur.
...Et la pluie pour ma soif.
S'il ne reste que l'amour.

Thurman Judith
Karen Blixen.

Ullman Liv
Devenir...

Verneuil Henri
Mayrig (*vie de la mère de l'auteur*).

Vichnevskaïa Galina
Galina.

Vlady Marina
Vladimir ou le vol arrêté

Yourcenar Marguerite
Les Yeux ouverts (*entretiens avec Matthieu Galey*).

Et des œuvres de :

Charlotte et Emily Brontë, Pearl Buck, Marie Cardinal, Hélène Carrère d'Encausse, Madeleine Chapsal, Agatha Christie, Colette, Christiane Collange, Jeanne Cordelier, Régine Deforges, Daphné Du Maurier, Françoise Giroud, Juliette Gréco, Benoîte Groult, Mary Higgins Clark, Patricia Highsmith, Xaviera Hollander, P.D. James, Mme de La Fayette, Doris Lessing, Carson McCullers, Françoise Mallet-Joris, Silvia Monfort, Joyce Carol Oates, Anne Philipe, Ruth Rendell, Christine de Rivoyre, Marthe Robert, Christiane Rochefort, Françoise Sagan, George Sand, Albertine Sarrazin, Mme de Sévigné, Simone Signoret, Christiane Singer, Valérie Valère, Virginia Woolf...

Dans Le Livre de Poche

Extrait du catalogue

Barbara Taylor Bradford

Les Voix du cœur 6614

Francesca et Katherine, toutes deux très belles, très séduisantes, au caractère indomptable, se rencontrent au sortir de l'adolescence. Leurs destins, comme les destins des hommes qu'elles aimeront, vont se croiser, s'interpénétrer, s'affronter, de 1956 à 1979.

Roman de l'amour et de la passion, roman de l'amitié et, parfois, de la trahison, roman de la réussite et de l'ambition, *Les Voix du cœur* consacre de façon éclatante le talent de Barbara Taylor Bradford.

Barbara Chase-Riboud

La Virginienne 5627

L'une des plus grandes histoires d'amour de l'Amérique est aussi l'une des moins connues et des plus controversées. Thomas Jefferson, le troisième président des Etats-Unis et l'auteur de la *Déclaration d'Indépendance*, eut pendant trente-huit ans une maîtresse, la belle et mystérieuse Sally Hemings, une esclave quarteronne avec laquelle il vécut jusqu'à sa mort. Cette liaison étrange et passionnée commença alors que Sally Hemings avait à peine quinze ans.

Barbara Chase-Riboud a brossé un étonnant tableau de l'Amérique esclavagiste de la fin du XVIIIe siècle, une fresque grandiose mais toujours fidèle aux données de l'Histoire.

Janine Boissard

Les Pommes d'Or (Croisière, 2)

6676

Sur le paquebot de luxe *Renaissance*, qui vient de mouiller au large de Rhodes, une jeune fille tremble, Chloé : son père, propriétaire d'un hôtel quatre étoiles, qui ignore tout de son existence, acceptera-t-il de la revoir ? Une autre espère, Estelle : parviendra-t-elle à se faire aimer de Quentin, le bel officier radio ? Une petite fille a peur, Laure, passagère clandestine : elle croit à tort que sa mère est morte par sa faute.

L'aube se lève sur l'île. Le long des ponts, quelques passagers assistent à la naissance de cette nouvelle journée de fête et d'imprévu : Martin, qui cache sous le rire et l'embonpoint une profonde blessure d'enfance, Steven, le scénariste américain, Jean Fabri, ancienne vedette de la chanson, Arnaud, et tous les autres amis de *Croisière*.

Les pommes d'or étaient ces fruits étincelants que gardaient des déesses appelées Hespérides : ce nom s'entend comme « espoir ». Peut-être est-ce cet espoir même de bonheur qui les rendait magiques ? En appareillant pour l'amour et l'aventure, Janine Boissard nous invite à cueillir ces promesses de bonheur.

Danielle Steel

La Ronde des souvenirs

6644

Une vie pleine d'embûches...

Rien ne pouvait laisser supposer que Tana Roberts, douce et jolie jeune fille, orpheline de père, violée à seize ans, deviendrait un jour une femme indépendante et enviée.

Grâce à Sharon, d'abord, l'amie précieuse qui lui ouvrira les yeux sur le monde et saura l'écouter, puis à Harry, surtout, le frère de cœur, le double, Tana prendra ses distances avec une mère attentive mais incapable de la comprendre, puis retrouvera confiance en elle, malgré l'événement tragique qui a brisé son adolescence et compromettra longtemps sa vie de femme.

Ne voulant dépendre de personne, Tana se consacre à sa carrière de magistrat, tout en affrontant bien des épreuves et bien des déceptions. Mais saura-t-elle vaincre ses craintes intérieures pour connaître enfin la plénitude, la sérénité du cœur ?

Avec cette destinée d'une femme d'aujourd'hui, intelligente, sensible, exigeante, Danielle Steel, la romancière qui compte déjà plus de soixante millions de lecteurs dans le monde, nous offre dans *La Ronde des souvenirs* l'histoire d'une longue et difficile aventure : celle d'un épanouissement.

Madeleine Chapsal
Une saison de feuilles 6663

Hedwina est une grande star du cinéma et du théâtre. Au faîte de sa gloire, le drame s'insinue, puis éclate : d'abord une défaillance de mémoire en scène, puis des « absences » plus fréquentes, et le tragique constat – la maladie du cerveau, inguérissable, va entraîner cette femme superbe et encore jeune vers une régression totale qui la rendra de plus en plus dépendante de son entourage.

Violaine, sa fille, qui lui porte un amour éperdu, voit sa propre vie inexorablement enchaînée à cette mère à la dérive qui réclame tous ses soins, de jour comme de nuit, dans une inconscience béate. Son mariage tourne court, les problèmes d'argent pleuvent. Pourtant, rien ne peut la détourner d'accepter avec tendresse les chaînes de plus en plus pesantes qui l'unissent à cette femme sans mémoire, déjà d'un autre monde...

Nadine Gordimer
Fille de Burger 6714

Rosemarie est la fille de Lionel Burger, homme remarquable qui a voué sa vie entière à rendre aux Noirs d'Afrique du Sud la place que les Afrikaners blancs leur refusent. Afrikaner lui-même, chirurgien et leader communiste, il aide les opprimés, dénonce la politique d'apartheid, prêche la révolution et, condamné à la prison à vie, meurt finalement dans sa cellule.

Sa fille se retrouve seule; sa jeunesse la fait se rebeller sourdement contre une formation idéologique qui paraît l'enchaîner au destin paternel. Cette lutte intérieure constitue le ressort à la fois dramatique et psychologique de ce roman qui dépeint, par touches d'une rare précision, un univers aberrant, dangereux.

Ce sont finalement toutes les réalités contemporaines, avec leur urgence et leur ampleur, qui vont se refléter dans les prises de conscience de Rosemarie, à la recherche de sa propre identité et de son enracinement dans le monde.

Michèle Perrein

La Sensitive 6695
ou l'innocence coupable

« Ce roman, paru il y a trente ans, est le premier roman de Michèle Perrein. Il a conservé intacte sa force et sa vivacité. Pour sa réédition, Michèle Perrein a ajouté une lettre, mêlant avec une habileté confondante les rôles d'auteur et de narrateur, le jeu littéraire et le récit autobiographique. »

C. Desportes, *Le Magazine littéraire.*

« Une réédition qui mérite lecture, ou même relecture. Superbe bouquin, décidément qui, depuis 1956, n'a pas pris une ride. Un amour de roman, aussi, qui vous embarque dans l'adolescence presque adulte d'une jeune personne aux prises avec l'amour absolu. Qui n'existe pas, comme chacun sait. »

Danièle Weibel, *Femina.*

« Si les phrases courtes, têtues et cinglantes de *La Sensitive* révèlent aujourd'hui l'écrivain précurseur que fut Michèle Perrein en 1956, sa jeune fille annonce déjà la Rhada combative de *Comme une fourmi cavalière* et la Marthe insoumise des *Cotonniers de Bassalane.* Une certaine race de femmes conquérantes et de guerrières fragiles dont Michèle Perrein est à la fois l'auteur et, qui sait, peut-être le modèle... »

Jérôme Garcin, *L'Événement du Jeudi.*

Sylvie Dervin

La Vénitienne
6713

Victor Maucœur, homme politique en pleine ascension, s'ennuie discrètement dans Venise où l'a conduit son voyage de noces, lorsque le hasard lui fait croiser la Signora. Est-elle le sosie, le fantôme de sa première épouse décédée trois ans plus tôt? Ou Mathilde elle-même, morte mal-aimée, vite effacée, dont Victor peine à recréer le souvenir? La curiosité, qu'avive le désœuvrement, l'entraîne à la poursuite de l'inconnue dans un dédale où bientôt il s'empêtre et s'irrite. Jusqu'au délire. Jusqu'au drame.

Catherine Paysan

La Colline d'en face
6639

L'automne de nos six ans. De la cour d'école à la première salle de classe, c'est un déchirement. Il a fallu abandonner la liberté des courses folles et tout le merveilleux de l'enfance. Même si vous vous appelez « Annie Roulette, d'Aulaines », *alias* Catherine Paysan, et que l'institutrice, la belle obèse à la voix d'or, est votre mère, il faut vous plier à la règle. Depuis l'entrée au cours primaire jusqu'à sa première communion, on suit l'auteur : on entre dans sa famille, son milieu; on la voit, myope, découvrir le monde grâce à sa première paire de lunettes, apprendre à lire et à écrire avec sérieux et voracité, voyager avec ses parents jusqu'au Mans, en Mona (Renault achetée après moult sacrifices).

Tout le passé enfoui dans la mémoire resurgit grâce au talent de conteuse et à l'art d'écrivain de Catherine Paysan, dans une langue rythmée, musicale, attentive aux arbres, aux rivières... et à la colline d'en face, qui borne l'horizon de l'enfant, mais promet l'avenir.

La Colline d'en face : un remarquable tableau des mœurs en milieu agreste entre les deux guerres.

Composition réalisée en ordinateur par IOTA

IMPRIMÉ EN FRANCE PAR BRODARD ET TAUPIN
Usine de La Flèche (Sarthe).
LIBRAIRIE GÉNÉRALE FRANÇAISE - 6, rue Pierre-Sarrazin - 75006 Paris.
ISBN : 2 - 253 - 05310 - 4　　✠ 30/6769/1